TORSTEN FINK

Tochter der Schwarzen Stadt

Torsten Fink

TOCHTER DER SCHWARZEN STADT

Roman

Originalausgabe

blanvalet

Verlagsgruppe Random House FSC® N001967
Das für dieses Buch verwendete
FSC®-zertifizierte Papier *Super Snowbright*
liefert Hellefoss AS, Hokksund, Norwegen.

1. Auflage
Originalausgabe Februar 2015 bei Blanvalet,
einem Unternehmen der Verlagsgruppe Random House GmbH, München

Umschlaggestaltung und -illustration: Isabelle Hirtz, Inkcraft,
unter Verwendung einer Fotografie von Nico Fung
Karte: © Jürgen Speh
Lektorat: Simone Heller
HK · Herstellung: sam
Satz: Buch-Werkstatt GmbH, Bad Aibling
Druck und Einband: GGP Media GmbH, Pößneck
Printed in Germany
ISBN: 978-3-442-26980-8

www.blanvalet.de

PROLOG

Prinz Lemaos klammerte sich an den rissigen Felsen, als der nächste Brecher über ihm zusammenschlug. Er spuckte Wasser aus und spähte hinüber zum dunklen Ufer, das sich hinter der weißen Gischt erahnen ließ. Er hatte seinem Bruder versprochen zurückzukehren, er hatte es versprochen, und irgendwann musste dieser Sturm doch nachlassen!

Wieder stürzte eine Woge über ihm zusammen. Er hörte einen schrillen Schrei durch das Donnern der Brandung. Hatte es wieder einen der Matrosen erwischt? Der Prinz blickte auf zu den schweren Wolken, aus denen unablässig Blitze zuckten.

War der Himmel nicht am Morgen noch blau und wolkenlos gewesen? Dem Prinzen erschien es nun fast wie ein Traumbild: Bei strahlendem Sonnenschein hatten sie den Hafen von Terebin verlassen. Über vierzig Schiffe – Galeeren, Galeassen und schwer beladene Frachtschiffe –, versammelt, um ein Heer über das Meer zu tragen, das dem Feind endlich den Todesstoß versetzen würde. Die Menge im Hafen hatte gejubelt, als er zum Flaggschiff hinausgerudert wurde, und auch die Männer an Bord hatten ihn hochleben lassen. Einzig der Blick von Admiral Drubal, der die Flotte angeführt hatte, war missmutig gewesen, als Prinz Lemaos das Flaggschiff betreten hatte.

Eine weitere graugrüne Woge schlug über dem Prinzen zusammen. Fast riss sie ihn von dem Felsen, aber seine zerschundenen Finger krallten sich in den Stein. Er würde zurückkommen. Er hatte es nicht nur seinem Bruder, er hatte es der ganzen Stadt versprochen. Hatte nicht ein freundlicher Wind Orangenblüten über die See geweht, als sie aufgebrochen waren? Hatten das nicht alle für ein gutes Omen gehalten? Die Männer waren siegesgewiss und fröhlich gewesen, und der Admiral hatte schon an seiner Rede für die Siegesfeier gefeilt.

Wieder raubte ein schwerer Brecher Lemaos den Atem. Er verlor allmählich das Gefühl in den Gliedern. Gegen Mittag hatte der Himmel langsam die Farbe gewechselt, von freundlichem Blau zu einem fahlen Grün, und die Mienen der älteren Seeleute an Bord waren ernst und sorgenschwer geworden. Ein Flüstern hatte unter den Mannschaften eingesetzt, auf dem ganzen Schiff hatte plötzlich eine unerklärliche Reizbarkeit in der Luft gelegen. Irgendwann hatte es der Prinz nicht mehr ausgehalten und einen der alten Fahrensmänner gefragt, was es da zu tuscheln gäbe. »Die Sturmschlange erhebt sich«, hatte der Alte mit belegter Stimme geantwortet.

Aber Admiral Drubal hatte befohlen, nichts auf das Geschwätz der Matrosen zu geben und jeden auszupeitschen, der das glorreiche Unternehmen durch solche Reden untergrabe. Und so hatte die Flotte Kurs auf die Küste des Feindes gehalten.

Die nächste Woge schien dem Prinzen noch höher und kraftvoller zu sein als all die vorangegangenen. Stöhnend klammerte er sich fest, auch wenn seine Finger bluteten. »Ich habe es versprochen«, flüsterte er dem Felsen zu. Er hatte nicht nur für sich, sondern für alle Söhne der Stadt gesprochen, die am Morgen mit ihm aufgebrochen waren, auch wenn er schon da gewusst hatte: Kein Sieg konnte so leicht sein, dass er nicht Opfer erfordern würde. Aber die Menschen, die tausendfach den Hafen säumten, hatten ihm glauben wollen, weil er Prinz Lemaos war, der Liebling der Stadt und der Götter. Und ihre Hochrufe waren ihm auf die See gefolgt, wie die Orangenblüten, an die er immerzu denken musste, während er, im kalten Wasser an einen Felsen gekrallt, um sein Leben kämpfte und all die anderen Söhne der Stadt wohl längst tot waren.

Der Schiffsrumpf hinter ihm ächzte, als der Sturm ihn weiter auf die Sandbank drückte, und der Prinz wagte einen Blick zurück. Es war nicht mehr viel übrig vom Stolz der Flotte: Die Masten waren gebrochen, der Rumpf geborsten, und das Vorderkastell war nur noch ein Gerippe, in dem Menschen um ihr Leben kämpften.

Er sah zwei Männer, die sich in ihrer Verzweiflung in die Brandung stürzten, um vielleicht doch das Ufer zu erreichen, zwei schwarze Punkte in der tosenden Brandung. Lemaos schloss die Augen, weil die nächste Welle über ihm zusammenschlug. Als er sie wieder öffnete, fand er nur noch einen Punkt, der von den Wellen hin und her geworfen wurde, bald in der Brandung verschwand und nicht wieder auftauchte.

Der Wind hatte am Nachmittag gedreht, und sie hatten dagegen ankreuzen müssen, was den Admiral verstimmt, ihm aber keine Sorgen bereitet hatte, obwohl die Spannung in der Luft fast mit Händen zu greifen war. Und dann, ganz plötzlich, hatte der Wind sich völlig gelegt, nur wenige Sekunden lang, aber so unheildrohend, dass selbst Admiral Drubal verstummt war.

Dann hatte die Sturmschlange ihr Haupt erhoben. Jedenfalls war es Lemaos so vorgekommen, als sich der Himmel mit einem Schlag verfinsterte, bis aufs Meer herabsenkte und dann mit einer graugrünen Wasserwand über sie hergefallen war. Der Prinz hatte das Bild jener Galeere wieder vor Augen, die luvwärts vorausgeeilt war, vielleicht, weil ihr Kapitän als Erster das Ziel hatte erreichen wollen. Ein Brecher, höher als die größte Galeasse ihrer Flotte, war über dem schnellen Schiff zusammengeschlagen, und dann war es einfach verschwunden. Die See hatte es buchstäblich verschlungen. Da hatte Lemaos verstanden, warum man dieses Ungeheuer in den alten Sagen die Sturmschlange getauft hatte.

Die nächste Welle presste ihn so hart gegen den Felsen, dass er sich eine Rippe brach. Er hatte eine Sekunde nachgelassen, hatte nicht aufgepasst, seinen Griff gelockert. Jetzt klammerte er sich wieder stöhnend fest.

Jenem ersten Brecher waren weitere gefolgt, angetrieben von Sturmböen, die die Flotte auseinanderjagten. Der Prinz erinnerte sich seltsam klar an ein Schiff, dessen Masten wie Strohhalme abknickten, und an einen Frachter, der, als er zu wenden versuchte, von einer Böe erfasst wurde und kenterte. Danach bestand die Welt nur noch aus dem brüllenden Sturm, und alle an Bord waren Stunde um Stunde mit nichts anderem beschäftigt, als das eigene Schiff und das eigene Leben zu retten. Irgendwann, es musste schon Abend gewesen sein, hatte einer gerufen, dass weiße Gischt in Sicht sei, und ein anderer meinte, das müsse eine der Brandungsinseln sein, von deren größter sie am Morgen erst aufgebrochen waren. War es so, waren sie also zurückgekehrt?

Lemaos hatte Hoffnung geschöpft, aber niemand an Bord jubelte, und der Prinz hatte lernen müssen, dass das rettende Ufer auch ein Feind sein konnte, denn gerade, als er an eine Heimkehr glaubte, hatte die Sturmschlange ihr Schiff auf diese Sandbank geworfen, wenige hundert Schritt vom Strand entfernt, und es von da an Stück um Stück zertrümmert.

Lemaos hatte den Fels in den Wellen gesehen und sich über den Bugspriet hinübergehangelt. Doch der war nun verschwunden, ebenso wie die beiden Matrosen, die seinem Beispiel hatten folgen wollen. Wieder drückte ihn eine Welle gegen den Felsen, und er schrie auf, weil sich der gezackte Stein in seine gebrochene Rippe bohrte. Aber der Schmerz war gut, denn er hielt ihn wach.

Der Prinz begriff plötzlich, dass die letzten Wellen weniger hoch als ihre Vorläufer gewesen waren. Und da, am Ufer, waren das Lichter? Er spähte angestrengt hinüber. Ja, dort drüben an Land mussten Menschen sein, Fischer vielleicht, die zur Rettung der gescheiterten Flotte ihre sicheren Hütten verlassen hatten. Er dankte den Himmeln in einem Stoßgebet und klammerte sich verbissen an seinen Felsen. Hatte er es geschafft? Er hatte es nicht verdient, diese Erkenntnis durchzuckte ihn, denn er war vielleicht der einzige Sohn der Stadt, der zurückkehren würde. Aber die Blitze ließen nach, und ein anderes Licht, das eines neuen Tages, zeigte sich schwach an den zerfransten Sturmwolken.

Der Prinz erblickte eine gebrochene Planke, die unweit seines Felsens vorübertrieb. Er ließ sich ins Wasser fallen, schwamm mit letzter Kraft zu diesem Stück Holz, klammerte sich mit gefühllosen Fingern daran fest und mühte sich dem Strand entgegen. Langsam nur kam er dem rettenden Ufer näher, nicht viel schneller als das übrige Treibgut des zerbrochenen Flaggschiffs. Leichen trieben dicht an ihm vorüber, und einmal, schon nah am Ufer, sah er einen Matrosen, dem irgendein Unglück wohl noch kurz vor der Rettung den Schädel eingeschlagen hatte.

Land! Er spürte Grund unter den Füßen. Er ließ die Planke fahren und taumelte auf kraftlosen Beinen zum Ufer, brach erschöpft in die Knie, hob etwas feuchten Sand auf und küsste ihn, dankbar für seine Rettung. Er sah Laternen, winkte und rief krächzend um Hilfe, bevor er zu Boden sank. Nur noch schemenhaft sah er die beiden Männer mit ihren Laternen näher kommen.

Er streckte hilfesuchend die Hand aus.

»Der da lebt noch«, sagte eine raue Stimme.

»Sieh nur, die Ringe!«, rief die andere.

»Muss ein reicher Mann sein.«

»Jetzt ist er nur noch Strandgut.«

Lemaos fühlte, wie jemand versuchte, ihm seinen Siegelring vom Finger zu streifen. Sein Kampfgeist erwachte, und er wehrte sich gegen die beiden Männer, die ihn, den Prinzen von Terebin, ausrauben wollten. Dann spürte er plötzlich einen Schlag und einen vernichtenden Schmerz im Rücken, und alle Kraft wich aus ihm.

Die Männer verschwanden mit seinen Ringen, und als mit der aufgehenden Sonne die Möwen an den Strand zurückkehrten, fanden sie dort keine lebende Seele mehr, nur unter Treibholz und vielen anderen Leichen einen toten Prinzen, der Wort gehalten hatte und zurückgekehrt war.

ERSTES BUCH
WEISSE STADT

Terebin war eine Stadt der Hunde. Alena hatte viel von dieser Stadt gehört: Sie wurde die Weiße genannt, die Schöne, die Stadt der Terrassen und Säulen, man hätte sie wohl auch die Stadt der Orangenbäume oder der wohlgenährten Menschen nennen können, aber für sie war es einfach die Stadt der Hunde. Sie waren überall: Sie strichen durch die Gassen, lungerten vor Hauseingängen, dösten auf den sonnigen Plätzen, und hier, wo sie saß, starrten sie hinauf zu den Gehenkten auf der Stadtmauer, als warteten sie darauf, dass von dort oben etwas für sie abfiele.

In ihrer Heimatstadt Filgan gab es kaum Hunde. Dafür wimmelte es dort von Katzen, zumindest im Krähenviertel, aus dem Alena stammte. Sie starrte hinauf zu den Toten, die schon eine ganze Weile dort im Wind zu baumeln schienen, und fragte sich, warum das so war, das mit den Hunden und Katzen. Dann grinste sie, weil ihr einfiel, dass man Katzen nicht essen konnte, Hunde hingegen schon. Und das war in einer Gegend wie dem Krähenviertel mit seinen vielen hungrigen Mäulern wirklich ein Nachteil.

»Eigentlich kein schöner Anblick, und doch faszinierend, nicht wahr?«, sagte eine Stimme.

Ein stämmiger Mann war aus dem Eingang eines Ladens getreten und starrte nachdenklich hinauf zu den Galgen. Der Geruch von rohem Fleisch war mit ihm aus der Tür gekommen, und gerade wischte er sich die Hände an seiner blutroten Lederschürze ab.

Die Hunde streckten sich und warfen dem Mann Blicke zu, die Alena gleichzeitig misstrauisch und erwartungsvoll erschienen.

Der Metzger seufzte, verschwand noch einmal kurz im Laden und kam mit einer Handvoll Schlachtabfälle zurück. »Kommt her, ihr Mistköter«, sagte der Metzger mit freundlicher Stimme und warf die Abfälle auf das weiße Pflaster.

Die Hunde näherten sich vorsichtig. Sie schienen dem Braten noch nicht zu trauen. Dann schoss der erste Hund vor, fast gleichzeitig mit dem zweiten, anschließend die anderen. Sie schnappten nach den Gedärmen, knurrten und balgten sich um das Fleisch, bis der Metzger unter sie sprang, mit einer Rute nach ihnen schlug und schrie: »Verschwindet endlich von meinem Laden, ihr Drecksköter!«

Jaulend, aber mit Beute stoben die Hunde auseinander.

Der Metzger sah ihnen nach und schüttelte den Kopf. »Sie sind wirklich eine Plage. Schade, dass man sie nicht einfach totschlagen darf.«

»Wieso nicht?«, fragte Alena mit gespieltem Interesse. Sie war hungrig, hatte aber keine einzige Münze mehr.

»Angeblich hat einmal ein Hund dem Großvater unseres Herzogs – die Himmel mögen ihn schützen – das Leben gerettet. Seither stehen diese Köter unter Schutz. Die Wache sammelt sie manchmal ein und bringt sie vor die Stadt, wo man nicht so rücksichtsvoll mit ihnen umgeht. Deshalb kommen die schlaueren schnell wieder zurück. Eine Plage sind sie, wirklich … vergraulen mir die Kundschaft. Als wenn es nicht schon schlimm genug wäre, dass da oben diese Männer baumeln. Am Anfang, ja, da kamen die Leute, um sie sich anzusehen. Aber inzwischen kommt niemand mehr. Sie verfaulen da oben. Und das ist keine Werbung für eine Fleischerei, das könnt Ihr mir glauben, mein Fräulein.«

»Ich verstehe«, versicherte Alena, die spürte, dass der Mann jemanden suchte, dem er sein Herz ausschütten konnte. »Warum hat man diese Männer gehenkt?«

»Es waren Strandräuber, Gesindel von der Ostküste, doch endlich haben sie den gerechten Lohn erhalten.«

»Ich dachte, die Strandräuberei sei ein erlaubtes Handwerk, Menher.«

»Das ist sie leider, aber nur, wenn man ein Mindestmaß an Regeln und Gesetzen achtet. Doch diese Teufel dort oben haben nicht gewartet, bis die Brandung oder die Erschöpfung die Besatzung der Schiffe erledigte, die der Sturm an ihre Küste spülte, nein, sie halfen mit ihren Messern nach. Ihr wisst vermutlich, dass Strandgut erst Strandgut ist, wenn auf dem Wrack niemand mehr am Leben ist, mein Fräulein?«

Alena nickte. »Aber ist das so ungewöhnlich? Ich meine ... wenn es ein Schiff an die Küste wirft, so ist doch meist noch einer am Leben. Wenn die armen Leute vom Strand da dem Schicksal nicht nachhelfen würden ...«

»Mag sein, dass man sonst ein Auge zudrückt«, sagte der Metzger achselzuckend. Er starrte sie einen Augenblick an, aber dann schüttelte er den Kopf, kratzte sich und fuhr fort: »Dieser Fall war aber ein besonderer. Ihr seid wohl nicht aus Terebin, oder? Natürlich nicht, sonst hättet Ihr doch davon gehört! Der gute Prinz Lemaos war unter jenen, die am Ufer erschlagen wurden! Drei Wochen ist das jetzt her, dass er mit der großen Flotte des Seebundes von hier aus in See stach. Über vierzig schöne Schiffe, voll beladen mit Soldaten und Waffen, die prachtvollste Streitmacht, die man sich nur denken kann. Wirklich, ich glaube, sie hätten diesem elenden Krieg ein Ende bereiten können. Doch dann, auf halber Strecke, geriet die Flotte in einen schlimmen Sturm, der sie ganz und gar vernichtete. Ich mag mir nicht vorstellen, wie schrecklich es war«, verkündete der Metzger, der sich dann aber doch in einer weitschweifenden Beschreibung des Sturmes erging und turmhohe Brecher, zerrissene Segel und zerschmetterte Schiffe so anschaulich schilderte, dass Alena fast glaubte, dabei gewesen zu sein. Ihr knurrender Magen erinnerte sie daran, dass sie nicht zum Spaß zuhörte.

Endlich kam der Metzger zum Ende seiner Schilderungen: »Viele Galeeren und Galeassen sanken auf See, einige wurden aber auch auf der Ostseite an die Dünenküste getrieben, wo sie auf Felsen liefen, zerbrachen und zerschlagen wurden von der wütenden Brandung. Mich schaudert immer noch, wenn ich mir vorstelle, wie sich die armen Seelen in den tosenden Wogen ans Ufer kämpften. Doch dort fielen sie den Strandräubern in die Hände, die sie erschlugen und ausraubten. Unser Herzog ist bei der ersten Nachricht von dem Unglück gleich mit den Soldaten ausgerückt, doch kam er zu spät. Der Sturm war vorüber, und das Morden auch.«

»Und wie sind dann diese Männer an den Galgen geraten?«, fragte Alena. Der Untergang der Flotte war auch in den Gassen von Filgan in aller Munde gewesen.

»Unser Fürst ist nicht dumm, mein Fräulein, und Meister Schönbart, seine rechte Hand, ist sowieso der klügste Mensch der Brandungsinseln. Er ließ die Hütten der Fischerdörfer entlang der Küste durchsuchen, und wo immer man Raubgut fand, wurden die Männer verhaftet, und ein Dutzend von ihnen, die schlimmsten, ließ er zur Warnung dort oben aufknüpfen. Wer kann es ihm verdenken, war doch der Bruder des Herzogs unter den Opfern?«

Alena fragte sich, woher man wissen wollte, wer die Schlimmsten waren, aber ihre Neugier war, im Gegensatz zu ihrem Magen, eigentlich befriedigt. »Ihr versteht es, gut zu erzählen, Menher«, schmeichelte sie.

»Ihr seid zu freundlich, mein Fräulein. Wisst Ihr, ich hatte Euch zu Beginn in Verdacht, dass Ihr eine Verwandte dieser

Teufel dort sein könntet, weil Ihr schon so lange vor meinem Laden sitzt und zu den Galgen hinaufstarrt.«

Alena machte ein betroffenes Gesicht.

»Verzeiht, mein Fräulein, ich sehe nun, wie sehr ich im Irrtum war. Doch sagt, was führt Euch nach Terebin – und in meine Gasse?«

Alena hatte sich bereits eine Geschichte zurechtgelegt. »Ich bin gerade erst angekommen. Ich wollte einen Verwandten besuchen, einen Onkel, der unten am Hafen wohnt. Doch ist er, wie ich erfahren musste, auf See, und niemand konnte mir sagen, wann er zurückkehrt. Und das ist ein Unglück, denn er ist der letzte Verwandte, den ich auf der weiten Welt habe, seit meine Eltern am Fieber gestorben sind.«

Sie wusste tatsächlich von mindestens einem Onkel in der Stadt, vielleicht auch zwei oder drei entfernten Vettern, aber sie hatte nicht die Absicht, diese Männer zu besuchen. Ganz im Gegenteil.

Der Metzger runzelte die Stirn. »Euer einziger Verwandter?« Vielleicht bemerkte er, dass er sich auf gefährliches Terrain begeben hatte, denn wenn er nach ihrem Schicksal fragte, mochte es sein, dass seine Mildtätigkeit gefordert wurde. Und der Gedanke schien ihm nicht zu schmecken. »Aber Ihr habt dort doch wenigstens im Haus Eures Onkels Obdach gefunden, oder?«

Alena beschloss, den Bogen nicht zu überspannen. »Ein Obdach, ja, auch wenn der Vermieter ebenso reich wie geizig ist und mir mein letztes Geld abgenommen hat, weil mein Onkel ihm angeblich noch Miete schuldet. Ich hörte jedoch, dass der Onkel Freunde in einem Dorf vor der Stadt hat, die ich morgen aufsuchen werde. Ich hoffe, dort freundlicher aufgenommen zu werden und wenigstens wieder etwas zu essen zu bekommen. Könnt Ihr Euch das vorstellen, dass in einer so schönen Stadt wie Terebin so hässliche Menschen wohnen, die nicht einmal einen Teller Suppe für eine arme Waise erübrigen wollen? Mein Vater, der übrigens in einem Schlachthof arbeitete, hat immer gesagt, dass sogar von einem fast leeren Teller doch auch zwei Menschen essen können.«

»Euer Vater war Metzger?«

»Eine Weile, dann verlor er einige Finger bei diesem gefährlichen und schweren Handwerk, und er ernährte uns von da an mit jeder Arbeit, die er finden konnte. Vielleicht bin ich deshalb so lange vor Eurem schönen Laden sitzen geblieben, denn von dort kommt ein Geruch, der mir seltsam vertraut scheint und mich an glücklichere Stunden ...« Hier ließ Alena ihre Stimme wirkungsvoll versagen.

Dem Metzger schienen Tränen in den Augen zu stehen, dann straffte er sich, stieß hervor: »Wartet einen Augenblick, mein Fräulein«, und verschwand im Inneren des Ladens. Kurz darauf kehrte er mit einigen prächtigen Hartwürsten zurück. »Es wohnen nicht nur hässliche Menschen in Terebin, wisst Ihr«, sagte er rau und verlegen.

Alena zierte sich erst, ließ sich dann aber doch nötigen, die Gaben anzunehmen, und bedankte sich überschwänglich. Sie fiel dem Metzger sogar – vorsichtig, um sich nicht schmutzig zu machen – um den stämmigen Hals, bevor sie sich verabschiedete, um sich an einem weniger düsteren Ort den Bauch vollzuschlagen.

Terebin erschien ihr kein übler Flecken zu sein. Die Stadt war wohlhabend und mit ihren weißen Terrassen und Treppen wirklich schön anzusehen. Alles hier war hell und freundlich, kein Vergleich zum Krähenviertel von Filgan, wo alles schwarz und grau war und wo es entweder nach Fisch oder nach Schwefel stank. In Terebin wehte immer eine frische Brise vom Meer und vertrieb alle üblen Gerüche, sogar den von Fleisch, den Alena eher verlockend fand.

Die Leute waren freundlich oder wenigstens leichtgläubig, so wie dieser unfassbar dämliche Metzger. *Vertrauter Geruch?* Nun, sie hatte ihren Vater nie kennengelernt. Wer konnte also sagen, ob er nicht vielleicht wirklich ein Fleischer gewesen war? Wenn, dann hatte er hoffentlich bessere Würste gemacht. Nachdem der erste Hunger gestillt war, fand Alena die Wurst zu fett und zu salzig. Dafür fehlte es ihr an Pfeffer, und auch ein wenig Knoblauch hätte dem Geschmack gutgetan.

Vorerst gesättigt, zog sie durch die Stadt. Nach einer Weile bekam sie das Gefühl, dass die Leute sie anstarrten. Sie fragte sich, ob sie irgendetwas an sich hatte, und wusch sich sogar in einem der vielen schönen Brunnen Gesicht und Arme gründlich. Das Spiegelbild zeigte ihr nichts Auffälliges.

Lag es an ihrem Bauernkleid? Sie hatte es auf einem Hof in Syderland, gar nicht weit von Filgan entfernt, von der Wäscheleine »geborgt«. Es war ihr ein bisschen zu weit. Starrte man sie deshalb an – oder sahen die Leute ihr einfach an, dass sie keine Bäuerin war?

Alena fand einen hellen Platz, der von der Frühlingssonne erwärmt wurde, und verputzte den letzten Rest ihrer Beute, gab sogar gut gelaunt einem der unvermeidlichen Hunde etwas ab und beobachtete das bunte Treiben der Stadt.

Sie brauchte einen Plan. Ihre Flucht war ein überstürztes Unterfangen gewesen, aber eine Gelegenheit wie diese hatte sie auf keinen Fall verstreichen lassen wollen. Sie hatte nicht mehr als eine Handvoll Münzen mitnehmen können, und die hatte sie in diesem Dorf an der Küste dem alten Fischer gegeben, der sie dafür nach Terebin gebracht hatte. Natürlich waren ihm dreißig Schillinge zu wenig gewesen, obwohl sie ihm erzählt hatte, dass sie in Eile war, um noch einmal ihre sterbende Mutter sehen zu können. Also hatte sie ihm versichert, dass das nur eine Anzahlung war und er noch einmal das Doppelte erhalten würde, wenn sie erst in Terebin ankamen. Dieser Einfaltspinsel hatte vielleicht inzwischen begriffen, dass sie ihn hereingelegt hatte. Aber sie hatte nun einmal keine andere Wahl gehabt. Ob er wohl nach ihr suchte? Sie mahnte sich zur Vorsicht und erinnerte sich daran, den Hafen für diesen Tag zu meiden.

»Morgen«, murmelte sie, »morgen suche ich mir ein Schiff, das mich hier wegbringt.« Sie hatte ein Ziel: Frialis, die Hauptstadt des Seebundes, eine Metropole, in der angeblich eine Million Menschen lebten, eine Stadt, in der, wie man sagte, alles möglich war, und eine Stadt, in der, soweit sie wusste, keine Verwandten von ihr lebten. Doch wie sollte sie dort hingelangen, ohne einen einzigen Schilling in der Tasche?

Sie sah einem alten Puppenspieler zu, der umständlich sein kleines Theater aufbaute und dann vor einem mäßig interessierten Publikum aus Erwachsenen und Kindern ein Stück zum Besten gab. Alena war in Gedanken versunken und hatte den Titel nicht mitbekommen, aber es ging um einen berühmten Dieb und den Tod.

Diebstahl? Es war eine Sache, bei den krummen Geschäften ihrer Familie dreißig Schillinge abzuzweigen, und es war auch guter Brauch im Krähenviertel, Esswaren wie Äpfel oder Orangen, die auf Marktständen nicht ordentlich bewacht wurden, als Eigentum der Allgemeinheit zu betrachten; sie fand auch nichts dabei, diesem feisten Metzger ein paar Würste abzuschwatzen, aber eine Überfahrt nach Frialis würde sie nicht mit ein paar Äpfeln oder Würsten bezahlen können, und sie hatte nicht vor, unter die Diebe zu gehen. Davon gab es in ihrer Familie schon genug, und die meisten von denen machten früher oder später Bekanntschaft mit dem Kerker oder gar der Galeere. Nein, kleine Gaunereien, die niemandem wirklich weh taten, waren auf Dauer viel sicherer.

Der Puppenspieler ließ seine Marionetten tanzen. Er war geschickt, aber das Stück – die Frau des Diebes wurde vom Tod in die Unterwelt verschleppt – deprimierte Alena, also verließ sie den Platz und suchte sich einen anderen.

Sie geriet in einen kleinen Auflauf. Anscheinend war ein wichtiger Besucher in die Stadt gekommen, und nach dem reckten sich nun viele Hälse am Straßenrand. Ein paar Wachen drängten die Menge sanft zur Seite, um Platz zu schaffen. Alena fand eine Kiste, auf die sie sich stellen konnte.

Eine offenbar ranghohe Delegation kam die breite Gasse herauf. Vorneweg ein hochgewachsener Mann mit dunklen Haaren, der sich offenbar widerwillig zügelte, damit sein Begleiter, ein sehr beleibter Alter, der unter der Last seines Körpers und seiner prachtvollen Gewänder keuchte, mit ihm Schritt halten konnte. Ein halbes Dutzend Soldaten eskortierte sie.

»Wer ist das, Menher?«, fragte sie einen Nachbarn, der sich auf die Zehenspitzen stellte, um den kleinen Zug zu betrachten.

»Das ist Baron Hardis aus der Schwarzen Stadt, und der Dicke neben ihm ist der berühmte Graf Gidus, der Gesandte des Seebundes, ein alter Freund Terebins.«

Alena hatte inzwischen gelernt, dass mit der »Schwarzen Stadt« Filgan gemeint war. Den Baron kannte sie nicht, sie hatte auch noch nie von ihm gehört. Er war jedenfalls nicht der Fürst von Filgan, der hieß anders, so viel wusste sie immerhin.

Sie wollte sich gerade abwenden, als ihr am Ende des kurzen Zuges noch jemand auffiel. Es war eine dunkelhäutige junge Frau, was sie erst auf den zweiten Blick erkannte, denn sie trug Männerkleider. Sie war nicht viel älter als Alena, schlank, beinahe hager, und trug zwei Dolche im Gürtel. Ihre Miene drückte Feindseligkeit aus, Feindseligkeit, die sich gegen alles und jeden zu richten schien, vielleicht sogar gegen sich selbst. Alenas Augen folgten dieser jungen Frau lange. Sie fragte wieder ihren Nachbarn.

»Eine Frau? Ach, Ihr meint den schlecht gelaunten Burschen

vom Ende des Zuges. Der ist mir aufgefallen, aber der ist doch sicher keine Frau. Habt Ihr nicht gesehen, dass er zwei gekrümmte Messer im Gürtel trug? Man könnte ihn fast für einen dieser verfluchten Oramarer halten, schon wegen der dunklen Haut.«

Nein, Alena kannte Oramarer. Vor dem Krieg waren oft welche in Filgan gewesen. Diese Frau schien ihr eher von einer der Inseln im fernen Südmeer zu stammen. Aus irgendeinem Grund hätte Alena wirklich gerne gewusst, wer sie war. Aber dann konzentrierte sie sich darauf, ein sicheres Obdach für die Nacht zu finden – und vielleicht einen Weg nach Frialis.

Odis Thenar strich sich nachdenklich mit der Hand durch den Bart. Ein Diener wartete im Eingang und trat unruhig von einem Fuß auf den anderen. Er hatte die Ankunft des Barons in der Halle gemeldet, was überflüssig war, denn seine Ankunft war bereits mehrfach angekündigt worden: Erst, als das Schiff im Hafen anlegte, dann, als er sich auf den Weg hinauf zum Palast machte, und dann noch einmal, als er den Palast betreten hatte.

Thenar bemerkte, dass der Diener ihn anstarrte, und hörte auf, seinen Bart zu streicheln. Ihm war bekannt, dass man ihn in der Stadt halb spöttisch *Meister Schönbart* nannte, aber das störte ihn nicht, ganz im Gegenteil. Sollten die Leute ihn ruhig für ein wenig eitel halten. Er hatte schon oft erlebt, dass man ihn falsch ein- und damit unterschätzte. Für den Berater eines Fürsten konnte das nur ein Vorteil sein. Außerdem verdeckte der dichte Bart die blauen Linien, die in seine Haut tätowiert waren und ihn als einen Magier auswiesen, und er sah sich nicht als Zauberer – er war der Strategos dieser Stadt.

Er ordnete seinen üppig bestickten Mantel und wandte sich endlich dem Diener zu. »Berichtet unserem Fürsten, dass Besuch aus der Hauptstadt eingetroffen ist. Ich erwarte ihn im Garten, an der Säule seines Großvaters.«

»Ja, Herr«, rief der Diener und huschte davon.

Thenar eilte hinaus in den weitläufigen Garten des Palastes. Es duftete nach Orangenblüten, aber er war zu besorgt, um sich an dem Duft zu erfreuen. Dass der Seerat ausgerechnet den Baron geschickt hatte, verhieß nichts Gutes. Er war ein Vetter des Kosmoros von Filgan, und die Herren von Filgan blickten schon lange voller Neid auf die Herzöge von Terebin, die ihnen vor vielen Jahrzehnten den Titel *Erste* Fürsten der Brandungsinseln abgenommen hatten.

Thenar hob den Blick zu der Statue, die den Großvater des Herzogs darstellte. Den »Löwen« hatte man ihn genannt, weil das nun einmal viel besser klang als »der Jähzornige«, wie man ihn treffender genannt hätte. Sein Enkel war zum Glück aus anderem Holz geschnitzt.

Was mochte Baron Hardis wollen? Da Gidus mit ihm gekommen war, musste es wichtig und offiziell sein. Bislang war keine Nachricht aus der letzten geheimen Sitzung des Rats nach Terebin gedrungen, eine Tatsache, die Thenar für ein weiteres schlechtes Omen hielt.

Er sah den Fürsten durch den Garten herankommen. Er war im Sommerhaus auf der Ostseite der Anlage gewesen, bei seiner Frau, die leidend war, und Thenar hatte keinen Grund gesehen, ihm diese kostbaren Stunden früher zu verkürzen als unbedingt nötig.

»Hardis und Gidus sind hier? Warum wurde ich nicht eher informiert?«, rief der Herzog, als er näher kam.

Thenar deutete eine Verbeugung an. »Mein Fürst, es erschien mir klüger, den Baron ein wenig warten zu lassen. Es soll ihn daran erinnern, wer auf diesen Inseln das Sagen hat.«

Der Herzog schüttelte den Kopf. »Ihr könnt auch nicht das kleinste Geschäft ohne solche Winkelzüge der Diplomatie angehen, oder?«

»Nein, mein Fürst, das kann ich tatsächlich nicht«, erwiderte der Ratgeber lächelnd und folgte seinem Herrn. Er wusste, dass Herzog Ector für diese diplomatischen Scharmützel nichts übrighatte. Er war geradeheraus und vertraute darauf, mit Offenheit mehr zu erreichen. Das war nobel, aber manchmal auch ein wenig … naiv, wie Thenar dachte. Deshalb war es an ihm, auf solche angeblich unwichtigen Dinge zu achten.

Ganz wie er es befohlen hatte, rief der Zeremonienmeister, den er eigens bemüht hatte, nun, als der Fürst die große Halle betrat, mit lauter Stimme: »Hört! Hört! Fürst Ector, siebenter Peratis auf dem Marmorthron, Herzog von Terebin, Erster Fürst der Brandungsinseln, Polemarchos von Okenis, Crisamos und Atros, Verteidiger des Seebundes, Gebieter der Tausend Inseln, hat seine Halle betreten. Wer ein Anliegen hat, möge vortreten!«

Thenar war zufrieden. Sollte dieser unverschämte Baron wirklich nur für einen Moment vergessen haben, mit wem er es zu tun hatte, dürfte er es nun wieder wissen. Zumindest theoretisch war er nur ein Vasall, dem sein Fürst eine Audienz gewährte.

Der Ausrufer räusperte sich: »Es erscheinen Graf Brahem ob Gidus, Erster Gesandter des Seebundes, und Tibot Arches, Baron ob Hardis.«

Leider zeigte sich Fürst Ector wieder einmal wenig protokollbewusst: Er nahm nicht auf seinem Thron Platz, zwischen den beiden einschüchternden Bärenhunden, die über den Herzog wachen sollten, sondern ging den beiden Abgesandten entgegen. Er begrüßte den Baron mit einem kräftigen Händedruck und Graf Gidus sogar mit einer Umarmung. »Es ist lange her, dass Ihr Euch hier habt sehen lassen, alter Freund«, rief Ector.

»Zu lange, mein Fürst, zu lange«, erwiderte der alte Gesandte ächzend mit einer kleinen Verbeugung.

Er war zu Thenars Erstaunen seit ihrer letzten Begegnung noch dicker geworden und klagte auch gleich über die vielen

Treppen, die seine alten Beine bewältigen mussten, um zum Palast zu gelangen.

»Wir hätten Euch eine Sänfte geschickt, wenn wir gewusst hätten …«

»Nein, macht Euch keine Umstände, mein Fürst. Eigentlich tut mir etwas Bewegung doch ganz gut. Wisst Ihr, ich bin ja im Grunde fast ununterbrochen unterwegs, und seit dieser elende Krieg tobt noch mehr als früher. Aber obwohl ich von Stadt zu Stadt eile, bewege ich mich selbst kaum. Es sind Schiffe, die mich von Ort zu Ort tragen, Kutschen oder Sänften, die mich dorthin bringen, wohin der Seebund mich befiehlt und wo ich meist mit Ungeduld erwartet werde, weshalb man mir kaum den Luxus gönnt, einmal zu Fuß zu gehen. Es ist fast, als würde ich still sitzen und die Welt sich unter mir bewegen. Von daher bin ich Euch sogar dankbar, Hoheit, dass Ihr mir ein wenig Bewegung ermöglicht habt.«

»Aber wie ich Euch kenne, seid Ihr nicht hier, weil Ihr durch unsere Straßen schlendern wolltet, Gidus.«

»In der Tat«, mischte sich der Baron ein, »wir sind hier, weil wir dringende Angelegenheiten des Seebundes zu besprechen haben, Fürst Ector.«

»Dringende Angelegenheiten? Nun, was sonst …«, seufzte der Herzog.

»Angelegenheiten, die ein wenig mehr Vertraulichkeit erfordern«, setzte der Baron fort.

Der Herzog runzelte die Stirn, und Thenar war sofort besorgt. Er hatte den Baron nur ein- oder zweimal getroffen und nur wenige Worte mit ihm gewechselt, da er bislang kaum von Bedeutung für die Politik auf den Brandungsinseln gewesen war. Er war ein sehr entfernter Vetter des Kosmoros, weit hinten in der Thronfolge seines beneidenswert fruchtbaren Geschlechts. Thenar versuchte, in seinem Gesicht zu lesen. Er sah ein Leuchten in den Augen, das ihm nicht geheuer war. Die Botschaft war also nicht nur wichtig und vertraulich, sie gefiel Hardis auch noch. Ein weiteres böses Omen.

»Dies muss vorerst geheim bleiben«, begann Hardis mit gewichtiger Miene, als sie sich in eine kleinere Kammer zurückgezogen hatten.

»Vorerst?«, fragte Thenar spitz.

»Bald wird man es offiziell verkünden, doch aus Sicherheitsgründen sollte vorher nichts an die Öffentlichkeit dringen.«

»Wovon denn?«, fragte der Herzog ungeduldig.

»Der Geheime Rat hat einen Entschluss gefasst, der auch Euer Haus betrifft, Herzog«, erwiderte Hardis.

Gidus legte ihm eine Hand auf den Arm. »Es ist vielleicht besser, wenn ich diese unangenehme Aufgabe übernehme, Baron.« Er seufzte, dann fuhr er fort: »Der Verlust der Flotte war ein herber Rückschlag, wie ich den Herren sicher nicht erklären muss. Sah es vor einem Monat noch so aus, als könnten wir diesen Krieg mit einer letzten Anstrengung endlich zu unseren Gunsten entscheiden, sind wir nun wieder weit davon entfernt.«

»Wir haben den Seerat davor gewarnt«, warf Thenar ein. »Es war viel zu riskant, alles auf diese eine Karte zu setzen. Und nun ist Prinz Lemaos tot, und die Flotte und viele gute Männer und Schiffe sind verloren.«

»Leider wurden Eure Warnungen damals nicht gehört, Meister Thenar, leider«, seufzte Gidus, »und erwartet bitte nicht, dass man Eure Mahnung wohlwollend im Gedächtnis behalten hat. Eher im Gegenteil ... es gibt Stimmen im Rat, die Euch vorwerfen, nicht eindringlich genug gewarnt zu haben.«

»Nicht eindringlich genug?«, fragte Thenar verblüfft.

»Ihr habt Recht behalten, und Ihr wisst, dass man sich damit nicht nur Freunde macht. Aber lassen wir das. Es gab im letzten halben Jahr immerhin auch gute Nachrichten. Schließlich ist es uns, ja, genauer gesagt, Eurem Bruder Arris, gelungen, Prinz Weszen, den mächtigsten der Skorpione, endlich gefangen zu nehmen, Hoheit.«

»Diesen Prinzen solltet Ihr in meinem Palast nicht erwähnen, Gidus«, grollte der Herzog. »Ich habe die Nachricht zunächst mit großer Freude vernommen, doch warte ich seither vergeblich auf die Einladung zur Hinrichtung dieses Ungeheuers.«

Über das Gesicht des Barons huschte ein dünnes Lächeln. Meister Thenar hatte immer noch keine Ahnung, worauf das alles hinauslaufen sollte, aber er hatte ein sehr ungutes Gefühl in der Magengegend.

Gidus nickte traurig. »Es bleibt mir wohl nichts anderes übrig, denn der Prinz, dessen Namen Ihr aus guten Gründen nicht hören wollt, spielt eine große Rolle in dem Plan, der dem Seebund helfen soll, diesen Krieg siegreich zu beenden.«

»Ich weiß nicht, was Ihr habt«, warf Hardis ein, »der Mann mag seine Schattenseiten haben, aber er ist einer der Erbprinzen des Großen Skorpions, gefürchtet – aber auch respektiert an allen Gestaden des Goldenen Meeres.«

»Dieser Mann, nein, dieser Unhold, den Ihr so achtet, Baron, hat mir den Kopf meines Schwagers in einer Kiste geschickt«, presste der Herzog hervor.

Die Bilder des Grauens standen Thenar sofort wieder vor Augen: Boten hatten die hölzerne Kiste mit Grüßen von Prinz Weszen überbracht und vor den Augen des entsetzten Hofstaates geöffnet.

Es schien schlagartig eiskalt in der Kammer geworden zu sein. Der Baron bemerkte davon offenbar nichts. »Euer Schwager hätte seinen Kopf besser nutzen sollen, als er in die Schlacht zog. Es waren auch viele Männer aus Filgan unter den Soldaten, die er in die Niederlage führte. Ich habe selbst zwei Vettern verloren.«

Herzog Ector verfärbte sich. Seine Hand wanderte zu dem Dolch, den er als Schmuck am Gürtel führte.

»Ich bitte Euch, Ihr Herren, wir alle haben unter der schlimmen Niederlage gelitten, aber wenigstens war sie der Wegbereiter zum späteren Sieg, bei dem Euer Bruder Arris sich auszeichnen konnte«, rief Graf Gidus.

»Der Sieg ist mit den Perati!«, zitierte Meister Thenar den Wappenspruch des Geschlechts.

»Und wieder haben viele aus Filgan ihr Blut gegeben, um diesen Sieg zu erkaufen.«

»Die Opfer, die die Städte der Brandungsinseln brachten, werden niemals vergessen«, rief Graf Gidus, dem die Situation sichtlich unangenehm war.

Der Herzog hatte sich wieder in der Gewalt. Die Hand löste sich vom Dolch. »Seid Ihr also gekommen, um mir nun mitzuteilen, dass Weszen endlich dem Henker übergeben wird, Gidus?«

»Leider nein. Es ist uns aber gelungen, eine Übereinkunft mit ihm zu treffen, die uns sehr zum Vorteil gereichen wird.«

»Eine *Übereinkunft?*«

»Wie Ihr wisst, war er schon zu Lebzeiten seines Vaters Statthalter von Ugir, einer der größten und mächtigsten Städte Oramars.«

»Einer der räuberischsten, wolltet Ihr sagen. Seit Jahrzehnten kämpfen unsere Männer gegen die Korsaren, die von der Turmküste aus das Meer unsicher machen«, erwiderte der Herzog gallig. »Und Ihr wisst vermutlich auch, dass mein Vater Anates in einem Seegefecht gegen diese Seeräuber sein Leben verlor.«

»Der Tod von Herzog Anates war ein großer Verlust für uns alle. Aber wie es aussieht, hat es mit den Korsaren bald ein Ende. Der Prinz ist bereit, sich mit uns zu verbünden. Ugir wird ein Teil des Seebundes werden.«

Thenar war völlig verblüfft, und er konnte sehen, dass es dem

Herzog genauso ging. Ugir? Die alte Feindin – eine Verbündete? Das war schwer zu glauben. Der Wert dieser Stadt für den Seebund wäre allerdings tatsächlich unermesslich. Ihre Macht reichte auch weit ins Innere des Kontinents hinein. Das ohnehin in einem Bruderkrieg zerfallene Reich Oramar wäre damit endgültig gespalten.

Er räusperte sich: »Verzeiht, Graf, aber das klingt zu schön, um wahr zu sein. Weszen würde sich niemals ernsthaft darauf einlassen. Und selbst wenn er es doch täte – würde die Stadt ihm folgen? Die oramarischen Skorpione mögen bis aufs Blut zerstritten sein, aber in ihrem Hass auf den Seebund sind sie sich doch einig.«

»Er hat sich bereits darauf eingelassen, da es ihm wohl besser erschien, als den Kopf zu verlieren, was die Alternative wäre. Und Ugir wird tun, was er verlangt. Er hat die Stadt jahrelang in eisernem Griff gehalten. Sagtet Ihr nicht selbst, dass er ein Monster ist?«, erklärte Baron Hardis mit zufriedenem Grinsen.

»Aber wie wollt Ihr sicherstellen, dass der verräterische Hund sich an diese Vereinbarung hält? Es gibt keinen treuloseren Menschen als ihn. Hat er nicht einen seiner eigenen Brüder hinterrücks ermordet? Wer sagt Euch, dass er sich noch an diesen unseligen Pakt erinnert, wenn er erst wieder den Sand Oramars unter den Füßen spürt?«, fragte der Herzog.

»Prinz Weszen wird Ugir selbstverständlich nie wiedersehen, sondern bis an sein Lebensende Gast des Seebundes bleiben. An seiner Stelle wird der Seebund einen Statthalter entsenden«, erklärte der Baron lächelnd.

Thenar begriff plötzlich, was den Mann so zufrieden aussehen ließ: »Man hat *Euch* diese Würde angetragen, Baron?«

»Der Geheime Rat bat mich, das Amt des Protektors von Ugir anzutreten. Und wer wäre ich, diese schwere Verantwortung abzulehnen?«

Thenar holte tief Luft. »Ich bin ein wenig verwundert, dass man Euch diese Last aufbürdet. Wäre es nicht statthaft gewesen, zunächst uns, das Haus Peratis, zu fragen? Der Herzog ist der Erste Fürst der Brandungsinseln. Und es war schließlich Prinz Arris, der Bruder des Herzogs, der das Monster zur Strecke gebracht hat«, fragte Thenar.

»In der Tat, er ist ein fähiger, oder sagen wir lieber, erfolgreicher Feldherr«, gab der Baron spöttisch zu.

Die Kiefermuskeln des Herzogs spannten sich, und auch Thenar war wütend auf diesen eingebildeten Emporkömmling. »Und welche Erfolge auf dem Schlachtfeld habt Ihr vorzuweisen, teurer Baron?«, fragte er. Natürlich hatte Prinz Arris seine Schwächen, gewichtige Schwächen sogar, aber seine Männer gingen für ihn durch die Hölle, und auf dem Schlachtfeld stand er seinen Mann.

»Oh, das Kriegshandwerk liegt mir nicht, Meister Schönbart. Allerdings habe ich mir wohl einige Verdienste in den Verhandlungen mit Prinz Weszen erworben. Ich war sogar selbst heimlich in Ugir, um dort die Stadtoberhäupter von den Abmachungen zu unterrichten. Da ich die Stadt also kenne, war es doch naheliegend, mir dieses Amt anzutragen. Und da Ugir nicht auf den Brandungsinseln liegt, hat der Erste Fürst unserer Inseln auch kein Mitspracherecht, was die Besetzung dieses Postens angeht.«

Thenar versuchte ruhig zu bleiben und die Bedeutung dieser Ereignisse zu verstehen. Es war ein klarer Affront, das Erste Haus der Brandungsinseln auf diese Art zu übergehen. Sie hatten wohl weniger Freunde im Seerat als angenommen. Prinz Lemaos hatte Terebin dort vertreten, aber Lemaos war tot. Und ihre Feinde hatten nicht lange gebraucht, um das auszunutzen.

»Und nun seid Ihr hier, um meinen Segen für Eure Mission zu erbitten?«, fragte der Herzog kalt.

»Nein, wir sind hier, um Euch von jenem Teil des Planes zu unterrichten, der Euer Haus betrifft, Hoheit.«

Thenar sah hinüber zu Gidus, der tief unglücklich wirkte. Hardis hingegen war ein Bild der Zufriedenheit. »Der Seebund möchte das Bündnis mit dem Prinzen so fest wie möglich knüpfen, ja, es unauflöslich machen. Und welches Band wäre fester als eines des Blutes?«

Thenar starrte den Baron an. Das konnte er nicht ernst meinen!

»Dem Seebund ist natürlich wohlbekannt, dass Eure Tochter Caisa noch immer nicht verheiratet ist, Hoheit. Daher lautet der Vorschlag, Eure Tochter mit …«

Weiter kam er nicht, denn der Herzog war aufgesprungen. »Niemals!«, brüllte er.

Für einen Augenblick war es sehr still in der Kammer.

Aber der Baron lächelte. »Ich weiß, im ersten Augenblick wirkt es befremdlich, aber denkt darüber nach, Fürst Ector! Ihr werdet einsehen, dass es zum Besten des Seebundes ist, dem zu dienen wir beide geschworen haben. Außerdem ist der Prinz keine schlechte Partie. Er bringt ein riesiges Stück Oramars in diese Ehe ein. Ich glaube nicht, dass Ihr irgendwo eine größere Mitgift finden werdet.«

»Niemals!«, wiederholte der Herzog heiser.

»Gidus sagte voraus, dass Ihr so reagieren würdet. Und dennoch verstehe ich es nicht. Der Seebund hat weit größere Opfer von Terebin verlangt. Er brauchte Soldaten – Eure Stadt schickte ein Heer. Er benötigte Schiffe – Eure Stadt entsandte eine Flotte. Und nun erbittet er nicht mehr als eine einzige Tochter der Stadt für den Frieden …«

»Es ist *meine* einzige Tochter!«

»Wir verlangen doch nicht, dass Ihr sie in den Tod schickt! Nun, Ihr werdet vermutlich nur etwas Zeit brauchen, um diese Dinge zu akzeptieren. Die sollt Ihr haben. Und nun entschuldigt mich. Ich muss auf mein Schiff, wo einige dringende Angelegenheiten auf mich warten.«

Das war grob unhöflich, aber Thenar sagte schnell: »Natürlich. Ich werde veranlassen, dass bei Eurer Rückkehr Quartier für Euch und den Grafen bereitet ist.«

»Nicht nötig. Ich werde auf meinem Schiff bleiben, Meister Thenar, denn es ist gut möglich, dass der Seerat meiner bald wieder bedarf. Wir werden Euch nun Gelegenheit geben, über den Vorschlag zu beraten. Und bedenkt bitte, dass er vorerst geheim bleiben muss. Die anderen Prinzen Oramars werden sicher nicht tatenlos zusehen, wie einer ihrer Halbbrüder ein Viertel des Reiches für sein armseliges Leben verkauft. Wir dürfen ihnen keine Gelegenheit geben, dieses Bündnis zu verhindern. Kommt Ihr, Gidus?«

»Ich denke, ich werde das Angebot des Herzogs annehmen und im Palast bleiben, Baron. Ich bin alt und würde mir die vielen Treppen dieser Stadt wenigstens für heute gerne ersparen.«

Als der Baron gegangen war, war es Gidus, der das lastende Schweigen brach: »Dieser aufgeblasene Kerl wird von Tag zu Tag unerträglicher.«

»Sie können mich nicht zwingen«, erklärte der Herzog düster.

»Natürlich, Ector«, stimmte ihm Gidus zu, »zwingen können sie Euch nicht, aber es wird sehr schwer, diese Bitte des Seebundes abzulehnen.«

»Wie ist das möglich? Was habe ich ihnen getan, dass sie mir die einzige Tochter rauben wollen?«

»Hört, Ector, ich muss leider sagen, dass Ihr daran nicht ganz schuldlos seid. Wie alt ist Eure Caisa inzwischen? Zwanzig? Und doch unverheiratet! Wie viele hoffnungsvolle junge Männer haben an Eurem Hof vorgesprochen, Jünglinge aus den besten Häusern des Seebundes? Und alle habt Ihr sie wieder fortgeschickt, weil Euch keiner gut genug war. Glaubt Ihr, die Häuser hätten das vergessen?«

»Sie ist eben nicht nur die Tochter, sondern auch die kommende Regentin dieser Stadt, zusammen mit ihrem Mann – so will es unser Erbrecht. Da ist eine sorgfältige Auswahl Pflicht«, verteidigte Odis Thenar seinen Herrn.

»Ah, Euer Erbrecht, Meister Thenar …«, sagte Gidus gedehnt. »Ich weiß, es ist das Recht des Hauses Peratis, auch eine Tochter zum Oberhaupt der Familie zu bestimmen, aber ich erinnere mich noch gut an diesen endlosen Disput mit dem Kosmoros von Filgan, der, nicht ganz zu Unrecht, darauf verweist, dass die Brandungsinseln ein anderes Recht kennen.«

»Der Seerat hat letzten Endes unsere Sicht geteilt und Caisas Anspruch bestätigt«, erklärte Thenar mit mühsam gebändigtem Stolz.

»Weil Ihr fast allen großen Familien Hoffnung gemacht habt, einer ihrer Söhne könne die zukünftige Erste Fürstin der Brandungsinseln und Herrin von Terebin zur Gattin haben. Das war kunstvoll, das gebe ich zu, doch nun erhaltet Ihr die Rechnung. Aber ich fürchte, wir reden hier über verschüttete Milch.«

»Aber der Seebund kann nicht wollen, dass Prinz Weszen Herrscher dieser Stadt wird!«, rief Thenar.

»Das wird er auch nicht werden. Ich nehme an, dass man warten wird, bis er einen Erben gezeugt hat – dann wird ihm bedauerlicherweise etwas zustoßen. Und der kleine Prinz wird Herr über zwei der mächtigsten Städte am Goldenen Meer sein – und eine Marionette an den Fäden des Seerates, der selbstverständlich die Vormundschaft beanspruchen wird.«

»Caisa wird dieses Ungeheuer niemals heiraten!«

»Und wie wollt Ihr die Weigerung begründen, Ector?«, fragte Gidus ernst. »Diese Ehe brächte dem Seebund unendlichen Gewinn. Ja, sie könnte sogar diesen Krieg beenden! Wollt Ihr derjenige sein, der den Frieden verhindert, nach dem sich die Völker sehnen?«

»Frieden?«, fragte Thenar skeptisch. »Wann immer der Seebund einen dieser Skorpion-Prinzen vernichtend geschlagen oder gar getötet hat, sind doch zwei andere an seine Stelle getreten. Sie werden sich gegen Weszen verbünden und niemals akzeptieren, dass er Ugir an den Seebund verkauft. Ja, vielleicht wird diese verfluchte Hochzeit sogar dafür sorgen, dass unsere Feinde sich einigen und dann gemeinsam gegen uns kämpfen.«

Brahem ob Gidus nickte zustimmend. »Ein wahres Wort, aber ich fürchte, im Seerat will das niemand hören, Meister Thenar. Dort sieht man nur die Möglichkeit, diesen Krieg zu entscheiden, nicht durch Seeschlachten oder weitere Gemetzel an Land – nein, durch eine Hochzeit!«

»Ich werde das nicht zulassen, Gidus. Sie sollen sich eine andere Braut aus einem der anderen Häuser holen, nicht meine unschuldige Caisa!«

»Es gibt tatsächlich auch Kreise, die darauf hoffen, dass Ihr Euch verweigert ...«

»Man hofft?«, fragte Thenar.

»Eine Weigerung würde gewisse Möglichkeiten eröffnen.« Graf Gidus hielt kurz inne, bevor er fortfuhr: »Ich dürfte Euch das nicht sagen, aber es gibt Überlegungen, das Urteil in dieser Erbschaftsgeschichte aufzuheben und den Titel des Ersten Fürsten der Brandungsinseln nach Eurem Tod doch wieder zurück auf Filgan zu übertragen, Ector. Eure Caisa wäre dann nur noch die Vasallin des Kosmoros.«

»Das wagen sie nicht. Dieser Titel gehört meiner Familie seit sieben Generationen!«

»Sie würden noch mehr wagen. Kosmoros Nephim hat eine Tochter, die gerade zehn Jahre alt geworden ist ...«

Thenar blickte auf. Hier stimmte etwas nicht. »Wenn eine Kusine von Baron Hardis als Braut für Weszen in Frage kommt – wieso ist Hardis dann für Caisa als Braut?«

Gidus lächelte. »Der Seerat mag die Perati demütigen wollen, aber er ist nicht verrückt. Er würde eine solche Anhäufung von Macht nicht dulden. Würde die Tochter des Kosmoros Weszens Frau, würde seine Stadt Ugir einen anderen Protektor erhalten.«

»Aber Nephim, diese feiste Qualle, würde dennoch Erster Fürst dieser Inseln werden, sobald Herzog Ector …?«, fragte Thenar.

»Wenn Terebin in diese Hochzeit nicht einwilligt, gewiss.«

»Das wagen sie nicht!«, wiederholte Fürst Ector.

»Und wo läge das Wagnis? Es würde den Seebund nicht mehr als eine Urkunde kosten. Und glaubt nicht, dass auch nur ein anderes Haus einen Finger für Euch rühren würde. Begreift es, Ector … Ihr könntet die Zustimmung zu dieser Hochzeit verweigern, aber Euer Haus würde in die Bedeutungslosigkeit stürzen.« Er erhob sich seufzend. »Ich weiß, wie sehr Ihr an Eurem einzigen Kind hängt, doch wäre es denn wirklich so schlimm, wenn sie einen der mächtigsten Prinzen Oramars heiratet? Ein Sohn aus dieser Verbindung würde über mehr Macht gebieten als je ein Peratis vor ihm.«

»Dieser Mann hat mir den Kopf meines Schwagers in einer Kiste geschickt, Gidus!«

»Es ist eben Krieg – und der bringt in den Menschen das Schlimmste und das Beste hervor. Denkt darüber nach, ich bitte Euch. Doch wenn Ihr erlaubt, würde ich mich nun gerne zurückziehen. Das Reisen mit diesem Baron ist anstrengend, und die Treppen Eurer Stadt sind es für meine alten Beine nicht minder. Doch zuvor habe ich noch … ein Geschenk für Euch.«

»Ein Geschenk?«

»Es wartet vor der Tür Eurer Halle.«

Sie begleiteten den Gesandten in die Halle, und auf einen Wink des Herzogs hin wurde die vordere Pforte geöffnet.

Die beiden Bärenhunde, die eben noch gelangweilt am Thron

gelegen hatten, erhoben sich gleichzeitig. Sie spitzten die Ohren und ließen ein zweistimmiges, warnendes Knurren hören.

Ein dunkelhäutiger junger Mann, nein, Thenar erkannte bei näherem Hinsehen, dass es eine junge Frau war, schlenderte in die Halle. Das Knurren der Hunde wurde drohender.

Eine Magierin?, dachte Thenar verwundert. Er sah keine blauen Linien im Gesicht der Frau.

Dann spannten sich die beiden riesigen Tiere, zogen an ihren Ketten und verbellten die Fremde. Die Wachen zogen alarmiert ihre Schwerter.

Der Herzog schüttelte missbilligend den Kopf. »Ihr bringt einen *Schatten* in mein Haus, Gidus?«

Die Hunde waren kaum zu beruhigen, und Thenar fragte sich, ob die Ketten sie halten würden. Der Graf aber lachte zufrieden. »Nicht alle Schatten bergen Gefahren, ganz im Gegenteil. Dies ist Jamade, Hoheit, sie wird Eure Tochter mit ihrem Leben beschützen.«

»Wir haben die Hunde, Graf Gidus«, sagte Thenar, »wir brauchen keine Tochter dieser verfluchten Bruderschaft, die es doch sonst gerne mit den Oramarern hält.«

Gidus zuckte mit den Achseln. »Eigentlich halten sie es mit denen, die sie bezahlen, und das ist in diesem Fall der Seerat. Aber es mögen andere Schatten oder Mörder kommen. Sobald die Skorpione von dieser Hochzeit Wind bekommen, werden sie alles versuchen, um sie zu verhindern.«

»Ich dachte, diese Sache sei vorerst geheim«, meinte Thenar giftig. Der Herzog hatte noch gar nicht zugestimmt, wie konnte Gidus da tun, als sei das alles schon beschlossene Sache?

Gidus lachte wieder. »Meister Thenar, ich kenne mindestens ein Dutzend Männer, die inzwischen eingeweiht sind. Was glaubt Ihr, wie lange es dauern wird, bis das Geheimnis keines mehr ist?«

Thenar sah hinüber zu der jungen Frau, die gelassen, aber

auch interessiert die beiden großen Hunde zu betrachten schien, die sich ihretwegen die Kehle rau bellten. »Ich traue ihr nicht!«, stieß er hervor.

»Aber das könnt Ihr. Sie hat geschworen, die Braut zu beschützen, und ich habe noch nie von einem Schatten gehört, der seinen Schwur gebrochen hätte. Sie dienen zwar dem Geld, aber sie sind doch unbestechlich. Interessant, nicht?« Und wieder redete der Gesandte, als wäre die Sache längst abgemacht.

Jamade von den Schatten hatte schlechte Laune, aber sie versuchte, es sich nicht anmerken zu lassen. Sie betrachtete die beiden Hunde, die sie wütend anbellten, an ihren Ketten zerrten und auch von den Dienern, die die Ketten gepackt hielten, nicht zu beruhigen waren.

Meister Iwar hatte ihr von diesen Hunden erzählt. Er hatte ihr erklärt, dass viele Tiere einen Sinn für die Magie und für jene hätten, durch die sie wie ein Fluss strömte, aber Jamade hatte davon bislang nie viel gemerkt. Es kam schon einmal vor, dass eine Katze, der sie zu nahe kam, sie anfauchte oder dass Pferde in ihrer Nähe unruhig wurden, aber noch nie hatte ein Tier derart heftig auf sie reagiert.

Sie blieb gelassen. Sollten die Ketten wider Erwarten nicht halten, hatte sie immer noch ihre Dolche. Ärgerlich war allerdings, dass dieses wütende Gekläff den Disput übertönte, der in einer Ecke der Halle geführt wurde. Graf Gidus stritt mit dem Herzog und seinem Strategos, und es war immerhin unschwer zu erraten, dass sie ihretwegen stritten.

Jamade konnte dem Herzog seine ablehnende Haltung nicht verübeln, das ging vielen ihrer Auftraggeber so. Selbst wenn sie die Dienste der Schatten brauchten, wollten sie doch eigentlich lieber nichts mit ihnen zu tun haben. Und dieser Herzog hatte nicht einmal nach ihr verlangt.

Sie versuchte, aus den drei Männern schlau zu werden. Graf Brahem ob Gidus kannte sie inzwischen gut. Er tat behäbig und gemütlich, aber in seinem alten, fetten Leib steckte ein flinker Geist, den man auf keinen Fall unterschätzen durfte. Der Herzog, der mit ihm stritt, strahlte etwas aus, was ihr selten begegnet war: Echte Würde. Das war keiner jener aufgeblasenen Adeligen, wie sie ihr sonst so oft über den Weg liefen; dieser Mann war jeder Zoll ein Fürst. Er hielt es offenbar nicht für nötig, seine Gefühle zu verbergen, und im Moment war er wütend, was nicht nur an ihrer Anwesenheit liegen konnte.

Sein Strategos war schwerer zu durchschauen. Meister Iwar hatte sie vor ihm gewarnt. Auf den ersten Blick wirkte er etwas eitel mit seinen kostspieligen Gewändern und vor allem diesem gepflegten, möglicherweise sogar gefärbten dichten schwarzen Bart. Meister Schönbart nannte man ihn, aber Meister Iwar hatte ihr erklärt, dass das nur Fassade war. Und unter dem Bart waren die blauen Linien zu erahnen, die ihn als Magier auswiesen. Auch ihn durfte sie keinesfalls unterschätzen. Jamade fragte sich, warum diese elenden Köter, die ihr die Arbeit schwer machen würden, ihn nicht verbellten.

Es wäre ihr nicht einmal unrecht, wenn der Fürst sie wegschicken würde. War sie nicht ein Schatten, eine Nachtklinge, eine Dienerin des Todes? Und nun sollte sie Kindermädchen für eine Prinzessin spielen? Als junge Schattenschwester konnte sie sich ihre Aufträge nicht aussuchen. Meister Iwar hatte sie mit seinem schrecklichen Lächeln daran erinnert, als sie es gewagt hatte, ihren Unwillen zu äußern. Aber das war nicht der Grund für ihre schlechte Laune. Was sie eigentlich störte, war, dass der Meister sie nicht eingeweiht hatte in das, was hinter diesem Auftrag steckte, und Jamade war sicher, dass es da noch etwas gab. Aber Iwar hatte ihre Fragen nur mit einem Lächeln beantwortet. Und es war immer ein schlechtes Zeichen, wenn Meister Iwar lächelte.

Der Disput war beendet, und ein unzufrieden dreinblickender Graf Gidus kam zu ihr. »Wie es aussieht, habe ich die Vorbehalte des Herzogs gegen Eure Bruderschaft unterschätzt. Ihr wisst, dass ein Schatten einst versucht hat, seinen Großvater zu töten?«

»Wenn er es nur versucht hat, war er kein Meister unserer Kunst. Vielleicht war es nicht einmal ein Schatten.«

»Doch, doch, das war er. Aber damals wusste noch niemand, dass diese Hunde Euresgleichen wittern können. Der alte Leocter liebte seine Bärenhunde, er hatte ein Dutzend davon oder mehr. Es heißt, sie hätten den Schatten bei lebendigem Leib zerfleischt. Jedenfalls sind Eure Dienste in diesem Palast nicht erwünscht.«

»Das heißt ... ich soll gehen?«

»Nein, junger Schatten, das heißt es nicht. Ich werde ein paar Tage hierbleiben, und Ihr werdet weiter über mein Wohlergehen wachen – und wenn möglich, auch über das Wohlergehen der Prinzessin. Die schöne Caisa ist in Gefahr, und wenn Herzog Ector erst ein oder zwei Nächte über diese Dinge geschlafen hat, wird er hoffentlich einsehen, dass sie Euren Schutz braucht.«

Gegen Abend wurde der angenehme Frühlingswind frischer, und Alena begann, in ihrer dünnen Bauerntracht zu frösteln. Sie strich durch die Gassen und hatte immer noch keinen Plan, wie sie von Terebin nach Frialis kommen sollte.

Sie war an einem der größten Plätze der Stadt angekommen, und es herrschte reges Treiben, obwohl die Marktstände längst geschlossen waren. Laternenanzünder wanderten durch die Straßen. Diese Stadt war wirklich ganz anders als Filgan, oder jedenfalls als das Krähenviertel. Dort ging man nach Anbruch der Dunkelheit besser nicht mehr vor die Tür. Laternenanzünder gab es dort auch nicht, höchstens Männer, die bereit waren, einem für ein bisschen Schmuck das Licht auszublasen. Mit einigen von denen war sie sogar weitläufig verwandt.

Alena zuckte zusammen. Sie hatte unvermutet ein bekanntes Gesicht gesehen: Der Fischer! Der Mann schien nach jemandem zu suchen. Es war nicht schwer zu erraten, wer das war. Sie duckte sich und hastete in die nächste Gasse. Sie bog um zwei Ecken – und stieß mit einer Wache zusammen. Sie prallte erschrocken zurück und stolperte. Soldaten bedeuteten eigentlich immer Ärger.

»Verzeiht, Fräulein«, murmelte der Soldat höflich und half ihr auf die Beine. »Ich habe Euch nicht kommen …« Er verstummte und starrte sie aus großen Augen an. Er hielt sie immer noch am Arm.

Alena versuchte vorsichtig, sich seinem Griff zu entwinden.

Der Wachsoldat schüttelte den Kopf. »Verzeiht, für einen Augenblick dachte ich … Im Schein dieser Laterne seht Ihr ihr wirklich sehr ähnlich.«

»Wem denn, verdammt?«, platzte es aus Alena heraus.

»Na, Prinzessin Caisa, der Tochter des Herzogs. Hat Euch das noch niemand gesagt?«

Hatte man sie deshalb immer wieder so angestarrt? »Seh' ich etwa aus wie so ein Fürstenpüppchen? Na, das bin ich jedenfalls nicht, Herr Soldat, das könnt Ihr mir glauben. Ihr könnt also loslassen, wenn Ihr meinen Arm nicht mehr braucht!«

»Wie? Ach ja, natürlich … verzeiht. Ihr seid gewiss kein Püppchen«, sagte der Soldat, und im schwachen Licht der Laterne sah sie ihn breit grinsen. Dann tippte er mit den Fingern an seinen Helm. »Einen schönen Abend noch, mein Fräulein.«

Hatte er ihr tatsächlich einen schönen Abend gewünscht? Die Soldaten hier waren wirklich ganz anders als im Krähenviertel.

Als sie weiterlief, um noch ein paar Gassen mehr zwischen sich und den Fischer zu bringen, fragte sie sich, wie es sein konnte, dass diese Prinzessin so aussah wie sie. Und dann, noch etwas später, als es noch kühler wurde und der Hunger zurückkehrte, fragte sie sich, ob sie daraus nicht irgendwie Kapital schlagen könnte ...

Sie war noch sehr am Anfang dieser Überlegung, als ihr Blick auf ein Messingschild an einer Taverne fiel. Es war poliert, und im Schein der Laterne konnte sie lesen, wie stolz der Wirt darauf war, dass einst Herzog Leocter, fünfter Peratis auf dem Marmorthron, hier zu speisen geruht hatte. Alena fiel das Lesen nicht leicht, und sie fand, nach der Anstrengung hätte sie sich eine Belohnung verdient. Als bei ihrem Eintreten dem Besitzer die Kinnlade herunterfiel, wusste sie, dass sie Erfolg haben würde.

Bei den Gästen, durchweg Männer, schien es sich um Handwerksmeister zu handeln. Sie schenkte dem Wirt ein unsicheres Lächeln und fragte mit leiser Stimme, ob er ihr wohl in einer Frage behilflich sein könne.

Der Wirt nickte verwirrt.

»Wisst Ihr, ich bin nicht aus Terebin«, begann sie, »doch hoffe ich, endlich zu finden, was ich so lange vergeblich suche.«

»In meiner Schänke?«

»Nein, Meister Wirt, ich meine, in dieser freundlichen Stadt. Wisst Ihr, meine arme Mutter ist jüngst verstorben, und auf dem Totenbett hat sie mir endlich offenbart, dass mein Vater, den kennenzulernen ich nie das Glück hatte, aus Terebin stammen soll.«

»Eure Mutter? Euer Vater? Wie bedauerlich«, stotterte der Wirt. »Ich meine, Eure Mutter, der Verlust ... wie bedauerlich.«

»Ich danke für Euer Mitgefühl, werter Herr. Doch war es am Ende besser so, denn sie litt an einer langen und schlimmen Krankheit, deren Behandlung unsere letzten Mittel verschlang.« Alena schaute betrübt drein und dachte tatsächlich an ihre Mutter. Die litt allerdings höchstens an gelegentlichen Anfällen von Selbstmitleid, die sie dann mit zwei oder drei Flaschen Wein bekämpfte, was in der Tat auf Dauer keine ganz billige Medizin war.

»Wie bedauerlich«, sagte der Wirt wieder.

»Man sagte mir nun, dass Ihr in dieser Stadt viele Leute kennt, und so frage ich mich, ob Ihr mir vielleicht einen Hinweis geben könntet … zu meinem Vater, meine ich.«

»Gewiss, wenn es mir möglich ist«, sagte der Wirt mit großen Augen. »Was konnte Eure Mutter denn über ihn sagen?«

»Nicht viel, fürchte ich. Nur eben, dass er aus Terebin stammt und möglicherweise ein hochgestellter Herr war. Doch lag sie bereits im Fieber, und so kann ich ihre Worte nicht für bare Münze nehmen.«

Wenn ihre Mutter betrunken war, erzählte sie tatsächlich gerne von Alenas möglichen Vätern, und von denen ihrer acht Geschwister. Aber ihre Angaben waren leider höchst widersprüchlich. Wenn sie richtig mitgezählt hatte, kamen für jedes der Kinder mindestens drei Männer als Väter in Betracht, und zwar jedes Mal andere. Da gab es angeblich Kaufleute, Kerzendreher, Schwefelstecher, Holzfäller und Lastenträger, vor allem aber Seeleute oder Kapitäne aus Haretien, Saam und Westgarth oder gar aus Khat und Melora. Und »hochgestellt« war für ihre Mutter eigentlich schon jeder, der außerhalb des Krähenviertels wohnte.

»Ansonsten«, so fuhr Alena fort, »weiß ich nur, dass mein Vater ein sehr hochherziger und großzügiger Mann sein soll. Ich könnte weinen, wenn ich an den schönen Schmuck denke, den er meiner Mutter schenkte und den ich verkaufen musste für die Medizin, die am Ende doch nicht half.«

»Großzügig …«, echote der Wirt, und Alena sah einen goldenen Glanz in seine Augen einziehen. Sie hatte ganz offensichtlich die richtigen Worte gefunden. »Kennt Ihr vielleicht einen solchen Mann?«, fragte sie mit einem flehenden Augenaufschlag.

Der Wirt winkte seine Frau heran, und die beiden begannen aufgeregt zu tuscheln. Alena meinte die Worte *Herzog* und *Belohnung* zu hören und hielt den Zeitpunkt für gekommen, einen Schwächeanfall vorzutäuschen. Als sie taumelnd nach der Theke griff, bekam sie erst das erhoffte Mitleid und dann, obwohl sie betonte, kein Geld mehr zu besitzen, eine warme Mahlzeit, die sie erst ablehnte und sich schließlich doch aufnötigen ließ.

Sie aß schnell und verkniff sich, nach Pfeffer und Thymian zu fragen, die diesem Gericht eindeutig fehlten, denn inzwischen hatten die Wirtsleute eines ihrer Schankmädchen fortgeschickt. Es war nicht schwer zu erraten, wohin.

Sie musste verschwunden sein, bevor jemand aus dem Palast erschien und diese Trottel begriffen, dass sie hereingelegt worden waren. Als hinderlich erwies sich, dass sie bald von allen Gästen angestarrt wurde. Die Sache schien sich sogar bis auf die Straße herumzusprechen, denn bald kamen noch mehr Menschen von draußen in die Wirtsstube.

Alena erkannte, dass ihr Plan gewisse Mängel hatte. Aber andererseits – was sollte passieren? Sie hatte nie behauptet, dass sie die Tochter des Herzogs sei. Und wer konnte wissen, ob ihr Vater nicht wirklich aus Terebin stammte?

»Na, da hol mich doch …«, sagte eine Stimme, die Alena bekannt vorkam.

Sie drehte sich um. Es war der Metzger von der Stadtmauer.

»Tochter des Herzogs? Dass ich nicht lache! Heute Morgen war ihr Vater noch ein Fleischer!«

»Verzeiht, aber ich kenne Euch nicht, mein Herr«, flötete Alena gedankenschnell und blickte sich nach dem nächsten Ausgang um. Ein offenes Fenster würde schon genügen.

»Das wird ja immer schöner! Erst schwatzt sie mir meine besten Hartwürste ab, nun schlägt sie sich hier auf deine Kosten den Bauch voll.«

Alena begriff, dass die beiden Männer sich gut kannten. Das war schlecht. Und das Gedränge um ihren Tisch war inzwischen so groß, dass sie auch nicht einfach aufspringen und davonlaufen konnte. Und als sie noch nach einem Fluchtweg Ausschau hielt, öffnete sich die Tür, und einige Wachen drängten in die Stube, viel früher, als Alena erwartet hatte. Das Schankmädchen war bei ihnen. Sie musste sie auf dem Weg zum Palast getroffen haben. »Also, wo ist diese angebliche Tochter unseres Herzogs?«, verlangte ihr Anführer zu wissen.

Die Hunde beruhigten sich erst, als Graf Gidus und sein »Geschenk« die Halle verlassen hatten. »Ich bin sicher, er meinte es gut, Hoheit«, sagte Odis Thenar.

»Ein Schatten, der über meine Tochter wachen soll? Das ist inakzeptabel!«, zürnte Herzog Ector.

»Natürlich«, seufzte Thenar.

»Und diese Hochzeit ist es noch weit mehr!«

»Und dennoch ... je länger ich darüber nachdenke, desto weniger sehe ich die Möglichkeit, sie abzulehnen. Prinz Weszen mag ein Ungeheuer sein, aber er ist gleichwohl von bestem Blut. Die Hochzeit ist standesgemäß – und sie bringt vielleicht wirklich nicht nur den Frieden, sondern sogar den Sieg, Hoheit«, führte Thenar vorsichtig aus.

Der Herzog sah ihn kalt an, aber dann wurde sein Blick milder. »Ich weiß, dass Ihr Caisa fast ebenso liebt, wie ich es tue. Und ich weiß, dass es fast unmöglich ist, diesen *Vorschlag* des Seebundes abzulehnen.«

»Das ist leider wahr, Hoheit.«

»Aber es ist eben nur *fast* unmöglich. Ihr seid mein Strategos, Odis Thenar, der beste, der dieser Familie jemals diente. Ihr werdet einen Weg finden, meine Caisa vor diesem schlimmsten aller Skorpione zu bewahren!«

Thenar blickte unglücklich zu Boden. Wie sollte das gehen? Die Situation war aussichtslos. Der Herzog war im Irrtum: Es war nicht nur *fast,* es war *völlig* unmöglich, dieses vergiftete Angebot auszuschlagen, es sei denn, man wollte das Haus Peratis ins Unglück stürzen.

Ector packte ihn an den Schultern und sah ihn eindringlich an. »Ihr seid nicht nur mein Strategos, Ihr seid auch ein Magier, ein Meister der Täuschung. Ich weiß, es ist lange her, dass Ihr diese Künste angewandt habt, aber Ihr habt sie doch hoffentlich nicht verlernt, Odis?«

Thenar schaute den Herzog überrascht an. »Ihr wollt …« Er beendete den Satz nicht.

Ector sah ihm tief in die Augen. »Ich bitte Euch, alter Freund … und ich verlasse mich auf Euch. Ich weiß, Ihr werdet einen Weg finden. Ihr müsst einfach einen Weg finden. Seht, ich werde nun wieder ins Sommerhaus gehen, zur Herzogin. Ihr wisst, wie sehr Ilda leidet. Soll ich ihr also sagen, dass ihre Tochter an den Mann verheiratet wird, der ihrem Bruder den Kopf abgeschlagen hat? Oder kann ich ihr sagen, dass der klügste Kopf der Brandungsinseln einen Weg finden wird, dieses Unglück zu verhindern?«

Thenar schluckte schwer. Es war eine Sache, mit ein paar Trugbildern eine Gesellschaft zu unterhalten – aber wie sollte er eine ganze Hochzeit wegzaubern? Doch obwohl er wusste, dass dieser Wunsch seine Kunst weit überforderte, brachte er es nicht fertig, nein zu sagen.

Herzog Ector war einfach ein Mann, dem man schwer etwas abschlagen konnte. Also nickte er wortlos und spürte dabei einen schweren Druck auf der Brust. »Sagt ihr noch nichts«, bat er. »Der Herzogin … sagt ihr noch nichts von dieser Hochzeit, nicht, bevor wir wissen, was wir tun werden.«

Der Herzog nickte, drückte ihm eindringlich, wie aus Dankbarkeit für einen noch gar nicht geleisteten Dienst, die Hand und ging.

Das wird mich zerquetschen, schoss es Thenar in den Sinn, als er dem Herzog nachblickte. *Ich werde alles in meiner Macht Stehende tun, um dieses Wunder zu vollbringen, aber es wird mich umbringen.*

Er kehrte zurück in seine Gemächer und versuchte, sich Mut zuzusprechen. Vielleicht musste er nur eine Nacht darüber schlafen, dann würde ihm etwas einfallen.

Er schlief schlecht, fühlte sich am Morgen wie gerädert, und er hatte immer noch keine Idee, was er unternehmen konnte. Also kümmerte er sich um seine täglichen Pflichten. Baron Hardis war zwar so unhöflich gewesen, auf seinem Schiff zu übernachten, gleichwohl würde man ihn mit einem Festessen ehren müssen. Er ließ sich vom Haushofmeister eine Liste der hochgestellten Persönlichkeiten anfertigen, die es einzuladen galt.

Würde die Herzogin teilnehmen? Er malte ein Fragezeichen hinter ihren Namen, der ganz oben auf der Liste stand. Es ging ihr nicht gut. Diese Schwangerschaft verlief so schwierig wie die vorige und wie die davor, und die neuesten Nachrichten konnten ihrem Wohlbefinden nicht dienlich sein.

Die Herzoginmutter? Das war leider unvermeidlich. Sobald sie davon erfuhr, würde die Herzogin ihr von der Hochzeit erzählen. Thenar kratzte sich am Nacken. Dann würde das Geheimnis nicht mehr lange eines sein. Luta, Elderfrau von Cifat, konnte – oder wollte – leider nichts für sich behalten. Und in letzter Zeit schien sie noch verbitterter zu sein als sonst.

Dann tat ihm Baron Hardis den Gefallen, die Stadt überstürzt zu verlassen. Angeblich wurde er dringend in der Hauptstadt Frialis gebraucht. Vielleicht wollte er sich aber auch nur wichtigmachen. Auf jeden Fall fiel so das offizielle Festessen aus, und bis auf den Schreiber, der schon ein Dutzend Einladungen verfasst hatte, war niemand darüber enttäuscht.

Am Nachmittag nahm Thenar einen Tee mit Graf Gidus, um mehr über andere Ereignisse am Goldenen Meer und im Seerat zu erfahren. Es blieb eine unverbindliche Plauderei, weil Thenar nicht bei der Sache war. Gidus war zwar ein alter Fuchs, aber Thenar hatte nicht vor, ihn um Rat zu fragen oder gar in seine Pläne einzuweihen. Schon, weil es nichts gab, worin er ihn hätte einweihen können.

Am Abend zog er sich zurück und bat darum, nicht gestört zu werden. Er versuchte es mit den Meditationen, die er als junger Magier im Orden der Schwarzen Spiegel gelernt hatte, doch die halfen ihm nicht, seinen Geist zu beruhigen – und leider sorgten sie auch nicht für den Geistesblitz, den er so dringend brauchte.

Seufzend gab er es auf und ging hinüber in seine Schreibstube. Er wollte seine übrigen Pflichten nicht schleifen lassen – nicht für nichts. Er widmete sich den Berichten der letzten Tage aus der Stadt. Es war weitgehend das Übliche: Ein paar Kapitäne beschwerten sich über die angeblich zu hohen Hafengebühren, und die Gilde der Händler jammerte über die steigenden Zölle.

»Dummköpfe, allesamt«, brummte Thenar. Der Herzog brauchte neue Schiffe, nachdem er bei diesem verfluchten Sturm zwei große Galeassen und vier neue Galeeren verloren hatte. Und Schiffe kosteten nun einmal Geld – Geld, das die Stadt eigentlich nicht hatte. Die Feldkommandanten beschwerten sich über lang ausstehende Soldzahlungen und meldeten zahlreiche Fälle von Fahnenflucht. *Dann müssen wir diese Männer wenigstens nicht bezahlen,* dachte Thenar grimmig, als er sie schriftlich vertröstete.

Er las weitere Berichte. Es gab immer noch Beschwerden der hiesigen Kaufleute über offene Rechnungen, die die Offiziere der Flotte bei ihrem Aufbruch hinterlassen hatten. Er schüttelte den Kopf. Die Männer waren tot. Sollten diese Krämerseelen doch auf den Grund des Meeres tauchen. Vielleicht gaben ihnen die Toten, was sie schuldig geblieben waren.

Der Oberst der Werber meldete Schwierigkeiten bei der Anwerbung neuer Matrosen, was nach dieser Katastrophe nicht weiter erstaunlich war. Also fehlten nicht nur Schiffe, sondern auch Seeleute. Thenar dachte nur kurz nach, dann verfasste er eine Anweisung, in den Tavernen und auf den Handelsschiffen im Hafen das nötige Menschenmaterial zu rekrutieren, zur Not mit Gewalt, aber nicht mehr als fünf Männer von jedem Schiff und aus jeder Taverne.

Er hielt kurz inne, weil ihm klar war, dass die Kapitäne sich dann wieder beschweren würden. Aber es musste sein. Er unterstrich, dass der Befehl von ihm und nicht vom Herzog kam. Die Leute konnten ihn ruhig verfluchen, aber der Ruf des Herzogs durfte nicht leiden.

Er warf einen Blick in die Berichte der Wachen. Sie würden Sträflinge für die Ruder brauchen – aber die Gefängnisse waren schon beinahe leer, und die Kriegsgefangenen, die sie sonst auf die Galeeren schickten, waren mit der Flotte versunken. Es gab auch nur wenige Neuzugänge im Kerker: Es hatte zwei Schlägereien am Hafen gegeben, und man hatte ein paar Huren und einen Taschendieb festgenommen. Der Strategos starrte lange auf das Pergament. *Ein* Taschendieb? Das war ein bisschen wenig für die Galeeren. Außerdem war da noch eine junge Frau verhaftet worden, eine Betrügerin, die behauptet hatte, eine uneheliche Tochter des Herzogs zu sein. Thenar las etwas von oberflächlicher Ähnlichkeit und warf den Bericht, verärgert über diese Dreistigkeit, zurück auf den Stapel. Ector hatte leider nur ein Kind – Caisa –, und trotz aller Bemühungen war Herzogin Ilda nicht in der Lage, ihm ein weiteres zu schenken.

Der Strategos rieb sich die müden Augen. Prinz Arris, der Bruder des Herzogs, hatte einen Alchemisten empfohlen, einen jungen Mann, der während des Feldzugs in Saam wahre Wunder vollbracht haben sollte, und er hatte angekündigt, ihn bei seinem nächsten Besuch mitzubringen. Ein Wunder könnte Thenar jetzt gut gebrauchen.

Er starrte auf den unordentlichen Haufen Pergamente auf seinem Schreibtisch, der langsam auseinanderzurutschen drohte. Der Strategos widerstand der Versuchung, Ordnung zu schaffen, und sah stattdessen zu, wie sich ein erstes Blatt löste und langsam vom schweren Schreibtisch zu Boden schwebte.

Mit der Ankunft von Arris würden weitere Probleme auf ihn zukommen. Der Prinz hatte sich im Feld bewährt, aber es hieß, dass er außerhalb des Schlachtfeldes inzwischen zu nichts mehr zu gebrauchen war. Und er war tief gekränkt, seit der Herzog ihn aus dem Palast verbannt hatte. Was hatte er denn geglaubt? Dass jene unselige Nacht damals ohne Konsequenzen bleiben würde? Es war seltsam, dass er dennoch versuchte, bei Hofe wieder Fuß zu fassen. Thenar seufzte. Wie würde Arris reagieren, wenn er erst erfuhr, *wen* seine Nichte heiraten sollte?

Widerwillig bückte sich Thenar, hob das heruntergefallene Pergament auf, und dann räumte er den Stapel schließlich auf, bevor er sich ins Bett begab, um vielleicht doch noch etwas Ruhe zu finden.

Alena hatte nach einem üblen Abend eine noch miserablere Nacht im Kerker verbracht. Sie musste sich die Zelle mit drei Huren teilen, die man bei einer Schlägerei in einer Taverne aufgegriffen hatte, und diese Frauen hatten die ganze Nacht damit zugebracht, sich immer wieder aufs Neue zu streiten, wer von ihnen nun die Schuld an ihrem Unglück trug. Das einzige Ergebnis dieser Zänkereien war, dass Alena kein Auge zubekam.

Am Morgen hatte es nur einen trockenen Kanten Brot gegeben, und weil sie Grom, dem Wächter, lauthals wünschte, er möge »an seinem verfluchten Geiz« ersticken, bekam sie zu Mittag und am Abend gar nichts mehr.

Die Huren verdösten den ganzen Tag, erwachten abends und gerieten wieder in den Streit, den sie schon in der vorigen Nacht nicht hatten entscheiden können.

»Könnt Ihr nicht mal die Klappe halten?«, fuhr Alena irgendwann dazwischen.

Die drei Frauen verstummten nur für einen Augenblick. »Misch dich mal besser nicht in unsere Angelegenheiten ein, Kleine!«, sagte die Älteste von ihnen drohend.

»Leider sind es auch meine, denn Euer hohles Geschwätz hindert mich daran, hier etwas Schlaf zu finden.«

»Hohl? Dafür, dass du eine gegen drei bist, riskierst du ein ganz schön freches Maul, Süße«, meinte die Zweite, eine dürre Rothaarige.

Alena sah ein, dass es vielleicht besser wäre, den Mund zu halten, aber sie konnte nicht: »Vor Euch drei abgetakelten Dirnen werde ich doch keine Angst haben, da ist mir schon Schlimmeres begegnet!«

»Für mich siehst du aus wie ein verirrtes Bauernmädchen. Und das Schlimmste, was dir begegnet ist, war vermutlich ein Schaf. Was hast du denn ausgefressen, Süße?«, fragte die Alte. Die drei waren näher gekommen und sahen so aus, als hätten sie gegen eine weitere Schlägerei nichts einzuwenden.

»Bin ausgerissen, weil meine Stiefmutter mich verkaufen wollte«, behauptete Alena, die sich rechtzeitig daran erinnerte, dass sie bei einem Streit nichts gewinnen konnte.

»Verkaufen? An wen?«

»Der Mann, mit dem sie sprach, war ein Offizier mit einem ganz schiefen Maul. Und als ich sie belauschte, da sagte er, er führe in Saam ein Haus für die Soldaten und brauche noch Mädchen.«

Die Frauen tauschten vielsagende Blicke. Alena erinnerte sich gut an den schmierigen Offizier, den sie im Krähenviertel nur das Froschmaul nannten. Er betrieb für das Heer Bordelle mit dem denkbar schlechtesten Ruf. Die Huren, die nicht an irgendeiner widerwärtigen Geschlechtskrankheit verendeten, liefen davon, wenn sie konnten. Einer ihrer Vettern hatte Mädchen an ihn verkauft.

»Ein schiefes Maul, sagst du?«, fragte die Rothaarige. »Es wird doch nicht das Froschmaul gewesen sein?«

Alena hatte sich schon gedacht, dass der Mann nicht nur in Filgan bekannt und berüchtigt war. »Ich will aber keine Schankmaid für die Soldaten werden. Und deshalb bin ich fortgerannt.«

»Schankmaid? Hört die Unschuld, Schwestern!«, rief die Alte. Dann legte sie fürsorglich ihren Arm um Alena. Sie roch nach billigem Schnaps und Knoblauch. »Fortlaufen war das Beste, was du tun konntest. Das Froschmaul hätte dich gewiss nicht nur zur Schankmaid gemacht. Aber wie bist du hierhergeraten?«

»Als der Offizier kam, da habe ich ihm eins mit dem Stuhl übergezogen und bin geflohen. Aber er hat mich verleumdet und behauptet, ich hätte ihn bestohlen und sei überhaupt eine Betrügerin und Lügnerin, und so wurde ich verhaftet.«

»Ja, ich hörte, dass der alte Grom sie eine Betrügerin nannte, als man sie zu uns steckte«, bestätigte die Dritte.

Fortan hatte Alena drei neue Freundinnen, und da der alte Grom ihr wieder nichts zu essen geben wollte, teilten die Huren ihr Brot mit ihr. Als es Abend wurde, kam der Wächter noch einmal an ihren Käfig und winkte die Rothaarige heran, öffnete die Tür und führte die Frau hinaus.

Bald darauf hörte Alena leises Stöhnen durch die Dunkelheit klingen. Später brachte der Wächter die Hure zurück. Er grinste sehr zufrieden, und als er die Tür wieder verschloss, sagte er: »Für Euch drei Hübschen ist der Aufenthalt morgen beendet, denn die Strafe wurde … sagen wir, bezahlt.« Dann wandte er sich an Alena: »Aber für dich, mein Täubchen, wird es wohl noch etwas länger dauern.«

»Wie lange denn?«

»Kommt drauf an, wann der Richter Zeit für dich findet. Und das hängt davon ab, wie dringend ich deinen Fall für ihn mache. Du solltest dich also lieber gut mit mir stellen.« Er winkte sie näher an das Gitter heran. Alena folgte seiner Aufforderung nur zögernd.

»Sieh mal, Kleine ... wenn diese drei morgen fort sind, dann haben wir diesen Teil des Kerkers ganz für uns alleine. Ich hoffe, du freust dich darauf schon ebenso sehr wie ich. Ich bin sicher, dass wir viel Spaß haben werden.«

»Eher bringe ich mich um.«

»Ah, eine von der sturen Sorte, wie? Warten wir es ab. Ich werde schon dafür sorgen, dass du etwas umgänglicher wirst.«

»Aber meine Familie weiß, dass ich hier bin!«, rief Alena, in der Panik aufstieg.

»Aber bis jetzt hat niemand nach dir gefragt. Und hast du nicht überall erzählt, dass du Waise bist? Das macht mich neugierig, mein Täubchen. Nun, wir werden bald Gelegenheit haben, uns näher kennenzulernen ...«

Thenar hatte wieder nicht gut geschlafen und noch immer keine Idee, wie die Hochzeit zu verhindern wäre. Graf Gidus, mit dem Thenar und der Herzog am Vormittag berieten, erinnerte sie daran, dass man nicht viel Zeit für eine Antwort habe.

»Erwartet der Seerat wirklich, dass ich meine arme Caisa ohne einen Moment des Bedenkens ins Unglück stürze?«, fragte Ector verbittert.

»Was Eure Zustimmung betrifft, so fürchte ich, dass sie nicht erwartet, sondern vorausgesetzt wird. Und auch wenn ich Eure Gefühle verstehe, so bitte ich Euch, andererseits zu verstehen, dass es für jeden außerhalb dieses Palastes nur als ein kleines Opfer erscheinen wird. Wenn Ihr es geschickt anstellt, werden Euch die Völker des Goldenen Meeres dafür preisen. Wenn Ihr es aber verweigert, werden all die Menschen, die in diesem Krieg Leid erfahren haben, Euch verfluchen, da Ihr die Macht hättet, ihn zu beenden.«

»Glaubt Ihr wirklich?«, warf der Strategos ein. »Was ist mit Euch, Graf? Ich hörte, Euer Besitz in Haretien sei vor einigen Monaten zerstört worden. Aber Ihr scheint den Herzog nicht zu verfluchen. Außerdem fände sich ja auch eine andere Braut ...«

»Es ist leider wahr«, seufzte Gidus, »eine Schar marodierender Söldner hat die alte Burg verwüstet, das Dorf zerstört und meine Bauern geschlachtet. Und auch meine Schwester und mein Schwager, hochbetagt und die friedliebendsten Menschen, die man sich vorstellen kann, wurden von den zügellosen Bestien ermordet. Ja, ich gebe zu, auch ich würde es begrüßen, wenn diese Hochzeit den Krieg beendete. Auch wenn es mir in der Seele wehtut, dass die kleine Caisa, die ich einst auf den Knien schaukelte, dafür so ein Opfer bringen muss. Wisst Ihr, sie erinnert mich mehr und mehr an Eure Mutter, Ector, sie wird ihr äußerlich immer ähnlicher, aber auch im Wesen. Sie hat so etwas ... unvergleichlich *Reines.* So etwas findet man wohl kaum ein zweites Mal.«

»Wie viel Zeit habe ich?«, fragte der Herzog nach einer Weile nachdenklichen Schweigens.

»Sobald der geschätzte Baron Hardis wieder in der Stadt ist, wird er eine Antwort erwarten. Ihr solltet ihm die einzig richtige geben, wenn Ihr nicht wollt, dass die Brandungsinseln in Zukunft von Filgan aus regiert werden.«

Der Strategos wusste, dass Graf Gidus mit allem, was er sagte, Recht hatte, aber es brach ihm das Herz zu sehen, wie sehr diese Geschichte Herzog Ector zusetzte. Er liebte seine einzige

Tochter über alle Maßen, und vermutlich rang er mit sich, ob er nicht doch den Fall des Hauses Peratis in die Bedeutungslosigkeit akzeptieren sollte. Andererseits hatte ihm diese Familie eine stolze Tradition und großes Machtbewusstsein vererbt. Nein, der Herzog würde nicht zulassen, dass sie ihre Macht verlor, das lag nicht in seinem Wesen.

Am Abend speiste man in der Halle, aber Herzogin Ilda ließ sich entschuldigen. Zu Thenars Leidwesen war ihre Mutter, Elderfrau Luta, jedoch erschienen, die übellaunig in ihrem Essen herumstocherte und irgendwann den Herzog fragte: »Sagt, teurer Schwiegersohn, Ihr seid so still. Ihr habt nichts verlauten lassen über die Nachrichten, die Graf Gidus und dieser Baron gebracht haben. Wollt Ihr uns nicht erzählen, was es Neues in der Hauptstadt gibt?« Und da der Herzog schwieg, murmelte sie: »Das sieht Euch ähnlich.«

Während des Essens beobachtete Thenar unauffällig die arme Caisa, die noch nichts davon ahnte, dass sie gerade verschachert werden sollte. Sie schien bedrückt. Vermutlich spürte sie mit ihrer feinfühligen Seele die Last, die ihr Vater trug. Ihr unschuldig fragender Blick streifte immer wieder den Herzog, und sie war ungewohnt einsilbig, als wäre sie mit den Gedanken weit weg. Aber das war wohl nur die kindliche Sorge um ihren Vater. Und jetzt schwebte sie, ohne es zu ahnen, in tödlicher Gefahr, denn Gidus hatte davor gewarnt, dass die anderen Skorpion-Prinzen diese Hochzeit um jeden Preis verhindern wollten.

Thenar durchfuhr plötzlich ein Gedanke: Gidus hatte am Morgen gesagt, dass es eine wie Caisa kein zweites Mal gebe. Doch die Betrügerin im Gefängnis … wieso hatten die Leute ihr anfangs geglaubt, dass sie eine Tochter des Herzogs war? Hatte in dem Bericht nicht etwas von einer gewissen Ähnlichkeit gestanden?

Er sprang so hastig auf, dass sein Stuhl umfiel, murmelte eine

Entschuldigung und eilte ohne weitere Erklärung davon. Er musste diesen Bericht noch einmal lesen.

Graf Gidus hatte gesagt, dass es nicht lang dauern werde, bis der erste Anschlag erfolgen würde, und Jamade teilte diese Einschätzung. Die Skorpione würden so schnell wie möglich zuschlagen, wenn sie erst von dieser Hochzeit erfuhren. Und der fette Gesandte hatte vermutlich auch damit Recht, dass sie schon längst davon wussten. Wahrscheinlich war die Prinzessin die einzig Ahnungslose unter all denen, die die Sache anging. Jamade folgte ihr, wann immer es möglich war, und sie war ziemlich zufrieden mit sich, weil Caisa es noch nicht bemerkt hatte. Es gab allerdings viele Bereiche, die sie meiden musste, weil die verdammten Hunde, die durch den Palast streunten, sonst Alarm geschlagen hätten.

Jetzt war die Prinzessin auf dem Weg zu ihren Gemächern, und ein Diener ging ihr mit einem Leuchter vorweg, obwohl in den Gängen auch überall Lampen hingen. Das Mädchen schien es nicht sehr eilig zu haben. Sie blieb sogar einmal am Fenster stehen und blickte lange verträumt zum Mond hinauf.

Jamade lächelte. Wenn sie die Hand ausgestreckt hätte, hätte sie die Prinzessin berühren können. Aber sie war eins mit den Schatten geworden, und weder das Mädchen noch der Diener hatten eine Ahnung von ihrer Anwesenheit.

»Ihr werdet Euch noch erkälten, Herrin«, drängte der Diener nach einer Weile sanft zum Aufbruch.

»Aber der Mond ... ist er nicht vollkommen rund und schön heute?«

»Gewiss, Herrin. Es ist eben Vollmond.«

»Lass uns noch einmal in den Park gehen, lieber Ibdur.«

»Der Herzog würde das nicht gutheißen, Herrin. Und Eure Mutter auch nicht. Und auch ich bin der Ansicht ...«

»Ach, es ist eine milde Nacht. Nun komm schon.«

Der Diener fügte sich, und Jamade folgte ihnen, verborgen in den Schatten, die sie um sich gewoben hatte. Es gab Hunde an den Mauern, die den Park umschlossen, von denen würde sie sich fernhalten müssen. Außerdem fragte sie sich, wie alt diese junge Frau war. Sie schwärmte den Mond an! War sie zwölf?

Sie erreichten den Garten durch einige Nebengänge, was bedeutete, dass sie wenigstens den Hunden in der Halle aus dem Weg gingen. Dann, vor der Tür, verlangte Caisa, dass der Diener das Licht löschen und warten möge.

Der Mann gehorchte seufzend. »Wirklich, ich verstehe nicht, was Euch immer wieder bei Vollmond in den Garten zieht, Herrin.«

»Er ist einfach so wunderschön im Mondschein, Ibdur. Warte einfach einen Augenblick. Ich will den Blütenschimmer für eine kleine Weile alleine genießen.«

Im Gegensatz zum Diener dachte Jamade nicht daran, der Prinzessin diesen träumerischen Wunsch zu erfüllen. Dieser riesige Lustgarten bot hunderte von Versteckmöglichkeiten; es war ein idealer Ort für einen Anschlag.

Sie huschte im Schutz der Schatten nah an dem Diener vorüber, hielt inne und lauschte. Da war noch jemand! Und die Prinzessin war drauf und dran, ihm in die Arme zu laufen!

Jamade zog ihre Dolche. Da, zwischen den Büschen – ein Schemen, der sich langsam erhob und irgendetwas in der Hand hielt. Wie war er an den Hunden und Wachen vorbeigekommen? Jamade holte zum Wurf aus. Sie zielte – und dann geriet ihr die Prinzessin in die Wurflinie.

Sie hetzte geräuschlos zur Seite, um freies Feld zu bekommen. In dem kurzen Augenblick zwischen Entschluss und Wurf, in jenem Zehntel einer Sekunde, in dem der Dolch noch nicht geworfen war, hielt sie inne. Die Dienerin des Todes erkannte ihren Irrtum: Der schwarze Umriss – er hielt eine Blume in der

Hand! Und dann verschmolzen die beiden dunklen Silhouetten in inniger Umarmung.

Jamade hätte fast laut aufgelacht. Diese verfluchte Prinzessin hatte einen Geliebten!

Den Tag über bekam Alena den alten Wachmann nicht zu Gesicht, erst am Abend, als die Huren entlassen wurden, zeigte er sich wieder.

»Bis bald, meine Schönen«, verabschiedete er sie gähnend. »Ich werde Euch vermissen.«

»Bleibe uns weiterhin gewogen, Grom – und sei nicht zu hart zu der Kleinen. Sie hatte es schwer«, erwiderte die Rothaarige.

»Wenn sie nett zu mir ist, bin ich auch nett zu ihr«, lautete die Antwort des Wächters.

Alena zog sich in die Dunkelheit ihrer Zelle zurück, als würde sie das vor dem Alten schützen können. Sie überlegte, was sie tun konnte. Ein Tritt in den Unterleib, das war angeblich ein bewährtes Mittel, um ein hitziges männliches Gemüt abzukühlen. Das hatte jedenfalls eine ihrer Kusinen behauptet, die gelegentlich etwas Geld in zweifelhaften Häusern verdiente.

Allerdings hatte sie auch empfohlen, sich danach schnell zu verziehen, weil bei einem Streit zwischen einem Freier und einer Hure immer der Freier im Recht war, jedenfalls nach Auffassung der Wachen von Filgan. Alena seufzte. An Entkommen war hier nicht zu denken, jenseits der Pforte, die diesen kleinen Teil des Gefängnisses von den anderen trennte, warteten noch viele weitere verschlossene Türen, wie sie gesehen hatte, als sie hier heruntergeschleppt worden war.

Wenn ich ihn hart genug treffe, dachte sie, *dann kann er mich vielleicht nur noch verprügeln, nicht mehr vergewaltigen.* Aber sie hatte nichts Härteres als ihr Knie. Ob das reichen würde, ihr den Mann lange vom Leib zu halten?

»Willst du essen?«, fragte Grom ein wenig später und hielt einen Teller dampfende Suppe an die Gitterstäbe.

»Klar will ich.«

»Ein süßer Kuss, und diese köstliche Tomatensuppe gehört dir, mein Täubchen.«

»So hungrig bin ich dann doch nicht. Außerdem rieche ich von hier aus, dass diese dünne Brühe Tomaten höchstens von weitem gesehen hat.«

»Wart's nur ab, meine Süße, bald sind wir hier hinten ganz unter uns.«

»Kann es kaum erwarten«, murmelte Alena.

Etwas später erschien ein anderer Wächter und fragte Grom, ob er nicht vorhabe herüberzukommen. Offenbar suchten die Wachen jemanden zum Kartenspielen.

»Aufgeschoben ist nicht aufgehoben, mein Täubchen«, gurrte Grom, als er sie verließ. Er nahm die Laterne mit, und so blieb Alena ganz allein im stockdunklen Kerker zurück.

War es vielleicht doch möglich zu entkommen? Sie tastete sich zur Tür und befühlte das alte Schloss. Wenn sie nur einen Nagel hätte ... Aber sie hatte keinen. Sie tastete das modrige Stroh ab, auf der Suche nach irgendetwas, womit sie das Schloss knacken könnte.

Sie rechnete nicht damit, entkommen zu können, aber es würde ja vielleicht schon reichen, wenn sie sich in einem anderen Teil dieses merkwürdig leeren Gefängnisses versteckte. Sie fand nichts, was als Dietrich getaugt hätte, nur einen losen Stein. Sie befühlte ihn. Er war scharfkantig. Eine Tür ließ sich damit bestimmt nicht knacken, aber vielleicht ein Schädel ...

Sie umklammerte den Stein und wartete. Dann schüttelte sie den Kopf. Gewalt? Wenn sie diesen Widerling verletzte, würde sie vermutlich hier unten verrotten. Nein, sie musste sich irgendwie anders hier herauswinden. Je länger sie wartete, desto klarer wurde ihr, dass es nur mit List gehen würde. Gleichwohl ließ sie den Stein nicht los.

Die Stunden verrannen, irgendwann, es musste weit nach Mitternacht sein, kehrte Wächter Grom mit seiner Laterne zurück. Er war gut gelaunt und offensichtlich leicht angetrunken. Vermutlich hatte er beim Spiel gewonnen.

Alena verhielt sich still. Sie hoffte, dass der Wächter sie vergessen hätte. Tatsächlich verschwand er in dem Verschlag, in dem er die meiste Zeit verbrachte. Doch ihre Hoffnung zerstob bald: »Ah, was könnte diesen Abend besser krönen als die Liebe einer schönen Frau?« Sie hörte es metallisch klirren. Er hatte also nur die Schlüssel geholt.

»Nun, mein Täubchen, willst du ein wenig mit mir feiern?«

»Was gibt es denn zu feiern, Herr?«, fragte Alena und versuchte, ängstlich zu wirken.

»Hab zehn Schillinge gewonnen, mit den Karten. Kann es dringend gebrauchen. Die Sterne sind mir endlich doch noch gewogen, wie es scheint – und dir auch, wenn du weißt, was gut für dich ist.«

»Wollt Ihr mehr als zehn Schillinge gewinnen, Herr?«

Grom lachte leise. »Hab die Karten drüben liegen lassen. Glaube auch nicht, dass du auch nur einen halben Schilling bei dir trägst.«

»Natürlich nicht, Herr. Aber ich weiß, wo Ihr dreißig Schillinge finden könntet.«

»Soso.« Der Wächter hantierte umständlich mit den Schlüsseln.

»Hab sie versteckt, bevor man mich festnahm.«

»Natürlich«, murmelte der Wächter, der ihr offensichtlich keinen Glauben schenkte.

»Unter den Gehenkten auf der Mauer. Weiß doch, dass da niemand gerne hingeht.«

Jetzt hielt Grom inne. »Unter den Galgen?«

»Gewiss, Herr. In der Nähe der Metzgerei dort. Da fand ich einen losen Stein. Darunter, in einem Tuch, da habe ich all mein Geld versteckt.«

»Und warum erzählst du mir das, mein Täubchen?«

»Weil das Geld Euch gehört, wenn Ihr nur dafür sorgt, dass ich hier unbeschadet hinausgelange. Und wenn Ihr dafür sorgt, dann sage ich Euch auch, wo genau Ihr den bewussten Stein findet.«

Der Wächter schien nachzudenken, und das unsichere Licht der Laterne sorgte dafür, dass sein Gesicht unter dieser schweren Arbeit eine wahre Fratze wurde.

»Nein«, sagte er schließlich, »so billig bin ich nicht zu haben. Du bist eine Betrügerin und wohl auch eine Diebin. Woher sonst solltest du dreißig Schillinge haben? Und den richtigen Galgen werde ich schon selbst finden …« Er hatte offenbar auch den passenden Schlüssel gefunden. Es knackte hörbar im Schloss, als der Bart den Riegel zurückschob. »Wenn du aber jetzt aufhörst, meine Zeit zu verschwenden, dann werde ich vielleicht vergessen, dass du eine Diebin bist. Weißt du, manchmal hacken sie Dieben in dieser Stadt noch die Hand ab …« Er stieß die Tür auf.

Alena wich zurück. Ihre Finger krampften sich um den Stein.

Der Wächter schüttelte den Kopf. »Weglaufen kannst du nicht. Komm schon, meine Lenden sehnen sich nach deinen. Verlange ich denn wirklich Unmögliches, mein Täubchen?«

»Kriegen wirst du es jedenfalls nicht«, zischte Alena.

»Wir werden sehen …«

Sie wich weiter zurück. Er öffnete seinen Gürtel. »Ich muss dich doch nicht etwa festbinden, oder?«

»Was geht hier vor?«, fragte eine schneidende Stimme von der Pforte.

Alena hatte nicht bemerkt, dass sie geöffnet worden war. Jetzt stand dort im Schein einer Laterne ein prachtvoll gekleideter Mann mit einem dichten schwarzen Bart.

Der Wächter drehte sich langsam um. »Meister Schönbart! Ich meinte, Meister Thenar, ich ... ich ... Inspektion, Herr«, stotterte er und hielt die Hosen fest.

»Die ist hiermit beendet. Packt Euch! Ich habe mit dieser Gefangenen zu reden.«

Der Wächter stammelte ein paar Ausreden, übergab seine Schlüssel und stolperte unter etlichen Verbeugungen hinaus. Der Besucher musste wirklich wichtig sein.

Alena verbarg immer noch den Stein in der Hand. »Was wollt Ihr von mir?«, platzte es aus ihr heraus, als der Neuankömmling näher trat.

»Komme ich etwa ungelegen?«, spottete der Mann. »Beruhigt Euch und kommt hier herüber ins Licht, ich will Euch ein wenig näher in Augenschein nehmen.« Er hob die Laterne.

Alena folgte der Aufforderung nur zögernd. Der Mann hatte ihr geholfen – das hieß vermutlich, dass er eine Gegenleistung erwartete.

Odis Thenar musste sich sehr beherrschen, um sein Erstaunen zu verbergen, als die junge Frau ins Licht trat. Die Ähnlichkeit war verblüffend. Wenn man sich statt der verfilzten Strähnen Caisas seidig glänzendes Haar, statt des unsicheren und gleichzeitig frechen Grinsens ihr schüchternes Lächeln und statt der ungewaschenen Haut ihre blütenreinen Wangen vorstellte – dann war es Caisa, die dort im Kerker saß. Er forderte die Gefangene auf, durch die Tür zu treten. »Ich will mich mit Euch unterhalten, dort drüben vielleicht, wo sonst die Wächter sitzen.«

»Warum?«

»Weil ich lieber sitze als stehe. Und Ihr sitzt vielleicht auch lieber sicher auf einem Stuhl, als mit gespreizten Beinen im Stroh zu liegen. Oder wolltet Ihr Euch gerade mit Eurem Schoß ein paar Vergünstigungen erkaufen?«

»Na, hört mal. Ihr könnt viel über mich sagen, aber ich bin gewiss nicht so dumm, meine Jungfräulichkeit an so einen verlausten Gefängniswärter zu verlieren.«

Sie war noch Jungfrau? Erstaunlich ... Sie setzte sich, und in ihren wachen Augen las Thenar sowohl Misstrauen wie auch Neugier. Er nahm ihr gegenüber Platz und legte ein Pergament auf den schmutzigen Tisch.

»Alena, ist das Euer richtiger Name?«

»Klar.«

»Ihr habt eine recht interessante Familie, wie ich diesem Pergament entnehme. Euer Vater war ein Metzger, aber vielleicht auch der Herzog von Terebin?«

»Habe nie behauptet, dass er der Herzog ist.«

»Und Eure liebe Mutter liegt hier im Sterben, wie uns ein Fischer verraten hat, dem Ihr noch sechzig Schillinge schuldet. Oder ist sie vielleicht doch bereits gemeinsam mit Eurem herzoglichen Fleischer-Vater dem Fieber erlegen, wie es dieser Metzgermeister erzählte?«

»Der hat sich vielleicht verhört, Herr«, erwiderte die Gefangene und versuchte, einen Blick auf das Pergament zu werfen.

»Ihr könnt lesen?«, fragte Thenar überrascht.

»Klar.«

»Beweist es.«

Sie nahm das Blatt, das er ihr hinschob, und las stockend: »Eine namentlich nicht bekannte Betrügerin, vermutlich aus Syderland, hat einen Fischer von ebendort um Fährlohn geprellt, der dies der Hafenwache zur Anzeige brachte. Die Betrügerin wurde aufgegriffen in den Abendstunden im Gasthaus *Zum Roten Ochsen,* wo sie eine Mahlzeit erschwindelte ...« Sie ließ das Blatt sinken. »Ich bin keine Betrügerin, und ich habe nichts erschwindelt. Die haben mir das Essen aufgedrängt.«

»Weil Ihr ihnen nahegelegt habt, dass Euer mächtiger Vater sich erkenntlich zeigen würde. Stelle ich mir schwierig vor, da er doch schon mindestens zweimal gestorben ist.«

»Wie gesagt, ich kenne meinen Vater nicht. Woher soll ich also wissen, ob er Metzger oder Fürst ist? Oder ob er noch atmet – oder schon in einem Sarg vermodert?«

Thenar kratzte sich am Bart. Diese junge Frau war nicht dumm, und sie war ziemlich frech. Die Frage war, was ihm das alles nützte. Die Ähnlichkeit war verblüffend, und er könnte mit Magie noch ein wenig nachhelfen. Aber es war eine Sache, ob man einen Mann für ein paar Minuten glauben machen wollte, Prinzessin Caisa zu sehen – oder ob man eine ganze Hochzeitsgesellschaft mitsamt Bräutigam über mehrere Tage täuschen wollte. Nein, selbst mit Magie war das nicht zu bewerkstelligen.

Dennoch, das Mädchen mochte von Nutzen sein. Er dachte an das, was Gidus über die Skorpione gesagt hatte: Caisa war in Gefahr. Vielleicht konnte man einen möglichen Attentäter mit einer Doppelgängerin täuschen? Wenn ein Dolch statt der Prinzessin diese junge Betrügerin traf, wäre der Verlust verkraftbar.

»Ich könnte Euch eine bessere Unterkunft anbieten«, fuhr er fort.

»Und was verlangt Ihr dafür?«

»Erstens – ich will die Wahrheit hören. Das ist die Voraussetzung für den Handel, den ich Euch vorschlagen möchte.«

»Handel?«

Wie misstrauisch sie war! »Ich möchte, dass Ihr für einige Zeit eine bestimmte Rolle spielt. Ist diese Zeit vorüber, werdet Ihr fürstlich entlohnt.«

»Ich will die Hälfte im Voraus.«

»Versteht mich nicht falsch ... Ich bin bereit, Euch zu helfen, wenn Ihr mir helft – aber über Bedingungen wird nicht verhandelt. Ihr werdet tun, was ich sage, oder hier unten verrotten. Habt Ihr das verstanden?«

Sie nickte.

»Gut. Ihr werdet feststellen, dass es für sehr leichte Arbeit sehr viel Silber ist.«

»Von wie viel Geld reden wir denn?«

»Ich dachte an tausend Schillinge, für etwa drei Monate Arbeit, die wir nicht Arbeit nennen können.«

»Ziemlich viel Geld, dafür, dass es keine Arbeit ist. Das heißt, dass es einen Haken gibt. Und der muss gewaltig sein, wenn es Euch tausend Schillinge wert ist.«

Thenar zuckte mit den Achseln. »Es ist unter Umständen nicht ganz ungefährlich. Die Person, für die Ihr eintreten sollt, wird mit dem Tode bedroht. Allerdings werdet Ihr unter dem besten Schutz stehen, den man für Geld haben kann.«

»Klingt, als wären tausend Schillinge vielleicht doch nicht genug. Ich muss mehr wissen.«

»Ihr würdet in einem Bett schlafen, und nicht mehr im Stroh – und zwar allein. Ich kann Euch aber auch wieder an Grom übergeben, wenn Euch das lieber ist. Nein? Gut. Einzelheiten gibt es später. Ich will erst noch ein wenig mehr über Euch erfahren. Und dieses Mal zur Abwechslung die Wahrheit. Also – Euer Name ist?«

»Alena, das heißt, eigentlich Alenaxara.«

»Ah, wie die legendäre Königin von Filgan? Sehr schön. Ich nehme an, Ihr stammt aus dieser Stadt. Und wenn ich raten müsste – aus dem Krähenviertel?«

Alena starrte den Mann missmutig an. Sah man ihr das etwa an der Nasenspitze an? Sie nickte, weil es wohl zwecklos war, das zu leugnen. Dieser Meister Schönbart, wie ihn der Wächter genannt hatte, war nicht so leichtgläubig wie die Trottel, mit denen sie es bisher hier zu tun gehabt hatte.

»Der Name Eurer Familie?«

»Pamander«, erwiderte sie, und sie war gespannt, ob er die Lüge bemerken würde. Sie kannte in Filgan nur einen Pamander, einen alten Mann, der sich zeit seines Lebens mit gichtgekrümmten Fingern in einer Töpferei abgeplagt hatte. Pamander war ein guter, unbescholtener Name, ganz anders als Undaro, auch wenn der Alte neulich unter nie ganz geklärten Umständen ins Hafenbecken gefallen und ertrunken war. »Aber eigentlich kann man von Familie gar nicht reden. Wir waren nämlich bis vor kurzem nur noch zwei. Und jetzt bin ich ganz allein.«

»Und Euer Vater?«

»Ich kenne ihn nicht. Wie oft muss ich das eigentlich noch sagen?«

»So lange, bis ich es glaube. Und mäßigt Euren Ton, wenn Ihr mein Wohlwollen bewahren wollt. Eure Mutter?«

»Meine Mutter ist schon lange tot. Ich habe bei meinem Großonkel gelebt, der jüngst … verstarb.«

»Aha«, sagte der Mann und strich sich mit zufriedener Miene durch den stutzerhaften Bart. »Warum habt Ihr Filgan verlassen?«

»Kennt Ihr denn die Stadt nicht, Herr? Sie ist hässlich und schwarz, und immer riecht es nach Fisch oder nach Gerbereien, oder vom Vulkansee weht der Geruch von Schwefel herüber. Dann starb auch noch mein Onkel … also bin ich weg.« Sie hatte wirklich einen triftigen Grund gehabt, die Stadt zu verlassen, war aber der Meinung, dass der diesen Mann nichts anging.

»Also seid Ihr nach dem Tod Eures Verwandten ohne Gepäck, ohne Kleidung zum Wechseln, überhaupt ohne ausreichende Mittel, Hals über Kopf aufgebrochen? Das soll ich glauben?«

Der Schönbart war wirklich nicht so blöd wie die anderen.

Alena machte ein betretenes Gesicht. »Um die Wahrheit zu sagen, Herr, mein armer Großonkel ... er hatte sich von den falschen Leuten Geld geliehen und konnte es nicht zurückzahlen. Sie verlangten von ihm, dass er mich und meine Jungfräulichkeit verkaufen ...« Sie schaffte es, rot zu werden und ihre Stimme tränenerstickt verstummen zu lassen. Dann brachte sie hervor: »Er weigerte sich. Und sie brachten ihn um. Da bin ich geflohen, denn diese Leute vergessen Schulden nicht.«

»Nun verstehe ich endlich Eure Eile, und ich verstehe, dass Euch Eure Herkunft unangenehm ist. Anscheinend wird das Krähenviertel seinem schlechten Ruf immer noch gerecht. Und was sucht Ihr hier in Terebin?«

»Eigentlich nichts, Herr. Aber der Fischer wollte mich nicht bis nach Frialis bringen.«

»Und was wollt Ihr in der Hauptstadt?«

Sie zuckte mit den Schultern. Tatsächlich hatte sie so weit noch nicht gedacht. »Ist eine große Stadt mit vielen Möglichkeiten, nach allem, was ich so höre, Herr. Da wird sich für mich schon etwas finden.«

Der Mann nickte und lächelte. »Mit tausend Schillingen vermutlich eher als mit null. In Frialis mag man Menschen ohne Geld nicht besonders. Aber ich denke, das wird bald nicht mehr Euer Problem sein.«

Alena nickte. Sie hatte den Mann angelogen, aber er war auch nicht ehrlich zu ihr, das spürte sie. Dennoch hatte sie das Gefühl, dass ihr vielleicht endlich das Glück zulächelte. Tausend Schillinge? Das war eine Menge Geld im Krähenviertel, und wohl auch sonst auf der Welt.

Meister Schönbart nahm sie auf der Stelle mit. Er sorgte dafür, dass sie ihre wenigen Habseligkeiten wiederbekam, und schärfte den Wachen ein zu vergessen, dass es diese Gefangene jemals gegeben hatte.

»Und wenn wer nach ihr fragt, Meister Thenar?«, wollte Grom wissen.

»Wird jemand kommen und nach Euch fragen?«, erkundigte sich Thenar bei Alena.

Sie schüttelte den Kopf.

»Na also.« Er ließ sich von den Wachen ein Tuch geben, unter dem sie ihr Gesicht verbergen sollte, dann führte er sie über endlose schmale Stufen immer weiter hinauf. Das war auf jeden Fall nicht der Weg, durch den Alena das Gefängnis betreten hatte.

Endlich erreichten sie eine niedrige Tür. Meister Thenar spähte hindurch, fand den Gang verlassen und zog sie weiter. Alena fragte sich, wo sie gelandet waren. Dieser Gang war kalt, aber prachtvoll, die Säulen waren sogar aus Marmor! Der Mann musste sie in den Palast gebracht haben.

Es war noch Nacht, aber hier und dort erhellten Lampen die weiß gemauerten Gänge, und einmal kamen sie an einer Wache vorbei, die schläfrig an der Wand lehnte und hastig Haltung annahm, als sie vorübereilten.

Am Ende betraten sie ein riesiges Gemach. Alena, die schon von den hohen Gängen beeindruckt war, blieb der Mund offen stehen. Sie hatte in Märchen von solchen Kammern gehört. Dieser eine Raum war größer als das Haus, in dem sie mit ihren acht Brüdern und Schwestern aufgewachsen war. Und dort, zwischen zwei großen Fenstern, stand ein riesiges Bett, wie sie noch keines gesehen hatte.

Aber Meister Thenar zog sie weiter, durch einen weiteren kleineren Raum in eine Art Schreibstube, und öffnete dort schließlich die niedrige Tür eines muffigen Verschlags, der sofort böse Erinnerungen weckte. Als Kind hatte sie zur Strafe manche Stunde in einem ähnlich dunklen Loch verbringen müssen. Aber sie war kein Kind mehr. »Was soll das sein?«, fragte sie, als er sie aufforderte einzutreten.

»Euer vorübergehendes Zuhause. Stellt Euch nicht so an. Es ist besser als Eure Zelle.«

»Aber nicht viel, Herr. Das ist eine Abstellkammer! Soll ich etwa in dem Eimer dort schlafen? Und mich vielleicht mit dem Besen zudecken?«

»Ich werde Euch eine Kerze, Decken und etwas zu essen bringen. Aber Ihr müsst Ruhe halten. Es ist auch nur vorübergehend«, drängte er, weil sie sich nicht rührte.

»Wie lange?«

»Ein paar Stunden, denke ich. Vielleicht einen Tag. Stellt Euch nicht so an. Denkt lieber an das schöne Silber, das Ihr Euch verdienen könnt.«

»Es ist härter verdient, als ich dachte«, murmelte Alena, aber schließlich betrat sie die Kammer.

Thenar brachte ihr tatsächlich umgehend zwei Kerzen, zwei prachtvoll bestickte Decken, ein unfassbar weiches Kissen und eine Schale mit Obst. Dann versicherte er ihr noch einmal, dass es nur für den Übergang sei, mahnte sie, auch tagsüber Ruhe zu halten, damit die Diener nichts merkten, und dann schloss er sie ein.

Alena fragte sich, was das alles werden würde. Es gefiel ihr nicht, dass der Mann einfach so über sie verfügte. Und auch seine Großzügigkeit machte sie misstrauisch. Aber das Kissen war wirklich weich, und so schlief sie ein, bevor sie richtig ins Grübeln kam.

Meister Thenar brachte kein Auge zu. Er legte sich Pergament und Feder zurecht und versuchte, seine Gedanken schriftlich zu ordnen, was ihm aber nur unvollkommen gelang. Er hatte eine Doppelgängerin, eine Zielscheibe, falls einer der Skorpion-Prinzen es wagen sollte, einen Mordanschlag auf Caisa zu befehlen.

Aber würde es reichen, sie ein wenig auszustaffieren? Nein, vermutlich nicht. Und was machten sie in der Zwischenzeit mit der echten Caisa? Die konnten sie schlecht in eine Kammer einsperren.

Voller Ungeduld erwartete Thenar den Sonnenaufgang. Dann lief er hinüber in die Gemächer des Fürsten, der bereits auf den Beinen war und sich ankleidete. Thenar sah ihm an, dass etwas nicht stimmte. »Ist etwas geschehen, Hoheit?«

»Mein Bruder Arris ist in den Morgenstunden in der Stadt eingetroffen. Er wartet bereits in der Halle.«

»Der Prinz ist hier? Warum wurde ich nicht unterrichtet?«, fuhr Thenar den Haushofmeister an.

Der murmelte eine verlegene Entschuldigung, bei der es darum ging, dass der Prinz verlangt habe, seinen Bruder zu sehen, nicht jedoch den Strategos.

»Dummkopf«, murmelte Thenar. »Geht und sagt ihm, dass der Fürst aufgehalten wurde.«

Der Herzog runzelte die Stirn. »Wurde ich das?«

»Ich muss Euch zuvor etwas zeigen, Hoheit. Es ist von allergrößter Wichtigkeit.«

»Wichtiger als die unerwartete Ankunft meines Bruders?«

»Es geht um Caisas Sicherheit, Hoheit.«

»Bei den Himmeln! Es ist ihr doch nichts …«

»Nein, verzeiht, Hoheit, ich habe mich ungeschickt ausgedrückt. Aber ich denke, ich habe einen Weg gefunden, für ihre Sicherheit zu sorgen, ohne dass wir dazu einen Schatten in unserem Palast dulden müssten.«

»Solange wir nicht in diese Hochzeit einwilligen, erscheint sie mir sicher zu sein«, sagte der Herzog, als er mit seinem Strategos durch die Gänge eilte.

»Ich fürchte, die Skorpione werden sich nicht vorstellen können, dass Ihr Euch dem Wunsch des Seerates widersetzt.«

Der Fürst schnaubte verächtlich. Offenbar war er immer noch nicht bereit, sich in das Unvermeidliche zu fügen.

Thenar führte ihn in seine Schreibstube, dann öffnete er vorsichtig den Verschlag. Die junge Frau schlief. »Seid leise, Hoheit, wir wollen sie nicht wecken«, flüsterte er. Er entzündete eine der Kerzen.

»Bei der Sturmschlange!«, entfuhr es dem Herzog.

Im weichen Licht, das der Docht verströmte, ähnelte die Filganerin Caisa nur noch mehr. Thenar konnte sehen, wie fasziniert der Herzog war. Dann löschte er die Kerze wieder. Sie traten hinaus, und er verschloss leise die Tür.

»Diese Ähnlichkeit … wie ist das möglich?«

»So etwas kommt vor, Hoheit, wenn auch selten. Man sieht es wohl auch eher bei jungen Menschen, in deren Gesichtern das Schicksal noch keine Spuren hinterlassen hat. Die junge Frau hat versucht, sich diese Ähnlichkeit mit kleinen Betrügereien zu Nutze zu machen, was sie in den Kerker geführt hat. Ich denke, wir können sie einsetzen, um mögliche Attentäter in die Irre zu führen.«

Der Herzog schüttelte den Kopf. »Diese Ähnlichkeit …«

Hatte der Fürst ihm überhaupt zugehört? »Ich dachte mir, wir schicken Caisa heimlich nach Perat, wo sie sich auf dem Stammsitz Eures Geschlechts bis zur Hochzeit verstecken kann.«

Der Fürst warf ihm einen finsteren Blick zu. »Geht also auch Ihr davon aus, dass diese Vermählung stattfinden wird?«

»Verzeiht, Hoheit, aber ich sehe wirklich nicht, wie wir uns dem verweigern könnten.«

»Wir? Es ist meine Tochter, nicht Eure, die hier zur Schlachtbank geführt werden soll.«

»Ich bitte um Vergebung, Hoheit, ich habe wenig geschlafen, und meine Worte waren …«

»Aber wartet!«, unterbrach ihn der Fürst. »Vielleicht liegt die Lösung für unser Problem hinter dieser kleinen Pforte.«

»Mein Fürst?«

»Die Doppelgängerin! Soll sie doch Prinz Weszen das Jawort geben!«

Thenar wusste erst gar nicht, was er zu diesem aberwitzigen Vorschlag sagen sollte.

»Natürlich! Das ist es, Odis! Warum seid Ihr nicht darauf gekommen?«

Thenar hatte sich wieder gefasst: »Weil es unmöglich ist, Hoheit. Der Prinz wird doch merken, dass die dort ein Mädchen aus der Gosse und keine Prinzessin ist. Spätestens, wenn sie den Mund aufmacht, wären wir verloren. Ganz zu schweigen von all den anderen Menschen bei Hofe, die getäuscht werden müssten. Und so ein Betrug wäre dann wirklich das Ende dieses Hauses.«

Der Fürst schloss die Augen, dann schien er das Thema wechseln zu wollen: »Erinnert Ihr Euch noch an unseren Feldzug im Süden? Wie oft standen wir mit dem Rücken zur Wand – und doch habt Ihr jedes Mal einen Weg gefunden, eine beinahe sichere Niederlage noch in einen Sieg zu verwandeln. Ihr seid nicht nur mein wichtigster Ratgeber, Thenar, Ihr seid auch ein Zauberer, ein Meister der Täuschungen und Illusionen. Und Ihr seid mein Strategos, der bisher noch in der aussichtslosesten Lage eine Lösung gefunden hat. Ich vertraue Euch! Mag sein, dass das, was ich von Euch verlange, den meisten Menschen unmöglich wäre, aber nicht Euch, Thenar, nicht Euch. Macht es möglich, ich bitte Euch! Nicht als Euer Fürst, nein, als Euer Freund. Für mich, für die Herzogin. Und vor allem für Caisa, die Euch doch ebenso am Herzen liegt wie mir.«

Thenar schluckte. Das Vertrauen, das Ector in ihn setzte, war überwältigend. Er nickte schwach. Was sollte er denn auch sagen?

Der Herzog hatte ihn an den Armen gepackt. Jetzt ließ er ihn wieder los und lächelte. »Ich wusste, dass ich auf Euch bauen kann. Jetzt können wir dieser verfluchten Hochzeit zustimmen. Die Herzogin wird staunen, wenn sie hört, was wir vorhaben! Und auch Arris sollten wir einweihen. Er leidet sehr unter dem Gefühl, dass ich ihm nicht mehr traue.«

»Ihr wollt es ihnen doch nicht etwa erzählen, Hoheit?«, rief Thenar, als der Herzog schon fast aus der Tür war. Der Herzog sah ihn fragend an. Von der anderen Seite des Ganges fiel Sonnenlicht auf ihn und umhüllte ihn mit einem beinahe überirdischen Schimmer.

»Ihr könnt es ihnen nicht erzählen, mein Fürst. Niemand darf es erfahren!«

»Aber Ilda, meine Frau, sie muss …«

»Sie würde es ihrer Mutter erzählen – und dann könnten wir auch gleich eine allgemeine Bekanntmachung herausgeben. Und Euer Bruder … ich fürchte, er ist nicht der Mann, ein Geheimnis zu bewahren. Wenigstens halte ich es für besser, ihn nicht mit einem solchen zu belasten.«

Der Fürst schien kurz mit sich zu kämpfen. Dann sagte er leise: »Sie werden mich hassen, wenn sie glauben müssen, dass ich Caisa an dieses Ungeheuer verheirate. Der Mann ist der Todfeind unseres Hauses.«

»Sie werden es verstehen, Hoheit. Später werden sie es verstehen.«

Der Herzog nickte, dann ging er, seinen Bruder zu begrüßen.

Thenar blieb noch einen Augenblick zurück. Er starrte auf die kleine Pforte, hinter der die junge Frau aus Filgan schlief. Was hatte er sich da nur eingebrockt?

Er sehnte sich nach Schlaf, aber Prinz Arris war in der Halle. Es war besser, ihn und Herzog Ector nicht alleine zu lassen. Also stolperte Odis Thenar seinem Fürsten hinterher.

Prinz Arris streichelte einen der beiden riesigen Bärenhunde, als Thenar dort mit dem Herzog eintraf. Der Prinz war nicht alleine gekommen. Ein junger Mann, der ängstlich auf Abstand zu den Hunden bedacht zu sein schien, wartete mit ihm.

»Arris, was führt dich nach Terebin?«, rief der Herzog an der Pforte.

Der Prinz erhob sich, blieb aber stehen und zog eine Grimasse.

Thenar zuckte zusammen. Er hatte gehört, dass Arris bei einem Gefecht im Gesicht verwundet worden war, aber er hätte nicht gedacht, dass die Folgen so verheerend wären. Eine Narbe zog sich wie ein tiefer Graben von der rechten Stirn bis zum Unterkiefer. Das Auge war noch da, aber die Pupille war grau. Und die Grimasse, das begriff Thenar, war ein Lächeln, das aber nur auf dem halben Gesicht erkennbar war. Seltsamerweise sah die so schlimm versehrte Seite, die unbewegt blieb, viel weniger schrecklich aus als die verzerrt lächelnde linke.

»Bei den Himmeln!«, entfuhr es dem Herzog, der seine Schritte verlangsamte.

»Ich habe es überlebt, Bruder, also ist es nur halb so wild«, gab Arris frostig zurück.

Thenar roch eine schwache Alkoholfahne, als er näher herantrat.

Der Herzog fasste seinen Bruder an den Armen und betrachtete ihn. Aber es gab keine Umarmung. »Ich hatte doch keine Ahnung, wie schwer deine Verletzungen sind, Arris«, sagte er leise.

Thenar begnügte sich damit, dem Prinzen ehrerbietig zuzunicken. Er fragte sich, wer dieser junge Mann war, den Arris mitgebracht hatte. Der trat verlegen von einem Bein auf das andere und schien nicht zu wissen, was von ihm erwartet wurde. Sein Gesicht war mit einem feinen Gespinst blauer Linien überzogen, eigentlich viel zu dicht für einen derart jungen Magier.

Arris trat einen Schritt zurück. »Eigentlich stand es noch schlimmer, und mein Schreiber war schon dabei, meinen Nachruf zu verfassen. Eine oramarische Klinge hatte den ganzen Knochen tief gespalten, und die Ärzte sagten, dass diese Verletzung nicht geheilt werden könne. Nur der junge Mann dort drüben, der wollte deinen Bruder nicht aufgeben. Er hat mich zusammengeflickt. Und auch, wenn sich Frauen bei meinem Anblick nun abwenden und Kinder anfangen zu weinen – ich sah schlimmer aus, als er seine Arbeit begann.«

»Dieser junge Mann?«

»Ein Heiler, das heißt, eigentlich ein Alchemist, vom Orden der Silbernen Flamme der Weisheit aus Saam. Er hat vielen meiner Männer Glieder bewahrt, die die Metzger, die sich sonst beim Heer Arzt schimpfen, gerne abgeschnitten hätten.«

»Meine Familie ist Euch zu Dank verpflichtet, junger Mann. Sagt mir Euren Namen, bitte.«

»Meister Aschley von der Silbernen Flamme, Hoheit, zu Euren Diensten«, murmelte der Alchemist.

Thenar hatte von diesem Orden gehört. Er war berüchtigt, weil einige seiner Mitglieder sich den verbotenen Künsten der Totenbeschwörer bedient hatten. Meister Aschley sah allerdings nicht aus wie ein Nekromant, eher wie ein Milchbub. Er musste plötzlich daran zurückdenken, wie er in diesem Alter gewesen war: Ein Schüler des Ordens der Schwarzen Spiegel, weit vom Meisterrang entfernt und nur mittelmäßig begabt für die Magie, die man ihn lehren wollte. Sein Vater, ein reicher Kaufmann, hatte ihn in den Orden abgeschoben, weil er es für das Beste hielt, was man mit einem überzähligen Sohn anstellen konnte. Zum Glück hatte sich offenbart, dass der junge Odis seinen Mangel an magischer Begabung mit anderen Fähigkeiten ausgleichen konnte.

»Das also ist der Heiler, den du in deinen Briefen erwähnt hast?«, sagte der Herzog und betrachtete das Wunderkind. »Ich hatte ihn mir anders vorgestellt.«

»Er hat seinen ersten Meisterrang im Alter von vierzehn Jahren erreicht, Ector. Glaube mir, die Männer im Heer preisen seinen Namen. Und vielleicht kann er auch Ilda und dir bei eurem Problem ...«

»Wir werden sehen«, unterbrach ihn der Herzog schroff. »Aber du hast mir immer noch nicht gesagt, was dich hierherführt.«

»Du meinst, außer der Sehnsucht nach meiner Familie?«, fragte Arris bitter. »Zum einen möchte ich dir die Dienste dieses jungen Mannes anbieten, zum anderen bringe ich die Klagen meiner Obersten, die auf ihren Sold und den ihrer Männer warten.«

»Das solltest du mit Meister Thenar besprechen. Ich bin jedenfalls froh, dass du diese Wunde überlebt hast. Auch Ilda und Caisa werden ... sich freuen, dass du wieder hier bist.«

Thenar bezweifelte das. Die Herzogin war weit nachtragender als ihr Mann, der gerne zu verzeihen bereit war.

»Du solltest sie wegen dem hier vielleicht vorwarnen, Ector«, sagte der Prinz mit einer fürchterlichen Grimasse und wies auf seine zerstörte Gesichtshälfte.

Thenar wusste, dass das ein Lächeln sein sollte, aber er spürte, dass der Prinz tief verbittert war. Und das vermutlich nicht nur wegen seines entstellten Gesichts.

Thenar blieb in der Halle, obwohl dringendere Arbeit auf ihn wartete. So war er zugegen, als Fürstin Ilda und Caisa dem Prinzen begegneten. Die Herzogin hatte sich gut im Griff. Sie betrachtete Arris mit kühlem Blick. »So konntet Ihr dem Schwert des Schicksals wohl doch nicht ganz ausweichen, Schwager.«

»Mein Schicksal ist weniger schlimm als das unserer Brüder, Schwägerin«, entgegnete er mit einem traurigen Lächeln, das die Herzogin zusammenzucken ließ.

Thenar wünschte sich, der Prinz würde sich das Lächeln abgewöhnen. Und er wollte, Arris hätte die beiden Toten nicht erwähnt: Lemaos, den jüngsten der drei herzoglichen Brüder, und Trokles, den Bruder der Herzogin. Der Verlust von Lemaos war noch frisch und schmerzhaft, und Trokles war vor zwei Jahren in Saam gefallen, genauer gesagt, hingerichtet worden, nach seiner Gefangennahme durch Prinz Weszen. Ja, es hielt sich hartnäckig das Gerücht, dass dieser Prinz ihn eigenhändig enthauptet habe. Und dennoch verlangte der Seebund, dass Caisa dieses Ungeheuer heiraten sollte.

Die Prinzessin war weniger geübt darin, ihre Gefühle zu verbergen, als ihre Mutter. Sie brach in Tränen aus, als sie ihren Onkel sah, und fiel ihm dann doch weinend um den Hals. Arris verkrampfte sich sofort.

Das kam unerwartet, und Thenar sah, dass die Augen der Herzogin sich vor Zorn verengten. Aber Caisa war eben ein unschuldiges Mädchen, großherzig wie ihr Vater und nicht nachtragend. Arris nahm ihre Umarmung hin, aber er erwiderte sie nicht.

Beim gemeinsamen Mahl der Familie war Thenar die meiste Zeit geistesabwesend. Caisa hatte den ersten Schreck überwunden und versuchte, mit Prinz Arris zu plaudern. Sie war bester Laune. Wie unschuldig sie doch war in allem, was sie tat! Odis Thenar bewunderte sie für ihre Art, mit ihrem Onkel umzugehen. Und auch zu Graf Gidus, der ebenfalls an diesem doch eher familiären Treffen teilnahm, war sie so freundlich, als gehörte er wirklich dazu. Sie war sich dessen vielleicht nicht bewusst, aber sie hatte eine wunderbare Art, die Menschen für sich einzunehmen. Ein wichtiges Talent für eine Herrscherin. Aber würde sie jemals herrschen? In Oramar hielt man noch weniger von Frauen auf einem Thron als in den Städten des Seebundes. Umso größer war die Sünde, sie an das Scheusal aus Oramar zu verschachern, und noch immer hatte ihr niemand gesagt, was ihr bevorstand. Thenar seufzte und hoffte, dass es nicht an ihm war, ihr das zu offenbaren.

Prinz Arris beantwortete ihre Fragen nach fremden Städten, Ländern und dem Krieg in Saam nur einsilbig, aber seine Blicke waren beredt, und er sprach dem Wein mehr zu, als für ihn gut war. Herzoginmutter Luta konnte sich die eine oder andere spitze Bemerkung nicht verkneifen, aber Arris tat, als hätte er sie nicht gehört – oder er hörte sie vielleicht wirklich nicht.

Normalerweise war es immer an Thenar, das Gespräch in unverfängliche Bahnen zu lenken, aber er war mit seinen Gedanken bei der unmöglichen Aufgabe, die vor ihm lag.

Also war es Fürst Ector, der schließlich weitschweifend von lang zurückliegenden Abenteuern im Süden erzählte. Caisa hörte ihm aufmerksam zu, die Herzogin stocherte gelangweilt in ihrem Obst herum, und Fürstin Luta schien nur Augen für das Weinglas des Prinzen zu haben, das sich immer schneller füllte und wieder leerte.

»Erinnert Ihr Euch noch an Mambar, Meister Thenar?«, fragte Ector jetzt.

Thenar nickte zerstreut. Wie hätte er das vergessen können? Sieben endlose Jahre hatten sie sich dort für den Seebund durch undurchdringliche Wälder gekämpft. Meistens auf der Suche nach einem Feind, der nicht zu fassen war. Sie würden vermutlich noch heute dort durchs Unterholz kriechen, wenn nicht Ectors Vater Anates mit dem alten Gawas, seinem Strategos, bei einem Seegefecht gegen die Korsaren ums Leben gekommen wäre. Und so war Ector der siebente Peratis auf dem Marmorthron geworden – und Thenar der Strategos von Terebin.

»Wir waren einer Bande Mambara dicht auf den Fersen«, fuhr der Herzog fort, »und wir dachten, dass wir endlich ein paar dieser Halunken erwischen würden. Ich hätte auf Meister Thenar hören sollen, denn er wusste gleich, dass es eine Falle war.«

»Eine Falle?«, fragte Graf Gidus, als hätte er die Geschichte nicht schon einige Male gehört.

»Ja, denn plötzlich waren wir auf allen Seiten von diesen dunkelhäutigen Kriegern umringt, die nur darauf warteten, ihre

Speere in unserem Blut zu baden. Und ohne meinen Strategos wäre ich wohl wirklich dort gestorben.«

»Das ist gar nicht gesagt. Die Mambara hatten so große Angst vor unserem Fürsten, dass wir die Sache wohl auch ohne meine List überstanden hätten«, warf Thenar peinlich berührt ein.

»Was ist denn geschehen, Vater?«

»Wir vereinbarten mit den feindlichen Anführern ein Treffen. Sie glaubten, wir wollten uns ergeben, und willigten ein. Und als wir auf dieser Lichtung standen, da zeigte sich plötzlich oben auf dem Hügel eine riesige Streitmacht mit flatternden Bannern – unsere Rettung. Die Mambara waren jedoch tapfer und bereit, den Kampf anzunehmen. Sie wechselten hastig ihre Stellung, doch da Meister Thenar dies vorausgesehen hatte, konnten wir ihnen in die Flanke fallen und sie auseinanderjagen, bevor sie begriffen, was geschah.«

»Und diese Streitmacht griff nicht ein?«, fragte Gidus höflich.

»Natürlich nicht, denn es gab sie doch gar nicht! Es war ein Trugbild, das unser Strategos erzeugt hatte.«

Gidus sah Thenar nachdenklich an. »Ich habe nie verstanden, wie das geht, Meister Thenar. Wie könnt Ihr auf einem fernen Hügel ein ganzes Heer erschaffen?«

»Gar nicht«, erwiderte Thenar trocken. »Dieses Trugbild entstand nicht auf einem Bergrücken, sondern in den Köpfen der feindlichen Anführer. Und da ihre Soldaten diese angebliche Streitmacht nicht sahen, war die Verwirrung nur umso größer, denn sie verstanden nicht, was ihre Häuptlinge von ihnen verlangten.«

»Ah, das erklärt es«, sagte Gidus.

»Bedauerlich, dass Ihr nicht in Saam wart, als wir dort so hart bedrängt wurden, Thenar«, warf Prinz Arris gallig ein.

»Ich brauchte ihn an meiner Seite, Bruder«, versuchte Ector zu beschwichtigen.

»Auch bedauerlich, dass du nicht dort warst. Wir hätten einen erfahrenen Feldherrn gebraucht. Trokles hätte dich gebraucht …«

»Er mag betrunken sein, aber er sagt doch die Wahrheit«, murmelte Fürstin Luta in die Stille. Thenar bedachte sie mit einem unfreundlichen Blick, aber er verstand sie. Sie hatte an jenem Tag mit Trokles einen Sohn verloren – aber das war doch nicht die Schuld Herzog Ectors!

Sieben seiner besten Jahre hatte er fern der Heimat für den Seebund gekämpft. War das nicht genug? Als Caisa geboren wurde, da krochen sie durch einen feindseligen Dschungel, und als sie mit viel Glück doch lebend heimkamen, da schreckte das Mädchen vor diesem Fremden, der ihr Vater war, ängstlich zurück.

Und was hatte er als Lohn erhalten? Ein paar magere Dankesworte und ein paar noch kargere, weit entfernte Felsen, die man großspurig Tausend Inseln taufte. Das waren Felsen, auf denen nichts gedieh und die dennoch verteidigt werden mussten, weil sie angeblich strategisch wichtig waren. Und so bezahlten sie jährlich tausende Schillinge für die Besatzung einiger Festungen und Türme, die ihnen nicht den geringsten Ertrag brachten. Das war der Dank des Seebundes. Und als sei das nicht genug, verlangte man jetzt noch ein weit größeres Opfer: Caisa.

Es drückte Thenar das Herz ab, wenn er daran dachte, was ihr bevorstand. Und immer noch hatte er keine Idee, wie er sie davor bewahren sollte. Die Doppelgängerin war dafür keine Lösung. Ja, er konnte ein paar abgekämpfte Mambara im Dschungel für einige Augenblicke glauben machen, da sei ein Heer im Anmarsch – aber er konnte nicht über mehrere Tage eine ganze Hochzeitsgesellschaft mitsamt Bräutigam in die Irre führen.

Und doch – für Herzog Ector und vor allem für Caisa musste er es versuchen. Der Herzog lächelte ihm zu.

Das Essen zog sich hin, aber irgendwann, Thenar war wohl kurz am Tisch eingenickt, schickte sich der Graf zum Gehen an.

Offenbar wollte er sich die neuen Wasserspiele im Lustgarten ansehen, und Caisa wurde von ihrem Vater gebeten, sie dem Grafen zu zeigen, worin sie mit einer Begeisterung einwilligte, dass Gidus glauben musste, sie würde nichts auf der Welt lieber tun. Sie war wirklich begabt in diesen Dingen.

Thenar straffte sich. Er wusste, was jetzt kommen würde. Tatsächlich erhob sich der Fürst und sagte: »Wir sind zu einer Entscheidung gelangt.«

»In welcher Frage denn?«, wollte Arris wissen, der inzwischen ziemlich angetrunken war.

Der Fürst seufzte und erläuterte den »Wunsch« des Seerates, den Baron Hardis überbracht hatte. An der Reaktion der Herzogin und ihrer Mutter sah Thenar, dass der Herzog sie bereits, gegen seinen Wunsch, eingeweiht hatte.

»Caisa soll *Prinz Weszen* heiraten? Den Schlächter von Saam? Sind die in Frialis vollends verrückt geworden?«, polterte Arris.

»Das war auch mein erster Gedanke, Bruder. Doch leider haben wir in den vergangenen Tagen keine Möglichkeit gefunden, diese Hochzeit ehrenvoll abzulehnen. Wir sind vielmehr zu dem Schluss gekommen, dass es unseren Untergang bedeuten würde, da wir durch unsere Weigerung nicht nur den Frieden, sondern nach Auffassung der einfachen Leute auch den Sieg des Seebundes verhindern würden. Außerdem hat Gidus angedeutet, dass Caisa die meisten unserer Titel an Filgan verlieren würde, sollte sie je Herzogin werden.« Und dann erläuterte er noch einmal die strategischen Gründe für diese Ehe.

Thenar hatte nicht den Eindruck, dass Prinz Arris zuhörte. Er stierte ins Leere, und kaum unterdrückte Wut sprach aus seinen entstellten Zügen. Plötzlich sprang er auf und rief: »Verkaufen! Sie wollen unsere Caisa verkaufen! Du kannst nicht einwilligen!«

»Er ist zwar ein Säufer, aber er hat Recht«, warf die Herzoginmutter ein.

Herzogin Ilda saß leichenblass am Tisch und sagte gar nichts. *Selbst wenn sie krank ist, ist sie schön wie ein Eisberg,* schoss es Thenar in den Sinn, *und ebenso gefährlich.*

»Und doch werden wir es tun«, sagte Herzog Ector.

»Ihr seid wirklich bereit, unsere Caisa an den Mörder Eures Schwagers zu verheiraten?«, giftete Elderfrau Luta. »Wenn der alte Gawas noch leben würde, hätte er diesen Baron mit den Hunden aus dem Palast gejagt, mit den Hunden!«

»Ich sagte, dass wir zustimmen, nicht, dass es zu dieser Hochzeit kommen wird«, erwiderte der Herzog. Auch er war blass geworden.

Thenar warf ihm einen warnenden Blick zu und stand seinerseits auf, denn er musste verhindern, dass der Herzog auch nur eine Andeutung über ihr Vorhaben oder gar die Doppelgängerin machte. In die bemerkenswerte Stille, die sich nach Ectors letztem Satz ausbreitete, sagte er: »Wir werden bis zur letzten Sekunde versuchen, diese Hochzeit zu verhindern. Doch einstweilen werden wir ganz offiziell unsere Begeisterung über die Verlobung zum Ausdruck bringen.«

»Schwachsinn!«, rief die Herzoginmutter. »Wenn Ihr zusagt, dann gibt es kein Zurück!«

»Es wird einige Monate dauern, bis die Hochzeit stattfinden kann«, erwiderte Thenar. »Das sollte uns genug Zeit geben, unseren Kopf aus der Schlinge zu ziehen und die arme Caisa vor diesem Bräutigam zu retten.«

Elderfrau Luta schnaubte verächtlich. »Das ist auf Eurem Mist gewachsen, Strategos, ist es nicht so? Ihr habt meinem Schwiegersohn eingeredet, dass er sich aus dieser Falle herauslügen kann. Aber das kann er nicht. Es gibt keinen ehrenvollen Weg, diese Verlobung zu lösen. Entweder Ector verliert seine Tochter – oder seine Ehre. Auch wenn er vielleicht Narr genug ist zu glauben, er könne beides behalten!«

Ihre Tochter erhob sich, drehte sich um und verließ den Tisch ohne ein Wort. Der Herzog blickte betreten zu Boden. Die Herzoginmutter folgte Ilda. In ihrer Miene spiegelten sich gleichzeitig Triumph und Verachtung.

Thenar sah ihr nach. Sie nahm kein Blatt vor den Mund und war oft leichtfertig in ihren Äußerungen, weil sie sich einbildete, sie könne sich alles erlauben, aber in diesem Fall konnte ein unbedachtes Wort den Untergang bedeuten. Er fühlte sich bestärkt darin, sie auf keinen Fall in den Plan – wenn er je einen haben sollte – einzuweihen.

»Ich hätte nicht geglaubt, dass du noch tiefer sinken könntest, Bruder«, sagte Arris, der sich schwerfällig erhob. »Erst verjagst du mich aus diesem Palast – und jetzt verkaufst du die arme Caisa.« Er hielt sich an seinem Stuhl fest. »Und damit besiegelst du das Ende des Hauses Peratis. Bald wird ein Skorpion über diese Stadt herrschen, und nicht nur irgendein Skorpion, nein, der ärgste von allen! Meinen Glückwunsch!«

Thenar fing ihn auf, als er zu stürzen drohte.

Arris sah ihn mit seinem einen Auge lange an. Dann murmelte er: »Es geht schon. Ich ziehe mich zurück. Sucht Meister Aschley für mich. Er muss mir einen Trank gegen den Kater brauen.«

Alena erwachte mit Rückenschmerzen und brauchte einen Augenblick, um sich zu erinnern, wo sie war. Sie fluchte über den harten Boden und die schönen, aber zu dünnen Decken, tastete nach den Schwefelhölzern, fand sie, und kurz darauf erleuchtete eine Kerze ihre Unterkunft.

»Nicht gerade ein Palast«, murmelte sie, streckte sich, fluchte wieder, weil sie sich in der niedrigen Kammer den Kopf anstieß, und versuchte ihr Glück mit der Tür. Sie fand sie verschlossen und spähte durch einen Spalt hinaus in die Kammer. Die Schreibstube war lichtdurchflutet und verlassen. Es musste inzwischen Mittag sein, vielleicht schon später.

Wo war dieser Meister Schönbart? Er hatte ihr eingeschärft, dass sie ihr Versteck nicht verlassen durfte. Aber sie hatte Durst, Hunger und noch ganz andere Bedürfnisse, denen sie in diesem engen Verschlag auf keinen Fall nachgeben wollte. Sie fand verschiedene Besen und schwere Tücher, die wohl zum Putzen gedacht waren. In einer verschlossenen Kiste stieß sie auf wohlduftende Seife.

»Damit schrubben die hier die Böden? Das riecht besser als alles, mit dem ich mich je gewaschen habe«, murmelte sie. Sie suchte weiter und fand schließlich eine Lade mit Nähnadeln in jeder Größe. Sie lieh sich die beiden stärksten und machte sich daran, das Schloss zu knacken. Nach vier vergeblichen Versuchen verriet ihr ein dumpfes Klicken, dass sie es geschafft hatte.

Vorsichtig schlich sie hinaus. Sie dachte an die vielen Schillinge, die Meister Schönbart ihr versprochen hatte, dann an die Kammer mit dem prachtvollen Bett, durch die ihr Gastgeber sie geschleift hatte. Sie wollte hinüberschleichen, fand aber die Tür der Schreibstube ebenfalls abgeschlossen.

»Ein vorsichtiger Mann, wie es aussieht«, seufzte sie.

Sie beschloss, die Tür vorerst unangetastet zu lassen, und erkundete die Schreibstube. Es gab eine Menge Bücher und noch mehr Pergamente. Dann entdeckte sie auf dem Arbeitstisch einen Teller mit einem halb verzehrten Kanten Brot und etwas Obst. Sie zögerte keinen Augenblick und stopfte alles hastig in sich hinein. In einer Karaffe fand sie Wasser, trank aus der schmalen Kanne und entdeckte den dazugehörigen Becher erst danach. Beide waren aus feinem Silber.

Sie grinste. Sie kannte einige Leute, die das Silber einfach eingesteckt hätten und schnell verschwunden wären. Vielleicht wäre das auch für sie das Beste, denn irgendwie hatte sie kein gutes

Gefühl bei der ganzen Sache. Aber sie war auch neugierig, was das hier werden sollte. Sie untersuchte die Pergamente, die auf dem Schreibtisch lagen. Die obersten waren mit fürchterlichem Gekritzel bedeckt, das sie nicht lesen konnte, andere waren von einer viel sorgsamer geführten Hand beschrieben worden.

Es schien um Angelegenheiten der Stadt zu gehen: Beschwerden der Handwerker und der Händler über unbezahlte Rechnungen, eine ellenlange Materialliste von einer Werft, dann Berichte aus dem Kerker.

Es gab auch das Pergament über sie, das sie schon im Kerker gesehen hatte. Sie las es noch einmal: »Eine namentlich nicht bekannte Betrügerin, vermutlich aus Syderland, hat einen Fischer von dort um seinen Fährlohn ...« Sie ließ das Pergament sinken und lachte. Es war ihres Wissens das erste Mal, dass sich jemand die Mühe machte, ihre Taten schriftlich festzuhalten. Sie faltete das Papier und schob es unter ihren Rock. Falls sie sich doch überraschend verabschieden musste, war es wohl besser, ihre Spuren zu verwischen.

Sie blätterte, plötzlich gelangweilt, durch weitere Schriftstücke und versuchte dann noch einmal, das Gekrakel der obersten Pergamente zu entziffern.

Das Wort Hochzeit fiel ihr auf, denn das kam mehrmals vor. Dann gab es da zahllose Abkürzungen, aus denen sie nicht schlau wurde. *Muss wirklich ein wichtiger Mann sein, wenn er es nicht nötig hat, leserlich zu schreiben,* dachte sie.

Sie schlenderte noch einmal zu Tür. Die war immer noch verschlossen. »Ach, was soll's«, murmelte sie. Sie brauchte nicht lange, um auch dieses Schloss zu öffnen, schlich durch die Zwischenkammer und dann hinüber in das große Gemach. Nein, es war kein Traum gewesen, die Kammer wirkte bei Tageslicht noch prachtvoller als in der vorigen Nacht. Alena sprang übermütig auf das Bett, das genau so wunderbar federte, wie es aussah. Eine Weile räkelte sie sich genussvoll in den Laken und versuchte sich vorzustellen, wie es wohl wäre, immer in solchem Luxus zu leben.

»Gewöhn dich lieber nicht dran«, ermahnte sie sich und schlenderte hinüber zu den großen Fenstern. Sie öffnete eines und blickte hinaus. Die Aussicht war überwältigend: Die ganze weiße Stadt breitete sich unter ihr aus. Und dahinter begann das grüne Land, bedeckt mit Orangenhainen und Feldern, die sich erst in der Ferne im Dunst verloren. Irgendwo jenseits des Dunstes lag Filgan, von wo sie geflohen war. Der Gedanke an ihre Flucht warf einen Schatten auf den Tag, und hastig schloss sie das Fenster wieder.

Sie fuhr herum, denn sie hatte plötzlich das Gefühl, beobachtet zu werden. Aber da war niemand, nur ein paar kostbare Wandbehänge, die sich in einem leisen Windzug bauschten.

Ihr war klar, dass sie eigentlich in ihr Versteck zurückkehren sollte, aber erstens hielt sie es für den Fall der Fälle für besser, schon einmal herauszufinden, wie sie aus diesem Märchenschloss herauskommen könnte, zum anderen gab es da noch etwas, was sie erledigen musste.

»Irgendwo müssen doch auch diese hohen Herren mal die Hosen herunterlassen, oder pinkeln Herzöge etwa nicht?«, murmelte sie.

Unschlüssig drückte sie die Klinke der Tür zum Gang herunter, fest damit rechnend, dass sie verschlossen war. Aber sie war es nicht. Nun, wenn sie vorsichtig war …

Sie lauschte, und als sie nichts hörte, schlich sie behutsam hinaus.

Sie war noch nicht weit gekommen, als sie einen Luftzug spürte. Sie drehte sich um. Die Tür stand einen Spalt offen. Sie hatte sie doch eben geschlossen … Es lief ihr kalt den Rücken hinunter.

Vom anderen Ende des Ganges klangen Schritte heran. Da kam jemand sehr eilig eine Treppe hinauf.

Alena drückte sich in den Schatten einer Säule.

Die Schritte näherten sich rasch. Vorsichtig spähte Alena um die Säule. Es war Meister Thenar, der mit gesenktem Blick in seinen Bart murmelte und nicht groß auf seine Umgebung zu achten schien.

Sie hielt den Atem an.

Der Mann lief an ihr vorbei und öffnete die Tür. Sie glotzte hinüber. Wieso musste er sie öffnen? Sie war doch vor einer Sekunde gar nicht geschlossen gewesen! In der Tür blieb Meister Thenar stehen. Er schien etwas zu wittern. Er drehte sich langsam um und entdeckte Alena in ihrem armseligen Versteck.

»Habe ich Euch nicht klargemacht, dass Ihr nicht gesehen werden dürft?«, fragte er mit finsterem Blick.

»Hat mich doch niemand gesehen. Ihr ja zuerst auch nicht«, gab Alena zurück.

»Aber gerochen. Ihr stinkt immer noch nach Kerker. Und jetzt kommt, bevor hier einer meiner nutzlosen Diener über Euch stolpert. Wie seid Ihr überhaupt aus Eurer Unterkunft herausgekommen?«

»Hab zufällig gemerkt, dass sie nicht richtig abgeschlossen war, Herr.«

»Wirklich? Seltsam. Aber jetzt kommt. Ich habe viel zu tun und keine Zeit, mich mit Euch herumzuärgern.«

Alena folgte ihm seufzend und versuchte, sich damit zu rechtfertigen, dass sie eben ein gewisses Bedürfnis verspürt habe. »Und ich kacke nun einmal nicht dahin, wo ich schlafe«, schloss sie.

Wortlos öffnete Thenar im Schlafgemach eine unsichtbar in die Wand eingelassene Pforte. Dahinter lag eine kleine Kammer, in der eine steinerne Waschschale und ein Eimer warteten. Es roch nach Rosen, was, wie Alena herausfand, an dem Wasser lag, mit dem die Steinschale gefüllt war. »Diese Reichen, sie ertragen nicht einmal ihren eigenen Geruch«, seufzte sie.

Meister Thenar wollte sie anschließend wieder in den Verschlag bringen, aber Alena stellte sich stur. »Ihr habt mir versprochen, dass ich wie eine Prinzessin leben könnte. Aber das kann ich in dem Loch ganz bestimmt nicht.«

»Ich habe Euch Silber versprochen, wenn Ihr tut, was ich sage.«

»Klar. Ist wegen der dämlichen Hochzeit, oder?« Das war Alena so herausgerutscht, und als sie sah, wie sich die Miene von Meister Schönbart verfinsterte, bereute sie es sofort.

»Woher wisst Ihr von der Hochzeit?«

Sie gab sich unschuldig. »Hab auf dem Tisch nach was Essbarem gesucht, Herr, und dabei ist das Pergament zufällig heruntergefallen. Hab's aufgehoben und nur das eine Wort gesehen.«

»Ihr habt in meinen Papieren geschnüffelt?«

»Nein, Herr, ich habe nur zufällig ...«

»Erzählt mir nichts von Zufällen! Man kann Euch wirklich keine Sekunde ohne Aufsicht lassen, wie es scheint. Gut, ich stelle Euch jetzt vor die Wahl – entweder Ihr begebt Euch zurück in den Verschlag und verhaltet Euch für den Rest des Tages ruhig, oder Ihr geht wieder hinab ins Gefängnis. Ich bin sicher, Ihr werdet dort bereits sehnsüchtig erwartet.«

Alena gab nach. Immerhin versprach ihr Meister Thenar, später etwas zu essen für sie bringen zu lassen. Also wartete sie im Dunkeln, langweilte sich und hörte zu, wie ihr Gastgeber in der Schreibstube auf und ab ging. Manchmal kamen Diener und brachten Pergamente oder nahmen Befehle entgegen. Jeden dieser Diener fuhr Thenar hart an, fragte, wie er es wagen könne, ihn zu stören, auch wenn er den Bediensteten kurz zuvor ausdrücklich herbeizitiert hatte. Es war offensichtlich nicht gut Kirschen essen mit ihm.

Alena beobachtete und lauschte. In keiner der Anweisungen,

die der Mann erteilte, ging es darum, ihr etwas Essbares zu bringen, aber irgendetwas sagte ihr, dass es klüger war, diesen Meister Schönbart vorerst besser nicht noch einmal zu stören.

Etwas später trat ein junger, blasser Mann mit einem richtigen Kindergesicht in die Stube, das jedoch von feinen blauen Linien bedeckt war. Er war der Einzige, zu dem Thenar freundlich war.

Alena konnte den Besucher durch den Türspalt nicht richtig erkennen, aber irgendetwas an ihm kam ihr bekannt vor. Seine Stimme war hell, aber leise, und so konnte sie nicht verstehen, was dort gesprochen wurde. Dann führte Meister Schönbart seinen Gast zu allem Überfluss noch nach nebenan. Umso klarer war ihr, dass es um etwas Wichtiges gehen musste, etwas, das sie nicht hören sollte. Sie hatte die Nadeln noch, mit denen sie das Schloss schon einmal geöffnet hatte. Sie brauchte nur wenige Sekunden, um es wieder zu tun, schlich zur nächsten Tür und presste ein Ohr gegen das Holz.

Viel konnte sie nicht verstehen. Es schien um eine Frau, vielleicht die Herzogin, zu gehen, die offensichtlich an irgendeiner Art Krankheit litt. Erwartete man etwa von diesem Milchgesicht, dass er sie heilte? Er sah nicht aus wie ein Heiler, fand Alena. Dann wusste sie plötzlich, was ihr an ihm so bekannt vorkam – es war der Geruch! Er roch leicht nach Schwefel, eine Duftnote, die ihr aus Filgan nur zu vertraut war. Er schien sich nicht sicher zu sein, ob er der Herzogin – es ging also wirklich um sie – helfen könne, sprach davon, dass er sich auf den Körper von Frauen nicht so gut verstünde wie auf den von Kriegern. Also war er wirklich ein Heiler.

Meister Thenar schien ihm jedenfalls zu vertrauen und fragte dann beiläufig, ob sich Meister Aschley auch auf Gifte verstehe …

Alena hörte keine Antwort, aber dann Thenars Stimme, der

erklärte, dass ihn das Thema einfach allgemein interessiere und man es vielleicht bei anderer Gelegenheit vertiefen könne.

Das klang nach Abschied. Alena huschte eilig zurück in ihr Versteck. Wenn der Schönbart so deutlich betonte, dass ihn das Thema eigentlich nicht sehr interessierte, dann war vermutlich das Gegenteil wahr.

Wieso Gift? Alena schloss die Tür und verhielt sich ruhig. Sie wünschte sich wirklich, sie wüsste mehr über die Dinge, die in diesem Palast vorgingen. Immerhin hatte man auch ihr eine Rolle zugedacht, und sie hätte gerne erfahren, wie die aussehen sollte. Es wurde ihr immer klarer, dass die tausend Schillinge, die Schönbart ihr versprochen hatte, am Ende hart verdientes Geld sein würden. Oder, schlimmer, wenn es nicht hart verdient war, dann war es sehr gefährlich. Ihr kam ein altes Sprichwort in den Sinn, etwas über das böse Schicksal von Krähen, die sich in Gefahr begaben. Sie bekam es nicht mehr zusammen, aber das änderte nichts an dem unguten Gefühl, das sich in ihrer Magengegend ausbreitete.

Gegen Abend begleitete Jamade den Gesandten Gidus in die Halle. Der Herr der Stadt wünschte den Grafen zu sehen, und dieser war der Meinung, dass Jamade unbedingt dabei sein sollte.

Sie kannte den Grund, und er gefiel ihr nicht. Die beiden Hunde in der Halle sprangen sofort auf und knurrten, als sie eintrat. Auf einen Wink des Gesandten blieb sie am Eingang stehen. Ihre Laune wurde nicht besser, und sie fragte sich wieder, warum diese Viecher, die so gereizt auf sie reagierten, die Gegenwart von Meister Thenar so ruhig ertrugen. Der Mann stand hinter dem Thron, und er sah übernächtigt aus. Waren diese Hunde wirklich so gut abgerichtet, dass sie nur Schatten verbellten und jede andere Art von Magie ignorierten?

Wie Gidus vorausgesagt hatte, hatte der Herzog ihn rufen lassen, um ihm feierlich zu verkünden, dass die geplante Hochzeit stattfinden könne.

»Ich bin wirklich erleichtert, das zu hören, Hoheit«, schnaufte Gidus, den schon der kurze Fußweg durch den Palast außer Atem gebracht hatte. »Ich weiß auch, welche Überwindung Euch das gekostet haben muss. Seid versichert, ich werde dafür sorgen, dass man in Frialis die Größe dieses Opfers begreift.«

»Ich bezweifle, dass man im Seerat etwas anderes darin sieht als einen Erfolg des Seerates«, erwiderte der Herzog trocken.

Gidus breitete in verlegener Geste die kurzen Arme aus. »Es tut mir leid, dass ich nicht viel mehr tun kann, Hoheit. Aber eines will ich doch tun ... da nun die Verlobung offiziell ist, biete ich Euch erneut die Dienste meines Schattens an. Caisa ist von heute an noch stärker gefährdet als zuvor.«

»Ich danke Euch für das freundliche Angebot, aber ich denke, ich kann selbst für die Sicherheit meines Kindes sorgen.«

»Wie hat sie eigentlich reagiert?«, fragte Gidus.

»Wir haben es ihr noch nicht gesagt. Ich fürchte jedoch, es wird ihr das Herz brechen«, erwiderte der Herzog und sah mit einem Mal sehr bedrückt aus.

»Das steht in der Tat zu befürchten, Hoheit. Vielleicht aus mehr als *einem* Grund, wie Ihr sicher wisst.«

»Wie meint Ihr das?«, fragte Meister Thenar und wirkte plötzlich hellwach.

»Ach, kommt, Thenar, Ihr müsst mir gegenüber nicht so tun, als wärt Ihr ahnungslos.«

»Bei den Himmeln, nun sagt es schon, Gidus!«, fuhr ihn der Strategos an.

»Wegen ihres Geliebten natürlich ...«

Jamade sah an den ungläubig dreinblickenden Gesichtern der beiden Männer, dass sie aus allen Wolken fielen. Sie lächelte in sich hinein. Graf Gidus hatte auch das vorhergesagt.

»Das ist Unsinn, eine Lüge! Verleumdung!«, rief der Herzog aufgebracht.

»Leider nein, Hoheit.«

»Habt Ihr Beweise für diese ungeheure Behauptung?«

»Findet Ihr es wirklich so unvorstellbar, dass eine junge Frau von zwanzig Jahren sich nach der Liebe sehnt?«, fragte Gidus und winkte Jamade heran.

Sie trat vor. Die Hunde zerrten knurrend an ihren Ketten.

»Was hat der Schatten …?«

»Ich weiß, Ihr wollt ihren Schutz nicht, Ector, aber in Sorge um Caisas Sicherheit bat ich sie, doch unauffällig ein Auge auf Eure Tochter zu haben. Berichtet dem Herzog, was Ihr beobachtet habt, Schatten.«

Jamade schilderte in knappen Worten die Begebenheit im Park. »Ich bin dem jungen Mann gefolgt und fand heraus, dass er in der Wache dient. Seine Kameraden nannten ihn Novalos.«

»Hauptmann *Novalos?*«, rief der Fürst ungläubig.

»Ah, ich sehe, Ihr kennt den jungen Mann.«

»Seine Familie gehört zu den Rittern der Stadt«, warf Meister Thenar düster ein.

»Dieser undankbare Hund! Er verführt meine Tochter? Ich werde ihn öffentlich auspeitschen …«

»Ich denke, es wäre besser, wir behielten das vorerst für uns, Hoheit«, unterbrach ihn der Strategos. »Wir müssen erst herausfinden, wie lange das schon geht – und vor allem, wie weit. Ist kein Irrtum möglich, Schatten?«

Jamade zuckte mit den Achseln. »Ich weiß nicht, wie diese Dinge in Terebin gehandhabt werden, aber für gewöhnlich geht es um Liebe, wenn sich zwei Menschen bei Vollmond heimlich treffen und ihre Leiber miteinander verschmelzen.«

»Und wie weit verschmolzen sie bei dieser Mondscheinbegegnung?«, fragte der Herzog mit zornbebender Stimme.

Wieder zuckte sie mit den Achseln. »Küsse, Schwüre, solche Sachen ... und er öffnete ihr Gewand. Mehr kann ich nicht sagen, denn ich war dort, um die Prinzessin vor Attentätern zu beschützen – nicht, um sie und ihren Liebsten zu belauschen. Also blieb ich auf Abstand.«

Das war allerdings nicht die ganze Wahrheit. Die beiden Turteltauben hatten es nicht bei Liebesschwüren und Küssen belassen. Aber sie fand, dass sie auch nicht alles verraten musste. Sollten die hohen Herren doch selbst herausfinden, was ihre Prinzessin so trieb. Und dann war der Empfang sehr plötzlich beendet.

»Ihr habt die Doppelgängerin gar nicht erwähnt, Herr«, sagte Jamade, als sie auf dem Weg zurück in die Unterkunft des Gesandten waren.

»Warum sollte ich? Meister Thenar hätte Euch nicht geglaubt, dass Ihr dieses Mädchen rein zufällig auf dem Gang vor seinen Gemächern gesehen habt, und er muss nicht wissen, dass Ihr Euch in seiner Kammer umgesehen habt. Und dieses Mädchen hätte Euch beinahe entdeckt?«

»Sie war sehr schnell mit der Tür, Herr. Und wir Schatten können viel, aber nicht durch verschlossene Pforten gehen.«

»Verstehe. Bedauerlich, dass der Herzog nicht einsehen will, wie dringend er Eure Dienste benötigt. Aber ich bin noch drei Tage hier. Es ist also immer noch möglich, dass er es sich anders überlegt.«

»Er baut auf diese Doppelgängerin, Herr. Sie wollen die Prinzessin hinter ihr verstecken. Solange es diese falsche Caisa gibt, brauchen sie mich nicht.«

»Möglich«, murmelte Gidus. »Lassen wir sie einstweilen in diesem Glauben. Ich bin sehr gespannt zu erfahren, was der Strategos mit ihr vorhat.«

Jamade schwieg. Sie hatte eigentlich andeuten wollen, dass sie bereit war, die Doppelgängerin unauffällig aus dem Weg zu räumen. Aber der Graf hatte den Wink nicht verstanden. Vielleicht wollte er ihn auch nicht verstehen.

Gidus blieb vor seiner Kammer noch einmal schnaufend stehen. »Ihr solltet weiter in der Nähe der Prinzessin bleiben, Schatten. Ihr darf nichts geschehen. Die Gefahr ist vermutlich näher, als Meister Thenar ahnt. Außerdem wäre es doch interessant zu erfahren, was Caisa über ihren Liebsten zu sagen hat, oder nicht?«

Jamade folgte diesem Befehl widerwillig. Es missfiel ihr, dass sie gegen den Willen des Herzogs seine Tochter beschützen sollte, und sie stöberte nicht gerne in der schmutzigen Wäsche anderer Leute herum. Sie war ein Schatten, eine Dienerin des Todes, keine Spionin. Aber Meister Iwar hatte klargemacht, dass sie jedem Wunsch des fetten Gesandten nachzukommen hatte.

Sie begab sich in den Flügel, in dem die Prinzessin ihre Kammer hatte, und sah zwei Wachen vor der Pforte. Das war neu. Der Herzog traf also weitere Vorsichtsmaßnahmen, aber die beiden Männer würden einen Schatten nicht daran hindern, die Prinzessin zu töten. Allerdings hinderten sie sie jetzt daran, unbemerkt durch die Tür zu schlüpfen.

Jamade glitt in eine Kammer, von der sie wusste, dass sie nicht bewohnt war. Sie öffnete das Fenster, rief die Schatten, kletterte auf den schmalen Sims hinaus und balancierte vorsichtig hinüber zur Kammer der Prinzessin. Die Fenster waren geschlossen, und sie hörte Stimmen von drinnen. Der Herzog war dort und sprach mit seiner Tochter, eigentlich klang es nach einer Strafpredigt.

Jamade schloss die Augen, konzentrierte sich und ließ einen Schatten durch einen schmalen Fensterspalt eindringen. Das genügte, um zu hören, was gesprochen wurde, allerdings kostete die Kontrolle dieses dünnen Schattenfadens viel Kraft, und Jamade mahnte sich, nicht zu vergessen, dass sie weiterhin verborgen bleiben musste – und dass sie sich ein paar Knochen brechen würde, falls sie jetzt stürzen sollte.

»Also – wie lange geht das schon so, Caisa?«

»Nur wenige Monate, Vater«, schluchzte das Mädchen.

»Monate? Bei den Himmeln. Und Ihr habt nichts davon bemerkt, Thenar?«

»Ich war mit Blindheit geschlagen, Hoheit. Verzeiht mein Versagen.«

»Aber wie konntest du dich mit Ardo Novalos einlassen? Dieser Mann steht im Rang weit unter dir!«

»Bislang war dir doch kein Mann gut genug, Vater! Es waren Prinzen hier, Fürstensöhne aus den Städten des Seebundes. Und alle hast du sie fortgeschickt.«

»Weil keiner von ihnen gut genug war, Caisa. Du bist meine Erbin. Es muss wohlüberlegt sein, wer neben dir über Terebin herrscht.«

»Das ist mir egal. Ich will nicht als alte Jungfer sterben.«

»Gestern noch habe ich dich für deine Tugend und deinen Gehorsam gelobt, und jetzt …«

Er klang eher ratlos als zornig.

Der Berater flüsterte dem Fürsten etwas zu.

Darauf sagte der Herzog: »Eine andere Frage, Caisa … und ich erwarte eine ehrliche Antwort: Diese Geschichte geht also schon seit einigen Monaten, aber – wie weit geht sie? Du hast dich doch hoffentlich nicht dazu hinreißen lassen, diesem Ritter zu gestatten … dich dort zu berühren … dich an den Stellen zu berühren … also dich zu berühren, wo es allein deinem Ehemann erlaubt sein wird?«

»Aber, Vater! Was denkst du nur!«, schluchzte die Prinzessin.

Jamade grinste. Das angeblich so tugendhafte Kind scheute sich also nicht, den eigenen Vater anzulügen.

»Bist du ganz sicher, dass nichts vorgefallen ist, was deine Ehre in Zweifel ziehen könnte?«

»Vater!«, heulte Caisa auf.

»Es ist schon gut«, sagte der Herzog seufzend. »Ich glaube dir, Caisa.«

Wieder flüsterte ihm sein Strategos etwas zu.

»Ich glaube ihr, Thenar«, entgegnete der Fürst unwillig.

»Ich selbstverständlich auch, Hoheit. Aber dennoch müssen wir sichergehen.«

»Nein, Schluss, Thenar. Ihr solltet nicht an der Ehre meiner Tochter zweifeln.«

»Natürlich nicht, Hoheit«, erwiderte der Berater. »Vielleicht besprechen wir das besser später.«

»Dir ist klar, dass diese Sache umgehend endet, Caisa?«

»Aber ich liebe Ardo!«

»Liebe? Bei den Himmeln! Hauptmann Novalos hat dich verführt. Ist dir nicht bewusst, dass er Hochverrat gegen seinen Fürsten begangen hat? Auf ihn wartet der Galgen.«

Caisa schrie entsetzt auf.

»Ich werde sein Leben allerdings verschonen, wenn du mir versprichst, dass diese Sache nun zu Ende ist.«

»Ich kann meinem Herzen nicht befehlen, wen es lieben soll und wen nicht!«

»Caisa! Muss ich diesen Mann wirklich ...«

Der Strategos unterbrach ihn: »Das wird gewiss nicht nötig sein, Hoheit. Und es wäre auch nicht klug, da dann der Skandal öffentlich würde.«

»Ein Skandal ...«, sagte der Fürst nachdenklich. Aber falls er darin eine Möglichkeit sah, die Hochzeit zu verhindern, raubte ihm der Strategos diese Hoffnung: »Unsere Feinde würden sofort behaupten, wir hätten dies mit Absicht getan, um ein bestimmtes Ereignis zu verhindern, Hoheit.«

»Was schlagt Ihr also vor, Thenar?«, fragte der Herzog und klang sehr müde.

»Eine Beförderung, Hoheit. Wir machen den jungen Mann zum Befehlshaber einer unserer Festungen auf den Tausend Inseln.«

Noch ein Entsetzensschrei der Prinzessin. »Aber das ist tausend Meilen weit fort.«

»Weit genug, damit du ihn schnell vergisst, Caisa. Und nicht so weit wie ein Grab, das solltest du bedenken.«

»Ich hasse dich! Und Euch auch, Meister Thenar! Und ich werde Ardo Novalos in die Verbannung folgen!«

»Das werde ich verhindern.«

»Dann stürze ich mich in den Tod!«

Jamade fragte sich, ob diese Gefühlsausbrüche echt waren oder ob die Prinzessin sie vielleicht nur als Waffe einsetzte, um doch noch irgendwie zu bekommen, was sie wollte.

Ihr Vater klang jedenfalls weit weniger streng, als er sagte: »Es gibt außerdem noch eine Neuigkeit, die du erfahren musst.«

»Das interessiert mich nicht!«

»Ein sehr vornehmer Prinz hat um deine Hand angehalten.«

»Mir egal.«

»Ich habe der Verbindung zugestimmt.«

»Du hast …«

»Ich erwarte, dass du es ebenfalls tust, Caisa.«

»Niemals heirate ich einen anderen als Ardo!«

»Euer Bräutigam ist einer der mächtigsten Prinzen am Goldenen Meer, Caisa«, warf Meister Thenar ein.

»Wer ist …?«, begann die Prinzessin und rief dann trotzig: »Und wenn schon!«

Jamade konnte jedoch selbst durch das geschlossene Fenster spüren, dass ihr Interesse geweckt war.

»Es ist einer der Erbprinzen des verstorbenen Padischahs von Oramar.«

»Aber das sind unsere Feinde!«

»Durch diese Hochzeit werden sie zu Freunden – oder sagen wir, zu Besiegten«, erklärte der Strategos.

»Durch meine Hochzeit?«, fragte das Mädchen.

»So ist es, Caisa. Ihr, und nur Ihr, könnt diesen bitteren Krieg durch Eure Heirat beenden.«

»Und welcher der Prinzen ist es?«

»Erbprinz Weszen.«

»Das Ungeheuer? Der Mann, der meinen Onkel ermordet hat? Das kann nicht Euer Ernst sein!«

»Leider ist es uns bitterer Ernst, Caisa. Ich weiß, ich verlange viel von dir.«

»Niemals! Oh, Ardo, errette mich!«

Jamade seufzte. Diese Prinzessin schien die Dramatik wirklich zu lieben.

»Wir wissen, dass wir ein großes Opfer von dir verlangen.«

»Aber ich bin doch kein Lamm, das man zur Schlachtbank führt!«

»Gewiss nicht, Caisa. Aber Ihr seid eine Prinzessin von Terebin und eine Peratis. Ich glaube, Ihr kennt Eure Pflicht. Und diese Hochzeit … sie ist ein unvergleichlich nobles Opfer, einer Prinzessin würdig.«

»Nobel, Meister Thenar?«

»Man wird Euch noch in Jahrhunderten dafür ehren!«

Der Mann weiß, wie die Prinzessin zu nehmen ist, dachte Jamade und ließ die Schatten sinken, denn sie fühlte sich schwindlig von der Anstrengung und brauchte einen Augenblick, um neue Kraft zu schöpfen. Sie presste sich an die Mauer und lauschte auf den dumpfen Klang der Stimmen, die durch das Fenster drangen. Unter ihr patrouillierten Wachen durch den Lustgarten. Aber sie schauten nicht auf, und selbst wenn, hätten sie sie vermutlich in der Dunkelheit nicht gesehen.

Das Gespräch schien zu Ende zu sein, denn plötzlich war von oben nichts mehr zu hören. Dann öffnete sich ein Fenster nur eine Handbreit über Jamades Kopf. Rasch rief sie die Schatten.

Es war Prinzessin Caisa, die sich auf das Fensterbrett lehnte und lange Zeit, hin und wieder seufzend, zu den Sternen hinaufschaute.

Jamade spürte, dass ein Krampf ihre Waden hinaufzog. Sie biss die Zähne zusammen. Es wäre doch zu albern, wenn sie, die Schattenschwester, durch einen Krampf und eine seufzende Prinzessin enttarnt werden würde.

Endlich schloss die Herzogstochter das Fenster wieder.

Jamade schüttelte vorsichtig die verkrampften Glieder. Sie fragte sich, ob sie dem Gesandten von diesem Gespräch berichten sollte, aber es war eigentlich nicht sehr überraschend verlaufen, also hatte es wohl Zeit.

Außerdem war es auch besser, in der Nähe der Prinzessin zu bleiben. Der Gesandte hatte ihr erklärt, dass die Skorpione diese Hochzeit unbedingt verhindern mussten, und da niemand wusste, wo Prinz Weszen gefangen gehalten wurde, war seine Braut das nächstliegende Ziel.

Sie schwang sich leise hinauf aufs Dach, wie in den vorigen Nächten auch, und begann ihre Patrouille. Dieser Palast war groß, und er bot einem geschickten Schatten leider viele Möglichkeiten, heimlich einzudringen. Da gab es hohe Fenster, schwach bewachte Pforten und eine lange, kaum bemannte Mauer, die den großen Lustgarten umgab.

Immerhin hatte Thenar Gidus' Warnungen ernst genug genommen, um die Zahl der Wachen zu erhöhen. Dennoch wären sie für einen Schatten kein Hindernis – und die meisten oramarischen Prinzen unterhielten gute Kontakte zur Bruderschaft.

Jamade wachte die ganze Nacht über den Palast, aber der einzige Feind, dem sie sich stellen musste, war die eigene Müdigkeit. Die Stunden verrannen langsam, und bald zeichnete sich im Osten der zarte Schimmer der Morgenröte ab. Die ersten Vögel begrüßten den neuen Tag, der sich gleichwohl noch Zeit ließ. Jamade streckte sich, gähnte – und dann hörte sie etwas, einen leisen, dumpfen Schlag, der alles Mögliche bedeuten konnte, aber sie war sofort hellwach. Sie blickte zur Mauer. In der Kette der Wachposten war eine Lücke, und dann bemerkte sie die herrenlose Hellebarde, die an den Zinnen lehnte.

Sie glitt an den Rand des Daches und spähte hinab. Da, etwas abseits, wo das Gesinde wohnte, baumelte ein Seil an einem offenen Fenster im zweiten Stock. Jamade runzelte die Stirn. Hieß das, die Attentäter hatten Verbündete im Schloss? Das musste sie später herausfinden. Das Seil hatte den oder die Eindringlinge in den zweiten Stock gebracht, Caisa schlief im dritten. Dennoch, diese Attentäter waren schnell. Sie hatte nur ein paar Sekunden nicht hingesehen, und schon waren sie über die Mauer und in den Palast gelangt.

Sie fragte sich, ob sie die Eindringlinge noch auf dem Weg zur Kammer der Prinzessin abfangen konnte, aber dann schien ihr das zu riskant, denn der Herzog ließ nachts seine Hunde durch die Gänge streunen. Sie kletterte hastig an einem Pilaster hinab zum nächsten Sims und glitt hinüber zu den Fenstern der Prinzessin.

Vorsichtig drückte sie sich gegen die Scheibe. Es schien ihr besser, die junge Frau vorerst nicht zu wecken. Sie rief einen Schatten, um den Riegel zu heben – aber das Fenster war gar nicht verriegelt. Sie drückte es vorsichtig auf, schlüpfte hinein und wartete in der Dunkelheit.

Nur Augenblicke später hörte sie draußen einen leisen, abrupt endenden Ruf, dann einen dumpfen Schlag, kurz darauf einen zweiten.

Die Wachen, dachte sie grimmig. Jemand machte sich an der

Pforte zu schaffen. Es knirschte sehr leise im Schloss. Jamade zog einen ihrer Dolche und näherte sich vorsichtig der Tür. Wenn sie es mit einem Schatten zu tun bekam, dann war die Überraschung ein wichtiger Verbündeter.

Draußen hörte sie leise Stimmen. Also waren es mindestens zwei. Sie rief die Schatten, verschmolz mit der Dunkelheit und legte sich auf die Lauer.

Alena hatte den ganzen Tag und den ganzen Abend in ihrem stickigen Verschlag verbracht. Sie hatte nichts zu tun gehabt, außer zu beobachten, und so hatte sie durch die Ritzen ein ständiges Kommen und Gehen von Dienern und Soldaten gesehen, die Befehle entgegennahmen oder Nachrichten überbrachten.

Aber selbst das Beobachten war ihr bald langweilig geworden, und so hatte sie sich wieder hingelegt und den Tag verdöst. Einmal wurde sie doch aufmerksam, weil eine Stimme sie geweckt hatte. Es war eine alte Stimme, aber schneidend. Sie hatte ein Auge an den Türspalt gepresst und einen kahlköpfigen, kleinen Mann gesehen. Ihr war der Begriff »vom Alter gebeugt« in den Sinn gekommen, aber nur, weil das hier ganz und gar nicht zutraf: Der Mann war alt, aber er hielt sich so gerade, als hätte er einen Spazierstock verschluckt. Und selbst Meister Schönbart schien Respekt vor ihm zu haben.

Der Mann verschwand, und die Langeweile war wieder zurückgekehrt. Die Besucher waren weniger geworden, und irgendwann war nur noch Meister Thenar da gewesen, der im Schein sich langsam verzehrender Kerzen Dokumente las oder verfasste oder einfach nur auf und ab ging und dabei in seinen schönen Bart murmelte.

Irgendwann war er in seiner Kammer verschwunden, aber gerade, als sie dachte, er sei vielleicht zu Bett gegangen und sie könne sich noch einmal unauffällig die Beine vertreten, war er in

Nachthemd und Morgenmantel zurückgekehrt, um sich wieder in seine Papiere zu vertiefen.

Alena hatte sich wieder hingelegt und gefragt, wann er ihr endlich mehr über ihre Aufgabe sagen würde. Über diesem Gedanken war sie eingeschlafen.

Jetzt schreckte sie hoch, weil Meister Schönbart jemanden anschrie. Sie taumelte schlaftrunken zum Türspalt, spähte hindurch und sah einen zitternden Wachsoldaten.

»Die Prinzessin? Aber wie ist das möglich?«, fuhr der Meister ihn lautstark an.

Der Soldat stammelte ein paar Worte, die Alena nicht verstand, dann stolperte er dem aufgebrachten Thenar hinterher, der schon mit wehendem Morgenmantel davonstürmte.

Alena wartete einen Augenblick, dann hebelte sie mit ihren improvisierten Dietrichen das Schloss des Verschlags auf.

Der Meister war in Eile gewesen, also hatte er vermutlich nicht abgeschlossen. Alena fragte sich, was passiert war. Der Strategos hatte nicht nur aufgebracht, sondern auch sehr bestürzt gewirkt.

Sie ging hinüber ins Schlafgemach und suchte in den großen Schränken nach etwas, das sie als Kopftuch verwenden konnte. Sie hatte nicht vor, länger abzuwarten, bis Schönbart geruhte, ihr zu sagen, was hier vorging. Sie wollte es selbst herausfinden. Sie stieß auf zwei Schmucktücher, die für ihre Zwecke eigentlich zu fein waren, verhüllte Haar und Gesicht und schlich hinaus auf den Gang.

Es hallten laute Stimmen durch die Flure, Rüstungen rasselten, und schwere Stiefel trampelten Treppen hinauf und hinab.

Alena hielt sich nah an der Wand. Die Aufregung schien sich auf die andere Seite des Palastes zu verlagern. Sie hörte Streit die Treppe heraufklingen. Sie schlich hinab und sah zwei Soldaten, die die Dienerschaft, die sich besorgt im Gang versammelt hatte, zurück in ihre Quartiere scheuchten und dann mit blasser

Miene Stellung bezogen. Die Männer schienen sehr besorgt, ja sogar verstört zu sein.

Jetzt standen sie zwischen ihr und der Dienerschaft, die sie gerne ein wenig ausgefragt hätte.

Sie beschloss, den Stier bei den Hörnern zu packen, achtete noch einmal darauf, dass das Tuch ihr Gesicht verhüllte, und trat offen in den Gang hinaus.

»Halt! Wer da?«, rief der erste der Soldaten, ein dicker Mann mit nervös zuckenden Augen.

»Ich suche Meister Thenar«, erklärte Alena mit selbstsicherer Stimme.

»Und wer seid Ihr?«, fragte der Dicke.

»Ich bin die weise Frau, nach der der Meister geschickt hat.« Tatsächlich hatte sie gehört, dass Schönbart nach einer Kräuterhexe hatte schicken lassen. Aber die Kräuterfrauen, die sie kannte, mochten es gar nicht, wenn man sie so nannte.

»Ihr seid die Hexe? Zeigt mir Euer Gesicht!«

»Das kann ich gerne tun, Herr Soldat, doch wisset, dass die Himmel mich gezwungen haben, mein Gesicht zu verhüllen. Denn es ruft in den Menschen, die es erblicken, große Verwirrung und Sorge hervor.«

»Ihr seid krank?«, fragte der Soldat.

»Der Aussatz! Sie ist eine Aussätzige!«, rief der andere Soldat. Er war eigentlich das Gegenteil des ersten, lang und dünn, und in seinem Gesicht lag etwas Einfältiges.

»Die Himmel geben nichts umsonst. Und mich haben sie für die Gaben, die sie mir schenkten, mit einem Fluch belegt.«

»Bei den Himmeln – kommt mir nur nicht zu nahe, Weib!«

»Das habe ich nicht vor, Herr Soldat. Doch suche ich immer noch nach Meister Thenar. Denn er ist nicht in seinem Quartier.«

»Wohl wahr. Er wird drüben, in den Quartieren der Prinzessin sein, wo doch etwas Schreckliches …«

»Es fällt mir schwer zu glauben, dass der Strategos zu dieser Stunde Besuch empfängt«, unterbrach der Dicke seinen Kameraden.

»Es ist einfach besser, wenn mich niemand sieht«, erklärte Alena geheimnisvoll.

»Nein«, sagte der Soldat, »da ist doch etwas faul! Ich habe gehört, dass der Meister nach der alten Gritis geschickt hat – und die seid Ihr nun einmal nicht!«

Alena sah ihre Felle davonschwimmen. »Sagt mir doch einfach, wo ich den Meister finde und was hier vorgefallen ist, dass alle so aufgeregt und misstrauisch sind.«

Der Dicke trat entschlossen auf sie zu, die Rechte um die Hellebarde gekrampft, und riss ihr mit einer schnellen Bewegung den improvisierten Schleier vom Gesicht. Der Triumph in seinen Zügen wandelte sich in grenzenloses Erstaunen. »Aber das ist doch ...«

»Aber die Prinzessin, sie ist doch ...«

»Ich sagte doch, es ist besser, wenn mein Gesicht nicht gesehen wird. Und nun entschuldigt mich, ich habe dringende ...«

»Halt, Weib! Ihr geht nirgendwohin! Nicht, bis ich nicht weiß, was hier vorgeht. Ihr seid verhaftet!«

Odis Thenar hatte seinen Gürtel verloren, und so hielt er den Morgenmantel notdürftig mit einer Hand zusammen, während er durch die Gänge in den anderen Flügel des Palastes stürmte.

Er hatte die Wachen verdoppelt und Herzog Ector versichert, dass Caisa nichts geschehen könne. Aber wie es aussah, hatte er sein Wort nicht halten können. Er sah zwei tote Wachsoldaten im Gang liegen, und ihre Kameraden standen blass daneben.

Er stürmte in das Schlafgemach. Der Herzog und die Herzogin waren bereits dort. Ilda tröstete ihre Tochter. Caisa – sie war unverletzt!

»Thenar! Endlich!«, rief der Fürst.

»Ich bin so schnell gekommen, wie ich konnte, Hoheit.«

»Erklärt mir, wie das geschehen konnte, Strategos!«

Thenar nickte schuldbewusst. Auf dem Boden lagen zwei Leichen, mit Vorhängen notdürftig verdeckt. Ihr Blut hatte sich in der Mitte des Läufers, auf dem die Männer gestorben waren, zu einer einzigen Lache vereinigt.

Der Teppich ist jedenfalls ruiniert, dachte Thenar. Er rieb sich die müden Augen. Er hatte wieder nicht geschlafen, weil er immer noch darüber nachgrübelte, wie er Caisa vor ihrer Hochzeit retten konnte. *Du Narr,* schalt er sich selbst, *sieh erst einmal zu, dass sie nicht schon vorher ermordet wird.*

»Weiß denn jemand, was hier geschehen ist?«, fragte er hilflos.

»Ich, Herr.«

»Der Schatten? Was macht Ihr denn hier? Diese beiden da – ist das Euer Werk?«

»So ist es, Herr. Ich denke, sie kamen über die Mauer durch den Park. Ich sah ein Seil an einem der Fenster im zweiten Stock. So gelangten sie wohl hinein.«

Das Fenster stand offen. Das beantwortete Thenar die Frage, wie die Schattenschwester ihrerseits in die Kammer gelangt war.

Thenar hob die Vorhänge, unter denen die Leichen lagen. »Kennt irgendjemand diese Männer?«, fragte er die Wachen, die ziemlich nutzlos im Zimmer herumstanden. Aber niemand kannte sie. »Sind sie aus Eurer Bruderschaft, Schatten?«

»Nein, das sind nur gewöhnliche Mörder.«

»Es ist schade, dass Ihr sie getötet habt, so werden ihre Auftraggeber im Dunkeln bleiben.«

»Ich glaube nicht, dass sie aus Terebin sind, Herr«, meinte Oberst Luri, der in dieser Nacht für die Wachen verantwortlich war.

Thenar fragte sich, woher der Mann das so genau wissen wollte. Aber das war irrelevant. Er versuchte, sich auf das Wesentliche zu konzentrieren. »Und Ihr wart rein zufällig in der Nähe, Schatten?«

»Nein, Herr. Graf Gidus hielt es für angebracht, dass ich über die Prinzessin wache, solange ich hier bin, auch wenn meine Dienste nicht willkommen sind.«

»Sie sind willkommen, Schatten, sehr willkommen sogar!«, rief der Herzog. »Ihr habt unsere Caisa gerettet. Wir stehen tief in Eurer Schuld.«

»Und die Wachen vor der Pforte?«, fragte Thenar.

»Ich kam zu spät, um auch noch sie zu retten«, erklärte die Schattenschwester ruhig.

»Sollen wir die da fortschaffen?«, fragte der Oberst. »Ich hätte der Prinzessin diesen Anblick längst erspart, aber diese Frau meinte, Ihr wolltet die beiden verfluchten Mörder sehen.«

»Ja, natürlich«, murmelte Thenar. Er versuchte immer noch, seine Gedanken zu ordnen. Irgendetwas stimmte an der ganzen Sache nicht. »Ihr habt gesagt, sie kamen über ein Seil in den Palast?«

»Es hing ein Seil im zweiten Stockwerk«, bestätigte die Dienerin des Todes.

»Oberst Luri?«

»Wir haben alle in Frage kommenden Kammern untersucht, Herr, aber wir haben ein solches Seil nicht gefunden. Vielleicht irrt sich der Schatten.«

Thenar brummte unwillig. Das war unwahrscheinlich. Aber wenn das Seil verschwunden war, hieß das doch …

»Befragt die Dienerschaft, Oberst, und zwar die gesamte! Vom jüngsten Küchenjungen bis zur ältesten Magd – ich will wissen, wer diesen Männern geholfen hat.«

»Jawohl, Herr«, sagte der Offizier, salutierte und verschwand mit seinen Männern.

»Ihr glaubt, es gibt Verräter innerhalb dieser Mauern?«, fragte der Fürst bestürzt.

»Wir müssen leider damit rechnen, Hoheit.« Aber dann kam Thenar noch eine andere Möglichkeit in den Sinn. Er nahm die Schattenschwester beiseite. »Sagt, war es wirklich Zufall, dass Ihr gerade noch rechtzeitig kamt, als das geschah?«, fragte er leise.

»Nein, Herr. Wie ich schon sagte, war es der Gesandte, der mir befahl, über die Prinzessin zu wachen.«

Thenar sammelte sich und versuchte, lang verschüttetes Wissen aus seiner Zeit als Magier zu wecken. Er dachte an den Schwirrling, jenen kleinen Vogel, der ihm einst den ersten Zugang zur Magie eröffnet hatte. Er rief sich das Bild seiner rasend flatternden Flügel vor Augen, dann blickte er Jamade freundlich an. Sie wirkte völlig entspannt, was er befremdlich fand, da sie doch gerade erst zwei Männer getötet hatte. »Hat Gidus diese beiden geschickt?«, fragte er mit samtener Stimme. »Ihr könnt es mir ruhig erzählen.«

Früher, als er sich noch regelmäßig in der magischen Kunst der Illusion und Täuschung geübt hatte, war er in der Lage gewesen, seinem Gegenüber zu suggerieren, dass er sein bester und vertrauenswürdigster Freund war, ein Freund, dem man die dunkelsten Geheimnisse anvertrauen konnte.

Die junge Frau runzelte die Stirn. »Bestimmt nicht, Herr, denn ich hätte fast nicht gemerkt, dass diese Männer ins Schloss kamen. Nur eine herrenlose Hellebarde hat mich gewarnt. Jemand hat diesen Männern geholfen. In den Palast hinein – und vielleicht auch schon über die Mauer.«

Thenar seufzte. Er hatte seine Kräfte offensichtlich zu lange vernachlässigt. Der Flügelschlag des Schwirrlings verklang, und es gab keinen Funken Vertrautheit zwischen ihm und dieser düsteren Frau. Er konnte nicht sagen, ob sie log, aber er musste zugeben, dass ihre Darstellung plausibel klang.

»Ich werde Gidus nun doch bitten, uns ihre Dienste zu überlassen, Thenar«, sagte der Herzog.

Der Strategos versuchte vorsichtig zu widersprechen, aber der Fürst hatte seine Entscheidung bereits getroffen und war nicht umzustimmen. Falls Gidus das geplant hatte, war sein Plan also aufgegangen. Aber was hätte er davon? Thenars Gedanken flossen unsagbar zäh, und er fühlte sich mit einem Mal bleischwer. Wie lange hatte er nicht geschlafen?

Der Fürst zog ihn zur Seite. »Und – diese andere Sache? Habt Ihr eine Lösung?«

Der Strategos schüttelte den Kopf. »Ein paar Ansätze … halbe Ideen, Hoheit, mehr nicht.«

»Ich verlasse mich auf Euch, Odis!«

Thenar nickte unglücklich.

»Habt Ihr nicht irgendetwas? Die Herzogin ist sehr aufgebracht wegen dieses Anschlags – und ich würde sie gerne beruhigen.«

»Wenn ich etwas hätte, dürfte sie es nicht erfahren, Hoheit. Es ist wichtig, dass alles, was wir unternehmen, geheim bleibt. Und wenn Herzogin Ilda auch nur ein Wort gegenüber ihrer Mutter verlöre …«

»Aber es bricht mir das Herz zu sehen, wie sie leidet.«

»Auch mir, Hoheit, auch mir. Aber vielleicht ist es sogar angebracht, dass ich diese Dinge nicht einmal Euch erzähle.«

Der Blick des Herzogs wurde finster. »Was soll das heißen, Odis?«

»Wir haben vor, den Seerat zu hintergehen, Hoheit. Sollten wir scheitern, wäre es besser, wenn alles, was noch geschehen wird, nur auf mich zurückfällt und Ihr sogar einem Wahrzauberer mit ruhigem Gewissen gegenübertreten könntet.«

»Es ist schade, dass wir diese Sache nicht auf dem Schlachtfeld austragen können, Thenar, mit offenem Visier. Aber Ihr habt vermutlich Recht. Und wem könnte ich blind vertrauen, wenn nicht Euch?«

Thenar nickte stumm, erneut überwältigt von dem Vertrauen, das der Herzog in ihn setzte. Er durfte ihn nicht enttäuschen.

»Herr, wir haben eine Verdächtige verhaftet«, meldete ein Soldat, der ins Zimmer stolperte.

»Ah, endlich!«, rief der Herzog.

»Sie gab sich als Kräuterhexe aus und behauptete, Ihr hättet nach ihr geschickt.«

»Moment, es ist doch nicht etwa die alte Gritis?«, fragte Thenar.

»Nein, Herr, das glaube ich nicht, denn die ist doch im Palast bekannt. Sergeant Lidis hat die Fremde in eine Kammer gesperrt und sagt, er will niemanden außer Euch zu ihr lassen. Er behauptet, es sei etwas mit ihrem Antlitz, das nur Ihr sehen dürft, und Staros, der mit ihm Wache hielt, sagte, sie habe sich erst als Aussätzige ausgegeben und ihr Gesicht verhüllt.«

Thenar fluchte. Er hatte so eine Ahnung, wer diese Aussätzige war. Konnte er sie wirklich keinen Augenblick ohne Aufsicht lassen? Er erklärte dem Herzog kurz die Lage und lief dann hinüber, um sich der Doppelgängerin anzunehmen. Immerhin hatte die Sache ein Gutes: Sie bestärkte ihn in dem Plan, den er ausgeheckt hatte.

»Es war klug von Euch, diese Frau hier zu verbergen, Sergeant«, lobte er den Mann, der die Tür bewachte.

»Habe nur meine Pflicht getan, Herr«, gab sich der Soldat bescheiden, aber er platzte fast vor Stolz aus seiner ohnehin zu engen Rüstung.

»Bringt sie in meine Gemächer, Sergeant. Und achtet darauf, dass auch weiterhin niemand ihr Gesicht sieht.«

Er schickte die Doppelgängerin wieder in den Verschlag und ließ die beiden Soldaten noch einen Schrank davorrücken.

Sie protestierte heftig von drinnen und behauptete, keine Luft mehr zu bekommen.

»Ich rate Euch dringend, den Bogen nicht zu überspannen«, antwortete er mit grimmiger Entschlossenheit. »Haltet Ruhe, oder ich lasse Euch in Ketten legen.«

Das schien zu wirken, und Thenar schickte die beiden Soldaten fort, schärfte ihnen aber ein, kein Wort über diese Sache zu verlieren. Sie versprachen es feierlich, aber er machte sich keine Illusionen darüber, dass sie früher oder später damit angeben würden.

Plötzlich musste er lächeln. Dieses Problem konnte er doch lösen! Er schrieb einen kurzen Befehl an den Obersten der Wachen, in dem er darum ersuchte, ihm die beiden Männer für eine besondere Aufgabe auf unbestimmte Zeit zu überstellen.

Er blieb auf den Beinen und versuchte, das Durcheinander im Palast zu ordnen. Als Erstes bestellte er Hauptmann Novalos zu sich. Der junge Mann stammte aus einer der edlen Familien der Stadt, und er war sich seines Standes offenbar nur zu bewusst. Vielleicht war er aber auch nur sehr von sich überzeugt, auf jeden Fall schien er mit einer gewissen Arroganz auf den Strategos, der nicht von Adel war, herabzusehen.

Thenar störte das nicht weiter, ganz im Gegenteil, er genoss es. Er betrachtete den jungen Mann und konnte sogar verstehen, dass die Prinzessin ihm verfallen war, auch wenn Novalos gerade blass und übernächtigt wirkte. Sollte er sich etwa Sorgen um seine Geliebte gemacht haben? Er war hübsch anzusehen mit seinem Heldenlächeln und dem blond wallenden Haar. Thenar lächelte ebenfalls. Der Hauptmann ahnte nicht, dass sein Leben an einem seidenen Faden hing.

»Ich habe gute Nachrichten für Euch, Hauptmann«, begann er freundlich. »Ihr werdet befördert – wenn Ihr diese Ehre denn auch annehmen wollt.«

Der junge Mann strahlte. »Endlich«, stieß er hervor.

»Der Herzog sucht einen fähigen Mann, den er als stellvertretenden Kommandanten einer seiner Festungen einsetzen kann. Seid Ihr dieser Mann, Novalos?«

»Kommandant?«, fragte der Hauptmann. »Selbstverständlich, Strategos!« Das »stellvertretend« schien er überhört zu haben.

»Sehr gut. Ihr müsst allerdings schon morgen früh aufbrechen.«

»Schon morgen? Das ist wenig Zeit, um meine Angelegenheiten hier zu klären, Herr.«

Thenar blieb freundlich. Vermutlich überlegte der Hauptmann gerade, wie er es seiner Geliebten beibringen sollte. Auf die Idee, ihretwegen zu verzichten, kam er anscheinend nicht.

»Die Sache eilt, und sie ist von höchster Wichtigkeit, *Kommandant.* Aber wenn Ihr es nicht einrichten könnt ...«

»Oh, doch, Strategos. Es kommt nur so überraschend. Und welche Festung ist es, Herr?«

Thenar warf einen Blick auf das Blatt vor ihm. »Sie trägt den Namen *Wellenbrecher,* und sie liegt auf der Insel Styrgis.«

»Styrgis?«

»Sie ist nicht sehr groß, aber strategisch ungeheuer bedeutsam«, erklärte Thenar. Dieser Trottel schien ihm das sogar zu glauben. Er erinnerte sich an diese winzige Burg. Sie war von den fünf Festungen auf den Tausend Inseln die kleinste, ein unbedeutender Außenposten, der kaum auf den Felsen passte, auf dem er stand, und dessen unterste Stockwerke regelmäßig überschwemmt wurden. Den Namen *Wellenbrecher* trug die Burg nicht ohne Grund.

»Aber ich kenne die meisten Burgen auf den Brandungsinseln, und diese ...«

»Sie liegt etwas weiter südlich«, erklärte Thenar mit gleichbleibender Freundlichkeit und setzte in Gedanken *ungefähr tausend*

Meilen hinzu. »Der Feldzeugmeister wird Euch genauere Anweisungen geben. Ich gratuliere Euch, Kommandant, Ihr habt einen entscheidenden Schritt auf Eurem Weg getan.«

»Danke, Strategos«, sagte der frischgebackene stellvertretende Kommandant etwas verdutzt, als ihn Thenar aus der Kammer schob.

Dieses Problem war also erledigt. Aber es gab noch genug andere, die er angehen musste. Er hatte es dem Fürsten nicht gesagt, aber endlich hatte er einen Plan, oder vielmehr die Grundidee eines Planes. Wenn man ihn genauer betrachtete, war er wacklig, schief und unsicher, mit vielen Lücken und Unklarheiten, aber es blieb ihm wohl nichts anderes übrig, als sich mit diesem mangelhaften Gefährt hinaus auf das Meer der Gefahren zu begeben, das vor ihm lag. »Meer von Gefahren?«, murmelte er, als er seine nächsten Befehle schrieb. Was für ein Unsinn! Er brauchte dringend Schlaf.

»Nur noch diese Befehle, dann ist das Wichtigste getan«, sagte er sich. Der erste betraf die junge Frau im Verschlag …

Am Abend des nächsten Tages schien sich endlich etwas zu tun. Der Schrank vor Alenas Versteck wurde von den beiden Soldaten, die sie in der vorigen Nacht festgenommen hatten, zur Seite geschoben.

»Hier habt Ihr ein Gewand für die Reise. Mit einem Schleier. Die Idee mit dem Aussatz war nicht schlecht«, sagte Meister Thenar.

»Welche Reise?«

»Offensichtlich kann ich nicht darauf vertrauen, dass Ihr tut, was ich sage. Deshalb werde ich Euch zur weiteren Vorbereitung auf Eure Aufgabe an einen sicheren Ort schicken.«

»Ein Kerker? Verflucht, Ihr wollt mich wieder einsperren?«

»Nein, ganz im Gegenteil. Ihr werdet Euch vollkommen frei bewegen können, freier jedenfalls als hier im Palast. Ihr werdet aber nicht viel freie Zeit haben, denn Ihr müsst eine Menge lernen.«

»Kann doch nicht so schwer sein, ein bisschen Prinzessin zu spielen.«

Thenar sah sie mit zusammengekniffenen Augen an. »Wie viele frialische Tänze kennt Ihr? Wie viele Sprachen beherrscht Ihr? Spielt Ihr die Laute? Seid Ihr denn auch nur imstande, eine Gabel richtig zu halten? Nein? Seht Ihr ... das alles werdet Ihr lernen.«

»Und das alles für das bisschen Silber? Ich weiß nicht ...«

Thenar schüttelte den Kopf. »Versucht nicht, mit mir zu feilschen, Filganerin. Je mehr Ihr Euch bemüht, desto schneller könnt Ihr das Leben einer Prinzessin führen. Und das ist Euch doch lieber, als im Kerker zu verrotten, oder?«

Alena hätte gerne etwas erwidert, aber ihr fiel nichts Gescheites ein, und Thenar wandte sich an die Soldaten. »Ihr haftet mir mit Eurem Kopf dafür, dass sie ihr Ziel unversehrt erreicht, Sergeant, verstanden?«

»Ja, Herr.«

»Und Ihr werdet nicht anhalten, bis Ihr am Hafen seid, habt Ihr auch das verstanden? Und vor allem werdet Ihr diese junge Frau unter keinen Umständen vor ihrem Bestimmungsort aus der Sänfte lassen!«

»Jawohl, Herr!«

»Und wenn sie Euch Schwierigkeiten macht, kettet sie an.«

»Zu Befehl, Herr.«

»Ketten? Aber das ist ...«, protestierte Alena.

»Noch ein Wort, und ich lasse Euch gleich in Eisen legen. Wahrlich, ich bin froh, wenn ich Euch für eine Weile nicht sehe, Alena aus dem Krähenviertel.«

»Geht mir genauso«, gab sie patzig zurück.

Dann zog sie murrend das dunkle Gewand über. Der Schleier war besser als der, den sie improvisiert hatte.

»Er gehörte einer der Hausdamen der Herzogin, die tatsächlich am Aussatz erkrankte«, erklärte Meister Schönbart.

»Was?«

»Sie ist lange tot, und es ist nicht sehr wahrscheinlich, dass Ihr Euch ansteckt, also beruhigt Euch. Und nun geht mir aus den Augen!«

Alena fragte sich, was sie dem Strategos getan hatte, aber dann schob sie die schlechte Laune des Mannes auf seinen offensichtlichen Schlafmangel.

Die beiden Soldaten hielten sie rechts und links fest, obwohl sie beteuerte, nicht fliehen zu wollen. Es ging über eine Seitentreppe hinaus auf einen kleinen Hof, in dem schon eine geschlossene schwarze Sänfte mit vier Trägern auf sie wartete.

Ihre Bewacher schoben Alena hinein. »Ich muss Euch doch nicht anketten, oder?«, fragte der Sergeant.

»Wie ist Euer Name, Herr Soldat?«, fragte Alena freundlich. Es konnte nicht schaden, sich den Mann gewogen zu stimmen.

»Lidis ist mein Name, Sergeant Lidis für Euch, mein Fräulein.«

»Ich werde Euch keine Schwierigkeiten machen, Sergeant Lidis, das verspreche ich.«

»Schön«, sagte der Soldat, schloss die Tür und verriegelte sie von außen.

Er gab ein Signal, und die Träger hoben die Sänfte an. Alena fragte sich, welchen Zweck diese Sänfte sonst erfüllen mochte. In Filgan reisten nur alte und vornehme Leute in solchen Dingern, aber die waren meist prachtvoll geschmückt und nicht einfach nur schwarz.

Sie rüttelte sacht an den beiden Türen, aber die rührten sich nicht. Sie ertastete in der Finsternis kleine Fenster, die mit hölzernen Läden verschlossen waren, versuchte, erst einen zu heben, dann den anderen, aber sie ließen sich nicht öffnen.

Schöner Mist ist das, dachte sie, lehnte sich zurück und versuchte nachzudenken. Sie sollte doch die Prinzessin ersetzen, auf die es offensichtlich einen Mordanschlag gegeben hatte. Aber warum schickte man sie dann fort? Und vor allem – wohin?

Die Sänfte war nicht sehr bequem, und die Träger schienen es eilig zu haben. Alena wurde kräftig durchgerüttelt und spürte jede Stufe der vielen Treppen, die sie hinabliefen. Sie pochte gegen das Holz und protestierte, erhielt aber keine Antwort. Irgendwann wurde der Geruch des Meeres stärker, und dann hörte sie Betrunkene grölen und Möwen rufen. Der Hafen? Brachte man sie auf ein Schiff? Plötzlich gab es einen kräftigen Ruck, einen Fluch, die Sänfte krachte zu Boden, kippte zur Seite und wurde gerade noch abgefangen, bevor sie umfiel. Alena rutschte aus dem Sitz, schrie auf, und dann bedachte sie ihre unsichtbaren Träger mit den derbsten Verwünschungen des Krähenviertels.

»Ich bitte Euch, mein Fräulein. Bewahrt Ruhe. Wir sind auch schon da«, meldete sich die flehende Stimme des Sergeanten von draußen.

»Und wo ist *da?*«, rief Alena und gab der verschlossenen Tür einen wütenden Tritt. Aber sie erhielt keine Antwort.

Die Sänfte wurde wieder angehoben und von mehreren Männern unter etlichen Flüchen über ein Hindernis geschoben, bevor sie sie wieder absetzten.

»Zurrt sie fest, Männer, die See ist rau zwischen den Eisenzähnen«, sagte eine Stimme.

Gleich darauf hörte sie, dass Taue über die Sänfte gezogen wurden.

Alena lauschte auf die Kommandos, die draußen ertönten. Jemand sprach davon, dass es höchste Zeit sei, wenn man die Flut noch erwischen wolle. Kurz darauf spürte sie, wie das Schiff in Bewegung kam. Befehle wurden gerufen, Holz stöhnte, und Taue knarrten.

Alena saß in völliger Dunkelheit und spürte das Heben und Senken des Schiffsrumpfes. Sie hörte Möwen schreien und Wellen gegen den Bug schlagen. Ihr Gefängnis neigte sich leicht zur Seite. Nahmen sie Fahrt auf? Sie klopfte gegen die Tür. Jetzt, da sie auf See waren, konnte man sie doch wohl herauslassen.

Aber niemand reagierte auf ihr Klopfen und auch nicht auf ihre Proteste. Irgendwann gab sie es auf, kauerte sich in der Finsternis zusammen, wartete auf das Ende der Reise und kämpfte gegen die dunkle Vorahnung, dass das alles kein gutes Ende nehmen würde.

Odis Thenar rieb sich die Müdigkeit aus den Augen. »Es ist wichtig, dass Ihr diesen Fall äußerst diskret behandelt, Mutter Gritis.«

»Das sagtet Ihr bereits, Meister Schönbart. Was ist es denn? Braucht Ihr ein Mittel gegen die Müdigkeit?«, fragte die Hexe spöttisch.

»Ich brauche nur ein wenig Schlaf. Aber den werde ich wohl erst bekommen, wenn Ihr Eure Arbeit erledigt habt, Mutter Gritis.«

Die Frau nickte. Sie sah eigentlich fast genau so aus, wie sich die braven Bürger der Stadt eine Kräuterhexe wohl vorstellten: alt, gebeugt, in Lumpen gehüllt und mit verwitterten dunkelblauen Linien im Gesicht, die sie als Magierin auswiesen. Thenar wusste, dass das nur Fassade war. »Die Leute würden nicht zu mir kommen, wenn ich in feinen Gewändern umherspazieren würde, auch wenn ich mir das sehr wohl leisten könnte«, hatte sie ihm einmal erklärt.

Sie war, wie er herausgefunden hatte, erstaunlich gebildet, hatte lange beim Orden der Weißen Schriften studiert, dieser Bruderschaft aber den Rücken gekehrt. »Zu viel Wissen, zu wenig Magie«, hatte sie geantwortet, als er sie einmal nach dem Grund fragte. Er hätte ihr auch die Behandlung der Herzogin anvertraut, aber leider hatte sie schon bei der letzten Schwangerschaft klar ihre Meinung geäußert, dass es den Eltern nicht mehr gegeben sei, Kinder in die Welt zu setzen, und von da an hatte Ector sie nicht mehr in die Nähe seiner Frau gelassen.

Nun ging sie neben Thenar durch die hohen Gänge und schleppte schwer an der großen Tasche, die sie mitgebracht hatte.

»Soll nicht einer meiner Diener Eure Tasche tragen?«, fragte er.

»Niemand fasst diesen Beutel an«, entgegnete sie grimmig. »Außerdem habt Ihr Eure Diener weggeschickt, wenn Ihr Euch erinnern wollt. Dieser Sack wäre aber auch leichter, wenn Ihr mir wenigstens ungefähr gesagt hättet, worum es bei diesem geheimnisvollen Fall geht. So muss ich alles Mögliche mitschleppen – und wahrscheinlich finde ich am Ende heraus, dass ich das Einzige, was ich brauche, nicht mitführe.«

»Wir werden sehen«, murmelte Thenar. Er blieb stehen. »Diese Sache muss unbedingt unter uns bleiben, versteht Ihr?«

»Es ist jetzt das vierte Mal, dass Ihr mich daran erinnert, Thenar. Ihr solltet wirklich mehr schlafen.«

»Bald«, murmelte er. Er führte die Kräuterfrau in einen Nebentrakt bis zu einer verriegelten Tür.

»Eure Patientin wartet dort drinnen. Sie wird verschleiert sein. Fragt nicht, wer sie ist, sprecht am besten gar nicht mit ihr.« Thenar schob die Riegel zurück. »Eine Vertraute ist bei ihr, sie wird Euch sagen, was Ihr herauszufinden habt. Und ich möchte Euch daran erinnern …«

»Ich weiß, ich weiß … es muss geheim bleiben«, gähnte die Alte. Dann verschwand sie im Inneren. Thenar schloss die Tür und begann, auf und ab zu gehen.

Es war nur eine Vorsichtsmaßnahme. Caisa hatte versichert, dass nichts vorgefallen war, aber er brauchte Gewissheit. Der Herzog hatte die Untersuchung abgelehnt, aber erstaunlicherweise war die Herzogin zu ihm gekommen und hatte darauf bestanden. Sie war manchmal klüger als ihr Mann.

Thenar lehnte sich gegen eine der schlanken Halbsäulen und schloss die Augen. Er brauchte nur ein paar Stunden Schlaf. Aber wenn diese Sache hier bewältigt war, war das Schlimmste hoffentlich vorüber. Er löste sich rasch von der Säule, weil er spürte, dass er schon im Stehen in den Schlaf hinüberglitt, und ging wieder auf und ab.

Plötzlich hörte er laute Stimmen, und jemand begann zu weinen. Die Tür öffnete sich. Die alte Gritis erschien, rieb sich die Hände mit einem Tuch trocken und sagte: »Sie hat die Jungfräulichkeit verloren, Strategos, tut mir leid.«

Er starrte sie fassungslos an. »Aber wie ...?« Sein Blick wanderte in die Kammer. Die verschleierte Caisa lag mit bloßem Unterkörper auf dem Bett, hielt ihre Scham bedeckt und weinte. Ihre ebenfalls tief verschleierte Mutter stand daneben. Er konnte zwar ihr Gesicht nicht sehen, aber Thenar sah an ihrer ganzen Haltung, dass sie vor Zorn bebte.

Gritis trat auf den Gang hinaus und zog die Tür hinter sich zu. »Entscheidend ist vielleicht nicht, dass sie verloren ist, sondern dass ich sie wiederherstellen kann.«

»Das könnt Ihr?«, fragte Thenar verblüfft.

»Sie ist nicht die erste Frau von edler Herkunft, die in so einem Fall um meine Hilfe ersucht. Es ist machbar, aber nicht ganz billig, wie Ihr Euch denken könnt.«

»Kann ich das?«

»Mein Preis errechnet sich nach dem Rang der Person, die meine Hilfe in Anspruch nimmt, genauer, nach dem, was sie zu verlieren hat. Und wenn der Rang der jungen Frau dort drinnen so hoch ist, dass sie sich mir nur verschleiert zeigt, ist eben auch der Preis recht hoch.«

»Wie viel?«, fragte Thenar matt.

»Zweitausend Schillinge, Strategos. Ich denke, so viel dürfte Euch der gute Ruf dieser bestimmten Person wert sein, nicht wahr?«

Thenar blickte sie zornig an. Hatten sie nicht in den vergangenen Jahren beinahe so etwas wie eine Freundschaft aufgebaut? Aber offenbar zählte das nicht, und natürlich hatte sie erraten, mit wem sie es zu tun hatte. Die Maskerade hätte er sich sparen können. Diese Frau war schließlich nicht dumm, und sie hatte Recht: Caisas guter Ruf war mehr wert als zweitausend Schillinge.

Aber die Kasse der Stadt war leer. »Ihr sollt das Geld haben«, erklärte er knapp. Er würde es zur Not von seinen eigenen Mitteln nehmen.

Als die Kräuterfrau gegangen war, kam die Herzogin auf den Gang hinaus. »Wie konnte dieses Mädchen nur so dumm sein!«, zischte sie.

»Seid nicht zu streng mit ihr«, murmelte Thenar und erntete einen giftigen Blick.

»Sie bringt Schande über ihre Familie. Ich hätte nicht gedacht, dass meine Caisa ... so dumm ist!«, rief die Fürstin wieder. Sie sah blass aus.

»Die Kräuterhexe kann das Geschehene ungeschehen machen, Hoheit.«

»Und wenn sie schwanger geworden wäre? Ich habe gute Lust, ihren Liebhaber persönlich aufs Rad zu flechten! Wo steckt eigentlich der Mann, der die Ehre meiner Tochter zerstört hat?«

Das hätte Thenar gerade noch gefehlt, dass die Herzogin den Skandal doch noch öffentlich machte. Zum Glück hatte er vorgesorgt: »Hauptmann Novalos hat die Stadt bereits verlassen. Er ist an Bord eines Schiffes, das ihn zu den Tausend Inseln bringt. Und dort wird er die nächsten Jahre oder eher Jahrzehnte auch bleiben, Hoheit.«

»Ihr habt ihn seiner Strafe entzogen? Weiß der Herzog, was Ihr da entschieden habt?«, fragte die Herzogin zornig.

»Nein, aber ich denke, für Caisas Ruf ist es besser, wenn diese Dinge ohne Aufsehen erledigt werden – und Novalos hinzurichten hätte eine Menge Aufsehen erregt, Hoheit.«

Im Blick der Herzogin lag eisiger Zorn, aber dann nickte sie. »Für den Anfang mag das genügen, aber ich erwarte, dass dieser Mann nie zurückkehrt. Nein, ich erwarte, dass wir schon bald die Nachricht seines Todes erhalten. Haben wir nicht neuerdings einen Schatten unter unseren Dienern? Er kann sich nützlich machen.«

Thenar spürte ihre Entschlossenheit, und dann kam er zu dem Schluss, dass Novalos es verdient hatte. Er hatte schließlich die unschuldige Tochter seines Lehnsherrn verführt. »Er wird bald einen unrühmlichen Tod finden, Hoheit«, versicherte er.

»Gut. Noch eines ... ich möchte, dass Ihr meinem Mann gegenüber diese Sache nicht erwähnt.«

»Ich soll dem Herzog verheimlichen, dass seine Tochter keine Jungfrau ...«

»Sie ist es doch bald wieder. Und Ector wäre imstande, Novalos die Flotte hinterherzuschicken, wenn er es erführe.«

»Ich werde den Herzog nicht belügen, Hoheit.«

Plötzlich legte sie ihm eine Hand auf den Arm, und ihr eisiger Blick wurde weich. »Ich bitte Euch, Meister Odis. Denkt an die arme Caisa. Es würde sie umbringen, wenn sie die Achtung ihres Vaters verlöre. Und hört Ihr nicht, wie sehr sie jetzt schon weint?«

Thenar rang mit sich. Das Mädchen tat ihm leid, und ihre Mutter hatte vielleicht Recht: Der Fürst war ein Mann von ehernen Grundsätzen. Aber er hatte auch eine große Schwäche für Caisa. Thenar konnte sich nicht vorstellen, dass Ector seiner Tochter mit Verachtung begegnen würde. Eigentlich war er immer viel zu nachsichtig mit ihr.

Also schüttelte er den Kopf. »Ich werde Euren Gatten nicht täuschen, Hoheit. Allerdings überlasse ich es Euch, ihm die Nachricht zu überbringen.«

Die Wärme in ihrem Blick gefror wieder. »Natürlich ist das meine Angelegenheit, Thenar, jetzt, da Ihr mich dazu zwingt«, zischte sie. »Manchmal seid Ihr schon ebenso herzlos und kalt wie der alte Gawas«, setzte sie hinzu. Dann drehte sie sich um, bedachte ihn mit einem weiteren zornigen Blick und verschwand wieder in der Kammer, in der Caisa sich die Augen ausheulte.

Thenar zog sich in seine Schreibstube zurück. Die Herzogin hatte ihn mit Gawas, seinem Vorgänger, verglichen. Er erinnerte sich gut an den alten Knochen, der sowohl dem Vater wie auch schon dem Großvater von Ector gedient hatte. Gawas war ebenfalls ein Meister der Bruderschaft der Schwarzen Spiegel gewesen, und Thenar wusste noch, wie einschüchternd der gestrenge Alte auf ihn gewirkt hatte, als er als junger Magier nach Terebin gekommen war. Der ganze Hof hatte vor ihm gezittert. Die Herzogin hatte den Vergleich sicher nicht als Kompliment gemeint, aber Thenar fasste es so auf. Er wäre froh gewesen, wenn er die Dinge nur halb so gut unter Kontrolle gehabt hätte wie sein Vorgänger.

Die Hochzeit würde stattfinden. Das Datum stand noch nicht fest, aber für gewöhnlich hatte man ein halbes Jahr Zeit, eine derart wichtige Vermählung vorzubereiten. Und er hatte eine Menge Vorbereitungen zu treffen, die ganz und gar nicht üblich waren. Aber er hatte nicht nur den Ort, sondern auch die Menschen gefunden, die vielleicht geeignet waren, aus diesem widerborstigen Gossenmädchen eine halbwegs glaubwürdige Prinzessin zu machen. Der Strategos lehnte sich zurück und schloss die Augen.

Er spürte eine ungeheure Anspannung in der Brust, die seit Tagen nicht nachlassen wollte. Sie würden niemals damit durchkommen. Ein falsches Wort dieser Filganerin, und man würde den Betrug bemerken, vielleicht schon vor dem ersten Tanz. Er öffnete die Augen wieder. »Die Tänze, natürlich«, murmelte er. Dieses ständige Gefühl, etwas Wichtiges nicht bedacht zu haben, erwies sich dieses Mal als berechtigt. Irgendjemand musste diesem Mädchen das Tanzen beibringen, sonst waren sie wirklich mit dem ersten Tanz verloren. Er kritzelte eine Notiz auf ein Stück Pergament.

Was noch? Was hatte er noch alles vergessen?

Plötzlich lachte er laut auf. Es war verrückt: Ein Plan, der daran scheitern konnte, dass ein Mädchen aus dem Krähenviertel von Filgan einen bestimmten Tanzschritt nicht beherrschte, konnte niemals funktionieren.

ZWEITES BUCH
SCHWARZER MOND

Alena schreckte hoch. Sie war wohl eingeschlafen. Immer noch war sie in der Dunkelheit gefangen, das Schiff schaukelte, aber etwas war anders. Nach einer Weile begriff sie, dass das Schiff sich nicht mehr bewegte, sie also irgendwo angelegt haben mussten. Sie hörte Stimmen, dann das Surren der Taue, die von ihrer Sänfte gelöst wurden.

»Packt mit an, Männer«, kommandierte jemand.

Alena spürte, dass man die Sänfte anhob. Die Männer stöhnten, fluchten, und ihr Gefängnis geriet bedenklich ins Schwanken.

Ein paar weitere deftige Flüche später endete das Schaukeln unvermittelt, und die Sänfte wurde hart abgesetzt.

»Habt Dank, Kapitän«, hörte sie den Sergeanten sagen.

»Euch die besten Wünsche«, erwiderte eine Stimme. »Möge sich der Mondgott Eurer Aussätzigen erbarmen – und Euch vor Ansteckung schützen.«

Sie wartete gespannt, hörte neue Kommandos, die schnell leiser wurden und ihr verrieten, dass das Schiff wieder abgelegt hatte.

»Nun könnt Ihr mich doch herauslassen«, rief sie und hämmerte ungeduldig gegen die Tür.

»Habt nur noch ein wenig Geduld, mein Fräulein«, antwortete der Sergeant. »Mein Freund Staros ist schon unterwegs, um dem Herrn dieser Insel unsere Ankunft zu melden.«

Der Mann hatte gut reden. Sie saß nun schon seit Stunden im Dunkeln fest. Also hämmerte sie weiter gegen die Sänftentür und begann schließlich sogar dagegenzutreten.

»Ich möchte Euch davon abraten, allzu heftig zu werden, wertes Fräulein, denn Ihr befindet Euch sozusagen am Rande eines Abgrundes und mögt ertrinken, wenn Ihr hinunterfallt«, rief Sergeant Lidis. Der Mann klang ernsthaft besorgt. Also gab Alena der Tür einen letzten Tritt und setzte sich wieder.

Bald darauf kamen Stiefel über Holz herangetrampelt. »Also – was hat das zu bedeuten?«, rief eine zornige Stimme.

»Ich folge nur meinen Befehlen, ehrwürdiger Vater.«

»Befehle, gut und schön ... ich habe sie gelesen – aber ich verstehe sie nicht!«

»Ich habe sie nicht einmal zu lesen bekommen, Herr, Ihr seid also im Vorteil. Aber vielleicht schaffen wir erst einmal Euren Gast vom Steg herunter.«

»Erst verlange ich eine Erklärung!«

»Ich habe aber keine, Herr. Und hier kann die Sänfte nun doch nicht bleiben. Helft uns, sie an Land zu schaffen, das Weitere wird sich dann schon finden.«

Wieder wurde die Sänfte angehoben, geriet aber sogleich ins Schwanken. Alena hörte das Stöhnen eines alten Mannes.

»Lasst ab, Bruder Seator«, sagte die erste Stimme. »Dieses Ding wird leichter sein, wenn niemand drinnen sitzt. Also lasst Euren Passagier nur heraus, Sergeant.«

»Ich soll sie erst herauslassen, wenn wir innerhalb Eurer Mauern sind, und streng genommen ...«

»Streng genommen ist das Unsinn, Sergeant. Also lasst sie heraus. Sie wird schon nicht versuchen davonzuschwimmen.«

»Auf Eure Verantwortung, ehrwürdiger Vater.«

»Nun macht schon! Es naht die Zeit der Morgenandacht.«

Die Tür wurde umständlich entriegelt, und graues Licht fiel in die Finsternis. Alena atmete begierig die frische Seeluft ein, stieß ungeduldig die Tür auf und sprang hinaus.

»Vorsicht!«, rief der Sergeant und packte sie am Arm. Das war auch nötig, denn sonst wäre sie in die grüne See gestürzt, die unter ihr gegen die Pfähle eines langen Holzstegs schlug.

Das Morgengrauen zeigte ihr eine flache Insel und ein paar geduckte Gebäude. Irgendwo dahinter ragte ein stumpfer Turm ins Zwielicht auf. Drei Männer in groben, dunklen Kutten standen auf dem Steg und glotzten sie an.

»Das Wasser ist recht kalt zu dieser Jahreszeit«, sagte die erste Stimme. »Und auch wenn ich nichts dagegen hätte, falls die Flut Euch davontragen würde, heiße ich Euch doch willkommen auf den Eisenzähnen – und im Kloster des Ewigen Mondes, mein Fräulein.«

Alena starrte den hochgewachsenen Alten an. Eine Insel? Ein Kloster? Was sollte nun das wieder bedeuten?

Der Sprecher schien ihre Verwirrung nicht zu bemerken. »Ich bin Abt Gnoth, dies sind meine Brüder Seator und Dijemis. Wie es aussieht, werdet Ihr unser Gast sein.«

»Was soll der Mist?«, entfuhr es Alena. Das Leben in einem Kloster gehörte nicht zu den Dingen, die sie erwartet hätte. Sollte sie nicht eine Prinzessin spielen? Aber wie sollte sie das – hier, am offensichtlichen Ende der Welt?

»Wunderbar, ein Mädchen aus der Gosse! Ich verstehe nicht, was der Strategos damit bezweckt«, schimpfte der Abt.

»Er will es wohl nur beschleunigen«, sagte der zweite Mönch düster. Er war kleiner, schmächtiger und vielleicht auch älter als der Abt. Er kam zu Alena, starrte ihr lange ins Gesicht und sagte dann: »Das Ende! Man kann das Unheil riechen, das von dieser Frau ausgeht! Wie es die Schriften prophezeien.«

»Das mag alles sein, ehrwürdige Väter, doch vielleicht können wir alles Weitere im Inneren Eures Klosters besprechen? Es ist bemerkenswert frisch heute Morgen, und gegessen haben wir auch noch nichts«, meinte der Sergeant.

»Es muss wohl sein«, erwiderte der Abt düster. »Doch nun

ist die Zeit der Morgenandacht gekommen. Euer Frühstück wird also warten müssen. Schafft dieses Weib und die Sänfte von unserem Steg. Und dann wartet im Torhaus. Vielleicht verrät mir der Mond, was ich mit ihr anstellen soll.«

Alena half den beiden Soldaten mit der Sänfte, die sie keuchend hinter die Mauer des Klosters schafften. Sie wollte sich umsehen, doch ihre Bewacher waren der Meinung, sie sollten im Torhaus warten, bis der Abt seine Andacht hinter sich gebracht hatte. »Er ist dann vielleicht etwas umgänglicher«, meinte der Sergeant fröhlich. Er schien überhaupt ein heiteres Gemüt zu besitzen. Also warteten sie in dem düsteren, halb verfallenen Gebäude.

Der Abt erschien endlich, führte sie wortkarg zwischen verfallenen grauen Mauern Richtung Tempel, dann aber durch eine Seitentür in einen runden Hof, an den der große Tempel und einige weitere Gebäude grenzten. Ihr Weg endete an einer schmalen Tür. »Hier werdet Ihr für das Erste unterkommen.«

»Und was ist mit dem Frühstück?«

»Eure Bewacher können Euch etwas bringen, denn ich will nicht, dass Ihr auf meiner Insel herumlauft und für Unruhe sorgt, und Seator hat Recht – Ihr riecht nach Ärger.«

»Ihr wollt mich einsperren?«

»Vorerst, bis ich verstehe, welche Prüfung uns der Mondgott auferlegt hat.«

»Großartig«, murmelte Alena.

Der Abt öffnete die Tür. Die Kammer dahinter war winzig.

»Ist das Euer Gefängnis?«

»Nein, das ist eine unserer Wohnzellen. Es tut mir leid, wenn Euch das nicht genügt. Etwas Besseres kann ich Euch nicht bieten.«

Alena betrat die enge Zelle. Sie hätte mit ausgestreckten Armen die Seitenwände berühren können. Als sie entmutigt einen

Blick durch das vergitterte Fensterloch warf, hörte sie, wie der Abt die Tür verriegelte.

»Ich wünschte, sie würden aufhören, mich dauernd einzusperren«, murmelte sie, legte sich aufs Bett und wartete ab, was geschah.

Und dann geschah den Rest des Tages gar nichts.

Jemand räusperte sich. Odis Thenar schlug die Augen auf. Er musste eingenickt sein. »Wie spät ist es?«, fragte er und richtete sich in seinem Stuhl auf.

»Beinahe Mittag, Herr«, sagte der Leutnant.

»Und was führt Euch zu mir?«

»Es sind Fremde in der Stadt, die Euch sprechen wollen.«

»Was für Fremde?«

»Filganer, Herr. Zwei junge Männer, die, wenn ich das sagen darf, nicht aus den allerbesten Kreisen stammen. Ich nehme an, dass es Krähen sind.«

»Und wieso glaubt Ihr, dass ich für Leute aus dem Krähenviertel von Filgan zu sprechen bin?«, fragte Thenar ungehalten.

»Sie kamen zu mir und fragten nach einer jungen Frau aus jener Stadt, Herr, und der Beschreibung nach … nun, ich war es, der diese Frau verhaftete. Also verwies ich sie an unser Gefängnis. Aber wie es aussieht, ist die Frau von dort verschwunden. Die beiden kamen also wieder zu mir und verlangten, den Obersten zu sprechen. Ich bin aber erst einmal selbst in den Kerker gegangen, um der Sache auf den Grund zu gehen, und wie ich erfuhr, wart Ihr es, der diese junge Frau von dort fortbrachte, Herr.«

»Das habt Ihr diesen Leuten doch nicht etwa erzählt, oder?«

»Nein, Herr. Aber ich dachte, Ihr wollt vielleicht selbst mit diesen Männern reden, denn sie stellen viele Fragen, die ich nicht beantworten will. Und ich fürchte, dass sie vielleicht jemand anderen finden, den sie mit ihren Münzen dazu überreden können, Dinge auszuplaudern, über die man nicht plaudern sollte.«

Thenar strich sich über den Bart. Der Leutnant war also unbestechlich? »Wie ist Euer Name, Herr Leutnant?«

»Alac Geneos, Herr.«

»Ah, ich glaube, ich kenne Euren Vater. Wie geht es dem alten Fuchs? Geht er immer noch selbst auf Reisen? Es gibt keinen gewiefteren Händler als ihn.«

»Er ist unterwegs nach Mansupa, Herr, um Tee einzukaufen. Dabei sollte er sich besser schonen, denn er leidet an den Gebrechen des Alters, und es ist unsicher, ob er je zurückkehrt.«

»Wunderbar«, murmelte Thenar, der nicht zugehört hatte. »Ich danke Euch, Leutnant. Es ist gut zu wissen, dass Ihr Euren Dienst so gewissenhaft verseht. Sagt diesen beiden Filganern, dass ich gleich zu ihnen komme. Ich nehme doch an, dass sie in der Wachstube warten, oder?«

»So ist es, Herr.«

Thenar wusch sich und zog sich um. Ob das die Männer waren, die den Onkel der Filganerin getötet hatten? Waren diese Schulden, von denen sie berichtet hatte, so hoch, dass es sich lohnte, sie nach Terebin zu verfolgen?

Er ließ sich Zeit, unterzeichnete noch ein paar Befehle und begab sich erst dann hinab in die Wachstube, die etwas unterhalb des Palastes lag. Die beiden sollten nicht glauben, dass diesem Fall irgendeine besondere Bedeutung zukam.

Der Leutnant war so klug gewesen, die beiden Männer in das Zimmer des Kommandanten zu bitten, der offenbar unterwegs war, und mit ihnen dort zu warten.

»Seid Ihr der Mann, der hier Bescheid weiß?«, fragte der erste der beiden und kaute weiter an dem Apfel, den er sich gerade einverleibte. Er war recht jung, ziemlich schlank, seine Kleidung bunt, aber ärmlich. Ein Hauch von Schwefel umwehte ihn. *Ein typischer Filganer eben,* dachte Thenar und nickte flüchtig. »Und wer seid Ihr?«, fragte er zurück.

»Ich bin Priam Undaro, und das ist mein Vetter Golch. Wir sind auf der Suche nach unserer Kusine.«

»Eure Kusine?«

»Alena, oder eigentlich Alenaxara, vielleicht kennt Ihr sie auch als Ala, ebenfalls eine Undaro. Wir hörten, dass sie in Eurem Gefängnis sitzt, doch erstaunlicherweise scheint sie von dort verschwunden zu sein.«

»Eine Frau namens Undaro ist dort nicht bekannt, Herr«, warf Leutnant Geneos ein.

Priam Undaro lächelte, und Thenar gestand ihm zu, dass er ein sehr gewinnendes Lächeln hatte. *Er ist wohl die Art Gauner, bei dem die Frauen schwach werden,* dachte Thenar. Er fragte sich, ob der Filganer ihn belog. Gehörte er zu den üblen Kerlen, die den Onkel der Doppelgängerin ermordet hatten – oder waren die beiden wirklich Verwandte?

Der Filganer warf den halben Apfel seinem Begleiter zu, einem hageren Mann mit finsterem Blick, der den Apfel fing und wie selbstverständlich weiteraß. Er schien sich nicht an diesem Gespräch beteiligen zu wollen.

»Wie ich sie kenne, ist sie unter einem anderen Namen gereist, und wenn ich diesen Gefängniswärter, den ich in einer Taverne traf, richtig verstanden habe, gibt oder vielmehr gab es eine Alena unter den Gefangenen«, sagte Priam Undaro und wischte sich den Mund an seinem roten Hemdsärmel ab.

»In der Tat, an diese Frau erinnere ich mich«, sagte der Strategos langsam und fragte sich, wer von den Wärtern den Mund nicht hatte halten können. »Sie erzählte mir, dass sie von Männern verfolgt würde, die ihren letzten lebenden Verwandten, einen Onkel, ermordet haben …«

Die beiden Filganer tauschten einen kurzen Blick, dann brachen sie in schallendes Gelächter aus. »Den letzten Verwandten? Das ist gut. Sie ist eine Undaro, und ein Sprichwort sagt, dass du immer einen Undaro triffst, wenn du im Krähenviertel einen Stein wirfst. Sie ist wirklich nie um eine wilde Geschichte verlegen, unsere Kusine«, sagte der Sprecher der beiden kopfschüttelnd.

»Ihr meint also, sie hat uns belogen?«, fragte Thenar, der innerlich fluchte, weil er offensichtlich auf die junge Frau hereingefallen war. Von wegen Waise …

»Hat sie Euch beleidigt, Herr?«, fragte der Filganer.

»Beleidigt? Nein, wieso?«, erwiderte Thenar leicht verwirrt.

»Wenn sie Euch nicht beleidigt oder verflucht, lügt sie«, erklärte Priam Undaro grinsend. »So ist sie nun einmal, unsere Alena.«

»Mag sein. Jedenfalls befindet sie sich nicht mehr in unserer Obhut. Wir haben sie entlassen, denn ihre Vergehen waren gering, und wir haben wenig Interesse daran, Fremde in unseren Gefängnissen durchzufüttern.«

Der Filganer lächelte immer noch. »Entlassen, sagt Ihr? Und wo mag sie nun wohl sein?«

»Das müsst Ihr sie schon selbst fragen, Menher. Soweit ich weiß, wollte sie nach Frialis.«

Wieder tauschten die Filganer vielsagende Blicke. »Dass sie dorthin will, glaube ich gern, doch denke ich, dass ihr die Mittel fehlen. Die Schillinge, die sie ihrer eigenen Familie gestohlen hat, dürften längst verbraucht sein.«

»Nun, dann findet Ihr sie vielleicht am Hafen. Im Gefängnis ist sie jedenfalls nicht mehr«, rief Thenar ungehalten. Er war zu müde, um sich länger mit diesen beiden unverschämten Männern herumzuärgern.

»Der Hafen? Es ist interessant, dass Ihr ihn erwähnt, Herr. Wisst Ihr, wir sind seit gestern in dieser Stadt, und wir waren zuerst im Hafen, weil unser Golch hier, der ein echter Spürhund ist, meinte, dass sie dort sein könnte. Außerdem wohnen dort zwei entfernte Vettern von uns, die aber nichts von Alena gehört haben. Wir schauten uns also dort am Kai um, und unter den vielen merkwürdigen Geschichten, die in so einem Hafen nun einmal erzählt werden, hörten wir eine von einer schwarzen Sänfte, die in der Nacht aus dem Palast herunterkam. Sie wurde wohl fallen gelassen, und ihr geheimnisvoller Passagier soll mit weiblicher Stimme so grässliche Flüche ausgestoßen haben, dass sogar die Seeleute, die sie auf einen kleinen Segler verluden, vor Scham erröteten.«

Thenar versuchte, die Fassung zu bewahren. Er hatte viel Mühe darauf verwendet, dass diese Sache geheim blieb. Und jetzt waren diese Krähen aus Filgan durch ein paar Gerüchte dahintergekommen?

Es kam noch schlimmer: »Wir haben uns den Namen des Seglers geben lassen, und stellt Euch vor, einer der Maate sagte, das Schiff werde bald zurückerwartet. Weit kann es also nicht segeln mit seiner geheimnisvollen Sänfte. Sagt, wie nennt man die vielen kleinen Inseln, die im Nordosten dieses lange Riff bilden?«

»Ihr meint wohl die Eisenzähne. Doch sind es eher Felsen als Inseln, und sie sind unbewohnt.«

»Das mag sein, Herr«, erwiderte Priam Undaro gedehnt und mit diesem Lächeln, das dem Strategos inzwischen sehr auf die Nerven ging.

Dieser Mann war erstaunlich scharfsinnig, zu scharfsinnig für seinen Geschmack. »Leutnant, entschuldigt Ihr uns einen Augenblick?«

»Natürlich, Herr.«

Als Geneos die Tür hinter sich geschlossen hatte, sagte Thenar: »Ihr habt gut geraten, Menher Undaro. Verratet mir, warum Ihr Eure Kusine verfolgt.«

»Eine Familienangelegenheit, Herr. Mehr müsst Ihr nicht wissen. Und auch wir wissen genug. Wir werden auch ohne Eure Hilfe herausfinden, wohin dieses Schiff gesegelt ist.«

Thenar sagte schnell: »Das ist vielleicht nicht nötig. Wisst Ihr, Eure Kusine soll dieser Stadt einen etwas heiklen Dienst erweisen. Deshalb haben wir sie an diesen Ort gebracht.«

»An welchen?«

Thenar zögerte noch einen Augenblick, aber eigentlich war die Entscheidung gefallen. Er seufzte und sagte: »Ich werde Euch in alle Einzelheiten einweihen, doch nicht hier. Die Wände haben Ohren, wie man so sagt. Kennt Ihr das alte Lager vor der Stadt?«

»Ihr meint das Lager der Oramarer? Von der Belagerung?«

»Eben jenes. Wir treffen uns dort, heute Nacht. Und ich denke, wir werden uns, was die Dienste Eurer Kusine betrifft, schon einig.«

»Unter anderen Umständen vielleicht. Aber die Basa hat klare Vorstellungen von dem, was geschehen muss. Und ich habe wenig Lust, sie zu verärgern, Herr.«

Thenar fragte sich, wer diese Basa war, vor der dieser unverschämte Kerl so viel Respekt zu haben schien, und sagte: »Wir werden sehen. Vielleicht können wir diese Basa mit einem Beutel Silber umstimmen. Was meint Ihr?«

Der Filganer zuckte mit den Achseln. »Silber ist eine feine Sache, aber das hier ist eine Familienangelegenheit, und da lässt die Basa kaum mit sich reden. Ihr müsstet schon mit sehr guten Gründen erscheinen, Herr, damit ich auch nur daran denke, sie nach Filgan zu übermitteln.«

Thenar lächelte nun seinerseits und erwiderte: »Ich kann sehr überzeugend sein. Das werdet Ihr und das wird auch Eure Basa feststellen.«

Dann rief er den Leutnant herein und bat ihn, die beiden Männer zum Stadttor zu eskortieren.

»Ihr werft uns hinaus?«, fragte Priam Undaro mit finsterer Miene.

»Diese Angelegenheit erfordert eine gewisse Diskretion, Menher Undaro. Deshalb halte ich es für besser, wenn Ihr nicht länger mit Eurer Fragerei die Pferde scheu macht. Das versteht Ihr doch, oder?«

»Es wird der Basa nicht gefallen, wie Ihr uns behandelt. Ich hoffe für Euch, dass Ihr uns heute Abend wirklich etwas von Bedeutung zu sagen habt.«

»Seid unbesorgt, das habe ich«, erwiderte Thenar.

Er wartete, bis die Männer verschwunden waren, dann schickte er einen Boten ins Hafenviertel. Es gab zwei Dinge zu erledigen, und für das erste brauchte er einen zuverlässigen und verschwiegenen Mann mit ein paar Eigenschaften, die im Palast sonst nicht erwünscht waren.

Er kehrte zurück in seine Gemächer, kümmerte sich um ein paar weniger wichtige Angelegenheiten und bemerkte seinen Gast erst, als dieser vor seinem Schreibtisch stand und sich räusperte.

»Ah, Meister Grau, endlich!«

»Ihr habt nach mir verlangt?«

Thenar hatte den Mann lange nicht gebraucht und vergessen, dass er nicht viele Worte zu machen pflegte. Er betrachtete ihn nachdenklich. Meister Grau hatte auch einen Namen, aber den kannte er nicht. Manchmal dachte er, dass dieser unauffällige Mann mit dem nichtssagenden Gesicht ihn selbst nicht mehr wusste.

»Ich hätte einen Auftrag für Euch, Meister Grau.«

»Wenn es sich lohnt …«, lautete die knappe Antwort.

»Das wird es – so wie immer. Oder hattet Ihr je Grund zur Klage?«

»Bisher nicht, Euer Gnaden.«

»Ich möchte, dass Ihr nach Filgan reist. Im Krähenviertel lebt eine Familie namens Undaro. Ich wünsche, dass Ihr alles über diese Sippe in Erfahrung bringt, was es zu erfahren gibt. Vor allem über ein Mädchen aus dieser Sippe. Ihr Name ist Alenaxara, kurz Alena genannt. Ich will wissen, wer ihre Eltern sind. Und dann will ich alles über eine Frau wissen, die Basa genannt wird. Sie scheint das Oberhaupt dieser Familie zu sein.«

»Im Krähenviertel ist man sehr misstrauisch gegenüber Fremden, Euer Gnaden.«

»Dann geht behutsam vor. Ihr habt einen Monat Zeit. Aber ich erwarte Eure ersten Berichte früher, verstanden? Gut.«

Thenar öffnete eine verschlossene Lade seines Schreibtisches und legte einen schweren Lederbeutel auf den Tisch. Auch dieser Beutel stammte aus seinem persönlichen Vermögen. »Für Eure Auslagen, Meister Grau. Das Doppelte, wenn Ihr zurück seid und mir Eure Erkenntnisse ausreichen.«

Meister Grau nahm das Geld wortlos an sich und verschwand so geräuschlos, wie er gekommen war.

Thenar schüttelte den Kopf. Ein merkwürdiger Mann, aber nützlich und verschwiegen, ohne dass man ihn dazu erst ermahnen musste. Er gähnte, aber bevor er sich für einen Augenblick hinlegen konnte, hatte er noch einen Auftrag zu vergeben. Es wurde Zeit, dass der Schatten sich nützlich machte.

Jamade sah Graf Gidus beim Packen zu, wobei seine Tätigkeit zunächst nur darin bestand, einem hinkenden Diener Anweisungen zu geben, wie dieser mit den kostbaren Gewändern umzugehen hatte, aber dann ging es an die Papiere, und Gidus scheuchte den Diener hinaus und verstaute seine Pergamente eigenhändig.

Sie fand es erstaunlich, dass der Mann für die wenigen Tage in diesem Palast zwei Seekisten voller Kleidung und anderer Utensilien benötigte, während sie mit dem auskam, was in eine kleine Tasche passte.

»Und wie sind nun Eure Anweisungen, Herr?«, fragte sie, als sie ungestört waren.

Gidus blickte sie verwundert an. »Schützt Caisas Leben mit Eurem eigenen, Schatten. Wie ich schon sagte.«

»Das werde ich. Ist das alles?«, wollte sie wissen. Sie stellte diese Frage nicht zum ersten Mal.

In Gidus' feistem altem Gesicht zeigte sich ein Lächeln. »Fällt es Euch so schwer zu glauben, dass ich keine weiteren Anweisungen für Euch habe, Jamade? Aber es ist so! Beschützt die Prinzessin, das ist alles, was ich von Euch will.«

»Und Ihr erwartet keine Berichte über das, was hier vorgeht, Herr?«

»Nein, das ist nicht nötig. Ich bin sicher, der Strategos wird versuchen, diese Hochzeit irgendwie zu verhindern, weil es dem Herzog das Herz bricht, seine Tochter an die Bestie Weszen zu verheiraten. Und ich nehme an, diese Doppelgängerin, die Ihr gesehen habt, soll irgendeine Rolle dabei spielen.«

»Der Mann misstraut mir – und auch Euch, Herr.«

»Natürlich, das ist seine Natur. Er misstraut allem und jedem, außer Herzog Ector. Dem ist er treu und loyal ergeben. Ihr dürft nicht erwarten, dass er Euch ins Herz schließt, Schatten. Schon gar nicht, wenn er erfährt, was ihn Eure Dienste kosten«, fügte der Graf lächelnd hinzu.

»Und wollt Ihr ebenfalls diese Hochzeit verhindern, Herr?«

Gidus strich ein Pergament glatt und seufzte. »Nein. Ector ist zwar ein Freund, aber diese Ehe kann uns den Sieg und den Frieden bringen. Und solange ich keinen anderen Weg als diese Hochzeit sehe, um dieses Ziel zu erreichen, werde ich alles dafür tun, dass sie auch stattfindet. Und deshalb werdet Ihr die Braut mit Eurem Leben schützen, Schatten.«

»Aber reist Ihr nun nicht im Auftrag des Herzogs nach Frialis, Herr?«

»Auf seine Bitte, nicht in seinem Auftrag, das ist ein Unterschied. Er bat mich herauszufinden, wie die Stimmung im Seerat ist und wie viele der Fürsten und Städte im Streitfall auf seiner Seite wären. Ich könnte ihm auch jetzt schon sagen, dass es sehr wenige sind, dafür müsste ich nicht nach Frialis reisen. Aber weil er ein Freund ist, werde ich ihm die Bitte erfüllen und sogar versuchen, die Stimmung für ihn zu beeinflussen, denn das kann doch nie schaden, oder?«

»Ich verstehe«, sagte Jamade verdrossen. Sollte das wirklich alles sein? Ihr fiel es schwer, das zu glauben.

Dann erschien ein Diener und überbrachte die Bitte des Strategos, ihn in seiner Schreibkammer aufzusuchen.

Thenar hatte einen Auftrag für sie, der sie jedoch aus der Stadt führen würde. »Und die Prinzessin?«, fragte sie. »Ich kann sie nicht schützen, wenn ich außerhalb der Stadtmauern bin.«

»Ihr schützt sie, wenn Ihr meinen Wunsch erfüllt, denn diese beiden Männer, von denen ich sprach, stellen eine Bedrohung ihrer Sicherheit dar. Caisa wird für ein paar Stunden anderen Schutz haben und Eurer nicht bedürfen.«

»Wie kommt es, dass Ihr mir diese heikle Sache anvertraut, Herr? Ich dachte, Ihr misstraut den Schatten?«

»Und ich dachte, die Schatten würden ihre Aufträge ausführen, ohne Fragen zu stellen«, gab der Strategos gereizt zurück.

Jamade ärgerte sich, weil er damit eigentlich Recht hatte. Früher hatte sie keine Fragen gestellt, aber seit einiger Zeit war das anders …

Sie verließ den Palast und ging auf den Markt. Sie hatte noch Zeit, denn es war besser, das, was der Strategos verlangte, im Schutze der Nacht zu erledigen. Eine Weile sah sie einem alten Puppenspieler zu, der vor mäßig interessiertem Publikum ein Stück aufführte. Es ging um einen Dieb, der sich anschickte, seine vom Tod geraubte Frau zurückzurauben. Dazu stieg er hinab in die Unterwelt, wo er hundert Gefahren meistern musste. Es schien ein ziemlich langes Stück zu sein, und Jamade wartete nicht, bis es zu Ende war.

Sie schritt in der Abenddämmerung durch das Tor und war ganz froh, nach dem blendenden Weiß der Stadt endlich wieder das satte Grün der Orangenhaine und Weizenfelder zu sehen. Terebin war ohne Zweifel eine schöne Stadt, und der Palast und sein riesiger Garten waren prachtvoll, aber auch unübersichtlich, und das war schlecht, da sie doch ein Auge auf Caisa haben musste. Zum Glück verlangte niemand von ihr, dass sie direkt an der Seite der Prinzessin zu sein hatte, dafür lungerten jetzt diese verfluchten Bärenhunde vor und in ihrer Kammer herum. Auch aus diesem Grund hatte sie mit der jungen Frau noch kein Wort gewechselt. Es schien allen Beteiligten lieber zu sein, wenn Jamade aus einer gewissen Entfernung über Caisa wachte.

Der Strategos hatte ihr beschrieben, wo sie das alte Lager finden würde. Soweit er erzählt hatte, waren die Oramarer zu Beginn des Krieges mit einer großen Streitmacht hier auf Okenis gelandet, der größten der Brandungsinseln, und hatten versucht, Terebin zu erobern. Aber nachdem ihre Flotte in einer Seeschlacht vernichtet worden war, hatten sie die Belagerung aufgeben müssen, bevor sie richtig begonnen hatte. Viel mehr hatte Thenar nicht erzählt, aber Jamade hatte herausgehört, dass er ungeheuer stolz auf die Strategie war, die am Ende zu einem überwältigenden Sieg geführt hatte – und es war unschwer zu erraten, wer diese Strategie entwickelt hatte.

Als sie ihr Ziel erreichte, setzte ein leichter Frühlingsregen ein, aber das störte sie nicht weiter, sie fand es sogar erfrischend. Obwohl es erst vor drei Jahren errichtet worden war, war von dem Lager nicht mehr viel übrig. Jamade stieß in der Dämmerung auf ein paar halb ausgehobene Gräben und die Reste von Palisaden vor einem Waldstück. Wie es aussah, hatten die Okenier aus der Umgebung das Holz der Befestigungen inzwischen zum größten Teil wiederverwertet. Sie folgte einem schmalen Pfad tiefer in den Wald hinein. Verrottete Zeltbahnen und abgenagte, zum Teil schon bemooste Pferdeskelette säumten ihren Weg und verrieten ihr, dass die Oramarer unter den Bäumen gelagert hatten. Hier und da ragte noch eine Zeltstange oder ein zerbrochenes Wagenrad aus dem weichen Waldboden, und einmal trat sie auf die Reste eines Speers.

Sie konnte Rauch unter dem Regen riechen, vielleicht von einem Lagerfeuer. Also rief sie die Schatten, bevor sie dem schwachen Geruch von brennendem Holz folgte. Wie sie vermutet hatte, saßen die beiden Gesuchten an diesem Feuer. Der eine lehnte an einem Baumstumpf, der andere hatte eine der alten Zeltbahnen notdürftig unter einem dürren Baum aufgespannt, um sich vor dem Regen zu schützen.

Sie entsprachen genau der Beschreibung, die Meister Schönbart ihr gegeben hatte: Zwei junge Männer in ärmlicher Kleidung, und sie erkannte auch bei dem einen das, was der Strategos ein »unverschämtes Grinsen« genannt hatte.

Die beiden Männer unterhielten sich halblaut, und Jamade schlich im Schutz der Schatten näher heran. Der Strategos hatte ihr nicht verraten, warum diese beiden Männer eine Bedrohung für Caisa sein sollten, und das wollte sie herausfinden. Jetzt störte sie der Regen doch, denn die Schatten verbargen sie zwar, aber wer genau hinsah, mochte sich darüber wundern, dass es an einer Stelle scheinbar *nicht* regnete.

»Glaubst du, dass dieser Mann wirklich kommt?«, fragte der Hagere.

»Nein, eigentlich nicht«, sagte der Lächelnde. »Ich wundere mich sowieso, dass so ein feiner Herr sich herabgelassen hat, mit ein paar Krähen wie uns zu sprechen. Dieser Mann, ich glaube, das war der Schönbart, der Strategos von Terebin, von dem ich gehört habe.«

»Der … was?«

»Na, so was wie die rechte Hand des Fürsten, verstehst du? Und wenn so einer zu einem Undaro kommt …«

»Ist komisch, ist überhaupt 'ne komische Stadt«, stimmte der andere zu.

»Möchte wissen, in was unsere Ala da wieder hineingeraten ist.«

»Sie ist nicht mehr da, das kann ich riechen, und die Matrosen haben es auch gesagt«, meinte der Hagere. »Und von diesen Inseln, die sie Eisenzähne nennen, gibt es hunderte! Wird der Basa aber nicht gefallen, wenn wir ohne sie heimkehren.«

»Keine Angst, sie wird dich schon nicht in eine Maus verwandeln, Golch.«

Der andere schnaubte missmutig. »Außerdem hätte ich da auch noch etwas mit Ala zu klären«, schloss er mit finsterer Miene und warf ein Stück Holz ins qualmende Feuer.

Der andere grinste breit. »Sie hat dich wirklich schön ausgetrickst.«

»Nur, weil ich ihr eben einmal was geglaubt hab …«

»Nein, weil du zwar ein richtiger Bluthund bist, aber eben doch mehr mit dem Schwanz als mit dem Hirn denkst. Ala weiß das. Hast du wirklich gedacht, da würde ein Mädchen auf dich warten? Und deshalb läufst du mitten in der Nacht zwei Meilen zurück?«

»Warum denn nicht?«, rief der andere gereizt. »In dem Dorf gab's ein dralles Weib, das mir wirklich schöne Augen gemacht hat. Konnte doch nicht ahnen, dass sich unsere Kusine davonmachen wollte. Verstehe aber nicht, warum sie die Kasse nicht hat mitgehen lassen.«

»Sie dachte wohl, wir lassen die Sache auf sich beruhen, wenn sie uns nicht beklaut. Da kennt sie die Basa aber schlecht. Hab sie lange nicht so sauer erlebt. Aber das hast du ja selbst gesehen. Junge, ich dachte wirklich, sie hext dir die Pest an den Hals.«

»Auf dich ist sie aber auch sauer, seit der Sache mit dem Froschmaul, oder nicht?«

Der Lächelnde wurde ernst. »Hoffe aber trotzdem, sie sieht ein, dass das hier eine Nummer zu groß für uns ist. Wir können uns nicht mit so hohen Leuten anlegen, nicht in einer fremden Stadt.«

»Also kehren wir morgen früh heim?«

»Würde lieber noch heute Nacht hier verschwinden, am besten gleich. Wenn dieser feine Herr nicht erscheint, schickt er vielleicht jemanden, der nicht ganz so fein, aber viel gefährlicher ist. Ja, je länger ich drüber nachdenke, desto sicherer bin ich, dass der irgendeine Schweinerei plant.«

»Ja, hab auch ein blödes Gefühl bei der Sache, Priam«, meinte der andere. »Außerdem bin ich es leid, im Regen rumzusitzen. Aber wir müssen wohl noch warten.«

Jamade beschloss hingegen, nicht länger zu warten. Sie glitt lautlos hinüber zum Lächelnden, der ihr der Anführer der beiden zu sein schien. Sie war so nah bei ihm, dass sie den leichten Geruch von Schwefel und Äpfeln wahrnahm, der ihn umgab. Der Mann verstummte und legte die Hand auf sein Messer.

Der andere stand plötzlich auf und sog die Luft prüfend ein. »Hier ist was faul …«, murmelte er.

»Was ist?«, fragte Priam, der sich erhob.

Jamade folgte der Bewegung, ließ die Schatten fallen und stach ihm ihren Dolch in den Rücken. Sie spürte, wie die Klinge zwischen den Rippen hindurch- und in sein Herz hineinfuhr. Er war tot, bevor er auf den Waldboden gesunken war.

Der andere riss mit bemerkenswerter Geistesgegenwart sein Messer aus dem Gürtel.

Jamade rief die Schatten und zog sich in die Dunkelheit zurück.

Golch schrie auf und begann, wild mit seiner Waffe in der Luft herumzufuchteln. Dabei blieb er dicht beim Feuer und drehte sich immer wieder ruckartig, während er die Nacht anbrüllte. Er war erstaunlich behände. Schließlich riss er ein brennendes Scheit aus den Flammen und schlug nun mit beiden Waffen blind um sich, immer das Feuer im Rücken. Aber ganz blind war er wohl doch nicht. Er schien irgendwie zu ahnen, wo Jamade war, fast, als könne er sie wittern.

Jamade blieb auf Abstand. Sie hätte ihn im Schutz der Schatten erledigen können, aber es war mehr als unangenehm, mit Hilfe der Magie zu töten – die konnte sich dann tagelang verweigern, und das wollte sie nicht riskieren, wenn es nicht nötig war.

Sie näherte sich dem Mann langsam, hob einen schweren Stein auf und kickte einen anderen hinüber ins Unterholz, so dass der Filganer herumfuhr und ihr den Rücken zudrehte, dann senkte sie die Schatten und schleuderte den Stein. Er war gut gezielt und traf den Mann hart im Nacken. Er ging stöhnend in die Knie. Jamade machte sich nicht die Mühe, sich noch einmal zu verstecken. Sie lief hinüber, und während Golch Undaro noch versuchte, wieder auf die Füße zu kommen, war sie schon hinter ihm und zog ihm die Klinge durch die Kehle. Er kippte vornüber ins Feuer. Sofort roch es nach verbranntem Stoff.

Jamade zog den Toten aus den Flammen. Dann schleifte sie ihn zur Seite und versteckte ihn notdürftig unter einer verrottenden Zeltbahn. Mit dem anderen verfuhr sie ebenso.

Dabei nahm sie sich die Zeit, die Männer zu untersuchen. Viel fand sie nicht: Ein paar Münzen, eine Rolle Garn. Außerdem trugen beide den gleichen Anhänger um den Hals. Es war eine schlichte, glattgehämmerte Kupfermünze, in die auf beiden Seiten eine Feder eingeritzt war. Wenn das ein Talisman sein sollte, hatte er ihnen nicht viel geholfen.

Jamade nahm alles von Wert und versteckte es sorgfältig unter den Ruinen dieses Lagers. Sie streute etwas Laub über die Leichen, gerade so, als habe es jemand eilig damit gehabt, sie zu verbergen, denn der Strategos wollte, dass die beiden gefunden und für die Opfer von Räubern gehalten wurden.

Am Feuer fand sie nichts, was ihr mehr über die beiden verraten hätte: Ein paar Äpfel und einen Kanten Brot, eine Wasserflasche und leichte Mäntel, in die das alles eingerollt war und die wohl auch als Decken dienten.

Plötzlich stutzte sie. Es waren drei Mäntel …

Sie fluchte. Meister Thenar hatte gesagt, es seien zwei Männer. Aber warum sollten sie dann drei Mäntel mit sich führen? Sie entfachte das qualmende Feuer neu, nahm sich einen brennenden Scheit und begann, den Waldboden abzusuchen. Sie schlug einen Kreis um das Lager, die Augen auf den nächtlichen Boden gerichtet. Aber sie war eine Schwester der Schatten, keine Fährtenleserin, und sie konnte dem Waldboden seine Geheimnisse nicht entlocken.

Nun versteckte sie sich ihrerseits in der Dunkelheit und wartete. Das Feuer verglomm allmählich, aber der dritte Mann, so es ihn denn gab, erschien bis zum Morgengrauen nicht.

Meister Thenar war müde, aber zufrieden. Endlich hatte er das Gefühl, dass er bei dieser Sache die Fäden in die Hand bekam. Die alte Gritis war am späten Abend erschienen und hatte das wiederhergestellt, was dieser arrogante Hauptmann zerstört hatte. Caisa war also wieder Jungfrau, und es war ihm gelungen, den Herzog davon abzuhalten, dem ehemaligen Liebhaber seiner Tochter den Henker hinterherzuschicken. »Warten wir besser einige Monate, bis Caisa ihn vergessen hat. Dann wird sie die

Nachricht von seinem Tod nicht so hart treffen«, hatte er gesagt, und der Fürst hatte widerwillig nachgegeben.

Nun ging eine weitere schlaflose Nacht zu Ende. Während Gritis die Prinzessin behandelt hatte, hatte er lange mit dem milchgesichtigen Alchemisten gesprochen und dabei das eine oder andere von Nutzen erfahren, aber es war zu früh, diesen jungen Mann weiter in seine Vorhaben einzuweihen. Nun dämmerte der Morgen, und es galt, dem Herzog den nächsten Schritt seines Planes zu vermitteln.

Ector schien ebenfalls nicht geschlafen zu haben, und er war nicht allerbester Laune, aber darauf konnte Thenar keine Rücksicht nehmen, und so kam er ohne Umschweife zur Sache: »Für meinen Plan ist es erforderlich, Caisa für einige Zeit nach Perat zu schicken, Hoheit.«

»Nach Perat? Was soll sie auf dem Stammsitz meines Geschlechts?«

»Früher war es durchaus üblich, dass sich die Männer und Frauen dieses Hauses dorthin begaben, um sich auf ihre Hochzeit vorzubereiten. Sie zogen sich oft für viele Tage oder sogar Wochen ganz von der Außenwelt zurück, um sich im Gebet auf ihre Vermählung vorzubereiten.«

»Wirklich? Ich erinnere mich nicht, je von diesem Brauch gehört zu haben.«

»Es gibt ihn auch nicht, Hoheit. Ich habe ihn erfunden, aber ich bin der Ansicht, er ist eine gute Begründung.« Das dachte Thenar eigentlich nicht. Er hielt die Geschichte für ziemlich dünn, aber etwas Besseres war ihm bisher nicht eingefallen.

»Und warum wollt Ihr meine Tochter tatsächlich fortschicken?«

»Zum einen ist sie hier nicht sicher, zum anderen gehört das zu meinem noch unfertigen Plan, über den ich Euch aus bekannten Gründen nicht weiter informieren kann.«

»Perat …«, murmelte der Herzog. »Eure Geheimniskrämerei bringt Euch noch den Tod, Odis. Ilda wird wissen wollen, was es damit auf sich hat.«

»Wenn wir der Herzogin erklären, dass es der Sicherheit Caisas dient, wird sie es einsehen. Die Prinzessin ist hier leider nicht sicher. Bis heute haben wir nicht herausgefunden, wer den beiden Attentätern geholfen hat.« *Wenn es nicht doch Gidus und sein Schatten selbst waren,* setzte Thenar in Gedanken hinzu.

Der Herzog nickte. »Ilda wird sie begleiten wollen.«

»Das ist leider nicht möglich, denn Caisa wird sich, soviel kann ich verraten, keineswegs nach Perat begeben. Es ist aber wichtig, dass alle glauben, dass es so ist.«

»Ihr wollt schon wieder, dass ich Ilda etwas vorenthalte?«

»Es ist leider unumgänglich, Hoheit. Dabei vertraue ich der Herzogin im Grunde, aber ihre Mutter, die Edle von Cifat … sie hat leider die Angewohnheit, nichts für sich zu behalten.«

»Wohl wahr«, murmelte der Herzog. »Und wann wollt Ihr Caisa fortschicken?«

»In ein oder zwei Wochen, vielleicht später. Das kommt darauf an, wie die übrigen Vorbereitungen meines Planes gedeihen.«

Der Herzog nickte müde. »Bemerkt Ihr es, Thenar?«

»Was meint Ihr, Hoheit?«

»Wie uns alles entgleitet … Wir haben viele Schlachten geschlagen, Odis, und wir haben so manchen glorreichen Sieg errungen. Aber dieses Schlachtfeld ist ein Sumpf der Täuschungen und Intrigen, und ich fürchte, ich und mein Haus, wir werden darin untergehen.«

»So weit wird es nicht kommen, Hoheit. Ich werde alles tun, um das zu verhindern.«

»Ich weiß, Odis, ich weiß. Wisst Ihr, wie man meinen Vater genannt hat?«

»Natürlich, man nannte ihn den Erbauer.«

»Und meinen Großvater Leocter?«

»Den Löwen, Hoheit. Aber wie Ihr wisst, war das nur eine höfliche Umschreibung seines aufbrausenden Wesens, mit dem er Eurem Haus viele Feinde beschert hat.«

»Alle Perati, die vor mir auf dem Marmorthron saßen, haben sich einen Namen gemacht. Der Entdecker, der Starke, der Prächtige ... Und wie wird man mich dereinst nennen? Ector den Letzten?«

»Es war eine lange Nacht, Hoheit. Aber seht, die Sonne geht auf, wie jeden Tag. Sie bringt neue Hoffnung, wie man so sagt.«

»Ihr habt Recht, Odis. Es ist Zeit, die dunklen Wolken zu verjagen und dem Schicksal entgegenzutreten, um es zu bezwingen, nicht wahr?«

Vielleicht sollte es optimistisch klingen, aber Thenar hörte die Niedergeschlagenheit des Herzogs heraus.

Sie nahmen das Frühstück nur zu dritt ein, denn Caisa und Herzogin Ilda hatten sich entschuldigen lassen. »Möchte wissen, was da vorgeht«, murmelte Fürstin Luta missvergnügt.

Thenar nahm das als gutes Zeichen. Offensichtlich gab es Dinge, die die Herzogin selbst ihrer Mutter nicht erzählte.

Er zog sich, von vorsichtigem Optimismus beseelt, in seine Gemächer zurück, wo er bereits von Jamade erwartet wurde, die seine Zuversicht mit wenigen Worten zerstörte.

»Ein dritter Mann? Seid Ihr sicher, Schatten?«

»Nein, Herr, ich bin es nicht. Es war ein überzähliger Mantel, vielleicht nicht mehr, und ich fand rund um das Nachtlager der Filganer keine Spur eines dritten Mannes. Aber es regnete, und es war Nacht. Es ist also möglich, dass er sogar dort war. Obwohl ich ihn dann vermutlich trotz des Regens bemerkt hätte.«

Thenar starrte finster auf den reich verzierten Steinboden. Alles war so kompliziert. War es möglich, dass die beiden den

Mantel für ihre Kusine, die Doppelgängerin, mitgeführt hatten? Ja, das musste es sein. Er seufzte. Nein, er konnte versuchen, sich das einzureden, aber viel wahrscheinlicher war, dass die Männer zu dritt unterwegs gewesen waren. Die Frage war, was der dritte Mann wusste, was er gesehen hatte und wem er es erzählen würde. Die Fäden, die er langsam zu ordnen geglaubt hatte, begannen sich wieder zu verwirren.

In der Nacht wurde Alena von Albträumen geplagt, und als sie aufwachte, hatte sie das Gefühl, dass etwas Schlimmes passiert war. »Als wäre das hier nicht schon schlimm genug«, murmelte sie. Ihr Leben als Prinzessin hatte sie sich anders vorgestellt.

Die Tür wurde geöffnet. Der ältere der beiden Mönche, ein Mann mit wasserblauen Augen und sorgenvollem Blick, brachte ihr Brot, Haferbrei und Milch.

»Guten Morgen«, rief sie, erhielt jedoch keine Antwort. »Lasst Ihr mich irgendwann hier heraus?«, fragte sie, als der Mönch sich zum Gehen wandte.

»Das Ende ist nah«, war das Einzige, das er mit düsterer Stimme sagte, bevor er die Tür schloss.

Durch den schmalen Fensterschlitz sickerte das Morgengrauen in den kleinen Raum. Sie setzte sich auf. Die Pritsche, auf der sie geschlafen hatte, war unbequemer als das Stroh im Kerker. Sie hatte im Halbschlaf etwas gehört, vermutlich war es das ewige Geschrei der Möwen, das durch den vergitterten Fensterschlitz drang. Der Raum war nicht rechteckig, sondern auf der Fensterseite breiter als an der Tür, was daran lag, dass die Mauern nicht gerade waren. Anscheinend bildeten die Gebäude, die sich um den runden Hof gruppierten, einen Kreis.

Sie lief zur Tür, denn erst jetzt fiel ihr auf, dass der Mönch sie nicht wieder verriegelt hatte. Tatsächlich: Die schwere Tür war unverschlossen, und so trat sie hinaus in den Gang. Den Haferbrei ließ sie stehen. Selbst wenn ihre Mutter betrunken war, bekam sie den besser hin als diese Mönche, die bei der Zubereitung scheinbar auf Früchte und auch sonst alles, was so einen Brei genießbar machte, verzichteten.

Die Sonne war noch nicht aufgegangen, aber sie beschloss, sich umzusehen. Ein Schaf stand im Hof, blickte Alena kurz desinteressiert an und graste dann weiter. Sie öffnete ein paar Türen, aber die schmalen Zellen dahinter standen alle leer, und sie sahen aus, als wären sie schon lange verlassen.

Dann stieß sie auf einen Saal mit vielen Tischen und Bänken, die alle in einer Ecke zusammengeschoben worden waren. Licht fiel durch schmale, hoch angesetzte Fenster und durch das schadhafte Dach.

»Merkwürdiges Gemäuer«, murmelte sie, ging wieder hinaus in den Gang und fand endlich die Küche. Sie war beeindruckend groß und wirkte beinahe so verlassen wie der Saal zuvor. Aber da war ein Tisch, auf dem noch mehr Brot, Haferbrei und ein Krug Milch standen. Alena trank einen Schluck Milch. Sie war noch warm. Sie entdeckte eine Vorratskammer mit ein paar Getreidesäcken und Milchkannen, von denen nur eine gefüllt war. Es hingen auch ein paar getrocknete Kräuter dort, aber die setzten schon Staub an.

Die nächste Tür führte in einen von Dämmerlicht erfüllten Raum, eher eine Halle, deren Wände sich hinter Regalen voller Pergamente verbargen. Auch hier war niemand. Sie fragte sich, wo all die Mönche geblieben waren, die doch in den vielen Zellen gewohnt und den großen Speisesaal mit Leben gefüllt haben mussten. Sie ging hinüber in den Tempel, der die Nordseite des runden Platzes beherrschte. Es gab dort eine kleine Pforte. Das Schaf sah ihr neugierig zu, wie sie sie öffnete und hineinhuschte.

Sie ging unwillkürlich auf Zehenspitzen, denn sie fühlte sich immer unwohl, wenn sie einen Tempel betrat. Die Schreie von

Möwen klangen gedämpft herein. Die Fenster des Tempels waren hoch angesetzt und sehr schmal. Sein Grundriss hatte die Form eines Halbmondes, und sein Inneres wirkte fast ebenso leer wie der Speisesaal. Doch knieten drei Männer dort vor einer großen Scheibe aus Kupfer und Bronze, die ohne Zweifel den Mond darstellen sollte, und murmelten Gebete.

Alena zog sich zurück. Ihr Instinkt sagte ihr, dass es der falsche Moment war, um Fragen zu stellen. *Diese merkwürdigen Mönche werden schon irgendwann aufhören zu beten,* dachte sie.

Sie verließ den Tempel durch die Hauptpforte, und als diese sich knarrend öffnete, schien das Gemurmel kurz zu verstummen. Sie schlüpfte hinaus und wurde von frischem Wind und dem lauten Geschrei der Möwen empfangen.

Das war schon besser als die gedämpften Stimmen und die Stille in diesem grauen Gemäuer. Alena streunte durch die bedrückend engen Gassen. Es gab zahlreiche dicht gedrängte Nebengebäude, fast alle in einem sehr schlechten Zustand, einen großen, verwilderten Kräutergarten und eine an vielen Stellen gefährlich geneigte Außenmauer, die das gesamte Areal umschloss. Alena kletterte über einen halb eingestürzten Stall auf die Mauer und überblickte die Anlage. Sie war groß genug für dutzende, vielleicht sogar hunderte Menschen, und sie bedeckte fast die gesamte Insel. Allerdings war dieses Eiland auch winzig.

Im graugrünen Meer ragten an vielen Stellen schwarze Klippen und Felsen weiß umschäumt aus dem Wasser. *Eisenzähne* hatte der Abt sie genannt, und Alena fand, dass es wirklich etwas von einem gewaltigen Gebiss hatte, was da aus der Tiefe auftauchte. Sie fühlte sich plötzlich bedroht.

Möwen schienen in großer Zahl auf den Felsen zu nisten, und sie sah unzählige dieser Vögel über die Wellen dahinschießen oder hoch oben in der Luft stehen.

»Fliegen müsste man können«, murmelte sie. Sie wandte sich

seufzend ab und fragte sich, ob sie von dem stumpfen Turm aus, der den Tempel überragte, mehr als Wellen und Klippen sehen würde. Da sie aber annahm, dass der Zugang innerhalb des Tempels lag, den sie jetzt nicht wieder betreten wollte, verschob sie eine Erkundung auf später.

Sie kam an einer kleinen Mühle vorüber, deren Flügel einer Reparatur bedurft hätten, und fand daneben Lagerräume mit Mehl und Korn. Der Geruch nach frischem Brot lag in der Luft, und tatsächlich stieß sie nebenan auf eine große Bäckerei. Doch nur einer der fünf riesigen Öfen war warm, und Brot gab es hier auch nicht, nur Mehl.

Alena lief weiter, fand das düstere Torhaus wieder, bei dem sie das Kloster betreten hatte, und folgte dem Trampelpfad zum Wasser. Der Steg war nicht weit. Sie hatte gar nicht vor, von dieser Insel zu fliehen, aber es hätte sie beruhigt zu sehen, dass eine Fluchtmöglichkeit wenigstens bestand.

Zu ihrem Unwillen war der Steg aber nicht unbewacht. Die beiden Soldaten, die sie hierhergebracht hatten, waren dort. Einer von ihnen lag auf dem Rücken und kaute auf einem Grashalm, der andere saß neben ihm auf den Bohlen und angelte.

»Guten Morgen«, rief sie, als sie den Steg betrat. Ein kleines Boot war dort festgemacht. Es hatte einen Mast, aber kein Segel, und Riemen zum Rudern konnte Alena auch nicht entdecken.

»Ah, Ihr habt ausgeschlafen, mein Fräulein?«

»Bin ich denn eigentlich die Letzte, die auf dieser Insel aufgestanden ist?«

»Mein Freund Staros ist der Meinung, dass die Fische im Morgengrauen am besten beißen, und wenn Ihr in diesen Eimer sehen wolltet, so würdet Ihr zugeben müssen, dass er Recht hat.«

»Wollt Ihr mir nicht endlich sagen, was ich hier soll, Sergeant?«, platzte es aus ihr heraus.

»Das weiß der Abt besser als ich, meine ich. Wir hatten nur

den Befehl, Euch hierherzubringen und zu bewachen. Was hier mit Euch geschieht, das wissen andere. Aber ich denke, es wird schon seine Ordnung haben. Dies ist schließlich ein Kloster.«

Alena verstand nicht, was der Soldat damit sagen wollte. »Und meint Ihr, der Abt dieses elenden Steinhaufens wird sich irgendwann herablassen, mit mir zu sprechen?«

»Ich gehe davon aus, mein Fräulein. Immerhin haben sie sich entschieden, Euch nicht mehr einzusperren. Doch wäre es wohl klüger, diese alten Mauern in seiner Gegenwart nicht derart herabzuwürdigen.«

»Was ist das hier eigentlich für ein Kloster? Und warum ist hier niemand?«

»Ängstigt Euch nicht, mein Fräulein«, erwiderte der Sergeant, »wir sind ja hier! Und ich glaube, die Mönche müsst Ihr wirklich nicht fürchten. Allerdings solltet Ihr Euch im Inneren der Mauern aufhalten, denn der Strategos will aus einem Grund, der wohl gut ist, auch wenn ich ihn nicht kenne, dass Ihr nicht von irgendwelchen vorbeifahrenden Schiffen gesehen werdet.«

Unwillkürlich blickte Alena hinaus aufs Meer. Es war wie leergefegt, nicht einmal ein Segel zeigte sich am Horizont.

»Wenn Ihr es wünscht, werde ich dem natürlich folgen, Herr Sergeant«, versicherte Alena treuherzig, um dem Mann zu schmeicheln. Vielleicht würde sie ihn noch brauchen. Aber sie suchte immer noch nach einer Fluchtmöglichkeit, und die würde sie nur außerhalb der Mauern finden können.

Sie umrundete die Insel, aber ihr begegnete nichts, das interessanter gewesen wäre als zwei Kühe und einige Schafe, die auf einer Wiese im Osten der Insel weideten. Sie kehrte durch eine Mauerlücke ins Kloster zurück, streunte durch die bedrückenden Gassen und stieß schließlich auf ein gedrungenes Gebäude mit vielen sehr schmalen Scharten. Es wirkte weniger verfallen als die anderen.

Sie hatte keine Ahnung, welchem Zweck es dienen mochte, aber es ging etwas Ungutes von diesen Mauern aus. Sie zögerte, irgendetwas warnte sie davor, dort hineinzugehen, gleichzeitig fühlte sie sich angezogen. Und als sie noch mit sich rang, erschien plötzlich der jüngste der Mönche mit einer Botschaft. »Abt Gnoth wünscht Euch zu sehen, mein Fräulein«, sagte er leise.

»Euer Name war Dijemis, nicht wahr?«, versuchte sie, eine Unterhaltung zu beginnen.

Der Mönch, der etwa in ihrem Alter war, nickte schüchtern. Er sagte noch etwas, aber er sprach so leise, dass sie ihn nicht verstand. Und dann eilte er in seinen Sandalen so schnell vorneweg, dass sie Mühe hatte, ihm zu folgen. Er führte sie in den Saal mit den Schriftrollen, wo der Abt sie im Lichtkegel eines der hohen Fenster erwartete.

»Ihr bedeutet Ärger und vielleicht sogar Unglück«, begann er.

»Na, besten Dank!«, gab Alena zurück. Sie versuchte, den Abt einzuschätzen. Er wirkte streng, düster und unnahbar, und sie fragte sich, wie er wohl zu nehmen sei. »Ich kann Euch versichern, dass es nicht meine Idee war, Eure Ruhe zu stören«, begann sie vorsichtig.

»Es war die Idee des Strategos, doch leider verstehe ich nicht, was er damit bezweckt«, sagte der Abt ernst.

»Ein schwer durchschaubarer Mann«, pflichtete sie dem Abt bei.

»Und da wir seine Pläne nicht verstehen«, fuhr der Abt unbeirrt fort, »hat Bruder Seator die Zeichen befragt, und die sagen, dass Ihr Unglück über uns bringen werdet.« Gnoth lächelte, als er ihren irritierten Blick sah, und fuhr fort: »Aber das sagen die Zeichen eigentlich immer, wenn Seator sie befragt, und von daher besteht kein Grund, sich mehr Sorgen als üblich zu machen.«

»Warum befragt Ihr sie dann überhaupt?«

»Bruder Seator gibt viel auf die Zeichen. Man könnte sagen, sie sind eine Leidenschaft von ihm, und warum sollte ich ihm in den letzten Tagen unseres Klosters diese Freude verderben?«

»Ich verstehe kein Wort von dem, was Ihr da redet, Vater«, gestand Alena. »Die letzten Tage? Was ist das überhaupt für ein Kloster? Und warum ist außer Euch niemand hier?«

»Ah, Ihr seid nicht aus Terebin, oder? Dies ist, wie ich schon sagte, das Kloster des Ewigen Mondes, und wir sind Brüder des gleichnamigen Ordens. Einst war dieser Orden bedeutend. Terebin schickte seine jungen Männer hierher, damit sie am Schatz unserer Gelehrsamkeit teilhatten. Früher lebten hier hundert Mönche und noch einmal so viele Knechte und Mägde. Aber die Zeiten änderten sich. Die Tempel des Mondes verfallen überall auf den Brandungsinseln, und der Glaube an die Himmel und ihre allumspannende Macht hat den alten Glauben abgelöst. Wäre der Turm nicht, gäbe es uns wohl schon lange nicht mehr …«

»Der Turm?«, hakte Alena nach.

Der Abt ging darauf nicht ein. »Seltsam, oder? Die Weisen wissen, welche Kraft der Mond auf uns ausübt. Er ist der Herr der Gezeiten, der Begleiter der Frauen, Wetterkünder, Bändiger der Sturmschlange, und doch beten sie lieber zu den fernen Himmeln und den dort wohnenden namenlosen Mächten. Wusstet Ihr, dass ein alter Spruch das Ende der Welt für den Tag prophezeit, an dem der letzte Mönch diese Insel verlässt? Ihr solltet mit Bruder Seator darüber sprechen, er ist ein großer Kenner düsterer Prophezeiungen. Es heißt auch, jedenfalls sagt das Bruder Seator, dass eine Frau das Ende unseres Ordens bringen wird.«

Na, wenn das Ende der Welt von einer Frau und drei verrückten Mönchen abhängt, kann es nicht mehr lange dauern, dachte Alena, aber sie sagte höflich: »Dann hoffe ich für uns alle, dass sich bald ein paar neue Mönche hier einfinden, ehrwürdiger Vater – und dass Ihr noch lange leben mögt. Außerdem werde ich versuchen, Euch nicht zur Last zu fallen.«

Der Abt hob die Augenbrauen, er sah nicht aus, als würde er ihr die Schmeicheleien abkaufen. »Das ist zu gütig von Euch«, spottete er. »Leider weiß ich bis jetzt weder, wie lange, noch aus welchem Gund Ihr hier seid, es ist also kaum abzuschätzen, wie schwer die Last wiegt, die Ihr auf diese Insel mitbringt.« Er hielt inne, und Alena fragte sich, ob sie ihm verraten sollte, was sie wusste. Aber dann erschien es ihr besser, nicht klüger zu wirken als der Abt, der jetzt sagte: »Ich weiß nur, dass ich Euch unterbringen und versorgen soll. Außerdem, so heißt es, sollen wir Euch unterrichten.«

»Unter… was?« Alena erinnerte sich daran, dass Meister Schönbart etwas in dieser Richtung hatte verlauten lassen.

»Der Strategos ist offenbar der Meinung, dass Ihr Stunden in Geschichte und Sprachen braucht.«

»Geschichte?«, fragte Alena ungläubig. »Soll ich verstaubte Bücher über tote Fürsten und sinnlose Gemetzel wälzen?«

»Das gibt uns immerhin einen Hinweis auf das, was man mit Euch vorhat«, erklärte der Abt ruhig. »Ganz offensichtlich hättet Ihr in der Gosse, aus der Ihr zweifellos stammt, keine Verwendung für diese Art Wissen. Daraus folgt, dass Ihr es dort braucht, wo man Euch hinschicken wird. Es ist schwer zu glauben, aber es scheint, als wärt Ihr zu Höherem berufen. Gleichzeitig ist in dem Schreiben erwähnt, dass Ihr dafür bezahlt werdet, als wäre Lernen um seiner selbst willen nicht Lohn genug. Nun, der Mond hat schon seltsamere Dinge gesehen.«

Alena verstummte. Was der Abt sagte, ergab Sinn. Sie hatte sich doch eigentlich schon gedacht, dass es die tausend Silberstücke nicht geschenkt geben würde. Aber Geschichte? Nun gut, sie würde auch das hinter sich bringen. Je schneller, desto besser.

»Wollt Ihr noch einen Hinweis?«, fragte der Abt. »In meinen

Anweisungen für Euch wurden mir für morgen noch weitere Gäste angekündigt, die ebenfalls zu Eurer Unterweisung anreisen. Vielleicht erhalten wir dann etwas mehr Klarheit über das, was hier vor sich geht. Doch jetzt entschuldigt mich. Wir müssen die Quartiere vorbereiten, denn wir sind auf Besuch wirklich nicht eingerichtet. Und es wäre uns auch lieber, er käme nicht.«

Alena verspürte keine Lust, diesen schlechtgelaunten Mönchen zu helfen, und nutzte die Gelegenheit, sich endlich den Turm, der aus dem Mondtempel ragte, genauer anzusehen. Im Krähenviertel gab es ebenfalls einen alten Mondtempel. Er war ein beliebter Treffpunkt bei Schmugglern, weil sonst niemand mehr dieses Gebäude besuchte, aber einen Turm gab es dort nicht.

Alena lief in den Tempel und fand die Turmpforte unverschlossen. Sie eilte die steile Wendeltreppe hinauf und hoffte, dass sie niemand sehen würde. Irgendwie hatte sie das Gefühl, dass sie Ärger bekommen würde, wenn man sie hier erwischte. Sie erreichte die offene Plattform und fand dort in der Mitte eine seltsame schwarze Eisenkugel. Sie war groß, wenigstens vier Ellen im Durchmesser, mit schmiedeeisernen Füßen, und sie war weder massiv noch völlig hohl, wie Alena hörte, als sie sie leise abklopfte. Es gab einen Mechanismus, mit dem man die obere Hälfte zurückklappen konnte, aber er war verschlossen. Alena hielt die Kugel am ehesten für eine Art Kohle- oder Ölbecken, aber warum sollte man das abschließen?

Sie trat, unzufrieden, weil sie nicht viel schlauer war als vorher, an die Brüstung und blickte hinaus auf die weite See. Es gab unzählige Inselchen und Felsen, die das Meer durchbrachen, und sie zogen sich weit nach Norden und Süden hin. Die meisten waren noch kleiner als das Eiland, auf dem sie gestrandet war.

Alena blieb lange auf dem Turm und überdachte ihre Lage. Es reichte anscheinend nicht, dass sie der echten Prinzessin nur ähnlich sah, sie sollte lernen, eine Prinzessin zu *sein.* Der Schönbart hatte gesagt, sie solle diese Caisa vertreten, um mögliche Mörder in die Irre zu führen. Warum war sie dann nicht im Palast? Und wozu die Lernerei? Aber die Sache hatte vielleicht auch ihr Gutes. Sie hatte oft genug erlebt, wie die Bauern von Syderland förmlich erstarrten, wenn ihnen jemand von Adel begegnete. Daraus müsste sich doch Kapital schlagen lassen ... Und dennoch – der Aufwand, den der Strategos betrieb, war enorm, sie verstand ihn auch nicht – und das gab ihr ein ungutes Gefühl.

Sie lehnte sich auf die Zinnen und beobachtete das Spiel der Wellen und der Möwen. Gegen Abend flammte weit im Süden plötzlich ein Licht auf. Ein Leuchtfeuer irgendwo über diesen Inseln. Sie starrte lange hinüber. Aber der ewige Wind wurde kälter, und sie stieg schließlich wieder hinab.

Am nächsten Morgen kam ein Schiff mit den Gästen, von denen der Abt gesprochen hatte. Alena tat zwar, als wäre sie nicht neugierig, aber sie lief doch hinunter zum Steg, in der schwachen Hoffnung, dass diese Gäste neues Leben auf die Insel bringen würden. Es waren insgesamt drei, zwei Männer und eine Frau.

Als Erster stieg ein Mann von Bord, den sie schon einmal gesehen hatte: Es war der kleine stocksteife Alte, vor dem selbst der Strategos Respekt zu haben schien. Sein Gesicht mit den eingefallenen Wangen und der übergroßen Nase drückte vor allem Missfallen aus, als er an Land stieg. Er stellte sich dem Abt auf dem Steg als »Dago Siblinos, Meister der Sitten und der Erziehung« vor und fuhr dann fort: »Ich habe viel von dieser Insel gehört, aber ich muss sagen, der erste Eindruck ist enttäuschend. Ich hoffe aber, dass sie in diesen Ruinen noch die Schätze birgt, von denen man sich erzählt, Vater Gnoth.«

»Falls Ihr die Schätze des Geistes meint, so können wir Euch damit, in begrenztem Umfang, durchaus dienen«, erwiderte der Abt kühl.

»Begrenzter Umfang? Das dachte ich mir. Wirklich, das ist ein trauriger Haufen Steine, über den Ihr regiert, ehrwürdiger Vater. Nichts für ungut, aber mir scheint, es fehlt hier hinten und vorne an Ordnung.« Dabei warf er mit hochgezogenen Augenbrauen einen langen Blick auf Alena, die sich plötzlich fühlte, als würde sie in Lumpen gehen.

»Es fehlt vor allem an Männern, die diese Ordnung bewahren könnten, Menher Siblinos«, antwortete der Abt.

Die Frau, die dann den Steg betrat, war noch kleiner als Siblinos, aber auch doppelt so kräftig. Sie schob den Alten zur Seite, ignorierte den tief missbilligenden Blick, den sie dafür erntete, und vollführte einen überschwänglichen Knicks vor dem Abt. »Meine Güte, gibt es hier viele Möwen!«, rief sie, nachdem sie sich als Doma Rina Lepella vorgestellt hatte. »Ich hoffe, sie sind nicht zudringlich. Ich kann diese Vögel nicht ausstehen, ehrwürdiger Vater«, sprudelte es aus ihr heraus. »Immer fliegen sie umher, schreien, machen Lärm und Unfug. Im Käfig, ja, da lasse ich mir Vögel gefallen, wenn sie bunte Federn haben oder schön singen können, aber Möwen? Nein!«

Meister Siblinos verdrehte hinter ihrem Rücken die Augen. Er schien die quirlige Frau nicht zu mögen. Der Abt versicherte ihr, dass die Möwen ganz und gar nicht zudringlich seien, und hieß sie mürrisch willkommen.

Nach ihr kletterte der dritte Gast von Bord, vollführte eine kunstvolle Verbeugung, die Alena übertrieben schien, und stellte sich als »Jorgem Dremos Linor ob Brendera, Edler von Isnis« vor. Er war schlank, eher schon mager, aber durchaus drahtig. Und für einen kurzen Augenblick hatte Alena das Gefühl, dass hinter der verspielten Fassade etwas Düsteres lag. Aber es war nur ein Augenblick, und der verging.

Auch ihn hieß der Abt, vielleicht noch eine Spur ablehnender als die beiden anderen, willkommen, und dann führte er die

Gruppe ins Kloster. Nach Spaß sah das alles für Alena nicht gerade aus.

Es gab ein gemeinsames, äußerst fades Mahl, das der Abt zur Begrüßung der Gäste vorbereitet hatte und bei dem Alena das Gefühl beschlich, dass Meister Stocksteif, wie sie ihn getauft hatte, jede ihrer Bewegungen mit einem Höchstmaß an Missbilligung betrachtete. Sie gab sich trotzig, aber der bohrende Blick des kleinen Mannes hatte etwas an sich, das sie tief verunsicherte. Sie bekam das Gefühl, alles falsch zu machen, was albern war, denn schließlich aß sie nun wirklich nicht zum ersten Mal in ihrem Leben.

Sie fragte sich, wie sie mit den neuen Gästen umgehen sollte. Offensichtlich sollten ihr diese Menschen etwas beibringen. Dagegen war erst einmal nichts einzuwenden. Aber sie war verstimmt, weil das alles geschah, ohne dass sie der Strategos nach ihrer Meinung gefragt hatte. *Du bekommst einen Haufen Silber dafür, also reiß dich zusammen,* mahnte sie sich in Gedanken. Und dass sie hier die Schülerin war, sagte doch nichts darüber aus, wer am Ende nach wessen Pfeife tanzen würde.

Die Stille bei Tisch war bedrückend, selbst die offenbar gerne plappernde Doma Lepella aß schweigsam, und Alena verschwand, sobald sie konnte, denn sie wollte die Situation in Ruhe überdenken. Aber Dijemis, der junge Mönch, fand sie auf dem Turm und bat sie mit hochrotem Kopf, in den früheren Speisesaal zu kommen.

Als sie eintrat, wurde sie bereits von Meister Siblinos erwartet: »Seid gegrüßt, Alena von Filgan.«

Alena nickte ihm flüchtig zu.

Der Saal war aufgeräumt worden. Jetzt gab es nur noch einen einzigen Tisch mit einigen Stühlen in der Mitte. Und an dem stand der Alte, die Hände hinter dem Rücken verschränkt, und schien auf etwas zu warten. »Ich sagte, seid gegrüßt, Alena von Filgan«, wiederholte er.

»Abend«, gab Alena zurück. Sie wusste nicht, was diese Förmlichkeit sollte. Sie waren sich doch schon begegnet.

Der Meister rollte mit den Augen. »Überspringen wir das. Seid so gut und setzt Euch dort auf diesen Stuhl.«

Alena schlenderte zum Tisch.

»Halt!«, donnerte der Alte.

Alena blieb unwillkürlich stehen.

»Ist das etwa Eure Art zu gehen?«

»Wie bitte?«

»Ihr schlurft zum Tisch wie ein müder Eselstreiber. Gleich noch einmal!«

Alena starrte den Mann an, schüttelte den Kopf und setzte sich.

Meister Siblinos lief rot an. »Nun gut, ich sehe, ich habe ein hartes Stück Arbeit vor mir.« Er rollte wieder mit den Augen, und dann musterte er sie unter seinen buschigen Brauen so durchdringend, dass sie begann, unruhig zu werden.

»Das nennt Ihr also Sitzen?«

»Klar.«

»Ihr hängt auf Eurem Stuhl, als hättet Ihr Angst, jemand würde ihn Euch unter dem Hintern wegziehen. Linke Hand an die Seite, rechte auf den Tisch!«

Alena lehnte sich zurück und grinste. Falls der Alte glaubte, sie ließe sich herumkommandieren, war er schwer im Irrtum.

»Habt Ihr nicht gehört, was ich sagte?«

Nur, um zu sehen, was das werden sollte, kam Alena der Aufforderung sehr langsam nach und legte beide Unterarme auf den Tisch.

»Ah, nun habt Ihr also nicht mehr Angst um den Stuhl, sondern um den Tisch! Aus welchem Loch stammt Ihr, dass Ihr so besorgt seid, man könnte Euch die Möbel stehlen?«

Alena bedachte ihn mit einem finsteren Blick. Bis jetzt war das ja ein großer Spaß, aber beleidigen lassen wollte sie sich von dem kleinen Mann nicht. Was erlaubte er sich? Wollte er sie vielleicht nur provozieren? »Passt auf mit dem, was Ihr über meine Herkunft sagt, Alter«, grollte sie.

Plötzlich schlug eine Rute krachend auf den Tisch. Siblinos hatte sie hinter seinem Rücken verborgen gehalten. Alena zuckte erschrocken zusammen.

»Ich werde Euch die Frechheiten schon austreiben, mein Fräulein!«

Alena starrte die Rute an.

Der Alte hob sie vom Tisch und sagte: »Gerade hinsetzen. Die Linke an die Seite, die Rechte auf den Tisch. Zack, zack!«

Er sagte wirklich »Zack, zack« und ließ dabei die Rute zweimal auf den Tisch krachen.

Alena starrte ihn an, ohne sich zu bewegen.

»Zack, zack!«, rief er wieder und schlug auf den Tisch.

Beim zweiten »Zack« schnellte Alenas Hand vor, packte die Rute und ließ sie nicht mehr los. »Hört mir gut zu, Meister Stocksteif, denn ich werde mich nicht wiederholen. Ich bin Alenaxara aus Filgan, eine Krähe aus dem übelsten Viertel der Stadt, das seinen schlechten Ruf wohl verdient hat, was ich Euch zu Eurer eigenen Sicherheit sage, und ich sage Euch des Weiteren, alter Mann, wenn Ihr mir noch einmal mit der Rute droht, werde ich sie nehmen und zerbrechen! Und solltet Ihr es gar wagen, mich damit auch nur zu berühren, so werde ich sie Euch mit Freuden tief hinein in Euren knochigen Hintern schieben. Habt Ihr das verstanden?«

Der Alte starrte sie mit offenem Mund an, schluckte, lief zornesrot an und stürmte dann aus dem Saal.

Für einen kurzen Augenblick genoss Alena den Triumph, aber dann stieß sie einen kräftigen Fluch aus. Wie hatte sie sich zu so einer Dummheit hinreißen lassen können? Sie war doch kein

Kind mehr, das seinen Platz auf den Gassen gegen einen Neuankömmling verteidigen musste! »Verdient hat er es trotzdem ...«, murmelte sie in einer letzten Aufwallung von Trotz.

»Was habt Ihr denn mit dem armen Mann gemacht?«, rief Doma Lepella, die kurz darauf in den Saal hereinrauschte. Sie hielt einen Stickrahmen in der einen und einen Korb voller Wolle in der anderen Hand.

»Ich habe ihm lediglich erklärt, wohin er sich seinen Stock stecken kann, wenn er es wagt, mich damit zu berühren«, erwiderte Alena, die sich immer noch über sich selbst ärgerte. Wie hatte sie nur so die Beherrschung verlieren können?

»Seinen Stock?«, fragte Rina Lepella verwirrt.

»Nicht so wichtig«, beeilte Alena sich zu versichern. »Was habt Ihr da für schöne Wolle!«, rief sie mit falscher Begeisterung.

Doma Lepella ließ sich tatsächlich ablenken. »Nun, ich weiß nicht recht, wo ich mit Euch anfangen soll, mein Fräulein, und Sticken hilft mir immer beim Nachdenken. Könnt Ihr sticken? Nein. Nun, das werde ich Euch lehren, und vieles andere auch. Aber zunächst sollten wir uns vielleicht ein bisschen besser kennenlernen, was meint Ihr? Bevor wir beginnen, meine ich.«

»Womit denn überhaupt?«, fragte Alena.

Die Doma musterte Alena mit unstetem Blick und rief munter: »Nun, zunächst werde ich Euch erklären, was ein Kamm ist. Auch über die Verwendung von Wasser und duftender Seife kann ich Euch offensichtlich noch einiges beibringen. Später werden wir zum Wangenröten und Lippenfärben kommen, aber, wenn ich Euch so betrachte, ist das Zukunftsmusik – aus einer fernen Zukunft, möchte ich meinen.«

Alena lagen einige gepfefferte Erwiderungen auf der Zunge, in denen Worte wie alte Schachtel, derbe Umschreibungen des Hinterteils und diverse Flüche vorkamen, aber sie schluckte sie hinunter.

»Außerdem werde ich Euch, wie gesagt, in die Kunst des Stickens einweihen. Ihr könnt nähen?«

»Ich kann ein Loch in einer Socke stopfen und nach einer Messerstecherei ein Hemd waschen und flicken, wenn Ihr das meint.«

»Das ... ist immerhin ein Anfang. Nadel und Faden sind Euch wohl nicht ganz so fern wie Kamm und Seife. Ich freue mich jedenfalls auf unseren Unterricht. Auch die Prinzessin hat ja nicht von Geburt an gewusst, wie sie sich zu benehmen hat, versteht Ihr? Und das meiste habe ich ihr beigebracht.«

Alena, die immer noch damit beschäftigt war, die so freundlich verkündeten Beleidigungen zu verdauen, die ihr Doma Lepella eben an den Kopf geworfen hatte, nickte stumm.

Sie erfuhr in der nächsten Stunde eine Menge über das Leben der Doma, das sie nach Jahren in vornehmen Häusern bis in den Palast geführt hatte, wo sie schließlich die erste Dienerin der Prinzessin wurde. »Sie war noch ein Kind damals, ein sehr hübsches Kind, und es ist wirklich erstaunlich, wie ähnlich Ihr ihr seht. Man hat mich zwar darauf vorbereitet, aber dennoch ... Sagt, woher kommt nur diese Ähnlichkeit?«

Alena konnte nur mit den Schultern zucken, aber Doma Lepellas Gedanken schienen auch schon weitergezogen zu sein, und sie erwartete offensichtlich gar keine Antwort. »Aber vielleicht könnt Ihr mir sagen, was Ihr bisher getan habt. Das würde mir helfen einzuschätzen, was ich voraussetzen kann in den vielen Dingen, die eine Dame von Stand beherrschen muss.«

Alena dachte kurz nach. Es gab ein paar Dinge, eigentlich sogar ziemlich viele Dinge, die sie dieser Frau nicht erzählen wollte, also sagte sie: »Ich habe meiner Großmutter geholfen ... im Haushalt und bei ... anderen Dingen.«

»Das ist nobel von Euch!«, rief Doma Lepella. »Man soll das Alter ehren!«

Alena zuckte mit den Achseln. Es war ihr eigentlich nichts anderes übriggeblieben. Ihre Großmutter konnte *sehr* unangenehm werden, wenn man nicht tat, was sie verlangte.

Bevor sie das Thema jedoch vertiefen konnten, erschien Bruder Dijemis und bat sie, in den Lesesaal zu kommen.

»Ich habe gehört, dass Ihr Euren Lehrern übel mitgespielt habt«, begann Bruder Seator, der sie dort erwartete.

»*Einem* Lehrer – und es war ein Missverständnis ...«

»Es ist mir gleich. Ihr mögt lernen oder auch nicht – es wird nichts am Ende ändern.«

»Am Ende?«

»Die Prophezeiung sagt, dass eine Frau das Ende unseres Ordens bringen wird. Und wenn der Orden vergeht, vergeht auch die Welt. Und nun seid Ihr hier.«

Alena kniff ein Auge zu. »Im Ernst? Seht Euch um! Der nächste ernsthafte Sturm könnte diesen Steinhaufen ins Meer schwemmen. Ich glaube nicht, dass er dazu ausgerechnet *meine* Hilfe braucht. Ich meine, ich will Euch oder Euer Kloster nicht beleidigen, Vater Seator, ich meine damit eher, dass es vermutlich schon lange so aussieht, und doch ist das Kloster noch da. Euren Orden wird es vielleicht noch Jahrhunderte geben!«

Der Mönch schnaubte verächtlich, packte ein paar Pergamente auf den Tisch und fragte: »Könnt Ihr lesen?«

»Ein wenig.«

»Wirklich? So seht Ihr gar nicht aus. Wo habt Ihr es gelernt?«

»Ein entfernter Verwandter hat es mir beigebracht«, antwortete Alena ausweichend. Sie verschwieg lieber, dass der fragliche Onkel lange im Kerker gesessen hatte, weil er seinen Brotherrn, einen Kaufmann, betrogen hatte. Onkel Tih, wie alle ihn nannten, hatte in die Familie eingeheiratet. Er konnte gut mit Worten und noch besser mit Zahlen umgehen, und er war es gewesen, der die Idee hatte, den Bauern in Syderland die Wundermittel zu verkaufen, die die Basa in ihrem dunklen Gewölbe zusammenbraute. Alena, damals kaum zwölf Jahre alt, musste ihn begleiten, was ihr noch weniger gefiel als ihm. Onkel Tih trank zu viel und aß zum Ausgleich ungeheure Mengen Knoblauch, weil er einmal gehört hatte, dass der die Dämonen des Branntweins bändigte, und diese Ausdünstung war in dem kleinen Karren, mit dem sie über Land reisten, schwer zu ertragen. Meist schlief Alena deshalb nicht im, sondern unter dem Wagen.

Onkel Tih hatte sie, den Klotz am Bein, wie er sie nannte, widerwillig unterrichtet, weil die Basa darauf bestanden hatte. Alena wusste inzwischen, dass ihre Großmutter damit einen bestimmten Zweck verfolgt hatte. Und so hatte sie, zunächst widerstrebend, dann fasziniert, Lesen, Schreiben, Rechnen und nebenbei auch noch Betrügen gelernt, denn mit den Heiltränken war nur Gewinn zu machen, wenn man sie ordentlich verdünnte.

Die Sache war allerdings tragisch für Tih ausgegangen, denn die Basa fand heraus, dass er ihre Mittel über Gebühr verwässerte. Eines Nachts war der Onkel plötzlich spurlos verschwunden, und als Alena nach ihm fragte, erhielt sie zur Antwort, dass sie das besser sein lassen sollte.

»Und sprecht Ihr Hoch-Oramarisch oder eine andere der bedeutenden alten Sprachen?«, fragte Seator, der sie die ganze Zeit aus wasserblauen Augen musterte.

Alena schüttelte den Kopf. Wenn der Onkel betrunken war, hatte er begonnen, Verse zu rezitieren. Und wenn er sehr betrunken war, auch welche in fremder Sprache. Einmal wollten ihn ein paar Dorfbewohner sogar auf den Scheiterhaufen bringen, weil sie dachten, er sei besessen und rede in Zungen. Und sie, immer noch ein Kind, musste sie vom Gegenteil überzeugen. Von da an war er viel umgänglicher geworden und hatte sie in die Geheimnisse seiner Verkaufserfolge eingeweiht.

»Alt-Melorisch wäre zu viel verlangt, nehme ich an«, sagte

Seator jetzt, und Alena merkte, dass sie nicht aufgepasst hatte. Zum Glück war das dem Mönch entgangen. »Also werde ich versuchen, Euch an diese Dinge heranzuführen. Doch zunächst will ich sehen, wie gut Ihr lesen könnt.«

Er drückte ihr ein Pergament in die Hand.

Alena seufzte und begann vorzulesen. Es war ein Text, der von der alten Zeit der Brandungsinseln berichtete, als es noch Könige in Filgan gegeben hatte. Es fiel ihr nicht leicht, das zu lesen, denn die Sätze waren endlos lang, und es gab viele Worte, die sie noch nie gehört hatte und mühsam buchstabieren musste, aber Seator hörte ihr geduldig zu, ohne sie ein einziges Mal zu unterbrechen.

Als der Text plötzlich mitten im Satz endete, drehte sie das Pergament um, aber es war nur auf einer Seite beschrieben.

»Nein, es geht nicht weiter«, erklärte Seator. »Der Rest ist verloren gegangen. Ihr habt Euch Mühe gegeben, das erkenne ich an, doch braucht Ihr noch viel Übung, wie Ihr hoffentlich einseht. Hier, nehmt dieses Buch. Es beschreibt die Inseln im Westen des Goldenen Meeres. Übt damit und lernt etwas über die Herrlichkeit der Welt, die bald zu Ende ist.«

Alena wunderte sich inzwischen nicht mehr, dass dieser Orden kaum noch Mönche hatte …

Der letzte Lehrer erwartete sie bereits im Saal, wo er auf dem Tisch saß und versuchte, eine Leier zu stimmen.

»Ah, die Schülerin zeigt sich endlich. Wie schön. Tretet ein, wertes Fräulein«, begrüßte er sie überschwänglich.

»Tut mir leid«, erwiderte sie, als sie durch den Saal schlenderte, »aber ich habe Euren Namen vergessen.« Sie spürte eine tiefe Abneigung gegen diesen Mann. Er wirkte auf sie einfach … falsch. Sie beschloss, ihm vorsichtig auf den Zahn zu fühlen. *Aber nicht, dass du es dir mit ihm auch gleich verdirbst,* mahnte sie sich.

»Mein Name ist auch lang und kompliziert, weshalb ich Euch nur den wesentlichen Teil nenne. Ich bin Jorgem ob Brendera, Edler von Isnis, einer kleinen, nicht sehr bedeutenden Insel nördlich von Malgant.«

»Nie gehört.«

»Wie gesagt, sie ist nicht sehr bedeutend und doch wunderschön.«

Alena gähnte. »Und was ist Euer Fach? Ruiniert Ihr Musikinstrumente?«, fragte sie und deutete auf die Leier. Vielleicht konnte sie ihn ja aus der Reserve locken.

»Nicht ganz, wertes Fräulein, ich bin Meister der Musik, der Rezitation, der Zeremonien, Festivitäten und Tänze.«

»Verstehe ... Also ... so eine Art Tanzmaus?«

Der Tanzmeister blinzelte kurz, aber er lächelte weiter. »Ihr habt ein schnelles Mundwerk. Ich hoffe, Eure Füße sind ebenso schnell, denn ich bin hier, um Euch in die höfischen Tänze einzuführen.«

»Aber Ihr seid doch ein Mann, oder?«

»Bitte?«

»Ich meine, ich bin mir nicht sicher. Ihr habt Locken, um die Euch manche Frauen beneiden werden, sprecht geziert wie ein hochgeborenes Fräulein, doch sehe ich an gewissen Anzeichen in Eurer Lendengegend, dass Ihr durchaus zum männlichen Geschlecht gehört. Warum, bei den Himmeln, gibt sich ein Mann mit Tänzen ab?«

»Wird da, wo Ihr herkommt, etwa nicht getanzt?«

»Schon. Meist sind es Mädchen, die für Geld tanzen und dabei gerade genug anhaben, damit Männer dafür zahlen, dass sie auch noch den Rest ablegen, und es gibt natürlich Feste, auf denen getanzt wird. Aber wenn die Männer im Krähenviertel tanzen, sieht das immer nach einer Rauferei aus. Außerdem endet es meist auch in einer.«

»Ich verstehe«, sagte Brendera lächelnd. »Wollt Ihr es nun lernen oder nicht?«

Sollte er sich wirklich nicht aus der Ruhe bringen lassen? »Und warum sollte ich bei einer Tanzmaus in die Lehre gehen?«, fragte Alena spöttisch.

»Keine Ahnung, aber ich hörte, Ihr bekommt Geld dafür«, erwiderte er freundlich.

»Es ist nicht Euer Geld«, gab sie patzig zurück.

Der Tanzlehrer kratzte sich am Hinterkopf. »Vielleicht doch, wertes Fräulein. Seht Ihr … hier betreibt jemand sehr großen Aufwand, um Euch in eine feine Dame zu verwandeln. Der Grund dafür ist Euch vermutlich besser bekannt als mir. Aber meine Erfahrung sagt mir, dass der Strategos Ergebnisse erwartet. Und glaubt mir, wir wollen diesen Mann nicht enttäuschen.«

»Aber nur ich kann ihm geben, was er will«, rief Alena.

»Aber er ist ein mächtiger Mann, dieser Strategos, und wie alle Mächtigen kennt er viele Wege zu bekommen, was er will, mindestens aber vier, wenn er den Lehren Meister Kontiles' folgt.«

»Vier?«, fragte Alena, wider Willen fasziniert von der Wortgewandtheit des Tanzlehrers.

»Der erste Weg ist der der guten Worte, der zweite der des Geldes, und ich glaube, das ist der, den der Strategos für Euch gewählt hat. Der dritte Weg ist der der Drohung, und er beginnt etwa dort, wo der zweite nicht weiterführt. Sollte aber auch er nicht zum Ziele führen, gibt es immer noch den Pfad der Gewalt.«

Alena schluckte. »Er sollte nicht versuchen, sich mit einer Krähe anzulegen«, sagte sie dann trotzig.

»Ah, Ihr habt Familienstolz, das ist gut. Wusstet Ihr, dass es unter den frialischen Tänzen einen gibt, der den Stolz zum Thema hat? Soll ich ihn Euch zeigen?«

Alena wusste es nicht, aber ehe sie sichs versah, hatte der Mann sie gepackt und ein paar Mal im Kreis gedreht. Sie protestierte nur halblaut, denn sie war auch neugierig, und die Bewegungen des Lehrers waren unerwartet geschmeidig und elegant. Sie hatten etwas geradezu … Verführerisches.

Die nächsten zwei Stunden, die der Tanzlehrer sie durch den Saal führte und komplizierte Schrittfolgen lehrte, waren verwirrend und anstrengend, aber es machte wider Erwarten auch Spaß. Sie war sogar enttäuscht, als Meister Brendera sagte, dass es genug für den ersten Tag sei.

»Ihr habt die ersten Schritte in der höheren Tanzkunst gelernt. Und es scheint, dass Ihr darin sogar begabt seid – und wer hätte das vor zwei Stunden für möglich gehalten? Ihr könnt gerne noch weiterüben, aber Euer Lehrer braucht eine Pause. Ich scheine in letzter Zeit ein wenig eingerostet zu sein. Außerdem ist es kein richtiger Tanz ohne richtige Musik. Und ich kann Euch nicht gleichzeitig führen und auf der Leier begleiten.«

»Glaubt Ihr, dass einer der Mönche die Leier spielt?«, fragte Alena, die zwar außer Atem war, aber noch nicht genug hatte.

»Diese Mondbrüder? Unwahrscheinlich. Sie lieben es ruhig, und ich glaube, sie mögen keine andere Melodie außer der, die ihre Folianten machen, wenn man sie umblättert. Aber vielleicht spielt Meister Siblinos die Leier. Ich bin mir jedenfalls beinahe sicher, dass er die frialischen Tänze beherrscht. Dann könnte er Euch über das Parkett führen. Fragt ihn doch einfach.«

Alena fragte Meister Stocksteif aus naheliegenden Gründen nicht, aber dafür Sergeant Lidis. »Tanzen, mein Fräulein? Herzlich gern, wenn es um den Reigentanz oder die Erntetänze geht. Aber diese komplizierten frialischen Hoftänze – nein. Was ist mit dir, Staros? Auch nicht? Und die Leier zupfen? Nein, bedaure, mein Fräulein. Unsere Musik ist das Klirren der Schwerter und das Gebrüll in der Schlacht, nicht wahr, Staros?«

Für Alena sahen die beiden nicht aus, als hätten sie je in einer Schlacht gekämpft, aber dass sie weder tanzen noch musizieren konnten, glaubte sie ihnen sofort.

Das Essen an diesem Abend fand im kleinen Kreis statt. Die Mönche waren bei einer Andacht, um den aufgehenden Mond zu begrüßen, und Meister Siblinos ließ sich entschuldigen. Das Gespräch wurde fast ausschließlich von Doma Lepella bestritten, denn Lidis und Staros waren nur darauf konzentriert, sich den Bauch vollzuschlagen, und Meister Brendera schien mit den Gedanken weit weg zu sein. Er tat zwar heiter, aber es schien Alena, als würde er etwas verbergen, ein Geheimnis oder einen Schmerz. Sie nahm sich vor herauszufinden, was das war.

Am nächsten Tag lehnte Meister Siblinos es ab, sie zu unterrichten. »Er verlangt eine Entschuldigung«, erklärte ihr Abt Gnoth, als sie sich bei ihm beschwerte.

»Wofür?«

»Ich weiß es nicht genau. Es ging wohl um irgendetwas, was Ihr mit seiner Gerte machen wolltet.«

»Na, wenn er damit nach mir schlägt, braucht er sich nicht zu wundern, wenn ich ihm sage, wo er sie sich hinstecken kann.«

»Es ist Eure Entscheidung«, meinte der Abt. »Mir ist es herzlich gleich, ob Ihr auf dieser Insel etwas lernt oder nicht.«

Sie ging in den Lesesaal und fand dort Bruder Seator, der sich in einen dicken Wälzer vertieft hatte.

»Was ist das für ein Schinken?«, rutschte es ihr heraus, und sie erntete einen bösen Blick.

»Dies ist ein Buch voller Weisheit, die Euch wohl nutzen würde. Kaiser Atoni hat sie zusammentragen lassen, vor vielen Jahrhunderten, drüben im alten Melora.«

»Ich verstehe etwas nicht, Vater Seator«, sagte Alena. »Ihr glaubt, dass ich Eurem Kloster das Ende bringen werde, aber dennoch seid Ihr bereit, mich zu unterrichten …«

»Es würde nichts ändern, wenn ich es nicht täte. Und besser ist es, die knappe Zeit, die uns noch bleibt, zu nutzen, als sie zu verschwenden mit Müßiggang oder Tanz und Musik.«

Alena hatte auch ihn am Vortag gefragt, ob er die Leier spiele, und er hatte nur mit einem vernichtenden Blick geantwortet.

»Und das steht in diesem Buch?«

»Die Weisheiten Atonis berühren viele Wissensgebiete«, lautete die ausweichende Antwort.

»Auch die Musik?«, fragte Alena lauernd. »Was schreibt dieser Kaiser über Musik und Tanz?«

Der Mönch brummte. »Es war eine andere Zeit, und die Leute verschwendeten sie mit allerlei lasterhaftem Treiben, wovon Atoni Gesang und Tanz als die am wenigsten verderblichen bezeichnete. Er jedoch rang um Erkenntnis.«

»Und das geht beim Tanzen nicht?«

»Es steht nicht geschrieben, dass er je tanzte.«

»Steht denn geschrieben, dass er nicht tanzte?«

»Ihr seid eine Schlange, spitzzüngig und in der Lage, einem frommen Mann das Wort im Munde umzudrehen! Ihr sollt jedoch nicht die Kunst des Worteverdrehens, sondern die der Poesie erlernen, die einer Dame von Rang viel besser ansteht. Seid Ihr dazu bereit – und fähig?«

»Vielleicht, wenn ich verstehe, welchen Sinn das haben soll.«

»Keinen, wenn man bedenkt, dass das Ende nah ist«, lautete die düstere Antwort.

»Schön, und wenn das Ende nicht nahe wäre, welchen Sinn hätte es dann?«, rief Alena, beinahe verzweifelt, weil ihr die niederschmetternde Weltsicht des Mönchs allmählich zusetzte.

»Vater Gnoth vermutet, dass Ihr mit hochgestellten Persönlichkeiten verkehren sollt. Vielleicht müsst Ihr dann aus den klassischen Versen eines Gervomer rezitieren, wie es die edlen Damen manchmal tun – und das am besten in Alt-Melorisch, der Sprache, in der sie einst verfasst wurden.«

»Und wer war gleich nochmal dieser Gervomer?«

»Ich hätte erwartet, dass Ihr wenigstens von ihm schon einmal gehört hättet, dem größten Dichter, der je die See befahren hat. Habt Ihr denn nie das Lied von den wundersamen Reisen des Aeros gehört? *Gramoi impeta de neri asgura, Tilion es dorna Aeros* …«, begann der Mönch mit feierlicher Stimme zu rezitieren.

Alena zuckte mit den Achseln.

»Eigentlich darf es mich nicht wundern. Schönheit und Weisheit werden nicht mehr geachtet. Es ist doch nur ein weiterer Beweis dafür, dass diese Welt kurz vor dem Ende steht. Man hätte die Pest seinerzeit ihr Werk vollenden lassen sollen …«

»Und was heißt das nun, was Ihr da eben vorgetragen habt? Es klang hübsch.«

»Das Volk der Gramier fleht in der Schwarzen Schlucht zu Tilion, er möge Aeros ziehen lassen. Ich nehme an, diese Stelle ist mir gewärtig, weil auch ich den Mond Nacht für Nacht anflehe, Euch bald von dieser Insel zu entfernen.«

»Auf Alt-Melorisch klingt es besser«, meinte Alena und überging die Spitze des Alten einfach.

»So? Ihr hört den Unterschied? Vielleicht seid Ihr doch nicht ganz verloren für die alten Sprachen, aber nein … vermutlich wird auch diese Hoffnung wieder enttäuscht. Doch lasst es uns herausfinden. Wiederholt einfach meine Worte. *Gramoi impeta de neri asgura, Tilion es dorna Aeros* …«

»Sagt mir, warum Ihr Euch nicht entschuldigen wollt«, bat ihr Tanzlehrer später, als sie wieder die frialischen Tänze übte.

Alena hielt inne. »Ich kann mich nicht entschuldigen, wenn Meister Stocksteif nicht mit mir redet.«

»Nicht stehen bleiben, wertes Fräulein. Ihr müsst damit rechnen, dass bei dieser Art Tanz auch leichte Konversation gepflegt wird.«

Also vollführte Alena die geforderte komplizierte Drehung und sagte: »Dabei habe ich eigentlich nur gesagt, was ich denke. Und ich habe ihn gewarnt – was sogar zu seinem Besten war.«

»Ich verstehe. Achtet auf Euren linken Fuß. Er steht oft ein wenig zu weit außen. Ihr seid spitzfindig, das steht Euch nicht. Außerdem solltet Ihr bedenken, dass es zum Wesen einer wohlerzogenen jungen Dame gehört, ihr Herz keinesfalls auf der Zunge zu tragen.«

Alena dachte, dass das nicht nur bei feinen Damen so war. Sie hatte lange genug Kräuter in Syderland verkauft, um zu wissen, dass man mit Ehrlichkeit nicht viel Geld verdiente, wenn man verdünnte Heilsäfte und Wundertränke feilbieten wollte. Obwohl sie zu ihrer Verteidigung immer anführte, dass einige dieser Tinkturen durchaus wirkten und dass diese geizigen Bauern eben selbst schuld waren, wenn sie Preise wie für Wasser bezahlen wollten, aber Wunder erwarteten. Sie beschloss aber, gegenüber Brendera weiter die Grundehrliche zu spielen. »Also … Lügen ist vornehm?«, fragte sie ganz unschuldig.

»Man nennt es Taktgefühl. Es ist sehr hilfreich … beim Tanzen ebenso wie in den höheren Kreisen.«

»Aber mir tut nicht leid, was ich gesagt habe«, erwiderte sie und vergaß die Schrittfolge.

Meister Brendera seufzte. »Noch einmal von vorn. Es sollte Euch aber leidtun, denn erstens hat auch ein Mann wie Meister Siblinos Gefühle, wenngleich auch tief verborgen, und zweitens solltet Ihr an Eure eigene Zukunft denken.«

Alena tanzte und setzte ein künstliches Lächeln auf, wie Brendera es ihr gezeigt hatte. »Meine Zukunft?«

»Ihr wollt doch etwas lernen, oder? Ich weiß, Ihr tut es nicht um des Lernens willen, sondern für Geld, aber vielleicht könnt Ihr es als Investition betrachten. Zwei kleine Entschuldigungen werden Euch enormen Gewinn bringen, denn sie bringen Euch den Münzen näher, die Ihr unbedingt haben wollt. Weiter lächeln!«

Alena runzelte die Stirn. Was wusste der Mann schon über

ihre Motive? Aber leider hatte er Recht. Sie musste lernen, wenn sie ihre Rolle erfüllen wollte, und das ging nun einmal nicht ohne Lehrer. Und dazu musste sie wohl etwas tun, was im Krähenviertel ein undenkbares Zeichen von Schwäche war – sie musste sich entschuldigen.

Meister Siblinos war jedoch nicht so leicht zu versöhnen: »Ich habe Herzöge unterrichtet, Prinzen und Prinzessinnen. Drei Generationen der Perati sind durch meine Schule gegangen. Und nun soll ich ein Gossenmädchen erziehen, das die Hand zurückstößt, die es führen will?«

»Nur, weil in dieser Hand eine Gerte drohte, Meister Siblinos. Dabei braucht Ihr sie doch gar nicht, denn ich respektiere Eure Erfahrung und Weisheit auch ohne sie«, versicherte Alena mit treuem Augenaufschlag.

Siblinos schnaubte verächtlich. »Wer sein Kind liebt, schont die Rute nicht!«

»Und wer seine Gesundheit liebt, versucht nicht, eine Undaro zu schlagen!«, brach es aus Alena heraus, die in ihrer Wut vergaß, dass sie ihre Herkunft eigentlich geheim halten wollte.

»Eine Undaro? Was soll das sein? Rinnsteinadel aus Filgan? Nun, wenn Ihr in der Gosse bleiben wollt, so braucht Ihr mich nicht. Geht, ich habe zu tun!«

Sollte sie hier wirklich auf Granit beißen? Sie wandte sich an Doma Lepella, die den Meister seit Jahren kannte, auch wenn das Verhältnis der beiden nicht das beste zu sein schien.

»Die Gunst des alten Griesgrams gewinnen? Ich weiß nicht, ob das geht, mein Fräulein. Er ist streng zu allen, auch zu sich selbst, vor allem, seit seine Frau gestorben ist. Das ist zwar schon zehn Jahre her, aber er ehrt sie immer noch. Ich weiß nicht, ob es etwas gibt, womit Ihr ihn erfreuen könnt.«

»Seine Frau, wer war sie?«, fragte Alena, die eine plötzliche Eingebung hatte.

»Sie stammte von einem Weingut auf Crisamos, gar nicht weit von Perat entfernt.«

Konnte ihr das helfen? Es war einen Versuch wert. Sie fragte den Abt, ob sich vielleicht Wein auf der Insel auftreiben ließe.

»Wein? Den gibt es. Doch ist er für die Riten, nicht für den Genuss bestimmt.«

»Stammt er zufällig von Crisamos?«

»Keine Ahnung. Er wird uns aus Terebin geschickt, aber es kann schon sein, dass er von jener Insel stammt. Ist das wichtig?«

»Ich brauche ihn, um ein versteinertes Herz zu erweichen, Vater«, sagte Alena, die eine Ahnung hatte, dass das den Abt umstimmen könnte.

»Ihr redet von Meister Siblinos, nehme ich an. Nun gut … wir könnten wohl einen oder zwei Krüge entbehren, allerdings erwarte ich eine Gegenleistung von Euch.«

»Und wie soll die aussehen?«

»Man hat uns gesagt, dass wir Euch nicht zur Arbeit im Kloster heranziehen dürfen. Vermutlich, weil man Euch auf Eure Rolle als feine Dame vorbereiten will, und da wären Schwielen an den Händen in der Tat hinderlich. Doch ich denke, es wird Euren Händen nicht schaden, wenn Ihr frühmorgens unsere beiden Kühe melkt. Ihr habt doch schon einmal gemolken, oder?«

Alena schüttelte den Kopf.

»Dann kommt mit«, sagte der Abt. Er führte sie zu einem grauen Stall. »Hier stehen die Kühe über Nacht. Es sind nur noch zwei, also sollte Euch das nicht überfordern. Dijemis wird Euch zeigen, wie man das macht. Er wird auch ohne das Melken genug zu tun haben, denn mit all den Gästen haben wir nun mehr als die doppelte Arbeit, und Andacht und Gebet kommen zu kurz.«

»Und wenn ich mich stattdessen um die Küche kümmere?«,

fragte Alena, die dachte, dass sie mit ein paar guten Gerichten auch diesen strengen Abt weichkochen konnte.

»Ihr versteht Euch aufs Kochen?«

»Ein wenig, Vater. Es wäre allerdings hilfreich, wenn ich eine größere Auswahl an Kräutern und Gewürzen zur Verfügung hätte.«

»Nun, wir haben da einen Kräutergarten, doch ist der seit Bruder Mikos Hinscheiden vor drei Jahren wohl etwas verwildert ...«

Alena seufzte. Sie hatte den Kräutergarten gesehen. Verwildert war eine Untertreibung.

Der Abt führte sie auch dorthin. »Er sieht schlimmer aus, als ich ihn in Erinnerung hatte«, gab er zu. »Viel werdet Ihr hier wohl nicht finden.«

»Nun, ich sehe schon auf den ersten Blick Kresse, Petersilie und Thymian für den Geschmack sowie Melisse, die nach Zitronen duftet und Herzbeschwerden lindert. Da wächst Dill, dessen Öl den Schlaf fördert und die Gicht mindert. Ihr habt auch Basilienkraut, das der Verdauung hilft, sowie Beifuß, der Dämonen und Insekten fernhält. Dort hinten gedeiht Fenchel, der nicht nur fein würzt, sondern auch einen angenehmen Atem macht, daneben blüht Lavendel, der die Liebeskraft steigert, falls Ihr dessen bedürftet. Außerdem wächst hier überall Haselpfeffer, mit dem eine geübte Köchin durchaus etwas erreichen kann.«

»Ihr scheint tatsächlich etwas von diesen Dingen zu verstehen. Ich hätte aber nicht gedacht, dass in unserem Garten Pfeffer wächst«, sagte der Abt erstaunt.

»Nein, Vater, Haselpfeffer«, berichtigte sie und zeigte ihm die kleinen Pflänzchen. »Vorsichtig dosiert, hebt er den Geschmack jeder Mahlzeit. Meine Großmutter verwendete ihn allerdings meist als Brechmittel oder um Frauen zu helfen, ein ungewolltes Kind loszuwerden.«

»Eure Großmutter war eine Hexe? Und Ihr wollt, dass ich Euch in der Küche helfen lasse?«

»Keine Angst, ehrwürdiger Vater, ich bin nicht meine Großmutter, und ich werde Euch schon nicht vergiften«, erklärte sie grinsend.

Der Abt stimmte schließlich zögernd ihrem Vorschlag zu, war allerdings der Meinung, dass sie die Kühe dennoch melken sollte. »Das wird Euch vielleicht die nötige Demut lehren«, meinte er mit einem listigen Zwinkern. Anschließend führte der Abt sie in den Weinkeller und gab ihr einen Krug Wein, über dessen Herkunft er aber immer noch nichts sagen konnte.

»Was soll die späte Störung?«, fragte Meister Siblinos, als Alena gegen Abend an seine Tür klopfte.

»Ich habe etwas für Euch«, erwiderte Alena und drückte dem verblüfften Mann den schweren Tonkrug in die Hand.

»Was ist das?«

»Wein aus Crisamos. Man sagte mir, dass Eure Frau von dort stammt, und ich dachte, ich mache Euch eine kleine Freude.«

»Crisamer? Wirklich?«, fragte der Alte. Es klang skeptisch, aber seine Augen leuchteten.

»Ich kann es nicht beurteilen, Meister, denn ich trinke keinen Wein. Probiert ihn – und sagt mir dann morgen, vielleicht bei meinem Unterricht, ob es wirklich Crisamer ist.«

Siblinos warf ihr einen scharfen Blick zu. »Unterricht? Wir werden sehen …«

Offenbar war der Wein zu seiner Zufriedenheit, denn am nächsten Tag fand er sich zur verabredeten Stunde ein, um Alena zu zeigen, wie eine Dame bei Hofe saß, stand, aß und ging.

Alena, die schon vor Morgengrauen aufgestanden war, um die beiden Kühe zu melken und dann einen Haferbrei zuzubereiten, der den Namen auch verdiente, kämpfte mit ihrer Müdigkeit. *Wunderbar,* dachte sie, *jetzt muss ich arbeiten, um das zu lernen, was ich auch umsonst hätte haben können.* Aber auch wenn Meister Siblinos streng wie am ersten Tag war, die Rute hatte er in seiner Kammer gelassen.

Alena hätte nicht gedacht, dass es derart anstrengend sein könnte, eine Prinzessin zu sein. Es gab tausend Dinge zu beachten, und vom ersten Öffnen der Augen bis zum Zubettgehen gab es Regeln, deren Sinn sich Alena nicht immer erschloss. Sie musste neu lernen zu essen, zu reden, zu gehen und zu sitzen, und Siblinos war meistens nicht zufrieden.

Doma Lepella war weniger anspruchsvoll. Sie schwatzte gern beim Sticken, einer weiteren Tätigkeit, deren Sinn Alena nicht begriff. »Aber Ihr habt geschickte Finger, Kind. Nutzt sie, und Ihr könnt wundervolle Wandbehänge oder Kissen herstellen. Sie sind eine Zier für jedes Heim.«

Wandbehänge, natürlich, dachte Alena grimmig, *die haben in unserer Hütte gefehlt. Vielleicht hätte es dann nicht ganz so schlimm durch die nassen Mauern gezogen.* Aber sie lächelte und versicherte ihrer Lehrerin, dass sie es kaum erwarten könne, ihr künftiges Heim mit eigenen Stickereien zu schmücken.

Bruder Seator lehrte sie das Lied von den Reisen Aeros'. Dabei lernte sie auch gleich das Alt-Melorische, eine wirklich schöne Sprache, wie sie widerwillig zugab. Sie fühlte sich schon fast wie eine Edeldame, wenn sie die Teile, die sie schon auswendig konnte, feierlich vortrug. Nicht, dass der Mönch mit ihrer Leistung zufrieden gewesen wäre. Das größte Kompliment, das sie von ihm erhielt, war, dass er es »schon schlimmer gehört« habe.

»*Wo* habt Ihr es eigentlich gehört, Vater?«, fragte sie eines Tages. »Dieses Lied gehört doch sicher nicht zu den Texten, die Ihr drüben im Tempel betet, oder?«

»Ich wurde nicht in dieser Kutte geboren, Närrin«, brummte der Mönch zur Antwort.

»Sondern?«

»Was spielt das für eine Rolle? Lernt Euren Text, damit Ihr das baldige Ende der Welt wenigstens mit einem Vers auf den Lippen begehen könnt!« Aber auch, wenn Bruder Seator nicht aufhörte, sich in düsteren Prophezeiungen zu ergehen, so wurde er doch von Tag zu Tag umgänglicher.

Irgendwann beschloss Alena, den Abt nach der Geschichte des Mönches zu fragen.

»Was kümmert Euch die Geschichte Eures Lehrers? Ist das nicht nur unnötiger Ballast auf Eurem Weg zu Reichtum?«, fragte Gnoth.

»Es geht hier nicht nur um Geld, Vater«, erwiderte sie.

Seine strenge Miene milderte sich. »Das dachte ich mir schon, Alena Undaro von Filgan, denn auch, wenn Ihr Euch viel Mühe macht, Euch hart und entschlossen zu geben, so merke ich doch, dass Ihr nicht so kaltherzig seid, wie Ihr tut. Übrigens solltet Ihr vorsichtiger mit Eurem Namen umgehen. In den Anweisungen des Strategos hieß Eure Familie noch anders.«

»Nicht alle Undaros heißen auch so«, murmelte sie verlegen, weil er sie bei ihrer Lüge erwischt hatte. »Also ... Seators Geschichte?«

»Ihr solltet ihn selbst fragen.«

»Habe ich, Vater. Aber er will wohl nicht darüber reden. Zeigt ihn das denn in einem so schlechten Licht?«

»Ganz im Gegenteil. Aber schön, da Ihr wohl sonst keine Ruhe gebt und Bruder Seator vermutlich der Meinung ist, dass es angesichts des nahenden Endes ohnehin keinen Unterschied macht ... Also, es geschah in einer Nacht des Schwarzen Mondes. So nennen wir, falls Ihr es noch nicht wisst, den letzten Neumond vor Ende des Sommers, und in unserem Orden wird dieser Mond als böses Omen gedeutet.«

»Aber dieser Tag kehrt doch jedes Jahr wieder ...«

»Wollt Ihr nun zuhören? Außerdem glauben wir, dass die Welt

unter dem Zeichen des Schwarzen Mondes enden wird. Jedenfalls hat Bruder Seator allen Grund, daran zu glauben, denn wenigstens *seine* Welt verging unter diesem Unstern. Er war der Schreiber einer kleinen Küstenstadt in Saam, die in eben jener Nacht von Westgarther Seeräubern geplündert und niedergebrannt wurde. Seator, der an diesem Tag von einer Reise zurückkehrte, sah die Feuer schon von weitem lodern. Er rannte heim, aber er kam zu spät. Sein Haus war zerstört, seine Frau und seine Kinder erschlagen von diesen blutrünstigen Ungeheuern, die das karge Westgarth so zahlreich ausspeit. Das Einzige, was ihn davor bewahrte, über den Verlust wahnsinnig zu werden, war sein tiefer und fester Glaube an den Mondgott, der doch ein Sinnbild für die Wechselfälle des Lebens ist – dies und vielleicht auch der Verwundete, den er unter den brennenden Trümmern seines Hauses fand. Es war einer der Räuber, der Steuermann eines der Schiffe sogar. Seator zog ihn aus den Trümmern und pflegte ihn gesund.«

»Er pflegte ihn? Ich hätte diesem Scheusal das Messer ins Herz gerammt!«

»Das hätte ich wohl auch getan, und doch bin ich Bruder Seator dankbar, dass er es nicht tat – denn ich war dieser Steuermann.«

»Ihr wart …«

»Ein Seeräuber, ein Schrecken der Meere, wie man so sagt. Doch Seator zeigte mir das Licht, das mich aus der Dunkelheit, durch die ich ahnungslos irrte, hinausführte. Jedenfalls folgte ich ihm hierher, auf die Insel des Mondgottes, und fand einen inneren Frieden, von dem ich nicht einmal wusste, dass es ihn gibt. Schon damals lebten hier nur noch sieben Mönche – und wir beide haben sie alle überlebt.«

Alena war tief beeindruckt. Sie konnte sich einfach nicht vorstellen, dass dieser ernste, strenge Abt einst ein Seeräuber gewesen war. »Wie kommt es«, fragte sie schließlich, »dass Ihr Abt geworden seid und nicht Seator? War er nicht der, der Euch hierhergeführt hat?«

»Der alte Abt hat es so entschieden. Und Seator war es auch lieber. Ich finde Kraft im Gebet und in der Arbeit, die dieses viel zu große Kloster uns abverlangt. Er findet seinen Frieden in den Büchern und Pergamenten, die Euch so langweilig erscheinen.«

Einige Zeit später kam Alena wieder an dem gedrungenen Gebäude mit der unheilkündenden Aura vorüber. Ihre Tage waren so angefüllt, dass sie gar nicht mehr an dieses Gemäuer gedacht hatte, doch jetzt spürte sie wieder die unheilvolle Anziehungskraft, die die breite schwarze Pforte dieses Hauses auf sie ausübte.

Sie zögerte, weil sie das Gefühl hatte, ein Tabu zu brechen, aber dann war die Neugier stärker. Die Pforte war nicht verschlossen. Ihr Herz schlug bis zum Hals, doch sie konnte nicht anders, als hineinzuschlüpfen. Die Mauern dieses Gebäudes waren ungewöhnlich dick, und so sickerte nur wenig Licht durch die schmalen Scharten hinein. Alenas Augen brauchten eine Weile, um sich an die Dunkelheit zu gewöhnen. Dann erkannte sie die Umrisse einiger steinerner Kästen. Sie trat näher heran, obwohl sie ahnte, was sie da vor sich hatte. Die ersten drei Behälter waren leer, aber in dem vierten lag eine fast völlig verweste Leiche, die sie aus leeren Augenhöhlen anstarrte. Alena rannte hinaus – und prallte mit Abt Gnoth zusammen.

Erschrocken fuhr sie zurück. »Ich wollte nicht ...«, begann sie, und dann platzte es aus ihr heraus: »Was ist das für ein schrecklicher Ort?«

»Ihr habt also den alten Abt gefunden ...«, meinte Gnoth düster.

»Ich hatte nicht die Absicht ...«

»Natürlich hattet Ihr die. Ich habe mich eigentlich schon gewundert, dass Eure Neugier Euch nicht schon früher hierhergeführt hat. Es ist unser Totenhaus. Hierher bringen wir die Verstorbenen und überlassen sie dem Verfall, bis ihre Gebeine so weit sind. Denn begraben können wir sie in der harten Erde nicht.«

»Ihre Gebeine?«

»Was dachtet Ihr denn? Dass wir unsere Toten ins Meer werfen?«

»Aber ... das ist entsetzlich!«

»Wir alle enden einmal so – auch Ihr, Alena. Aber wenn Ihr Glück habt, wird Eure Ruhe nicht durch vorwitzige Krähen gestört.«

Alena versprach betreten, es nie wieder zu tun.

Die Tage vergingen und waren so angefüllt mit Arbeit, dass Alena gar nicht merkte, wie sie sich zu Wochen verbanden. Sie hatte nicht viel Zeit zum Nachdenken, und wenn sie es doch tat, dann hatte sie das Gefühl, die Dinge allmählich in den Griff zu bekommen, weil sie inzwischen wusste, wie sie die Bewohner und Gäste des Klosters zu nehmen hatte.

Selbst Meister Stocksteif, wie sie den alten Siblinos insgeheim immer noch nannte, taute allmählich auf.

Es stellte sich eines Abends zu Alenas Überraschung heraus, dass er die Laute zwar nur unvollkommen beherrschte, aber ein wirklich guter Tänzer war, und er ließ sich tatsächlich erweichen, ihr bei ihren Übungen zu helfen, auch wenn er nicht vergaß zu erwähnen, dass sich das für einen Mann seines Alters eigentlich nicht geziemte.

Doma Lepella, die wohl dem Klang der Musik gefolgt war, blieb jedenfalls mit offenem Mund in der Tür stehen, als sie ihn mit Alena tanzen sah. »Du meine Güte!«, rief sie dann.

Jorgem ob Brendera ließ die Laute sinken, weil Siblinos verlegen stehen geblieben war. »Es ist nicht, was Ihr denkt«, rechtfertigte er sich. »Ich unterstütze nur die Bemühungen dieser Schülerin. Dies hat mit Vergnügen nichts zu tun!«

»Was redet Ihr da? Es ist ja schon ein Vergnügen, Euch tanzen zu *sehen!* Aber was heißt da tanzen? Es ist, als schwebtet Ihr mit dem jungen Fräulein. Ich hätte nicht gedacht, dass Ihr das könnt, Meister Siblinos, dabei kenne ich Euch schon so viele Jahre. Das heißt, eigentlich kannte ich Euch wohl doch eher nicht!«

Und Alena, gedankenschnell, rief: »Es ist wirklich ein Vergnügen, Doma Lepella. Kommt, probiert es aus.«

»Aber gerne!«, rief ihre Lehrerin, und dann schnappte sie sich den verdutzten Siblinos. Es war ein seltsamer Anblick, da sie viel kräftiger war als ihr Tanzpartner, aber Siblinos behielt seine steife Würde, nur dass er sie unter dem Klang der Laute in etwas Leichtes und Anmutiges verwandelte. Ja, für ein paar wunderbare Momente schien es Alena, als wäre dieser Mann zum Tanzen geboren. Sie klatschte den Takt und dachte, dass sich vielleicht wirklich alles in ihrem Leben allmählich zum Guten wendete. Aber das Gefühl verging, denn durch die Heiterkeit dieses Abends schimmerte etwas Unheilvolles, das sie nur spürte, aber nicht benennen konnte. Sie tanzte, ja, aber vielleicht war es ein Tanz auf einem Feuerberg, der kurz vor dem Ausbruch stand.

Odis Thenar strich sich mit der Linken durch den Bart. »Und dieser Filganer ist zum dritten Mal auf der Wache erschienen?«, fragte er.

Leutnant Geneos nickte. »Ich habe ihm gesagt, dass wir nach den Männern suchen, die seine beiden Vettern getötet haben, aber er behauptet nach wie vor, es sei eine Frau gewesen.«

»Lächerlich«, schnaubte Thenar. »Wie sollte eine Frau allein diese beiden Männer überwältigt haben?«

»Das Gleiche habe ich dem Filganer auch gesagt, Herr, aber er behauptet, ein anderer seiner Vettern habe in der besagten Nacht eine Frau dort gesehen, die die beiden Leichen ausraubte.«

»Dann war es wohl eben nur eine Leichenfledderin«, rief Thenar ungehalten, um seine Sorgen zu verbergen. »Und warum kommt dieser Filganer erst jetzt? Dieses Verbrechen geschah vor Wochen!«

»Es scheint, dass dieser Sippe das Vertrauen in unsere Wache fehlt, Herr«, erklärte Leutnant Geneos trocken.

Thenar fand bemerkenswert, wie überzeugend der Leutnant so tun konnte, als wisse er nicht, was geschehen war. Geneos war oft genug im Palast, um den Schatten zu kennen. Er musste auch längst erraten haben, wer die beiden Filganer an den Ort ihres Todes bestellt und wer sie umgebracht hatte. Dieser Mann war eindeutig zu Höherem berufen.

Der Strategos bedachte die Lage. Meister Grau schickte Bericht um Bericht aus Filgan: Die Undaros seien Abschaum, aber einflussreich in den zwielichtigen Kreisen der Stadt, und ihr Oberhaupt, das Meister Grau trotz aller Bemühungen noch nicht zu Gesicht bekommen hatte, sei als Hexe verschrien. Aber das war Filgan und damit weit weg.

Also sagte Thenar: »Bittet den Mann um eine Beschreibung dieser Frau. Und sagt ihm, dass wir die Belohnung auf Ergreifung der Täter erhöhen werden.«

»Und werden wir diese Leichenfledderin als mögliche Mittäterin suchen, Herr?«

»Nein, denn das würde uns doch nur von den wahren Übeltätern ablenken, nicht wahr? Und was diese Beschreibung angeht, so wünsche ich, dass Ihr sie vor der endgültigen Niederschrift sorgfältig prüft und da, wo sie vielleicht fälschlicherweise auf eine Unschuldige hindeuten könnte, verbessert.«

»Natürlich, Herr«, antwortete der Leutnant.

»Sehr gut. Wie lange dient Ihr schon in der Wache, Geneos?«

»Drei Jahre, Herr.«

»Und wie lange als Leutnant?«

»Nicht ganz zwölf Monate, Herr.«

»Ihr werdet den zwölften Monat nicht vollenden, Geneos, denn ich werde den Herzog heute Abend bitten, Eurer Ernennung zum Hauptmann zuzustimmen.«

»Ich danke Euch, Herr.«

»Ich habe Euch zu danken, Geneos. Leistet mir weiter so gute Dienste, und Ihr werdet es weit bringen.«

Der Leutnant salutierte und ging. Er hatte seine Beförderung ohne sichtbare Gefühlsregung entgegengenommen, und Thenar fragte sich, ob dieser Mann seine Gefühle einfach nur gut unter Kontrolle hatte oder ob er zu einer solchen Regung gar nicht fähig war. Er hoffte auf Letzteres, denn so jemand war schwer zu finden.

Wenn er ihn dem Herzog empfahl, musste er darauf achten, ihn nicht zu sehr zu loben, sonst landete der Mann am Ende noch bei den Truppen in Saam oder Haretien, die immer noch mit einem zähen Feind rangen, und das wäre eine Verschwendung seiner Talente.

Thenar warf einen Blick auf die Berichte, die vom Heer kamen. Eigentlich sah es so aus, als wären die Oramarer geschlagen, aber irgendwie zauberten sie immer neue Söldner aus den saamischen Sümpfen. Er fragte sich, wo sie die Mittel dafür hernahmen, während er selbst doch schon lange nicht mehr wusste, wie er den Sold ihrer Soldaten bezahlen sollte. Aber wenigstens hielt das Prinz Arris beschäftigt. Der Bruder des Herzogs hatte einige zornige Briefe gesandt, weil er nicht verstehen wollte, dass der Herzog dieser verfluchten Hochzeit zugestimmt hatte. Nicht alle hatte Thenar dem Herzog gezeigt, denn dem setzte der Streit mit seinem Bruder sichtlich zu. Und dann war noch etwas geschehen – die Fürstin hatte wieder ein Kind verloren. Es war keine leichte Zeit für den Herzog.

Thenar fand Herzog Ector im Park, wo er in die Betrachtung des neuen Kräutergartens vertieft war.

»Dieser Alchemist versteht sich wirklich darauf, etwas gedeihen zu lassen«, sagte der Fürst.

»In ihm steckt viel mehr, als sein jugendliches Gesicht vermuten lässt«, stimmte Thenar zu.

»Kindergesicht trifft es wohl eher. Fürstin Luta ist allerdings immer noch verärgert, weil zwei ihrer Rosenbeete diesen unscheinbaren Pflanzen weichen mussten.«

»Die Herzoginmutter ist allerdings schnell verärgert«, warf der Strategos ein.

Der Fürst antwortete mit einem melancholischen Lächeln: »Und mein Leibkoch hat sich beschwert, weil er einige dieser Kräuter gerne zur Würze meiner Mahlzeiten verwenden würde, was der junge Meister ihm allerdings streng verboten hat.«

»Meister Aschley ist zu Recht ziemlich eigen, was diesen kleinen Garten betrifft«, meinte Thenar. »Diese Pflanzen sollen schließlich der Heilung dienen, nicht den Gaumenfreuden.«

»Und glaubt Ihr, dass er das Wunder vollbringen kann?«, fragte der Herzog.

Thenar zögerte mit einer Antwort. Er baute darauf, dass der junge Alchemist so fähig war, wie alle – zu allererst Aschley selbst – sagten. »Er ist zuversichtlich, also sollten wir es auch sein, Hoheit.«

Der Herzog seufzte. »Damals, als ich für den Seebund durch die Urwälder des Südens kroch, da wäre es ihr leichter möglich gewesen. Doch ich war sieben Jahre fort. Die besten sieben Jahre. Wer hätte gedacht, dass ich … dass Ilda einen derart hohen Preis dafür bezahlen muss? Und eine weitere Fehlgeburt … die würde sie vielleicht nicht überleben, Odis.«

Thenar schwieg. Es war ein Wunder, dass die Fürstin die bisherigen vier äußerst schmerzhaften Fehlgeburten überlebt hatte. Gritis hatte davon gesprochen, dass es an einer Störung in ihrem Leibe liege, dass dort, wo Kinder heranwüchsen, einfach nicht genug Platz sei. Aber die Heiler des Palastes meinten in seltener Einigkeit, es sei einfach nur ein Ungleichgewicht der Gallensäfte, das sie gleichwohl seit Jahren nicht in den Griff bekamen.

Und immer noch hatte der Herzog keinen männlichen Erben. Thenar hatte die Hoffnung eigentlich schon aufgegeben, aber nun war Meister Aschley im Palast, und das Schicksal des Hauses Peratis konnte vielleicht noch einmal gewendet werden. Und wenn die Fürstin trotz der Künste des Alchemisten wieder eine Fehlgeburt erlitt? Die alte Gritis meinte, es sei gefährlich für die Mutter. Was, wenn sie beim fünften Versuch, endlich einen Sohn zu gebären, starb? Thenar verbot sich den Gedanken, dass der Fürst dann ein zweites Mal, eine jüngere, gesunde Frau, heiraten könnte …

»Ich bin hier, weil wir morgen aufbrechen, Hoheit«, wechselte er das Thema, um diesen bösen Gedanken loszuwerden.

»Und Ihr wollt mir immer noch nicht verraten, wohin Ihr Caisa bringt?«

»Aus den bekannten Gründen, Hoheit. Es reicht, wenn alle Welt glaubt, sie sei in Perat. Übrigens würde ich ihre Wache gerne unter den Befehl von Leutnant Geneos stellen.«

»Von wem?«

»Einem vielversprechenden jungen Mann, den ich Euch auch bitten möchte, vor der Abfahrt noch zum Hauptmann zu befördern.«

Der Fürst nickte abwesend. »Aber der Schatten wird an Caisas Seite bleiben, oder?«

»Natürlich, Hoheit. Auch von ihr wird man vermuten, dass sie in Perat ist.«

»Ich weiß, dass Ihr mir keine Einzelheiten über Euren Plan verraten wollt, Thenar, aber verratet mir wenigstens, ob Ihr inzwischen an seinen Erfolg glaubt.«

»Hoheit, wir versuchen den vielleicht größten Betrug aufzuziehen, den das Goldene Meer je erlebt hat. Wir wollen nicht nur eine Hochzeit fälschen, sondern auch den Bräutigam töten, ohne dass auch nur der Schatten eines Verdachts auf uns fällt. Ob ich an einen Erfolg glaube?« Thenar holte tief Luft – und hielt inne. Sein Plan nahm zwar immer konkretere Formen an, aber er wurde nicht von Möglichkeiten, sondern von Notwendigkeiten bestimmt. Und nicht alle waren so willkommen wie der Tod von Prinz Weszen …

Bot sich hier und jetzt nicht eine Möglichkeit zur Umkehr? Der Alchemist konnte vielleicht dafür sorgen, dass Ector doch noch einen Sohn bekam. Caisa wäre zwar nicht vor dieser Ehe zu retten, aber für das Geschlecht der Perati wäre es nicht das Schlechteste, mit dem Herrscher von Ugir verwandt zu sein.

Der Herzog legte ihm eine Hand auf die Schulter. »Ich spüre, dass Ihr Zweifel habt, Thenar, doch ich habe sie nicht, denn ich weiß, wozu Ihr fähig seid. Natürlich ist unser Vorhaben gewaltig, aber gerade das ist ein Vorteil! Niemand wird glauben, dass wir so verwegen sind. Es ist wie eine Schlacht, in der die unterlegene Streitmacht siegt, weil der Feind sich nicht vorstellen kann, dass er von ihr angegriffen wird. Wir haben das beide doch selbst erlebt, damals im Süden.«

»Dies ist kein Schlachtfeld, Hoheit«, sagte Thenar, dachte aber, dass es das vielleicht doch war. Diese Schlacht würde Opfer fordern, ob sie sie nun gewannen oder nicht. Die Doppelgängerin musste sterben, das war unvermeidlich, aber es gab noch mehr Menschen, die diesen Betrug nicht überleben durften, er hatte in Gedanken schon eine Liste angelegt …

Der Fürst nickte wieder, aber er wirkte abgelenkt. »Es war nicht leicht, Caisas Mutter davon abzuhalten, sie auf dieser Reise zu begleiten, Thenar.«

»Es ist bewundernswert, dass Ihr es dennoch geschafft habt, Hoheit.«

»Euer Wunderknabe hat mir dabei geholfen. Er will Ilda regelmäßig untersuchen, um ihre … Unfähigkeit, ein Kind zu gebären, besser zu verstehen.«

»Es ist ebenfalls bewundernswert, dass die Fürstin dies auf sich nimmt, Hoheit«, sagte Thenar und meinte es auch so. Herzogin Ilda war über vierzig, und die Hexe Gritis hatte vielleicht Recht, wenn sie sagte, dass es ihr einfach nicht gegeben sei, ein weiteres Kind zu gebären. Aber wenn die Chance auch klein war, sie war bereit, sie zu nutzen – für ihren Gemahl.

»Wann werdet Ihr zurück sein, Thenar?«

»So schnell wie möglich, Hoheit. Ich will mich nur vergewissern, dass die Dinge vor Ort in den richtigen Bahnen laufen.«

Der Herzog lächelte plötzlich. »Ich weiß, wie sehr Ihr Seereisen hasst, Thenar.«

Thenar murmelte ein verlegenes »wird schon gehen«, obwohl er wusste, dass es nicht gehen würde. Er hatte Monate seines Lebens auf See verbracht, und dennoch wurde er zu Beginn jeder Fahrt von fürchterlicher Seekrankheit gepackt.

»Fragt Euren Alchemisten«, schlug der Herzog launig vor. »Vielleicht hat er auch für Euer Leiden eine Abhilfe.«

Eine solche Abhilfe hatte der junge Meister Aschley bedauerlicherweise nicht, weshalb der Strategos der kurzen Seereise nach Perat und zu den Eisenzähnen mit dem üblichen Unbehagen entgegensah.

Sie legten bei Anbruch des Tages ab. Dieses Mal ging es nicht um Heimlichkeit, und es waren viele Menschen auf dem Pier, um der Prinzessin des Hauses Peratis Glück und Kraft für die kommenden Monate zu wünschen. Der eine oder andere mochte sich fragen, wer die verschleierte Dame war, die an Caisas Seite ging.

Die Verlobung mit Weszen war inzwischen bekanntgegeben worden. Thenar sah viele sorgenvolle Gesichter und auch Kopfschütteln bei den Terebinern. Das war kein Wunder: Schließlich waren viele Söhne der Stadt im Krieg gegen Oramar und vor allem im Feldzug gegen diesen Prinzen gefallen – und niemand hatte die Geschichte mit dem Kopf vergessen.

»Nun heiratet sie den Henker von Fürst Trokles – und bei den Himmeln, ich fürchte, er kann der Totengräber des ganzen Hauses werden«, hörte Thenar einen Bürger sagen. Auch Caisa hatte diese Stimme gehört. Sie blickte hilfesuchend zu ihrer Mutter, die sie zum Schiff begleitete.

»Er ist nicht so schlimm, wie alle sagen«, beruhigte die Herzogin ihre Tochter. Sie war leichenblass, und in ihrer Miene meinte Thenar lesen zu können, dass sie Weszen für noch schlimmer hielt, als gesagt wurde. Schließlich war es ihr Bruder Trokles, der unter der Axt der Oramarer gestorben war – und vielleicht sogar durch die Hand Weszens selbst. Der Strategos hoffte, dass er dieses böse Gerücht irgendwie vor dem Hochzeitsfest würde zerstreuen können.

Während er über die schwankende Planke an Bord ihres Seglers ging, wurde ihm klar, dass die Herzogin niemals vergessen würde, wer Trokles auf dem Gewissen hatte. Wie könnte sie auch? War sie wirklich bereit, die Hochzeit hinzunehmen? Bislang hatte er sie mit vagen Ausflüchten hinhalten können – hatte behauptet, dass sie diese Eheschließung irgendwie doch noch verhindern könnten –, ohne sie in seine Pläne einzuweihen. Aber gerade jetzt, als sie ihrer Tochter nachblickte, konnte er sehen, wie zornig sie unter ihrer kühlen Oberfläche war. Er nahm sich vor, sie nach seiner Rückkehr sorgfältig im Auge zu behalten.

Hauptmann Geneos trat an ihn heran. »Verzeiht, Herr, aber ich glaube, ich sehe den erwähnten Filganer dort drüben stehen«, sagte er leise und deutete auf eine schmale Gasse.

Eine Menge Menschen standen dort, meist Bürger der Stadt, aber Thenar sah auch dunkelhäutige Männer aus dem Süden und blasse Westgarther. »Wo denn?«, fragte er.

»Ah, er ist fort. Vielleicht hat er bemerkt, dass ich ihn gesehen habe.«

»Und Ihr seid sicher, dass es dieser Undaro war?«

»Nein, Herr. Aber ich könnte an Land gehen und versuchen, es herauszufinden. Und wenn ich es nicht herausfinde, dann kann ich dennoch für … Klarheit sorgen.«

Thenar verstand den Vorschlag, lehnte ihn aber ab. »Ich glaube nicht, dass diese Krähe alleine fliegt, Hauptmann. Es würde also nichts nutzen, sie zum Schweigen zu bringen, ganz im Gegenteil, wir könnten den ganzen Schwarm anlocken.« Diese Undaros begannen lästig zu werden. Sie schienen wild entschlossen zu sein herauszufinden, was mit ihrer Verwandten geschehen war. Was mochte diese Alena nur angestellt haben, dass man ihr derart hartnäckig nachsetzte? Oder ging es nur um die beiden Toten aus dem Waldlager? Thenar murmelte einen Fluch, weil er das Gefühl hatte, hier etwas Wichtiges nicht zu wissen. Und die Berichte von Meister Grau hatten bisher auch keine Klarheit in dieser Frage gebracht. Die Undaros waren bekannt, aber offenbar auch gefürchtet, und niemand schien über sie reden zu wollen. Aber dann entschied sich Thenar, die Sache nicht zu ernst zu nehmen. Diese Krähen würden in Terebin nichts herausfinden und irgendwann abziehen. Was sollten sie auch sonst tun?

Die Leinen wurden losgemacht, und die Galeere entfernte sich träge vom Pier. Sie hatten das Hafenbecken kaum verlassen, als die Übelkeit ihn auch schon packte. Er war drauf und dran, sich über die Reling zu erleichtern, aber dann erinnerte er sich daran, dass das vielleicht doch nicht mit seiner Würde vereinbar war. Er zog sich mit einem Kübel unter Deck zurück und hoffte, dass man ihn in Ruhe lassen und die Fahrt schnell vorübergehen möge.

Caisa kam jedoch bald darauf zu ihm.

»Geht es Euch nicht gut, Meister Thenar?«, fragte sie voller Anteilnahme.

»Nur die Seekrankheit, Hoheit«, murmelte er mit einem schwachen Lächeln.

»Wie unangenehm! Kann ich Euch dennoch etwas fragen, Meister Thenar?«

Er nickte und kämpfte mit der Übelkeit, die im Takt der Wellen immer wieder in ihm hochkam.

»Ihr sagtet mir vor einigen Tagen, dass Ihr mir bald enthüllen würdet, was diese Reise zu bedeuten hat. Ich glaube nämlich nicht, dass ich mich auf der alten Burg Perat mit ihrem verstaubten Tempel auf eine Hochzeit vorbereiten soll.«

»Ihr seid klug, Hoheit, ganz wie Euer Vater.«

»Nun?«

»Ich würde es Euch lieber sagen, wenn der Boden unter mir nicht mehr schwankt, Caisa.«

»Sagt es mir jetzt! Ungestörter als im Augenblick werden wir wohl so bald nicht mehr sein.«

Thenar seufzte. Er hatte nicht vor, ihr die ganze Wahrheit zu offenbaren, noch nicht.

»Wir bringen Euch an einen sicheren Ort. Und dort werdet Ihr einer jungen Frau, die Euch recht ähnlich sieht, helfen, Euch in den Tagen vor der Hochzeit zu vertreten.«

»Vertreten? Bei den Festen?«

»Unsere Feinde und die von Prinz Weszen werden alles versuchen, diese Ehe zu verhindern, Caisa.«

Sie sah ihn lange nachdenklich an. Dann sagte sie: »Ihr verschweigt mir etwas, Meister Thenar.«

»Es dient alles nur Eurer Sicherheit, Hoheit«, erwiderte er schwach und kämpfte eine aufsteigende Welle der Übelkeit nieder.

»Ich bin kein Kind mehr, Strategos«, sagte sie.

Er blickte erstaunt auf. So hatte sie ihn noch nie genannt, und plötzlich sah er unter ihrer kindlichen Unschuld eine große Entschlossenheit aufscheinen. Sie glich ihrem Vater wirklich immer mehr.

»Hoheit, ich …«

»Hört auf, mich wie ein kleines Mädchen zu behandeln! Ich bin die Erbin des Hauses Peratis, und ich *verlange,* dass Ihr mir endlich sagt, was hier gespielt wird. Meint Ihr denn, ich bemerke nicht, dass Ihr und mein Vater versucht, diese Hochzeit zu hintertreiben?«

»Caisa, ich bitte Euch um Euer Vertrauen. Ihr werdet zu gegebener Zeit …«

»Nein, jetzt!«, verlangte sie. »Wie soll ich Euch vertrauen, wenn Ihr nicht mir vertraut, Strategos?«

Doch plötzlich fiel die Strenge von ihr ab, ihr Blick wurde weich, sie beugte sich zu Thenar herab und legte ihre Hand zart auf seine Wange. »Ich bitte Euch, Meister Thenar. Ich weiß doch, dass Ihr alles tun werdet, um mich zu beschützen, und dafür liebe ich Euch. Doch bitte, tut mir die Ehre und weiht mich in das Geheimnis ein.«

Thenar seufzte. Vielleicht war es wirklich an der Zeit, ihr reinen Wein einzuschenken. Sie war schließlich alt genug. Also sagte er: »Diese Hochzeit … Ihr werdet Weszen nicht heiraten müssen, Hoheit.«

»Obwohl ich ihm versprochen bin?«

»Ein Versprechen unter Zwang, das wir nicht halten werden. Aber natürlich darf das niemand merken.« Thenar konnte die Übelkeit nicht länger unterdrücken. Er übergab sich in den Kübel.

»Du liebe Güte! Kann ich Euch denn gar nicht helfen?«, fragte Caisa besorgt.

Er schüttelte matt den Kopf.

»Gut, dann erklärt mir, warum ich Prinz Weszen nicht heiraten soll.« Sie war sehr ernst geworden, ja, sie wirkte verstimmt. Von der heiteren Arglosigkeit, die Thenar sonst so erfrischend fand, war nichts mehr zu spüren.

»Weszen ist ein Feind Eurer Familie, Hoheit, der schlimmste sogar«, begann er matt.

»Aber durch die Ehe würde sich Feindschaft in Freundschaft verwandeln, so habt Ihr es mir erklärt. War das nicht auch die Absicht dieser Verlobung, Meister Thenar?«

Sie schien sich über die Neuigkeit überhaupt nicht zu freuen. Ganz im Gegenteil, sie war unübersehbar verärgert. Hatte sie sich etwa auf diese Hochzeit gefreut?

»Weszen ist ein Scheusal, ein Ungeheuer. Er wird sogar von seinen Brüdern gefürchtet, Hoheit. Und vergesst nicht, dass er Euren Onkel hat hinrichten lassen.«

»Aber Ihr habt mir erklärt, dass im Krieg nun einmal grausame Dinge geschehen. Und meine Mutter sagte noch am Hafen, dass der Prinz nicht so schlimm wie sein Ruf ist.«

»Sie sagte das, um Euch zu beruhigen, Hoheit. Weszen ist und bleibt ein Spross seines grausamen Vaters, des Großen Skorpions.« Thenar wusste, dass das nicht die richtigen Worte waren, aber die Seekrankheit hinderte ihn daran, klar zu denken.

Caisa redete sich in Rage: »So ist es! Ist Weszen nicht sogar einer der Erbprinzen, ein Sohn der Lieblingsfrau des alten Padischahs? Er ist keiner dieser hergelaufenen Bastardprinzen, die es in Oramar wie Sand am Meer gibt. Er ist von vornehmster Herkunft – einer der mächtigsten Männer am Goldenen Meer. Und ich war bereit, ihn zu heiraten, das noble Opfer zu bringen, von dem Ihr spracht, um dem Seebund den Frieden und den Sieg zu ermöglichen. Für den Bund, die Menschen am Goldenen Meer, meinen Vater und für Euch, Meister Thenar, war ich dazu bereit!«

»Ihr versteht das nicht«, erwiderte Thenar matt. »Weszen mag ein Prinz sein, aber er ist auch ein Gefangener, der seine Freiheit nie wieder erlangen wird. Wolltet Ihr Euer Leben denn in einem Gefängnis verbringen?«

Caisa schwieg eine Weile, aber Thenar war nicht sicher, ob es ihm gelungen war, sie zu überzeugen.

»Schön, Meister Thenar, dann verratet mir doch, wie Ihr unbemerkt meine vom ganzen Goldenen Meer ersehnte Verlobung brechen wollt«, verlangte sie schließlich.

Er nickte, und dann erzählte er ihr, den Kübel auf den Knien, von der Doppelgängerin, die ihren Platz einnehmen sollte und die sie nun bald auf einer kleinen Insel der Eisenzähne kennenlernen würde.

»Und sie ist wie ich?«, fragte Caisa, die die Sache jetzt erstaunlich gefasst aufnahm.

»Keineswegs, Hoheit. Ihr fehlt eigentlich alles, was Euch ausmacht. Nur äußerlich, da gleicht sie Euch. Sie wird für Euch vor den Altar treten.«

»Aber wenn sie nicht von Adel ist, dann muss der Prinz … doch den Betrug bemerken!«

»Das werden wir verhindern, Hoheit. Wie? Nun, es ist besser, wenn Ihr das nicht so genau wisst. Und bitte, erzählt niemandem, was Ihr eben erfahren habt. Doch nun wäre ich Euch dankbar, wenn Ihr mich entschuldigen würdet. Die See…«

»Ja, natürlich, Meister Thenar. Verzeiht, wenn ich Euch belästigt habe. Und ich danke Euch, dass Ihr mir die Wahrheit gesagt habt.« In der Tür blieb sie noch einmal stehen. »Nur eines noch … Diese Schattenfrau, die mich sogar noch auf diesem Schiff bewacht, wird sie mich bis auf die Insel begleiten?«

»Sie wacht über Eure Sicherheit.«

»Sie ist mir unheimlich!«

»Das verstehe ich, aber bedenkt, dass sie Euch bereits einmal das Leben gerettet hat.«

»Und dennoch traue ich ihr nicht. Sie verbirgt etwas, das spüre ich.«

»Sie ist ein Schatten, Hoheit, und denen ist das Verbergen zur zweiten Natur geworden.«

Damit schien Caisa halbwegs zufrieden, und Thenar war erleichtert, als sie ihn endlich verließ. Für einen Augenblick gab es nichts außer Wellen und Übelkeit.

Dann bemerkte er, dass seine Nackenhaare sich aufgestellt hatten. Magie! Irgendjemand wandte Magie an, ganz in der Nähe. Und er musste sehr nahe sein, wenn sogar seine eingerosteten Sinne das spürten. Er war drauf und dran, Alarm zu schlagen, aber dann begriff er, dass es Jamade war, die sich irgendwo in den Schatten herumtreiben musste. Hatte sie etwa gelauscht?

Und während er mit der Seekrankheit kämpfte, dachte Thenar, wie Recht Caisa doch hatte, dieser Frau nicht zu vertrauen. Zwar hatte sie einen heiligen Eid geschworen, die Prinzessin zu beschützen, und die Schatten standen zu ihrem Wort. Doch was führte sie sonst noch im Schilde? Der Seebund hatte sie angeworben und ihnen großzügig überlassen. Und jetzt kosteten ihn ihre Dienste Monat für Monat ein kleines Vermögen. Eine Söldnerin war sie, und das hieß doch, dass sie käuflich war, gleich, was Graf Gidus über die Unbestechlichkeit der Schatten erzählte.

Sie hatte ihm zwar bei ihrer Ehre als Schatten versichert, dass sie weder Gidus noch dem Seebund ein Wort von dem verraten würde, was sie im Palast sah und hörte, aber er misstraute ihr. Dass sie das Gespräch belauscht hatte, war unverzeihlich! Und welche Geheimnisse mochte sie seit ihrer Ankunft in Terebin sonst noch in Erfahrung gebracht haben? Sie interessierte sich für seinen Geschmack viel zu sehr für Dinge, die sie eigentlich nichts angingen. Sie war ein Unsicherheitsfaktor. Das bereitete ihm Sorgen, und es bereitete ihm noch größere Sorgen, dass er nicht wusste, wie er diese Frau im Falle des Falles loswerden konnte ...

Sie waren den ganzen Tag und bis zum folgenden Abend auf See. Thenar bekam die Übelkeit in den Griff, und so störte es ihn nicht, dass sie gegen die Südströmung, die in diesem Teil des Goldenen Meeres herrschte, nur langsame Fahrt machten. Ganz im Gegenteil, er hatte die Zeit des Aufbruchs mit Bedacht so gewählt, dass sie ihr Ziel nicht vor Einbruch der Dunkelheit erreichten.

Als die schroffe Westküste von Crisamos in Sicht kam, sorgte Thenar dafür, dass die Prinzessin mit der verschleierten Dame, die in Wahrheit die Kammerdienerin der Prinzessin war, unter Deck die Kleidung tauschte. »Kleider machen eben doch Leute«, dachte Thenar, als der Tausch vollzogen war.

Hawa, die Dienerin, war jung, absolut vertrauenswürdig und verständig genug, um in Caisas Gewändern wenigstens auf Distanz für eine Prinzessin gehalten zu werden. Mit ihr gingen zwei Bärenhunde von Bord, falls die Oramarer auf die Idee kommen sollten, einen Schatten zu schicken.

In Perat hatte er nur den Statthalter, gerade so weit wie nötig, in seine Pläne eingeweiht, und so wurden sie, als sie im Schutz der Dunkelheit anlegten, nur von diesem Mann, einer Handvoll Soldaten und einer geschlossenen Kutsche erwartet. Der Rest der Stadt schien bereits zu schlafen.

Thenar war zufrieden und schärfte dem Verwalter noch einmal ein, dass dieses Mädchen die nächsten drei Monate als Prinzessin Caisa im alten Tempel der Burg zu verbringen hatte.

»Ich verstehe den Zweck nicht, Herr«, gab der Statthalter zu, »aber wir werden tun, was Ihr verlangt. Doch habt Ihr vielleicht ein paar Zeilen für den Priester? Er versteht es nämlich auch nicht, hat viele Fragen und ist zu alt, um sich den steilen Weg hier herunter – und dann vor allem wieder hinauf – zu bemühen.«

Also verfasste Thenar in Eile ein paar Zeilen und siegelte sie, damit der Priester auch sicher wusste, dass das alles seine Richtigkeit hatte.

Er warf einen Blick hinauf zur Burg, die als schwarzer Schatten vor dem Nachthimmel zu erahnen war. Er fand es schwer zu glauben, dass das ruhmreiche Geschlecht der Perati einst in diesem armseligen Ort, der wie ein Schwalbennest an der Steilküste klebte, seinen Anfang genommen hatte. Bewies das nicht, dass mit Entschlossenheit alles zu erreichen war? Thenar machte sich Mut mit dem Gedanken, aber dann dachte er, dass andererseits ein einziger Erdrutsch reichen würde, um diese kleine Stadt ins Meer hinabstürzen zu lassen. Er war erleichtert, als sie wieder ablegten.

Der Besatzung hatte man erzählt, dass man eine Adlige zum Mondkloster bringen müsse, die dort ihre Krankheit auskurieren wolle, und falls sich einer der Seeleute wunderte, dass man das nicht auf dem Hinweg erledigt hatte, behielt er es für sich.

Die Fahrt über das nächtliche Meer verlief anfänglich ruhig und glatt, aber dann hörte Thenar einen der Matrosen rufen: »Da ist es wieder.«

Neugierig geworden, begab er sich ins Heck und fragte, was los sei.

»Ein Segel, Herr, kaum zu sehen, denn das Schiff fährt ohne Laterne.«

»Und du hast es schon einmal gesehen?«, fragte der Kapitän, der hinzugetreten war.

»Als wir den Hafen verließen, da dachte ich schon einmal, dass da etwas wäre, und dann wieder.«

»Warum hast du es nicht gemeldet, Mann?«

»Ich war eben nicht sicher, Herr, und bin es erst jetzt. Da – seht Ihr!«

Der Kapitän starrte hinüber in die Nacht, aber es wirkte nicht, als würde er mehr sehen als Thenar.

»Schickt doch einen Mann hinauf auf den Mast, Kapitän«, schlug der Strategos vor.

»Das ist längst geschehen, Herr, doch der Mann da oben kann auch nichts erkennen. Aber jetzt ist da noch diese merkwürdige Fremde hinaufgeklettert.«

»Ein Segel, dort drüben«, rief eine helle Stimme. Sie kam nicht vom Mast, sondern vom Ende der Rah. »Ich würde mehr sehen, wenn Ihr die Lampen löscht.«

Der Kapitän warf einen fragenden Blick zu Thenar, der sich den Hals verrenken musste, um die Schattentochter dort oben sitzen zu sehen. Er nickte, und bald darauf erloschen die Lampen.

»Nun, was seht Ihr jetzt?«, rief der Kapitän hinauf.

»Ein Segel, nicht sehr groß, einige hundert Ellen zurück.«

»Welche Form hat es?«

»Dreieckig«, lautete die Antwort.

»Eine Dhau ... ein Oramarer vermutlich ...«, murmelte der Kapitän.

»Auf dieser Seite der Brandungsinseln? Wie sollte er durch die Riffe und an unseren Wachschiffen vorbei gekommen sein?«, fragte Thenar und war doch beunruhigt.

»Es ist nur eine Dhau, und wenn der Kapitän geschickt und verrückt genug ist, findet er vielleicht einen Weg durch das Schildriff.«

Thenar starrte in die Nacht und konnte immer noch nichts sehen. War es wirklich ein nächtlicher Verfolger? Er hätte ihn gerne abgefangen, aber er konnte keine Schlacht auf See riskieren, nicht, solange Caisa an Bord war.

»Jamade, seht Ihr irgendwo andere Lichter auf dem Wasser?«

»Nein, Herr, nur weit im Süden scheint ein Licht zu stehen.«

»Das ist der Leuchtturm, der das Ende der Eisenzähne markiert«, meinte der Kapitän.

»Ändert den Kurs nach Westen, Kapitän. Wenn diese Segel am

Morgen immer noch hinter uns sind, werden wir sehen, ob wir sie angreifen müssen.«

Aber der Morgen kam, und das Segel, das in der Nacht noch ein- oder zweimal gesichtet worden war, war verschwunden, und so gingen sie wieder auf den alten Kurs.

Sie erreichten die Klosterinsel am Vormittag bei annähernder Windstille.

Ein junger Mönch stand mit einem angelnden Soldaten am Ufer, und er lief davon, als sie näher kamen, vermutlich, um seinen Abt zu rufen.

Ihr Schiff war zu groß, um den Steg anzulaufen, also mussten sie in ein Boot umsteigen. Als sie endlich wieder festen Boden unter den Füßen hatten, konnte Thenar den Abt schon heraneilen sehen. »Was hat das zu bedeuten?«, rief der Abt, dem außer dem Mönch zwei Soldaten folgten. »Mir wurde kein Besuch gemeldet!«

»Der Strategos von Terebin muss sich nicht anmelden«, hielt ihm Hauptmann Geneos, der den kleinen Wachtrupp kommandierte, entgegen.

»Der Strat... Meister Thenar? Aber warum habt Ihr Euch nicht angekündigt? Wir sind auf noch mehr Besuch nicht eingerichtet!«

»Seid mir gegrüßt, Vater Gnoth«, erwiderte Thenar. »Es muss Euch genügen, wenn ich Euch sage, dass ich meine Gründe dafür habe. Oder ist das ein Problem?«

»Natürlich ist das ein Problem! Wir haben weder Obdach noch Speisen für Euch. Und von der fehlenden Dienerschaft will ich gar nicht erst reden. Oder erwartet Ihr, dass wir unsere heiligen Pflichten noch mehr vernachlässigen, als wir das ohnehin schon tun müssen?«

Thenar fand den Abt amüsant. Er schien sich nicht ganz im Klaren zu sein, mit wem er es zu tun hatte.

»Vorräte haben wir mitgebracht, ehrwürdiger Abt. Und an das Quartier stellen wir wenige Ansprüche. Mir wird zum Beispiel das Eure völlig genügen.«

Dem Abt blieb für einen Moment der Mund offen stehen. Die beiden Soldaten, die mit ihm gekommen waren, versuchten derweil, ihre sehr nachlässig gegürteten Rüstungen zu ordnen. Dann polterte Gnoth: »Aber, bei der Sturmschlange, was *wollt* Ihr hier?«

»Das werde ich Euch lieber unter vier Augen erzählen, Vater. Ich bin gespannt, endlich das Kloster zu sehen, dessen Unterhalt Terebin schon so lange bezahlt.«

Der Abt schien innerlich zu kochen, aber dann beruhigte er sich plötzlich und sagte: »Natürlich, Euer Gnaden. Folgt mir bitte.«

Thenar bat den Abt, für eine vorläufige Unterbringung der Besucher zu sorgen, bevor er selbst das Quartier des Abtes bezog. Der machte sich weiterhin nicht die Mühe, so zu tun, als wäre der hohe Besuch eine Ehre. »Ihr bringt Unruhe an diesen Ort, Herr. Noch mehr Unruhe, muss ich sagen. Dies war bis vor kurzem ein Ort der Gebete und der inneren Sammlung. Aber nun wird hier musiziert und sogar getanzt!«

Thenar setzte sich auf den einzigen Stuhl in der Schreibkammer, die an das Quartier des Abtes grenzte. *Der Mann scheint das ähnlich zu handhaben wie ich,* dachte er. Nur dass sich auf dem Schreibtisch keine Berge von Pergamenten fanden. Allzu viel hatte der Abt aber auch nicht mehr zu verwalten.

»Wir werden Euch für Eure Mühen und Unannehmlichkeiten angemessen entschädigen, Vater«, sagte er versöhnlich.

»Hier geht es nicht um Silber! Dies ist das Kloster des Ewigen Mondes. Seit Jahrhunderten tun hier Mönche ihren Dienst. Und vergesst nicht, dass wir immer bereit waren, auch eine besondere Gegenleistung für die Mittel zu erbringen, die Terebin uns gab.«

»Wenn ich richtig informiert bin, gibt es dieses Kloster seit genau zweihundertundachtzig Jahren, nicht seit Jahrhunderten, Vater. Und Eure *besondere Gegenleistung* wurde seit Jahrzehnten nicht mehr verlangt. Ich hoffe natürlich dennoch, dass das Leuchtfeuer für den Notfall bereit ist …«

»Das ist es, Euer Gnaden. Wenn die Not es erfordert, werden wir es entzünden und damit die Feinde in die tödlichen Felsen locken. Möge der Mondgott geben, dass dies nie geschehe.«

Thenar gähnte. »Es ist auch ziemlich unwahrscheinlich, dass noch einmal eine feindliche Flotte von Westen erscheint, meint Ihr nicht? Ich hörte, Ihr habt Vorkehrungen getroffen, damit es nicht noch einmal von einem betrunkenen Mönch zur Unzeit entzündet werden kann?«

»Der Kessel ist verschlossen, Herr, und nur ich habe den Schlüssel«, murmelte der Abt.

»Sehr schön. Und macht Euch keine Sorgen, ehrwürdiger Gnoth. Wenn es Herbst wird, wird hier wieder die Ruhe einkehren, die Euch so lieb und teuer ist.«

Der Abt wirkte unzufrieden, aber Thenar hatte nicht vor, sich länger als nötig mit diesem Mönch zu befassen. Er schickte ihn mit ein paar weiteren tröstenden Worten hinaus.

Danach bat er Hauptmann Geneos, Meister Siblinos holen zu lassen. Es war Zeit, endlich zu erfahren, wie die Filganerin sich machte.

»Sie gibt sich Mühe«, erklärte der Meister, der stocksteif wie immer vor dem Strategos stand und ihn mit seinem gefürchteten prüfenden Blick durchbohrte. Aber seine Stimme klang erstaunlich weich. »Und wenn man bedenkt, wo sie herkommt, sind ihre Fortschritte geradezu erstaunlich, Herr.«

»Ihr seid milde in Eurem Urteil, Siblinos, so kenne ich Euch gar nicht.«

»Ich bin nur gerecht, wie ich es immer war, Herr. Jedenfalls hoffe ich, dass ich es immer war.«

Thenar runzelte die Stirn. Der Zuchtmeister, vor dem Herzog Ector selbst heute noch einen Heidenrespekt hatte, schien sich in den Wochen, die er nun auf der Insel verbracht hatte, sehr verändert zu haben. »Wird sie ein Fremder auch nur einen Augenblick für die Prinzessin halten?«

»Was das Äußerliche angeht, nun, da hat Doma Lepella Erstaunliches geleistet. Ich rede die junge Frau manchmal schon versehentlich mit Hoheit an. Aber natürlich verfliegt dieser Eindruck immer noch sehr schnell, wie ich leider zugeben muss.«

»Ich habe Euch hierhergeschickt, damit Ihr das ändert!«

»Ich weiß, Herr. Doch bedenkt, dass sie zwanzig Jahre im dunkelsten Viertel der Schwarzen Stadt überleben musste. Da war wenig Platz für Sitte, Anstand und Benehmen.« Siblinos seufzte. »Ja, ich gebe zu, dass sie sich noch oft vergisst und dann flucht wie ein Lastenträger und dass sie das Messer bei Tisch immer noch eher wie eine Waffe denn wie einen Bestandteil des Bestecks führt. Aber es wird langsam besser.«

»Langsam? Das ist nicht, was ich erwarte, Siblinos! Die Zeit drängt.«

»Ich bin leider nicht unterrichtet, wie viel Zeit mir zur Verfügung steht, Herr.«

Thenar lehnte sich zurück und starrte an die graue Decke der Kammer. »Drei Monate noch. Dann findet die Hochzeit statt.«

Der Alte sah ihn nachdenklich an. »Ihr habt vor, unser Fräulein Alena bei der Hochzeit …?«

»Ich weiß, das war nicht, was ich Euch sagte, als ich um Eure Hilfe bat, Meister Siblinos, aber die Dinge haben sich geändert. Behaltet es für Euch, aber wir rechnen damit, dass man noch am Tag der Hochzeit versuchen könnte, Caisa zu töten. Deshalb wird die Filganerin ihre Rolle bis fast zum Altar spielen müssen.«

»Das ist furchtbar, Herr«, sagte der Alte und war blass geworden.

»Das ist es. Caisa wird erst im Tempel, im allerletzten Augenblick, aus ihrem Versteck kommen. Doch habe ich Euch schon zu viel gesagt.«

»Und weiß das Fräulein schon, was Ihr von ihr erwartet?«

»Ich wollte zunächst mit Euch sprechen, Meister Siblinos, weil ich viel Wert auf Euer Urteil lege«, erklärte Thenar und fragte sich, warum der Alte so besorgt klang. Sollte er sich etwa Gedanken um diese Filganerin machen? Dann war er wirklich alt und weich geworden.

»Also ... zu niemandem ein Wort. Kann ich mich darauf verlassen? Gut. Nun schickt mir dieses Mädchen. Ich will mit eigenen Augen sehen, wie weit Ihr gekommen seid.«

»Natürlich, Herr. Eines noch ... Ihr habt kein Datum genannt ...«

»Die Ehe soll am ersten Tag des Herbstes geschlossen werden.«

»Ah, der Erntetag. Ein bedeutsamer Tag, Herr.«

»Der Seerat hat ihn gewählt, weil Tag und Nacht dann genau gleich lang sind. So möchte der Rat symbolisieren, dass sich hier zwei gleichwertige Parteien verbinden.«

»Ich verstehe, Herr«, sagte Siblinos und ging dann, die Filganerin zu holen.

Thenar wartete und fragte sich, warum er dem alten Narren das erzählt hatte. Vielleicht, weil er selbst noch einmal den Hohn hören wollte, der aus dieser Erklärung klang. Gleichwertige Parteien? Die Erbin der Perati und der gefangene Skorpion? Aber sie mochten es eben symbolträchtig, diese Kleingeister im Seerat.

Caisa trat in die graue Kammer.

»Hoheit? Ich hatte Euch doch gebeten, in Eurer Kammer zu bleiben. Und im Augenblick ...« Thenar verstummte, denn ein selbstgefälliges Grinsen glitt über das Gesicht der Prinzessin. »Ihr seid nicht Caisa!«

»Ganz recht«, erwiderte die Filganerin. »Aber Ihr habt es geglaubt, oder?«

»Für einen kurzen Augenblick. Euer freches Grinsen hat Euch leider verraten.«

»Ist die Prinzessin wirklich hier? Ich hörte, sie sei mit Euch hierhergekommen. Und ich würde doch langsam mal selbst gerne sehen, wie ähnlich sie mir ist.«

»Ihr werdet sie bald kennenlernen – und dann hoffentlich auch erkennen, was Euch noch alles fehlt, um wenigstens halbwegs glaubhaft eine Prinzessin zu geben.«

»Meister Siblinos meint, ich mache meine Sache gut.«

»Meister Siblinos wird zu nachsichtig auf seine alten Tage. Was ist das da eigentlich an Eurer Hand?«

»Das? Oh, nur eine Schnittwunde. Ich war unachtsam, als ich in der Küche das Gemüse geschnitten habe.«

»Ihr arbeitet in der Küche?«

»Jemand muss doch dafür sorgen, dass das Essen genießbar ist, Herr.«

»Ihr werdet das aber nicht sein! Eine solche Wunde an der Hand kann Euch verraten. Ihr sollt schließlich eine Prinzessin und keine Küchenmagd vertreten! Weshalb habe ich dem Abt wohl gesagt, dass Ihr nicht arbeiten dürft?«

Die junge Frau öffnete kurz den Mund, schwieg dann aber.

»Lernt, das ist wichtiger! Ich werde einige Zeit hierbleiben und mir selbst ein Bild von Euren Fortschritten machen. Nun schaut nicht so beleidigt drein. Wenn Ihr überzeugend seid, werdet Ihr am Ende dieses kurzen Abenteuers eine Menge Silber einstreichen.«

»Wie lange soll das eigentlich noch so gehen, Herr? Ich meine, es kann doch nicht mehr viel Zeit bleiben bis zu dieser Hochzeit, und ich nehme an, dass Ihr mich vorher und nicht nachher braucht.«

Diese junge Frau war wirklich nicht dumm. Und offenbar war sie sogar in der Lage, den alten Knochen Siblinos weichzukochen. Er hätte sich besser selbst um die Ausbildung gekümmert. Ihm wurde schlecht, wenn er nur daran dachte, dass sein ganzer Plan von diesem widerspenstigen Gossenkind abhing. Ein Kind, das ihn noch dazu über die eigene Herkunft schamlos belogen hatte …

»Wie es aussieht, werden wir Eure Dienste erst wenige Tage vor der Hochzeit benötigen. Ihr habt also noch drei Monate Zeit. Aber bedenkt, dass Ihr das Silber nur erhaltet, wenn niemand die Täuschung bemerkt.«

»Wird schon schiefgehen, wie wir Filganer sagen.«

»Wird es bestimmt, wenn Ihr nicht lernt, Euch besser zu beherrschen! Und nun solltet Ihr zurück zu Eurem Unterricht gehen. Wie ich die Dinge sehe, könnt Ihr es Euch nicht leisten, auch nur eine Stunde zu versäumen.«

»Und wann lerne ich nun die Prinzessin kennen?«

»Sobald ich es für richtig halte.«

Als sie gegangen war, blieb Thenar allein in der grauen Kammer zurück. Die Rufe der Möwen drangen durch die schmalen Fensterschlitze herein. Er zögerte damit, die beiden jungen Frauen einander vorzustellen, und wusste selbst nicht so genau, warum. Vielleicht, weil er immer noch in Betracht zog, die ganze Sache abzublasen. Wenn die Filganerin sich zu ungeschickt anstellte, war es besser, einen anderen Plan zu entwickeln. Vielleicht wäre das ohnehin besser – der Haken war nur, dass er keinen anderen Plan hatte. Und die Zeit rannte ihm davon.

Den ganzen nächsten Tag begleitete Thenar den Unterricht, was der Filganerin offensichtlich nicht passte: »Es ist auch so schon schwer genug, da brauche ich keine Gaffer«, erklärte sie unverblümt.

»Ihr werdet ein weit kritischeres Publikum haben, wenn es

ernst wird – und ein weit zahlreicheres. Also gewöhnt Euch besser dran«, gab er trocken zurück.

Thenar lauschte, als sie Gervomers Lied von Aeros rezitierte, er beobachtete sie, wie sie aß, ging, Menschen begrüßte, und sah ihr und Meister Siblinos beim Tanzen zu, ohne ein Wort zu sagen.

»Seid Ihr nun zufrieden?«, fragte die Filganerin ganz außer Atem, als der Tanzmeister die Stunde für beendet erklärte.

»Zufrieden? Ihr tanzt wie eine Bauernmagd, Euer Alt-Melorisch klingt, als habe es der große Gervomer betrunken im Rinnstein gedichtet, und Euer Hofknicks erinnert mich an das Zusammenbrechen eines zu schwer beladenen Maultiers. Nein, ich bin nicht zufrieden.«

Er sah, dass sich die Filganerin verfärbte, doch bevor sie ihn mit dem zu erwartenden Schwall von Flüchen bedecken konnte, hob er die Hand und sagte: »Aber es ist ein Anfang. Ihr scheint immerhin zu verstehen, was man von Euch erwartet. Ich schlage jedoch vor, dass Ihr die Anzahl der Stunden verdoppelt.«

»Aber ich übe doch schon jetzt den ganzen Tag!«

»Dann nehmt die Nacht dazu«, meinte Thenar trocken. »Und verschwendet Eure Zeit nicht länger in der Küche. Kommt heute Abend zu mir. Dann werde ich Euch ein paar weitere Einzelheiten unseres Vorhabens erklären.«

Er zog sich in das Quartier des Abtes zurück, ließ sich in den Stuhl fallen und barg das Gesicht in den Händen. »Wir sind verloren«, murmelte er. Diese Filganerin war so wenig eine Prinzessin wie er. Und anders als er eben gesagt hatte, konnte er sich auch nicht vorstellen, dass es noch gelingen würde, das in drei Monaten zu ändern. Sie brauchten wirklich einen anderen Plan.

Eine ganze Stunde blieb er düster brütend auf diesem Stuhl sitzen, aber dann kehrte allmählich die Zuversicht zurück. Drei Monate waren eine Menge Zeit. Natürlich würde *er* den Unterschied zu Caisa immer bemerken, aber die meisten Leute auf der Hochzeit hatten sie doch noch nie oder nur selten gesehen. Und wenn sie einen Fehler machte, würde man das auf die Aufregung schieben. Es war schon so, wie der Herzog gesagt hatte: Niemand würde damit rechnen, dass sie etwas derart Verwegenes versuchten, und genau deshalb würden sie vielleicht damit durchkommen. Die Sache würde ihm gleichwohl noch etliche schlaflose Nächte bescheren, dessen war er sicher. Am Abend war Thenar bereit, die beiden jungen Frauen einander vorzustellen. Er ließ sie beide in die Kammer des Abts rufen.

»Hoheit, das ist Alenaxara von Filgan, die Euch vertreten wird, um Euch zu schützen. Alena, dies ist Prinzessin Caisa Peratis, die Frau, deren Rolle Ihr einnehmen werdet.«

Die beiden Frauen betrachteten einander schweigend, und Thenars Blick wanderte von einer zur anderen. Äußerlich war die Ähnlichkeit verblüffend. Doma Lepella hatte wirklich ein Wunder vollbracht und aus der Krähe ein Edelfräulein gemacht. Ihr Haar war etwas kürzer, doch es glänzte beinahe ebenso seidenmatt wie das der Prinzessin. Der Straßenschmutz, der Ruß und der Schwefel aus Filgan, die vor drei Wochen noch fest an ihr geklebt hatten, waren ganz verschwunden. Nein, äußerlich waren sie auf den ersten Blick kaum zu unterscheiden.

Und doch waren sie gänzlich unterschiedlich. Da stand die Prinzessin mit ihrem unschuldigen Blick und der natürlichen Anmut, die ihn schon immer entzückt hatte. Auf der anderen Seite war die Filganerin, deren Augen viel Elend gesehen hatten, und in ihrem Gesicht spiegelte sich nicht Sanftmut, sondern zähe Entschlossenheit und ein gewisser Hunger, der schwer zu deuten war.

»Bei des Henkers Axt … ich wette, kein Schwein kann uns jetzt noch auseinanderhalten …«, murmelte die Filganerin schließlich und löste damit die Spannung.

Caisa rümpfte missbilligend die Nase, und Thenar rief: »Ihr

sollet Euch wirklich abgewöhnen, Euch derart … blumig auszudrücken, Fräulein Alena.«

»Werd's mir merken, Herr, aber Ihr müsst verflucht nochmal zugeben, dass man so etwas nicht alle Tage zu sehen kriegt.«

Caisa blieb der Mund offen stehen, und Thenar schlug ihr vor, sich doch zurückzuziehen, weil er mit der Filganerin noch ein paar Worte zu wechseln habe.

»Dieses Bauernmädchen soll mich ersetzen?«, flüsterte sie, als er sie zur Tür geleitete.

»Sie wird es lernen, Hoheit – mit Eurer Hilfe.«

»Aber sie ist furchtbar!«

»Ich weiß. Doch bedenkt, dass das Schicksal des Hauses Peratis davon abhängt, dass Ihr dem armen Mädchen helft.«

»Schön. Ich kann es versuchen, aber versprechen kann ich nichts.«

Thenar schob sie sanft aus der Tür und wandte sich der Filganerin zu. »Ich habe Euch nicht nur hergerufen, damit Ihr die Prinzessin kennenlernt, nein, ich denke, es ist Zeit, Euch zu erklären, was von Euch erwartet wird.«

»Schön«, sagte die Filganerin und klang fast genau wie Caisa.

Thenar runzelte die Stirn. »Diese derbe Sprache, der Ihr Euch eben befleißigt habt … das war Absicht, oder?«

Die junge Frau zuckte mit den Achseln. »Ich wollte eben sehen, wie sie reagiert, wenn sie mal jemanden trifft, der nicht mit Zucker im A… der es nicht so gut hatte wie sie.«

»Ihr werdet ihre Hilfe brauchen, also tut mir den Gefallen und verstört sie nicht zu sehr. Nun zu Eurer Rolle. Es haben sich gewisse Entwicklungen ergeben …« Thenar entschloss sich, es möglichst kurz zu halten. Sein Gefühl sagte ihm, dass die Filganerin nicht so leicht zu erschüttern sein würde. »Ursprünglich wollten wir, dass Ihr in den Wochen vor der Hochzeit an Caisas Stelle tretet, um mögliche Attentäter irrezuführen. Doch nun schlage ich Euch vor, eine etwas andere Rolle einzunehmen. Wir wollen, dass Ihr an Stelle der Prinzessin zum Altar schreitet.«

»Zum Altar?«

»Ihr werdet an ihrer statt einen berühmten Prinzen heiraten.«

Die junge Frau schien sehr nachdenklich zu werden. »Ich nehme an, dass Ihr jetzt auf den Haken zu sprechen kommt. Ich hatte nämlich Gelegenheit, ein wenig mit Meister Siblinos und Doma Lepella zu plaudern, und weiß daher, dass diese Hochzeit nicht unbedingt ein Freudenfest werden wird.«

Thenar nickte. »In der Tat ist dieser Prinz ein Todfeind des Hauses Peratis. Deshalb wird Caisa ihn eben nicht heiraten.«

Die Filganerin schien wieder kurz nachzudenken. Dann sagte sie: »Ich weiß ja, dass ich ihr sehr ähnlich werden kann, aber ich glaube nicht, dass ich in drei Monaten gut genug sein werde, um einen echten Prinzen auch nur einen Tag lang zu täuschen. Und irgendetwas sagt mir, dass Ihr das auch nicht erwartet, Meister Thenar.«

»Der Prinz wird die Hochzeit nicht überleben. So einfach ist das. Ich würde lügen, wenn ich sagte, dass es nicht gefährlich wäre, dann in seiner Nähe zu sein … aber denkt an Eure Belohnung!«

»Und wie wollt Ihr ihn umbringen?«

»Das werdet Ihr zu gegebener Zeit erfahren.«

»Zentausend Schillinge«, meinte die Filganerin langsam.

»Bitte?«

»Ihr wollt, dass ich einen mächtigen Prinzen in eine vielleicht auch für mich tödliche Falle locke. Ich finde, zehntausend Schillinge sind nicht zu viel verlangt. Wohingegen tausend Schillinge dafür eher … schäbig wären.«

Thenars Blick verfinsterte sich. »Ihr verlangt viel, Filganerin.«

»Und Ihr verlangt noch mehr, Terebiner.«

Plötzlich musste Thenar lachen. »Ihr seid eine harte Verhandlungspartnerin, Alena von den Krähen, das muss ich sagen. Aber ich bin einverstanden.«

Als die Filganerin kurz darauf gegangen war, löste sich ein schlanker Umriss aus den Schatten. »Ich hoffe, Ihr erwartet nicht, dass *ich* Prinz Weszen für Euch töte, Herr.«

»Ihr *hofft,* Schatten?«, fragte der Strategos spöttisch.

»Der Seebund wird seinen kostbaren Gefangenen schützen. Vielleicht wird ein Schatten über ihn wachen, vielleicht auch noch ein oder zwei Magier. Und ganz abgesehen davon, dass es nicht gut für den Gastgeber aussieht, wenn der Bräutigam bei der Feier stirbt – falls Ihr darauf bauen solltet, dass ich für Euch dieses Eisen aus dem Feuer hole, so muss ich Euch enttäuschen. Ihr verfügt nicht über genug Silber, um mich zu dieser Tat zu überreden.«

»Es würde Euch berühmt machen, Jamade von den Schatten.« Thenar konnte es sich einfach nicht verkneifen, sie ein wenig zu reizen.

»Ruhm? Vielleicht, aber in meiner Bruderschaft gibt es ein Sprichwort, das besagt, dass nur tote Schatten berühmt sind.«

Thenar betrachtete die schlanke Frau nachdenklich. Natürlich hatte er mit dem Gedanken gespielt, ihre Talente für diese Tat zu nutzen, aber da alle Welt wusste, dass dem Haus Peratis ein Schatten zu Gebote stand, kam das nicht in Frage. »Habt keine Angst, Jamade von den Schatten. Ihr müsst ihn nicht töten, weder vor noch nach der Hochzeit, denn das … wird die falsche Braut übernehmen.«

Die Augen der Schattentochter leuchteten auf. Dann fragte sie: »Hättet Ihr diese Kleinigkeit ihr gegenüber nicht erwähnen sollen, Strategos?«

Thenar zuckte mit den Achseln. »Sie wird es früh genug erfahren.«

»Und … wird sie diese Tat überleben, Herr?«

»Das ist unwahrscheinlich. Aber was kümmert Euch das?«

Als Alena die Kammer verlassen hatte, zitterten ihr die Knie. Sie zitterten, seit Meister Schönbart verkündet hatte, dass sie diesen Prinzen in eine tödliche Falle locken sollte. Sie hatte sich eine leer stehende Kammer gesucht, sich an die Wand gelehnt und darauf gewartet, dass das Zittern nachlassen würde. Aber es hörte einfach nicht auf.

Zehntausend sind eigentlich noch zu wenig, dachte sie jetzt. *Ich hätte nein sagen sollten. Diese Sache kann nur übel enden.* Hatte ihre Großmutter sie nicht immer davor gewarnt, sich mit den Hochgestellten einzulassen? »Wenn Krähe und Adler gemeinsam fliegen, kann es für die Krähe nicht gut ausgehen«, hatte die Basa immer gesagt.

Aber hätte sie überhaupt nein sagen können?

Sie kannte Männer wie den Strategos aus dem Krähenviertel. Sie waren nicht so vornehm wie dieser Mann mit seinem gepflegten Bart, nein, es waren Halsabschneider und Banditen, aber auch die ließen ein Nein nicht gelten. »In was bist du da nur hineingeraten?«, murmelte sie. Sie hatte die blauen Linien unter dem schwarzen Bart nicht vergessen. Er war ein Magier, das machte ihn noch gefährlicher.

Sie atmete tief durch. Dieser hohe Herr glaubte, er könnte sie für seine Pläne benutzen wie eine Puppe, ja, wie eine von den Marionetten, die sie bei diesem alten Puppenspieler in Terebin gesehen hatte. Er würde schon noch merken, dass sie keine Marionette war. Sie wurde wütend – und endlich zitterten ihr die Knie nicht mehr.

Am nächsten Morgen saß sie beim Frühstück der Prinzessin gegenüber. Doma Lepella hatte das vorgeschlagen, als sie ihr bei der Morgentoilette half: »Wenn Ihr so sein wollt wie sie, dann müsst Ihr sie genau studieren, Kind. Beobachtet, wie sie die Gabel zum Munde führt, wie sie ihre Milch trinkt und wie sie mit den anderen spricht.«

Das war einleuchtend, aber als sie sich nun ihrer herzoglichen

Doppelgängerin gegenüberfand, die auf ihrem Stuhl nicht saß, sondern thronte, die über den Tisch regierte wie über ein kleines Reich, in dem sogar die Mönche so aussahen, als könnten sie ihren nächsten Befehl nicht erwarten, da wurde Alena klar, dass sie Caisa nicht leiden konnte.

Meister Brendera hatte das Wort »Anmut« verwendet, um die Prinzessin zu beschreiben, und Alena musste zugeben, dass sie genau das war: anmutig. Selbst wenn sie in ein Käsebrot biss, war das so elegant, wie … es bei ihr eben nicht war. Und dieses strahlende Lächeln! Diese ewige Heiterkeit!

»Erzählt mir doch etwas von Euch, Alena«, bat die Prinzessin irgendwann.

»Da gibt es nicht viel zu erzählen, Hoheit. Ich stamme aus Filgan, dem Krähenviertel, um genau zu sein. Und dieses Viertel ist der dunkelste Ort einer Stadt, die man ohnehin schon die Schwarze nennt.«

»Und warum nennt man sie so?«

»Die Erde dort ist schwarz, Hoheit, das Gestein der Hügel auch. Ein weiser Mann hat mir einmal erzählt, dass es aus dem Inneren der Erde stammt, von dem Vulkan, den es einst dort gab. Der Schwefelsee im Süden, der soll von diesem Feuerberg übrig geblieben sein.«

»Ein Feuerberg, wie aufregend! Und was führte Euch nach Terebin?«, fragte die Prinzessin und strahlte sie mit ihren arglosen Augen an.

»Geschäfte«, wich Alena aus, »und Familienangelegenheiten«, setzte sie hinzu. Sie versuchte, sich zu erinnern, welche Lügen sie dem Strategos aufgetischt hatte, und fragte sich, welche davon er der Prinzessin erzählt haben mochte.

»So habt Ihr also Familie in Filgan?«

»Nicht mehr, Hoheit«, erwiderte sie knapp. In gewisser Weise stimmte das sogar. Sie hatte aus guten Gründen mit ihrer Familie gebrochen. Plötzlich fragte sie sich, wie es wohl im Krähenviertel stehen mochte. Ließ die Basa die Sache inzwischen auf sich beruhen? Das wäre schön, aber sie kannte ihre Großmutter zu gut, um daran zu glauben. Das Oberhaupt der Undaros war ausgesprochen nachtragend. Sie würde ihrer Enkelin nie verzeihen, dass sie davongelaufen war.

»Was sagtet Ihr, Hoheit?«, fragte sie, weil Caisa sie offenbar noch etwas gefragt hatte.

»Ich wollte wissen, ob es denn dort keinen Mann gibt, der auf Euch wartet?«

Alena zuckte mit den Achseln. »Filgan liegt hinter mir, Hoheit, und ich schaue nicht zurück.«

»Ich verstehe«, sagte die Prinzessin, zwinkerte ihr verschwörerisch zu und sah dabei so liebreizend aus, dass Alena ihr gerne die Milch ins Gesicht geschüttet hätte.

»Sie macht Euch wütend, oder?«, fragte Meister Brendera nach dem Frühstück.

Alena schnaubte verächtlich. »Ich glaube, ihre unschuldigen Augen haben noch nicht viel vom Leben gesehen.«

»Daraus könnt Ihr der Prinzessin keinen Vorwurf machen. Sie hat sich ihr Leben ebenso wenig aussuchen können wie Ihr Euch das Eure.«

»Na, sein Leben kann man doch ändern. Ich bin hier, das habe ich mir ausgesucht!«

Der Tanzmeister grinste plötzlich. »Und Ihr habt Euch nicht zufälligerweise ausgesucht, die Prinzessin zu werden, die Ihr von Herzen zu verachten scheint?«

»Das ist …«, begann Alena empört, aber dann fiel ihr einfach keine passende Antwort ein. »Außerdem verachte ich sie gar nicht«, sagte sie dann halblaut.

»Natürlich tut Ihr das. Ihr seht auf sie herab, weil Ihr annehmt, dass sie auch auf Euch herabsieht.«

»Und was geht Euch das an, Meister Tanzmaus?«, fuhr ihn Alena wütend an.

»Nicht viel, nur dass der Erfolg unserer Bemühungen davon abhängt, ob Ihr Euch von Euren Gefühlen ablenken lasst oder nicht. Tut es nicht – das wäre mein Rat«, erwiderte der Tanzlehrer.

»Ihr habt wohl viel Erfahrungen mit Prinzessinnen?«, fragte Alena bissig.

»Nicht viel mehr als Ihr, Alena von den Krähen«, gab er gelassen zurück, und in seinem heiteren Grinsen lag plötzlich wieder so etwas wie ein tief sitzender Schmerz.

Alena fragte sich erneut, was das Geheimnis dieses Mannes sein mochte. Er gab nicht viel über sich und sein Leben preis, darin glich er ihr. Und er ließ sich auch durch scheinbar unverfängliche Fragen nichts entlocken.

Der Strategos blieb noch zwei weitere Tage auf der Insel und beobachtete sie, was es auch nicht leichter machte. Sie versuchte, noch einmal mit ihm über das zu sprechen, was vor ihr lag, aber er sagte nur: »Zu gegebener Zeit werdet Ihr es schon erfahren.«

Alles in allem war Alena froh, als das Schiff erschien, um Meister Schönbart abzuholen. Caisa wollte ihn zum Steg bringen, aber sie durfte nicht gesehen werden, also blieb sie am Tor in der Klostermauer zurück. Sie sah traurig aus.

»Kopf hoch. Ohne ihn wird es bestimmt lustiger«, versuchte Alena sie halbherzig aufzumuntern. Im Grunde war es ihr gleich, wie es Caisa ging, aber sie hatte die Mahnung von Meister Brendera im Hinterkopf, dass ihr Erfolg davon abhing, wie es hier lief. Und mit einer fröhlichen Caisa würde es sicher besser laufen.

Zu Alenas Überraschung erwiderte die Prinzessin: »Ihr habt Recht. Meister Thenar ist streng in allem und immer viel zu besorgt um mich. Ohne ihn wird es sicher lustiger. Es ist schade, dass Hawa, meine Kammerzofe, nicht hier ist, denn Doma Lepella ist schon so schrecklich alt. Ich wünschte, er hätte mir Hawa gelassen und dafür diese Jamade nach Perat geschickt.«

»Ist das diese immer etwas verdrossen dreinschauende Südländerin, die dort mit Meister Schönbart zum Ufer geht?«

Caisa seufzte. »Sie ist zu meinen Schutz da, aber sie ist mir unheimlich. Ich dürfte es Euch eigentlich nicht verraten, aber …«, sie senkte die Stimme, *»sie ist ein Schatten.«*

»Seid Ihr sicher?«, fragte Alena und wusste es doch selbst. Sie verstand jetzt, warum es ihr immer kalt den Rücken hinunterlief, wenn sie diese Frau sah.

»Ich habe mit eigenen Augen gesehen, wie sie zwei Männer getötet hat, die mich umbringen wollten. Das heißt … eigentlich wurde ich erst wach, als beide schon tot auf dem Boden lagen. Ich habe geschrien wie am Spieß, aber Jamade war so ruhig, als wäre gar nichts geschehen.«

»Ein Schatten«, murmelte Alena halb beeindruckt, halb beunruhigt. Im Krähenviertel erzählte man sich finstere Geschichten über diese Bruderschaft. Wenn auch nur die Hälfte davon stimmte …

Dann war der Strategos fort. Alena versuchte, sich weiter in der Küche nützlich zu machen, aber der Abt verbot es ihr, und so konnte sie nur Dijemis oder Seator, die abwechselnd für das Essen zuständig waren, mit guten Ratschlägen behilflich sein, was, wie sie feststellte, ein zähes Brot war: Dijemis verstand alles falsch, und Seator hielt schmackhaftes Essen angesichts des gewiss nahenden Endes aller Dinge für entbehrlich.

Auch mit dem Unterricht wurde es schwieriger, weil Caisa jetzt meistens dabei, aber in Alenas Augen nicht unbedingt eine Hilfe war. Doma Lepella war früher Kammerzofe der Prinzessin gewesen, und die beiden hatten sich viel zu erzählen, meist über Dinge, die im Palast vorgefallen waren. Alena versuchte, dem zu folgen, weil sie dachte, dass sie so ein Gefühl für all die Dinge bekommen würde, die dort von Wichtigkeit waren. Das Geplauder der beiden war allerdings sehr sprunghaft, und sie blamierte sich nur, wenn sie versuchte, logische Zusammenhänge zu erfragen.

Sie fand es auch schwierig, Caisa dazu zu bringen, an einem Stück und zusammenhängend über ihre Familie zu reden, obwohl es das war, was sie am meisten interessierte. Immerhin erfuhr sie, dass sich ihre Eltern liebevoll um ihre Tochter kümmerten, worüber Caisa gerne die Augen verdrehte. »Vater würde mich am liebsten in einen goldenen Käfig sperren, damit mir nur ja kein Mann zu nahe kommen kann, und Mutter redet viel von den Pflichten, die eine Prinzessin hat. Es ist manchmal kaum auszuhalten!«

Alena fragte sich, wie es der Prinzessin gefallen hätte, mit acht immer streitenden Geschwistern aufzuwachsen, fünf davon größer und stärker, und mit einer Mutter, die nie gute Ratschläge gab, sondern höchstens mal mit einem leeren Weinkrug nach einem ihrer widerborstigen Kinder warf. Oder bei einer finsteren Großmutter, die in einem finsteren Gewölbe unter dem Krähenviertel hauste und ihr Enkelkind mit unerbittlicher Strenge erzog und ausnutzte. Sollte sie Caisa vielleicht von den dunklen Stunden in der stets modrig riechenden Hexenküche erzählen? Dort gab es keine Kammerzofen, nur Ratten, die die Basa erst anfütterte und dann vergiftete. Alena war erst öfter aus diesem Loch herausgekommen, als Onkel Tih die Idee hatte, die Heilmittel der Basa im Umland zu verkaufen. Ab da wurden die Zeiten heller und besser. Es machte eindeutig mehr Spaß, einfältige Bauern übers Ohr zu hauen, als tote Ratten einzusammeln. Aber das lag nun alles hinter ihr, und Alena war der Ansicht, dass es die Prinzessin nichts anging.

Caisa erzählte ihrerseits von ihrer Großmutter Luta, einer spitzzüngigen Alten, die ungefragt ihre Meinung zu allem sagte, und von Onkel Arris, einem Kriegshelden, der aber aus Gründen, über die Caisa nichts sagen wollte, bei seinem Bruder, dem Herzog, in Ungnade gefallen war.

Vergeblich versuchte Alena der Prinzessin klarzumachen, dass sie gerade solche heiklen Geschichten kennen musste, wenn sie nicht auffallen wollte, aber Caisa zuckte bloß mit den Achseln und sagte: »Ich weiß es doch selbst nicht. Es gab einen schlimmen Streit zwischen Vater und Onkel Arris, aber warum, hat mir keiner gesagt. Mir sagt ja nie jemand etwas!«

Alena hatte das Gefühl, dass die Prinzessin mehr über die Gründe dieses Zerwürfnisses wusste, aber obwohl Caisa sonst sehr mitteilsam war, verstummte sie, wenn Alena nach Prinz Arris fragte, oder sie wechselte das Thema und verlor sich in belanglosem Palast-Tratsch.

Beim Tanzunterricht fühlte sich Alena durch Caisa eher gestört als unterstützt. Die Prinzessin führte einige Tänze vor, und Alena fand es deprimierend zu sehen, wie leichtfüßig und sicher die komplizierten Figuren bei ihr wirkten.

»Es ist nur eine Frage der Übung«, versuchte Meister Brendera sie aufzumuntern, während sie zusehen musste, wie die Prinzessin ihr Meister Siblinos als Tanzpartner abspenstig machte.

Die Stunden bei Bruder Seator waren da schon fast eine Erholung, denn Caisa begleitete sie dorthin nicht. »Alt-Melorisch? Ah, das spricht man wohl in Filgan nicht. Wie glücklich die Menschen dort sein müssen! Ich musste es von klein auf lernen, und das nur, weil man von einer Prinzessin erwartet, dass sie bei festlichen Gelegenheiten aus den alten Schinken rezitiert. Ich frage Euch – wozu gibt es fahrende Sänger und Zeremonienmeister? Ich bin sicher, Meister Brendera kann auch den einen oder anderen Vers von Gervomer vortragen.«

»Ich habe ihn nie rezitieren hören …«, hakte Alena unauffällig nach.

»Oh, bestimmt. Er ist doch Zeremonienmeister oder nicht? Er

war aber nur ein- oder zweimal in unserem Palast. Allzu berühmt kann er also nicht sein. Ich frage mich, wie Meister Thenar nur auf ihn gekommen ist. Wusstet Ihr eigentlich, dass er seinen Bart färbt? Er ist schon ein wenig eitel, unser Meister Schönbart.«

»Vielleicht macht er das wegen der Tätowierung«, gab Alena zurück.

»Meint Ihr? Ich wusste lange nicht einmal, dass er Magier ist, dabei weiß natürlich jedes Kind von der Großen Übereinkunft und dass die Magier seither diese blauen Linien tragen müssen. Vater hat erzählt, dass er einst wahre Wunderdinge vollbracht hat. Sie waren gemeinsam im Krieg, wie Ihr sicher wisst. Früher hat er an meinen Geburtstagen kleine Sachen gezaubert. Einmal habe ich wirklich geglaubt, ein gläserner Schwan würde durch die Halle watscheln. Und ich habe geweint, als er plötzlich verschwand. Aber da war ich erst acht oder neun Jahre alt. Kennt Ihr auch Zauberer?«

»Keine, die irgendwelche schönen Sachen zaubern«, erwiderte Alena und dachte an ihre Großmutter, die keine blauen Linien trug. Irgendwie hatte sie das Gefühl, dass sie bald von ihr hören würde. Oder war das nur die alte Angst, die sie als Kind verinnerlicht hatte, in den dunklen Stunden, in denen sie in dem unheimlichen Gewölbe der Basa beim Brauen ihrer geheimnisvollen Tränke und Tinkturen hatte helfen müssen?

»Die Schatten halten sich übrigens nicht daran«, flüsterte Caisa.

»Woran?«, fragte Alena, die sich nicht sicher war, ob sie ein paar Sätze verpasst oder die Prinzessin wieder nur einen Gedankensprung gemacht hatte.

»Die Große Übereinkunft. Die Schatten und die Totenbeschwörer, die tragen keine Linien, weder magische, wie Meister Thenar, noch gemalte, wie die alte Gritis, die Kräuterhexe, die mich ...« Sie stockte.

»Die was?«

»Ach, nichts. Sagt, Alena, habt Ihr nun einen Liebsten oder nicht?«

»Einen Liebsten? Nein, wie kommt Ihr darauf?«

»Das ist seltsam«, meinte Caisa. »Ich durfte mich nie verlieben, wisst Ihr? Immer hieß es, man werde mir zu gegebener Zeit einen Mann bestimmen. Es haben einige Männer um meine Hand angehalten, weil ich doch eines Tages den Thron erbe, falls meine Mutter nicht doch noch einen Sohn zur Welt bringt – aber Vater hat sie alle fortgeschickt. Und jetzt könnte ich Prinz Weszen heiraten, aber auch das wird wohl nicht geschehen. Jedenfalls dachte ich, dass einfache Leute wie Ihr ... also, dass Ihr die Freiheit nutzen würdet.«

»Auch die *einfachen Leute* haben Throne, auf die sie ihre Kinder setzen wollen«, erwiderte Alena. »Nicht wörtlich, natürlich. Aber ich kenne eine Menge Mädchen, die sich auch nicht aussuchen konnten, wen sie heirateten, nein, es musste der Schuster mit dem eigenen Laden oder der Bauer mit dem schönen Stück Land unter den Füßen sein.«

»Und ... davor?«, fragte Caisa. »Ich meine ... vor Eurer Tür standen bestimmt keine Wachen, die darauf achten, wer kommt und wer geht. Gibt es da niemanden, mit dem Ihr vielleicht in den Garten oder in einen schönen Wald gegangen seid, um Euch ... aneinander zu erfreuen?«

Alena runzelte die Stirn. »Ihr redet davon, mit irgendeinem Kerl Liebe zu machen, oder?«

Caisa nickte schelmisch.

»Ich muss Euch enttäuschen, Hoheit. Ich kenne viele Mädchen, die solchen Abenteuern nicht abgeneigt waren, aber was hatten sie davon? Entweder eine widerliche Krankheit oder eine Niederkunft vor dem Gang zum Altar. Einmal sogar *auf* dem Altar ... meine Kusine Fridis ... aber das ist eine andere Geschichte. Oder die Frau bekommt nur das Kind und keinen Mann dazu, weil es zu viele Kerle gibt, die nichts taugen und verschwinden, wenn sie Säuglingsgeschrei hören. Oder, und auch da kenne ich traurige Beispiele … das Mädchen bekommt einen schlechten Ruf, und sie muss sich als Dirne in zweifelhaften Häusern verdingen, und die ach so guten und anständigen Männer, die es vielleicht gerade für ein paar Münzen mit ihr getan haben, kennen sie auf der Straße nicht mehr. Das Krähenviertel ist voll von Mädchen, die nur einen Moment leichtsinnig oder leidenschaftlich waren und für den Rest ihres Lebens dafür bezahlen müssen.«

»Ihr kennt richtige Huren?«, fragte die Prinzessin mit großen Augen.

Alena bedachte sie mit einem Seitenblick. »Ihr stellt eigenartige Fragen, Hoheit.«

Caisa lachte ihr gewinnend offenes Lachen. »Ihr müsst verzeihen, aber ich weiß eben nicht viel von dem, was außerhalb des Palastes vorgeht – und ich bin sehr neugierig.« Plötzlich fiel die Prinzessin ihr um den Hals und drückte sie fest.

Alena erstarrte regelrecht.

»Ich mag Euch«, flüsterte Caisa.

»Ich … danke Euch, Hoheit«, antwortete Alena einigermaßen ratlos.

»Hoheit? Ihr seid doch jetzt auch so gut wie eine Prinzessin, und nur niedriger gestellte Leute müssen mich so nennen«, sagte die Prinzessin mit einem strahlenden Lächeln. »Nennt mich Caisa!«

Alena, die in Filgan gesehen hatte, dass arme Leute verprügelt wurden, weil sie einen Adeligen nur schief angeschaut oder versehentlich berührt hatten, nickte völlig verblüfft. Aber sie nahm sich vor, auf der Hut zu bleiben. Diese Prinzessin wollte sie vielleicht nur gewogen stimmen und sie, aus welchem Grund auch immer, auf ihre Seite ziehen. Aber so leicht würde sie sich nicht manipulieren lassen.

Beim Abendessen, es gab frischen Fisch, für den sowohl Staros, der ihn gefangen, wie auch Alena, die Seator die Zubereitung einfach aus der Hand genommen hatte, gelobt wurden, fragte Abt Gnoth Hauptmann Geneos, ob er ihn um einen Gefallen bitten könne: »Es geht um die Stallungen auf der Nordseite. Sie haben in den letzten Jahren sehr unter den Winterstürmen gelitten, und uns fehlt einfach die Zeit und die Kraft, sie wieder herzurichten. Und da dachte ich, da Eure Männer nicht allzu viel zu tun haben, wäre es vielleicht möglich, sie dafür einzusetzen.«

»Meine Männer sind Soldaten, keine Maurer«, gab Geneos zurück.

»Und sie sind Gäste in unserem Kloster«, rief der Abt.

»Aber nicht zu ihrem Vergnügen, ehrwürdiger Vater. Sie bewachen das kostbarste Schmuckstück Terebins und dürfen in ihrer Wachsamkeit nie nachlassen.«

»Ich könnte schwören, ich habe Eure so rastlos wachenden Männer den ganzen Morgen faul im Gras liegen oder angeln sehen, Hauptmann«, rief der Abt, dem vor Wut die Adern am Hals schwollen.

»Aber Hauptmann Geneos«, mischte sich Caisa plötzlich ein, »mir erscheint die Bitte des Abtes nur recht und billig. Euren Männern wird ein wenig Beschäftigung nicht schaden – und Ihr würdet mir damit einen persönlichen Gefallen tun.«

Der Hauptmann wusste ganz offensichtlich für einen Moment nicht, wie er reagieren sollte, aber dann sagte er mit einer steifen Verbeugung: »Ich kann Euch keinen Wunsch abschlagen, Hoheit.«

»Wunderbar. Solltet Ihr je selbst einen Wunsch hegen, bei dem ich Euch helfen kann, zögert nicht, ihn mir mitzuteilen.«

Hätte Alena es nicht besser gewusst, sie hätte geschworen, dass die Prinzessin versuchte, mit dem Hauptmann zu flirten. Und so wie es aussah, würde er ihr bald aus der Hand fressen. Sie blickte von einem zum anderen und stellte fest, dass Caisa sie alle schon längst um den kleinen Finger gewickelt hatte.

Wie ungerecht das war! Wie lange hatte sie selbst gebraucht, und welche Mühen hatte es gekostet, diese Männer und Doma Lepella wenigstens umgänglich zu stimmen? Und diese Prinzessin tauchte hier auf, schnippte mit dem Finger, lächelte süß, und alle freuten sich, ihr zu Diensten sein zu können.

»Ist Euch das Brot zu nahe getreten?«, fragte Meister Brendera lächelnd.

»Wie?« Alena blickte auf ihren Messingteller. Sie hatte ihr Stück Brot, ohne es zu merken, in tausend Fetzen gerissen.

»Ihr müsst noch lernen, Eure Gefühle besser zu verbergen, Alena von den Krähen«, fuhr er leise fort.

»Wenn meine Lehrer wieder etwas mehr Zeit für mich und weniger für die Prinzessin übrig haben, wird mir das möglicherweise gelingen«, zischte sie.

Aber sie war fest entschlossen, das Heft des Handelns nicht so leicht aus der Hand zu geben. Also suchte sie eine Gelegenheit, nach dem Essen mit der einzigen Person zu sprechen, die von Caisa unbeeindruckt schien: Jamade von den Schatten.

»Ihr seid aus dem Süden, oder?«, begann sie.

»Offensichtlich«, erwiderte Jamade. Ihre Laune war wohl nicht besonders gut. Sie saß auf einem Stück Mauer und schien die Möwen zu beobachten, die in der langen Dämmerung über den Himmel zogen.

»Und von wo genau?«

»Ihr werdet die Insel nicht kennen.«

»Versucht es. Vater Seator hat sich viel Mühe gegeben, mir ein wenig von der Weite der Welt und ihren Ländern beizubringen.«

»Martis.«

»Ihr habt Recht, diese Insel kenne ich wirklich nicht. Aber sie liegt im Süden, oder? Wie ist es dort?«

»Heiß.«

»Und was brachte Euch ans Goldene Meer?«, versuchte es Alena weiter.

»Das Leben.«

»Ich habe schon Muscheln gesehen, die weniger verschlossen waren als Ihr, Jamade von den Schatten.«

»Ihr solltet nicht so laut hinausposaunen, was ich bin, Alena von den Krähen.«

»Ich dachte, es wäre ein offenes Geheimnis.«

»Wollt Ihr ein Schattensprichwort hören?«

»Gerne.«

»Drei können ein Geheimnis bewahren, wenn zwei tot sind.«

»Ihr habt Humor, das gefällt mir«, meinte Alena und gab sich unbeeindruckt, obwohl sie in dem dünnen Lächeln der Schattenfrau eine kaum verhüllte Drohung zu sehen glaubte. Sie konnte sich des Gefühls nicht erwehren, dass eine Aura von Unheil diese Frau umgab. Vielleicht war es also doch keine so gute Idee, sich mit ihr anfreunden zu wollen. »Es war wirklich angenehm, mit Euch zu plaudern, Jamade von Martis«, sagte sie, wartete höflich, so, wie sie es gelernt hatte, auf eine Antwort und ging, weil sie begriff, dass sie keine bekommen würde.

Sie schlief schlecht, und am nächsten Morgen erzählte sie Meister Brendera von ihrer Begegnung mit Jamade.

»Seid auf der Hut, mit den Schatten ist nicht zu spaßen«, warnte er.

»Aber wir sitzen hier noch wochenlang zusammen fest, da kann es doch nicht verkehrt sein, sich ein bisschen besser kennenzulernen.«

»Ihr seid lustig, Fräulein Alena! Einen Schatten kennenlernen? Ich würde Euch ja empfehlen, so viel Abstand wie möglich zu ihr zu halten, wenn das auf diesem winzigen Eiland nicht so schwierig wäre.«

»Glaubt Ihr, sie ist nur hier, um Caisa zu beschützen?«

»Prinzessin Caisa«, korrigierte sie Brendera. »Was ist nun das wieder für eine Frage?«

»Ich meine … sie ist ein Schatten, und nach allem, was ich weiß, bringen die für gewöhnlich Leute um und beschützen sie nicht.«

Der Tanzlehrer schwieg.

»Was ist? Warum schaut Ihr so nachdenklich drein, Meister Brendera?«

»Ach, es ist nichts, ich dachte nur gerade …«

»Ja?«, fragte Alena.

»Mir ist nur gerade klar geworden, was uns hierhergeführt hat.«

Und weil Alena nicht verstand, was er meinte, erklärte er seufzend: »Meister Siblinos, Doma Lepella, meine Wenigkeit, die Mönche – wir sind hier, um Euch zu unterrichten, und man hat uns drei ausgewählt, weil wir …« Plötzlich schüttelte er den Kopf. »Es sind nur ein paar närrische Gedanken eines unbedeutenden Mannes. Unterricht! Das ist es, weshalb wir hier sind. Also, bitte … der cifalische Tanz der Ernte … Grundposition!«

Alena nahm automatisch die Position ein, aber sie dachte darüber nach, was ihr Tanzlehrer gemeint haben könnte. Er wirkte besorgt, nein … traurig, das traf es besser. Doch sie wusste nicht, warum.

Nach der ersten Tanzstunde lief sie zu Bruder Seator, weil sie einige Fragen hatte.

»Über die Schatten?«, fragte er missmutig. »Nein, wir haben keine Schriften über die verfluchte Bruderschaft, einfach, weil es keine gibt, außer vielleicht lange Listen von Männern und

Frauen, die ihnen zum Opfer gefallen sind. Alles, was sie tun, ist geheim, so geheim, dass sie es vermutlich nicht einmal selbst wissen. Aber bekannt ist, dass sie Mörder sind, herzlose Bestien, Diener des Todes, und so nehme ich auch an, dass diese junge Frau, derentwegen Ihr vermutlich hier seid, nur eine weitere Vorbotin des Unheils ist, das uns und die ganze Welt bald ereilen wird.«

»Ihr scheint auch ohne Bücher sehr viel über sie zu wissen, Vater.«

»Mit Schmeicheleien kommt Ihr bei mir nicht weiter, wenigstens das solltet Ihr doch gelernt haben«, brummte der Mönch.

»Und Martis – wisst Ihr etwas über eine Insel dieses Namens?«

»Ah, plötzlich findet Ihr Geografie also interessant? Nun, die Weisen sagen, dass man selbst am Abgrund des Todes, an dem die Welt zweifellos steht, noch etwas lernen sollte, deshalb will ich Euch helfen, wenigstens diese eine Eurer vielen Wissenslücken zu schließen. Ihr findet dort in dem Regal zwei oder drei Folianten, die sich mit den Inseln des großen Südmeeres beschäftigen. Ihr könnt sie später gerne einsehen, aber zunächst wollen wir doch fortfahren mit Gervomers Werken. Wo waren wir? Aeros und die Isesch? Also, ich höre?«

Alena seufzte, vertröstete ihre Neugier auf später, rief sich den Text ins Gedächtnis und rezitierte: *»Iseschai denda ips dentawor …«*

Jamade saß in einer dunklen Ecke des Speisesaals und sah beim Unterricht zu. Meister Siblinos und Hauptmann Geneos dienten als Tanzpartner für die beiden jungen Frauen, von denen eine sichtlich mit der komplizierten Schrittfolge dieses frialischen Festtanzes zu kämpfen hatte.

Sie gähnte, denn sie schlief nicht viel und verbrachte die Nächte meist auf dem Turm, von wo aus sie das ganze Kloster überwachen konnte. Die Insel wirkte ruhig und friedlich, aber gerade das beunruhigte sie. Es gab Kräfte, die diese Prinzessin tot sehen wollten, und sie hatte Zweifel, dass sie sich von den Manövern des Strategos dauerhaft in die Irre führen ließen.

Tagsüber blieb sie meist in der Nähe der Prinzessin, was bedeutete, dass sie auch in der Nähe ihrer Doppelgängerin war. Sie fand es erstaunlich, wie ähnlich die beiden sich sahen, jetzt, da die Filganerin die Grundbegriffe der Morgentoilette und des Schminkens beherrschte. Es war äußerlich nicht mehr viel übrig von dem Gossenmädchen, das sie vor einigen Wochen aus der Kammer des Strategos hatte schleichen sehen.

Die beiden Frauen schienen sich auch täglich besser zu verstehen, vielleicht, weil sie bei aller äußerlichen Ähnlichkeit doch grundverschieden waren. Caisa war von Herzen freundlich und verspielt, auch naiv, während Alena eine Kratzbürste war, die gelernt hatte, dass man im Leben nichts geschenkt bekam. Sie war misstrauisch wie ein Schatten, und sie schien entschlossen, ihr Schicksal selbst in die Hand zu nehmen.

Jamade lächelte dünn, als sie daran dachte, wie die Filganerin versucht hatte, sich mit ihr anzufreunden. Sie hatte sogar in der verstaubten Bibliothek dieser Klosterruine nach Informationen über ihre Heimat gesucht und war auf die alten Legenden von Menschen, die sich in Tiere verwandeln konnten, gestoßen. Und mit großen Augen hatte sie Jamade gefragt, ob sie das auch könne.

Sie hatte das natürlich verneint.

Und Heimat? Martis war nicht ihre Heimat. Sie war dort geboren, aber ihre Eltern hatten sie einer alten Verpflichtung wegen schon früh den Schatten übergeben. Ihre wahre Heimat war die Insel der Toten, ein grauenvoller Ort, selbst in den Augen der Schatten, und vor allem in den Augen der Schüler, die dort durch eine Schule gingen, die nicht alle überlebten. Diese Filganerin hatte mit ihrer Fragerei einige böse Erinnerungen geweckt. Jamade konnte sie schon deshalb nicht leiden.

Nein, sie würde sich bestimmt nicht mit ihr anfreunden, schon weil sie damit rechnete, dass sie sie irgendwann töten musste. Sie kannte den genauen Plan des Strategos zwar immer noch nicht – was ihre schlechte Laune auch nicht besserte –, aber sie hielt es für ziemlich unwahrscheinlich, dass man die Hauptzeugin dieses gewaltigen Betrugs am Leben lassen würde.

Jamade gähnte wieder, hatte schließlich genug davon, dem heiteren Tanzvergnügen zuzusehen, und verließ leise den Saal. Niemand bemerkte es, und vermutlich würde sie auch niemand vermissen.

Sie stieg auf den Turm. Der Soldat, der dort Wache halten sollte, schreckte hoch. Er schien seine Pflicht nicht sehr ernst zu nehmen, wahrscheinlich, weil hier alles so friedlich wirkte. Sie würdigte ihn keines weiteren Blickes und spürte doch, dass er in ihrer Gegenwart Blut und Wasser schwitzte. Vielleicht sollte sie seine Nachlässigkeit melden. Es wäre ein Grund, sich mit Hauptmann Geneos zu unterhalten.

Sie blickte vom Turm hinab zu den verlassenen Stallungen auf der Nordseite, wo die anderen Soldaten offensichtlich ziemlich lustlos an einer Ausbesserung des alten Gemäuers arbeiteten. Wahrscheinlich hätten sie keine Hand gerührt, wenn ihnen nicht Hauptmann Geneos auf die Finger geschaut hätte.

Ein interessanter Mann, dieser Geneos, dachte Jamade. Er war nicht so oberflächlich wie die anderen Offiziere, die sie im Palast getroffen hatte, ganz im Gegenteil, dieser Mann barg in sich einen Abgrund, wie sie ihn sonst nur bei Männern ihres Ordens gespürt hatte. Vielleicht war auch dieser Mann auf seine Art ein Diener des Todes, auf jeden Fall nahm sie bei ihm jene finstere Entschlossenheit wahr, wie sie auch den Schatten zu eigen war. Es mochte reizvoll sein, ihn näher kennenzulernen. Sie würde noch einige Wochen auf dieser Insel festhängen, und es sprach nichts dagegen, sich diese Zeit mit einem Mann wie Geneos ein wenig angenehmer zu gestalten.

Jamade reckte sich, denn sie sah jemanden zwischen den alten Schuppen auftauchen. War das Caisa, oder war es Alena? Aus der Ferne waren sie unmöglich zu unterscheiden. Dann geschah etwas mit den Soldaten, sie benahmen sich plötzlich anders. Selbst vom Turm aus war zu erkennen, dass sie sich auf einmal Mühe gaben, und Hauptmann Geneos wandte sich der jungen Frau zu und schien angeregt mit ihr zu plaudern. Also musste es Caisa sein.

Was hatte sie da zu suchen? Jamade starrte hinab, bis sie sicher war, dass die Prinzessin sich eine Spur zu angeregt mit dem Hauptmann unterhielt. Wollte sie den Hauptmann etwa umgarnen? Hatte sie etwa schon vergessen, dass sie gerade erst einen anderen Offizier ins Unglück gestürzt hatte?

Als Jamade den Turm schon verlassen wollte, räusperte sich der Soldat und sagte: »Seht, ein Segel!«

Jamade blickte in die angegebene Richtung. Es war nicht so ungewöhnlich, dass in der Ferne ein Segel auftauchte. Doch in der Regel zogen sie in sicherem Abstand an den Eisenzähnen vorüber. Dieses jedoch kreuzte zwischen den Felsen. Und es hatte die Form eines Dreiecks. »Gebt Alarm«, herrschte Jamade den Soldaten an und blieb auf dem Turm, um dieses Stück Tuch nicht aus den Augen zu lassen.

»Was hat denn diese Aufregung zu bedeuten?«, fragte Alena, als sie sich mit den anderen im Hof versammelte. Ein Soldat hatte ihre Stunde unterbrochen, und sie hielt den Stickrahmen, mit dem sie sich nur langsam anfreundete, noch in der Hand.

Abt Gnoth stand mit dem Hauptmann und der Schattentochter zusammen und stritt mit ihnen. Es musste etwas vorgefallen sein, über dessen Bedeutung die drei unterschiedlicher Meinung waren. Die Soldaten, die sich sonst selten blicken ließen, waren ebenfalls im Hof. Sie sahen besorgt aus.

Der Abt ergriff das Wort: »Es ist ein Segler in der Nähe dieser Insel gesehen worden, vermutlich ein Oramarer. Vielleicht bedeutet es nichts, vielleicht bedeutet es aber auch Gefahr.«

»Was es auch sei, meine Männer werden damit fertig«, meinte Geneos grimmig. »Außerdem haben wir einen Schatten auf unserer Seite.«

»Ich bin sicher, dass Ihr und Eure tapferen Männer uns vor allen Gefahren beschützen werdet«, rief Caisa.

»Du liebe Güte – Gefahr?«, meinte hingegen Doma Lepella aufgeregt. »Glaubt Ihr, es sind Korsaren?«

»Seid unbesorgt. Es gibt ein sicheres Versteck für Euch«, versuchte der Abt, sie zu beruhigen.

»Ich glaube immer noch, dass es nur Kundschafter sind«, warf Jamade ein. »Dieses Segel war nicht sehr groß. Viel zu klein für ein Korsarenschiff.«

»Nun, dann werden wir diesen Spionen einen gebührenden Empfang bereiten«, verkündete der Hauptmann.

»Wir können nur die töten, die an Land kommen«, gab Jamade zu bedenken, »und dann erfahren die Oramarer, dass hier etwas bewacht wird.«

»Warum verstecken wir uns nicht?«, rief Alena und biss sich gleich darauf auf die Zunge, weil Meister Siblinos sie tadelnd ansah.

Für einen Augenblick war es still in dem runden Hof, dann sagte die Schattenschwester: »Das wäre auch mein Vorschlag.«

Vom Turm rief der Soldat herab, dass das Segel näher gekommen sei.

»Ist es ein Schiff – oder ein Boot?«, rief Geneos hinauf.

»Ein Boot, nicht sehr groß«, lautete die Antwort.

»Kundschafter, wie ich sagte«, meinte Jamade.

»Auch ein kleines Boot kann viele Krieger tragen«, warf der Hauptmann ein, aber Jamade hatte offensichtlich das Kommando übernommen.

Plötzlich ging alles sehr schnell. Die Soldaten schwärmten aus, um die Spuren zu verwischen, die sie auf der Insel hinterlassen hatten, und Jamade machte mit dem Abt und dem Hauptmann einen Plan. Das Schiff, so meldete der Ausguck, umkreiste die Insel in immer engeren Bahnen.

Ehe sie es sich versah, fand sich Alena mit allen anderen im Tempel wieder. Abt Gnoth eilte zum Altar und betätigte einen verborgenen Hebel, woraufhin der schwere Steinblock von unsichtbaren Kräften zur Seite geschoben wurde. Eine Treppe kam zum Vorschein.

»Eine geheime Schatzkammer?«, fragte Alena fasziniert.

»Nein, so würde ich sie nicht nennen«, erwiderte der Abt mit hintergründigem Lächeln. Die Soldaten kehrten völlig außer Atem von ihren Arbeiten zurück, und der Abt schickte sie hinunter. Geneos ging voraus. Alena folgte ihm, und ein Gefühl der Beklemmung machte sich breit, als sie mit den Soldaten die grauen Stufen hinabstieg. Doma Lepella stand oben an der Treppe und lächelte tapfer. Sie würde sie ebenso wenig begleiten können wie die Mönche.

Alena hörte, wie der Hauptmann unten eine schwere Tür öffnete.

Der Abt rief: »Achtet auf Eure Köpfe. Und seid sparsam mit den Kerzen. Ich fürchte, die Luft dort unten ist nicht besonders gut.«

Alena hörte einen Aufschrei. Der kam von Caisa, die vorne beim Hauptmann war. Selbst die Soldaten, die ihr vorausgingen, stöhnten auf, als sie die geheimnisvolle Kammer betraten. Dann trat Alena durch die Pforte – und sah sich einer Wand aus Knochen und Schädeln gegenüber. Sie waren fein säuberlich nach

Größe sortiert, und auf Augenhöhe fand sich eine lange Reihe kahler Totenschädel, die sie aus leeren Höhlen anstarrten. Entsetzt prallte sie zurück.

»Die Toten können Euch nichts tun, keine Sorge«, versuchte der Abt, der an der Tür stand, sie zu beruhigen. »Aber Eure Verstorbenen, die liegen doch ...«, begann Alena und dachte an das bedrückende Gebäude mit den steinernen Särgen, das sie entdeckt hatte. Dies hier war jedoch noch viel unheimlicher, denn es erinnerte sie an die Totenstadt unter dem Krähenviertel, die sie als Kind oft hatte aufsuchen müssen, weil die Basa aus den Knochen der Toten heilende Säfte gewinnen wollte – und Alena musste die Gebeine stehlen.

»Dort liegen sie nur, bis die Zeit alles Fleisch von ihren Knochen gelöst hat«, erklärte der Abt jetzt. »Dann säubern wir die Gebeine und bringen sie hierher, wo sie ruhen können, bis die Sturmschlange am Tag des letzten Schwarzen Mondes die Welt enden lässt. Sie hätten wohl nicht gedacht, dass sie einmal so zahlreichen Besuch bekommen. Bewahrt Ruhe, bis wir Euch wieder herausholen, denn ein Spion im Tempel könnte wohl hören, wenn hier unten laut gesprochen würde. Und noch einmal – seid sparsam mit den Kerzen!«

Mit diesen Worten schloss der Abt die schwere Tür. Alena kämpfte den Anflug von Panik nieder, der sie beim Anblick der unzähligen Schädel und Knochen befallen hatte, und suchte sich einen Platz. Sie dachte daran, sich neben Hauptmann Geneos zu setzen, um diesem Mann vielleicht ein bisschen näher zu kommen, aber den Platz hatte sich schon Caisa gesichert. Also setzte sie sich zu Meister Brendera und Meister Siblinos.

»Was für eine tapfere Frau«, murmelte Siblinos. Er meinte offensichtlich Doma Lepella, die nicht mit hinuntergekommen war.

»Wie lautet nun eigentlich der Plan«, fragte Alena, »ich meine, genau?«

»Die Doma bleibt im Hof sitzen, verschleiert, wie die Aussätzige, die man angeblich hierhergebracht hat«, erklärte Brendera. »Die Mönche werden ihr Gesellschaft leisten. Somit verhindern sie ganz unauffällig, dass sich die Spione in den Kammern rund um den Hof umsehen können.«

»Es ist ein großes Risiko, selbst wenn dieses Schattenweib da draußen über sie wacht«, meinte Meister Siblinos. »Sie ist wirklich sehr tapfer.«

»Das ist sie«, stimmte Brendera zu und rückte ein Stück zur Seite, damit Alena bequemer sitzen konnte. Sie hörte ein schweres Schleifen durch die Decke dringen, vermutlich vom Altar, der zurück auf seinen angestammten Platz schwang.

»Ich hätte es ihr nicht zugetraut. Ich habe diese Frau verkannt«, meinte Siblinos.

Der Hauptmann mahnte zur Ruhe.

Alena wurde plötzlich bewusst, dass sie den Altar von innen nicht würden bewegen können. Wenn die Schattentochter sich irrte und diese Sache da oben anders ausging als erwartet, dann wären sie hier unten lebendig begraben.

Die Gespräche verebbten, und sie alle schienen mehr oder weniger darauf zu lauschen, ob oben im Tempel etwas zu hören war. Nur der Hauptmann flüsterte leise mit Caisa. Offenbar sprach er ihr Mut zu. Alena lehnte sich an die Wand und schloss die Augen. Ihretwegen krochen gerade Spione mächtiger Prinzen über diese kleine Insel. Nein, verbesserte sie sich, wegen Caisa, die sie tot sehen wollten. Aber sie würden wohl keinen Unterschied machen und auch die Krähe aus Filgan gleich mit erschlagen, wenn sie sie fangen konnten. Worauf hatte sie sich nur eingelassen? Sie horchte auf. War da nicht eben ein Geräusch durch die Decke gedrungen? Selbst Caisa und der Hauptmann verstummten. Es hatte sich angehört, als hätte die schwere Tür des Tempels in den Angeln geknarrt.

Waren das vielleicht die Mönche? Nein, die sollten eigentlich im Hof auf und ab gehen. Würde die Täuschung gelingen? Den Zugang zum Quartier der Soldaten, unweit des Torhauses, hatten die Männer in aller Eile mit Schutt versperrt. Würde das reichen? Oder würde der Feind den Betrug entdecken? Und würde Jamade es dann mit allen aufnehmen können? Sie konnten ihr nicht helfen, denn sie saßen hier unten fest.

Alena lauschte angestrengt, aber das knarrende Geräusch wiederholte sich nicht. Da war nichts als Stille und eine Beklemmung, die sich von den gestapelten Gebeinen aus in der Kammer auszubreiten schien.

Alena betrachtete die Schädel, in deren leeren Höhlen das Kerzenlicht die Schatten tanzen ließ. *Ihr habt es hinter euch,* dachte sie und fühlte sich plötzlich sehr verloren.

»Es wird schon gut gehen«, flüsterte Brendera ihr mit einem aufmunternden Zwinkern zu. Sie lehnte sich an ihn, ein bisschen, um es bequemer zu haben, und ein bisschen, weil sie sich dringender als je einen Freund wünschte. Und dann schlief sie, den Kopf an seine Schulter gelehnt, ein.

Sie erwachte, weil eine Hand sie sanft schüttelte. »Wacht auf, kleine Krähe – der Sturm ist vorüber.« Sie schüttelte sich und blickte in die melancholischen Augen von Meister Brendera.

»Verdammt, mir ist der Arm eingeschlafen!«, rief sie, blickte sich verwirrt um und sah die Soldaten, die sich vor einer Reihe aus Totenschädeln reckten und streckten. Dann fiel ihr wieder ein, warum sie in dieser finsteren Gruft saß: »Die Spione!«

»Sind fort, und der Schatten meint, sie hätten nichts gefunden. Wir haben diese Prüfung überstanden.«

An einem drückend schwülen Sommermorgen erreichte den Palast von Terebin die Nachricht, dass eine feindliche Streitmacht auf Crisamos gelandet war. Ein Fischer hatte ein Dutzend oramarische Dhaus in einer Bucht im Osten der Insel ankern sehen, gerade vor seinem Heimatdorf, und er hatte unter Lebensgefahr die tückischen Riffe zwischen den Inseln durchquert, um Hilfe zu holen. Er konnte nicht viel über die Stärke des Feindes sagen, aber Thenar begriff trotzdem schnell, was der Feind vorhatte: »Diese Krieger haben es auf Perat abgesehen, Hoheit«, erklärte er beim eilig einberufenen Kriegsrat.

»Wie kommt Ihr darauf?«, fragte Graf Gidus, der drei Tage zuvor zu Beratungen aus der Hauptstadt nach Terebin gekommen war.

»Dieser Fischer sprach von einem Dutzend Dhaus. Das sind viel zu wenige für einen Angriff auf die Stadt«, widersprach der Fürst. »Es muss ein Raubzug sein.«

»Wenn sie ihre Dhaus zu schwer beladen, schlitzen die Klippen sie auf dem Rückweg auf, das spricht gegen einen gewöhnlichen Raubzug. Also müssen sie etwas anderes wollen. Und für einen Oramarer ist das lohnendste Ziel auf Crisamos Eure Tochter, Hoheit. Dann müssen sie auch gar nicht versuchen, die Stadt einzunehmen. Sie werden die Burg angreifen. Es werden viele dabei sterben, aber wenn sie darauf keine Rücksicht nehmen, könnten sie Erfolg haben.«

»Auf ein Wort, Thenar«, sagte der Fürst und zog ihn zur Seite. »Caisa ist doch gar nicht in Perat …«, begann er dann leise.

»Das wissen die Oramarer aber nicht, Hoheit. Man kann also sagen, dass unser Täuschungsmanöver geglückt ist.«

»Und wo ist Caisa nun?«

»In Sicherheit, Hoheit«, sagte Thenar schlicht und verschwieg, wie beunruhigt er wegen der Spione gewesen war, die zwei Wochen zuvor die Mondinsel ausgekundschaftet hatten, aber unverrichteter Dinge wieder abgezogen waren. Der Angriff jetzt war der letzte Beweis, dass sie dort nichts entdeckt hatten. Aber von alldem sollte der Herzog nicht beunruhigt werden. Er fuhr also fort: »Wir können diesen Überfall natürlich nicht hinnehmen. Wir müssen alles in unserer Macht Stehende tun, die Prinzessin zu schützen«, sagte er dann so laut, dass auch Gidus es hören konnte.

»Wir werden diese Hunde, die es wagen, mein Land zu überfallen, finden und zermalmen!«, rief der Herzog, und seine Augen leuchteten für einen Augenblick vor Kampfesfreude auf. Dann verdüsterte sich sein Blick wieder, und er sagte mit gesenkter Stimme: »Aber Euch ist schon bewusst, dass wir für eine Lüge ins Feld ziehen, Thenar, oder?«

»Natürlich, Hoheit.«

»Hoffentlich ist das kein schlechtes Omen.«

Der Herzog war gleichwohl in seinem Element und befahl unverzüglich die Vorbereitung für einen Kriegszug. Sie kratzten zusammen, was sie an Soldaten und Schiffen auftreiben konnten, aber das war nicht viel, denn gerade erst hatten sie ein großes Kontingent zu Prinz Arris nach Saam gesandt. Dann beschloss Herzog Ector, die Streitmacht selbst anzuführen. Er war nicht davon abzubringen – und Thenar bestand darauf, ihn zu begleiten. Er konnte den Herzog einfach nicht alleine in den Krieg ziehen lassen.

»Aber wer führt die Stadt in unserer Abwesenheit, Hoheit? Was, wenn das nur ein Ablenkungsmanöver ist und ein Angriff auf Terebin erfolgt? Geht es der Herzogin denn besser?«

Er erntete einen finsteren Blick des Fürsten. Der Alchemist hatte mit der Behandlung der Herzogin nach seinen Worten einen ersten kritischen Punkt erreicht, und offenbar setzten die verschiedenen Tränke Fürstin Ilda sehr zu.

Ector wandte sich an den Gesandten: »Gidus! Kann ich Euch für ein paar Tage das Schicksal meiner Stadt anvertrauen?«

Der Graf schaute den Herzog beinahe entsetzt an. »Mir? Aber Ector, Herzogin Ilda wird doch sicher in der Lage sein …«

»Sie ist noch unwohl, weil die Behandlung … sie braucht Ruhe und Schonung. Und deshalb bitte ich Euch, sie und mich zu vertreten!«

»Aber Fürst Ector, das ist zwar eine ungeheure Ehre, aber ich …«

»Genug, Brahem, alter Freund. Es sind doch nur ein paar Tage, und Ihr werdet vermutlich nicht mehr entscheiden müssen als die Reihenfolge der Speisen für das Abendessen. Falls aber doch etwas vorfallen sollte, so wüsste ich niemanden, dem ich das Schicksal meiner Stadt lieber in die Hand legte als Euch.«

Gidus sah nicht glücklich aus, gab aber schließlich mit einem ergebenen Seufzer nach.

Wenige Stunden später bestiegen sie mit ihren in aller Eile zusammengerufenen Truppen die vier Galeeren, die sie hatten ausrüsten können. Thenar war nicht wohl, wenn er die Männer betrachtete. Ihre Ausrüstung war minderwertig, weil er bessere Rüstungen und Waffen zurzeit nicht bezahlen konnte, und die meisten waren entweder noch grün hinter den Ohren oder eigentlich zu alt, um noch einmal in den Krieg zu ziehen. Und dann würden sie die Streitmacht auch noch teilen müssen: Ein Teil sollte Perat verstärken, ein anderer – und Ector hatte beschlossen, ihn selbst anzuführen – die Flotte des Feindes vernichten.

»Beruft auf jeden Fall die Miliz ein«, schärfte Thenar Graf Gidus ein.

Sie standen auf der Kaimauer und sahen zu, wie die Soldaten in der Mittagshitze auf die Schiffe schlurften. Es ging nur wenig Wind, und das Banner der Perati, der schreitende silberne Löwe auf blauem Grund, hing schlaff vom Heck des Flaggschiffs.

»Ich habe Euch bereits zugesagt, das noch heute Abend zu veranlassen, Thenar. Und zwar zweimal«, erwiderte der Graf mit einem listigen Zwinkern.

»Verzeiht, Graf Gidus, aber dieser Überfall … es geschieht einfach sehr unvermutet.«

»Wirklich? War Euch nicht klar, dass die Skorpion-Prinzen alles in ihrer Macht Stehende tun würden, um diese Hochzeit zu verhindern?«

»Aber ein Kriegszug nach Crisamos? Mit nicht einmal tausend Mann? Sie müssen doch wissen, dass den kaum einer ihrer Männer überleben wird.«

»Erstaunlich, nicht wahr, dass so viele Krieger wegen einer einzigen Frau bereitwillig in den Tod gehen«, meinte der Gesandte.

»Wie ich die Skorpione und ihre Söldner kenne, tun sie es für reichlich Silber, nicht für eine Prinzessin«, gab Thenar trocken zurück.

Sie legten ab, und es gab Unmut, weil man den Soldaten erst jetzt sagte, dass sie die fehlenden Ruderer ersetzen mussten, und dann ein ziemliches Durcheinander, weil sie es auch nicht gewohnt waren, die langen Riemen der Galeeren zu handhaben.

»Doppelten Sold für die Tage dieses Feldzugs!«, rief der Herzog.

»Ein Hurra auf den Herzog«, erwiderte einer der Hauptleute, nachdem ihn Thenar kräftig in die Rippen gestoßen hatte.

Das Hurra erscholl und wurde wie ein Echo von der Kaimauer erwidert. Aber beides klang nicht sehr fröhlich. Thenar fragte sich, wo er den doppelten Sold hernehmen sollte. Er war schon mit den einfachen Zahlungen im Rückstand.

»Der Sieg ist mit den Perati«, rief der Herzog lachend vom Heckkastell den Wappenspruch des Hauses.

Thenar hätte seinen Optimismus gerne geteilt, aber sie hatten keine Ahnung, wie stark und entschlossen der Feind war. Er hatte nicht viel Zeit gehabt, einen Plan zu entwerfen, und so lag das, was kommen würde, hinter einem Nebel der Ungewissheit.

Abt Gnoth hatte Alena an diesem Abend zu einem Gespräch gebeten, etwas, was bisher nie vorgekommen war. Seit die Kundschafter auf der Insel gewesen waren, war es ruhig geblieben, und irgendwie schienen die langen Stunden in der Knochenkammer die kleine Gemeinschaft enger zusammengebracht zu haben. Vor allem mit Meister Brendera verstand sich Alena von Tag zu Tag besser – ohne dass sie sein Geheimnis hätte lüften können.

Und auch der Abt schien ihr seither milder geworden. Dennoch saß sie ein wenig beunruhigt in der Kammer, in der sie zuletzt Meister Schönbart begegnet war. Immerhin war Gnoth so freundlich gewesen, einen zweiten Stuhl zu besorgen, so dass sie nicht stehen musste.

Der Abt saß ihr gegenüber und betrachtete sie lange nachdenklich, dann begann er: »Ich bin nicht mehr so sicher, wie ich es zu Beginn war, dass die Prinzessin einen guten Einfluss auf Euch hat.«

»Caisa? Wie kommt ...?«

Er unterbrach sie mit einer Handbewegung. »Mir ist nicht entgangen, dass sie einen Umgang mit Hauptmann Geneos führt, der mir, wie soll ich sagen ... ein wenig leichtfertig erscheint.«

Der Abt hatte die heimlichen Treffen der beiden im Viehstall also auch bemerkt. Alena hatte Caisa gewarnt und wieder einmal Recht behalten: Auf dieser kleinen Insel war es unmöglich, so etwas geheim zu halten. Sie verstand ohnehin nicht, was die Prinzessin sich davon versprach. Etwas Ernstes konnte daraus doch unmöglich werden.

»Das ist mir egal«, hatte Caisa erklärt. »Ich darf Prinz Weszen nicht heiraten, ja, vielleicht lässt mein Vater mich niemals einen anderen Mann ehelichen. Soll ich denn auf die Freuden der Liebe mein ganzes Leben lang verzichten? Aber nein, keine Angst. Es ist nur eine Liebelei, und der Hauptmann ist viel zu anständig, um mehr zu versuchen.«

Alena war sich nicht so sicher, was den Hauptmann betraf. Er war ein Mann, einer, der wusste, was er wollte. Er hätte ihr auch gefallen können, aber Caisa war nun einmal schneller gewesen. Doch warum sollte das einen schlechten Einfluss auf sie haben, wie der Abt offenbar annahm?

»Ich weiß nicht, wie die Prinzessin mit dem Hauptmann umgeht«, sagte Alena vorsichtig.

»Ihr habt auch schon einmal besser gelogen, Alena von Filgan. Aber das ist nicht meine Sache. Ich bin beauftragt, Eure Ausbildung zu überwachen, nicht den Lebenswandel dieser Prinzessin, den ich gleichwohl missbillige.« Er schwieg und sah sie unter seinen buschigen Augenbrauen düster an.

»Ich weiß immer noch nicht …«

Wieder unterbrach er sie mit einer Handbewegung. »Es gibt viel, was Ihr von der Prinzessin lernen könnt und sollt. Doch musstet Ihr Caisa unbedingt auch in diesem einen Punkt nacheifern?«

Alena hatte wirklich keine Ahnung, was der Mönch meinte.

»Ihr stellt Euch also dumm. Wollt Ihr Euch so verteidigen?«

»Aber ich weiß doch gar nicht …«

»Ihr leugnet es also? Wisst Ihr nicht, dass Lügen zu den Sünden gehört, die die Seele beschweren und sie nach unserem Ableben hinunter in die Unterwelt zwingen? Und es ist zudem zwecklos, denn ich habe Euch sehr wohl gesehen.«

»Gesehen?«, fragte Alena, die immer noch zu erraten versuchte, was der Abt meinte.

»Vor der Morgenandacht! Ich hätte gleich Verdacht schöpfen sollen, als Bruder Dijemis nicht in seiner Kammer war. Und dann sah ich ihn mit Euch von der Weide kommen, noch Gras im Haar. Ich war so erschüttert, dass ich für einen Augenblick dachte, es wäre vielleicht die Prinzessin, aber so leicht sind meine Augen dann doch nicht zu täuschen!«

Er schaute sie triumphierend an, und Alena, die noch nie mit Dijemis auf der Weide gewesen war, wusste nicht, ob sie weinen oder lachen sollte: Caisa hatte den jungen Mönch verführt?

»Ah, jetzt macht Ihr große Augen! Aber das muss aufhören, versteht Ihr? Auf der Stelle!«

»Was sagt denn Bruder Dijemis dazu?«, fragte Alena vorsichtig.

Der Abt schnaubte verächtlich. »Davongestürmt ist er und hat sich auf den Turm verkrochen. Ich kann es ihm nicht verdenken. Die Scham hat ihn überwältigt.«

»Er ist sehr schüchtern, das weiß ich«, sagte Alena langsam, »aber ist in Eurem Orden denn die Liebe verboten, Vater Gnoth?«

»Darum geht es nicht!«, belehrte er sie mit finsterem Blick. »Es hat seinen Grund, dass Dijemis hier auf dieser Insel ist, so wie wir alle unsere guten oder unsere schlechten Gründe haben, hier zu sein.« Er seufzte tief, und dann sagte er, plötzlich viel milder: »Ihr könnt es nicht wissen, Alena, aber es war eine unglückliche, nein, eine böse Liebschaft, die ihn hierherführte.«

»Wie kann so etwas denn böse sein?«

»Er verliebte sich in ein Mädchen, doch, Ihr kennt ihn ja ... er war viel zu schüchtern, sie anzusprechen, geschweige denn, sich ihr zu erklären. Ich glaube, das Mädchen mochte ihn, denn aus der wirren Geschichte, die er erzählte, habe ich doch herausgehört, dass sie das eine oder andere freundliche Wort an ihn richtete. Leider neigte sich ihr Herz schließlich doch einem anderen zu. Ich will es kurz machen ... Dijemis sah die beiden miteinander, und all die verleugneten Gefühle brachen sich die Bahn. Sie ließen ihn einen schweren Ast aufheben und damit auf den Rivalen einprügeln, bis er tot am Boden lag. Er floh, entsetzt von seiner Tat, an diesen Ort des Friedens, von dem er zu seinem Glück gehört hatte.«

»Er ist ein Mörder?«, fragte Alena bestürzt.

»Er war es. Doch er legte sein altes Leben ab und führt hier ein neues. Und er betet täglich zum Mondgott um Vergebung.« Der Abt sah Alena nachdenklich an. »Ihr versteht hoffentlich, wie gefährlich es ist, sein altes Ich wieder aufzuwecken? Ihr werdet diese Insel bald verlassen, Alena, und Bruder Dijemis ist leider nicht so gemacht, dass er Enttäuschungen leicht verkraftet.«

»Ich verstehe«, sagte Alena langsam, und sie versprach dem Abt, Dijemis nicht weiter in Versuchung zu führen. Es hielt sie dabei kaum noch auf dem Stuhl, denn sie musste sehr dringend mit Caisa sprechen. Zum Glück war es die Zeit der Abendandacht, und der Abt entließ sie schließlich aus diesem unschönen Gespräch. Sie hatte so eine Ahnung, wo sie Caisa finden würde, und lief auf kürzestem Weg zum Kuhstall.

Kurz bevor sie ihn erreichte, löste sich ein Schatten aus der Dunkelheit. »Ihr solltet nicht weitergehen, Doppelgängerin.«

»Jamade? Ihr habt mich fast zu Tode erschreckt!«

Die Schattenfrau zuckte mit den Schultern. »Ihr lebt doch noch, aber weitergehen solltet Ihr dennoch nicht.«

»Aber ich muss Prinzessin Caisa sprechen.«

»Das wäre nicht der richtige Zeitpunkt, scheint mir«, sagte Jamade, und Alena hörte Spott in ihrer Stimme.

»Wieso nicht?«, fragte Alena trotzig, schob sich an der schlanken Frau vorüber und hatte die Hand schon an der Pforte, als sie innehielt. Leises zweistimmiges Stöhnen drang durch die Stalltür. Es klang so gar nicht nach Kühen.

Alena erstarrte, dann schüttelte sie ungläubig den Kopf. »Sie *schläft* mit dem Hauptmann?«, fragte sie leise.

»Überrascht Euch das? Mir ist nicht entgangen, dass Geneos Euch ebenfalls gefallen würde«, meinte Jamade.

»Wie konntet Ihr das zulassen?«, fragte Alena und überhörte die letzte Bemerkung geflissentlich. Natürlich war Geneos unter all den alten Männern und ungewaschenen Soldaten der attraktivste Mann der Insel. Aber Caisa war nun einmal schneller gewesen. Alena hätte aber nie gedacht, dass sie so weit gehen würde. »Seid Ihr nicht hier, um die Prinzessin zu beschützen?«, zischte sie die Schattenfrau leise an.

Jamade blieb gelassen. »Ich soll ihr Leben, nicht ihre Jungfräulichkeit beschützen. Dafür wurde ich wohl auch ein wenig zu spät verpflichtet.«

»Ihr meint, sie hat schon …« Plötzlich verstand Alena die Geschichte, die Caisa ihr einmal in Andeutungen erzählt hatte. »Dieser adelige Hauptmann, der nach Süden geschickt wurde? Sie hat mit ihm …«

»Ah, sie hat Euch von ihm erzählt … Aber wohl nicht alles, wie ich sehe.«

»Aber … *Geneos?* Wenn ihr Vater davon erfährt … Der Hauptmann ist nicht einmal von Adel, soweit ich weiß, und mit ihm wird ihr Vater nicht so schonend umgehen wie mit diesem anderen Kerl.«

»Ich werde ihm hiervon gewiss nichts erzählen, und Ihr hoffentlich auch nicht, Krähe.«

Alena hatte immer noch den Riegel der Stalltür in der Hand. Ob Caisa auch mit Dijemis … Nein, so dumm *konnte* sie einfach nicht sein. Wieder klang ein süßes Stöhnen durch die alte Pforte. Alena ließ den Griff endlich los. Vielleicht war Caisa es doch.

Das rote Licht der Abenddämmerung mischte sich mit den Feuern, die die Zeugnisse einer sehr einseitigen Schlacht beleuchteten: Tote Matrosen, die zwischen brennenden Trümmern ihrer Dhaus im Wasser trieben oder, von den Bewohnern des nahen Dorfes erschlagen, am Ufer lagen. Thenar blickte zufrieden auf das Schlachtfeld. Es war ein vollkommener Sieg:

Der Feind hatte Reißaus genommen, sobald sie in Sicht gekommen waren. Sie hatten mit Feuerballisten und Schiffsbombarden einige Dhaus versenkt, andere hatten die Segel gestrichen, und nur eine Handvoll war vorläufig entkommen. Thenar bezweifelte, dass sie in der kommenden Nacht einen Weg durch das Schildriff finden würden, aber Herzog Ector hatte ihnen, gegen den Rat seines Strategos, eine ihrer drei Galeeren hinterhergesandt.

»Ich denke, ich habe Euren Plan endlich erraten, Thenar«, sagte der Herzog.

»Für die Nacht, Hoheit?«, fragte der Strategos irritiert.

»Nein, für die Hochzeit natürlich.«

Jetzt begriff Thenar, warum der Herzog mit ihm allein sprechen wollte. Es ging also gar nicht darum, die nähere Umgebung für die kommende Schlacht in Augenschein zu nehmen.

»Ihr habt vor, die Doppelgängerin vor der Hochzeit durch unseren Schatten ermorden zu lassen.«

»Ich gebe zu, dass ich mit diesem Gedanken gespielt habe, Hoheit, denn er ist wirklich naheliegend. Leider zu naheliegend, fürchte ich, zumal man weiß, dass wir einen Schatten mit Caisas Schutz beauftragt haben. Außerdem würde der Seebund dann eine andere Braut für Weszen aussuchen, und Gidus deutete doch an, dass eine Nichte des Kosmoros zur Verfügung stünde. Dann wäre die Schwarze Stadt mit unserem Todfeind und der mächtigsten Stadt Oramars verbunden. Dies wäre nicht im Interesse des Hauses Peratis, Hoheit.«

»In der Tat«, murmelte der Fürst.

»Ich will Euch nicht mit Einzelheiten meines Vorhabens belasten, aber es wäre doch für die Perati das Beste, wenn am Ende ein toter Prinz Weszen stünde. Ja, das muss unser Ziel sein – der Prinz muss sterben. Außerdem muss zweifelsfrei feststehen, dass wir keinen Schatten und auch sonst niemanden zu seiner Ermordung angeheuert haben.« Er verschwieg, dass auch die Prinzessin für tot gehalten werden musste, denn dann hätte er dem Herzog sagen müssen, dass Caisa sich für einige Jahre in der Fremde würde verstecken müssen, bevor sie als vergessene Nichte oder illegitime Tochter wiederauftauchen durfte.

»Und mehr wollt Ihr mir darüber nicht verraten, Odis?«

»Es ist zu Eurem Schutz, Hoheit, denn ich bin sicher, dass man uns verdächtigen und vielleicht sogar mit diesen lästigen Wahrzauberern konfrontieren wird. Nun, ich bin selbst ein Magier und kann sie täuschen, aber Ihr, Hoheit, könnt das nicht. Jedoch vermögt Ihr gar nicht zu lügen, wenn Ihr die Wahrheit nicht kennt. Doch lassen wir das, denn ich würde lieber über den Plan für die kommende Nacht reden. Perat ist keine zwölf Meilen entfernt, und es ist gut möglich, dass der Feind noch vor dem Morgen hier erscheinen wird.«

»Auf der Flucht, hoffe ich«, meinte der Fürst.

Thenar nickte. Auch er hoffte das, musste das hoffen, denn sonst wären ihre Aussichten schlecht. Er hatte die gefangenen Kapitäne und auch einige Matrosen verhört, doch die hatten geschwiegen, und der Herzog hatte ihm nicht erlaubt, sie unter Folter zu befragen.

Er hatte sich auch beim Dorfältesten und einigen anderen Fischern nach der Größe der feindlichen Streitmacht erkundigt, aber ihre Angaben waren widersprüchlich und ungenau, denn die Dorfbewohner waren beim Auftauchen des Feindes in den alten Wehrtempel des Ortes geflohen, wo sie sich verschanzt gehalten hatten. Schließlich blieb ihm nichts anderes übrig, als selbst zu schätzen, und er kam schließlich auf irgendetwas zwischen fünfhundert und tausend Mann. Und das waren kampferprobte Krieger, keine grünen Jungs oder Bauern und Fischer.

Sie selbst bekamen nicht mehr als dreihundert Leute zusammen, und die meisten davon hatten gerade eben ihre allererste Schlacht geschlagen.

Thenar entwickelte in aller Hast einen Plan, wie der Feind in die Falle zu locken war, und dann hielt der Herzog eine flammende Rede, sprach von der Verteidigung der Heimat und dem bevorstehenden großen Sieg in einer Doppelschlacht, von der sie noch ihren Enkeln würden erzählen können.

Thenar konnte spüren, wie die Zuversicht stieg und wie die Männer, selbst die Fischer und Bauern aus dem Dorf, die ihre Beutewaffen wie Erntegerät in den Händen hielten, von Kampfesmut erfüllt wurden.

Alena musste sich in Geduld fassen, bevor sie Caisa zur Rede stellen konnte, denn die ließ sich Zeit. Erst nach einer Stunde tauchte sie aus dem Stall auf. Sie lächelte, aber Hauptmann Geneos sah nicht so glücklich aus, als er Alena entdeckte. »Was habt Ihr hier herumzuschnüffeln?«, fuhr er sie an.

»Ich habe mit der Prinzessin zu reden, nicht mit Euch, Hauptmann«, gab Alena kühl zurück.

Aber Geneos schob sich vor Caisa, sah Alena drohend an und sagte: »Ich hoffe, Ihr könnt das für Euch behalten, Doppelgängerin.«

»Sonst?«

Aber der Hauptmann sah sie im Schein seiner Laterne nur finster an und verschwand grußlos.

»Was ist denn passiert?«, fragte Caisa, als der Hauptmann gegangen war.

»Das fragt Ihr noch? Der Stall – das ist passiert! Ihr habt Euch mit Geneos im Heu gewälzt, und verzeiht, man sieht noch das Stroh in Euren Haaren.«

Caisa lachte vergnügt und zupfte einen Halm aus ihrem Kragen. »Und deshalb seid Ihr so schlecht gelaunt? Ist das Eifersucht?«

»*Eifer...?* Nein, Caisa, ich bin nicht eifersüchtig. Aber Ihr seid eine Prinzessin, die Erbin Eures Hauses, und wenn Meister Schönbart oder gar Euer Vater wüsste, was Ihr hier treibt …«

»Wer sollte es ihnen sagen?«, rief Caisa. »Vielleicht seid Ihr doch ein wenig eifersüchtig. Ich habe wohl gesehen, dass der Hauptmann Euch gefällt.«

»Geneos? Behaltet ihn, um der Himmel willen! Aber deswegen bin ich auch gar nicht hier. Ich hatte vorhin eine Unterhaltung mit Abt Gnoth – und falls Ihr Euch fragt, wer es Eurem Vater erzählen könnte, dann würde ich vermuten, es ist dieser alte, sittenstrenge Mönch.«

»Er weiß von mir und Geneos?«

»Nein, er weiß von Euch und Dijemis!«

Caisa verstummte, und Jamade, die lässig an der Wand lehnte, lachte leise. »Ich habe Euch doch gesagt, dass Ihr es übertreibt, Hoheit.«

»Und das Beste ist, dass der Abt glaubt, *ich* sei es, die den armen Jungen verführt habe.«

»Aber … dann ist ja alles in Ordnung!«, rief Caisa und klatschte vergnügt in die Hände.

»Caisa, ich werde keinesfalls für Euch …«

Die Prinzessin umarmte sie plötzlich und flüsterte: »Doch, Alena, ich bitte Euch. Tut mir die Liebe und lasst den Abt in seinem Glauben.«

Alena löste die Umarmung. »Reicht Euch der Hauptmann denn nicht? Musstet Ihr auch noch diesen armen Mönch verführen?

»Ihr versteht das nicht, Alena, was bestimmt daran liegt, dass Ihr nicht wisst, wie süß die Früchte der Liebe schmecken. Ich hingegen will nicht als vertrocknete alte Jungfer sterben.«

»Aber zwei Liebhaber?«, rief Alena verzweifelt, weil die Prinzessin das alles anscheinend für völlig normal hielt.

»Warum nicht? Ich mag sie beide, und ich kann nicht erkennen, was falsch daran sein soll, sich aneinander zu erfreuen. Und der Abt soll sich nicht so anstellen. Dijemis ist zu jung, um in Enthaltsamkeit zu leben. Das solltet Ihr ihm sagen.«

»Ich? Caisa, ich habe Gnoth versprochen, den Jungen in Ruhe zu lassen, und genau das werdet Ihr tun – schon um Eurer eigenen Sicherheit willen!«

Jamade trat näher heran. »Ihr sagt das so, als bestünde da irgendeine Gefahr …«

»Ist es so nicht gefährlich genug, Schatten? Habt Ihr keine Sorge, dass ihr Vater doch auf dem einen oder anderen Weg davon hört? Wissen nicht bereits zu viele davon? Ich erinnere mich an eine Frau, die zu mir sagte, dass drei nur ein Geheimnis bewahren können, wenn zwei tot sind!« Sie seufzte. Eigentlich war sie der Meinung, dass es niemanden etwas anging, was der Mönch in seinem früheren Leben verbrochen hatte, aber Caisa schien unbelehrbar. »Doch das meine ich nicht. Dijemis … er hat, bevor er Mönch wurde, im Streit um eine Frau einen Mann angegriffen … und getötet.«

Caisa stieß einen Entsetzenslaut aus.

»Sieh an, das hätte ich ihm gar nicht zugetraut«, sagte die Schattenfrau, und es schwang Anerkennung mit.

»Also, Caisa, ich bitte Euch … bitte beendet diese Geschichte, bevor noch etwas Furchtbares geschieht!«

Die Prinzessin schwieg.

»Am besten, Ihr beendet *beide* Geschichten, denn wenn Ihr Dijemis zurückweist und er von Geneos erfährt …«

Endlich antwortete Caisa mit einem Seufzer: »Ihr habt Recht, Alena. Ich will doch nicht, dass einem von beiden ein Leid geschieht. Ich werde auf beide verzichten, auch wenn das die Mondinsel zu einem noch freudloseren Ort machen wird, als sie es ohnehin schon ist.«

Alena gab sich vorerst damit zufrieden, aber sie hatte Zweifel, ob die Prinzessin die Kraft hatte, ihr Versprechen auch zu halten.

Die Nachtstunden verrannen quälend langsam, und gegen Morgen beschlichen Meister Thenar wieder Zweifel. Wo blieb der Feind? Hatten die Oramarer Perat doch stürmen können? Zogen sie gerade sengend und brennend durch die Straßen, während sie hier im Dunkeln vergeblich auf einen geschlagenen Feind warteten?

Nach seiner Berechnung müsste die Verstärkung vor dem Abend in Perat eingetroffen sein, und sie hatten genug Leute geschickt, um mit den Peratern die Stadt und die Burg selbst gegen eine größere Streitmacht zu halten.

Wenn die Oramarer einsahen, dass ihr Überraschungsangriff fehlgeschlagen war, dann waren sie seither auf dem Rückzug, günstigstenfalls sogar auf der Flucht. Sie würden hoffentlich doch erkennen, dass auch ihre kleine Flotte in Gefahr war. Sie mussten sich einfach beeilen – und dann mussten sie vor dem Morgen hier eintreffen und in die Falle laufen, die er aufgestellt hatte.

Thenar war klar, dass hier eine weitere Schwäche seines Plans lag: Er beruhte auf Dunkelheit und Verwirrung – was, wenn der Feind erst erschien, wenn es bereits hell war?

»Die ersten Sterne verblassen schon«, sagte der Herzog, den offenbar ähnliche Gedanken bewegten.

»Sie werden bald hier sein, Hoheit«, gab Thenar zurück.

»Und habt Ihr schon einen Plan, was wir tun, wenn es nicht so ist?«

»Dann müssen wir hier auf dem Hügel einen Riegel aufbauen und den Oramarern klarmachen, dass ihre Flotte vernichtet ist. Dann werden sie aufgeben, wenn sie vernünftig sind.«

»*Wenn* sie vernünftig sind, Strategos, wenn …«

Thenar lag eine Bemerkung darüber auf der Zunge, dass ihm wohler wäre, wenn die dritte Galeere zurückgekommen wäre, aber er schluckte sie hinunter. Vermutlich machte sich der Herzog selbst deswegen mehr Vorwürfe, als er je würde erheben können. Sie musste auf die Klippen gelaufen sein, und so war aus dem glänzenden Sieg fast ohne Verluste nur ein halber Sieg mit ungewissen Folgen geworden, denn er war nichts wert, wenn sie jetzt hier am Ufer aufgerieben wurden. Thenar hatte sichergestellt, dass ein Boot auf den Herzog wartete, nur für den Fall der Fälle …

Die Dämmerung war bereits zu grauem Zwielicht fortgeschritten, als von der anderen Seite des kleinen Pinienwaldes, in dem sie den Feind stellen wollten, ein Hornsignal erklang.

Thenar lauschte.

»Keins von unseren«, stellte der Herzog trocken fest.

Das Signal wurde wiederholt, dann beantwortet. Plötzlich erklang Kriegsgeschrei und kurz darauf das Klirren von Schwertern.

»Ein Läufer, schnell!«, verlangte der Herzog. »Unsere Leute sollen sich durch den Wald zurückziehen!«

Der Läufer hatte den Wald noch nicht erreicht, als er kurz stehen blieb, dann kehrtmachte und zurückrannte. Und dann tauchten unter den Bäumen immer mehr Männer auf. Aber was hieß Männer? Es waren die jüngsten und die ältesten, die sie auf den vermeintlich sichersten Posten im Hinterhalt gestellt hatten. Sie flüchteten, fahle Gestalten unter schwarzen Bäumen. Und sie wurden verfolgt.

Ein lautes Rauschen ertönte, und Thenar sah eine Feuerkugel über ihren Reihen aufsteigen. Das Katapult schleuderte sein brennendes Geschoss hinüber in den Wald.

»Verdammt!«, fluchte Herzog Ector. »Sie treffen unsere Leute.«

Thenar starrte gebannt hinüber in die Dunkelheit des Waldes, die plötzlich von einem Feuerschlag erhellt wurde. Brennendes Öl spritzte in einer fauchenden Explosion in alle Richtungen, und für einen kurzen Augenblick sah Thenar, dass es im Wald von Feinden nur so wimmelte.

»Das Signal an die zweite Gruppe! Angriff! Angriff!«, rief der Herzog ihrem Hornbläser zu. Das Horn schmetterte, und von der anderen Seite des Waldes ertönten Schlachtrufe: »Terebin! Terebin!«, riefen die Männer.

Der Feind brach die Verfolgung ab, denn ein unsichtbarer Befehlshaber rief seine Männer zur Ordnung. »Formation einnehmen!«, hörte ihn Thenar wieder und wieder brüllen.

»Söldner!«, rief Thenar, denn die Befehle wurden nicht auf Oramarisch, sondern in der gemeinen Sprache gebrüllt.

Jemand rempelte ihn an, und erst da wurde ihm bewusst, dass auch seine Schar dabei war, sich in den Kampf zu stürzen. Wo war Herzog Ector? Vorneweg, wie immer.

Fluchend zog Thenar sein Schwert und rannte hinter ihm her. »Die Reserve – sie soll angreifen«, rief er dem Hornisten zu, der unsicher stehen geblieben war.

Der Soldat, auch so ein halbes Kind, schaute ihn stumm an.

»Mann, worauf wartet Ihr?«, fuhr Thenar ihn an.

»Ich kenne das Signal nicht, Herr.«

»Blast zum Angriff, einfach nur zum Angriff! Und wenn sie nicht kommen, dann rennt hinüber und sagt es ihrem Kommandanten.«

Thenar war über seinem Disput mit dem Rekruten zurückgeblieben, und vor ihm, unter den Bäumen, tobte der Kampf. Wieder rauschte es in der Luft, und als er emporblickte, sah er das zweite Brandfass fliegen. »Diese Narren«, fluchte er. Es brannten bereits etliche Pinien, und die Flammen warfen gespenstische Schatten in das Zwielicht.

Wo war Ector? Thenar konnte ihn nicht sehen, aber er hörte ihn Kommandos über den Schlachtenlärm brüllen. Er lief in die entsprechende Richtung. Um ihn herum klirrten Schwerter und Schilde, und er stolperte über einen leblosen Körper. Keine weiße Armbinde, die sie als Erkennungszeichen nutzten, also war es ein Feind. Plötzlich sprang er rein instinktiv zur Seite und riss sein Schwert zur Abwehr hoch. Eine große Axt prallte funkenstiebend von der Klinge ab.

Thenar wich zurück, als der Söldner ihn brüllend angriff, parierte den zweiten Hieb, den dritten, dann wurde sein Gegner plötzlich von der Seite angegriffen. Der Mann versuchte sich zu verteidigen, wurde aber durch einen Schwerthieb niedergestreckt.

»Was wollt Ihr denn hier vorne, Strategos?«, fragte Herzog Ector und zog sein Schwert aus dem Toten.

»Ich danke Euch, Hoheit«, keuchte Thenar. »Da wäre fast mein letztes Stündlein gekommen.«

»Das kann immer noch geschehen«, meinte der Herzog und schien nicht im Mindesten beunruhigt. »Die Reihen geschlossen halten«, brüllte er dann in die Nacht. Thenar wurde am Arm gestreift, dann zischte etwas dicht an seinem Kopf vorüber.

»Die Armbrustschützen!«, rief der Herzog. »Sagt ihnen, sie sollen mit dem Unsinn aufhören und eine zweite Linie bilden!«

Thenar konnte im Zwielicht die Männer herankommen sehen. Es war die Reserve, und sie rückte nur langsam vor.

Fluchend rannte Thenar zurück. Das fehlte noch, dass er – oder schlimmer, der Herzog – von den eigenen Männern über den Haufen geschossen wurde. »Hört auf zu schießen, ihr Narren. Um der Himmel willen – hört auf!«

Aber die Männer hörten nicht auf, und als Thenar sich umdrehte, sah er auch, warum: Der Feind war durchgebrochen. Er sah kleine Gruppen ihrer eigenen Männer im Morgendunst, erkennbar an den weißen Armbinden, die wie Inseln in einer Flut von Feinden standen.

Wie hatte sein Plan so derart schiefgehen können? Er packte sein Schwert fester und brüllte: »Auf sie, Männer! Ihre Flotte haben wir vernichtet, jetzt sind diese Hurensöhne dran! Mir nach!«

Er stürmte auf den nächsten Feind zu, einen lang aufgeschossenen Südländer, der einen Kriegshammer mit zwei Händen führte. Thenar sah den Schlag kommen, lenkte ihn mit dem Schwert zur Seite, drehte sich leichtfüßig um die eigene Achse und führte einen Streich gegen den Feind, der von der Wucht seines Hiebes nach vorne gerissen worden war.

Fast wie früher, auf Mambar, dachte Thenar.

Aber damals war er jünger und schneller gewesen. Er erwischte seinen Gegner nur mit der Schwertspitze, fetzte ein Stück Leder aus seiner Rüstung und verwundete ihn höchstens leicht. Der Mann lachte, riss seinen Hammer aus der taufeuchten Wiese und schlug zu. Der Hieb traf Thenar am Brustpanzer und raubte ihm den Atem. Und dann traf ihn irgendetwas von hinten am Helm. Er fiel zu Boden, hörte noch den hellen Klang von Stein auf Eisen – dann schwanden ihm die Sinne.

Dunkelheit und dröhnender Schmerz, das war es, was Thenar fühlte. War das das Ende? Ein Donner und dann – nichts? Er blinzelte, bekam aber nur ein Auge auf. Eine verschwommene Gestalt beugte sich über ihn.

»Seid Ihr endlich wach, alter Freund?«, fragte eine vertraute Stimme.

»Sind wir tot, Hoheit?«, erwiderte er matt.

Der Herzog lachte. »Nein, nur ein wenig verbeult. Der Sieg ist unser, auch dank Euch!«

»Dank mir?«

»Ich habe Euch rufen hören, dass die Flotte vernichtet sei. Ich war wohl nicht der Einzige, der Euch hörte, denn unsere Feinde schien jäh der Kampfesmut zu verlassen. Bei den Himmeln, ich selbst habe den Ruf ein paar Mal wiederholt und sie aufgefordert, sich zu ergeben. Und dann, als es auf des Messers Schneide stand, erschien doch noch unerwartet Verstärkung. Die Männer von der vermissten Galeere kamen und stürzten sich auf den Feind.«

»Die Galeere ist zurückgekommen?«

»Nein, sie ist auf einen Felsen gelaufen, wie Ihr befürchtet habt, Thenar. Allerdings nicht, weil sie dem Schildriff zu nahe gekommen wären, sondern, ganz im Gegenteil, weil der Kapitän aus Angst vor dem Riff zu nah ans Ufer steuerte. Er kannte diese Gewässer wohl nicht so gut, wie man erwarten sollte. Aber die Besatzung konnte sich ans Ufer retten und ist uns in einem Gewaltmarsch gerade noch rechtzeitig zu Hilfe gekommen. Der Feind hat kapituliert.«

»Großartig«, murmelte Thenar und versuchte, sich aufzusetzen. Ein stechender Schmerz in der Brust ließ ihn zusammenzucken.

»Bleibt ruhig liegen, alter Freund. Der Heiler dieses Ortes meint, dass Euch ein oder zwei Rippen gebrochen wurden. Aber außer einer dicken Beule am Kopf habt Ihr keinen weiteren Schaden davongetragen.«

»Und unsere Verluste?«, fragte Thenar matt.

»Erheblich, denn wir haben die Zahl des Feindes unterschätzt. Sie hatten ihren Angriff auf Perat noch gar nicht richtig begonnen, als unsere Schiffe eintrafen und sie erkannten, dass sie scheitern würden. Die Oramarer, die sie kommandierten, befahlen zwar den Angriff, aber die Söldner weigerten sich, für Silber in den Tod zu gehen.«

»Dumm für uns, dass sie so klug waren«, murmelte Meister Thenar. »Und dumm von mir, dass ich es nicht vorhergesehen habe.«

»Grämt Euch nicht, Odis. Wir haben gesiegt und eine Menge Gefangene gemacht. Es sind übrigens alte Bekannte, wenn Ihr so wollt.« Und auf Thenars verständnislosen Blick erklärte der Herzog: »Es sind Mambara, die hier ihre Knochen hingehalten haben, übrigens im Auftrag von Baran, dem ältesten der Skorpion-Prinzen.«

»Und was werdet Ihr nun mit ihnen machen, Hoheit?«, fragte Thenar.

Der Herzog zuckte mit den Schultern. »Ich nehme an, ich werde sie gehen lassen, wenn sie schwören, nie wieder die Waffen gegen den Seebund zu erheben. Wir haben auch ein paar oramarische Offiziere gefangen genommen, die vermutlich erwarten, dass sie bald hingerichtet werden.«

Thenar schüttelte den Kopf. »Nein, Hoheit, wir können sie gegen Gefangene austauschen. Aber die Mambara solltet Ihr töten. Es sind gewissenlose Söldner, Ihr könnt ihnen nicht trauen. Oder besser – wir nehmen sie als Ruderer für die Galeeren.«

Der Herzog lächelte. »Ihr denkt ja selbst mit eingedelltem Schädel noch praktisch, Strategos. Ich dachte auch schon an einen Gefangenenaustausch. Aber bei den Mambara bin ich anderer Ansicht. Es sind tapfere Männer mit Ehre, und es ist nicht ihre Schuld, dass ihre verwüstete Insel sie nicht ernähren kann. Wenn Ihr so wollt, waren wir es, die sie dazu zwangen, sich als Söldner zu verdingen. Ein paar haben mich sogar wiedererkannt. Sie nennen mich den Aschenprinz, weil ich so viele ihrer Siedlungen niederbrennen ließ. Wusstet Ihr das?«

»Aber gerade deshalb solltet Ihr keine Gnade zeigen, Hoheit. Sie müssen uns doch hassen, für das, was wir ihrer Heimat angetan haben.« Wieder versuchte Thenar sich aufzurichten, aber der Schmerz zwang ihn zurück aufs Lager.

»Ruht Euch aus, Odis, und überlasst diese Entscheidung Eurem Herzog. Und freut Euch, denn Euer Plan hat uns letzten Endes den Sieg gebracht.«

Thenar nickte schwach. Es war so typisch für den Herzog, großherzig Gnade walten zu lassen. Aber es war ein Fehler, der sich eines Tages rächen könnte.

Die Tage verstrichen, und Alena hatte das Gefühl, dass die Dinge wieder besser liefen. Caisa schien sich an ihr Versprechen zu halten und verbrachte jetzt mehr Zeit mit ihr. Ihre Lehrer bescheinigten ihr Fortschritte, selbst Bruder Seator entschlüpfte der Satz, er habe schon mit dümmeren Menschen als Alena zu tun gehabt, was, wenn man ihn kannte, ein großes Lob war.

»Aber vielleicht ist es schon zu spät ...«, schob er hinterher, als er sie lächeln sah.

Der Mönch hatte nicht Unrecht: Es waren nicht mehr ganz vier Wochen, bis sie die Insel verlassen würde. In einem Monat würde sie im Palast von Terebin stehen und einem Prinzen das Jawort geben. Und kurz danach wäre sie frei und reich genug, um aller Sorgen ledig zu sein – wenn sie nicht versagte.

Nach dem ziemlich faden Abendessen – ihr fehlte inzwischen schlicht die Zeit, die Küche zu beaufsichtigen – lehnte sie Caisas Angebot ab, doch mit ihr und Doma Lepella dem Kartenspiel – einem durchaus verbotenen Laster – zu frönen. Sie ging lieber hinaus, betrachtete die Sterne am mondlosen Sommerhimmel, wie sie es in letzter Zeit öfter tat. Sie schüttelte den Kopf, wenn sie daran dachte, dass sie vor einigen Monaten nur eine Hungerleiderin aus dem Krähenviertel der Schwarzen Stadt gewesen war. Es war ihr gelungen, ihre Vergangenheit hinter sich zu lassen. Die Zukunft stand ihr offen, und sie ließ nicht zu, dass der Gedanke an die Gefahren, die auf sie warteten, die gute Laune verdarb.

Sie schlenderte hinüber zur Weide, auf der tagsüber die beiden Kühe grasten, die aber jetzt schon im Stall waren. Und in dieser Nacht würden Caisa und ihre Liebhaber sie nicht stören. Sie hatte mehrfach versucht, mit Dijemis zu sprechen, aber der junge Mönch war noch schüchterner geworden und immer hastig davongestürzt, wenn sie in seine Nähe kam. Er war so etwas wie der Wermutstropfen in dem Kelch der Freude, den Alena auskosten wollte, denn ein Blick in sein trauriges Gesicht gab ihr jedes Mal einen Stich. Was Caisa sich nur dabei gedacht hatte, den armen Jungen zu verführen?

Alena setzte sich ans Ufer und lauschte den Wellen, die gegen die Steine brandeten.

»Das wurde aber auch Zeit!«, flüsterte eine Stimme.

Sie fuhr herum.

»Jetzt mach bloß keinen Mist und renn weg oder so.« Das kam aus einigen windzerzausten Büschen. Ein schmales Gesicht erschien im Sternenlicht. »Du bist wirklich nicht leicht zu finden, Kusine Alena.«

»Vetter Dreigos?«

»Nicht so laut und nicht so auffällig – ich sehe da Wachen auf dem Turm.«

Alenas gute Laune war wie weggeblasen. »Wie bist *du* denn hierhergekommen? Und was willst du hier?«, blaffte sie ihn an.

»Haarige Sache. Mein Boot liegt bei dem Felsen da drüben. Ich habe mir etwas Treibholz geliehen und bin hergeschwommen. Ich hoffe mal, dass es hier keine Haie gibt, denn ich muss auf dem gleichen Weg zurück. Und was ich will? Das sollte ich dich fragen, Kusine. Du hast da noch eine wichtige Verabredung, hast du das vergessen?«

Sie schüttelte den Kopf. »Ich gehe nicht zurück.« *Schon gar nicht mit dir,* setzte sie in Gedanken hinzu. Dreigos war ein Schmuggler, der von verbotenen Kräutern bis zu Menschen alles schmuggelte, was in sein kleines Boot passte. Meist reiste er in Begleitung seines Bruders Hisi, den sie den Knochenbrecher nannten. In Alenas Augen war das nicht unbedingt die angenehmste Reisegesellschaft.

Ihr Vetter schüttelte den Kopf. »Ich glaube nicht, dass du eine Wahl hast. Die Basa hat Sehnsucht nach dir. Sie ist nicht mal richtig sauer, obwohl du ihr nichts als Scherereien machst. Ich bin ja der Meinung, man sollte dich zur Hölle fahren lassen, aber die Basa hat eben andere Pläne.«

»Danke, aber ich verzichte!«

»Ich versteh's nicht, Kusine. Was ist so schlimm an Menher Sifran, dass du abgehauen bist? Ich kenne 'ne Menge Mädchen, die sich alle Finger nach ihm lecken würden.«

»Dann sollen die ihn doch heiraten!«

Dreigos Undaro lachte leise. »Das habe ich auch gesagt, aber dieser Trottel ist dir verfallen. Ich glaube ja, die Basa hat ihm irgendwas gegeben ... ein Mittel, eine Tinktur oder so. Du weißt ja besser als ich, dass sie sich darauf versteht. Und er ist 'ne gute Partie. Er hat jetzt noch ein paar Schwefellöcher gekauft – als Morgengabe für dich. Er ist inzwischen der größte Schwefelhändler von Filgan – nach dem Kosmoros, versteht sich.«

»Und er stinkt schlimmer als jedes einzelne dieser Löcher! Ich heirate ihn nicht, auf keinen Fall!«

»Ich glaube ja nicht, dass du eine Wahl hast, Kusine. Der Mann ist unser Passierschein aus dem Krähenviertel, für alle Undaros, verstehst du das nicht? Er hat Verbindungen. Außerdem ... die Basa will es, und sie kriegt immer, was sie will.«

»Diesmal nicht! Ich werde nämlich bald einen anderen Mann heiraten. Einen Prinzen, nur damit du es weißt.«

»Erzähl keinen Mist ...«

»Mach ich nicht. Es ist ein echter, reicher Prinz, und ich werde seine Frau. Und jetzt verziehst du dich besser, Dreigos. Es ist eine Schattenfrau auf dieser Insel. Und wenn sie dich sieht ... Hau einfach ab und komm nie wieder!« Alena sah sich um. Hatte sich da nicht eben etwas auf der Wiese bewegt? Hatte Jamade den Besucher vielleicht schon entdeckt?

»Eine Schattenfrau? Hm ... du weißt es vielleicht nicht, aber Priam und Golch haben nach dir gesucht – und jetzt sind sie tot!«

»Priam und Golch?«

»Angeblich waren es Räuber, aber das ist schwer zu glauben. Ich meine ... gerade Golch, der Spürhund, der Gefahren schon von weitem wittert! Er war übrigens ziemlich wütend auf dich ...«

Alena schwieg betroffen. Golch war wirklich ein Bluthund und unberechenbar, geradezu bösartig, wenn er betrunken war, aber er war eben auch ihr Vetter. Nach Onkel Tihs plötzlichem Verschwinden war er ihre Begleitung für die Fahrt durch Syderland geworden, wo sie, wie in jedem Frühling, den Bauern die Tinkturen und Mittel aus der Hexenküche ihrer Großmutter andrehen sollte. Dass ausgerechnet Golch sie begleitete, war für sie ein klares Zeichen gewesen, dass die Basa ihr da schon misstraute.

Sie hatte ihn reingelegt, hatte ihm von einem Mädchen erzählt, das in dem Dorf, von dem sie ein paar Stunden vorher aufgebrochen waren, angeblich auf ihn wartete. Das hatte ihr den nötigen Vorsprung für ihre Flucht gegeben. Sie konnte sich vorstellen, wie wütend er gewesen war, als er es gemerkt hatte. Und jetzt war er tot? Und Priam auch? Der war von ganz anderer Art als Golch gewesen, hinter jedem Rock her, ein echter Frauenschwarm, aber so manche Frau, die seinen Verführungskünsten erlag, war kurz darauf im Hurenhaus gelandet. Er hatte sogar Mädchen an das berüchtigte Froschmaul verkauft, auch noch nachdem die Basa das verboten hatte. Er war daraufhin in Ungnade gefallen. Sollte vielleicht die Basa ...? Aber, nein, so weit würde sie nicht gehen, nicht bei einem Blutsverwandten. Oder doch? Dreigos verdächtigte die Schattenfrau, aber die war doch Caisas Leibwächterin – warum sollte sie Undaros töten? Das ergab keinen Sinn. »Sie sind tot?«, fragte sie noch einmal, weil sie es nicht glauben konnte.

»Hab ich doch gesagt«, entgegnete Dreigos, der seinen Vettern nicht besonders nachzutrauern schien. Er drängte: »Na, jetzt komm, das Treibholz trägt uns beide.«

»Lieber ertrinke ich!«

»Ist aber gefährlich hier, auch für dich.«

»Blödsinn«, gab Alena patzig zurück. Aber sie glaubte wirklich nicht, dass ihr auf dieser Insel Gefahr drohte – wenn, dann höchstens von ihrer Familie.

»Muss ich dich an den Haaren hier wegschleifen?«

»Ich schreie!«

»Verdammt, wann kapierst du es endlich? Komm jetzt, oder sollen wir etwa deinetwegen diese verfluchte Insel stürmen?«

Alena überlegte fieberhaft. Sie traute der Basa zu, dass sie mit Gewalt vorgehen würde. Mord und Totschlag würde es geben, wenn sie ein oder zwei Dutzend Undaros auf das Kloster losließ. Und Alena wollte weder das Blut ihrer Verwandten noch das der Soldaten an den Händen haben. »Na schön«, sagte sie schließlich, weil sie eine Idee hatte: »Ich komme mit, aber nicht heute!«

»Was soll denn das wieder heißen?«

»Ich hab hier noch was zu erledigen, 'ne Ehrensache. Komm in einem Monat wieder, dann begleite ich dich. Einverstanden?« Alena betete, dass Dreigos darauf eingehen würde. In einem Monat hätte sie die Insel längst verlassen ...

Für einen Augenblick blieb es still in der Hecke, dann sagte ihr Vetter: »Zehn Tage. So viel Zeit kann ich dir geben. Hab noch ein paar Sachen im Boot, die auf ihre Abnehmer warten. Muss noch nach Bukas und Cifat. Aber wenn die See ruhig bleibt, bin ich in genau zehn Tagen wieder hier und hole dich.«

»Aber das ist zu wenig Zeit!«, rief Alena.

Doch Dreigos war verschwunden. Das Gebüsch raschelte noch einmal, und dann rauschten nur noch die Wellen gegen das Ufer.

Alena bildete sich ein, draußen, auf dem dunklen Meer, einen Kopf in den Wellen zu sehen, aber sicher war sie sich nicht.

Plötzlich hatte sie das Gefühl, beobachtet zu werden. »Jamade?«, fragte sie halblaut in die Dunkelheit. Aber die Schatten der Nacht gaben ihr keine Antwort.

Sie lief zurück ins Kloster. Wie hatte Dreigos sie nur gefunden? Ob ihre Familie wirklich so verrückt war, sie mit Gewalt rauben zu wollen? Wenn die Basa wusste, wo sie war, musste sie mit dem Schlimmsten rechnen. Das würde ein Blutbad geben. Aber wie konnte sie das verhindern? Vielleicht, indem sie wieder auf Zeit spielte, ein paar leere Versprechungen machte und die Familie hinhielt, bis es zu spät war?

Die unerwartete Begegnung schlug ihr schwer aufs Gemüt, und sie war ein paar Tage ziemlich unleidlich. Die einzige Möglichkeit, sich abzulenken, sah sie darin, sich in Arbeit zu stürzen. Also übte sie wie eine Besessene, vor allem mit Caisa, und sie wurde immer besser darin, sie nachzuahmen.

»Es ist nicht gut, wenn Ihr versucht, wie sie zu sein«, meinte Meister Brendera, mit dem sie sich inzwischen immer besser verstand, eines Abends.

»Aber das ist doch meine Aufgabe«, erwiderte Alena.

»Eure Aufgabe ist es, für eine Prinzessin gehalten zu werden, und eine Prinzessin verstellt sich nicht.«

»Da kennt Ihr Caisa aber schlecht …«, gab Alena zurück.

Brendera stutzte kurz, dann sagte er: »Ihr seid wirklich klüger, als ich dachte. Dennoch, versucht, Ihr selbst zu sein. Das ist nämlich etwas, was sich nur Könige und Prinzen leisten können. Unsereins …« Er beendete den Satz nicht, und Alena beschlich wieder das Gefühl, dass ihm etwas auf der Seele lag.

»Was habt Ihr eigentlich gemacht, bevor Ihr hier auf die Insel kamt?«, fragte sie.

»Das habt Ihr mich doch schon einmal gefragt.«

»Und ich habe keine Antwort bekommen.«

»Ich war ein nützliches Mitglied der Gesellschaft. Zufrieden? Nein? Dann kann ich Euch dennoch nicht mehr helfen als mit dem Rat, Eure Nase nicht in anderer Leute Angelegenheiten zu stecken. Und damit Ihr Euch wieder auf das Wesentliche konzentriert, werde ich heute Abend Eure Fertigkeit in den Tänzen prüfen. Solltet Ihr nicht bestehen, werde ich die Zahl der Übungsstunden noch einmal verdoppeln müssen.«

Trotz dieser Drohung wurde es dann, wenigstens für die anderen, ein sehr vergnügter Abend. Der Tanzmeister hatte die Lehrer, Caisa und auch Hauptmann Geneos hinzugebeten. Er selbst spielte die Laute und klopfte den Takt, während der Hauptmann und Meister Siblinos die Damen zum Tanz führten. Und nachdem Alena die höfischen Tänze zur Zufriedenheit ihres Lehrers bewältigt hatte, spielte Brendera noch einige Bauerntänze, bei denen es wesentlich ungezwungener zuging. Sie lachten und tanzten, und als Alena sah, wie Meister Siblinos Doma Lepella über das Parkett wirbelte, dachte sie, dass sie selten ein so harmonisches Paar gesehen hatte. Und obwohl sie viel älter waren als Caisa und der Hauptmann, die neben ihnen durch den Saal schwebten, dachte sie doch, dass sie den Jüngeren in Sachen Eleganz in nichts nachstanden.

Sie grinste, wenn sie sich in Erinnerung rief, dass sich die beiden am Anfang nicht hatten ausstehen können. Jetzt flogen sie schwerelos gemeinsam durch den Saal, bis Siblinos irgendwann japsend um Gnade bat.

Trotzdem hatte Alena auch nach diesem heiteren Abend voller Ablenkungen das Gefühl, dass sie wissen musste, was Meister Brendera zu verbergen hatte. Sie hatte zuvor schon Doma Lepella und Meister Siblinos nach der Vergangenheit des Tanzmeisters gefragt, aber die beiden wussten noch weniger über den Mann als sie selbst, und auch das fand Alena sonderbar.

Sie legte sich aufs Bett, aber Musik und Tanz pochten noch in ihrem Blut, und sie konnte nicht einschlafen. Irgendwann hatte sie es satt, an die Decke zu starren, und stand auf. Sie beschloss, Caisa in dieser Frage einzuspannen. Das war nicht nett, aber sie wurde das Gefühl nicht los, dass sie Brenderas Geheimnis ergründen musste. Sie mochte ihn, und sie war nicht blind – er hatte auch Gefallen an ihr gefunden. Sie hörte es an seinen Komplimenten, die nicht mehr gekünstelt klangen, und sie sah es an seinen Blicken. Er war vermutlich einfach nur zu klug, dem nachzugeben, denn natürlich wäre eine Annäherung jetzt, kurz vor »ihrer« Hochzeit, undenkbar. Allerdings fragte sich Alena, was danach geschehen würde. Brendera könnte sie doch eine Weile begleiten, wenn all das vorüber war …

Sie hätte ihn, gerade jetzt, wo Vetter Dreigos aufgetaucht war, gerne ins Vertrauen gezogen, aber da sie das Geheimnis, das ihn umgab, nicht durchschaute, wusste sie einfach nicht, ob sie ihm trauen konnte.

Ob ausgerechnet Caisa ihr Klarheit verschaffen konnte? Sie war sehr gut darin, Leute zu Dingen zu bringen, die sie eigentlich gar nicht tun wollten. Sie lief hinüber, fand Caisas Quartier jedoch verlassen. Für einen Augenblick hoffte sie, die Prinzessin möge die laue Sommernacht nur für einen einsamen Spaziergang am Meer nutzen. Aber nein, das wäre nicht ihre Art.

Als sie in die schmale Gasse einbog, die zum Kuhstall führte, sah sie die beiden schon: Caisa und Hauptmann Geneos in inniger Umarmung, vom hellen Mondlicht freundlich beschienen.

Und dann sah sie noch etwas: Einen Schatten auf dem Dach. Jamade? Der Schatten erhob sich. Er hielt etwas in den Händen. Es sah aus wie ein schwerer Stein.

»Vorsicht!«, rief Alena und rannte los. »Auf dem Dach!«

Der Hauptmann fuhr herum und starrte hinauf zu Dijemis, der den großen Steinbrocken hoch über den Kopf erhoben hielt. Jeden Augenblick würde er ihn hinabschleudern.

Plötzlich tauchte hinter ihm eine schlanke Gestalt aus dem Nichts auf – Jamade. Sie packte den jungen Mönch von hinten am Hals und riss seinen linken Arm zur Seite. Der Stein fiel ihm aus der Hand und zerschmetterte ein paar alte Dachziegel. Dann gab die Schattenfrau Dijemis einen harten Stoß in den Rücken. Mit einem erstickten Schrei taumelte er vornüber vom Dach und schlug hart auf dem Pflaster auf.

Der Hauptmann zog sein Schwert. »Nein, nicht!«, rief Alena.

»Dieser Bauernlümmel«, zischte Geneos.

»Beruhigt Euch, Hauptmann«, rief Jamade vom Dach herab. »Er ist doch schon besiegt.«

Aber Dijemis sprang auf, mit einem Schrei der Wut und des Schmerzes stürzte er sich mit bloßen Fäusten auf Geneos.

Der Hauptmann wich nicht zurück, obwohl er alle Zeit der Welt dafür gehabt hätte. Er hob sein Schwert und durchbohrte die Brust des Mönches so leicht und einfach, als würde er einen Apfel aufspießen.

Caisa schrie entsetzt auf, und Alena, die die kleine Gruppe zu spät erreichte, blieb wie gelähmt stehen. »Dijemis«, flüsterte sie.

»Dieser Narr«, zischte Geneos und schob sein Schwert zurück in die Scheide.

»Mörder!«, schrie Alena und stürzte sich auf ihn. Aber bevor sie ihn erreichte, wurde sie von einer unsichtbaren Kraft festgehalten.

»Beruhigt Euch«, zischte Jamade, die irgendwie hinter sie geraten war. »Es ist doch zu spät.«

Alena blickte auf den leblosen Körper des Mönchs. Caisa warf sich weinend zu Boden.

»Er hat mich angegriffen. Ich musste mich verteidigen«, rechtfertigte sich Geneos gelassen.

»Ihr hättet ihn doch auch ohne Waffe besiegt!«, schrie ihn Alena an.

»Es macht doch kaum einen Unterschied«, erwiderte der Hauptmann kalt.

Alena hörte Schritte näher kommen. Von allen Seiten kamen sie gerannt, aber sosehr sie auch eilten, sie würden zu spät kommen, um den Mönch Dijemis noch zu retten.

Abt Gnoth überhäufte Alena mit Vorwürfen, bis ihn Bruder Seator irgendwann knurrend auf seinen Irrtum aufmerksam machte.

Der Abt verstummte, offenbar traute er sich nicht, die heulende Caisa so hart anzufahren, wie er es bei Alena getan hatte. Doma Lepella weinte an der Schulter von Meister Siblinos, die Soldaten standen halb verlegen, halb trotzig bei ihrem Hauptmann, und es war Meister Brendera, der sich schließlich niederkniete und Dijemis die Augen schloss.

Alena stand einfach auf und ging. Es dauerte, bis sie merkte, dass Bruder Seator an ihrer Seite war. »Ich muss mich bei Euch entschuldigen, Fräulein Alena«, begann er. Und weil sie nichts erwiderte, fuhr er fort: »Ich habe immer gedacht, dass Ihr das Verhängnis über diese Insel bringen würdet, aber so wie es aussieht, ist es die Prinzessin, die das Unglück anzieht.«

Auch darauf erwiderte Alena nichts.

Irgendwann, viel später, saß sie immer noch in ihrer Kammer auf der harten Pritsche und starrte aus dem schmalen Fenster in die Nacht. Der Abend hatte so schön begonnen – wie hatte er so böse enden können? An Schlaf war nicht zu denken. Also verließ sie die Kammer. Sie musste mit jemandem reden, und der Einzige, der jetzt noch in Frage kam, war Meister Brendera. Sie ging hinüber zu seinem Quartier und klopfte vorsichtig an die Tür. Sie war so in Gedanken, dass sie sich nichts bei den leisen Geräuschen dachte, die durch die Pforte drangen. Sie trat ein und erstarrte. Drei Kerzen erhellten die schmale Kammer. Meister Brendera war nicht allein.

»Habt Ihr nicht gelernt, auf ein Herein zu warten?«, seufzte er, während Caisa sich an ihn schmiegte und keine Anstalten machte, ihre Blöße zu bedecken.

Alena sah noch etwas anderes, etwas, das viele ihrer Fragen beantwortete, aber der Anblick der beiden war zu viel für sie. Sie drehte sich auf dem Absatz um und lief davon.

Bis zu Dijemis' Beisetzung ging sie dem Tanzlehrer aus dem Weg, sie schwänzte die Tanzstunden und verkroch sich in einer Mauernische, wo sie niemand finden konnte. Jedenfalls glaubte sie das.

Am Tag nach der schmucklosen Beisetzung des Mönches – seine beiden Brüder legten ihn einfach in einen der leeren Steinsärge im Totenhaus – saß sie wieder in ihrem Versteck, als Brendera plötzlich oben auf der Mauer auftauchte.

»Wir sollten miteinander reden«, meinte er.

»Lasst mich in Ruhe.«

Er sprang von der Mauer. »Ein gutes Versteck«, lobte er. »Wäre die Schattenfrau nicht gewesen, ich hätte Euch nie gefunden.«

»Was wollt Ihr? Ich bin nicht Eure Prinzessin.«

»Es ist nicht viel Zeit bis zu jener Hochzeitsfeier, Alena. Ihr könnt mich gerne verachten, aber Ihr solltet darüber nicht Euren Unterricht vernachlässigen.«

Alena seufzte. »Aber … Caisa? Wie konntet Ihr nur?«, fragte sie.

Er zuckte mit den Schultern. »Ich bin auch nur ein Mann. Und sie brauchte Trost.«

»Und wenn der Herzog es erfährt?«, rief sie, obwohl ihr das eigentlich herzlich egal war.

»Das macht wohl kaum noch einen Unterschied«, erwiderte er mit diesem schwermütigen Gesichtsausdruck, den sie immer noch nicht deuten konnte.

Sie verstand den Satz nicht, aber hatte Hauptmann Geneos nicht ganz ähnliche Worte gebraucht, nachdem er den Mönch getötet hatte?

Er setzte sich zu ihr ins Gras und blickte wie sie auf das Meer hinaus.

»Ich habe Eure Narben gesehen«, sagte sie nach einer Weile.

Er schwieg.

»Ich habe die schon öfters gesehen, bei dem ehemaligen Galeerensklaven, der im Krähenviertel um Essen bettelte.«

»Ich sagte Euch doch, dass ich ein nützliches Mitglied der Gesellschaft war«, gab Brendera sarkastisch zurück.

»Wie kommt ein Galeerensträfling auf diese Insel?«

Er lächelte auf seine melancholische Art. »Ich war nicht immer auf der Galeere.« Er seufzte. »Also schön, wenn Ihr es unbedingt wissen wollt ... Ich stamme aus einer alten und angesehenen, aber leider vollkommen verarmten Familie. Also tat ich das Einzige, was ich konnte – ich lehrte die jungen Menschen das Tanzen und organisierte die Feste des Adels von Malgant. Ich wurde nicht reich dabei, aber für mich und meine Frau war es genug. Dann jedoch erkrankte sie an einem tückischen Fieber, und der einzige Heiler, der behauptete, sie heilen zu können, verlangte eine Menge Silber dafür. Silber, das ich nicht besaß. Aber ich hatte Zugang zu den besten Häusern der Stadt, und so bediente ich mich bei jenen, die doch mehr als genug von allem hatten. Ich ließ Schmuck verschwinden.«

»Ihr seid ein Dieb!«

»Leider war ich damals nicht sehr geschickt. Ich wurde entlarvt, weil ich unvorsichtig wurde, denn der Heiler verlangte immer mehr und erreichte doch immer weniger. Am Tag, als meine Frau starb, stürmte die Wache mein Haus. Ich floh zur Hintertür hinaus und verließ Malgant. Nicht einmal beerdigen konnte ich meine Gattin. Ich versuchte dann mein Glück in anderen Städten unter anderem Namen, aber immer als Tanzmeister. So gelangte ich nach Terebin, wo ich wieder das Herz einer, zugegeben, etwas älteren Dame eroberte. Zu meinem Unglück tanzte auf dem zweiten Fest, das ich ausrichtete, auch ein Edelmann aus meiner Heimat … So wurde ich verhaftet und zu einem Leben auf der Galeere verurteilt. Ich war einen Monat dort, dann erschien der Strategos und unterbreitete mir dieses Angebot, das ich annahm, obwohl ich bereits ahnte …« Er brach ab.

»Was ahntet Ihr?«

»Das, was Ihr nicht sehen wollt, Fräulein Alena. Öffnet Eure Augen, dann fällt Euch vielleicht auf, was mich mit Meister Siblinos, Doma Lepella, den Mönchen und dieser ganzen Insel verbindet. Nein, vielleicht könnt Ihr es nicht sehen, denn Ihr mögt zwar aus einem der übelsten Viertel der Zwölf großen Städte stammen, doch ist dieses Denken Euch wohl dennoch fremd.« Er seufzte. »Wir sind entbehrlich, Alena von den Krähen! Niemand wird uns vermissen, niemand wird sich wundern, wenn wir spurlos verschwinden. Meister Siblinos ist ein einsamer Witwer, Doma Lepella eine alternde Jungfer und ich … nun, Ihr wisst ja jetzt, was ich bin.«

»Entbehrlich?«, wiederholte Alena bestürzt. »Und – die Mönche?«

»Wer, glaubt Ihr, wird merken, dass sie nicht mehr auf der Insel sind? Das Leuchtfeuer dort oben, mit dem man Feinde auf die Felsen lockte, hat seit Jahrzehnten nicht mehr gebrannt, und Schüler sind auch schon seit Jahren nicht mehr gekommen. Ich weiß nicht, ob man sich die Mühe machen wird, auch sie umzubringen, was aber Eure Lehrer betrifft, so bin ich ziemlich sicher, dass die Schattenfrau schon ihre Befehle für uns hat.«

»Aber das ist ja …«

»Furchtbar? Gewiss. Doch macht Euch keine Sorgen um die Verlorenen – sorgt Euch mehr um Euch selbst.«

Alena fühlte, wie das Grauen langsam in ihren Verstand einsickerte. Allmählich ergab das alles einen Sinn.

»Auch Ihr seid nicht sicher, Alena. Caisa hat mir verraten, was Eure Aufgabe sein soll. Glaubt Ihr ernsthaft, der Strategos von Terebin plant einen derart gewaltigen Betrug und würde dann die Hauptzeugin am Leben lassen?«

»Er hat mir zehntausend Schillinge versprochen«, erwiderte Alena langsam.

»Diese Summe wird er vermutlich sparen können.«

»Er will mich *töten* lassen?«

»Sobald Eure Aufgabe erfüllt ist. Mein Rat für Euch wäre daher – flieht! Nutzt die erste Gelegenheit, die sich Euch bietet.«

»Ihr müsst Euch irren«, stieß Alena hervor.

»Denkt darüber nach. Doch lasst Euch nichts anmerken. Solange sie Euch brauchen, seid Ihr sicher. Und wenn Ihr erst wieder in Terebin seid, wird sich für jemanden, der so klug und tatkräftig ist wie Ihr, schon eine Gelegenheit zur Flucht finden.«

»So lange werde ich nicht warten – und Ihr solltet es auch nicht. Wir verschwinden heute Nacht! Mit den Mönchen, mit Meister Siblinos und Doma Lepella.«

»Wenn Ihr mir beibringen könnt, über das Wasser zu laufen, werde ich Euch gerne folgen, Alena. Oder habt Ihr hier ein Boot gefunden, das ich übersehen haben sollte?«

»Ein Boot?« Erst jetzt wurde Alena klar, dass es hier keine Boote gab. Sie war ein paar Mal am Steg gewesen, aber das Boot, das da einst gelegen hatte, war verschwunden. Sie hatte nur nicht weiter darauf geachtet. Aber es gab ja noch eine andere Möglichkeit – Vetter Dreigos! Er hatte ein Boot, und in zwei Nächten würde er kommen, um sie abzuholen. Das war die Lösung! Sie würde Meister Brendera, die anderen und wohl auch sich selbst retten, auch wenn das bedeutete, dass sie wieder in die Fänge ihrer Familie geraten würde.

Der Tanzmeister deutete ihr Schweigen offenbar falsch. »Tja, wie es aussieht, sitzen wir hier fest – und nur Ihr werdet diese Insel lebend verlassen«, meinte Brendera.

»Das lasse ich nicht zu!«, rief Alena. »Ich werde es verhindern!«

»Ich wünsche Euch dabei viel Erfolg«, sagte der Tanzlehrer, aber er sah nicht aus, als ob er daran glaubte.

Sie sagte ihm nicht, was sie vorhatte, denn noch wusste sie gar nicht, ob Dreigos überhaupt in ihren Plan einwilligen würde. Aber er musste einfach. Sie würde ihn überreden, und sie hatte auch schon eine Ahnung, wie.

Am nächsten Tag kam im Morgengrauen ein Fischerboot zur Insel, und es brachte ein versiegeltes Päckchen für Hauptmann Geneos. Der Hauptmann öffnete es, steckte einen Beutel ein, der in dem Päckchen war, las das beigefügte Schreiben und verbrannte es.

Jamade, die ihn aus den Schatten heraus beobachtete, hätte gerne gewusst, was darin gestanden hatte, und vor allem hätte sie gerne gewusst, warum es für sie keine Befehle gab.

Am Nachmittag richtete sie eine zufällige Begegnung ein. »Ich habe gesehen, dass Ihr Post aus Terebin bekommen habt«, begann sie.

»Euch entgeht wohl nicht viel«, gab Geneos lächelnd zurück.

Sie zuckte mit den Schultern. »Ich nehme an, diese Post betrifft unsere baldige Abreise?«

»So kann man sagen«, antwortete er ausweichend.

»Und ich nehme an, dass das auch mich betrifft?«

»Natürlich, doch leider lautet mein Befehl, keinem Menschen vor der Zeit davon zu erzählen.«

»Ich bin ein Schatten.«

»Und doch auch ein Mensch, Jamade.« Der Hauptmann sah

sich vorsichtig um und senkte seine Stimme: »Schön, ich kann es Euch, glaube ich, dennoch sagen. Meine Befehle betreffen tatsächlich die Abreise der Doppelgängerin am Tag vor Neumond.«

»Und … unsere Abreise?«

»Findet etwas später statt, nachdem wir … sichergestellt haben, dass geheim bleibt, was geheim bleiben muss.«

»Ich verstehe. Ich nehme an, dabei benötigt Ihr meine Hilfe?«

»Ich werde Euch rechtzeitig in die Einzelheiten einweihen, Schatten.«

»Und die Prinzessin?«

»Wird von uns an einen sicheren und geheimen Ort gebracht.«

Jamade konnte sich ein Grinsen nicht verkneifen. »Wie erfreulich für Euch, Geneos.«

Er sah sie finster an. »Seit der Geschichte mit diesem Mönch will sie nichts mehr von mir wissen. Als ob es meine Schuld gewesen wäre. Der Mann hätte liegen bleiben sollen.«

»Hättet Ihr Euch nicht um ihn gekümmert, hätte ich es tun müssen«, stimmte Jamade zu. »Er war eine Gefahr für die Prinzessin.«

»Ich bin froh, dass wenigstens Ihr das versteht, Schatten.«

»Und es gibt noch weitere Gefahren, um die ich mich zu kümmern habe. Also entschuldigt mich, Hauptmann.«

Geneos wirkte wegen dieser Sache tatsächlich gekränkt. Verstand er wirklich nicht, dass Caisa nichts mehr mit ihm zu tun haben wollte, nachdem er ihren zweiten Liebhaber vor ihren Augen niedergestochen hatte? Dann war er vielleicht kaltherziger, als sie gedacht hatte. Er wäre wirklich ein guter Schatten geworden.

Am nächsten Tag war sie vor dem ersten Licht des Tages auf der Viehweide. Sie stieg hinab zum Meer und starrte hinaus. Sie suchte den Felsen, von dem der Undaro gesprochen hatte. Hatte Alena wirklich geglaubt, sie könne sich hier unbemerkt mit einem Eindringling treffen? Jamade hatte ihn schon entdeckt, bevor er die Insel erreicht hatte, sich dann in den Schatten versteckt und abgewartet.

Es war wirklich ein aufschlussreiches Gespräch gewesen. Jamade grinste, als sie daran dachte, dass die Filganerin offensichtlich vor einer Hochzeit davongelaufen war – nur, um jetzt eine andere zu feiern. Ihrer Einschätzung nach war es ein schlechter Tausch. Meister Brendera hatte Recht – auch dieses Gespräch hatte sie belauscht –, vermutlich würden weder die Lehrer noch die Schülerin diesen Betrug überleben.

Sie hatte das von Anfang an erwartet, und ihre Unterhaltung mit Geneos hatte diese Vermutung zur Gewissheit werden lassen. Ungewiss war lediglich, *wie* es geschehen würde, und das war etwas, das sie ärgerte. Wieso erhielt der Hauptmann diese Befehle – und nicht sie? Wieso fragte Meister Schönbart sie nicht um Rat? Wie wollte der Strategos all die Sicherheitsvorkehrungen, die der Seebund für den Prinzen treffen würde, überwinden? Und wie wollte er sicherstellen, dass der Verdacht nicht auf ihn und den Herzog fiel?

Aber das waren fruchtlose Gedanken. Sie hatte eine Aufgabe zu erfüllen, und das würde sie tun. Meister Iwar würde stolz auf sie sein.

Sie war sich endlich sicher, den richtigen Felsen gefunden zu haben, und stürzte sich in die kalte See. Die Strömung war stärker, als sie gedacht hatte, und sie musste kämpfen, aber sie war eine geübte Schwimmerin und gelangte schließlich zu dem Felsen, einer winzigen Insel, die auf ihrer Rückseite eine kleine, aber geschützte Bucht bot, in der sich allerlei Treibholz gesammelt hatte. Es war ein idealer Ankerplatz für ein kleines Boot.

Jetzt war Jamade sicher, an der richtigen Stelle zu sein. Ein Versteck bot der nackte Felsen nicht, aber sie hätte auch keine Verwendung dafür gehabt. Sie hatte noch ein paar Fragen an den

Undaro, und dazu musste sie natürlich mit ihm reden. Es war gut, dass sie nicht *nur* ein Schatten war.

Sie setzte sich in eine windgeschützte Ecke und wartete. Es war ein freundlicher Spätsommertag mit tiefblauem Himmel und ebenso blauem Meer, über dem unablässig die Möwen kreisten. Manchmal war am Horizont auch ein Segel zu sehen, aber keines hielt auf dieses winzige Eiland zu. Es war schon später Nachmittag, als sie endlich ein kleines Boot aus dem Süden heraufkommen sah.

Sie sammelte sich und rief die Ahnen. Sogar die Filganerin hatte von Martis, ihrer Heimat, gehört. Das war kein Wunder, denn es wurden viele Legenden über die Menschen erzählt, die sich angeblich in Tiere verwandeln konnten. Das konnte Jamade nicht. Aber sie hatte andere Fähigkeiten geerbt.

Sie fühlte, wie die Kraft der Ahnen aus der Erde aufstieg. Es war eine andere Magie als die der Schatten, sie fühlte sich anders an ... befriedigender, aber auch verlangender. Sie atmete tief ein und beschwor Alenas Bild herauf, nicht nur ihr Bild, auch ihre Stimme, ihre Gesten, verinnerlichte sie, eignete sie sich an. Es war kein leichter Prozess, er war sogar schmerzhaft, aber das machte den Erfolg nur umso kostbarer.

Dann war es getan, und sie sah die Welt mit anderen Augen.

Sie hockte sich auf die Fersen und winkte dem jungen Mann zu, der im Bug des Bootes saß. Hinter dem Segel, am Steuer, war noch ein zweiter. Auch damit hatte sie gerechnet.

Ein Laut der Überraschung entfuhr Dreigos Undaro, als er die Gestalt auf dem Felsen entdeckte. »Verdammt, Hisi, sieh nur, wer uns da zuwinkt! Alena? Wie bist du hier herausgekommen?«

Der zweite Undaro war damit beschäftigt, das Segel einzuholen, aber jetzt blickte er auf. Es lag etwas Brutales in seinen Zügen. »Verflucht will ich sein, wenn das nicht meine Kusine ist«, rief er.

»Glaubst du vielleicht, ich kann nicht so weit schwimmen wie du?«, gab Jamade patzig zurück. Sie fragte sich, wie viele Vettern die Filganerin wohl noch haben mochte.

»Hab dich ja eher wasserscheu in Erinnerung. Aber schön, dass du es dir anders überlegt hast.«

»Hab ich vielleicht nicht. Muss erst noch mit dir reden.«

»Verflucht, Alena, hör auf, dich zu zieren, und komm ins Boot«, rief Dreigos, der mit den Händen das kleine Gefährt auf Abstand zu den Felsen hielt.

Jamade schüttelte den Kopf.

»Stur wie ein Muli«, rief Dreigos und sprang an Land. Das Boot scheuerte leicht über ein paar Steine, als es in die winzige Bucht glitt. Hisi warf dem anderen eine Leine zu, die dieser um einen großen Stein wickelte.

»Nun, was gibt es denn noch?«, fragte Dreigos.

»Ich will wissen, was die Basa vorhat, wenn ich *nicht* mit Euch komme.«

»Was ist denn das für eine blöde Frage? Du bist doch schon hier.«

»Aber vielleicht schwimm ich wieder zurück. Heute Morgen dachte ich, es wäre eine gute Idee. Bin mir aber jetzt nicht mehr sicher. Ich meine – da wartet ein echter Prinz auf mich.«

»Kacke, ich hab's dir gesagt, Hisi ... die Sache ist ihr zu Kopf gestiegen! Aber die Basa hat gesagt, dass du ihn nicht heiraten wirst, weil da schon ein anderer wartet. Und dem bist du nun einmal zuerst versprochen worden.«

»Aber mich hat keiner gefragt!«, gab Jamade zurück, und sie hoffte, dass das auch stimmte.

»Schlechtes Gedächtnis, wie? Wer hat denn gesagt, dass sie den Teufel heiraten würde, wenn er sie nur aus dem Dreck holt?«

Jamade zuckte mit den Schultern. »Hab meine Meinung eben geändert. Und tue es heute vielleicht wieder. Ich werd sicher so schnell keine zweite Gelegenheit kriegen, einen Prinzen zu heiraten.«

»Mann, Ala, was soll denn der Scheiß?«, meldete sich Hisi zu Wort. »Die Basa hat's beschlossen, und es kommt doch immer so, wie die Basa sagt. Also … kommst du jetzt? Oder müssen wir dich mit Gewalt ins Boot schleifen?«

Jamade wusste immer noch nicht, was sie wissen wollte. Aber sie zog das Gespräch auch in die Länge, weil sie Dreigos Undaro genauer studieren wollte. »Da müssten schon ein paar mehr als ihr zwei kommen, um mich zu zwingen«, sagte sie mit dem Trotz, den sie so oft bei Alena beobachtet hatte.

Dreigos grinste. »Möchte wirklich mal wissen, warum die Basa ausgerechnet dich so gern hat, Kusine. Aber ich hab's dir schon gesagt – wenn wir zwei nicht reichen sollten, schickt sie vier, oder auch zehn oder zwanzig. Ist nur immer ärgerlich, weil darüber unsere Geschäfte liegen bleiben, verstehst du?«

»Gegen die Wachen im Kloster könntet ihr nichts ausrichten.«

»Bei allen Höllen, wenn es sein muss, schickt sie die ganze Familie! Jetzt komm und hör auf, hier die Prinzessin zu spielen!«

»Ganz, wie du willst«, sagte Jamade.

Die Rückverwandlung war immer wesentlich einfacher als die Verwandlung. Die falsche Gestalt fiel von ihr ab, und ein tiefes, gutes Gefühl durchströmte sie, als sie wieder sie selbst wurde.

Die beiden Undaros starrten sie ungläubig an.

Jamade tötete Dreigos, bevor er überhaupt wusste, wie ihm geschah. Dann sprang sie hinab ins Boot und packte Hisi am Kragen. Der Mann war größer und auch stärker als sie, aber er war viel zu entsetzt, um sich zu wehren.

»Also – was wird eure Basa tun, wenn Alena nicht nach Filgan zurückkehrt?«

Der Mann stammelte ein paar unzusammenhängende Worte.

Sie setzte ihm das Messer an die Kehle. »Rede – solange

du noch kannst! Was wird die Basa tun? Und wer ist das überhaupt?«

Der Mann stieß einen Schrei aus und versuchte, sie wegzustoßen, aber Jamade war vorbereitet und hielt ihn gepackt. »Was hat sie vor? Sind da wirklich noch zehn andere von euch?«

Hisi nickte, totenbleich.

»Und die Basa, wer ist das?«

»Sie wird dich töten, Hexe!«, stieß der Undaro hervor und versuchte sich loszureißen. Das Boot geriet heftig ins Schwanken. Hisi erkannte darin offenbar plötzlich eine Möglichkeit. Er klammerte sich an Jamade, hielt ihren Messerarm von seiner Kehle weg und versuchte, das Boot noch stärker zum Schaukeln zu bringen. Jetzt spürte Jamade, wie stark dieser Mann war.

Das Boot schlingerte, und sie rang auf schwankendem Boden mit dem Filganer, der sich verzweifelt an sie klammerte. Sie entwand sich schließlich seinem Griff und stieß ihm mit links ihre zweite Klinge in den Unterleib. Mit einem erstickten Seufzer sackte Hisi auf die Knie.

Jamade beugte sich zu ihm herab. »Alena ist leider unabkömmlich. Also … eure Basa, was wird sie tun?«

»Fahr zur Hölle, Weib!«

»Du kannst da auf mich warten, Dummkopf«, gab sie zurück und machte der Sache ein Ende. Sie schleppte die beiden Filganer auf die Felsen. Sie ins Meer zu werfen wagte sie nicht, denn sie fürchtete, die Strömung könnte sie hinüber zur Mondinsel treiben. Dann suchte sie nach einer Axt, um das Boot zu versenken, aber als sie in einer Kiste eine fand, ließ sie es in einem plötzlichen Beschluss doch unversehrt. Das Treibholz, das sich hier angesammelt hatte, bewies, dass die Strömung es nicht davontragen würde – und sie hatte das Gefühl, dass es gut wäre, dieses Boot in der Hinterhand zu haben.

Sie zog es so weit wie möglich in die Bucht und besorgte noch weitere schwere Steine, mit denen sie die Leine sicherte. Dann brach sie auf. Es war schon spät, und sie hatte noch eine Verabredung. Und für den Fall, dass Alena bereits dort warten würde, nahm sie die Gestalt von Dreigos Undaro schon an, bevor sie in die kalte See sprang.

Alena hielt es während des Abendessens kaum auf ihrem Stuhl. Sie musste ans Ufer und ihren Vetter treffen. Aber Meister Siblinos, der dem Wein etwas mehr als sonst zugesprochen hatte, war in Erzähllaune geraten und unterhielt die kleine Gesellschaft mit Anekdoten aus dem Palast. Zu anderer Zeit wäre ihr das willkommen gewesen, aber nun konnte sie ihre Ungeduld kaum bezähmen.

»Was ist mit Euch, Alena?«, fragte Meister Brendera mit einem melancholischen Lächeln. »Ihr wirkt abwesend, dabei solltet Ihr diesen schönen Abend in dieser Runde genießen, denn wir werden nicht mehr viele davon erleben.«

»Es ist nichts«, erwiderte Alena.

»Dann seid so gut und hört zu, was Meister Siblinos zu erzählen hat. Er verdient Eure Aufmerksamkeit, findet Ihr nicht?«

Natürlich gebührte dem Mann, den sie für sich lange Zeit Meister Stocksteif genannt hatte, größter Respekt. Er hatte, nach gewissen Missverständnissen zu Beginn, viel Geduld bewiesen. Dann sah sie Doma Lepella, wie sie an den Lippen des dürren kleinen Mannes hing, und begriff, dass sich da zwei gefunden hatten. Aber wenn sie nicht bald mit ihrem Vetter sprach, würde aus dieser Romanze nicht mehr viel werden.

Gerne hätte sie Brendera gesagt, dass sie dabei war, ihre gemeinsame Flucht zu planen, aber es schien ihr einfach zu gefährlich: Dieses Schattenweib war nicht zu sehen, und es war gut möglich, dass sie irgendwo im Dunkeln lauerte und lauschte.

Endlich kam Siblinos doch zu einem Ende, und Alena verdrückte sich. In der Tür wurde sie jedoch von Bruder Seator aufgehalten. »Ich hörte, dass Ihr uns bald verlassen wollt«, begann er.

»Es ist noch über eine Woche, Vater. Aber Ihr wollt mir nicht sagen, dass es Euch betrübt, wenn wir Eure kostbare Insel verlassen, oder?«

»Natürlich nicht. Eigentlich gehe ich davon aus, dass das Verhängnis, das Euch zur Mondinsel gefolgt ist, uns verschlingen wird, uns und danach die ganze Welt. Es ist kein Zufall, dass der Tag vor dem Schwarzen Mond zur Abreise vorgesehen ist.«

»Der Schwarze Mond?«

»Der letzte Neumond des Sommers. Habt Ihr die Bücher nicht gelesen, die ich Euch gab?« Er schüttelte missbilligend den Kopf. »Es ist bekannt, dass an diesem Tag schon immer großes Unheil in die Welt kam. Die Pest, die einst die Länder entvölkerte, der Untergang der herrlichen Stadt Bariri, der Tod des letzten melorischen Kaisers – dies alles geschah in den Tagen des Schwarzen Mondes. Ich habe die Zeichen befragt, und sie sagen, dass der nächste Schwarze Mond weit größeres Unheil bereithält. Doch will ich Euch angesichts des Unvermeidlichen nicht ängstigen.« Er tätschelte ihr freundlich die Wange. »Eigentlich wollte ich Euch lediglich sagen, dass ich es Euch nicht verüble, das Böse hierhergebracht zu haben. Es war eben Euer Schicksal. Und jetzt solltet Ihr vielleicht noch einmal einen Blick in Eure Bücher werfen, damit sich während Eurer kommenden Aufgabe nicht noch mehr Lücken offenbaren.«

Der Mönch schlurfte davon, und Alena sah ihm noch einen Augenblick nach. Die Prophezeiungen konnten ihr gestohlen bleiben. Sie würde verhindern, dass hier etwas Schlimmes geschah.

Sie schlich durch die alten Gassen hinüber zur Viehweide. Die Soldaten nahmen ihren Dienst zwar nicht sehr ernst, aber sie wollte auch nicht zufällig über einen stolpern, der irgendwo herumlungerte.

Sie blickte zum Turm. Tatsächlich konnte sie dort oben die Silhouette eines Mannes vor der schmalen Sichel des Mondes sehen, aber er schien ihr den Rücken zuzukehren. Sie schlich weiter und hielt sich am Rand der Weide, weil das Buschwerk ihr dort Deckung gab.

»Ah, endlich«, sagte eine vertraute Stimme.

»Dreigos! Gut, dass du hier bist. Ich brauche deine Hilfe«, sprudelte es aus ihr heraus.

»Langsam, Kusine, langsam«, gab ihr Vetter zurück. Er hielt sich im Buschwerk versteckt. Sie konnte sein Gesicht kaum erkennen.

»Ich begleite dich – aber du musst noch jemanden mitnehmen. Ein paar Leute, um genau zu sein. Das ist meine Bedingung. Ich komme ohne Widerrede nach Filgan – wenn wir meine Freunde mitnehmen!«

Dreigos gab keine Antwort.

»Aber hast du nicht gehört? Ich bin bereit, den Stinker zu heiraten! Deswegen bist du doch hier.«

»Deswegen war ich vor zehn Tagen hier, Ala. Aber die Basa hat sich die Sache überlegt. Jetzt meint sie, es sei gar nicht so blöd für die Familie, wenn du einen richtigen Prinzen heiratest.«

»Was?«

»Na ja, das wolltest du doch ...«

»Nein, das wollte ich nicht! Das heißt, ja, doch, aber da wusste ich nicht, dass nach der Hochzeit alle sterben werden – deine Kusine Alena eingeschlossen!«

»Wirklich?«, fragte Dreigos gedehnt.

»Natürlich! Oder glaubst du, so ein echter Prinz gibt sich mit einer Krähe aus Filgan ab? Das Ganze ist ein Trick, ein Betrug, und zwar ein richtig großer, wie ihn nur Fürsten durchführen können.«

»Ich meine, du erzählst ganz schönen Mist«, kam es aus dem Gebüsch.

Alena konnte es nicht glauben. Was war nur in ihren Vetter gefahren, der sie vor ein paar Tagen noch am liebsten an den Haaren von dieser Insel geschleift hätte?

»Na, ist auch egal. Die Basa sagt, dass sie einen Plan hat. Irgendwas Großes, aber frag mich nicht, was. Jedenfalls sollst du erst einmal diesen komischen Prinzen heiraten.«

»Einen Plan?«

»Klar, sie hat doch immer einen. Ich bin nur hier, um dir zu sagen, dass du die Sache zu Ende bringen sollst.«

»Aber meine Freunde – sie sind in großer Gefahr!«

»Das ist aber doch deren Problem, nicht unseres.«

»Aber …«

»Ich sehe das so – die halten dich hier fest, ohne nach unseren Sorgen zu fragen. Jetzt fragen wir auch nicht nach ihren.«

»Aber Dreigos … du kannst doch nicht …«

»Verdammt, ich glaube, die Wache hat was gemerkt«, unterbrach er sie.

Alena drehte sich rasch um. Der Wachmann auf dem Turm schien jedoch immer noch in eine andere Richtung zu blicken. »Nein, sieht nicht so aus.«

»Doch, verdammt, ich glaube, er hat eben etwas nach unten gerufen. Bleibt sich aber auch gleich. Ich habe dir gesagt, was ich zu sagen hatte, und kann verschwinden. Pass auf dich auf, Ala!«

»Dreigos, warte!«, rief Alena, doch das Gesicht ihres Vetters war schon verschwunden. Sie kämpfte sich durch die Büsche hinab zum Ufer – aber er war fort. Und so angestrengt sie auch auf das Meer hinausblickte, sie konnte ihn nicht entdecken.

Alena war ratlos und verwirrt. Die Basa, ihre eigene Großmutter, ließ sie in den sicheren Tod gehen? Nein, da musste mehr dahinterstecken. Vermutlich hatte sie wirklich irgendeinen Plan.

Sie war ziemlich durchtrieben. Doch selbst wenn es so war, würde es ihren Freunden nicht weiterhelfen. Also musste sie selbst etwas unternehmen.

Kurz entschlossen lief sie zu Abt Gnoth, der sich bereits in sein Quartier zurückgezogen hatte, und sie erzählte ihm von dem, was Meister Brendera befürchtete. Von ihrem Vetter und ihrer Familie sagte sie allerdings nichts.

Der Abt sah sie skeptisch an. »Ihr glaubt also, dass der Herzog von Terebin so verdorben ist, dass er auf dieser heiligen Insel unschuldige Menschen ermorden lässt?«

Alena öffnete den Mund, um genau das zu bestätigen, aber plötzlich hatte sie Zweifel. All ihre Lehrer lobten Herzog Ector für seinen Edelmut. »Vielleicht nicht der Herzog«, erwiderte sie schließlich, »aber doch sein Strategos. Es steht viel auf dem Spiel, versteht Ihr?«

»Meister Thenar ist ein kluger, wenn auch gelegentlich etwas unhöflicher Mann, und vielleicht nimmt er sich selbst ein wenig zu wichtig, aber ein Mörder, der Frauen und fromme Mönche tötet? Nein, Fräulein Alena, Ihr irrt Euch. Ihr solltet vielleicht nicht zu sehr auf das hören, was Meister Brendera sagt. Ihr wisst es vielleicht nicht, aber er hat einen etwas zweifelhaften Ruf.«

»Ich weiß, dass er auf der Galeere war, aber er beging seine Verbrechen anfangs nur aus Liebe zu seiner kranken Frau.«

»Das hat er Euch erzählt? Nun, soweit ich weiß, war Meister Brendera nie verheiratet. Man hat mich vor ihm gewarnt, wisst Ihr? Er hat einen Ruf, nicht den besten, wie Ihr Euch denken könnt, nein, er ist ein Betrüger. Aber fragt Hauptmann Geneos. Er weiß mehr über diesen Mann, denn er hat ihn seinerzeit verhaftet. Ich fürchte, dass Ihr auf ihn hereingefallen seid, weil Ihr selbst auch nicht immer fest auf dem Boden der Wahrheit steht.«

Alena hörte die letzte Bemerkung kaum. Brendera hatte sie

belogen? Das durfte doch nicht wahr sein! Konnte sie denn niemandem trauen?

Sie dankte dem Abt für seine Geduld und ging. Sie würde Hauptmann Geneos bestimmt nicht fragen, sie ging ihm seit Dijemis' Tod aus dem Weg. Vielleicht sollte sie einfach hinübergehen und Brendera auf den Kopf zusagen, was sie gerade gehört hatte. Aber dann dachte sie, dass Caisa vielleicht wieder bei ihm sein würde, und sie hätte es nicht ertragen, die beiden zusammen zu sehen. Erst viel später dämmerte ihr, dass der Abt kaum wissen konnte, ob Brendera im fernen Malgant verheiratet gewesen war oder nicht. Brendera hatte wirklich bedrückt gewirkt, als er vom Sterben seiner Frau gesprochen hatte. Nein, sie hätte gemerkt, wenn er sie in diesem Punkt belogen hätte. Jemand, und sie ahnte auch wer, hatte den grundehrlichen Abt getäuscht. Oder nicht? Der Schatten des Zweifels blieb, und sie scheute vor einem klärenden Gespräch mit dem Tanzmeister zurück.

Die letzten Tage auf der Insel waren ein Wechselbad von Hoffen und Bangen für Alena. Mal schienen ihr die düsteren Voraussagen ihres Tanzlehrers berechtigt, dann aber hoffte sie einfach, dass der Abt Recht behalten und alles gut werden würde. Doch wie es auch kommen würde – sie konnte wenig unternehmen. Dann fiel ihr ein, wie sie vielleicht doch etwas tun konnte ...

Der Tag der Abreise kam, und der Strategos erschien selbst, um Alena abzuholen. Er war in einer prachtvoll geschmückten Galeere gekommen, und selbst das Beiboot, das ihn an Land brachte, war bunt beflaggt. Aber die Flaggen hingen schlaff herab, denn ein leichter Sommerregen ging schon den ganzen Morgen über der Insel nieder.

»Ich grüße Euch, Hoheit«, grüßte Thenar sie, als er den Steg betrat.

»Seid auch Ihr mir gegrüßt, Meister Thenar«, gab Alena, die eines von Caisas Gewändern trug, huldvoll zurück.

Thenar kniff ein Auge zu, sah sie an und schüttelte den Kopf. »Wo ist Eure Doppelgängerin? Ich hoffe, sie packt bereits.«

Alena konnte sich nicht helfen: Sie grinste ein sehr hoheitsloses breites Grinsen.

Der Strategos lachte, als er seinen Irrtum bemerkte. »Wirklich ausgezeichnet. Ich bin auf Euch hereingefallen. Aber gewöhnt Euch bitte noch dieses Grinsen ab. Und das Kleid müsst Ihr wechseln. Für die Mannschaft an Bord seid Ihr nur eine Aussätzige, die wir abholen, bevor wir nach Perat segeln, wo die echte Prinzessin vermutet wird. Vergesst also den Schleier nicht.«

Der Strategos schien es eilig zu haben. Er rief sofort nach seiner Ankunft im Speisesaal die Lehrer zusammen, lobte sie und belohnte jeden von ihnen mit einem kleinen Beutel Silbermünzen. »Ich kann Euch nicht genug danken für das kleine Wunder, das Ihr hier vollbracht habt. Ihr habt Terebin einen großen Dienst erwiesen. Jetzt möchte ich Euch bitten, Caisa noch eine Weile Gesellschaft zu leisten, während Eure Schülerin mich nach Terebin begleiten wird, um unsere Stadt vor schlimmem Unheil zu bewahren.«

Er gab jedem einzeln die Hand, und Alena konnte sehen, dass vor allem Meister Siblinos und Doma Lepella geradezu überwältigt waren. Nein, Meister Brendera hatte sich bestimmt geirrt, dieser Mann war zu Gräueltaten nicht fähig. Und doch musste sie es genauer wissen. Sie bat den Strategos um ein Gespräch unter vier Augen.

»Ihr seid nervös?«, fragte er, als sie ungestört waren. »Es wäre nur natürlich.«

»Ja … nein. Ich meine, mir wird angst und bange, wenn ich darüber nachdenke, was vor mir liegt.«

»Dazu besteht kein Grund. Ihr seid gut vorbereitet, und ich bin auch noch da, um Euch im Notfall beizuspringen. Die blauen Linien unter meinem Bart werden Euch nicht entgangen sein, und Ihr werdet bald feststellen, dass es sehr nützlich sein kann, einen Magier in seiner Nähe zu haben, wenn es brenzlig wird.«

»Ich danke Euch. Es gibt da jedoch noch etwas, Meister Thenar. Es ist das Schicksal meiner Lehrer – die mir so etwas wie Freunde geworden sind.«

Der Strategos runzelte die Stirn. »Ihr versteht aber, dass sie Euch nicht begleiten können, oder? Und falls Ihr Euch fragt, was danach geschehen wird, nun, das Silber, das ich ihnen gab, ist nur eine kleine Anerkennung. Wenn diese Sache ausgestanden ist, werden sie eine weitere großzügige Belohnung erhalten.«

»Meine Sorge ist, dass ihnen etwas ... zustoßen könnte.«

»Zustoßen?«

Alena wurde fürchterlich verlegen. Der Mann strahlte so eine freundliche Gelassenheit aus, es war schwer, ihm üble Absichten zu unterstellen.

»Ich weiß ja, wie viel auf dem Spiel steht. Und da ist die Schattenfrau ... und Bruder Seator mit seinen düsteren Voraussagen ... und ich will einfach, dass Ihr mir versprecht, dass ihnen nichts geschehen wird.«

Die Miene des Strategos verfinsterte sich. »Mir gefällt nicht, was Ihr da unterstellt, Alena. Ich bin kein Halsabschneider aus dem Krähenviertel.« Dann glätteten sich seine Züge wieder. Er nahm ihre Hand, blickte ihr tief in die Augen und sagte: »Ich verspreche Euch hoch und heilig, dass der Schatten Euren Freunden kein Haar krümmen wird!«

»Und ... kann ich sie hinterher wiedersehen?«

»Das glaube ich allerdings nicht, denn Ihr werdet Terebin verlassen müssen, wenn das alles vorbei ist. Das versteht Ihr doch, oder? Gut. Ich hoffe, ich konnte Eure Sorgen zerstreuen? Sehr schön. Und nun lasst uns aufbrechen.«

Alenas Abschied von Caisa fiel ziemlich knapp aus. Die Prinzessin umarmte sie, wünschte ihr Glück und Erfolg und schien eine freundliche Antwort zu erwarten. Aber Alena konnte ihr nicht verzeihen, was sie dem armen Dijemis angetan hatte, und nickte ihr nur zu, als sie die Umarmung löste.

Der Abschied von den anderen fiel ihr wesentlich schwerer.

Abt Gnoth ermahnte sie, ihren Lehrern keine Schande zu bereiten, was sie feierlich versprach. Doma Lepella drückte sie unter Tränen und versicherte ihr wenigstens zehn Mal, dass sie bestimmt eine wundervolle Prinzessin sein werde und wie sehr sie es bedaure, nicht dabei sein zu können.

Bruder Seator drückte ihr ein Pergament in die Hand. »Es ist eine Abschrift des letzten Kapitels von Aeros' Reisen. Ein seltenes Stück, das von Rettung in höchster Not erzählt. Vielleicht spendet es Euch Trost, wenn das Ende der Welt naht.«

Meister Siblinos verbeugte sich steif und meinte, sie solle stets auf ihre Haltung achten. Aber sie packte und umarmte ihn einfach, was ihn sichtlich in Verlegenheit brachte.

Sie verabschiedete sich sogar von Sergeant Lidis und seinem Freund Staros, was den beiden schmeichelte, Hauptmann Geneos hingegen beachtete sie nicht.

Zuletzt verabschiedete sie sich von Meister Brendera. Auch ihn umarmte sie innig und flüsterte ihm ins Ohr. »Ich habe mit dem Strategos gesprochen. Er hat mir versichert, dass der Schatten keine Gefahr für Euch darstellt.«

»Macht Euch um uns keine Sorgen, Alena«, erwiderte der Tanzmeister. »Ich wünsche Euch alles Gute. Denkt an mich, wenn Ihr tanzt, aber vor allem bedenkt, dass Ihr nicht auf dem Parkett, sondern auf einer Rasierklinge tanzt, Alena von den Krähen.«

Sie nickte, umarmte ihn noch einmal und war endlich bereit, diese Insel zu verlassen.

Wie passend, dachte sie, als es plötzlich begann, wie aus Eimern zu schütten.

Jamade wusste, dass sich die Filganerin gewiss nicht von ihr verabschieden wollte. Sie hatte allerdings auch Besseres zu tun, als im Regen zu stehen und sentimental zu werden. Sie suchte den Strategos auf, der im Torhaus wartete.

»Und wie lauten Eure Anweisungen für mich?«, fragte sie nach kurzer Begrüßung.

Er starrte hinaus in den Regen. »Geneos weiß über alles Bescheid. Er wird Euch bald über alles Nötige informieren.«

»Der Hauptmann weiß *nicht* über alles Bescheid, Herr«, erwiderte Jamade, und dann erzählte sie von den beiden Undaros, die sie auf einem kleinen Felsen im Meer getötet hatte.

»Gute Arbeit«, lobte Thenar. Er schien nachdenklich. »Und meint Ihr, dass da wirklich noch mehr von dieser Sippe kommen werden?«

»Das ist gut möglich. Sie scheinen zäh an ihren Plänen festzuhalten, auch wenn ich nicht ganz verstehe, was sie sich davon versprechen.«

»Es ist einerlei, denn sie werden ins Leere stoßen. Caisa wird diese Insel schon morgen verlassen. Zu viele Leute wissen, dass ich wenigstens zweimal auf diesem Eiland war, und es mag sein, dass noch einmal Kundschafter ihren Weg hierher finden. Ihr werdet die Prinzessin weiterhin mit Eurem Leben beschützen, Schatten, nicht wahr?«

»Wäre ich nicht in Terebin mehr von Nutzen?«

»Vielleicht, doch ein Erfolg dort wäre sinnlos, wenn Caisa etwas zustieße. Ich habe auch noch eine andere Aufgabe für Euch. Habt nur noch ein wenig Geduld. Hauptmann Geneos wird Euch schon bald in die Einzelheiten einweihen. Ich hoffe, ich kann mich weiterhin auf Euch verlassen? Sehr gut. Doch nun entschuldigt mich. Da kommt die falsche Prinzessin, und unser Schiff wartet bereits.«

Jamade sah der kleinen Prozession nach, die im strömenden

Regen zum Steg zog, um die Filganerin zu begleiten oder zu verabschieden. Natürlich konnte sich Thenar darauf verlassen, dass sie Caisa weiter beschützte, denn sie war ein Schatten und mit einem Eid an ihre Aufgabe gebunden. Nun stand sie verdrossen im Regen und fragte sich, warum der Strategos so kurz angebunden war – und warum er sie nicht in Terebin haben wollte.

Endlich brach die falsche Prinzessin auf. Ihre Lehrer und die beiden Mönche begleiteten sie nur bis zum Torhaus, denn sie sollten nicht gesehen werden. Und sie standen dort und starrten ihr hinterher, bis die Galeere mit ihrem prachtvollen Segel hinter Regenschleiern verschwunden war.

»Wir müssen uns unterhalten«, sagte Hauptmann Geneos, der plötzlich neben ihr stand. »Kommt in mein Quartier, heute Nacht, wenn die Mönche ihre Mond-Andacht halten. Dann werdet Ihr erfahren, wie es nun weitergehen soll.«

Der Hauptmann verschwand, ohne ihre Antwort abzuwarten.

Sie stieg hinauf auf den Tempelturm und suchte nach dem Schiff, das die Filganerin nach Terebin bringen sollte. Es war trotz seiner bunten Fahnen und Wimpel inzwischen nur noch ein graues Etwas hinter Regenschleiern. Eine Weile verfolgte sie es mit den Augen. Es schien Kurs nach Süden zu nehmen, was Jamade seltsam fand, denn Terebin lag doch im Osten. Aber vermutlich führte der Strategos wieder nur irgendeines seiner komplizierten Täuschungsmanöver durch.

Sie stieg vom Turm herab. Der Regen machte ihr nichts aus, und so strich sie durch die düsteren Klostergassen, die ihr sehr verlassen schienen. Sie ging hinüber auf die Weide. Die Insel, auf der sie das Boot versteckt hatte, war kaum zu erkennen.

»Ah, Fräulein Jamade. Noch jemand, der dem Wetter trotzt.«

Sie nickte dem Sergeanten zu, der mit seinem Kameraden über die Wiese kam.

»Ich für meinen Teil hätte nichts dagegen, dieses Wetter in einem trockenen Quartier zu verbringen, aber mein Freund Staros meint, dass sie bei diesem Wetter besonders gut beißen«, erklärte Sergeant Lidis ungefragt. Staros sagte nichts. Er hatte seine Angel wie einen Speer geschultert. »Ich kann nur hoffen, dass das Segeltuch, das wir aufgetan haben, uns einigermaßen trocken hält«, fuhr der Sergeant fort. »Und ich bin gespannt, ob mein Freund hier Recht damit behält, dass sie auf dieser Seite besser beißen als drüben am Steg.«

»Wie kommt er darauf?«, fragte Jamade, wider Willen doch neugierig geworden.

»Die Möwen. Es kreisen in den letzten Tagen besonders viele da drüben über der kleinen Insel. Staros meint, dass sie es tun, weil es von da aus nicht weit zu guten Fischgründen ist.«

Jamade wusste nur zu gut, warum die Möwen dort kreisten. Vielleicht hätte sie die beiden Undaros doch besser im Meer versenkt.

Der Sergeant kratzte sich ausgiebig. »Ich bin gespannt, ob Staros' Annahme stimmt. Allerdings muss ich sagen, dass es in unserem Quartier auch nicht sehr gemütlich zugeht. Irgendwie herrscht da heute eine Spannung, deren Grund ich nicht begreife und die mir der Hauptmann, den ich nach seiner Meinung fragte, auch nicht erklären konnte – oder wollte. Jedenfalls habe ich plötzlich das Gefühl, nicht mehr dazuzugehören, was eigenartig ist, tragen wir doch das gleiche Wams, diese Männer und ich. Aber nun entschuldigt uns. Staros hat da unten zwischen den Steinen wohl einen guten Platz gefunden, und ich will ihm helfen, das Segeltuch aufzuspannen. Ihr könnt Euch gerne dazugesellen, wenn Ihr wollt. Es ist zwar eine schweigsame Angelegenheit, dieses Angeln, das Staros auch sehr ernst nimmt, doch habe ich den Eindruck, dass Ihr sehr wohl zu schweigen versteht, und ich denke, mein Kamerad wird nichts gegen Eure Anwesenheit einzuwenden haben.«

Jamade fragte sich, ob der Mann das wirklich ernst meinte, lehnte dankend ab und ließ die beiden Männer mit ihrer Angel im Regen zurück.

Geneos schien ihnen nicht zu trauen, aber die Anspannung, die der Sergeant so arglos erwähnte, deutete darauf hin, dass, was immer geschehen sollte, schon bald geschehen würde.

Auf dem Weg zurück in die Kammer lief sie Bruder Seator in die Arme.

»Ah, der Schatten. Freut Ihr Euch auf die kommende Nacht?«

»Warum sollte ich?«

»Es ist die Nacht des Schwarzen Mondes, wie geschaffen für die dunklen Wege der Magie, die Ihr auszuüben pflegt.«

»Wenn es wirklich dunkel ist, brauche ich keine Magie, um mich zu verstecken«, gab sie zurück.

»So ist der Schwarze Mond Euch ein Bruder? Wie passend. Doch das Unheil, das uns alle schon bald verschlingen wird, wird auch vor einem Schatten nicht Halt machen! Spürt Ihr nicht, wie sich die Sturmschlange unter unseren Füßen schon bewegt? Sie wird bald erwachen und den Mond für immer vom Himmel tilgen. Bereitet Euch darauf vor, Eurem Meister zu begegnen, Dienerin des Todes – bereitet Euch vor!«

Mit diesen düsteren Worten ließ er Jamade stehen.

Sie konnte sich ein Grinsen nicht verkneifen, denn seine düsteren Prophezeiungen fand sie immer wieder amüsant. Aber vorbereiten würde sie sich. Geneos wollte sie am Abend sehen, und sie musste die Schärfe ihrer Dolche prüfen, denn sie hatte das sichere Gefühl, dass sie sie schon sehr bald brauchen würde.

»Wann werden wir in Terebin eintreffen, Meister Thenar?«, fragte Alena, die jetzt, da es ernst zu werden schien, plötzlich einen trockenen Mund hatte.

»Erst morgen, Hoheit.«

»Hoheit?«

»Gewöhnt Euch besser daran, dass Ihr von nun an so genannt werdet. So oder bei Eurem Namen, *Caisa.*«

»Und wieso erst morgen? Terebin ist doch nicht so weit?«, fragte Alena, die dachte, dass sie sich nie an den falschen Namen gewöhnen würde.

»Zum einen möchte ich die Zeit nutzen, Euch auf Herz und Nieren zu prüfen, zum anderen seid Ihr offiziell immer noch in Perat – und dorthin werden wir nun segeln.«

»Aber die ganze Mannschaft hat mich dieses Schiff besteigen sehen, Meister Thenar.«

»Weshalb ich Euch ja auch bat, diesen Schleier zu tragen. Wir werden Hawa dort an Bord nehmen, das ist die Kammerzofe der Prinzessin, die sie ... Euch ... vertreten hat. Sie wird Euch in den kommenden Tagen eine wertvolle Stütze sein. Außerdem kann es nicht schaden, wenn Ihr den Stammsitz Eurer Familie zu Gesicht bekommt. Stellt Euch vor, Ihr werdet nach den Zerstörungen gefragt, die der Angriff anrichtete, und Ihr könntet nicht antworten.«

»Der Stammsitz meines Hauses war eine windschiefe Kate am Rande des Schwefelsees von Syderland, wenn ich es richtig weiß, aber, schon gut, ich werde versuchen, das für die nächsten Tage zu vergessen, Meister Thenar. Doch was war das für ein Angriff, den Ihr da eben erwähntet?«

»Die Oramarer haben versucht, Euch zu töten, Hoheit. Und da sie Euch wegen des Schattens und der Hunde an Eurer Seite keinen Attentäter schicken konnten, schickten sie gleich ein Heer.«

»Es gab einen Krieg?«

»Den Krieg gibt es schon lange, Caisa. Es war nur ein Angriff, und sie hätten ein größeres Heer schicken sollen, denn wir haben es vernichtet. Allerdings haben die Brandpfeile des Feindes Schaden in Perat angerichtet. Sieben Häuser sind bis auf die Grundmauern niedergebrannt, weil die Männer der Stadt damit beschäftigt waren, den Feind von den Mauern abzuwehren, und sich nicht um das Feuer kümmern konnten.«

»Das ist schrecklich – und sinnlos, denn Caisa war doch gar nicht dort.«

»Das wird nie jemand erfahren. Ihr habt in der Burg ausgehalten und den Männern, die bereit waren, Euch mit ihrem Leben zu verteidigen, somit Mut gemacht.«

»Es gab Tote?«

»Ein Dutzend etwa, unter den Verteidigern der Stadt. Wir konnten rechtzeitig Verstärkung schicken, die den Feind in die Flucht schlug.«

Alena sah den Strategos kritisch an. »Dann sind für Eure Lüge wirklich Männer gestorben?«

Er zuckte mit den Achseln. »So etwas ist im Krieg unvermeidlich. Und es war keine Lüge, sondern eine Finte, ein Täuschungsmanöver, wie man es auf dem Schlachtfeld eben anwendet. Wäre es Euch lieber gewesen, die Oramarer hätten Euch auf der Mondinsel entdeckt und das Kloster niedergebrannt? Immer noch schockiert? Gut, das passt zum Wesen von Caisa. Bei Euch hätte ich das allerdings nicht vermutet. Ich habe mir sagen lassen, dass ein Menschenleben im Krähenviertel nicht viel zählt.«

»Es kann dort leicht verloren gehen, das Leben, das stimmt, doch gerade darum schätzen wir es hoch ein, Meister Schönbart!«

»Ihr fallt aus Eurer Rolle, Hoheit«, erwiderte Thenar lächelnd.

»Ihr habt mich absichtlich provoziert?«

»Natürlich. Und ich werde es weiter tun, bis Ihr endlich begreift, dass Ihr nun nicht mehr Alenaxara Undaro von den Krähen seid.«

»Augenblick – Ihr wisst meinen Namen?«

Er lächelte wieder. »Ich habe natürlich Erkundigungen über Euch und Eure Familie eingezogen. Ich muss doch wissen, auf wen ich mein Vertrauen stütze. Ich hoffe, Ihr lügt mich nicht noch einmal derart an, wie Ihr es seinerzeit im Kerker getan habt.«

Alena verstummte.

»Da fällt mir ein, dass mein Mann in Filgan nicht in Erfahrung bringen konnte, wer Euer Vater war. Eure Mutter ist wohl nur eine Waschfrau, die gerne dem Wein zuspricht, und von Euren Geschwistern scheinen nicht zwei denselben Erzeuger zu haben. Doch was ist mit Euch? Wisst Ihr, wer Euer Vater ist – oder war?«

Alena fand es unheimlich, dass der Mann so viel über ihre Familie in Erfahrung gebracht hatte. Und er weckte ungute Erinnerungen, wenn er über sie sprach. Aber sie wusste, wie sie die loswerden konnte, und antwortete lächelnd: »Mein Vater, Meister Thenar? Aber Ihr kennt ihn. Es ist Herzog Ector, der siebente Peratis auf dem Marmorthron von Terebin.«

Thenar starrte sie mit einem Gesichtsausdruck an, den Alena nicht deuten konnte. Sie fuhr fort: »Und meine Mutter ist Ilda von Cifat, schöne Tochter eines der angesehensten Eldermänner jener Stadt.«

Thenar nickte, aber er sagte nichts. Sie hätte eigentlich ein Lob erwartet.

»Ihr seid blass geworden, Meister Thenar. Ist Euch nicht wohl?«, fragte sie.

»Es ist nichts. Nur die See. Entschuldigt mich für einen Augenblick, Hoheit.«

An Deck holte Odis Thenar tief Luft. Es war nicht die See, die ihm derart auf den Magen geschlagen hatte. Das Mädchen hatte so selbstverständlich gesagt, der Herzog wäre ihr Vater, dass er es für einen Augenblick wirklich geglaubt hatte. Aber das war natürlich unmöglich. Er hatte das längst überprüft. Herzog Ector war im fraglichen Zeitraum nicht in Filgan gewesen. Er konnte nicht der Vater dieser Krähe sein. Und doch, wenn er sie ansah … Es war nicht nur ihr Äußeres, es waren ihre Gesten, ihr Blick, ihre innere Aufrichtigkeit, die nur unter einem Berg Lügen verschüttet lag.

Er atmete noch einmal tief durch. Nein, sie war nicht Ectors Tochter, sie war nur eine gute Schülerin. Dennoch war da plötzlich ein nagender Zweifel. Ector war damals nicht in Filgan gewesen, das war sicher – aber er hatte doch keine Ahnung, wo sich die Mutter dieser Krähe seinerzeit herumgetrieben haben mochte.

Doch nein, das hätte vorausgesetzt, dass Ector seine Frau betrogen hätte, und das würde nicht zu ihm passen, schon gar nicht mit einer Krähe. Selbst in den sieben Jahren auf Mambar war der Fürst seiner Frau immer treu geblieben, obwohl sich wahrlich genug Gelegenheiten geboten hätten. Diese Ähnlichkeit war nur eine Laune der Natur oder des Schicksals, das auch noch so gnädig war, die junge Frau zur rechten Zeit nach Terebin zu führen.

Er straffte sich und stieg wieder unter Deck. Es war Zeit, die Doppelgängerin gründlich zu prüfen und sie auf ihren ersten großen Auftritt vorzubereiten. Sobald Alena ihren Fuß auf Terebiner Boden setzte, wurde es ernst, dann gab es kein Zurück mehr, dann waren sie auf Gedeih und Verderb darauf angewiesen, dass diese junge Frau aus dem düstersten Viertel von Filgan ihre Rolle als Prinzessin gut genug spielte, um die ganze Welt zu täuschen.

Als Jamade kurz vor Mitternacht in Geneos' Quartier kam, fand sie ihn zu ihrer Überraschung mit einem Becher Wein an einem kleinen Tisch sitzend vor. Auch hatte er sein Lederwams und seine Stiefel abgelegt, und sein Schwert lag in der Scheide auf dem

Tisch. »Ah, Jamade, Tochter der Schatten! Kommt herein und setzt Euch«, rief Geneos und hob den Weinkelch zum Gruß.

»Hauptmann? Ich dachte, es gäbe Arbeit zu erledigen …«

»Das hat noch ein wenig Zeit. Nun setzt Euch doch! Die Arbeit läuft uns schon nicht davon, und bei einem Becher Wein lassen sich so düstere Dinge vielleicht auch besser besprechen.«

»Seid Ihr aus einem bestimmten Grund so gut gelaunt, oder seid Ihr einfach nur betrunken?«

»Ein wenig von beidem, würde ich sagen. Hier, probiert diesen Wein. Er stammt aus dem Keller des Klosters, das wir schon so bald verlassen werden. Und vielleicht ist das der Grund für meine gehobene Stimmung. Ich verlasse diesen Felsen – endlich! Aber nun setzt Euch, entspannt Euch – ich finde, Ihr habt es Euch ebenso verdient wie ich.«

Jamade setzte sich aufs Bett, denn einen zweiten Stuhl gab es in der kleinen Kammer nicht.

»Wie lauten nun unsere Befehle?«, fragte sie mürrisch. Der Hauptmann hatte gesagt, dass er die Insel verlassen würde. Und was war mit ihr?

Geneos grinste, stellte einen Zinnbecher auf den Boden, schenkte ein und schob ihr den vollen Becher hin.

»Nun kommen wir zu dem Punkt, der dafür sorgt, dass ich mich hier betrinken will … Aber ich werde Euch kein Wort sagen, wenn Ihr nicht mit mir trinkt!« Er prostete ihr zu.

Jamade roch an dem Wein und beschwor unauffällig die Schatten, um ihn zu prüfen, aber nein, da war kein tödliches Gift. Sie seufzte und nahm einen Schluck, weil der Mann vorher offenbar nicht reden wollte. Stand ihm der Sinn vielleicht nach anderen Vergnügungen?

»Ein Schiff wird kommen, schon bald, Schatten. Und die Prinzessin wird an einen anderen, noch geheimeren Ort gebracht. Ich hoffe für sie, dass dort ein wenig mehr los ist als hier.«

»Dann würde sie aber noch weniger geneigt sein, sich mit Euch zu vergnügen«, gab Jamade gereizt zurück.

»Ah, die Prinzessin! Eine Frau, die wohl die meisten Männer leicht um ihren Verstand bringen könnte. Damit ist sie vielleicht sogar gefährlicher als Ihr, Schatten. Darauf will ich trinken – auf die gefährlichen Frauen!«

Jamade ließ sich zu einem zweiten Schluck nötigen.

»Aber für mich«, fuhr Geneos fort, »ist sie nicht die Richtige. Ich meine ... nicht nur, weil sie eine Prinzessin ist und ich nicht einmal von Adel bin, nein, es ist einfach diese Art Frau. Was versteht sie schon von den Pflichten und Härten eines Soldatenlebens? Ihr hingegen, Jamade von den Schatten, Ihr seid von gänzlich anderer Art.«

Jamade lächelte. Der Hauptmann versuchte also wirklich, sie ins Bett zu kriegen. »Ihr habt zu viel getrunken, Geneos. Erzählt mir endlich, wie wir hier weiter vorgehen werden.«

»Was das Kloster betrifft, so muss ich Euch doch wohl nicht sagen, was hier bald geschehen wird. Was das *hier* betrifft, also ... uns, so liegt das ganz bei Euch, Schatten ...« Er lächelte herausfordernd.

»Ich bin nicht zu Scherzen aufgelegt, Hauptmann.«

»Und wenn es mir bitterer Ernst wäre?«

»Sehe ich trotzdem nicht, dass ich das Bett mit Euch teile.«

»Schade«, meinte Geneos und lachte. »Doch wenn Ihr mich schon so brüsk zurückweist, Jamade, so tut mir doch einen letzten Gefallen und leert diesen Becher mit mir. Das wird mir helfen, diese Enttäuschung zu verwinden – oder ist das zu viel verlangt?«

»Ist es«, sagte Jamade und stellte den Becher auf den Boden. Der Mann versuchte offenbar, sie zum Narren zu halten.

Der Trinkpokal fiel um. Irgendwie hatte sie sich in der Höhe verschätzt. Jamade starrte auf die rote Lache, die sich auf dem Boden ausbreitete.

Geneos hörte auf zu grinsen.

»Was geht hier …?«, fragte Jamade, und ihre Zunge fühlte sich schwer an.

»Ich hätte ehrlich nicht gedacht, dass es funktioniert«, erwiderte Geneos und zog das Schwert aus der Scheide. »Dieser Alchemist, den der Strategos aufgetan hat, ist fähiger, als ich dachte.«

Gift? Diese Narren versuchten, einen Schatten zu vergiften? Jamade sprang auf, das heißt, sie wollte aufspringen, aber ihre Glieder gehorchten ihr nur unvollkommen, und sie musste sich am Bett festhalten, um nicht durch die Kammer zu torkeln. Gift? Warum hatten die Schatten sie nicht gewarnt?

»Wisst Ihr, der Trick ist wohl, dass dieses Gift Euch nicht gleich umbringen wird, sonst hättet Ihr es bemerkt«, erklärte Geneos im Plauderton.

Sie schloss für einen Moment die Augen, sammelte sich und versuchte, das Gift zu bekämpfen. Meister Iwar hatte ihr doch gezeigt, wie man das machte. Aber es gelang ihr nicht. Sie öffnete die Augen wieder und sah nur noch verschwommen. Geneos sagte etwas, doch sie verstand ihn kaum. Sie riss ihre Dolche aus dem Gürtel und hörte sie zu Boden fallen, weil sie keine Kraft in den Händen hatte.

Die Schatten – sie konnte sich immer noch in den Schatten verstecken! Sie riss sich zusammen, beschwor die Schatten … sie gehorchten nicht!

Sie schüttelte sich. »Aber warum?«, flüsterte sie. Sie musste Zeit gewinnen.

Draußen klang ein heller, entsetzter Schrei durch die Gänge des Klosters. Hatte das Morden schon angefangen?

»Meister Thenar ist der Meinung, dass Ihr zu gefährlich und nicht vertrauenswürdig genug seid, um Euch am Leben zu lassen, Schatten. Vielleicht seid Ihr auch nur zu kostspielig. Er ist ziemlich geizig, wisst Ihr? Ich bedaure das wirklich. Und nun, da ein Schiff am Steg liegt und wir die Insel noch heute Nacht verlassen, muss ich Euch sagen – für Euch ist kein Platz an Bord vorgesehen.«

Er kam auf sie zu. Sie sah verschwommen etwas in seiner Hand aufblitzen. Sein Schwert!

Sie versuchte nicht mehr, die Schatten zu beschwören. Sie sah seinen Stich kommen – und etwas in ihrem Inneren, das noch nicht vergiftet war, reagierte für sie und ließ sie instinktiv ausweichen. Sie taumelte rückwärts gegen die Tür und schaffte es irgendwie, sie zu öffnen. Aber das war nur ein Aufschub – keine Rettung.

Geneos lachte, in der einen Hand das Schwert, in der anderen seinen Kelch. Sie stolperte rückwärts in den Hof hinaus. Die Beine gaben unter ihr nach, und nur eine Säule, an die sie sich klammerte, verhinderte, dass sie zu Boden stürzte. *Ich will nicht auf den Knien sterben,* dachte sie und hielt sich an diesem Gedanken fest.

Verschwommen sah sie den Hauptmann mit seinem Schwert, der ihr gemächlich folgte. Er beugte sich zu ihr hinab, sagte etwas, das sie nicht verstand, und hielt ihr das Schwert unter die Kinnspitze.

Die Wirklichkeit schien sich in viele Teile aufzulösen. Schreie, Stimmen, Bewegungen, blitzende Dinge drangen auf sie ein, ein leichter Schmerz wurde an ihrer Wange spürbar. Sie begriff die Zusammenhänge nicht. Dennoch musste sie plötzlich lächeln. Sie war ein Schatten, eine Dienerin des Todes und jederzeit bereit, ihrem Herrn zu begegnen.

Alles drehte sich, oben war unten, und dem Hauptmann wuchs plötzlich ein dritter Arm, der ebenfalls eine Waffe führte. Jamade schien es eine Axt zu sein. Die Bewegungen dieses Armes waren grotesk. Er war nicht dort, wo er hingehörte, sondern schien Teil der Dunkelheit zu sein, die diese mondlose Nacht erfüllte.

Sie riss die Augen weit auf, wollte ihren Tod nicht versäumen. Die Dinge bekamen wieder Gestalt und Form. Jamade spürte einen schneidenden Schmerz, als das Schwert in ihre Haut schnitt, der Länge nach unter ihrem Kiefer entlangglitt, erst auf ihre Schulter und dann mit hellem Klirren auf den Boden fiel. Das Gewicht des Hauptmannes lag plötzlich auf ihr, und eine zweite Gestalt war aus der Finsternis herausgewachsen. Sie trug eine Mönchskutte und eine Kriegsaxt.

»Vater Gnoth?«, fragte sie flüsternd.

»Seid Ihr verwundet?«, fragte der Abt.

»Vergiftet«, keuchte Jamade. Es war nicht leicht, das, was da so bruchstückhaft um sie herum geschah, zusammenzuhalten. »Ihr habt den Hauptmann erschlagen«, stellte sie fest.

»Es war nicht zu vermeiden, da ich wenigstens Euch retten wollte.«

»Wenigstens mich?«

»Da liegt ein Fischerboot am Steg. Und sie haben Caisa geholt. Und offenbar wollen sie keine lebende Seele auf dieser Insel zurücklassen. Ich hätte Alena glauben sollen.«

Jamade schüttelte sich und zog sich an der Säule hoch. Ihre Beine waren immer noch unendlich schwach. Sie schloss die Augen. In ihren Eingeweiden wütete das Gift. Aber Geneos hatte gesagt, dass es sie nicht umbringen würde. *Nein,* dachte sie, *er hatte gesagt, dass es mich nicht* gleich *umbringen wird …*

»Die anderen«, flüsterte sie. »Wir müssen die anderen finden … brauchen Verstärkung.«

»Stützt Euch auf mich«, sagte der Abt und schleppte sie dann zu den Quartieren der Lehrer. Caisas Kammer war leer. Nebenan lag die Unterkunft von Doma Lepella. Die war nicht leer. Jamade hielt sich am Türrahmen fest. Eigentlich konnte ihr das Schicksal dieser Frau doch gleich sein, aber wie sie nun im Schein einer einsamen Kerze leblos dalag, mit diesem großen Blutfleck auf ihrem sonst immer so sauberen Gewand, und das in den Armen des kleinen Meister Siblinos, der ein seltsames Lächeln auf den toten Lippen hatte, da berührte es sie doch.

»Weiter«, keuchte sie. »Wo ist Bruder Seator?«

Der Abt schüttelte den Kopf. Meister Brenderas Quartier war verlassen, aber dann hörten sie Lärm, der aus der Küche zu kommen schien.

»Sehen wir nach!«

Jamade fühlte, dass die Kraft langsam in ihren Körper zurückkehrte. »Ich brauche eine Waffe«, flüsterte sie.

»Seid Ihr denn in der Lage zu kämpfen, Schatten?«

»Für ein paar Soldaten wird es schon reichen, Vater – mit Eurer Hilfe.«

»Die sollt Ihr haben. Und hier, das Schwert des Hauptmannes.«

Es waren drei Soldaten, die in der Küche dabei waren, im Schein ihrer Fackeln Vorräte und auch Zinngeschirr in leere Mehlsäcke zu stopfen. Sie wären leichte Beute für einen Schatten – doch Jamade konnte die Schatten noch immer nicht rufen.

»Wartet hier«, flüsterte sie und schlich langsam hinein.

»Und hast du gehört, wie der alte Mönch gestammelt hat, dass wir alle in dieser Nacht sterben müssten, weil doch der Schwarze Mond am Himmel steht?«, rief einer lachend.

Zwei Tote lagen auf dem Boden. Jamade erkannte Sergeant Lidis und seinen Freund Staros. Ihre Hände waren auf den Rücken gefesselt, die Kehlen durchschnitten. Geneos hatte ihnen wohl nicht getraut.

»Dieser Mönch war so ein Narr«, antwortete einer seiner Kameraden, der gerade einen Schinken in seinen Mehlsack stopfte, sich dann aber umdrehte, weil er offenbar etwas gehört hatte.

Er blickte direkt in Jamades wütendes Gesicht, und das Lachen erstarb ihm auf den Lippen.

»Wer ist jetzt ein Narr?«, zischte Jamade und rammte ihm das Schwert in den Unterleib.

»Der Schatten!«, kreischte sein Nachbar und wich zurück. Er versuchte nicht einmal, sich zu wehren, und Jamade streckte ihn mit einem Hieb nieder. Aber sie hätte fast ihre Waffe verloren, weil sie kaum Gefühl in den Fingern hatte.

Der dritte Soldat zog sein Schwert, hielt es aber, als ob er nicht wüsste, ob er es nun zum Kampf verwenden oder einfach wegwerfen sollte. Er drückte sich an der Wand entlang und schielte zur Tür.

Die beiden Hiebe hatten Kraft gekostet. Jamade musste sich zusammenreißen, um nicht wieder ins Torkeln zu geraten. Sie machte einen Schritt auf den Mann zu – und der ließ seine Waffe fallen und rannte schreiend hinaus.

In der Tür endete seine Flucht. Er wurde von einer Kraft, die Jamade nicht sehen konnte, jäh angehalten, und sein Schrei erstarb ihm auf den Lippen. Er fiel rückwärts in die Küche, und der Abt erschien, bückte sich und zog ihm die Axt aus der Brust. »Es sind noch wenigstens ein Dutzend. Schafft Ihr das? Ihr seht aus, als würdet Ihr gleich umfallen.«

»Es wird schon gehen, Vater. Die oder wir, nicht wahr?«

Der Abt nickte grimmig. »Die anderen sind vermutlich am Steg«, sagte er und nahm eine Laterne. »Kommt!«

Als sie den Hof überquerten, dachte Jamade, dass das schlecht war, aber sie wusste nicht, warum. Sie riss sich zusammen und hatte doch Schwierigkeiten, mit dem alten Mönch Schritt zu halten.

Plötzlich schwirrte etwas dicht an ihnen vorüber. Jetzt wusste sie, wo ihr Fehler lag. »Deckung«, murmelte sie, »wir brauchen Deckung. Laterne aus!« Sie taumelte zur Seite.

Der Abt stöhnte auf und fasste sich an den Oberschenkel. Von irgendwoher wurde auf sie geschossen!

Hastig zog sich Jamade zurück in die Dunkelheit, und sie verfluchte den Alchemisten und sein Gift. Sie konnte den Schützen nicht sehen. Der Abt fing an zu brüllen, ließ seine Kriegsaxt kreisen und schrie: »Kommt her, ihr Feiglinge. Zeigt mir, ob ihr es in einem ehrlichen Kampf mit Gnoth von Menemon aufnehmen könnt! Kommt schon, ihr hasenherzigen ...«, sein Ruf brach ab, und Jamade hörte seine Axt zu Boden klirren. Dann fiel die Laterne, zerbrach und erlosch.

»Das Schattenweib, wo ist das Schattenweib?«, rief es von irgendwo aus der Dunkelheit.

»Ich glaube, du hast sie erwischt.«

»Kann sein, aber lass uns lieber abhauen. Alleine will ich mich mit der nicht anlegen. Das soll der Hauptmann machen.«

»Aber wo ist der Hauptmann?«

»Bestimmt schon am Boot. Komm, bevor sie ohne uns verschwinden!«

Jamade hörte schwere Schritte davonhasten, und sie betastete ihre Glieder, weil sie wirklich glaubte, getroffen worden zu sein. Sie konnte jedoch kein Blut und keine Wunde fühlen. Nein, es war nur das Gift, das ihr alle Kraft raubte. Noch einmal verfluchte sie den Strategos und seinen Alchemisten, dann biss sie die Zähne zusammen und kroch hinaus in den Hof.

Abt Gnoth lag in der Mitte, kaum zu erkennen in dieser mondlosen Nacht, aber sie hörte ihn röcheln.

»Vater«, sagte sie nur, als sie ihn erreichte.

»Haben wir gewonnen?«, fragte er.

»Wir haben sie in die Flucht geschlagen.«

»Zwanzig Jahre lang habe ich keine Axt mehr angerührt«, röchelte der Abt. »Es wäre mir lieber gewesen, ich hätte sie auch an meinem letzten Tag nicht gebraucht. Aber es ist wohl ein angemessenes Ende für einen alten Seeräuber wie mich.«

Er hatte Jamades Hand gepackt und drückte sie so fest, dass es schmerzte. »Schatten«, flüsterte er, »versprecht mir eines ...«

Jamade versuchte den Griff zu lösen. Sie hielt nicht viel von der Idee, einem Sterbenden etwas zu versprechen.

»Seht nach meinem Freund Seator, ich bitte Euch. Kümmert Euch um ihn, hört Ihr?«

Sie nickte, obwohl sie beide wussten, dass der Mönch schon tot war. Dann fiel ihr ein, dass er in der Dunkelheit ihr Nicken nicht sehen konnte, und sie sagte: »Ich werde auf ihn achtgeben, Vater.«

Seine Hand erschlaffte, ließ ihre los, und das leise Röcheln endete. Er hatte ihre Worte vielleicht nicht mehr gehört.

Jamade blieb bei ihm, auch weil sie Kraft sparen musste. Sie versuchte, sich das zu vergegenwärtigen, was Meister Iwar sie über die Bekämpfung von Gift durch die Schatten gelehrt hatte. Leider hatte er wohl Recht damit, dass sie es nicht weit in dieser Kunst gebracht hatte.

Eine Fieberwelle durchlief ihren Körper. War das ein gutes oder ein schlechtes Zeichen? Die Soldaten mussten doch gemerkt haben, dass ihr Hauptmann nicht am Steg erschien. Sie würden kommen und nach ihm suchen.

Sie versuchte aufzustehen, aber sie schaffte es nicht. »Später«, flüsterte sie, »später« – und dann wurde es Nacht um sie.

DRITTES BUCH
ROTE BRAUT

Die Reise nach Perat und zurück dauerte lang genug, um alles Selbstvertrauen, das Alena aufgebaut hatte, zu zerstören. Der Strategos hatte tausend Fragen zum Leben im Palast und zu ihrer neuen Familie, und wehe, sie musste auch nur einen Augenblick nachdenken, bevor sie antwortete. Außerdem lernte sie die Zofe kennen, die Caisa in Perat vertreten hatte, und die musste ihr auf Thenars Anweisung hin eine haarkleine Erzählung von den Ereignissen und vor allem vom Tag der Schlacht um die Burg geben.

Der Strategos gönnte ihr nur vier Stunden Schlaf, bevor er sie erneut gründlich prüfte, und so war sie froh, als der Ausguck endlich meldete, dass Terebin in Sicht war.

Meister Thenar schien diese Freude keineswegs zu teilen. »Ich muss wahnsinnig gewesen sein, als ich auf Euch baute. Doch nun ist es zu spät, und wir werden sehen, ob Ihr uns zu einem guten oder schlechten Ende führt.«

Alena lächelte verunsichert. »Vielleicht sollten wir umkehren.«

»Zu spät«, lautete die grimmige Antwort. »Hört Ihr die Menge nicht? Sie erwarten ihre Prinzessin.«

Tatsächlich war es, als wäre unter dem Dauerregen, der sie die ganze Fahrt über begleitet hatte, so etwas wie zaghafter Jubel zu hören.

Die Zofe, eine aufgeweckte Haretierin namens Hawa, zwinkerte ihr aufmunternd zu und flüsterte: »Lasst Euch nicht ins Bockshorn jagen. Ihr wisst viel mehr über die Perati, als Caisa jemals wissen musste.«

»Es heißt Hoheit!«, fuhr Thenar sie an.

»Hoheit«, murmelte Hawa und zwinkerte Alena erneut zu, als er ihnen den Rücken zudrehte.

»Es ist so weit«, sagte der Strategos, und endlich führte er sie an Deck.

Alena wusste nicht, was sie erwartet hatte, aber das war es nicht: Unter den vielen bunten Fahnen, die im Regen nass an den Masten klebten, war der Hafen schwarz vor Menschen, und Jubel brandete auf, als sie an Deck trat.

»Aber was soll ich denn jetzt machen?«, fragte sie beklommen.

»Ich würde vorschlagen, Ihr versucht es mit Winken, Hoheit«, gab Thenar leise zurück.

Alena hob die Hand, und erneut brandeten Hochrufe auf.

Das gilt Caisa, nicht mir, rief sie sich ins Gedächtnis, lächelte tapfer und folgte Thenar die Laufplanke hinab auf die Kaimauer.

Eine kleine Abordnung erwartete sie unter einem großen Baldachin, und Thenar erinnerte sie flüsternd: »Ein Knicks, keine Umarmung, auch nicht mit Eurem Vater.«

Sie lächelte weiter, obwohl ihr das Herz bis zum Halse schlug. Der Herzog war leicht zu erkennen, er sah sogar noch würdevoller aus, als Caisa ihn beschrieben hatte. Neben ihm stand ein Mann mit einer fürchterlichen Narbe im Gesicht, ohne Zweifel Prinz Arris, und der dicke Alte mit dem verschmitzten Lächeln musste der Gesandte Gidus sein.

Thenar hatte ihr beschrieben, wer sie alles am Kai erwarten würde, und sie war erleichtert, dass die Herzogin und deren Mutter, ganz wie angekündigt, fehlten. Sie würden im Palast auf sie warten.

Sie betrat den Kai und deutete den Knicks an, ganz wie sie es gelernt hatte. Der Herzog starrte sie ungläubig an, öffnete den Mund, schloss ihn wieder und packte und umarmte sie plötzlich.

Jubel brandete auf, und der Herzog flüsterte ihr ins Ohr:

»Ich weiß, dass Ihr nicht Caisa seid, aber, bei den Himmeln, Ihr gleicht ihr derart, dass ich es kaum ertrage.«

»Die liebreizende Caisa!«, flötete Gidus, nachdem der Herzog sie endlich losgelassen hatte. »Erst jetzt erblüht Terebin zur vollen Schönheit.«

Prinz Arris deutete lediglich eine Verbeugung an, und sein Blick war schwer zu deuten.

»Ich freue mich, Euch zu sehen, Onkel«, sagte sie ihren Text auf.

»Eure Sänfte steht bereit, Hoheit«, warf Thenar ein und wies auf eine goldverzierte Sänfte.

»Ich möchte zu Fuß gehen!«, rief Alena. »Ich war so lange nicht in Terebin. Ich will die Straßen unter meinen Füßen spüren und die Menschen sehen!«

Alena wusste selbst nicht so genau, warum sie das sagte. Vielleicht, weil sie Zeit gewinnen wollte, vielleicht, weil sie sich nicht wieder einsperren lassen wollte, und sei es auch in eine üppig geschmückte Sänfte mit samtenen Kissen.

»Aber, Hoheit, es regnet …«, entgegnete Thenar mit gequältem Lächeln. »Und … die Sicherheit der Prinzessin …«

»Wenn meine Tochter es wünscht …«, meinte hingegen Herzog Ector und reichte ihr lächelnd den Arm.

Die Ehrenwache in schimmernden Rüstungen salutierte und schickte sich nun an, ihnen den Weg zu bahnen. Ihre Harnische glänzten derart, dass Alena sich unwillkürlich Sorgen machte, sie könnten im Dauerregen rosten. Zwei der Soldaten führten Hunde an der Leine. Das mussten die Bärenhunde sein, von denen Thenar ihr erzählt hatte. Sie war besorgt, dass die Hunde vielleicht bemerken würden, dass sie nicht die echte Prinzessin war, aber die beiden Tiere ignorierten sie einfach.

So schritt sie an der Seite ihres vorgeblichen Vaters unter einem Baldachin, den vier Diener trugen, durch die weißen Gassen

Terebins, die so voll mit Menschen waren, dass Alena dachte, es müssten dieselben sein, die schon am Hafen gewartet hatten. Sie konnte sich nicht vorstellen, dass es immer neue waren. Sie warfen Blumen und jubelten ihr zu. *Nein,* ermahnte sie sich wieder, *der Jubel gilt Caisa, nicht mir.*

»Ihr versteht Euch gut auf die Herzen der Menschen, wie es scheint«, flüsterte ihr der Herzog zu.

Sie lächelte tapfer. Sogar von den Dächern regnete es Blüten. »Und die Terebiner verstehen es, ihre Prinzessin hochleben zu lassen«, gab sie zurück.

»Sie wissen eben, oder spüren doch wenigstens, wie groß das Opfer ist, das Ihr für sie bringt.«

»Ist mein … ist der Bräutigam denn schon hier?«

»Prinz Weszen wird übermorgen erwartet. Aber er hat Geschenke gesandt, die für Euch bereitstehen.«

Ein kleines Mädchen lief auf Alena zu, mit einem riesigen Strauß Wildblumen im Arm. Es schlüpfte den Wachen durch die Beine und drückte Alena die Blumen mit einem schiefen Lächeln in die Hand.

Alena hätte den Strauß beinahe fallen gelassen. Das Mädchen war eine ihrer Nichten, eine Undaro! Mit einem Schlag schien die ansteckende Freude, die in den Gassen herrschte, verflogen zu sein. Ihre Familie war in Terebin?

»Was ist mit Euch? Ihr seht blass aus. Alles in Ordnung?«, fragte der Herzog besorgt.

»Es ist nur die Menge. Es ist überwältigend«, gab sie zurück. Sie drehte sich hilfesuchend nach Meister Thenar um, doch der schien eigenen Gedanken nachzuhängen, und so blickte sie nur in Prinz Arris' grimmige Miene.

Sie drehte sich rasch wieder um, zwang sich zu einem Lächeln und winkte mit den Blumen, die ihre Nichte ihr gebracht hatte. Sie untersuchte das Gebinde unauffällig, aber es schien keine Nachricht darin versteckt zu sein. Die Botschaft war jedoch auch so deutlich genug: *Wir sind hier, und wir haben dich nicht vergessen.*

Jetzt bereute sie es, nicht die Sänfte genommen zu haben. Der Palast, den zu betreten sie sich eben noch gescheut hatte, schien ihr nun verlockende Sicherheit zu bieten. Aber es war noch weit bis dorthin.

Als ihr Ziel in Sicht kam, war Thenar plötzlich neben ihr. »Nun kommt der schwere Teil«, sagte er leise.

»Sie wird es merken«, erwiderte Alena, ebenso leise. Diese Prüfung fürchtete sie von allen am meisten, seit sie wusste, dass Herzogin Ilda nicht in den Plan eingeweiht war. Sie musste doch erkennen, dass es nicht ihr Kind war, das da vor ihr stand. Wie sollte sie nicht? Sie war eine Mutter. Aber der Strategos hatte, als sie dieses Thema auf der Galeere anschnitt, erwidert, er würde schon dafür sorgen, dass alles glattgehe. Die breite Treppe kam in Sicht. Darauf aufgereiht die Dienerschaft des Palastes, in der Mitte die Herzogin und Elderfrau Luta, ihre Mutter.

Alena biss die Zähne zusammen und zwang sich, weiter zu lächeln. Sollte es eben schiefgehen. Wenn die Komödie jetzt zu Ende ging, dann war es eben so, sie konnte es nicht ändern. Dennoch fühlten sich ihre Beine bleischwer an, als sie an der Seite des Herzogs die breite Treppe hinaufstieg.

Dann sah sie ihrer vorgeblichen Mutter ins Gesicht. Sie war blass und schön, doch ihre Blässe war die einer kranken Frau, und die ältere Frau an ihrer Seite, die Herzoginmutter, hielt sie wohl aus gutem Grund fest am Arm.

Jetzt löste die Herzogin sich aus der Umklammerung und lief Alena entgegen. Sie umarmte sie mit Tränen in den Augen, drückte sie fest und trat erst dann einen Schritt zurück. Eine Frage zeichnete sich in ihrem Gesicht ab.

»Mutter, ich freue mich so, Euch zu sehen«, rief Alena, nachdem ihr der Strategos in die Rippen gestoßen hatte.

»Ist Euch nicht wohl, Hoheit?«, fragte Thenar und legte eine Hand fürsorglich auf den Arm der Herzogin. Seine Stimme klang eigenartig.

»Es ist nur die Freude«, murmelte die Herzogin. Ihr Blick war unstet.

»Eure *Tochter* ist ebenso erfreut, Hoheit«, sagte Thenar mit seltsamer Betonung.

Alena begriff, dass der Mann einen Zauber wirkte! Er ließ die Zweifel, die sich eben noch in der Miene der Herzogin gezeigt hatten, verschwinden. Sie schwankte plötzlich, und der Herzog sprang hinzu, um zu verhindern, dass sie stürzte. »Die Mittel, die Meister Aschley …«, begann sie, brach aber ab.

Der Herzog gab einer alten Dienerin ein Zeichen. »Bringt sie in ihr Quartier und sorgt dafür, dass sie sich schont«, sagte er.

Alena fragte sich, was ihrer »Mutter« fehlte. Sie sah wirklich leidend aus. Caisa hatte ihr erzählt, dass Ilda schon mehrere Fehlgeburten erlitten hatte – aber war das die Erklärung?

»Du hast dich verändert, Kind«, sagte eine Stimme.

Sie fuhr erschrocken herum.

»Wirklich verändert …«, fuhr Elderfrau Luta fort und musterte sie.

»Großmutter!«, rief Alena und fiel der Frau um den Hals, weil sie glaubte, dem prüfenden Blick nicht standhalten zu können.

»Sie wird bald heiraten, edle Luta«, sprang der Strategos ihr bei. »Das verändert viel. Eure *Enkelin* ist nicht mehr das kleine Mädchen, das Ihr einst auf Euren Knien geschaukelt habt.«

Da war wieder diese eigenartige Betonung.

»Aber sie ist immer noch so närrisch wie früher, wenn sie meint, bei diesem Wetter durch die Stadt spazieren zu müssen«, gab die Alte zurück.

Alena fiel ein Stein vom Herzen. Sie hatte offensichtlich auch diese Prüfung bestanden. Und endlich betrat sie als Prinzessin Caisa den Palast.

»Ihr habt Eure Sache bis hierhin gut gemacht«, lobte Thenar, als sie in den Gemächern der Prinzessin angekommen waren. Neben dem Strategos waren nur Herzog Ector und Hawa, die Zofe, mit ihr in der Kammer.

»Sie ist Euer Meisterstück, Thenar, ohne Zweifel«, sagte der Herzog.

»Das werde ich erst sagen, wenn dieser Albdruck vorüber ist. Sie hat noch viele gefährliche Klippen zu umschiffen, bevor wir am Ziel sind, Hoheit.«

»Und welche ist die nächste, die *sie* zu umschiffen hat?«, rief Alena ungehalten, weil die beiden über sie sprachen, als sei sie nicht im Raum.

»Heute Abend gibt es einen Empfang für die Gesandten der Großen Häuser, die zu Eurer Hochzeit angereist sind. Wenn Ihr aus dem Fenster blickt, könnt Ihr im Park ihre Zelte sehen«, erklärte Thenar, während der Herzog sie musterte.

»Sie schlafen nicht im Palast?«, fragte Alena.

»Nein, denn sie sind natürlich mit großem Gefolge angereist, und es wäre nicht möglich, all diese Menschen irgendwie sinnfällig im Palast unterzubringen, mag er Euch auch noch so groß erscheinen. Es ist schon schwer genug, all diese Mäuler zu stopfen.«

»Der Koch jammert mir schon seit Tagen die Ohren voll, dass er mehr Leute braucht, Thenar«, warf der Herzog ein. »Ich habe ihm schon erlaubt, mehr Leute anzuwerben, doch er ist immer noch unzufrieden. Seid doch so gut und kümmert Euch darum.«

»Selbstverständlich, Hoheit«, sagte der Strategos.

»Es sind übrigens Geschenke für Caisa angekommen«, fuhr Fürst Ector fort. »Nun, also eigentlich für Euch ...«

»Sie ist Caisa, wenigstens für die nächsten Tage, Hoheit. Versucht bitte, Euch so rasch wie möglich daran zu gewöhnen.«

»Ja, sie wären wirklich leicht zu verwechseln …«

Alena räusperte sich. »Die Geschenke …?«

»Ah, verzeiht … ich meine, verzeih … Caisa. Es ist Teil der Morgengabe ihres … deines Bräutigams.«

»Er schickt sie vor der Hochzeit?«, fragte Alena erstaunt.

Der Herzog trat an eine große Kiste heran und öffnete sie. »Es ist ein traditioneller oramarischer Brautschmuck. Es wird eigenartig sein, Euch darin zu sehen.«

Er hob ein langes, rot gepolstertes Futteral aus der Kiste.

Alena gingen die Augen über: Gold! Auf dem Futteral lag ein unermesslich wertvolles Geschmeide aus purem Gold. Es bestand aus einem rubinbesetzten Diadem, ebensolchen Halsketten, Ohrringen, Armreifen, Ringen und vielen weiteren Teilen, deren Zweck sie nicht gleich begriff. Noch nie in ihrem Leben hatte sie etwas auch nur annähernd so Schönes gesehen.

»Der Prinz wünscht, dass Caisa … dass du das während der Zeremonie trägst.«

Alena nickte, überwältigt vom satten Glanz der Schmuckstücke.

»Wo ist eigentlich der Ring, Thenar?«

»Der Ring? Ah, verzeiht, ich führe ihn schon die ganze Fahrt über in meiner Tasche.« Der Strategos griff in seinen reich verzierten Mantel und holte eine kleine Schatulle heraus. »Es ist der Verlobungsring, Hoheit«, erklärte er, während er umständlich mit dem Kästchen hantierte.

Endlich war es offen. Thenar lächelte. »Es tut mir leid. Dieser Ring ist nicht ganz so prachtvoll wie das Geschmeide dort drüben. Es ist ein traditioneller Verlobungsring und daher aus schlichtem Eisen geschmiedet.«

»Eisen«, murmelte Alena enttäuscht.

»Nun schaut nicht so betrübt drein, Ihr könntet ihn ohnehin nicht behalten!«, rief der Fürst lachend.

»Eisen steht für Treue und Beständigkeit. Steckt ihn an. Ihr seid immerhin verlobt.«

Alena nahm den Ring, der grau und stumpf in Thenars Hand lag. Sie steckte ihn an, aber er passte nicht. Er war ein Stückchen zu groß.

Jamade kam zu sich, weil ihr Regentropfen ins Gesicht fielen. Sie öffnete die Augen und sah eine einsame Möwe, die unter grauen Wolken in der Luft schwebte und dem Wetter trotzte. Dann brach ein einzelner Sonnenstrahl golden durch die Wolken.

Ruckartig setzte sie sich auf. Ihr Kopf dröhnte. Sie betastete vorsichtig ihren Körper. Sie fühlte verkrustetes Blut, aber das stammte nicht von ihr. Der Abt lag tot auf der Erde, seine alte Kriegsaxt neben ihm.

Immer noch fühlte sie sich schwer und gleichzeitig kraftlos. Sie schloss die Augen und versuchte, die Schatten zu rufen. Als sie die Augen öffnete und die Welt grau und farblos geworden war, wusste sie, dass die Magie ihr wieder gehorchte.

Sie schleppte sich zu Geneos' Kammer. Der Hauptmann lag tot im Gang, eine klaffende Wunde im Rücken. *Was für eine Verschwendung,* dachte sie, ging in die Kammer und hob die Dolche auf, die sie dort verloren hatte. Warum hatten sich seine Männer nicht um ihn gekümmert? Hatten sie wirklich Reißaus genommen – vor ihr, einer vergifteten, fast wehrlosen Schattentochter? Sie durchsuchte das Kloster, aber sie fand keine lebende Seele vor.

Das Schiff! Es sollte doch ein Schiff kommen, um Caisa abzuholen. War es noch da?

Jamade blieb in den Schatten und lief, so schnell sie konnte, hinunter zum Steg. Aber da war kein Schiff, doch lagen tote Soldaten am Ufer und auf dem schmalen Holzsteg. Was hatte nun das wieder zu bedeuten?

Sie untersuchte die Toten, fand Pfeil- und Stichwunden. Dem

einen musste der Helm von einer Keule verbeult worden sein, bevor man ihm die Kehle durchgeschnitten hatte. Zwei tote Soldaten trieben aufgedunsen zwischen den Pfählen des Steges. Und dann sah Jamade, dass da noch etwas Größeres dunkel im Wasser lag. Jemand hatte ein Fischerboot am Steg versenkt. Die Sache wurde immer rätselhafter.

Sie blickte ratlos hinaus aufs Meer. Was war hier geschehen? Und – wo war die Prinzessin?

Sie setzte sich auf den Steg, zwischen die Leichen, um sich zu sammeln. Sie fühlte sich immer noch schwach, aber vor allem musste sie nachdenken.

Der Strategos hatte sie tot sehen wollen, aber sie hatte überlebt, wenn auch nur mit Glück. »Das Glück der Schatten«, murmelte sie. Thenar würde für seinen Verrat büßen müssen, so viel stand fest. Sie fühlte eine kalte Wut im Bauch, weniger auf den Strategos, denn merkwürdigerweise verstand sie sogar, dass der Mann sie loswerden wollte: Sie war ihm durch den Seebund quasi aufgezwungen worden. Sie an seiner Stelle hätte der Sache auch nicht getraut.

Sie war vor allem wütend auf sich selbst. Sie war bereit gewesen, sich mit Geneos einzulassen. Wenn er sich etwas mehr bemüht hätte, hätte er sie schon ins Bett bekommen, aber er hatte nicht mit ihr schlafen wollen, sondern sie umbringen. Und sie hatte das nicht vorhergesehen, hatte Wein mit ihm getrunken, weil sie ihn haben wollte. Sie hatte in seiner Kälte eine verwandte Seele gespürt, hatte ihm vertraut – was für einen Schatten doch immer ein Fehler war.

Sie spuckte ins Wasser. Der Strategos hatte auch einen Fehler gemacht, er hatte es nicht zu Ende gebracht. Sie lebte – und sie würde ihn für seinen Betrug büßen lassen.

Jetzt würde sich auszahlen, dass sie das Boot der Undaros nicht versenkt hatte. Sie lief hinüber auf die Weide. Immer noch kreisten zahlreiche Möwen über dem bewussten Felsen. Es war nicht weit, aber für ihren jetzigen Zustand zu weit.

»Der Strategos wird mir schon nicht weglaufen«, murmelte sie grimmig.

Sie erinnerte sich daran, dass sie dem Abt etwas versprochen hatte. Er hatte verlangt, dass sie sich um Seator kümmerte. Das war lächerlich. Die beiden Männer waren tot, und das würden sie bleiben.

Missmutig starrte sie hinüber zu dem weißen Wirbel aus Möwen, der über dem Felsen kreiste. Als sie das gesagt hatte, war sie mehr tot als lebendig gewesen, und da konnte man ihr Versprechen doch kaum auf die Goldwaage legen. Dann ging sie los. Sie war zu schwach, um zu schwimmen, aber vielleicht reichte ihre Kraft, die beiden Mönche in ihr Totenhaus zu bringen.

Baron Hardis war glänzend gelaunt, als der Strategos ihm im Lustgarten, der nun eher einem Feldlager glich, begegnete. »Ah, Meister Thenar! Nie sah Euer Palast schöner aus als im Glanz der Lichter der vielen Zelte, die hier aufgebaut sind. Ist es nicht ein prachtvolles Fest?«

»Es hat doch noch nicht einmal begonnen, Baron«, gab Thenar zurück. Er lächelte, denn er wollte sich nicht provozieren lassen. Aber er hatte nicht vergessen, wem sie dieses »Fest« zu verdanken hatten.

»Es gemahnt mich an glanzvollere Zeiten, ja, an die Feste, die Gervomer einst besungen hat, in seinen Liedern des Untergangs.«

»Ein recht düsterer Vergleich, Baron, wenn Ihr mir die Bemerkung gestattet.«

»Verzeiht. Ich weiß gar nicht, wie ich darauf komme. Beschreibt der große Barde doch das Verlöschen eines Geschlechts, während wir hier zusammengekommen sind, um eine Hochzeit zu feiern, bei der sich zwei Geschlechter zu neuer Blüte verbinden. Wo ist die Braut?«

»Sie ruht in ihren Gemächern und erholt sich von der anstrengenden Reise.«

»Aber wir sehen sie heute Abend, hoffe ich?«

»Gewiss doch.« Thenar verneigte sich, um anzudeuten, dass er gehen wollte, aber der Baron schien noch nicht am Ende zu sein.

»Und hat sie unsere Geschenke erhalten?«

»Unsere?«

»Ich bitte Euch; auch wenn wir sie im Namen von Prinz Weszen übergeben, so ist Euch doch wohl bekannt, dass diese Gaben aus Ugir stammen, der Stadt, deren Protektor ich nun werde.«

»Ah, diese Gaben meint Ihr. Ja, aber Caisa hat kein Wort dazu gesagt.«

Die Miene des Barons verfinsterte sich für einen kurzen Augenblick, dann kehrte sein leicht überhebliches Lächeln zurück. »Es ist schade, dass sie den Schmuck erst am Tag der Hochzeit tragen darf. Aber ich bin sicher, ihre Schönheit wird auch ohne Gold so hell strahlen, dass selbst Gervomer Schwierigkeiten hätte, sie angemessen zu würdigen.«

»Ich werde Caisa Eure freundlichen Worte ausrichten, Baron. Doch solltet Ihr aufpassen, dass sie Prinz Weszen nicht zu Ohren kommen. Man hört, er sei schrecklich eifersüchtig.«

Der Baron stutzte nur kurz, dann brach er in schallendes Gelächter aus. »Ihr seid wahrhaft ein Mann mit einer scharfen Zunge, Meister Thenar. Ich werde die Himmel bitten, mich nie mit Euch in ein Rededuell geraten zu lassen.«

Endlich konnte sich Thenar von dem aufgeblasenen Filganer verabschieden. Diese ständigen Anspielungen auf den Untergang – konnte er nicht wenigstens bis zur Hochzeit darauf verzichten, Salz in offene Wunden zu reiben? Aber er würde sich noch wundern, der zukünftige Protektor von Ugir, dafür würde er sorgen. Der Schmuck war allerdings wirklich prachtvoll. Er würde vermutlich sogar reichen, die meisten der Schulden zu begleichen, die Thenar bei den Großen der Stadt hatte machen müssen, um dieses Fest zu bezahlen.

Er war in Eile, wurde aber von einer Abordnung Malganter Grafen aufgehalten, die sich über das Wetter und ein angeblich undichtes Zelt beschwerten. Er versprach, sich um beides zu kümmern, aber die Malganter bemerkten die Ironie seiner Bemerkung nicht. Dann lief er einem Ratsherren aus dem fernen Xelidor über den Weg, der sich zurückgesetzt fühlte, weil sein Zelt im hinteren Teil des Lustgartens aufgeschlagen worden war. Thenar versprach, nach einem anderen Platz Ausschau zu halten.

Der Obergärtner, ein trauriger alter Mann mit gelblichem Bart, hielt ihn als Nächstes auf und beschwerte sich, dass die Gäste ihm auf die Rosen pissten, und schließlich musste Thenar noch bedauernd verneinen, als ihn ein Vetter des Primos von Anuwa fragte, ob in den kommenden Tagen eine Löwenjagd geboten werde. Leider gebe es keine Löwen auf den Brandungsinseln, erklärte Thenar, entschuldigte sich dafür, dass er es versäumt hatte, zu diesem Fest einige Exemplare auszuwildern, und versicherte, dass er es für die nächste Hochzeit vormerken werde.

Er wich weiteren Würdenträgern auf seinem Gang durch die kleine Zeltstadt aus, und endlich erreichte er das Nebengebäude, in dessen Keller sich Meister Aschley eingerichtet hatte.

Der Meister war beschäftigt und ungehalten wegen der Störung, aber das war er eigentlich immer, und Thenar konnte auf derartige Empfindlichkeiten auch keine Rücksicht nehmen.

»Wie kommt Ihr voran?«, fragte er, als die Beschwerden des jungen Alchemisten verebbt waren.

»Es ist schwieriger, als ich dachte, die Herzogin zu kurieren, Meister Thenar. Die Unfruchtbarkeit ist eine Sache, deren Ursache tief in ihrem Inneren verborgen liegt. Leider reicht es nicht aus, nur die Säfte ihres Körpers wieder in Einklang zu bringen. Zumal meine Behandlung ja auch gewisse Nebenwirkungen haben soll …«

»Es ist zu ihrem Besten, Aschley, wie Ihr sehr wohl wisst, und ich muss sagen, dass ich zufrieden mit dem bin, was ich heute gesehen habe.«

Der kindsgesichtige Gelehrte rümpfte die Nase. »Es hilft mir nicht, wenn Ihr zufrieden damit seid, dass sie sich kaum auf den Beinen halten kann, Strategos. Der Herzog ist zutiefst besorgt und überschüttet mich täglich mit Vorwürfen.«

»Haltet ihn nur noch vier weitere Tage hin, Aschley, dann ist die Sache überstanden.«

»Vier Tage können eine sehr lange Zeit sein, Euer Gnaden. Der Herzog hat während Eurer Abwesenheit mehrfach damit gedroht, diese Hexe Gritis zu Rate zu ziehen. Besser, Ihr redet ihm das aus, bevor die Alte noch herausfindet, dass ich die Herzogin vergifte.«

Thenar nickte. Kaum war er zwei Tage nicht im Palast, schon ging alles drunter und drüber.

Er versprach dem Alchemisten, sich um den Herzog zu kümmern, dann ging er in die Küche, um sich anzuhören, welche Beschwerden der Koch haben mochte.

Alena blickte aus dem Fenster auf die bunten Zelte und die Würdenträger, die dazwischen umherliefen, meist in Eile, um dem Regen zu entgehen.

»Wie viele Menschen mögen das sein?«, fragte sie Hawa.

»Zwei- oder dreihundert, Hoheit. Alles sehr vornehme Leute, wenn auch nicht zu vornehm, wie Euch der Strategos sicher erklärt hat.«

»Nicht zu vornehm?«, fragte Alena.

»Es wäre nicht schicklich, wenn die Oberhäupter der Zwölf

Städte selbst hier erschienen, denn ihr Glanz würde den des Hauses Peratis vielleicht nicht überstrahlen, aber doch mindern. Also schickt man Vettern, Söhne, entfernte Verwandte, wer eben gerade entbehrlich ist.«

»Entbehrlich«, murmelte Alena und musste wieder an das denken, was Meister Brendera gesagt hatte. Ob es ihren Lehrern gut ging? Draußen wurden Laternen angezündet. Es war ein tröstliches Bild, und so drehte sie sich nicht um, als die Tür geöffnet wurde.

»Lasst uns allein«, forderte eine dunkle Stimme.

»Aber, Hoheit, ich glaube nicht, dass der Herzog es gutheißen wird, wenn Ihr ...«

»Verschwindet«, brüllte der Eindringling.

Alena drehte sich langsam um. Es war Prinz Arris, und er war ohne Zweifel betrunken. Hawa sah sehr besorgt aus. Alena nickte ihr zu, als Zeichen, dass sie gehen könne. Die Zofe huschte hinaus, und Alena hoffte, dass sie klug genug war, Hilfe zu holen.

»Ich freue mich, Euch zu sehen, Onkel«, begann sie vorsichtig.

»Blödsinn!«, knurrte Prinz Arris. Er griff sich eine silberne Karaffe und sah hinein. Dann warf er sie gegen die Wand. Wasser ergoss sich über den Teppich, als sie zu Boden fiel. »Gibt es in diesem Schlangennest denn keinen Wein?«, rief er.

Alena blieb am Fenster stehen und sah sich unauffällig nach einer Fluchtmöglichkeit um. Ihrer Erfahrung nach waren betrunkene Männer unberechenbar und gefährlich. Selbst freundliche Familienväter konnten zu brutalen Schlägern werden, wenn sie nur genug getrunken hatten – und wenn der Schmerz oder der Zorn, den sie sonst vor der Welt verbargen, groß genug war. Es war leicht zu sehen, dass der Prinz von beidem eine Menge in sich trug.

»Nun wirst du also dieses Monster heiraten«, sagte der Prinz. Er kam näher, setzte sich aufs Bett und strich mit einer Hand über die seidenen Laken. Damit saß er nun zwischen ihr und der Tür. Aus der Nähe sah sein zerstörtes Antlitz schlimm aus, vor allem, wenn er, wie jetzt, lächelte und nur eine Hälfte seiner Gesichtsmuskeln sich bewegte.

»Für den Frieden«, gab Alena zurück.

»Als wenn dich so etwas interessieren würde«, murmelte Arris. Er sah sie düster an. »Wirst du dich vor der Hochzeit erklären?«

Alena dämmerte, dass irgendetwas zwischen Caisa und dem Prinzen vorgefallen sein musste. Leider war Caisa immer sehr schweigsam geworden, wenn es um ihren Onkel ging.

»Ich kann nichts erklären, Onkel«, sagte sie und fragte sich, wo denn die Hilfe blieb, die Hawa doch sicher holte.

»Du willst also bei deinen Lügen bleiben? Trotz allem, was ich für dich getan habe?« Der Prinz erhob sich, aber er kam nur mühsam auf die Beine.

Alena sah ihre Chance. Sie lief los, aber er war schneller, als sie gedacht hatte, und erwischte sie am Arm. Sein Griff war eisern.

»Ihr tut mir weh, Onkel«, rief sie.

Er zog sie an sich. Sein Atem roch nach Branntwein. »Ist das so? Vielleicht sollte ich dir etwas von dem Schmerz zurückgeben, den du mir zugefügt hast, Caisa. Was meinst du?«

Die Tür flog auf.

»Was geht hier vor?«, rief die schneidende Stimme von Elderfrau Luta. Hawa war bei ihr.

»Ah, eine weitere Schlange, die durch unseren Palast kriecht«, rief der Prinz mit bitterem Lachen.

»Ihr seid betrunken, Arris! Lasst meine Enkelin los, oder, bei der Sturmschlange, Ihr werdet es bereuen!«, rief die Alte.

Arris lachte immer noch, aber er ließ Caisa los. »Aber ich habe meiner Nichte doch nur einen Höflichkeitsbesuch abgestattet, edle Luta.«

Er deutete eine Verbeugung an und sagte mit einem ironischen

Grinsen, das durch seine entstellten Züge fürchterlich aussah: »Wir sollten diese Unterhaltung fortsetzen, liebe Caisa, diese oder die andere, bei der wir vor allem zu deinem Bedauern, wie ich glaube, auch so jäh unterbrochen wurden.«

Dann schwankte er aus der Kammer.

Alena setzte sich aufs Bett. Das musste sie erst einmal verdauen.

»Nun?«, fragte die Elderfrau, die keine Anstalten machte, Caisa zu trösten.

»Ich danke Euch, Großmutter. Ich weiß nicht, was er getan hätte, wenn Ihr nicht gekommen wäret.«

Die Alte schnaubte verächtlich. »Er ist ein Trunkenbold, und ich sage deinem Vater täglich, dass er ihn endlich hinauswerfen soll.«

Jetzt kam sie doch näher heran und strich Alena mit ihrer faltigen Hand durchs Gesicht. »Du hast dich jedoch wacker geschlagen, Caisa. Keine Tränen, kein Lamentieren. Ich gebe es nur ungern zu, aber die Monate in Perat scheinen dir gutgetan zu haben.«

»Mag sein«, murmelte Alena.

»Aber dennoch wäre es wohl langsam Zeit, dass du deiner alten Großmutter reinen Wein einschenkst.«

Alena sah sie verunsichert an.

»Ich bin alt, aber nicht einfältig, Caisa. Ich weiß, dass seinerzeit etwas vorgefallen ist, zwischen dir und diesem Branntweinfass, etwas, worüber deine Eltern nicht einmal mit mir sprechen wollen. Und ich finde, ich habe verdient, dass du es mir endlich erzählst.«

Alena schluckte. Sie hatte doch keine Ahnung. Dann barg sie das Gesicht in den Händen und begann zu weinen.

»Na, na«, versuchte die Alte sie zu trösten. »War es denn wirklich so schlimm?«

Sie schüttelte den Kopf. Schließlich versuchte sie nur, Zeit zu gewinnen.

»Was denn nun? Zu schlimm, um es deiner alten Großmutter zu erzählen, aber nicht so schlimm, dass du deswegen weinst? Der Himmel möge mir helfen, dieses Mädchen zu verstehen!«

Die Tür flog erneut auf. Alena atmete erleichtert auf: Es war der Herzog. »Lasst uns allein«, forderte er. Ob er wusste, dass sein Bruder dieselben Worte benutzt hatte?

»Lasst uns allein, lasst uns allein«, brummte die Elderfrau. »Nein, ich denke gar nicht daran, meine Enkelin in dieser Stunde der Not – und es ist eine Stunde, die sich noch lange hinziehen wird – alleine zu lassen!«

»Edle Luta, es ist jetzt nicht die rechte Zeit für Widerworte. Ich habe mit meiner Tochter etwas zu bereden – und es ist auch für Euch an der Zeit, sich für den Empfang vorzubereiten.«

»Die rechte Zeit für Erklärungen ist es wohl nie, wenn es nach Euch geht, Schwiegersohn«, giftete die Alte, aber dann verschwand sie, noch ein paar unfreundliche Bemerkungen vor sich hin murmelnd.

»Ihr weint?«, fragte der Herzog. Seine Besorgnis klang echt.

Alena schüttelte den Kopf und wischte sich mit dem Handrücken die Tränen ab. »Ein alter Trick, den ich von einer Hure im Krähenviertel gelernt habe.«

Der Herzog verzog das Gesicht. »Erspart mir bitte allzu genaue Ausführungen.«

»Verzeiht. Aber ich hätte gerne ein paar Erklärungen, Hoheit. Prinz Arris … was ist da vorgefallen, zwischen ihm und Caisa?«

Die Miene des Herzogs verfinsterte sich. »Es ist eine Familienangelegenheit. Und es wird auch nicht wieder vorkommen, dass er sich Euch nähert. Dafür werde ich sorgen.«

»Aber ich bin nun einmal Teil Eurer Familie, Hoheit. Ihr solltet es mir sagen.«

»Nicht einmal die Edle Luta weiß, was damals geschehen ist. Und so soll es auch bleiben. Ich weiß, wie sehr sie Euch zusetzen könnte, jetzt, da sie glaubt, einem Geheimnis auf der Spur zu sein.«

»Ich werde ihr nichts verraten.«

»Natürlich nicht, denn Ihr werdet nichts wissen, was Ihr verraten könntet. Doch nun bereitet Euch vor. Die Gäste werden sich schon bald in der Halle versammeln – und sie sind Euretwegen hier.«

Alena schluckte.

Plötzlich lächelte der Herzog. »Ihr seid blass geworden. Es beruhigt mich, dass es Dinge gibt, die Euch beeindrucken. Caisa ist bei weitem nicht so abgeklärt, wie Ihr es zu sein scheint, Alena von den Krähen.«

»Soll ich den Schmuck anlegen?«, fragte Alena und schielte nach dem Kasten, in dem das unbezahlbare goldene Geschmeide verborgen lag.

»Nein, der ist für den Tag der Hochzeit. Ihr werdet Euch heute nur kurz zeigen. Ihr müsst nach dem Bankett also nicht an den Tänzen teilnehmen.«

»Aber es würde mir nichts ausmachen …«, versicherte Alena, die sich, bei allen Bedenken, doch auf das Fest freute.

Der Herzog lachte. »Das glaube ich gerne«, sagte er, »doch es geziemt sich nicht für die Braut, mit einem anderen als ihrem Verlobten das Parkett zu betreten. Euer Tanzvergnügen wird also noch ein wenig warten müssen.«

»Sie tut nicht, was sie soll!«, rief der Koch aufgebracht. »Ich sage ihr, sie soll eine Prise Pfeffer dazugeben, sie nimmt drei. Ich befehle, einen halben Löffel Zimt, sie nimmt zwei! Und so geht es mit allem!«

Thenar rieb sich die müden Augen. Er hatte gerade erfahren,

dass der Gesandte aus Ugir zwei Magier im Gefolge hatte, aber noch nicht herausgefunden, welcher Art ihre Magie war, doch nun musste er dieser Küchenkröte zuhören, statt sich darum zu kümmern. Leider war der Koch entscheidend für das Gelingen des Festes, sonst hätte er ihn wegen seines langen Lamentos über derartige Kleinigkeiten längst hinausgeworfen. Gerade tauchte ein Diener an der Pforte auf. Vermutlich wartete wieder irgendwo anders etwas Unaufschiebbares auf ihn, aber er musste diesen Koch bei Laune halten. Also ließ er die neue Hilfsköchin kommen. Sie war eine stämmige Person, die einen kleinen Topf und einen Löffel fest umklammert hielt.

»Es gibt Beschwerden über Euch«, begann Thenar.

»Probiert!«, verlangte die Köchin und hielt ihm Topf und Löffel hin.

Der Strategos runzelte die Stirn. »Ihr seid es wohl nicht gewohnt, mit hohen Herrschaften umzugehen, wie?«, fragte er.

»Das ist es ja, Euer Gnaden«, rief der Koch. »Ihr fehlen Anstand und Sitte. Ihr und den Helfern, die sie mitgebracht hat. Lasst sie uns hinauswerfen, und ich will versuchen, bessere Köche zu finden.«

»Probiert!«, verlangte die Frau erneut. Der Diener gab ihm verzweifelt Zeichen, aber Thenar fand, er könne sich einen Happen gönnen. Mit einem Kopfschütteln nahm er sich einen Löffel Suppe, roch daran und probierte schließlich. »Sie ist ausgezeichnet!«, rief er.

»Aber sie ist nicht nach Rezept!«, entgegnete der Koch.

Thenar warf ihm den Löffel zu. »Es ist mir und meinem Gaumen gleich, ob sie nach Rezept gekocht ist oder nicht. Sie schmeckt – und das ist doch wohl die Hauptsache. Oder muss ich Euch Euer Handwerk erklären?«

»Nein, Euer Gnaden ... aber als ergebener Diener des Hauses, der seit vielen Jahren für die herzogliche Familie kocht, ohne dass es je Grund zur Klage gab, bestehe ich darauf, diese Frau durch eine andere Köchin zu ersetzen.«

»Mann, für diesen Unsinn habe ich wirklich keine Zeit!«, fuhr ihn Thenar an.

»Schön!«, rief der Koch und begann seine Schürze aufzuknoten. »Sie oder ich!«

Thenar seufzte. Wo sollte er jetzt eine andere Köchin auftreiben, eine Stunde vor dem Bankett? »Ich zahle Euch eine Prämie von fünfhundert Schillingen«, rief er.

Die Hände des Kochs verharrten in ihrer Bewegung. »Und sie wird entlassen?«

»Sobald Ihr Ersatz findet, meinetwegen. Aber nun sputet Euch. Die Gäste werden schon bald die Halle betreten.«

Er gab dem Diener an der Tür ein Zeichen, und dieser trat näher heran. »Verzeiht, Herr, aber es ist etwas vorgefallen.«

»Was denn nun schon wieder?«

»Das weiß ich nicht. Man sagte mir nur, ich solle Euch holen, Herr. Und es ist wohl etwas mit Prinz Arris.«

»Was denn nun? Wisst Ihr es, oder wisst Ihr es nicht?«

»Ich weiß es nicht, Herr, denn niemand sagte mir etwas. Doch konnte ich meinen Ohren nicht verbieten zu lauschen, und so hörte ich, dass der Prinz sich wohl in Gegenwart der Prinzessin ... vergessen hat.«

Für einen Moment schloss Thenar die Augen. Das durfte doch nicht wahr sein! »*Vergessen* hat? Waren das die Worte, die Eure eigenwilligen Ohren gehört haben, Mann?«

»Nein, Herr. Der Herzog sagte, dass er sich benommen habe wie ein betrunkener Ochse auf dem Markt.«

Thenar rieb sich noch einmal die müden Augen. Das fehlte ihm noch, dass Arris während der Feierlichkeiten die Beherrschung verlor. Das Beste wäre, man schickte ihn unter einem Vorwand fort. Aber während der Strategos die Treppe hinaufeilte, wurde ihm klar, dass der Prinz sich vermutlich nicht so einfach fortschicken ließ.

Als er noch auf halben Weg zu Caisas Gemächern war, kam ihm schon der Herzog entgegen. »Ihr kommt spät, Strategos«, sagte Fürst Ector knapp. Er schien in Eile zu sein, und Thenar musste sich sputen, um mit ihm Schritt zu halten.

»Verzeiht, Hoheit, aber die Gäste, das Fest ...«

»Nun, die Sache ist auch schon erledigt. Elderfrau Luta hat den Prinzen in die Flucht geschlagen. Wer hätte gedacht, dass sie je so nützlich sein könnte?«

»Die Elderfrau ... ich verstehe. Und was genau ist vorgefallen?«

»Mein Bruder hat ... Caisa bedrängt, doch das Mädchen ist ahnungslos.« Er seufzte. »Lemaos hat immer gewusst, wie Arris zu nehmen war. Er war einfach der Beste von uns.«

»Der Tod Eures Bruders war wirklich ein großer Verlust«, sagte Thenar taktvoll. Er räusperte sich. »Vielleicht sollten wir das Mädchen einweihen, Hoheit.«

»Diese Sache bleibt in der Familie, Thenar«, beschied ihn der Herzog knapp.

»Aber, Hoheit, wenn Euer Bruder noch einmal ...«

»Ich werde dafür sorgen, dass es nicht wieder geschieht.«

Thenar fasste den Herzog am Arm, um ihn anzuhalten. »Wollt Ihr ihn endlich doch fortschicken?«

Ector warf einen kalten Blick auf die Hand, und Thenar zog sie eilig zurück. Der Herzog eilte weiter. »Ich werde mit Arris reden. Und ich werde der Dienerschaft verbieten, ihn weiter mit Wein oder Branntwein zu versorgen.«

»Aber, Hoheit ...«

»Nun kommt, Thenar. Das Fest beginnt bald, und wir wollen nicht zu spät kommen. Ich will auch noch einmal nach Ilda sehen.«

»Ich hoffe, der Herzogin geht es besser, Hoheit?«

»Nein, geht es nicht, und weder unsere Heiler noch Euer Alchemist wissen Rat. Deshalb habe ich nach der alten Gritis geschickt. Sie dürfte gerade bei ihr sein.«

Thenar zuckte zusammen. Meister Aschley hatte ihn gewarnt, aber er hatte noch keine Zeit gehabt, sich um diese Sache zu kümmern.

»Ich begleite Euch, wenn Ihr erlaubt, Hoheit.«

»Natürlich«, murmelte der Fürst und marschierte weiter im Sturmschritt.

Thenar hetzte hinterher. Ein Diener kam ihnen entgegen. »Verzeiht, Herr, aber es wünscht Euch jemand zu sprechen.«

»Und wer?«, fragte Thenar ungehalten.

»Meister Grau, Herr. Er erwartet Euch in Euren Gemächern.«

»Er soll warten«, antwortete Thenar. Der Herzog war schon um die nächste Ecke gebogen. Thenar eilte ihm hinterher. Er durfte nicht zulassen, dass Ector erfuhr, was Aschley der Herzogin in seinem Auftrag antat.

»Was genau tut dieser Knabe eigentlich?«, fragte die alte Gritis und befühlte den Puls der Herzogin, die blass und schwitzend auf ihrem Bett lag.

»Er versucht, die Ungleichgewichte der Gallensäfte in Einklang zu bringen, denn dies ist, wie unsere Heiler seit langem wissen, die Ursache für die Unfruchtbarkeit der Herzogin«, erwiderte Meister Thenar. Es war seltsam still im Sommerhaus.

Die Alte warf ihm einen scheelen Blick zu. »Ihr redet, als würdet Ihr etwas davon verstehen, Thenar, doch Eure Worte besagen das Gegenteil. Kinderkriegen ist eine Sache, die eine Frau hinter sich bringen sollte, solange sie jung ist, jedenfalls jünger als die Herzogin. Aber das ist es nicht alleine. Ich habe Euch doch schon mindestens einmal erklärt, dass ihr Leib im Inneren nicht mehr den Platz bietet, den ein Kind zum Wachsen braucht. Deshalb auch diese Schmerzen.«

»Das Haus Peratis braucht einen Erben«, flüsterte die Herzogin.

»Aber es braucht gewiss keine Beerdigung«, brummte die Alte, die missmutig an den Flakons schnupperte, die Meister Aschleys Mixturen enthielten.

»Was redet Ihr da?«, fragte der Herzog.

Thenar sah in seinem Gesicht plötzlich etwas, was er noch nie gesehen hatte: nackte Angst. Ector liebte seine Frau, mehr, als es Thenar bewusst gewesen war, womöglich sogar mehr, als es für das Haus Peratis gut war.

»Es ist vielleicht besser, wir lassen die beiden für eine eingehendere Untersuchung einen Augenblick allein«, rief er, bevor die Alte die Frage beantworten konnte, und er warf ihr einen warnenden Blick zu. »Ich bin zuversichtlich, dass die weise Gritis uns gleich guten Rat geben kann.«

Der Herzog folgte seinem Vorschlag widerwillig. Kaum waren sie draußen, rief Thenar: »Ah, ich muss ihr noch etwas über Meister Aschleys Tränke sagen. Wartet einen Augenblick, Hoheit.«

Er schlüpfte wieder in die Kammer, nahm die Alte beiseite und flüsterte: »Ich weiß, dass es ihr nicht gut geht, und ich weiß auch, dass es an den Tränken liegt, aber – um der Himmel willen, verratet uns nicht!«

Gritis sah ihn kopfschüttelnd an. »Was immer in diesen Flaschen ist, es schadet viel mehr, als es hilft.«

»Aber es ist erforderlich, bis diese unselige Hochzeit vorüber ist. Es ist unabdingbar. Danach wird die Herzogin sofort wieder auf den Pfad der Genesung zurückkehren. Doch niemand darf erfahren, was wir hier tun.«

Er warf einen Seitenblick auf die Herzogin. Sie wirkte wirklich mehr tot als lebendig.

»Und Ihr erwartet von mir, dass ich den Mund halte? Ich bin

eine Heilerin, nur meinen Kranken, nicht Euren Ränken verpflichtet.«

Draußen ertönten laute Stimmen. Der Herzog stritt mit jemandem. Thenar erkannte die Stimme. Die hatte ihm gerade noch gefehlt …

»Tausend Schillinge!«, stieß er hervor.

Die Alte sah ihn lauernd an.

»Tausend Schillinge und das Versprechen, dass Ihr die Behandlung nach der Hochzeit überwachen dürft. Es sind doch nur ein paar Tage, Gritis. Ich bitte Euch!«

»Mein Gewissen hat eine ähnlich laute Stimme wie die Frau, die ich vor dieser Tür keifen höre. Schillinge werden sie nicht zum Schweigen bringen.«

»Zweitausend!«

»Drei, und ich denke *vielleicht* darüber nach …«, kam es ungerührt zurück.

Thenar nickte ergeben und eilte hinaus, um das nächste drohende Unheil zu verhindern. Es war Elderfrau Luta, die mit ihrem Schwiegersohn stritt: »Und ich sage, dass es kein Wunder ist, dass meine Tochter so leidet. Sagt diese elende Hochzeit ab, Ector! Dann werdet Ihr sehen, dass es ihr schnell besser geht.«

»Edle Luta, Ihr versteht nicht, dass wir bereits …«

Thenar fiel ihm rasch ins Wort: »Diese Hochzeit kann nicht mehr abgesagt werden, Edle Luta, auch wenn das des Herzogs innigster Wunsch ist.«

»Aber Ihr habt meiner Tochter versprochen, dass es nicht dazu kommen würde, Ihr, Thenar, und Ihr, Ector. Wenn Euer Vater noch leben würde, Ector, und sein Strategos, der alte Gawas, dann …« Sie beendete den Satz nicht, sondern sagte mit viel Bitterkeit in der Stimme: »Muss ich also davon ausgehen, dass Eure Versprechen nichts wert sind?«

»Vergesst nicht, mit wem Ihr redet!«, fuhr der Herzog sie an.

»Vergesst vor allem nicht, dass dort drinnen eine Patientin liegt, der lauter Streit nicht guttut«, sagte die alte Gritis, die plötzlich in der Tür stand.

Ector nickte betroffen, aber Elderfrau Luta zischte ihn an: »Wenn Ihr es nicht vermögt, diese Schmach zu verhindern, werde ich es eben tun!«

Dann verschwand sie in der Kammer.

»Nun?«, fragte der Herzog die Heilerin.

Sie blickte von einem zum anderen und räusperte sich. »Es ist vielleicht doch nicht so schlimm, wie ich zunächst annahm. Ich denke, der Kampf, der in ihrem Körper stattfindet, erreicht gerade seinen Höhepunkt. Es sollte ihr bald, in wenigen Tagen schon, wieder viel besser gehen.«

Der Herzog schüttelte der Heilerin überschwänglich die Hand. »Ich danke Euch, Gritis. Endlich ein paar gute Nachrichten.«

»Ich werde bald wiederkommen und nach der Herzogin sehen. Sollte wider Erwarten keine Besserung eingetreten sein, werde ich wissen, was zu tun ist. Doch einstweilen braucht sie vor allem Ruhe.«

Thenar verstand die Drohung, nickte und konnte seine Erleichterung kaum verbergen. Dann fiel ihm ein, dass Meister Grau in seinem Quartier auf ihn wartete.

Der Herzog seufzte. »Es wäre mir viel lieber, Ilda wäre bei dem, was nun auf uns zukommt, an meiner Seite, doch sehe ich ein, dass sie dringend Ruhe und Schonung braucht. Nun denn … die Truppen sind bereit, die Reihen geordnet … Lasst die Hornisten das Signal zur Schlacht geben, Thenar. Es ist an der Zeit, die Festlichkeiten zu eröffnen.«

»Ihr habt Recht, Hoheit. Die Sonne steht schon tief, und zum Glück ist die Wolkendecke aufgerissen. Ich werde das Nötige vorbereiten und erwarte Euch bei Sonnenuntergang vor der Halle.«

Thenar eilte in den Palast und ließ das erste Hornsignal geben. Dann hastete er in seine Gemächer, um Meister Grau zu treffen.

Der Mann stand in seiner Schreibstube, ein Bild der Geduld und Unauffälligkeit. Thenar dachte, dass man ihn leicht mit einem Möbelstück verwechseln könnte. »Seit wann seid Ihr wieder hier? Und was ist vorgefallen, dass Ihr Euren Posten verlassen habt?«

»Es scheint, dass die Undaros in eine Fehde verwickelt sind, Herr.«

»Weiter«, drängte Thenar, der in seinen Gemächern aus dem Fenster starrte und die Wolken beobachtete. Im Grunde ging es da nur um eine Spielerei, aber sie würde sehr effektvoll sein – wenn Wolken und Sonne taten, was sie sollten.

»Es heißt, dass einige ihrer Söhne getötet wurden, doch ist sich das Krähenviertel nicht einig, wer der Feind ist.«

Thenar hätte es ihm sagen können. Er fragte sich, ob sein Plan gelungen und der Schatten tot war. Wenn Geneos versagt hatte … nein, Meister Aschley hatte ihm versichert, dass das Gift den Schatten nur lähmen würde, weshalb Jamade es auch nicht bemerken dürfte. Und selbst wenn sie überlebt hätte … sie würde auf dieser Insel festsitzen. Dennoch wäre ihm wohler, wenn endlich ein Bote kommen und ihm die gute Nachricht bringen würde.

Meister Grau sah ihn teilnahmslos an, und das brachte ihn zurück in das Hier und Jetzt. »Eine Fehde also? Aber das hättet Ihr auch in einem Eurer Berichte schreiben können. Was ist so wichtig, dass Ihr es mir persönlich sagen müsst?«

»Sie sind verschwunden.«

»Wer?«

»Die Undaros, jedenfalls ein großer Teil von ihnen. Im Krähenviertel sagt man, sie seien untergetaucht, um sich vor ihren Feinden zu verstecken.«

Thenar runzelte die Stirn. Das war in der Tat beunruhigend. Er wusste gerne, wo sein Feind sich befand, auch wenn Filgan weit war und diese Sippe bei dieser Angelegenheit nur am Rande eine Rolle spielte. Er blickte hinaus zu den zerrissenen Wolken. Er musste in den Saal und seine Anordnungen treffen. »Habt Ihr eigentlich mehr über das Oberhaupt dieser Sippe in Erfahrung bringen können?«

»Nein, Herr. Die einen sagen, sie sei eine mächtige Hexe, andere halten sie für einen Dämon, dritte für eine Betrügerin. Fest steht, dass sie außerordentlich fruchtbar sein muss, denn ihre Nachkommenschaft ist zahlreich.«

»Ach ja?«

»Ich habe eine Liste angelegt und bin bis einhundertundvierzig gekommen. Das heißt aber nicht, dass dies schon alle Mitglieder der Sippe sind, denn nicht alle Undaros führen auch diesen Namen. Es heißt, die Basa selbst habe vierzehn Kinder in die Welt gesetzt, die alle ihrerseits viele Kinder zeugten oder zur Welt brachten …«

»Einhundertvierzig? Beeindruckend – und gute Arbeit, Meister Grau. Es ist gut, dass Ihr zurück seid. Erwartet mich hier nach dem Fest. Ich habe weitere Aufträge für Euch. Ihr müsst jemanden für mich beobachten …«

Wieder erklang ein Hornsignal im Palastgarten.

»Was hat das zu bedeuten?«, fragte Alena, die gedankenverloren vor dem polierten Silberspiegel stand und sich an der Erscheinung darin nicht sattsehen konnte.

»Das Horn ruft die Gäste zum Fest, Hoheit«, antwortete Hawa, die den großen Spiegel festhielt.

»Dann wird es für mich Zeit?«

»Ihr habt es bisher hervorragend gemacht. Und wenn Ihr Prinz Arris und Elderfrau Luta täuschen konntet, dann wird Euch das auch bei den anderen gelingen.«

»Ich wollte, ich hätte Eure Zuversicht.«

»Deine.«

»Hm?«

»Die Prinzessin pflegt mich zu duzen, wie ich schon mehrfach erwähnte, Hoheit.«

Alena starrte auf das blaue Gewand mit den silbernen Stickereien und dem Kragen aus schillerndem Vogelgefieder. »Daran gewöhne ich mich nie«, murmelte sie.

Hawa lachte. »Das geht schneller, als Ihr denkt. Was glaubt Ihr, wie gut es mir gefallen hat, dass ich auf Burg Perat eigene Diener hatte? Wenn es nach mir gegangen wäre, hätte ich gerne noch ein wenig länger Prinzessin gespielt – und dabei durfte ich dort keine so prächtigen Gewänder tragen, Hoheit.«

Alena schüttelte den Kopf. »Ihr habt ... du hast Recht, Hawa. Es sind nur fünf Tage, von denen einer schon fast vorüber ist, und ich sollte mich nicht zu sehr an diesen Luxus gewöhnen.« Dann gab sie der Zofe ein Zeichen, den Spiegel wieder an seinen angestammten Platz in einer dunkleren Ecke dieser Gemächer zu schieben. »Begleitest du mich?«, fragte sie hoffnungsvoll, als Hawa zurückkehrte.

»Nein, Hoheit. Für eine Zofe ist dort unten kein Platz.«

»Aber alleine finde ich nicht mal den Weg in die Halle!«

»Beruhigt Euch, Hoheit. Der Herzog wird bald hier sein und Euch in den Saal geleiten. Und glaubt mir, er kennt den Weg.«

Der kleine Scherz sollte sie wohl aufmuntern, aber er verfehlte seine Wirkung. Der Gedanke, dass da unten dutzende adelige Würdenträger auf sie warteten, war mehr als beunruhigend.

»Wird Prinz Arris auch dort unten sein?«

»Es ist möglich, aber vielleicht schläft er auch gerade seinen Rausch aus. Das wäre besser für ihn, für Euch und für das ganze Fest«, meinte Hawa.

»Und du weißt wirklich nicht, was zwischen ihm und Caisa vorgefallen ist?«

»Nein, Hoheit, denn damals war noch Doma Lepella die Kammerzofe der Prinzessin. Sie hat mir gegenüber nie ein Wort darüber verloren, und es muss ein großes Geheimnis sein, wenn nicht einmal Elderfrau Luta es kennt.«

»Umso schlimmer. Diese Familie hat mehr Geheimnisse als ein Hund Flöhe«, seufzte Alena.

»Ein schönes Bild – doch denkt daran, dass Ihr heute Abend in der Halle der Perati speist. Allzu blumige Redewendungen könnten Anstoß oder sogar Verdacht erregen.«

»Danke, Hawa. Ich werde versuchen, auch daran zu denken, neben all den tausend Dingen, die ich sonst noch beachten muss. Es ist schade, dass du nicht an meiner Seite bist, denn ich könnte deine Hilfe gut gebrauchen.« Alena mochte die junge Frau, aber sie traute ihr nicht, denn sie war ein Geschöpf Thenars. Und genau deshalb sagte sie: »Ich glaube, du bist die einzige Freundin, die ich in diesem Palast habe.«

Hawa errötete. »Ich höre Schritte. Ich nehme an, es wird der Herzog sein. Nur Mut, Hoheit. Und vergesst nicht, wer Ihr zu sein habt.«

»Vielleicht ist es auch der Henker«, murmelte Alena. Sie bekam ein ganz schlechtes Gefühl in der Magengegend. *Wunderbar,* dachte sie, *das fehlt gerade noch, dass ich beim festlichen Bankett vor lauter Aufregung dem Herzog auf den silbernen Teller kotze.*

Dann straffte sie sich und murmelte: »Ich bin Alenaxara von den Krähen. Ich habe das übelste Viertel der Schwarzen Stadt überlebt, ich werde auch diesen Empfang überstehen.« Die Gesandten dort unten konnten doch auch nicht schlimmer sein als die Halsabschneider aus der Galgengasse. Irgendwie fand sie in diesem Gedanken Mut, und sie fühlte sich bereit, ihre Rolle nun auch vor großem Publikum zu spielen.

»Bei den Himmeln ...«, entfuhr es dem Herzog, als er eintrat.

»Ist etwas nicht in Ordnung?«, fragte Alena erschrocken und

war sofort bereit zu glauben, dass sie etwas Wichtiges vergessen hatte.

»Ganz im Gegenteil, meine Teuerste. Es heißt ja, dass Kleider Leute machen. Nun, dieses Kleid macht auf jeden Fall eine Prinzessin, nein, eine Königin aus Euch!«

Alena errötete.

»Ich muss zugeben, dass wohl selbst Caisa nicht besser darin aussehen könnte. Ihr werdet die Gesandten verzaubern.«

»Ihr seid zu gütig … Hohei… Vater.«

Der Herzog lächelte kurz. Dann wurde er wieder ernst. »Da wir von Zauberei reden – es werden auch ein oder zwei Magier dort unten sitzen. Davon solltet Ihr Euch jedoch nicht beunruhigen lassen.«

»Meister Thenar ist doch auch ein Zauberer.«

»Gewiss, doch übt er seine Kunst nur noch selten aus. Die Männer dort unten sind hingegen Meister ihres Fachs. Unsere Sorge ist, dass wir nicht genau wissen, welches Fach das ist. Hütet also bitte nicht nur Eure Zunge, sondern auch Eure Gedanken, Alena.«

Der mühsam angesammelte Mut schwand dahin. »Wie soll ich denn meine Gedanken hüten?«

»Denkt an etwas Schönes, an die goldene Morgengabe Eures Bräutigams, an die bevorstehende Feier, denkt nur nicht zurück an das Krähenviertel. Ihr werdet es ohnehin wohl kaum je wiedersehen.«

Alena blickte den Herzog bestürzt an.

»Verzeiht, ich meinte damit, dass Ihr, nach allem, was Thenar mir erzählte, nie wieder dorthin zurückwollt. Deshalb werdet Ihr es nicht wiedersehen.«

»Danke … Vater«, sagte sie, weil der Herzog in diesem Augenblick die Tür zum Gang öffnete und die beiden Hellebardiere davor mit rasselnden Rüstungen Haltung annahmen.

Sie ergriff den angebotenen Arm, dann schritt sie den langen Gang und die breiten Treppen hinunter zur großen Halle, aus der schon vielstimmiges Gemurmel erklang.

»Kommen wir zu spät?«, fragte Alena, um überhaupt etwas zu sagen.

Der Herzog lächelte. »Nein, Ihr … du kommst genau zur rechten Zeit, und natürlich erscheint die Braut zuletzt. So ist es bei dieser Art Feier eben Brauch.«

»Und … der Bräutigam?«

»Wird, wie gesagt, übermorgen hier eintreffen. Ihr könnt unbesorgt sein, wir werden Euch keinen Augenblick mit ihm allein lassen. Nicht bis zum Tag der Hochzeit.«

»Und dann?«

Aber Alena erhielt keine Antwort, denn sie hatten die große Halle erreicht. Thenar stand davor und hielt sie auf. Er spähte durch einen Spalt in der Tür in den Saal und sagte: »Noch nicht, Hoheiten, noch nicht!« Er winkte einem Diener am Ende des Ganges, der nun in die Hände klatschte. Irgendwo weit oben erklang ein mechanisches Geräusch.

Der Herzog schien zu wissen, was da vorging, denn er richtete nur seinen makellosen Kragen und tätschelte Alenas Hand.

»Jetzt«, rief Thenar und stieß die Pforte auf.

Herzog Ector führte sie in die Halle. Noch nie hatte sie einen derart großen und schönen Raum gesehen. Weiße Säulen trugen das hohe Dach, und gerade, als sie eintraten, fiel durch ein Licht an der Decke ein breiter Sonnenstrahl genau auf die Pforte, durch die Alena nun ging.

Geblendet schloss sie für einen Augenblick die Augen, und ein Raunen lief durch den Saal. Alena öffnete die Augen wieder, und sie begriff, dass sie und der Herzog ganz allein im goldenen Licht standen.

»Wie hat er das gemacht?«, fragte sie flüsternd.

»Lächele, *Caisa*«, mahnte der Herzog.

Sie lächelte und versuchte, sich ihre Unsicherheit nicht anmerken zu lassen, aber all die Blicke, die sie spürte, schienen sie geradezu zu durchbohren, und sie bekam das unangenehme Gefühl, dass sie unter ihrem Kleid den Ruß und Schwefel von Filgan erspähten.

»Ein Hoch auf die Braut!«, rief eine alte Stimme, und sie sah, dass es Graf Gidus war, der sein Glas auf ihr Wohl erhoben hatte.

Das brach den Bann. Die Männer und Frauen erhoben ihr Glas und tranken auf ihr, nein, auf Caisas Wohl. Als die Hochrufe verebbten, schloss sich auch die Wolkendecke wieder, und der überirdische Glanz, der sie umgeben hatte, verlosch.

Vor ihr öffnete sich ein Spalier, und der Fürst führte sie hindurch. Sie blickte erst verlegen zu Boden, dann lächelte sie tapfer nach rechts und nach links, nickte dem einen oder anderen Würdenträger zu und hoffte, dass sie huldvoll und vornehm wirkte.

Am anderen Ende der Halle – und es kam ihr sehr weit entfernt vor – stand leicht erhöht ein strahlend weißer Thron, neben dem zwei riesige Hunde wachten. Unterhalb des Throns waren einige Tische aufgestellt, die sich mit den Tischen an den Seiten der Halle zu einer Art großen Hufeisen verbanden.

Ein wichtig aussehender Diener – Alena hielt ihn wegen seines Spitzbartes für den Haushofmeister, den Caisa ihr beschrieben hatte – klatschte in die Hände, und die Gesellschaft strebte geräuschvoll zu ihren Plätzen.

»Ich brauche dringend etwas Wein«, murmelte sie, als sie endlich saß, und griff nach der Karaffe.

Der Herzog fiel ihr in den Arm. »Für so etwas haben wir die Dienerschaft«, flüsterte er ihr zu.

Alena wurde rot. So hatte sie es doch auch im Kloster gelernt, aber nun, vor Aufregung, gleich vergessen.

»Außerdem ziemt es sich nicht, dass die Braut Wein trinkt, wenn der Bräutigam nicht anwesend ist«, fügte der Herzog hinzu.

Alena fiel erst jetzt auf, dass der Platz zur Rechten des Herzogs frei geblieben war.

»Wo ist die Herzogin?«, fragte sie leise.

»Ihr ist nicht wohl«, lautete die einsilbige Antwort.

»Keine Sorge, mein Kind, ich bin in dieser schweren Stunde bei dir«, sagte eine Stimme zu ihrer Linken. Es war Elderfrau Luta, die mit ihrer grimmigen Miene in dieser festlich-fröhlichen Gesellschaft fehl am Platze wirkte.

Alena sah sich verstohlen um. Sie konnte Prinz Arris nirgendwo entdecken, und darüber war sie wirklich erleichtert. Sie wagte nicht, den Herzog nach ihm zu fragen.

Ein Mann erhob sich von seinem Platz und hob sein Glas. »Ich trinke auf die Prinzessin von Terebin, die schönste der hier anwesenden Schönheiten und die wohl edelste, da sie mit der Macht ihrer Liebe den Frieden zurück an das Goldene Meer bringt.«

Nach einem Augenblick erwartungsvoller Stille hob der Herzog seinerseits sein Glas. »Meine Tochter ist überwältigt von Euren Worten, Baron Hardis, und so danke ich Euch in ihrem Namen.« Als er sein Glas wieder abstellte, flüsterte er Alena zu. »Den nächsten Trinkspruch solltest du allerdings selbst beantworten.«

»Ich kenne doch diese Leute nicht!«

»Ich werde dir sagen, wer es ist – wenn ich es denn selber weiß.«

Ein junger Mann sprang auf. »Ich trinke auf die schönste Blume in diesem Palast – möge sie ewig blühen, auch wenn sie nun durch fremde Hand gepflückt ist.«

Ein leises Raunen lief durch den Saal.

»Das ist Prinz Anros von Cifat – sein Bruder hat vergeblich um dich geworben«, raunte ihr der Herzog zu.

Alena räusperte sich, hatte für einen Augenblick Angst, ihr würde die Stimme versagen, dann erhob sie ihren Kelch mit einem Lächeln. »Ich danke Euch, Prinz, für Eure Freundlichkeit und bin sicher, dass die Blumen von Cifat den Blumen von Terebin in nichts nachstehen – wenn man sie denn zu entdecken und zu pflücken versteht.«

Alena glaubte, das eine oder andere leise Lachen im Saal zu hören.

»Ha, dem hast du es gezeigt, mein Kind«, rief die Edle Luta leise mit einem Glucksen.

»Gut gesprochen«, raunte ihr auch der Herzog zu. »Aber treibe es nicht zu weit.«

Manchmal erwischt auch eine blinde Katze ihre Maus, dachte Alena, trank hastig einen Schluck Wasser und wünschte, es wäre Wein.

Aber der erste Erfolg gab ihr Mut. Es folgten noch viele Trinksprüche, und die meisten waren harmlos und artig, so dass sie ebenso artige und nichtssagende Erwiderungen darauf fand, denn die hatte sie von Meister Siblinos gelernt.

Das Essen wurde aufgetragen, und sie hatte von da an genug damit zu tun, sich auf ihre Tischmanieren zu konzentrieren und gleichzeitig weitere Trinksprüche und Segenswünsche zu beantworten.

»Schmeckt es dir nicht, Kind?«, fragte Elderfrau Luta irgendwann. »Du isst wie ein Kaninchen.«

»Die Aufregung«, murmelte sie. Sie bemerkte selbst, dass sie lustlos auf ihrem Teller herumstocherte. Seltsamerweise überkam sie plötzlich Heimweh nach Filgan, nach ihrer Familie, dem Krähenviertel und seinen finsteren Tavernen.

Aber was war das? Für einen Augenblick glaubte sie, in einer der Dienerinnen eine Kusine zu erkennen. Die Dienerin huschte gerade hinaus. *Was ich mir alles einbilde,* dachte sie. Das Gesicht war unter der Haube doch kaum zu erkennen gewesen, und da hatte ihr wohl nur das Heimweh einen Streich gespielt. Wie sollte eine Undaro in den Palast von Terebin gelangen? Dann fiel ihr das Kind mit dem Blumenstrauß wieder ein. Nein, auch da musste sie sich getäuscht haben. Kinder sahen doch alle gleich aus. Sie sah schon überall Gespenster.

»Mach nicht so ein Gesicht«, flüsterte ihr die Herzoginmutter zu und tätschelte dabei ihre Hand. »Gleich wird getanzt, eine Tatsache, über die ich mich früher noch mehr gefreut hätte, doch nun werde ich wohl nie wieder tanzen.« Sie wirkte mit einem Mal schwermütig, straffte sich dann und sagte: »Und doch ist es nach dem üppigen Mahl eine willkommene Abwechslung. Und du tanzt doch so gerne.«

Alena seufzte. Einerseits stimmte das, aber anderseits pflegte man bei diesen Reigentänzen auch die Kunst der Konversation, und davon hatte sie für diesen Abend genug. Aber hatte der Herzog nicht gesagt, dass sie nicht tanzen müsse?

Der Herzog beugte sich zu ihr hinüber. »Die Stunde der Tänze ist gekommen, doch da dein Bräutigam nicht anwesend ist, darfst du dich zurückziehen, Caisa.«

»Ihr solltet Eurer Tochter ruhig noch ein wenig Spaß gönnen, Schwiegersohn«, meinte Elderfrau Luta. »Sie wird schon bald nicht mehr viel davon haben, wenn sie erst dieses Schwein ...«

»Der Tag war lang, und ich bin erschöpft, Großmutter«, fiel ihr Alena ins Wort. »Ich freue mich bereits auf einige Stunden der Ruhe.«

»Wirklich? Na, die Zeit in Perat hat dich wirklich verändert, mein Kind. Früher hast du dich nie um das Morgen gekümmert.«

»Meine Tochter ist erwachsen geworden«, belehrte sie der Herzog.

»Wie schade«, meinte Elderfrau Luta und lachte schrill. Sie schien dem Wein gut zugesprochen zu haben.

Als die Musiker den Saal betraten, durfte Alena das Bankett verlassen. Sie hätte das gerne unauffällig getan, aber der Herzog erhob sich mit ihr und alle Gäste ebenso.

Sie zwang sich zu einem Lächeln, erinnerte sich im letzten Augenblick daran, dass in so einem Fall ein Knicks erwartet wurde, und konnte dann endlich verschwinden. Meister Thenar geleitete sie zu ihrer Kammer.

»Ich habe Euch gar nicht bemerkt, Meister Thenar«, sagte Alena auf der Treppe.

»Auch bei einem solchen Fest hat der Strategos Pflichten, Hoheit. Ich habe mich abseits der Tische mit einigen der Edlen unterhalten und Freundschaften gepflegt oder geknüpft.«

»Erfolgreich?«

»Warum fragt Ihr?«

»Mir war, als läge unter all der Festlichkeit eine gewisse … Spannung. Jedenfalls geht es bei Festen im Krähenviertel weit fröhlicher zu.«

»Das glaube ich gerne. Doch erwähnt das Viertel nicht. Es sind viele Fremde im Palast, und man weiß nie, wer gerade die Ohren spitzt. Im Übrigen bin ich stolz auf Euch. Ihr habt Euch gut geschlagen.«

»Danke. Geht das nun die ganze Zeit so weiter?«

»Mit gewissen Variationen, Hoheit. In den nächsten zwei Tagen ist vor den Toren der Stadt ein großes Turnier mit Wettkämpfen angesetzt. Es mag also sein, dass an den Abenden der eine oder andere Gast fehlt. Und dann wird Euer Bräutigam hier eintreffen.«

»Die Edle Luta nannte ihn ein Schwein …«

»Sie ist um bissige Bemerkungen nie verlegen.«

»Auch Caisa machte ein paar Andeutungen, dass er verrufen sei. Ist es wahr, dass er ihren Onkel eigenhändig geköpft hat?«

»Nur ein Gerücht, Hoheit, und noch einmal – bedenkt Eure Worte!«

Alena schwieg auf dem Rest des Weges. Sie dachte darüber nach, was wohl ihre Lehrer sagen würden, und dann fragte sie sich mit einem Lächeln, wie es dem düsteren Seator, Doma Lepella, Meister Stocksteif und der Tanzmaus in der Zwischenzeit ergangen war. Sie fragte sich sogar, wie es Caisa und dem Schattenweib gehen mochte und ob die echte Prinzessin sich auf diesem überwältigenden Fest wohl besser geschlagen hätte als sie selbst.

Es gab vieles, über das sie nachzudenken hatte, und als sie endlich in die unglaublich weichen Kissen ihres riesigen Bettes sank, glaubte sie, dass sie wegen der vielen überwältigenden Eindrücke des Tages nicht würde einschlafen können. Aber noch bevor sie diesen Gedanken richtig zu Ende gedacht hatte, schlief sie schon tief und fest.

Jamade saß am Rand des Waldes, in dem sie damals die beiden Undaros getötet hatte, und besah sich das Schauspiel, das seit Sonnenaufgang vor den Toren der Stadt geboten wurde.

Eine Heerschar von Handwerkern war damit beschäftigt, einen Turnierplatz zu vollenden. Unter bunten Stoffbahnen waren schattige Tribünenplätze für die hochgestellten Persönlichkeiten aus dem Boden gewachsen, gegenüber würde das gemeine Volk ungeschützt Regen und Sonne trotzen. Immerhin zog sich das Gelände dort einen sanften Hügel empor, so dass viele Menschen gute Sicht auf die Kampfbahn haben würden, die im Augenblick allerdings aus der Ferne große Ähnlichkeit mit einem Sumpf aufwies. Zahllose Pfützen glitzerten dort in der Morgensonne. Knechte streuten Sägemehl oder Sand auf den aufgeweichten Boden, andere waren damit beschäftigt, die Ziele für das Stechen aufzuhängen.

Jamade konnte die Ehrenloge sehen, in der wohl der Herzog

mit der falschen Prinzessin Platz finden würde. Vermutlich würde auch Meister Thenar sich dort aufhalten, nebst etlichen Wachen und wahrscheinlich sogar diesen lästigen Hunden, die einen Schatten wittern konnten.

Jamade war zornig, aber nicht so rachsüchtig, dass sie sich blindlings auf Thenar gestürzt hätte. Er war ein Magier, das durfte sie nicht außer Acht lassen, denn die waren selbst für einen Schatten nicht leicht zu töten. Außerdem hielt sie nicht viel von Rache, die das eigene Leben kostete. Sie brauchte einen Plan, ja, sie brauchte vermutlich sogar Hilfe, was sie sich nicht gerne eingestand. Und dann gab es noch etwas, was ihre Rachsucht dämpfte.

Sie verließ ihren Platz und ging hinüber in die Stadt. Dieses Turnier würde sicher nicht vor dem Mittag beginnen, und die eigentliche Hochzeit würde erst in einigen Tagen stattfinden, das hatte ihr der Bauer erzählt, den sie an der Küste getroffen hatte und in dessen Gestalt sie sich nun der Stadt näherte.

Die Frage, die sich ihr mit lästiger Hartnäckigkeit stellte, war, ob sie Thenar vor der Hochzeit überhaupt töten durfte. Was würden Meister Iwar und die Oberen der Schatten sagen? Würde sie damit ihre geheimnisvollen Pläne durchkreuzen? Das war das Letzte, was sie wollte. Es würde ihr nicht helfen, wenn sie sich damit verteidigte, der Bruderschaft aus Unwissenheit in die Quere gekommen zu sein. Danach fragten die Oberen nicht.

Missmutig schritt sie durch das Tor. Es waren viel mehr Wachen dort als zuletzt, und sie durchsuchten jeden Wagen, der in die Stadt wollte. Den harmlosen Bauern ließen sie jedoch passieren.

Sie schlenderte durch die Stadt, stahl einen Apfel und beobachtete das bunte Treiben. Terebin hatte sich für diese Hochzeit schön gemacht, überall wehten Fahnen und Wimpel, und selbst die Leute hatten sich herausgeputzt.

Diese Schafe wissen eben nicht, was ihre Hirten für finstere Spiele treiben, dachte Jamade, und es verdross sie, dass auch sie nicht viel mehr wusste als die gut gelaunten Menschen der Weißen Stadt. Auf den kleinen und großen Plätzen waren Ausrufer damit beschäftigt, den Frieden und Wohlstand auszumalen, den die Hochzeit der Stadt angeblich bringen würde.

Sie hörte einem der Männer, der den allgemein verhassten Prinz Weszen als eine Art Friedensbringer schilderte, eine Weile zu. Aber seine Zuhörer schimpften, oder sie winkten kopfschüttelnd ab und gingen weiter. Jamade fragte sich, ob die Terebiner auf seine Lügen hereinfallen würden, wenn er sie nur oft genug wiederholte. Der Ausrufer schien das jedenfalls zu glauben, denn er gab nicht auf.

Sie stibitzte noch einen Apfel und setzte sich auf den größten Platz der Stadt. Er wurde von der Hauptstraße gekreuzt und war ein guter Ort, um den Festzug zu beobachten, der ohne Zweifel irgendwann hinunter zum Turnier ziehen würde.

Bis es so weit war, beobachtete sie den alten Puppenspieler, der schon vor ihrer Abreise zur Klosterinsel hier aufgetreten war. Er spielte wieder – oder immer noch – die Geschichte vom Dieb und vom Tod, und sie nahm sich vor, dieses Mal bis zum Ende zuzusehen, obwohl sie wusste, dass die berühmte Geschichte kein gutes Ende nahm.

Ein paar Kinder, Erwachsene und auch einige Hunde hatten sich vor der kleinen Bühne versammelt und sahen zu, wie der gewitzte Dieb Hindernis um Hindernis überwand, um seine Geliebte aus den Fängen des Todes zu befreien: Er durchschwamm reißende Ströme, überlistete Unterweltungeheuer und brach schließlich sogar in das Schloss des Todes ein.

Jamade folgte dem Spiel, allmählich fasziniert von der Virtuosität des alten Puppenmeisters. Da geschah etwas Eigenartiges: Eine Frau, die ihr Gesicht unter einem Kopftuch verborgen hatte, huschte an Jamade vorüber. Sie wäre ihr kaum aufgefallen, wenn nicht unter dem schlichten Gewand der Dienstmagd für einen Sekundenbruchteil kostbarer roter Samt aufgeleuchtet hätte.

Dann bemerkte sie, dass ein Mann der Frau folgte. Er war grau, unscheinbar und leicht zu übersehen, aber für Jamades geübtes Auge war dennoch unzweifelhaft, dass er die Unbekannte beschattete. Jamade sah sie über den Platz in Richtung Hafen eilen, und plötzlich, an der Art ihrer Bewegungen, erkannte sie sie – es war die Herzoginmutter.

Sie ließ das Puppenspiel Puppenspiel sein und heftete sich an die Fersen des Mannes, der die Elderfrau verfolgte. Dieser Mann war außerordentlich vorsichtig und blickte sich immer wieder unauffällig um. Hatte er den jungen Bauern, der ihm in einiger Entfernung folgte, vielleicht schon bemerkt? Jamade bog in die nächste schmale Gasse ab und wechselte rasch die Gestalt. Nun folgte sie dem Mann als Schusterlehrling.

Die Elderfrau ging nicht nur Richtung Hafen, nein, sie bog in die verrufeneren Gassen des Viertels ab. Jamade fand das höchst interessant. Sie hatte die Edle Luta im Palast als eine ziemlich störrische und eigensinnige Person kennengelernt, aber nicht als eine Frau, die heimlich irgendeinem Laster frönte. Was wollte sie in dieser finsteren Gegend? An einer Kreuzung traf sie sich schließlich mit jemandem, einem Mann, der sein Gesicht unter einer Kapuze verbarg. Sie musste näher heran, aber der Verfolger versperrte ihr den Weg. Sie seufzte, glitt in einen schmalen Spalt zwischen zwei Tavernen, verjagte ein paar Ratten und wechselte wieder ächzend die Gestalt.

Es war bereits die dritte Wandlung innerhalb weniger Stunden, und sie hoffte, dass es die letzte war. Sie trat als Seemann aus der Dunkelheit, schlenderte, die Hände in den Hosentaschen, an dem Verfolger vorüber, lehnte sich an eine Hauswand und beobachtete scheinbar gelangweilt das Treiben auf den Gassen.

Jetzt erkannte sie den Mann, mit dem die Elderfrau lebhaft, aber mit gedämpfter Stimme diskutierte. Es war einer der Obersten der Wache, Luri mit Namen. Der Mann war altgedient, aber ein Trinker, und Thenar hatte einmal gesagt, dass er auch ein Spieler war. Er schien jedoch unwillig zu sein, der Elderfrau das zu geben, was sie von ihm verlangte – was immer das auch sein mochte.

Jamade zögerte, die Schatten zu rufen. Die schmale Gasse war belebt, und unsichtbar sein hieß leider nicht, dass einen niemand anrempeln würde. Aber sie konnte sie dennoch verwenden: Sie hockte sich auf den Boden, verscheuchte einen Hund, der sie misstrauisch ansah, gähnte ein paar Seeleute an, die gerade vorüberkamen, und beschwor die Schatten als schmales Band, das sie über die Wände kriechen ließ, bis es nah genug an der Elderfrau und ihrer Verabredung war, um ihr die Worte zuzutragen.

»Ich sage noch einmal nein, Hoheit. Was Ihr verlangt, ist gefährlich. Diese Leute verstehen keinen Spaß.«

»Für einen Soldaten scheint Ihr mir recht furchtsam zu sein, Luri.«

»Nur vorsichtig, Hoheit, nur vorsichtig – und zu erfahren, um zu tun, was Ihr verlangt.«

Jamade hörte das vertraute Klimpern von Silber in einem Beutel.

»Vielleicht weckt das Euren Mut, Luri.«

Der Oberst seufzte, dann sagte er: »Schön, doch geschieht es auf Eure Verantwortung. Ich bringe Euch zur Taverne, aber Ihr müsst mit diesen Leuten alleine reden. Ich habe schon zu viel getan.«

»Meint Ihr?«, kam es spitz zurück. »Aber nun lasst uns endlich gehen, bevor wir hier noch Wurzeln schlagen.«

Jamade ließ die Schatten fahren, denn sie hatte genug gehört. Schweißperlen standen ihr auf der Stirn, und sie fragte sich, ob das immer noch eine Folge des Giftes war oder ob sie die verschiedenen Arten der Magie einfach für einen Tag schon zu sehr beansprucht hatte.

Sie wartete, bis der Verfolger an ihr vorübergehuscht war, dann folgte sie ihm in sicherer Entfernung. Sie erreichten ihr Ziel recht schnell, und Jamade sah gerade noch, wie Oberst Luri der Edlen Luta die Tür einer alten Kaschemme öffnete und nach ihr eintrat.

Der Verfolger schien unschlüssig, ob er den beiden folgen sollte. Aber Jamade zögerte nicht. Als Seemann würde sie dort drinnen kaum auffallen.

Beißender Qualm schlug ihr entgegen, als sie eintrat. »Südländer«, murmelte sie, denn auf den Inseln des fernen Südmeers war das Krautrauchen weit verbreitet. Sie stellte fest, dass sie doch auffiel, denn in ihrer jetzigen Gestalt war sie einer von zwei hellhäutigen Männern in der Taverne, die trotz der frühen Stunde gut besucht war.

Der andere war der Oberst, der am Tresen stand und über die Herzoginmutter wachte, die in einer dunklen Ecke saß und mit einem finster dreinblickenden Mann sprach, der sie mit seiner Pfeife in eine Wolke aus Krautrauch einhüllte. *Mambara,* dachte Jamade, als sie die Tätowierungen auf seinem Arm sah.

»Verlaufen?«, fragte eine höhnische Stimme. Sie gehörte dem Wirt, der auch von irgendwo aus dem Süden zu stammen schien.

»Wenn es hier Bier für durstige Kehlen gibt, wohl kaum«, gab Jamade zurück.

Der Wirt zuckte mit den Achseln. »Kann schon sein, dass es hier Bier gibt, aber die Frage ist, ob Ihr Euch das leisten könnt.«

Jamade hätte gerne gehört, was die Elderfrau mit dem Mambara zu tuscheln hatte, aber das ging nicht, solange sie mit dem Wirt redete. »Was kostet denn Euer bestes Bier?«, fragte sie.

»Für Euch zwei Silberschillinge der Humpen, Matrose.«

»Woraus braut Ihr Euer Gesöff – aus Gold und Edelstein?«

»Wenn Euch das zu teuer ist, zieht eben weiter.«

Jamade sah, dass der Wirt ein paar Blicke mit Männern tauschte, die in ihrem Rücken saßen, und er sah, dass auch ein Mambara, der neben dem Obersten an der Theke lehnte und ebenfalls rauchte, dem Wirt ein Zeichen gab.

Ganz offensichtlich war sie hier unerwünscht. Sie lachte, schüttelte den Kopf und sagte: »Na schön, ich habe verstanden. Aber glaubt nicht, dass ich Eure gastfreundliche Taverne je einem anderen Reisenden empfehlen werde. Gehabt Euch wohl.«

Als sie die Kaschemme verließ, war der Verfolger immer noch auf seinem Platz. Er starrte sie einen winzigen Augenblick zu lange an, bevor er schnell zur Seite blickte.

Jamade musste um zwei Ecken biegen, bevor sie einen dunklen schmalen Gang fand, in dem es leider erbärmlich nach verwesendem Fisch stank. Sie konzentrierte sich, rief ihre Ahnen an und hoffte inständig, dass dies nun der letzte Wandel sein würde, den sie an diesem Tag durchführen musste.

Der Schmerz fuhr ihr durch Knochen und Sehnen. Sie ächzte, fluchte und schaffte es doch. Aber sie fühlte sich völlig zerschlagen, als sie in Gestalt eines Mambara wieder ans Licht trat. Sie hatte den Mann einmal in Cifat getroffen, wo er der Leibwächter eines Mannes gewesen war, der seine Feinde so sehr verärgert hatte, dass diese sich an die Bruderschaft der Schatten wandten.

Jamade hatte damals schnell herausgefunden, dass der Mambara eine Schwäche für Frauen mit roten Haaren hatte, hatte ihn in ihr Bett gelockt, ihn ausgiebig ausgefragt und umgebracht, bevor sie dann in seiner Gestalt seinen Herrn erledigt hatte.

Als sie gerade die Tür der Kaschemme öffnen wollte, kam ihr der Oberst entgegen, und die Herzoginmutter war an seiner Seite.

Jamade fluchte innerlich, betrat aber die Taverne, um nicht aufzufallen. Sie brauchte einen neuen Plan. Sie bekam ihren Krug

Bier zu einem vernünftigen Preis und suchte sich einen Platz unweit des Mambaras, mit dem die Elderfrau gesprochen hatte.

Der Mann bemerkte sie und sprach den vermeintlichen Landsmann an. Jamade verstand kein Wort.

»Verzeiht, Freund, aber meine Eltern wurden von Mambar vertrieben, als ich noch ein Säugling war, und sie starben auf der Reise in den Norden. Ich wuchs bei Menschen in Cifat auf – die leider die Sprache meiner Heimat nicht sprechen.«

»Und du hast nie versucht, sie zu lernen, Bruder?«, fragte der Mambara.

»Es fehlte erst die Gelegenheit, dann die Zeit, vielleicht auch das Talent. Ich bin ein Mann des Schwertes, nicht der Worte, Bruder.«

»Und was tust du in dieser Stadt?«, wollte der Mambara wissen.

»Ich musste Cifat verlassen, denn ich hatte Streit mit meinem Herrn. Nun suche ich neue Arbeit für meine Dolche.«

»Streit? Hat dein Herr ihn überlebt?«

»Natürlich nicht«, antwortete Jamade schlicht.

»Und du suchst Arbeit?«

»So ist es, Bruder. Weißt du vielleicht welche? Was hat dich überhaupt nach Terebin verschlagen?«

»Wir hatten das Pech, dass unsere Brotherrn uns in eine aussichtslose Schlacht schickten, doch der Herr dieser Stadt war so *großzügig*, uns unser Leben zu schenken. Als ob er damit all das Leid, das er einst über unsere Heimat brachte, vergessen machen könnte. Ich nehme an, selbst du hast schon vom Aschenprinz gehört.«

Jamade erinnerte sich dunkel, dass der Herzog einst für den Seebund auf Mambar gekämpft hatte. »Auch meine Eltern mussten vor den Truppen dieses Fürsten fliehen«, sagte sie leise.

Der Mambara sah sie abschätzend an. »Dann wird es dir vielleicht nicht gefallen, für eine Verwandte von ihm etwas zu erledigen …«

»Etwas?«, fragte sie nach.

»Ich kenne dich nicht, Bruder, doch glaube ich, dass das Schicksal dich mit Bedacht hierhergeführt hat, und ich kann ein Paar zusätzliche Dolche gut gebrauchen. Es würde dein Schaden nicht sein.«

Jamade tat, als müsse sie die Sache bedenken, dann nickte sie langsam. »Meine Messer würden dir gerne dienen, Bruder.«

»Gut. Komm übermorgen in der Früh wieder hierher. Dann kann ich dir vielleicht schon Näheres sagen.«

Der Mambara erhob sich, sprach kurz mit seinem Stammesbruder an der Theke und ging.

Jamade trank ihr Bier leer und wollte ebenfalls gehen.

Der Mann an der Theke hielt sie auf. »Ich mag dich nicht«, sagte er.

Sie zuckte mit den Schultern.

»Ich mag dich nicht, und ich traue dir nicht. Du sprichst ja nicht einmal unsere Sprache.«

»Ich habe das Schicksal nicht gebeten, mich zur Waise in der Fremde zu machen. Nun lass mich gehen, Bruder. Ich habe noch andere Dinge zu tun.«

»Und was für Dinge mögen das sein?«

»Dinge, die dich nichts angehen, Bruder«, gab sie scharf zurück.

»Ich bin nicht dein Bruder – und du nicht der meine. Geh, aber sei gewiss, dass wir ein Auge auf dich haben werden, *Fremder.*«

Als sie die Kaschemme endlich verließ, sah sie die beiden Mambara sofort, die auf der anderen Straßenseite betont unauffällig herumlungerten. Sie wiederum tat, als würde sie sie nicht bemerken, schlenderte um die nächste Ecke, dann wieder die nächste und betrat eine andere Taverne. Sie bestellte ein Bier, fragte nach einem Bett für die Nacht und ließ sich das Zimmer zeigen. Es gab ein Dutzend Betten darin, aber sie nahm es und zahlte im Voraus, weil es auch zwei Fenster zu einer schmalen Seitengasse gab.

Sie spähte hinaus und sah einen ihrer beiden Verfolger. Der andere war vermutlich drinnen und erkundigte sich nach ihr.

Sie seufzte, schwor ihren Ahnen, dass es das letzte Mal für diesen Tag sein würde, und wechselte die Gestalt. Der Schmerz der Verwandlung raubte ihr den Atem. Ihr wurde kurz schwarz vor Augen, und als sie wieder zu sich kam, kniete sie auf allen vieren, aber sie hatte wieder die Gestalt des Bauern vom Morgen. Dann kletterte sie aus dem Fenster in die still liegende Gasse und lief zurück zum Markt.

Sie hatte viel Zeit verloren. Vermutlich würde sie den Verfolger der Herzoginmutter nicht mehr einholen können. Er hätte ihr vielleicht, auf gutes Zureden hin, das eine oder andere von dem erklären können, was sie beobachtet hatte. Andererseits war offensichtlich, dass die Elderfrau heimlich einige Söldner angeworben hatte. Doch was war ihr Plan? Es war naheliegend, dass die Elderfrau diese unwillkommene Hochzeit verhindern wollte, aber war Luta wirklich so dumm, Weszen ermorden lassen zu wollen? Und wenn ja, wie? Er würde keine Minute unbewacht sein, ja, er war vermutlich der am besten bewachte Mann am Goldenen Meer.

Jamade hatte keine zufriedenstellenden Antworten auf diese Fragen. Den Strategos konnte sie schlecht fragen. Oder doch? Wenn sie davon ausging, dass der unscheinbare Verfolger für Meister Thenar arbeitete – und das erschien ihr die einzig plausible Möglichkeit –, dann konnte sie das vielleicht doch …

Sie beeilte sich nun noch mehr, aber dann blieb sie plötzlich stehen. Sie stocherte im Nebel. Nichts von dem, was sie annahm, war wirklich sicher, außer, dass es zwar nichts mit ihrer Rache, aber wohl viel mit den Plänen der Bruderschaft zu tun hatte, die sie, zu ihrem großen Verdruss, nicht kannte. Sie kannte jedoch ihre Pflicht.

Sie kehrte auf den großen Platz zurück. Der Puppenspieler war fast am Ende seiner Geschichte angelangt. Er zog sie nun geschickt in die Länge, ließ seinen Dieb durch dunkle Gänge irren und folgte dabei den Rufen des Publikums, das der Dieb jetzt immer wieder um Rat und Hilfe bat. Und so wanderte die Marionette nach links und wieder nach rechts, sah hinter Türen und in Kisten nach und fand doch ihren Weg nicht.

Plötzlich erklangen laute Hornsignale. Ein Teil des Publikums wurde unruhig, und der Puppenspieler unterbrach das Spiel, was wiederum einem anderen Teil seiner Zuschauer nicht gefiel. »Ich spiele unten weiter, am Turnierplatz, wohin die meisten von Euch doch selbst aufbrechen wollen, wie ich sehe. Aber ich danke jetzt schon für Eure großherzigen Spenden, werte Herrschaften«, rief der Alte und ging mit seiner schäbigen Kappe umher, um Geld einzusammeln. Viel bekam er nicht zusammen, und einige der erwachsenen Zuschauer verfluchten ihn, obwohl sie das böse Ende der alten Geschichte vermutlich ebenso gut kannten wie Jamade: Der Dieb schaffte es mit seiner geliebten Frau bis hinauf zur Pforte der Unterwelt, aber dann überkam ihn die Gier, und während er versuchte, die goldenen Beschläge von dem großen Tor zur Unterwelt zu stehlen, holte der Tod sie ein und schleppte sie beide für immer hinunter in sein graues Reich.

Nachdem die Menge sich verlaufen hatte, schlenderte sie hinüber. »Braucht Ihr Hilfe, Meister Puppenspieler?«

»Wie? Beim Abbau? Nein, mein Freund«, erwiderte der Puppenspieler freundlich. »Ich habe das wirklich schon oft genug gemacht. Ein paar Handgriffe nur, und schon ist die Bühne nur noch ein Wagen, seht Ihr?«

An der Straße, die den Platz querte, hatte sich eine Menschenmenge gebildet, die nun von einigen Soldaten rasch zu einem Spalier geordnet wurde. Wieder erklang ein Hornsignal vom Palast.

Jamade seufzte. »Aber vielleicht brauche ich Eure Hilfe und Euren Rat, Meister Iwar.«

Nur kurz weiteten sich die blauen Augen des alten Mannes. Sein Lächeln blieb unverändert. »Ah ... Jamade. Ich werde hoffentlich irgendwann lernen, dich in fremder Gestalt zu erkennen«, sagte er dann. »Was führt dich zu mir, junger Schatten?«

»Thenar hat versucht, mich umzubringen, Meister.«

»Tatsächlich? Für so einfältig hätte ich ihn wirklich nicht gehalten.« Er wickelte die Plane auf. »Andererseits bedeutet das natürlich, dass er nicht auf deine Künste angewiesen ist, um Weszen zu töten, und das will er doch gewiss. Nun, vielleicht greifst du nun doch mal eben hier mit an. Die Leute sollen doch keinen Verdacht schöpfen ... Wie wollte er es tun?«

»Ein Gift, das weder Geschmack noch Geruch hatte, das mich auch nur lähmen und nicht töten sollte und das ich erst bemerkte, als es zu spät war«, erklärte Jamade, während sie half, den Baldachin zusammenzufalten. »Dieser Alchemist Aschley scheint sein Handwerk zu verstehen.«

Der Puppenspieler zuckte gleichgültig mit den Achseln. »Ich wäre mehr von ihm beeindruckt, wenn du jetzt tot wärst. Wie hast du überlebt?«

»Mit Glück, Meister«, antwortete sie. Dann berichtete sie in kurzen Worten, was vorgefallen war. Sie beschönigte nichts, denn ihrer Erfahrung nach war es unmöglich, vor allem aber gefährlich, Meister Iwar in irgendeiner Sache täuschen zu wollen.

»Der Abt ist tot? So ist also der Orden des Ewigen Mondes ausgelöscht worden«, sagte Meister Iwar nachdenklich, als Jamade ihren Bericht beendet hatte.

»Kanntet Ihr Abt Gnoth, Meister?«

»Nein, weder ihn noch den Orden. Doch es ist immer ein

Verlust, wenn eine Bruderschaft verschwindet – und es ist eine Mahnung, denn eines Tages könnte es auch uns so ergehen, junger Schatten.«

»Nicht, solange ich lebe, Meister«, rief Jamade, verwundert, dass der Alte offenbar sentimental geworden war.

Iwar warf ihr einen scharfen Blick zu. »Dein Leben kann schneller enden, als du dir vorstellen kannst. Und die Bruderschaft? Seit die Nekromanten ausgelöscht wurden, waren wir der größte Schrecken des Goldenen Meeres, doch öffne deine Augen, junger Schatten! Überall kratzen sie an den Säulen unserer Macht. Die Damater haben Schamanen, die die Schatten durchdringen, im Osten sollen sie neuerdings über Kristalle verfügen, die uns sichtbar machen, und selbst in dieser Stadt haben sie eine Waffe gegen uns gefunden.«

»Die Hunde«, sagte Jamade, weil ihr Meister in Schweigen verfallen war.

»Ja, Hunde …«, meinte der alte Schatten kopfschüttelnd. »Unsere Macht bröckelt, Jamade, auf allen Seiten. Du kannst es nicht wissen, aber unsere neue Festung, die wir in den Sümpfen von Saam so gut versteckt wähnten, ist verraten worden. Der Seebund hat sie zerstört. Die Meister und ihre Schüler sind auf der Flucht. Doch nirgendwo sind sie willkommen. Die Zahl unserer Freunde ist bedenklich klein geworden.«

»Verraten? Von wem? Und der Seebund hat sie zerstört – und erwartet jetzt, dass wir für ihn arbeiten?«

»Ich weiß nicht, wer uns verraten hat, junger Schatten, aber ich kann dir versichern, dass wir *nicht* für den Seebund arbeiten.«

Jamade sah ihren Meister besorgt an. Das waren wirklich schlechte Nachrichten, und es war seltsam, dass er, der Geheimniskrämer, ihr davon erzählte.

An der Straße ertönten die ersten Hochrufe. Der Festzug kam offenbar in Sicht. Jamade hatte keine Augen dafür.

»Doch was dich betrifft, Jamade … ich nehme an, du trägst dich mit Rachegedanken?«

»Ich würde Euch tatsächlich bitten, mir meine Rache zu erlauben, Meister, doch ist etwas vorgefallen, das vielleicht die Pläne der Bruderschaft berührt, die ich leider nicht kenne …«

Meister Iwar hakte umständlich die Plane fest, die er über den Wagen gespannt hatte. »Werde nicht ungeduldig, junger Schatten. Berichte mir einfach, was du beobachtet hast.«

Jamade erzählte ihm in groben Zügen vom Treffen der Herzoginmutter und ihrem Verfolger.

»Wirklich interessant. Mambara, sagst du?«

»Ich kann als einer der ihren in Erfahrung bringen, was sie vorhaben, Meister.«

»Ah, das könntest du, gewiss, aber … nein, ich werde mich selbst um diese Männer kümmern. Der Verfolger … deiner Beschreibung nach kann es sich nur um Meister Grau handeln, den bewährten Spion Thenars. Es wäre gut, wenn du dich seiner annimmst, Jamade, denn der Strategos soll noch nicht erfahren, was die Elderfrau hinter seinem Rücken treibt. Wir werden ihre Pläne zu gegebener Zeit zu unserem Vorteil nutzen. Dieser Meister Grau hat zwar ein Haus im Hafenviertel, aber derzeit ist er meist im Palast anzutreffen. Glaubst du, du kannst seinen Platz einnehmen – ohne dass es jemand merkt?«

Jamade zögerte einen Augenblick. Der Gedanke, sich erneut verwandeln zu müssen, gefiel ihr nicht. »Das könnte ich, Meister, wenn diese verfluchten Hunde des Herzogs unsereins nicht wittern könnten.«

»Um die wird sich jemand kümmern. Es sieht so aus, als ob die Dinge in Bewegung geraten. Danke für die Hilfe, junger Mann«, sagte Meister Iwar plötzlich laut, weil ein paar Kinder hinzugelaufen kamen. »Nein, Kinder, ich baue ab, nicht auf. Tut mir leid, meine jungen Freunde. Aber vielleicht sehen wir uns unten beim Turnier? Oder kämpft ihr da vielleicht selbst?«

Die Kinder lachten, und Iwar lachte mit ihnen. Als sie nach vergeblichem Quengeln endlich verschwunden waren, sagte er: »Kümmere du dich um Meister Grau, aber was deine Rache an Meister Thenar betrifft ... Die Bruderschaft hat ihre eigenen Pläne für ihn – und du weißt, was das bedeutet. Doch nun geh. Du weißt, wo du mich findest.«

Jamade verließ den Platz und sah der Menge nach, die dem Festzug, den sie kaum beachtet hatte, hinunter zum Turnierplatz folgte. Die Menschen schienen bester Stimmung zu sein, aber sie war es nicht. Nicht nur, dass Meister Iwar ihr verboten hatte, Rache zu üben, er hielt es immer noch nicht für notwendig, sie auch nur ein wenig tiefer ins Vertrauen zu ziehen. Außerdem spürte sie einen schleichend wachsenden Schmerz in ihrem Körper. Die vielen Verwandlungen forderten ihren Tribut, aber sie durfte nicht in ihrer eigenen Gestalt gesehen werden.

Sie blieb stehen.

Die ganze Stadt war auf dem Weg zum Turnier, das eröffnete doch gewisse Möglichkeiten.

Jamade drückte sich in eine Seitengasse, fand ein verlassen wirkendes Haus und öffnete das Schloss. Sie ließ die Schatten lauschen, und die sagten ihr, dass niemand dort war. Endlich konnte sie in ihre eigene Gestalt zurückkehren. Der Schmerz verschwand. Sie atmete tief durch und wusste doch, dass sie das Gefühl nicht zu lange auskosten durfte.

Der Strategos war auf dem Weg zum Turnier, aber nicht zwangsläufig auch Meister Grau. Nein, wie sie den Geheimniskrämer Thenar einschätzte, würde er verhindern wollen, dass er in aller Öffentlichkeit mit seinem Spion gesehen wurde. Dann war Meister Grau entweder in seinem Haus oder, und das hielt sie für wahrscheinlicher, im Palast.

Alena ging nicht gerne durch die Straßen der Stadt, denn auch wenn sie versuchte, es mit einer Verwechslung zu erklären, so hatte sie das Undaro-Blumenmädchen nicht vergessen.

Solange sie im Palast gewesen war, hatte sie diese Gedanken verdrängt, doch nun, da sie durch die weißen Straßen marschierte, fragte sie sich wieder, was ihre Familie – wenn sie denn wirklich hier war – sich davon versprach. Sie konnten nicht ernsthaft glauben, dass sie freiwillig zurückkehren würde. Und zwingen konnten sie sie erst recht nicht, jetzt nicht mehr. Im Augenblick wurde sie von Bärenhunden und einem Dutzend Männern in schwerer Rüstung geschützt, und ein paar Schritte vor ihr im Festzug sah sie die beiden Magier, die der Seebund nach Terebin geschickt hatte.

»Ihr dürft nicht vergessen zu grüßen, Hoheit. Die Leute lieben Euch«, sagte Meister Thenar, der neben ihr lief. »Und ein Lächeln könnte auch nicht schaden.«

»Ihr habt gut reden«, gab sie zurück, »Ihr kennt das alles. Für mich ist jede Sekunde hier ein Schritt ins Unbekannte.« Gleichwohl rang sie sich ein Lächeln ab und winkte den Leuten zu, die sich am Straßenrand drängten.

»Wie poetisch gesprochen«, spottete Thenar. »Ihr habt Euren Gervomer gut verinnerlicht, Hoheit.«

Sie warf ihm einen bösen Seitenblick zu. »Es ist die Umgebung. Es färbt anscheinend ab, wenn man sich unter lauter schön daherredenden Höflingen bewegt.«

»Umso besser«, meinte Thenar trocken.

Die festliche Loge am Turnierplatz bot Schatten, und da der Regen der letzten Tage von kräftiger Spätsommersonne abgelöst worden war, war das hochwillkommen. Die Wiese, die nun als Kampfbahn diente, dampfte, weil sie mit Wasser vollgesogen war, und die Knechte verjagten die Hunde, die sich dort breitmachen wollten.

Meister Siblinos hatte Alena im Kloster in ziemlich knappen Worten von Turnieren berichtet, die er für Zeitverschwendung hielt, sie war jedoch gespannt, was sie zu sehen bekommen würde. In Filgan gab es auch einen alten Kampfplatz, auf dem gelegentlich Tierhatzen und Turniere stattfanden. Sie hatte sich manchmal, wenn sie eigentlich für ihre Großmutter vor der Stadt Kräuter sammeln sollte, hineingeschlichen und zugesehen. Obwohl sie wusste, dass es Schläge und andere Strafen setzte, wenn sie mit leeren Händen zurückkehrte, hatte sie damals immer gefunden, dass es das wert war. Und der Kampfplatz von Filgan war alt und halb verfallen, und nie war er so schön geschmückt gewesen wie diese frische grüne Wiese.

Zunächst zogen Ritter aus Terebin und anderen Städten des Seebundes und auch einige der Hochzeitsgäste in prachtvollen Rüstungen vor der Tribüne auf und ab. Bunte Fahnen wehten, Stahl glitzerte in der Sonne, und Hörner riefen zum Turnier. Über die Vorfreude begann Alena allmählich, ihre Sorgen zu vergessen.

Dann gaben die Herolde das Signal für die ersten Wettkämpfe, in denen Ritter ihre Geschicklichkeit im Sattel zeigen durften. Mannsgroße Ziele mit hölzernen Schilden mussten in vollem Galopp mit eingelegter Lanze an der richtigen Stelle getroffen werden. Die Herausforderung war tückischer, als sie aussah, denn die Ziele drehten sich, wenn sie falsch getroffen wurden, und versetzten mit langem Arm dem Reiter einen Hieb, der den einen oder anderen unter Jubel und Gelächter der Menge ins feuchte Gras warf.

Danach zeigten die Ritter ihr Geschick mit dem Bogen. Es folgten Schaukämpfe zu Fuß mit stumpfen Waffen, bevor es endlich an das große Lanzenstechen ging. Es fiel Alena zu, die Ritter den beiden Parteien zuzulosen, die gleich die Lanze für sie brechen würden.

Sie zuckte zusammen, weil plötzlich gleich mehrere Ritter vor ihr auftauchten und um ihre Gunst ersuchten.

»Es wird erwartet, dass Ihr einen Favoriten erwählt, Hoheit«, raunte Thenar ihr zu.

Alena lächelte unsicher in die Runde und wusste nicht, wie sie sich entscheiden sollte. Sie kannte die Männer nicht, und einer war ihr so gleich wie der andere – dann erkannte sie doch einen: Baron Hardis.

»Gebt es Hardis. Jeder weiß, dass er uns nicht leiden kann. Das wird ihn beschämen«, flüsterte Thenar.

Sie war schon geneigt, dem Baron ihr Haarband um die Lanze zu winden, als sich plötzlich noch ein Reiter zwischen die Wartenden drängte und seine Lanze darbot. Er schlug sein Visier zurück, und erschrocken blickte Alena in das zerstörte Antlitz von Prinz Arris.

»Hardis, gebt es Hardis!«, drängte Thenar.

Schließlich folgte sie dem Rat, obwohl sie dabei ein ganz schlechtes Gefühl hatte. Ihre Finger zitterten, und sie fing einen finsteren Blick von Prinz Arris auf, bevor er sein Visier zuklappte, aber die Menge raunte zunächst und jubelte dann, als Hardis seine Trophäe in die Luft reckte.

»Gut gemacht«, lobte Thenar.

»Das wird aber vielleicht böse enden«, erwiderte sie leise.

Der Herold trat auf die Mitte des Platzes und verkündete mit lauter Stimme, dass nun die beiden Parteien zu Ehren der Prinzessin zunächst ihre Lanzen brechen und dann bis zum Signal versuchen würden, den Gegner auf jedwede Art aus dem Sattel zu heben. Gewonnen habe die Partei, die danach mehr Männer zu Pferd vorweisen könne.

»Ein Rückfall in alte Zeiten, aber vielleicht haben wir Glück, und dieser unverschämte Affe Hardis bricht sich das Genick«, murmelte Elderfrau Luta, die schräg hinter Alena saß und einige Zeit nach ihr eingetroffen war. Alena hatte sie nicht vermisst. Nach der Sache mit Arris hatte sie darüber nachgedacht, die Elderfrau als Verbündete zu gewinnen, aber den Gedanken hatte sie wieder verworfen. Die Frau wusste nicht, dass sie nicht die echte Caisa war, und es war nicht vorherzusehen, wie sie reagieren würde, wenn sie die Wahrheit erfuhr. Anders lag die Sache beim Herzog. Er lächelte ihr gerade zu, mit einem fragenden Blick, als wollte er wissen, wie ihr das Turnier gefiel. Es sah so aus, als würde er sie mögen, *obwohl* er doch wusste, dass sie nur eine Krähe und nicht seine geliebte Tochter war. Sie erwiderte sein Lächeln und fragte sich, wie sie seine Sympathie zu ihrem Vorteil nutzen könnte. Vielleicht konnte sie ihm mehr über den großen Plan entlocken, den Thenar ausgeheckt hatte – in dem sie die Hauptrolle spielte und über den er ihr trotzdem nichts verraten wollte.

Wieder gaben Hornbläser das Signal, und die Ritter nahmen Aufstellung an den Enden der Kampfbahn. Die Menge hielt den Atem an. Nur das Rasseln der Rüstungen und das nervöse Schnauben und Stampfen der Schlachtrösser war noch zu hören. Der Herzog gab dem Turniermeister ein Zeichen. Die Bannerträger schwenkten die Fahnen und liefen eilig vom Platz, denn nun galoppierten unter dem Jubel der Zuschauer die beiden Horden aufeinander zu.

Alena hatte noch nie etwas Vergleichbares gesehen: Vierzig Männer, von Kopf bis Fuß in schimmernden Stahl gehüllt, stürmten aufeinander los und prallten in der Mitte der Kampfbahn schließlich mit lautem Getöse aufeinander.

Für einen Augenblick war es ein Gewirr von Pferden, berstenden Lanzen und Rittern, dann löste sich das Knäuel auf, und die Ritter, die nicht gleich aus dem Sattel gehoben worden waren, ließen die gebrochenen Lanzen fallen, zogen ihre Streitkolben und Schwerter und gingen wieder aufeinander los. Dazwischen irrten herrenlose Pferde umher, und Ritter, die abgeworfen waren, krochen zur Seite, um nicht niedergetrampelt zu werden. Alena erinnerte sich an eine Schlägerei, die sie in einer Taverne beobachtet hatte. Das hier erschien ihr jedoch weit wilder und ungezügelter.

Wo war Baron Hardis? Sie erspähte ihren Favoriten. Er saß im Sattel, ihr Band flatterte von seinem Arm, und er drosch mit seinem Streitkolben auf einen Gegner ein, der die Hiebe mit Mühe parierte. Und da war Arris, der gerade einen Mann mit dem Schild aus dem Sattel warf. Die Menge jubelte, und niemanden schien zu stören, dass, trotz der stumpfen Waffen, Blut unter mancher Rüstung hervortrat.

Prinz Arris war mitten im Getümmel, und er kämpfte mit einer Wildheit, die Alena erschreckte. Er schlug seine Gegner nicht nur mit dem Schwert, sondern immer wieder auch mit dem Schild, drängte sie mit seinem kräftigen Ross ab und brachte so ihre Pferde ins Straucheln. Er schien ein Ziel zu haben, und Alena erkannte, dass es Baron Hardis war, der sich immer noch mit demselben Gegner herumschlug, während der Prinz bereits drei Männer vom Pferd geholt hatte.

Jetzt gab Arris seinem Rappen die Sporen und griff Hardis an. Ein vielstimmiger Aufschrei ertönte, aber der Baron erkannte die Gefahr trotzdem zu spät, und sein Pferd wurde regelrecht über den Haufen gerannt. Hardis flog aus dem Sattel und rappelte sich mühsam auf. Prinz Arris griff ihn wieder an.

»Aber – was tut er da? Reicht es denn nicht, ihn aus dem Sattel zu werfen?«, fragte Alena.

»Hättest dem Baron eben nicht dein Haarband vermachen sollen, Kind«, meinte Elderfrau Luta.

Der Prinz schlug auf den Baron ein, der sich unter seinen Schild duckte. Seinen Streitkolben hatte er verloren. Arris brüllte, sprang seinerseits aus dem Sattel und drang auf den Baron ein.

»Der Herold soll den Kampf abbrechen!«, rief Thenar. »Er bringt ihn um.«

»Würde dem aufgeblasenen Kerl recht geschehen«, meinte die Herzoginmutter.

»Gebt das Signal zum Abbruch!«, rief der Herzog, der wie gebannt auf den Kampfplatz schaute.

»Aber … Herr, die Sanduhr ist noch nicht einmal bei der Hälfte der Zeit«, wandte der Turniermeister ein.

Der Prinz hatte den Baron gestellt und ihm gerade den Schild aus den Händen geschlagen. Alena nahm nichts mehr vom Rest des Kampfes wahr.

»Abbruch, sage ich, Mann!«, rief der Herzog.

Der Turniermeister folgte endlich dem Befehl. Hardis hatte einen ersten Hieb mit dem Unterarm pariert, der nun aber schlaff an seiner Seite hing.

Der Herold ließ die Fanfaren ertönen, aber Arris drang weiter auf Hardis ein, ließ Hieb auf Hieb auf die Rüstung prasseln.

Die Menge war längst verstummt, auch die Ritter lösten sich aus ihren Zweikämpfen. Nur Arris schien die Signale nicht hören zu wollen. Er griff wieder an. Hardis rutschte aus und ging zu Boden.

»So bringt sie doch auseinander!«, rief der Herzog.

Das Schwert sauste hinab, und erst im letzten Augenblick konnte sich der Baron zur Seite werfen. Arris riss das Schwert aus der nassen Erde, aber als er zum nächsten Schlag ausholte, fielen ihm zwei Ritter aus Terebin in den Arm, die geistesgegenwärtig dem Befehl des Herzogs gefolgt waren.

Für einen Augenblick erstarrte Arris. Die beiden Männer redeten auf ihn ein, und Hardis kroch auf dem Rücken liegend zurück. Dann ließ der Prinz sein Schwert sinken und stapfte davon.

Kein Jubel folgte ihm.

»So, und wer hat jetzt diesen Unsinn gewonnen?«, fragte die Herzoginmutter.

Niemand reagierte auf diese Bemerkung. Dann war es Alena, die als Erste begriff, dass diese böse Spannung, die über der Kampfbahn lag, aufgelöst werden musste. »Verkündet einen Sieger!«, rief sie Thenar leise zu.

Der starrte sie einen Augenblick verständnislos an, nickte dann aber und befahl dem Herold, den Sieger auszurufen.

Es war die Partei des Barons, aber die Menge jubelte trotzdem. Es klang beinahe erleichtert.

»Das war gar nicht so dumm, Hoheit«, meinte Thenar leise.

»Und ob es dumm war, diese ganze Sache da, meine ich. Und erklärt mir endlich, was es mit Prinz Arris auf sich hat!«, zischte Alena.

Unten halfen Ritter dem Baron auf die Beine. Sein linker Arm schien gebrochen zu sein, und sein Gesicht war schmerzverzerrt, als ihm seine Knappen den Helm abnahmen.

»Der Branntwein, Hoheit, nur der Branntwein und eine gewisse Hitze des Temperaments«, lautete die Antwort des Strategos.

Aber das konnte nicht die Wahrheit sein, denn der Prinz hatte nicht wie ein Betrunkener gekämpft, ganz im Gegenteil. Und Alena fragte sich wieder, was zwischen ihm und Caisa vorgefallen sein mochte.

Als sich die Aufregung gerade legte, spürte sie plötzlich eine leichte Berührung am Bein. Sie blickte hinab und sah eine Hand, die ein zusammengefaltetes Stück Papier fallen ließ. Geistesgegenwärtig stellte sie den Fuß darauf. Als sie sich nach dem Überbringer der Nachricht umsah, konnte sie ihn nicht mehr entdecken. Es gab nur ein paar Diener, und sie glaubte, dass die Hand jemandem gehört hatte, der einfach gekleidet war, aber diese Diener standen einfach nur da und warteten mit einer gewissen Hochnäsigkeit auf die Wünsche der Edlen, die sie bedienen mussten. Keiner von ihnen ließ irgendwie erkennen, dass er etwas mit diesem Zettel zu tun haben könnte.

Alena zog den Fuß mit dem Papier darunter langsam zurück.

Sie konnte sich jetzt schlecht danach bücken, auch wenn sie vor Neugier brannte.

Der Strategos schien schon Verdacht zu schöpfen. Jedenfalls sah er sie merkwürdig an.

»Was kommt nun, Meister Thenar?«, fragte sie harmlos.

»Eigentlich das Ringelstechen der Knappen, aber ich weiß nicht, ob wir nicht besser abbrechen, nach dem, was gerade …«

»Oh, nein!«, rief Alena. »Es wäre nicht gut, wenn dieser Tag mit so einem Misston endet, Meister Thenar. Ich jedenfalls will die Knappen wetteifern sehen.«

»Meine Tochter hat Recht«, meinte nun auch der Herzog. »Lasst die Knappen ihre Kunst zeigen. Es wird uns aufheitern – und es hilft mir, meinen Zorn auf meinen Bruder zu kühlen, der ihn sonst verbrennen könnte.«

»Ganz, wie Ihr befehlt, Hoheit.«

Odis Thenar gab dem Turniermeister ein Zeichen fortzufahren, auch wenn er diese Sache lieber beendet hätte. Er hatte Meister Grau getroffen, gerade als ihr festlicher Zug den Palast verlassen hatte, und der Mann hatte ihm zugeraunt, dass es wichtige Neuigkeiten gäbe. Er wäre am liebsten sofort zurück in den Palast geeilt, aber das war nun nicht möglich, weil diese Krähe leider einen guten Vorschlag gemacht hatte.

Er seufzte und nahm Platz. Alena wirkte angespannt, beinahe verkrampft, aber sie hatte ihre Sache bisher wirklich gut gemacht. Allmählich war er bereit zu glauben, dass es doch gut gehen könnte. Und wie sie so da saß, da wirkte sie wirklich jeden Zoll wie eine Prinzessin.

Wieder kam die Frage auf, ob der Herzog vielleicht doch … aber nein, auf keinen Fall! Oder ob Meister Grau deswegen mit ihm sprechen wollte? Der Spion hatte ein paar Gewährsmänner angeworben, die diskret nachforschten, ob der Weg einer bestimmten Undaro vor etwa zwanzig Jahren den eines Peratis gekreuzt haben könnte. Sollten sie etwas gefunden haben?

Nein, Thenar hielt es für undenkbar. Meister Grau musste andere Neuigkeiten haben, vielleicht von der Herzoginmutter, auf die er ein Auge haben sollte. War Elderfrau Luta nicht verspätet eingetroffen? Ja, das musste es sein. Leider war es dann wahrscheinlich noch dringender als irgendeine Nachricht aus Filgan.

Er kam jedoch nicht weg, nicht solange die falsche Prinzessin hier saß und den Knappen bei ihrem harmlosen Wettstreit zusah. Jede Sekunde konnte irgendetwas vorfallen, was sie verraten würde. Und das musste er verhindern, auch wenn es bedeutete, dass Meister Grau nun eben ein wenig länger auf ihn warten musste, als es ihm lieb war.

Meister Grau stand mit hängenden Schultern in der Schreibstube des Strategos, und sein Blick ging ins Leere. Jamade fragte sich, wie lange er schon so dort stehen mochte. Er wirkte so leblos wie ein alter Mantel, den jemand an die Wand gehängt und längst vergessen hatte.

»Ich grüße Euch«, sagte sie knapp. »Was habt Ihr zu berichten?« Sie hatte Thenar lange genug beobachtet, um zu wissen, dass er gerade im Umgang mit Untergebenen nicht viele Worte verlor.

»Ich habe Elderfrau Luta beobachtet, wie Ihr es wünschtet, Herr, und ich kann sagen, dass Eure Befürchtungen berechtigt waren. Sie hat sich im Hafenviertel mit einem der Obersten der Wache getroffen, Luri ist sein Name. Ich denke, Ihr kennt ihn. Sein Leumund ist nicht der beste. Es heißt, er habe große Schulden, Herr.«

»Weiter?«, fragte Jamade, neugierig, was Meister Grau, der die Taverne ja nicht betreten hatte, herausgefunden hatte.

»Oberst Luri führte sie zu einer Taverne, deren Ruf noch

schlechter ist als der des Obersten. Es heißt, dass dort viele der Mambara verkehren, die als Gefangene von Euch nach Terebin gebracht wurden, weil der Herzog ein zu gutes Herz hatte, um sie hinrichten zu lassen oder wenigstens auf die Galeere zu verbannen.«

»Die Mambara also ...«, antwortete Jamade gedehnt.

»So ist es, Herr.«

Der Mann versank wieder in seine graue Starre, aber irgendetwas sagte Jamade, dass er noch mehr zu melden hatte. »Ihr habt noch etwas zu berichten?«

»Eigentlich nicht, Herr. Meine Gewährsmänner haben weiter nach den Verbindungen gesucht, von denen wir sprachen, doch keine gefunden.«

»Verbindungen?«, fragte Jamade neugierig nach und merkte zu spät, dass sie gerade dabei war, aus der Rolle zu fallen.

Meister Grau runzelte die Stirn. »Die mögliche Verbindung dieser jungen Undaro namens Alenaxara, beziehungsweise ihrer Mutter, zum Hause Peratis. Es gibt tatsächlich ein Bordell an der Grenze zu Syderland, in dem Prinz Arris früher gerne verkehrte, doch konnte mir noch niemand bestätigen, dass je eine Undaro dort gearbeitet hätte.«

»Ah, gut«, sagte Jamade.

»Es wäre vielleicht mehr herauszufinden, wenn ich mehr über jene Alenaxara wüsste, Herr ...«

Jamade lächelte. Das sah Thenar ähnlich, selbst seine engsten Vertrauten im Unklaren zu lassen. Da war er genau wie Meister Iwar.

»Es ist zu meiner Zufriedenheit erledigt, Meister Grau. Sollen wir über Eure Bezahlung sprechen?« Sie ging um den mächtigen Schreibtisch herum und stand nun dicht vor dem Spion, der einen halben Schritt zurückwich.

»Meine Bezahlung, Herr? Ihr habt doch bereits im Voraus ...«

Jamade rief die Ahnen und kehrte zu ihrer eigenen Gestalt zurück.

Dem Spion traten die Augen aus den Höhlen. »Ihr seid dieses Schattenweib!«, rief er. Sie sah den Gedanken an Flucht in seinem grauen Gesicht aufblitzen, aber er zuckte nur und lief nicht fort. Vermutlich versuchte er es sogar und wunderte sich, warum seine Glieder ihm nicht gehorchten. Sein Blick wanderte hinab zu seiner Brust, aus der Jamades Dolch ragte.

Sie fing ihn auf, als er zu Boden sackte.

Sie ließ den Dolch vorerst in der Brust und presste den Mantel auf die Wunde, denn Blut auf dem Boden hätte die Tat verraten. Dann schleppte sie den Leichnam in einen kleinen Verschlag, der an die Schreibstube angrenzte, zog ihm den Mantel aus und bedeckte ihn damit. Neben allerlei Gerümpel fanden sich hier auch Besen und Putzlumpen. Und falls nun jemand diese Gerätschaften brauchen würde? Sie sah sich im Verschlag um und fand im Dämmerlicht mehrere Haken an der Wand. Sie hängte den Mann im hintersten Winkel am Kragen auf und warf ihm den eigenen Mantel über den Kopf. Auf den ersten Blick sah er aus wie eine alte Decke, die jemand dort aufgehängt hatte.

Sie verriegelte die Abstellkammer, wechselte seufzend die Gestalt und betätigte den kleinen Glockenzug, der Thenars Kammerdiener rief. Dem schärfte sie als Thenar ein, dass er bis nach der Hochzeit so wenig wie möglich gestört werden wollte, und verbot, dass in seiner Schreibstube irgendetwas angerührt oder gar saubergemacht würde. Als der Diener gegangen war, um den Befehl weiterzugeben, kehrte sie sofort in die eigene Gestalt zurück. Sie brauchte dringend etwas Erholung, aber sie blieb in Thenars Schreibstube. Meister Iwar hatte ihr verboten, den Strategos umzubringen, aber er hatte ihr nicht verboten, sich auf andere Weise zu rächen. Und sie hatte schon eine Idee.

Es gehörte zur Aufgabe einer Prinzessin, die Kämpfer, die während des Turniers verletzt wurden, zu besuchen und ihnen Dank aus- und Trost zuzusprechen. Alena fand das einleuchtend, schließlich war ihre Hochzeit der Anlass für diese hochadlige Keilerei. Das kleine Zelt, das man zur Versorgung der Verwundeten eingerichtet hatte, bot kaum Platz, denn gerade das so erbittert geführte Lanzenbrechen hatte viele Blessuren mit sich gebracht.

Alena ging von einem Streiter zum anderen, ließ sich Prellungen, Quetschungen und gebrochene Rippen erklären und stand am Ende vor Baron Hardis.

Der Baron wollte sich erheben, aber die alte Heilerin, die sich um ihn kümmerte, ließ es nicht zu.

»Bleibt doch liegen, Baron, ich bitte Euch!«, rief Alena.

Der Mann war ihr bisher eigentlich zu *geleckt* erschienen, wie man im Krähenviertel sagte, doch nun sah sie, dass sein Oberkörper einige Narben aufwies, die nur von Kämpfen stammen konnten.

»Es tut mir leid, dass ich mich Eures Gunstbeweises nicht würdig erwies, Hoheit«, sagte Hardis und wirkte ehrlich zerknirscht.

»Aber das habt Ihr, Baron, mehr als das. Euer tapferer Kampf hat am Ende Eurer, also auch meiner Partei zum Sieg verholfen.«

Und in einer plötzlichen Eingebung entfernte sie ein weiteres Haarband und band es dem verblüfften Baron um den unverletzten Oberarm.

»Ihr beschämt mich, Hoheit«, sagte der Baron und wirkte wirklich verlegen.

»Und wie geht es Euch, Hoheit?«, fragte die Heilerin, die plötzlich vor ihr stand, als sie das Zelt verlassen wollte.

Alena sah die blauen Linien in ihrem Gesicht und fühlte sich sofort wieder befangen. »Mir geht es gut. Ich danke Euch für die freundliche Frage.«

Sie blickte hinüber zu Thenar, der mit dem Baron noch einige Worte wechselte.

»Und … es verursacht Euch keine Schmerzen? Kein Blut? Es hat gehalten?«

Alena begriff, dass die Frau Caisa behandelt haben musste. »Nein, es ist wirklich wunderbar, danke«, murmelte Alena.

Die Alte starrte sie misstrauisch an. Plötzlich war der Strategos da. »Kommt, Hoheit, es ist höchste Zeit zurückzukehren.«

»Was wollte die Alte?«, fragte Alena leise, als sie das Zelt verlassen hatte.

»Gritis ist eine angesehene Heilerin in dieser Stadt«, lautete die Antwort, die nichts erklärte. »Und was den Baron betrifft, so solltet Ihr es mit den Gunstbeweisen nicht übertreiben.«

»Aber der Mann hat wirklich tapfer gekämpft.«

»Schon möglich, aber erstens solltet Ihr niemandem außer Eurem Bräutigam so freundlich begegnen, und zweitens hat der Baron gegen Euren Onkel gekämpft. Es darf nicht so aussehen, als würdet Ihr die Tat Eures Onkels missbilligen.«

»Da wäre ich erstens wohl nicht die Einzige, und zweitens bin ich eine Prinzessin. Ich entscheide selbst, wem ich meine Gunst erweise und wem nicht, Thenar.«

Das verblüffte Gesicht des Strategos ließ Alena innerlich grinsen. Es war einfach an der Zeit gewesen, ihn daran zu erinnern, dass sie keine willenlose Marionette war. Das Triumphgefühl verflog, noch während der Festzug gemächlich vom Turnierplatz Richtung Stadt zog. Ihr wurde wieder einmal klar, dass sie es eigentlich doch war und dass Meister Thenar ihre Fäden zog, so wie die von vielen anderen Leuten ebenfalls. Doch zu welchem Ende würde er dieses Puppenspiel führen?

Gab es vielleicht eine Möglichkeit, diese Fäden irgendwie wieder selbst in die Hand zu bekommen? Auf jeden Fall würde sie nach dieser Möglichkeit suchen. Sie dachte an den kleinen, zusammengefalteten Zettel, den sie an ihrem Busen trug. Sie hatte ihn rasch aufgehoben und versteckt und konnte es kaum erwarten, ihn endlich zu lesen. Doch konnte sie das erst in Caisas Kammer wagen, wenn nicht mehr die Augen einer ganzen Stadt auf sie gerichtet wären.

Zu ihrem Glück sah die Planung für diesen Festtag eine längere Ruhepause zwischen Turnier und abendlichem Bankett vor, und sie würde für wenigstens zwei Stunden mit Hawa alleine in ihrer Kammer sein.

»Das ist kaum genug Zeit«, meinte ihre Kammerzofe, als sie ihr in ihren Gemächern half, die Verschnürung ihres Kleides zu lösen.

»Wofür?«, fragte Alena, die den mysteriösen Zettel rasch in der Hand versteckte.

»Nun, Ihr müsst ein Bad nehmen und frische Kleidung anlegen, Hoheit. Auch heute Abend soll Eure Schönheit die Eurer Gäste überstrahlen.«

Alena seufzte. »Wird Meister Thenar dann auch wieder dieses Licht auf mich zaubern?«

Hawa lachte. »Ich habe davon gehört. Doch ist es kein Zauber. Es sind hundert kleine Spiegel oben über dem Dachfenster. Euer Großvater … verzeiht, Ihr wisst, wen ich meine … er hat diese Sache erfunden, oder wenigstens hat er sie dort oben anbringen lassen. Er liebte solche Spielereien, doch fürchte ich, dass die Sonne bereits untergegangen sein wird, wenn Ihr den Saal heute betretet. Doch, wer weiß, vielleicht hat Meister Schönbart sich etwas anderes einfallen lassen?«

Hawa ging, das Badewasser einzulassen, was bedeutete, dass sie mehrere Diener beauftragte, heißes Wasser im Badehaus zu holen.

»Wäre es nicht einfacher, ich ginge dahin, wo dieses Wasser ist?«, fragte Alena und konnte ein Gähnen nicht unterdrücken. »Es wäre doch viel weniger Lauferei.«

»Es wäre unschicklich, Hoheit, denn auch unsere Gäste wollen dieses Haus und seine Annehmlichkeiten nutzen.«

»Verstehe«, murmelte Alena. Ein Bad zu nehmen war wirklich verlockend, aber zunächst wartete sie darauf, dass Hawa sie für ein paar Sekunden allein lassen würde.

Endlich verschwand die Kammerzofe in der Badekammer, um das Einfüllen des Wassers und das Zusetzen von wohlduftenden Essenzen zu überwachen. Bald wehte ein Geruch nach Rosen und Jasmin aus der Kammer herüber.

Rasch entfaltete Alena den Zettel. Es stand nur ein einziges Wort darauf geschrieben: *Zwinger.* Alena wendete das Papier hin und her, strich es glatt, hielt es gegen das Licht – aber es stand nichts weiter da als dieses eine Wort. *Zwinger.*

Sie blickte aus dem Fenster. Sie konnte den großen Käfig unten an der Mauer sehen. Er sah neu aus, und gleich sechs der riesigen Bärenhunde dösten dort in der Abenddämmerung oder gingen unruhig auf und ab.

Es gab keinen Hinweis auf den Absender, und es gab vor allem keinen Hinweis, zu welcher Zeit sie sich beim Zwinger einfinden sollte – wenn das überhaupt gemeint war. Sie starrte den kleinen Pergamentfetzen an, und je länger sie auf dieses kurze Wort starrte, desto stärker wurde das Gefühl, dass es nichts Gutes bedeutete.

»Sag, Hawa, dieser Käfig für die Hunde, dort unten an der Mauer, der ist neu, oder?«, fragte Alena, als sie in der Wanne saß. Sie war aus einem gigantischen weißen Marmorblock geschlagen worden.

Hawa, die ihr den Rücken schrubbte, hielt kurz inne. »Früher streiften die Hunde frei durch den Park, wo sie unsere Wachen gelegentlich in Angst und Schrecken versetzten, aber ich nehme an, dass das nun nicht mehr geht, da der Garten voller Gäste ist. Ich weiß aber nicht, ob es eine gute Idee war, ihn gerade dort zu platzieren.«

»Was ist an dem Platz denn so besonders?«, fragte Alena.

Hawa zögerte einen Augenblick mit der Antwort, selbst die Bürste, mit der sie der falschen Prinzessin so wohltuend sanft den Rücken massierte, geriet ins Stocken. Dann rief sie: »Die Küche! Der Eingang zur Küche ist nicht weit, wie ihr hoffentlich wisst, Hoheit, und die armen Hunde liegen jetzt den ganzen Tag im Duft der köstlichen Speisen, die sie nie kosten dürfen. Aber warum fragt Ihr?«

»Er fiel mir nur auf«, erwiderte Alena, die spürte, dass Hawa ihr etwas verschwieg. An diesem Platz musste noch etwas anderes besonders sein, etwas, das nichts mit Küchengerüchen zu tun hatte.

Aber sie fragte nicht weiter nach, denn sie wollte keinen Verdacht erregen, außerdem hatte sie sich halb entschieden, der geheimnisvollen Einladung nicht zu folgen. Wie auch? Es war ihr inzwischen zwar klar geworden, dass der Unbekannte, der ihr den Zettel zugespielt hatte, sie irgendwann in der Nacht, nach Ende der Festlichkeiten, dort erwarten würde, aber wie sollte sie unbemerkt dorthin gelangen, wenn doch Tag und Nacht Wachen vor ihrer Tür standen?

Odis Thenar hätte wohl noch immer in der Halle gestanden und mit einigen hochgradig empörten Abgesandten über den Ausgang des Lanzenstechens debattiert, wenn Graf Gidus nicht in die Bresche gesprungen wäre. Der alte Fuchs verstand es, den Ärger der Gäste in andere Bahnen zu lenken und den Zorn, der eben noch nach einer Bestrafung von Prinz Arris gerufen hatte, mit ein paar Scherzen und launigen Bemerkungen zu zerstreuen.

Nun geleitete Thenar den Herzog aus der Halle. »Diese Gesandten mögen sich beruhigen, ich kann es nicht«, sagte Herzog Ector, der die Vorwürfe, mit denen man seinen Bruder überhäufte, schweigend erduldet hatte.

»Ich habe Prinz Arris geraten, dem Palast für den Rest der Feierlichkeiten fernzubleiben, Hoheit«, erwiderte Thenar.

»Er sollte besser die Stadt verlassen und sich lange nicht sehen lassen«, zürnte der Herzog. »Genau das würde ich ihm sagen, doch ich fürchte, dass Dinge geschehen könnten, die nicht wiedergutzumachen wären, wenn ich ihm jetzt begegnete.«

»Ich verstehe, Hoheit. Es war klug, diesem Streit vorerst aus dem Wege zu gehen. Der Misston, den dieser Kampf auf das Fest geworfen hat, ist auch so schon groß genug. Ich habe ihm ebenfalls geraten, die Stadt zu verlassen, doch hat er sich geweigert. Wir könnten ihn jedoch, zu seiner eigenen Sicherheit, unter Hausarrest stellen. Wir haben doch noch das Jagdschloss, unweit der Stadt.«

»Nein, ich will meinen eigenen Bruder nicht verhaften lassen. Er wird sich beruhigen. Morgen schon wird er bedauern, was er getan hat, alter Freund.«

»Gewiss, Hoheit«, erwiderte Thenar, der das jedoch bezweifelte. Vielleicht konnte er Meister Grau bitten, ein Auge auf den Prinzen zu haben. Meister Grau! Über die ganze Aufregung hatte er den Mann völlig vergessen.

Odis Thenar eilte aus der Halle. Er wurde jedoch immer wieder aufgehalten, musste erst die Speisenfolge für das abendliche Fest absegnen, eine Änderung an der Einteilung der Wachen genehmigen, Sänften für den Transport der Verwundeten organisieren, die natürlich trotz ihrer Blessuren weiter am Fest teilnehmen wollten, und noch hundert andere nebensächliche Dinge entscheiden – und das alles auf den Fluren und Stufen des Palastes, noch bevor er seine Gemächer erreichte.

Endlich trat er ein, schloss die Tür und lehnte sich einen Augenblick dagegen. Dieses Fest zerrte mehr und mehr an seinen Nerven. Er bemühte sich so sehr, alles unter Kontrolle zu behalten, doch immer drohte Gefahr, und das oft von unerwarteter Seite.

Die alte Gritis hätte fast gemerkt, dass sie mit *dieser* Prinzessin noch nie zu tun gehabt hatte. Das hatte ihm schmerzhaft in Erinnerung gerufen, wie dünn der Faden war, an dem das Gelingen seines Planes hing. Und es gab viele Kräfte, die an diesem Faden zupften und zerrten. Er straffte sich und ging hinüber in seine Schreibstube, wo er bereits von Meister Grau erwartet wurde.

»Ich grüße Euch«, sagte er knapp. »Was habt Ihr zu berichten?«

»Ich bin der edlen Luta gefolgt, wie Ihr wünschtet, Herr. Sie ging, verkleidet als Dienstmagd, hinab ins Hafenviertel. Dort schien sie auf jemanden gewartet zu haben. Doch über eine Stunde verstrich, und schließlich kehrte sie in den Palast zurück.«

»Und niemand hat mit ihr gesprochen? Niemand hat ihr etwas zugesteckt? Sie hat auch nicht etwa eine verborgene Botschaft hinterlassen?«

Die graue Gestalt schüttelte den Kopf. »Nichts Derartiges ist geschehen, Herr.«

»Seltsam. Sie schien mir beim Turnier recht gut gelaunt zu sein, angespannt, aber doch überraschend guter Dinge.«

Er starrte seinen bewährten Spion nachdenklich an. Irgendetwas schien an ihm anders zu sein. Ja, der Mann wirkte, obwohl er mit hängenden Schultern und leblos wie ein Sack Mehl einfach nur dastand, irgendwie … *lebendiger.*

»Gibt es sonst noch etwas?«, fragte er, weil er den Eindruck hatte, dass Meister Grau noch etwas sagen wollte.

»Es ist wegen dieser anderen Sache, Herr. Meine Gewährsleute haben noch einmal nachgeforscht, ob sich die Wege der Undaros und der Perati einst gekreuzt haben könnten.«

Thenar war mit einem Schlag hellwach. »Und?«

»Es gibt da ein Bordell, an der Grenze zu Syderland, welches Prinz Arris früher des Öfteren aufgesucht haben soll …«

»Weiter!«, drängte Thenar, weil Meister Grau verstummt war. Aber war das ein Funkeln in seinen Augen? Bei Meister Grau?

»Es sieht so aus, als ob auch eine oder mehrere Frauen aus der Undaro-Sippe seinerzeit dort gearbeitet hätten, auch wenn noch keine Namen in Erfahrung zu bringen waren.«

Thenar wurde es flau im Magen. »Der Prinz hat *mit einer Undaro geschlafen?*«, fragte er heiser.

»Das ist nicht gesagt, Herr«, kam es bedächtig zurück. »Leider weiß ich nicht genau, was es mit dieser Alenaxara auf sich hat, nach deren Mutter meine Leute forschen sollen. Ich könnte mehr in Erfahrung bringen, wenn ich ...«

»Ihr habt mehr als genug in Erfahrung gebracht, Meister Grau!«, unterbrach Thenar ihn. »Ich danke Euch, und ich ermahne Euch noch einmal zu völliger Verschwiegenheit, versteht Ihr?«

Meister Grau deutete eine Verneigung an, was wohl seine Art war zu sagen, dass es nicht nötig war, ihn daran zu erinnern. »Habt Ihr weitere Aufgaben für mich, Herr?«, fragte er.

Thenar schüttelte den Kopf, doch dann sagte er: »Habt weiter ein Auge auf die Herzoginmutter, darum bitte ich Euch. Und, ja, versucht herauszufinden, wie die Undaro-Frauen hießen, die einst in diesem Bordell arbeiteten.«

Meister Grau verschwand geräuschlos und ließ Thenar mit seinen finsteren Gedanken zurück. Arris, immer wieder Arris! Dieser Prinz verursachte mehr Ärger und Verdruss als sämtliche Skorpion-Prinzen Oramars. Ein Abgrund tat sich auf. Bislang war er fest davon ausgegangen, dass die Ähnlichkeit von Caisa und Alena eine Laune des Schicksals war – und nun das! Diese Alena war möglicherweise eine Tochter von Arris!

Sicher war das zwar noch nicht, aber bei seinem Glück würde Meister Grau auch die letzten Zweifel beseitigen. Warum hatte er die Sache auch nicht auf sich beruhen lassen? Es änderte doch nichts an seinem Plan, konnte nichts mehr ändern. Alena würde sterben – ob sie nun eine Perati war oder nicht!

Thenar schloss die Augen und hoffte für einen Moment,

er würde aus einem bösen Traum erwachen. Aber nein, seine Schreibstube war immer noch dieselbe, als er die Augen wieder öffnete. Er spürte, wie sich in seinem Inneren alles zusammenkrampfte: War er wirklich dabei, eine Tochter des Hauses, dem er ewige Treue geschworen hatte, dem sicheren Tod zu übergeben? Rettete er eine Prinzessin, indem er eine andere opferte?

Dann lachte er plötzlich laut auf. Es war aber auch ein guter Witz, den sich das Schicksal da auf seine Kosten erlaubte.

An diesem Abend trug Alena Grün, und das Kleid, das mit goldenen Fäden durchwirkt war, erschien ihr fast noch schöner als das vom Vortag. Außerdem durfte sie ein goldenes Diadem und dazu passende Smaragd-Ohrringe tragen. Lange betrachtete sie die schön gewandete Erscheinung im Silberspiegel. »Im Krähenviertel käme ich mit dem ganzen Zeug keine zwanzig Schritte weit«, murmelte sie schließlich kopfschüttelnd.

Der Abend ähnelte dem vorigen in vielen Punkten, nur dass Alena nicht mehr so aufgeregt war und den Glanz und die Pracht viel mehr genießen konnte. Selbst das Essen, von dem sie am Vortag kaum einen Bissen hinuntergebracht hatte, schmeckte ihr nun, und sie schlug sich den Bauch voll, bis Thenar ihr leise zuflüsterte, sie möge sich ein wenig zurückhalten und die Ellbogen vom Tisch nehmen.

Aber auch das erschütterte ihre gute Laune nicht. Sie versuchte sogar im Übermut, mit der Herzoginmutter zu plaudern. Die allerdings antwortete recht einsilbig.

»Was ist mit Euch, Großmutter?«, fragte Alena, da sie das Gefühl hatte, dass die Frau irgendetwas bedrückte.

Sie erntete einen finsteren Blick. »Ich mache mir Sorgen um deine Mutter, die auch an diesem Abend wieder nicht ihren Platz an dieser Tafel einnehmen kann, was dich kaum zu stören scheint, Caisa. Du könntest sie übrigens ruhig einmal besuchen. Sie würde sich womöglich freuen, ihr Kind noch einmal zu sehen, bevor es in die Klauen dieses Unholds fällt …«

Alena schluckte und erwiderte hastig: »Ich hätte sie längst einmal besucht, aber Meister Thenar lässt mir kaum Zeit, Luft zu holen. Ständig ist meine Anwesenheit irgendwo erforderlich.«

»Und das ist sie leider auch, Hoheit«, mischte sich der Strategos ein. »Aber wir werden vielleicht morgen früh eine Gelegenheit finden.«

»Nach Euch hat sie allerdings keine Sehnsucht, Thenar«, giftete die Alte.

Alena schwieg betroffen. Thenar hatte ihr erklärt, warum er die Herzogin nicht eingeweiht hatte, aber erst jetzt wurde ihr bewusst, wie grausam das war. Ihre gute Laune war verflogen. Sie war schließlich froh, als die Musiker hereinkamen, um zum Tanz aufzuspielen, und ihr Thenar das Zeichen gab, dass sie sich zurückziehen durfte. Er geleitete sie selbst bis zu ihrer Kammer, schien jedoch in Gedanken versunken.

»Morgen erscheint also der Bräutigam …«, versuchte sie, ein Gespräch zu beginnen.

»Wie? Ja, der Prinz soll morgen hier eintreffen, wenn uns nicht noch irgendein Sturm den Gefallen tut, diesen Mann zu verschlingen.«

»Ich bin sehr gespannt, ob er wirklich so ein Unhold ist, wie alle sagen.«

»Ist er, aber man sieht ihm das vielleicht nicht an. Er hat keine Hörner und Klauen, wenn Ihr das erwarten solltet. Und selbst den giftigen Stachel, den alle Skorpione haben, kann man bei diesem Exemplar nicht sehen.«

»Und Ihr werdet ihn töten …«, sagte sie leise.

Der Strategos blieb stehen. »Ich habe Euch schon einmal gewarnt, dass diese Wände Ohren haben.«

Alena sah sich um. Weit und breit war niemand zu sehen. »Ich weiß, Ihr seid ein hoher Herr und gewohnt, Entscheidungen über Leben und Tod zu treffen, aber ich bin das nicht.«

»Und Ihr wollt mir sagen, dass die Undaros sich ihre Macht im Krähenviertel nur mit guten Worten erkämpft haben?«, spottete Thenar.

Alena verfärbte sich, und der Strategos fuhr mit einem seltsamen Lächeln fort: »Ich sagte Euch doch, dass ich Erkundigungen über Eure Familie eingezogen habe. Ich weiß, wer Ihr seid und wo Ihr herkommt. Ja, ich weiß es vielleicht sogar besser als Ihr selbst.«

Daran hatte Alena schwer zu schlucken. Gleichzeitig hatte sie das Gefühl, dass ihr etwas entging. Thenar drückte sich so merkwürdig aus. Gab es da etwas über ihre Familie, was sie selbst nicht wusste? Es wirkte so, aber sie fragte nicht nach, denn sie fühlte sich für diesen Abend schon bloßgestellt genug.

Ihre Laune war nicht die beste, als Hawa ihr half, sich zu entkleiden, und so gab sie nur knapp Auskunft über das strahlende Fest, dem ihre Kammerzofe nicht hatte beiwohnen dürfen. »Sag, Hawa, was weißt du eigentlich über die Pläne, die der Strategos hat?«

Die Zofe sah sie groß an. »Nichts, natürlich. Das heißt, ich weiß das, was ich wissen musste, als ich meine Aufgabe in Perat erfüllte. Das genügt mir auch, denn es ist bestimmt gefährlich für jemanden wie mich, in die Geheimnisse eines so großen Mannes einzudringen.«

Alena nickte, denn sie war eigentlich der gleichen Meinung. Trotzdem hätte sie gerne mehr erfahren. Ob der Absender des geheimnisvollen Zettels etwas wusste? Sie würde es nie herausfinden, denn sie würde nicht zum Zwinger gehen.

Mit diesem Vorsatz ging sie zu Bett, doch konnte sie nicht einschlafen. Viele Fragen schossen ihr durch den Kopf, vor allem beschäftigte sie etwas, worüber sie bisher kaum nachgedacht hatte:

Prinz Weszen würde diese Hochzeit nicht überleben, das hatte der Strategos selbst zugegeben. Und sie würde dabei helfen, ihn umzubringen. Damit war sie eine Mörderin!

Sie stand auf und öffnete ein Fenster, denn sie brauchte dringend frische Luft. Der Strategos hatte ihr auf dem Schiff erklärt, dass diese ganze Sache dazu beitragen würde, viele Leben zu retten, aber er war wolkig geblieben, wenn sie gefragt hatte, wie das gehen solle.

Frische Spätsommerluft drang in die Kammer ein. Viele der bunten Lampen, die man im riesigen Lustgarten aufgehängt hatte, waren bereits erloschen. Es musste schon spät sein, später, als Alena gedacht hatte. Selbst in den meisten Zelten war Ruhe eingekehrt, nur hie und da zeigten Gelächter und Lichter, dass noch nicht alle Gäste schliefen.

Auf der hohen Mauer, die den Park umgab, gingen Wächter auf und ab. Sie trugen Laternen, und Alena konnte die Gitterstäbe des Zwingers im Licht einer solchen Laterne schimmern sehen.

Wer dort unten wohl auf sie wartete? Sie blieb eine Weile am Fenster stehen, in der Hoffnung, dass sich irgendjemand dort zeigen würde, aber nichts geschah. Sie starrte hinab, fluchte, warf einen dunklen Morgenrock über ihr helles Nachthemd und kletterte aus dem Fenster. Der Sims war breit genug, das war ihr schon auf den ersten Blick aufgefallen. Allerdings war es da taghell gewesen und nicht so dunkel wie in dieser Nacht, in der die Sichel des Mondes kaum zu erahnen war.

Sie tastete sich vorsichtig voran. *Zum Glück* spiele *ich nur die verhätschelte Prinzessin,* dachte sie. Bald stieß sie jedoch auf ein Hindernis, eine riesige aufgeblendete Steinsäule, und ihr fiel ein, dass sie von Bruder Seator gelernt hatte, dass man diese Säulen Pilaster nannte. *Er hätte mir besser beigebracht, wie man daran vorbeikommt,* dachte Alena. Sie meinte, etwas weiter hinten eine Rankenpflanze zu erkennen, die sich das Mauerwerk hinaufzog. *Hoffentlich keine Rosen.* Vorsichtig versuchte sie, sich an der Säule vorbeizuhangeln. Sie war so breit, dass sie die andere Seite nur mit knapper Not mit der Hand erreichte. Dann fand sie jedoch einen Spalt im Mauerwerk. Ihre Finger krallten sich fest, sie hielt den Atem an und wagte den gefährlichen Schritt. Es ging gerade gut.

Aus dem nächsten Fenster drang schwaches Licht. War das Hawas Kammer? Sie musste es sein. Einen Moment lang dachte Alena darüber nach, mit Hilfe der Zofe nach draußen zu kommen. Hawa könnte ihr ein Seil besorgen oder ihr ein paar ihrer Kleider geben, in denen sie über den Flur huschen könnte.

Sie verwarf den Gedanken wieder. Entweder würde Hawa ihr helfen und hätte dann zu leiden, wenn es schiefging, oder sie würde ihr *nicht* helfen, sie vielleicht sogar an Meister Thenar verraten, was sie ziemlich dumm aussehen lassen würde. Nein, das war ihre Sache, sie würde es alleine schaffen.

Sie machte sich klein und kroch über den Sims weiter. Endlich erreichte sie die Pflanze. Es schien sich um eine Art wilden Wein zu handeln. *Wehe, du trägst mich nicht,* dachte Alena, als sie nach einer starken Ranke griff, um daran hinunterzuklettern. Plötzlich schoss etwas mit heftigem Flattern an ihrem Kopf vorüber, irgendein Vogel, den sie wohl aufgestört hatte. Vor Schreck hätte sie beinahe losgelassen, und sie hielt sich für eine Weile einfach nur fest, um ihr wild pochendes Herz zu beruhigen. *Hoffentlich gibt es nicht noch mehr solcher Überraschungen,* dachte sie, als sie vorsichtig hinabkletterte, *und hoffentlich trägst du mich auch, wenn ich wieder zurückwill.*

Endlich erreichte sie sicheren Boden. Es war still, nur aus der Zeltstadt wehte ein helles Frauenlachen herüber. Weder die Wache auf der Mauer noch die Hunde im Zwinger schienen etwas bemerkt zu haben. Sie schlich vorsichtig dorthin, wo sie gerade eben die Gitterstäbe vor den Sternen sehen konnte. Es war niemand zu entdecken.

Plötzlich raschelte es im Gebüsch, und ein Schatten trat heraus. »Caisa, endlich!«

Alena brauchte einen Moment, um die Überraschung zu verdauen. *»Prinz Arris?«*

Er trat näher heran, sie wich instinktiv zurück.

»Endlich ungestört.«

»Onkel ... damit habe ich nicht ...«

»Aber ... Caisa, Liebste, war dir nicht klar, von wem die Botschaft stammen musste, als du den Ort gelesen hast?«

»Der Zwinger ist doch neu ...«, brachte Alena leise hervor. Hatte er sie eben *Liebste* genannt?

Sie wäre noch weiter zurückgewichen, aber plötzlich war da die Mauer. Er fasste nach ihren Händen. »Aber hier, an der Pforte, haben wir uns das erste Mal geküsst. Ich hätte es keinen Tag länger ertragen«, stieß er hervor. Er roch nach Branntwein.

Geküsst? Und von was für einer Pforte redete er? »Onkel, Ihr seid betrunken!«

»Wie sollte ich diesen Tag sonst überstehen – ohne dich?«

Alena lief es abwechselnd heiß und kalt über den Rücken. Dieser Mann war verliebt in seine eigene Nichte? War ihm denn nichts heilig?

»Ich heirate doch«, platzte sie heraus.

Er zog sie an sich. »Nicht, wenn ich es verhindern kann, Caisa, Liebste. Komm mit mir. Im Hafen wartet ein Schiff. Der Kapitän ist mir treu ergeben.«

»Das ist verrückt, völlig verrückt«, rief Alena leise und versuchte, sich seiner Umarmung zu entziehen.

»Was ist mit dir, Caisa? Willst du immer noch leugnen, was wir füreinander empfinden?«

»Aber Cai..., ich meine, ich bin deine Nichte!«

»Du bist weit mehr als das für mich, Geliebte.«

»Aber ich empfinde nichts für dich, Onkel!«, brachte Alena heraus.

Er zog sie an sich, versuchte, sie zu küssen. Sie wehrte sich und wusste nicht, ob sie sich nun wünschen sollte, dass man sie erwischte oder nicht. Der Mann war verrückt. Was hatte er Caisa damals nur angetan?

»Aber du bist hier«, hauchte er ihr ins Ohr. »Das beweist doch, dass du dich ebenso nach mir sehnst wie ich nach dir.«

»Ich bin nur hier, um dir zu sagen, dass das aufhören muss, Onkel«, stieß Alena hervor. »Ich heirate Prinz Weszen!«

»Der Mann hat deinen Onkel Trokles getötet ... er ist ein Ungeheuer. Du kannst ihn nicht lieben! Du kannst ihn nicht heiraten!«

»Aber ... das ist falsch, es ist ... krank!«, rief Alena verzweifelt.

Etwas änderte sich. Sie konnte nicht viel von Arris' zerstörtem Gesicht erkennen, aber sie spürte, dass er wütend wurde. »Falsch? Krank? Hast du vergessen, wie es war? Hast du vergessen, dass du es warst, die in meine Kammer kam? Hast du vergessen, dass du unter deiner Robe nichts als deine Schönheit getragen hast? Willst du auch das leugnen? Und als deine Mutter dich nackt an meiner Brust fand – habe ich da nicht alle Schuld auf mich genommen? Habe ich nicht die Verachtung deiner Eltern ertragen, nur um deinen Ruf zu schützen? All die Lügen, die du erfunden hast, von berauschenden Getränken, die ich dir eingeflößt hätte – ich habe sie hingenommen, sogar bestätigt. Ich habe ertragen, dass mein eigener Bruder mich aus dem Palast gejagt hat ... Und nun tust du so, als wäre das alles nicht geschehen?«

»Onkel, du tust mir weh ...«

»Caisa, ich frage dich noch einmal ... und bedenke deine Antwort gut ... hast du mir nicht ewige Liebe versprochen?«

»Ich ... ich war ... betrunken«, rief Alena verzweifelt. Sie spürte plötzlich seine kräftige Hand an der Kehle. »Onkel, bitte …«

»Willst du mir sagen, dass das alles eine Lüge war, Caisa?«

Die Hand schloss sich fester um ihren Hals. Sie bekam keine Luft mehr.

»Hast du mich etwa …«, begann er, aber der Satz endete mit einem dumpfen Geräusch, und plötzlich fiel er vornüber, und hinter ihm war ein anderer Schatten zu sehen, der etwas Großes, Rundes in den Händen hielt. Und während sie noch um Luft rang, sagte eine vertraute Stimme: »Auf was hast du dich da nur eingelassen, kleine Schwester?«

Alena öffnete den Mund, schloss ihn wieder, weil sie es einfach nicht glauben konnte, und fragte dann schließlich: »*Lema?* Was machst *du* denn hier?«

Für einen Augenblick hatte sie das Gefühl, dass sie dem einen Abgrund entgangen war, um in einen anderen zu fallen. Ihre Familie hatte sie nicht nur gefunden – sie war im Palast! Sie hatte sich also nicht nur eingebildet, dass eine ihrer Kusinen beim Bankett aufgetragen hatte. Und ihre älteste Schwester hatte sie gerade mit einer gusseisernen Pfanne vor einem verrückten Prinzen gerettet.

»Dasselbe wollte ich dich auch gerade fragen …«, meinte Lema gedehnt.

»Ich heirate!«, platzte es aus Alena heraus.

»So ein Unsinn. Die Basa sagt, dass eine Krähe keinen Skorpion heiraten kann. Besser, du verschwindest mit uns.«

»Um diesen Schwefelkönig zu heiraten? Eher sterbe ich!«

»Du erzählst Mist, aber das weißt du selbst.«

Alena starrte sie im Dunkeln an. Zwischen ihr und ihrer Schwester lag Arris und rührte sich nicht. »Warum könnt ihr mich nicht einfach in Ruhe lassen? Warum kann die Basa mich nicht meiner Wege gehen lassen? Hasst sie mich so sehr?«

Lema schüttelte den Kopf. »Sie hasst dich doch nicht, sie ist vernarrt in dich, du dumme Gans!«

»Wenn ich an all die Schläge und die Stunden in dem dunklen Verschlag denke, fällt es mir schwer, das zu glauben!«

»Bist du wirklich so schwer von Begriff? Sie will, dass du ihre Nachfolgerin wirst. Du sollst eines Tages die Familie führen. Deshalb hat sie dich ein bisschen härter angefasst.«

»Sie will …«, begann Alena und verstummte dann. Das ergab doch alles keinen Sinn. Und es war verrückt, es hier, zwischen Hundezwinger und bewusstlosem Prinzen, zu diskutieren.

»Deshalb hat die Basa dir auch diesen scheintoten Bräutigam ausgesucht. Er wird es nicht mehr lange machen, und du erbst dann all seine Schwefellöcher für uns.«

»Das hat sich die Basa ja schön ausgedacht, aber da mache ich nicht mit«, zischte Alena, die plötzlich mit klarer Schärfe erkannte, auf welchen vorgezeichneten Weg ihre Großmutter sie hatte setzen wollen.

Lema zuckte mit den Achseln. »Denk drüber nach, kleine Schwester, dann verstehst du hoffentlich, dass sie nur das Beste für dich will. Außerdem geht es längst nicht mehr nur um dich. Vier unserer Vettern sind tot oder verschwunden, weil sie dich gesucht haben.«

»Ja, Dreigos sagte was von Priam und Golch …«

»Dreigos ist selbst nicht von seiner Fahrt zu dieser Insel zurückgekehrt, und Hisi, der bei ihm war, auch nicht.«

»Das ist ja furchtbar!«

»Sie sind deinetwegen gestorben, kleine Schwester, das weißt du hoffentlich.«

»Aber … ich habe sie nicht darum gebeten, mich zu suchen«, entfuhr es Alena.

»Wenn du meinst, Ala …«, erwiderte Lema mit einem verächtlichen Schnauben. »Jedenfalls verlangt die Basa jetzt Wergeld.«

»Wer… was?«

»Einen Ausgleich, Ersatz, wenn du so willst.«

»Und wie soll das gehen? Soll Meister Thenar mit ihr vier Kinder machen?«

»Du redest wirklich Mist, Ala. Sie will Silber oder, noch besser, Gold.«

»Das ist verrückt. Der Strategos lässt euch umbringen, wenn ihr ihn nur darauf anspricht. Ja, er wird euch töten lassen, wenn er nur erfährt, dass ihr in der Stadt seid.«

»Dennoch will die Basa Wergeld für ihre vier Enkel. Deshalb sind wir hier. Und ich habe gerade heute in der Küche gehört, dass die Braut üppig beschenkt worden ist. Es ist sogar von goldenem Schmuck die Rede …«

»Die Morgengabe des Prinzen? Vergiss sie schnell wieder. Ich bin mir ziemlich sicher, was immer auch nach der Hochzeit passiert, dass der Herzog diesen Schmuck gewiss nicht einer Krähe überlassen wird.«

»Abwarten«, erwiderte Lema, und es klang wie eine Drohung.

»Heda? Was ist da los?«, rief eine Stimme von der Mauer herab. Ein Wachmann stand dort oben und hielt seine Laterne herab, um besser sehen zu können.

»Nur eine Köchin, Herr, und ein Fremder, der sie belästigen wollte.«

»Ein Fremder? Wartet, ich komme zu Euch!«

»Schöner Mist. Du verschwindest besser, kleine Schwester. Aber wir sehen uns bald wieder.«

»Ich hoffe nicht«, zischte Alena. Ihre Schwester hatte eine Art an sich, die sie sofort auf die Palme brachte.

»Durch die Küche, rasch doch jetzt, Ala!«

Alena verschwand durch die Pforte. Sie hörte das Gesinde schnarchen, das dort zwischen Vorräten und Kesseln seine Schlafplätze hatte. Sie lieh sich eine Küchenhaube und eine Schürze, griff sich einen Krug Milch und nahm die Tür, die zum Hauptgebäude führte.

»Halt? Wer da?«, fragte eine Wache, die eben noch dösend auf der Treppe gesessen hatte.

»Nur eine Magd, die der Herrin einen Krug Milch bringt, Herr Soldat«, rief sie leise und mit gesenktem Haupt.

»Meinetwegen …«, gähnte der Soldat und setzte sich wieder.

Sie hastete die Treppen hinauf, sah die Wachen vor ihrer Tür und schlüpfte leise in die Kammer, in der Hawa, ihre Zofe, wohnte. Die Kerze, die sie vorhin noch gesehen hatte, war verloschen, und der Atem ihrer Dienerin, die im Bett lag, ging ruhig. Alena öffnete vorsichtig das Fenster und kletterte hinaus auf den schmalen Sims.

Unten im Garten war jetzt mehr Licht. Ihre Schwester stand dort, umringt von drei Wachen. Prinz Arris lag immer noch auf dem Boden, und die Wächter diskutierten aufgeregt, aber leise. Nur ihre Schwester schien die Ruhe selbst zu sein. Einer der Soldaten rannte ins Schloss. Alena konnte sich denken, wen er holen würde.

Langsam kroch sie über den Sims zurück zu ihrer Kammer. Das Fenster war immer noch angelehnt. Sie schlüpfte in die Kammer und holte tief Luft. Plötzlich bemerkte sie, dass sie am ganzen Leib zitterte. Das war lächerlich – die Gefahr war doch vorbei! Aber es hörte einfach nicht auf.

Alena legte sich ins Bett. Tausend Gedanken schossen ihr durch den Kopf: Wenn sie den Prinzen richtig verstanden hatte, hatte Caisa ihn verführt. Oder war es andersherum gewesen, und er stellte es nur so dar? Ob Arris nicht wusste, was Blutschande war? Sie verstand jedenfalls, warum niemand über diese Sache reden wollte und warum Arris bei Herzog Ector in Ungnade gefallen war.

Sie klammerte sich an das feine Linnen. Sie wurde das Gefühl nicht los, dass es genau so gewesen war, wie der Prinz behauptet hatte. Dann hatte man ihm Unrecht getan, und dieser Trottel war so verliebt in seine eigene Nichte, dass er sie auch noch deckte. Die ganze Sache erschien ihr einfach nur … krank! Hatte Arris denn nie gesehen, was das für Kinder gab, wenn nahe Verwandte heirateten? Für die Undaros war das ein echtes Problem, denn sie waren so zahlreich, dass man leicht den Überblick verlieren konnte, wer mit wem wie verwandt oder verschwägert war. Die Basa führte da sogar eine Liste …

Alena zog die Decke enger an sich. Ihre Familie war hier, hier im Palast – auch die Basa? Nein, solange sie denken konnte, hatte ihre Großmutter die Stadt nicht verlassen. Aber die Angst vor ihr, die sie lange nicht gespürt hatte, war zurückgekehrt. Kein Wunder, dass sie nicht aufhören konnte zu zittern.

Vetter Dreigos hatte bei ihrem zweiten Treffen auf der Insel gesagt, dass die Basa ihre Meinung geändert habe und die Hochzeit mit dem Prinzen doch wolle. Aber das galt wohl nicht mehr. Was mochte ihm widerfahren sein? Jamade? Aber welchen Grund sollte die haben, wo ihre Familie doch für die Hochzeit war. Und jetzt wollte die Basa eine Entschädigung? Weszens Schmuck … Wie wollten sie den kriegen, in einem Palast, der vor Wachen nur so wimmelte? Und würden sie vielleicht sogar versuchen, sie gegen ihren Willen hier fortzuschleppen? Was war so besonders an ihr, dass ihre Großmutter sie nicht einfach gehen lassen konnte? Wollte sie sie wirklich als Nachfolgerin? Nein, das war lächerlich, die Großmutter war eine Hexe, und sie selbst war doch nicht einmal magisch begabt.

Thenar stand vor dem Zwinger und starrte hinein. Die Hunde waren tot.

»Vergiftet, Herr«, meinte der Hauptmann, der ihn hatte rufen lassen. »Sie haben Schaum vor ihren Mäulern.«

»Ich sehe es, Hauptmann. Ist das Euer Werk, Prinz?«

Prinz Arris saß auf dem Boden, starrte ins Leere, und das dunkle Haar auf seinem Hinterkopf war verklebt von Blut. Diese Köchin hatte ordentlich zugeschlagen.

Arris antwortete nicht. Also wiederholte der Strategos seine Frage: »Ist das Euer Werk, Prinz? Habt Ihr die Hunde Eures Bruders vergiftet?«

Wieder keine Antwort.

»Aber warum sollte er das tun, Herr?«, fragte der Hauptmann leise.

Das war eine berechtigte Frage. Der Zwinger war allerdings nicht ohne Grund genau an dieser Stelle platziert worden, doch davon musste der Hauptmann nichts wissen.

»Nun zu Euch. Wie ist Euer Name?«

»Man nennt mich Lema, Herr«, antwortete die Köchin.

»Erzählt mir doch noch einmal, wie Ihr dazu kommt, einen Prinzen von Terebin niederzuschlagen. Ich habe es nämlich noch nicht ganz verstanden ...«

»Nicht meine Schuld, Herr. Konnte nicht schlafen ... wollte frische Luft schnappen. Bin also raus, da sehe ich den Herrn, wie er ein Mädchen bedrängt. Sie wehrt sich, kommt aber nicht weg. Also habe ich die Pfanne genommen, die hinter der Tür hängt, und habe ihm eins übergezogen.«

»Und Ihr kamt nicht auf die Idee, um Hilfe zu rufen?«

»Hab keine Hilfe gebraucht, Herr.«

Thenar war dieser offenbar etwas einfältigen Köchin ausgesprochen dankbar dafür, dass sie nicht laut um Hilfe geschrien hatte. Arris hatte schon genug Aufregung verursacht. »Und das Mädchen? Wer war sie?«

»Weiß nicht, Herr. Ist in die Küche gerannt. Vielleicht eine von den jungen Mägden.«

»Und ihr Gesicht? Würdet Ihr sie wiedererkennen?«

»Zu dunkel, Herr.«

»Natürlich«, murmelte Thenar, der so eine Ahnung hatte, wer dieses Mädchen gewesen sein musste. Er blickte hinauf zum Schlafzimmer der Prinzessin. Es lag ruhig und dunkel, doch hatte das wenig zu sagen. Die Wachen hafteten mit ihrem Leben dafür, dass die falsche Prinzessin in ihren Gemächern blieb. Sie würden sie nicht hinausgelassen haben. Aber wie war sie dann hier herunter gelangt?

Thenar betrachtete die Fassade, lieh sich eine Laterne und ging hinüber zu dem Weinstock, der da in die Höhe rankte. Ein kurzer Blick auf abgerissene Ranken und Blätter genügte ihm, um zu wissen, was geschehen war. Diese Filganerin war eben nicht Caisa. Er hatte sie sträflich unterschätzt.

»Weckt Meister Aschley. Er soll die Hunde untersuchen und mir schnellstmöglich berichten. Ich will wissen, wie sie vergiftet wurden«, befahl er, als er zu den Soldaten zurückgekehrt war.

»Und … der Prinz?«, fragte der Hauptmann leise.

»Sperrt ihn ein, bis er wieder nüchtern ist.«

»Aber … es ist Prinz Arris.«

»Das werdet Ihr für eine Weile vergessen, Hauptmann. Auch Eure Leute sollten vergessen, dass sie ihn hier gesehen haben. Tun wir so, als sei nichts geschehen.«

»Wie Ihr befehlt. Und die Köchin? Sie hat einen Peratis angegriffen, Herr.«

»Habt Ihr mir nicht zugehört? Es ist nichts geschehen!« Er wandte sich an die Köchin, die die schwere Pfanne immer noch in der Hand hielt. Sie schien sich nicht sehr für das zu interessieren, was hier vor sich ging.

»Auch Ihr werdet vergessen, was hier geschehen ist, Lema!«

»Wenn Ihr meint, Herr, allerdings …«

»Was?«

»Die Pfanne, Herr. Sie ist jetzt nicht mehr zu gebrauchen.

Seht Ihr? Ganz verbeult. Der Koch wird fragen, wie das geschehen ist.«

Thenar seufzte. »Gebt sie mir einfach, ich lasse sie verschwinden.«

»Aber wir brauchen Ersatz. Ist eine wirklich gute Pfanne, Herr.«

Der Strategos hatte für einen kurzen Augenblick das Gefühl, dass diese Frau einen seltsamen Schabernack mit ihm trieb. Erdreistete sie sich etwa, ihn auf den Arm zu nehmen? Nein, ein Blick in ihr stumpfes Gesicht sagte ihm, dass sie wirklich so einfältig war. »Ich werde veranlassen, dass Ihr eine neue bekommt, Lema«, versprach er seufzend.

Im Osten waren die ersten Zeichen der Dämmerung zu erahnen. Ein neuer Tag lag vor ihm, noch herausfordernder als der letzte, denn Prinz Weszen würde eintreffen. Ab jetzt durfte nichts mehr schiefgehen.

Thenar verließ den Garten. Kurz zog er in Erwägung, Alena zur Rede zu stellen, aber er verschob es auf später. Er gestand sich ein, dass er sich in ihrer Nähe neuerdings unwohl fühlte. Sie war eine Peratis, wenn stimmte, was Meister Grau berichtet hatte. Und leider hätte Meister Grau nichts gesagt, wenn er sich nicht ziemlich sicher gewesen wäre. War das der Grund, warum sich Arris so krankhaft zu Alena hingezogen fühlte – weil er irgendwo im Inneren spürte, dass sie seine Tochter war? *Nein, das ist Unsinn,* dachte Thenar. *Er hat sich doch zuerst auf die arme Caisa gestürzt, und die war nun eben nicht seine Tochter. Oder sollte etwa …*

Der Gedanke war da. Thenar konnte nichts dagegen tun. Er verwarf ihn rasch wieder. Ilda war eine Adelige durch und durch, sie war zu ehrbar und auch zu klug, um sich mit dem Bruder ihres Mannes einzulassen. Nein, Caisa und Alena sahen auch beide Ilda nicht sehr ähnlich. Sie kamen eher nach der Mutter des Herzogs. Aber auch Arris war ein Sohn dieser Mutter. Lag es am

Ende gar nicht an Ilda, dass sie keine Kinder mehr bekommen konnte, sondern an Ector …? Nein, undenkbar! Er verfluchte seine rasenden Gedanken.

Ein Diener wartete vor der Tür auf ihn.

»Was gibt es denn nun schon wieder?«, fuhr er den Mann an.

»Ein Hauptmann Geneos war hier und fragte nach Euch. Er ist aber wieder gegangen.«

»Geneos? Seid Ihr sicher, Mann?« Thenar blieb stehen. Was hatte der denn hier zu suchen? Er sollte doch Caisa in den Süden bringen.

»Diesen Namen nannte er. Und ich habe ihn auch zuvor einige Male gesehen, Herr. Wenn auch nicht in den letzten Mo…«

»Ja, schon gut. Wo ist er hingegangen?«

»Er sagte, er würde in die Quartiere der Wachen gehen, Herr.«

»Was steht Ihr dann noch hier herum? Geht und holt ihn!«

Der Diener verneigte sich und verschwand.

Thenar betrat seine Gemächer und stieß einen kräftigen Fluch aus. Der Hauptmann hatte hier nichts zu suchen. Warum konnten seine Untergebenen nicht einmal die Dinge so erledigen, wie er es ihnen auftrug? Er fluchte noch einmal und ging in die Schreibstube hinüber. Er musste seine Gedanken ordnen, und das ging am besten an seinem Arbeitstisch.

Er setzte sich, starrte auf den Haufen aus Pergamenten, die alle irgendein angeblich unaufschiebbares Problem beschrieben, das offenbar nur er lösen konnte. Er sprang wieder auf und öffnete ein Fenster, weil er frische Luft brauchte und weil es in der Schreibstube auch eigenartig roch. Unter ihm schälte sich die Stadt mit ihren schönen weißen Mauern aus der Dämmerung, noch weiter unten wiegten sich Schiffe im Hafen. Es würde ein frischer, klarer Spätsommermorgen werden. Für gewöhnlich fand er Trost in diesem Bild, aber an diesem Morgen blickte er hinaus aufs Meer und wünschte sich, die Sturmschlange möge sich erheben und das Schiff verschlingen, das sich gerade unaufhaltsam der Stadt näherte, um ihr den Untergang zu bringen. Aber nichts deutete darauf hin, dass die Sturmschlange sich noch vom Meeresgrund erheben würde, nicht an diesem verfluchten Tag, der Prinz Weszen nach Terebin führen würde.

Als Alena erwachte, hoffte sie für einen kurzen Augenblick, die Geschehnisse der vergangenen Nacht seien nur ein Albtraum gewesen, aber dann zupfte Hawa, die sie geweckt hatte, mit großen Augen ein kleines Blatt aus ihrem Haar. »Aber, Hoheit, wo seid Ihr nur gewesen?«, rief sie, weil sich auch Gras und kleine Zweige in der Robe fanden, die sie vergangene Nacht übergeworfen hatte.

»Spazieren«, gab Alena knapp zurück.

»Ihr habt da auch einen kleinen Kratzer im Gesicht – und einen Fleck am Hals. Was ist nur geschehen?«

»Nichts weiter«, murmelte Alena.

»Das sehe ich«, meinte Hawa seufzend. »Aber ich denke, Ihr solltet Euren Bräutigam lieber in einem hochgeschlossenen Kleid empfangen. Er könnte diesen Fleck falsch verstehen.«

Alena nickte. Weszen wurde für heute erwartet, und sie wusste nicht, was sie tun sollte. Sie war neugierig auf diesen Mann, aber der Strategos hatte ihr gesagt, dass er bald nach der Hochzeit sterben würde. Die Frage war, wie bald? Während der Trauung? Während der Feier, die es ohne Zweifel geben würde – oder erst am nächsten Tag, wenn sie bereits die Nacht miteinander verbracht hatten?

Damit tauchte ein Gedanke auf, den sie lange in die dunkelsten Ecken ihres Verstandes verbannt hatte. Sie würde dann seine Frau sein, und nach allem, was sie über den Mann gehört hatte, würde er sich wohl kaum hinhalten lassen. Er würde der erste Mann werden, mit dem sie das Bett teilte. Es sei denn, man brachte ihn vorher um. Es sei denn, ihre Familie unternahm irgendetwas Dummes.

Alena seufzte schwer, weil sie die Bedeutung der kommenden Stunden plötzlich mit entsetzlicher Wucht spürte. Die Verantwortung lastete wie ein Mühlstein auf ihr. Sollte sie dem Strategos vielleicht doch sagen, dass ihre Familie hier war? Nein, sie konnte sie nicht verraten. Sollte sie fliehen? Nein, das würde das Haus Peratis vernichten, vielleicht einen Krieg mit dem Seebund auslösen, wie Thenar ihr erklärt hatte, und sie wollte gewiss nicht an einem Krieg schuld sein. Sie seufzte wieder. Konnte sie denn nicht mehr tun, als die nächsten Stunden und Tage auf sich zukommen lassen und zusehen, dass sie sie irgendwie unbeschadet überstand?

»Es ist nicht so schlimm, Hoheit«, sagte Hawa, die den Seufzer gehört hatte, und meinte den Fleck am Hals und den Kratzer im Gesicht. »Mit etwas Puder bekommen wir das schon hin.«

Alena nickte. Wenn es nur so einfach wäre! Die Basa hatte vermutlich schon ihre Pläne für sie gemacht, ebenso wie der Strategos. Vermutlich arbeitete auch Prinz Arris an seinem, und selbst dieser Prinz Weszen hatte sich bestimmt schon etwas Schönes für sie ausgedacht.

Und sie alle dachten nicht daran, sie zu fragen, was sie davon hielt. Alena atmete tief durch und nahm sich vor, ihnen allen kräftig in die Suppe zu spucken.

Jamade hatte ihren Platz gefunden. Sie saß auf einem Ballen Wolle im Obergeschoss eines Lagerhauses, hinter einer offenen Ladeluke. Von dort aus konnte sie den Hafen überblicken, ohne selbst gleich gesehen zu werden.

Es waren eine Menge Menschen auf den Kais, die gespannt ein Schiff erwarteten, das jeden Augenblick eintreffen konnte. Und die Ausrufer, die sie schon in den letzten Tagen gehört hatte, wurden auch jetzt nicht müde, den Segen der bevorstehenden Hochzeit zu schildern und den Bräutigam als Friedensbringer zu preisen.

Jamade fragte sich, was Prinz Weszen wohl davon halten würde. Vor einer Stunde war eine kleine Galeere gekommen, die neben den Flaggen des Seebundes auch einen roten Wimpel mit dem schwarzen Skorpion und dem Stier trug – Weszens Wappen.

Jamade war dem Prinzen in Haretien begegnet, damals, in Atgath, als dieser Krieg begonnen hatte. Sie erinnerte sich gut an Weszen, aber gleichzeitig war vieles, was in diesen Tagen geschehen war, wie in einer Wolke verborgen. Es war da, sie spürte es, es war groß und wichtig, aber sie konnte es nicht sehen. Sie spuckte wütend aus. Es war wie ein Stachel, der tief in ihr saß, den sie aber einfach nicht zu fassen bekam. Mit ihrer Laune ging es jedes Mal bergab, wenn sie an Atgath dachte.

Die Galeere hatte nicht den Prinzen, sondern nur einen Herold in prächtigem Gewand gebracht. Ein Zeichen, dass das Schiff mit dem Prinzen nicht mehr weit sein konnte.

Jamade konnte die Delegation sehen, die sich inzwischen unten an der Kaimauer versammelt hatte. Da waren der fette Graf Gidus, Hardis, der seinen gebrochenen Arm in der Schlinge trug, und einige andere Würdenträger. Herzog Ector war nicht zu sehen. *Auch eine Art, dem Prinzen zu zeigen, dass er nicht willkommen ist,* dachte Jamade.

Gerade sah sie Meister Thenar dazukommen. Er wirkte gehetzt. Vermutlich hatte er den ganzen Morgen versucht, Hauptmann Geneos zu finden, der in der Nacht nach ihm gefragt hatte. Jamade grinste breit. Sie hatte Geneos' Gestalt genutzt, um ein paar Worte mit den Obersten und anderen Hauptleuten zu wechseln. Es war ein schöner Nebeneffekt, dass es Thenar vermutlich in helle Aufregung versetzte, den Hauptmann nicht an Caisas Seite zu wissen. Diese Art der Rache begann allmählich, ihr Spaß zu machen. Leider waren ihre Gespräche mit den Offizieren nicht sehr ergiebig verlaufen. Was immer Thenar plante, seine Obersten schienen nicht eingeweiht zu sein.

Heller Hörnerklang kam von See, und hinter den Masten der Schiffe, die so zahlreich im Hafen von Terebin lagen, tauchten nun drei stattliche Segler auf.

Jamade rief die Schatten, verließ ihren Platz, schwang sich am Seil eines Krans hinauf und kletterte auf das nächste Dach. Meister Iwar hatte ihr befohlen, für eine sichere Ankunft des Prinzen im Palast zu sorgen. Sie schlich über die roten Ziegel ein Stück die Straße hinauf. Sie hatte sich die Häuser entlang der Hauptstraße in der vergangenen Nacht angesehen und zwei oder drei Stellen gefunden, von wo aus sie ein Attentat für durchführbar hielt – vorausgesetzt, der Attentäter war kein Schatten, sondern auf Armbrust oder Büchse angewiesen.

Vom Hafen drangen Hochrufe herüber, aber sie klangen dünn und schwach. Besonders willkommen war Prinz Weszen den Terebinern also immer noch nicht, trotz der Ausrufer und ihrer schmeichelhaften Reden.

Jamade glitt hinüber zu einem Haus, das auf einem natürlichen Felsen errichtet worden war und seine Nachbarn deutlich überragte. Sie kletterte hinauf, sah sich um, aber hier war kein Attentäter zu sehen.

Sie konnte die Straße, die eigentlich eher ein Steig mit vielen Stufen und Absätzen war, von ihrem Platz aus gut einsehen. Der Prinz wurde in einer geschlossenen Sänfte getragen, und die Sänfte wurde von drei Dutzend schwer bewaffneten Männern bewacht. Unter ihnen waren aber auch Männer ohne jede Rüstung. Sie war zu weit entfernt, um mögliche magische Linien zu erkennen, aber Jamade hielt sie für Zauberer. Die Sänfte bedeutete, dass eine Armbrust nicht in Frage kam, denn die würde nicht durch das Holz dringen.

Der Zug kam langsam voran, denn die Menschen mochten den Prinzen vielleicht nicht, aber sehen wollten sie ihn wohl trotzdem, und so standen sie bald dicht an dicht. Jamade verließ ihren Posten und hetzte hinüber zur zweiten Stelle, die sie für geeignet hielt. Auch von dort war die Straße für einen Schützen längere Zeit gut einsehbar, und gleichzeitig boten die ineinander verschachtelten Hausdächer genug Winkel, um sich zu verstecken und vielleicht sogar zu entfliehen. Die Dächer waren jedoch menschenleer. Nur einige Tauben trippelten unruhig auf und ab, als sie den Schatten in ihrer Nähe spürten.

Beinahe hätte Jamade auch diesen Platz schon wieder verlassen, als sie aus dem Augenwinkel einen Lichtreflex hinter einem Fensterladen einige Häuser entfernt wahrnahm. Sie runzelte die Stirn. Auf dem Dach über diesem Fenster war sie vorige Nacht gewesen. Von dort konnte man nur wenige Schritte der Straße sehen, andere Häuser versperrten den größten Teil der Sicht. Ein Schütze hätte nicht mehr als zwei oder vielleicht drei Sekunden Zeit, zu zielen und zu feuern. Aber wenn ein zweiter Mann an der Straße ein Zeichen gab oder wenn man den Zug im richtigen Augenblick zum Stehen brachte …

Sie sprang auf das nächste Dach, dann über die Straße auf das nächste und hetzte weiter. Unter ihr knirschten und splitterten die Ziegel, aber für Vorsicht war keine Zeit mehr. Der Lärm auf der Straße verriet ihr, dass der Zug schon sehr nahe war.

Sie erreichte mit einem Sprung das fragliche Dach, rannte wieder leise hinauf zum First und blickte hinab. Da war der Laden, halb angelehnt, und sie hörte gedämpfte Stimmen und das Klirren von Metall auf Metall. Eine sehr dünne Rauchfahne kräuselte sich durch die Schlitze des Ladens, und ein Geruch nach Schwefel stieg Jamade in die Nase. Die Lunte für eine Büchse!

Ihr blieb keine Zeit mehr für eine elegante Lösung: Sie griff sich den vorstehenden Firstbalken, schwang hinab und sprang mit den Füßen voran durch den Laden neben dem Fenster der Schützen. Der Fensterladen zersplitterte in tausend Teile. Sie landete, rollte sich ab, ließ die Schatten fallen und riss die Dolche aus ihren Scheiden.

Die beiden Männer in der Kammer glotzten sie verblüfft an. Der eine hielt die schwere Büchse auf einer Schützengabel im Anschlag, der andere führte die glimmende Lunte. Die Zeit schien stillzustehen. Durch einen Spalt im Dach drang goldenes Sonnenlicht in den Speicher, und Staub tanzte darin.

»Was zum ...«, brachte der eine hervor.

Jamade tötete zuerst den Mann mit der Büchse, dann blitzschnell den anderen. Sie kamen nicht einmal dazu, ihre Messer zu ziehen. Sie wischte ihre Klingen an den Kleidern der Toten ab und untersuchte sie oberflächlich, weil sie einen Hinweis finden wollte, wer die beiden waren und wer sie beauftragt hatte. Dem Äußeren nach stammten sie irgendwo aus dem Norden, einfache gedungene Mörder. Die Büchse hingegen sah kostspielig aus. Im Beutel des einen Attentäters glänzten oramarische Silbermünzen. Damit war klar, dass einer der anderen Skorpione dahinterstecken musste – aber welcher? Genauere Hinweise fand Jamade jedoch nicht, dabei hätte sie Meister Iwar gerne damit beeindruckt.

Sie hörte eine weibliche Stimme unten vor dem Haus aufgeregt rufen. Ihr Auftritt war also nicht unbemerkt geblieben. Aber sie musste ohnehin weiter. Es war nicht gesagt, dass diese beiden Männer die einzigen waren, die Prinz Weszen auf seinem Weg in den Palast nach dem Leben trachteten.

Sie rief die Schatten, spähte aus dem Fenster und sah zwei Frauen, die gestenreich und aufgeregt miteinander sprachen und immer wieder zu dem gesplitterten Fenster hinaufblickten. Eine dritte kam schon hinzugelaufen.

Jamade trat auf das Fensterbrett und sprang hinauf zu dem vorkragenden Firstbalken, zog sich hinauf und hetzte weiter.

Der Zug hatte schon einen gewissen Vorsprung. Sie eilte über die Dächer, balancierte über Firste und sprang über enge Gassen von Haus zu Haus. Der nächste Platz für einen Hinterhalt rückte näher. Es war der Turm eines Himmelstempels. Sie erreichte das benachbarte Haus, sprang auf einen Baldachin, der über die Gasse gespannt war und unter ihrem Gewicht einen langen Riss bekam, von da auf einen nächsten und dann auf das Pflaster.

Niemand beachtete sie. Nur ein paar streunende Hunde blickten misstrauisch in ihre Richtung. Sie kletterte eilig über die Mauer des Tempels, öffnete die breite Pforte einen Spalt weit und schlüpfte hinein. Niemand war dort, am Altar brannte eine einsame Kerze. Sie hetzte zum Turmaufgang und dann hinauf.

Völlig außer Atem erreichte sie das oberste Stockwerk – es lag verlassen. Jamade holte Luft. Es gab noch ein weiteres Haus, in dem ein Schütze auf der Lauer liegen mochte. Eigentlich musste sie weiter, aber sie blieb noch einen Augenblick stehen, weil sie die Lage überdenken musste. Die Schützen hatte sie an einem Ort erwischt, den sie nicht ausgewählt hätte. Was, wenn ein nächster Attentäter ebenso nicht den besten, sondern den zweitbesten Ort wählte? Sie fluchte. Dann ergaben sich ein Dutzend Möglichkeiten, die sie unmöglich alle absuchen konnte. Sie starrte hinab auf den Platz vor dem Tempel, den der Zug gleich passieren würde.

Etwas Merkwürdiges geschah dort. Eine Frau, gebeugt vom Alter, einen Korb im Arm, stand da und schien den Zug zu erwarten.

Die Soldaten, die die Straße sicherten, bemerkten noch gar nicht, dass sie dort stehen geblieben war. Vielleicht hatten sie sie durch ihre Reihen gelassen, weil sie dachten, dass die Alte nur die Gasse überqueren wollte, aber nun stand sie da und rührte sich nicht. Ein kleiner Vortrupp des Zuges sah sie, und der Hauptmann rief ihr zu, sie möge Platz machen.

»Da kommt Weszen, der Schlächter!«, schrie die Alte. »Er hat meine Söhne ermordet, ertränkt in den Sümpfen von Saam. Ihm mache ich keinen Platz!«

Der Hauptmann trat auf sie zu und redete auf sie ein.

Sie schüttelte den Kopf. »Dieser Mörder sollte von uns erschlagen werden, so wie er viele Söhne dieser Stadt erschlagen hat. Ich weiche nicht!«

Der Hauptmann nahm sie am Arm und versuchte, sie zur Seite zu führen. Sie wehrte sich und zeterte. Er winkte seine Leute heran.

»Lasst sie!«, rief jemand laut. »Sie hat doch Recht!«

Die Soldaten packten die Frau, die nun mit ihrem Korb um sich schlug. Gemüse kullerte über die Straße. Die Soldaten versuchten sie zu bändigen, aber die Alte schrie wie am Spieß und war nicht zu beruhigen.

Jamade bemerkte eine wachsende Unruhe unter den Zuschauern, während der Zug der Würdenträger ins Stocken geraten war. Wenn der Hauptmann jetzt nicht besonnen blieb, konnte das böse ausgehen. Der Hauptmann blieb nicht besonnen. Er bedachte die Alte mit Flüchen, und als sie ihn anspuckte, holte er aus und schlug ihr mit der flachen Hand ins Gesicht.

»Schande!«, schrie jemand, »Schande!« Andere nahmen den Ruf auf. »Tod dem Skorpion!«, rief plötzlich eine schrille Stimme. Die Menschen drängten vor, die Soldatenreihe, die die Straße sichern sollte, geriet ins Wanken. Gegenstände flogen, und plötzlich schlug ein Mann mit einer dicken Holzlatte einen der Soldaten nieder und nahm ihm seinen Speer ab. Jetzt brach das Chaos los. Pflastersteine, Kohlköpfe und andere Dinge prasselten auf die Sänfte von Prinz Weszen ein. »Schützt den Prinzen!«, hörte Jamade eine vertraute Stimme rufen.

Die Delegation, die Weszen empfangen hatte, zog sich hinter den Schutz der Wachen zurück, die mit Speer und Schild versuchten, die Menge zurückzuhalten.

Jamade starrte hinab. Wie sollte sie den Prinzen jetzt noch beschützen? Da waren hunderte, die ihm ans Leder wollten. Sie sprang die Treppen hinab. Irgendwie musste sie es eben versuchen. Sie rannte durch den Tempel, kletterte auf die Mauer und sah ein wildes Handgemenge zwischen Soldaten und Bürgern. Befehle wurden gebrüllt und Verwünschungen ausgestoßen. Jamade sah Verwundete davonkriechen und Männer und Frauen, die leblos auf dem Pflaster lagen. Verängstigte Hunde irrten dazwischen umher. Der Verteidigungsring um die Sänfte schwankte bedenklich.

Plötzlich zuckte ein gleißender Blitz zwischen zwei Häusern hervor, und ein heftiger Donnerschlag ließ die Scheiben erzittern. Die Menge schrie auf und wich zurück. Ein Mann trat mit hoch erhobenen Händen zwischen den Soldaten hervor, rief Wörter in einer fremden Sprache, und erneut zuckte ein Blitz durch die Gasse, zerriss einen der Aufrührer.

Die Terebiner ließen fallen, womit auch immer sie sich bewaffnet hatten, und flohen in wilder Panik. Menschen wurden über den Haufen gerannt und niedergetrampelt, und nach wenigen Sekunden, der Donner grollte noch, war der Kampf vorüber.

Jamade sah sich den Zauberer an. Diese hoch erhobenen Arme und die geheimnisvollen Worte waren vermutlich gar nicht notwendig gewesen – die Magier, die sie kennengelernt hatte, bereiteten ihre Zauber jedenfalls leise vor –, aber der Auftritt war sehr effektvoll. Und so stand der Zauberer noch dort, mit dramatischer Geste genoss er seinen Triumph.

Ein Mann mit einem langen Stab und ganz in Tierfelle gehüllt trat an seine Seite. »Du Angeber! Fehlt nur noch, dass du es regnen lässt«, sagte er und lachte dröhnend.

Der andere strafte ihn mit einem verächtlichen Blick und drängte sich durch die verängstigten Soldaten zur Sänfte. Der zweite Zauberer stützte sich auf seinen Stab und musterte den

Platz und die Menschen, die tot oder verletzt liegen geblieben waren.

Jamade fühlte ein warnendes Kribbeln im Nacken.

Der zweite Zauberer fuhr plötzlich herum und fixierte sie, obwohl sie doch in den Schatten verborgen war. Sie ließ sich geistesgegenwärtig hinter die Tempelmauer fallen. Felle und ein geschnitzter Stab? Ein damatischer Schamane? Hier?

Sie machte, dass sie davonkam. Gerade erst waren sie die lästigen Bärenhunde losgeworden, und jetzt hatte der Seebund einen dieser verfluchten Damater zu Weszens Schutz bestellt? Sie machten es ihr wirklich nicht leicht.

Sie kletterte auf der Rückseite des Tempelhofs über die Mauer und verschwand eilig in der nächsten Seitengasse.

»Bekomme ich meinen Bräutigam denn jetzt endlich zu sehen?«, fragte Alena, die steif auf einem Hocker saß und die Künste gleich dreier Kammerzofen über sich ergehen ließ.

Hawa kämmte schon seit einer Ewigkeit ihr Haar, eine andere zupfte ihr die Augenbrauen, eine dritte bemalte ihren linken Handrücken mit einem komplizierten Muster.

Der Herzog lehnte im Türrahmen und betrachtete sie versonnen. »Nicht sofort, Caisa. Zunächst werde ich ihn in meinem Haus willkommen heißen. Dann werden wir uns zu Beratungen zurückziehen, und ich werde ihm die Erlaubnis erteilen, dir gegenüberzutreten. Dann wirst du ihn sehen. Und ihr werdet Seite an Seite dem zweiten Tag des Turniers beiwohnen. Ich hoffe, du bist bis dahin fertig ...«, fügte er mit einem Schmunzeln hinzu.

»Ich bin der Meinung, dass ich wirklich schön genug bin, um einen Unhold zu heiraten, aber Hawa kennt keine Gnade.«

»Du repräsentierst das Haus Peratis. Deshalb machen sie dich schön, nicht für Weszen. Obwohl diese Bemalung der Handrücken eine Konzession an oramarische Bräuche ist. Wir sind schließlich höfliche Gastgeber.«

»Ja, Vater«, seufzte Alena. »Aber vielleicht können meine Helferinnen uns für einige Minuten allein lassen, ich hätte noch etwas mit Euch zu besprechen.«

Der Herzog nickte, und die Kammerzofen huschten geräuschlos aus dem Gemach.

»Habt Ihr Bedenken? Ich hoffe nicht, denn dafür wäre es zu spät ...«

»Nein, Hoheit, ich bin bereit, wenn man denn überhaupt für so etwas bereit sein kann, aber ich möchte mit Euch über das sprechen, was vergangene Nacht vorgefallen ist.« Sie hielt den Herzog für einen aufrichtigen Menschen und baute darauf, dass er ihre Ehrlichkeit schätzen würde. Vielleicht könnte sie die beiden Brüder sogar wieder miteinander versöhnen – und dadurch weitere Sympathien erwerben –, was auf keinen Fall schaden konnte.

»Die Hunde?«, erwiderte der Herzog zerstreut. »Ja, es ist ein schwerer Verlust, und es ist beunruhigend. Meister Aschley meinte, das Gift werde sonst für Ratten verwendet, was bedeutet, dass es jeder gewesen sein kann. Die Menschen, die diese Hochzeit verhindern wollen, haben noch nicht aufgegeben. Ich kann verstehen, dass Ihr Euch Sorgen macht. Man hat Euch jedoch gesagt, dass Euer Auftrag gefährlich werden könnte, nicht wahr?«

»Das meinte ich nicht, ich meinte meine Begegnung mit Eurem Bruder, Hoheit.«

»Letzte Nacht? Er war wieder hier?«

Alena seufzte wieder. Thenar musste doch von ihrem Ausflug wissen. Hatte er dem Herzog nichts gesagt? »Nein, ich bin Prinz Arris beim Zwinger begegnet. Und fragt nicht, wie ich dorthin gelangt bin. Ich bereue es schon genug. Immerhin weiß ich nun, warum Ihr mir den Grund für Euer Zerwürfnis mit Arris nicht nennen wolltet ...«

Die Miene des Herzogs verfinsterte sich.

»Es ist jedoch möglich, Hoheit, dass Ihr ihm ... Unrecht tut.«

»Wollt Ihr mir sagen, dass er nicht in seine eigene Nichte vernarrt ist?«

»Doch, Hoheit, das ist er. Aber, nun, er dachte ja, ich sei Caisa, und wenn ich es nicht völlig falsch verstanden habe, so war es Caisa, die in dieser Nacht, in der Ihr die beiden zusammen erwischt habt, ganz freiwillig in sein Zimmer gekommen ist ...«

»Er hatte sie unter einem Vorwand dorthin gelockt. Doch genug davon. Diese Sache geht Euch nichts an!«

»Das ist wahr, Hoheit, doch leider glaube ich, dass Caisa, die ich auch ein wenig kennengelernt habe, den Prinzen damals verführen wollte, und ...«

»Genug, sage ich!«, unterbrach sie Herzog Ector scharf. »Ich will kein Wort mehr davon hören. Ich weiß nicht, was Arris Euch für Lügen erzählt hat, doch meine Caisa ist über jeden Zweifel erhaben. Kein Wort mehr, habt Ihr das verstanden?«

Alena starrte den Fürsten erschrocken an. Sie hätte es nicht für möglich gehalten, dass dieser Mann derart zornig werden könnte.

»Ich schicke die Mägde wieder herein, damit sie Euch vorbereiten. Und ich hoffe sehr, dass Ihr Euch wenigstens später zu benehmen wisst. Redet auf keinen Fall noch einmal solch einen Unsinn. Am besten, Ihr haltet einfach den Mund!«

Odis Thenar versuchte, die Fassung zu bewahren, während Baron Hardis ihn mit Vorwürfen überschüttete, weil die Stadt das Leben ihrer Gäste angeblich nicht schützte.

»Aber wir schützen es doch, Baron. Fragt die Terebiner, die tot auf dem Platz geblieben sind, wie ernsthaft wir es verteidigen. Waren es Euch vielleicht nicht genug Tote?«

»Diese Toten beweisen nur Eure Unfähigkeit, Strategos, sonst nichts!«, rief der Baron.

Thenar war kurz davor, dem Mann an die Kehle zu springen. Das Schlimme war, dass er die Beherrschung verlor. Er merkte es, aber er konnte nichts dagegen tun.

Es war Graf Gidus, der sich nun mäßigend zu Wort meldete: »Danken wir den Himmeln, dass wir unbeschadet davongekommen sind, Baron. Und danken wir den Wachen, die uns verteidigt haben.«

»Vergesst die Zauberer nicht, die an der Seite des Prinzen nach Terebin kamen. Ohne sie wären wir verloren gewesen.«

Er hätte zu Hause bleiben sollen mit seinen verfluchten Magiern, dann hätten wir den Ärger nicht, dachte Thenar, aber er sprach es nicht laut aus. Er hatte andere Sorgen. Er musste irgendwie die Unruhe in der Stadt ersticken. Dazu musste er den Ausrufern die richtigen Worte mitgeben, aber das konnte er nicht, wenn er hier mit dem Baron stritt. Außerdem hatte man zwei weitere Leichen gefunden, ganz offensichtlich Attentäter. Die Lunte ihrer Büchse hatte noch geglommen, als die Soldaten sie auf einem Speicher unweit der Hauptstraße entdeckt hatten. Aber wer hatte sie getötet?

Und dann war da diese seltsame Sache mit Hauptmann Geneos, der eigentlich die Prinzessin sicher nach Süden bringen sollte, dennoch mehrfach im Palast gesehen worden war, sich aber einfach nicht bei ihm meldete. Er seufzte. Die Geschichte mit Arris, den vergifteten Hunden und einer falschen Prinzessin, die nachts an der Palastfassade herumkletterte, geriet da fast schon zur Nebensache.

Er sammelte seine Gedanken, lächelte und sagte: »Ich muss Euch um Vergebung bitten, geschätzter Baron. Wir hatten einfach nicht damit gerechnet, dass der Prinz derart unbeliebt bei unseren Bürgern ist. Und ich möchte mich Graf Gidus anschließen und den Himmeln danken, dass Ihr diesen Zwischenfall ebenso unbeschadet überstanden habt wie der Prinz. Es wäre nicht auszudenken, wenn Euch etwas zustoßen sollte, Hardis, nicht auszudenken.«

Er packte die Hand des überraschten Barons und schüttelte sie innig. »Und nun entschuldigt mich, ich muss mich um einige Dinge kümmern, auch wenn ich wirklich nichts lieber täte, als mich weiter mit Euch zu unterhalten.«

Bevor der Baron etwas sagen konnte, war Thenar schon die halbe Treppe hinaufgelaufen.

Es tat gut, diesen aufgeblasenen Wichtigtuer einfach stehen zu lassen. Leider hatte Hardis nicht Unrecht. Beinahe wäre Weszen auf ihren Straßen ums Leben gekommen, und das hätte schlimme Konsequenzen nach sich gezogen.

Er eilte in seine Gemächer, wurde aber noch einmal aufgehalten. Drei Händler, die die Speisen für das Fest geliefert hatten, verlangten, endlich bezahlt zu werden. Er schickte sie mit vielen warmen Worten, aber ohne einen Schilling heim. Dann sandte er einen Boten, Meister Grau zu holen, und verfasste schnell eine Botschaft, die die Ausrufer in der ganzen Stadt verbreiten sollten. Darin drohte er Aufrührern schwere Strafen an, versprach aber gleichzeitig im Namen des Herzogs den unschuldigen Opfern großzügige Hilfe und Unterstützung durch den Palast.

Er schickte einen weiteren Boten, der nach Hauptmann Geneos suchen sollte, las die Meldung über die beiden toten Attentäter und ihre kostspielige Büchse, die offenbar von Meisterhand gefertigt war. Sie hatten oramarische Münzen in ihren Beuteln. Er hätte doch damit rechnen müssen, dass die Skorpione etwas unternahmen. Aber wer, bei allen Himmeln, hatte sie nun getötet?

Danach nahm er sich noch einmal den Bericht von Meister Aschley vor. An dem Gift war nichts Besonderes. Es enthielt vor allem Eisenhut, Efeu und Schwarzes Wolfskraut, Zutaten, die jeder Dorfheiler kannte. Thenar schloss die Augen und dachte nach. Es gab keinen Grund für Arris, diese Hunde zu vergiften. Ob diese Köchin etwas damit zu tun hatte? Sie war dort gewesen, das war schon ein merkwürdiger Zufall. Es konnte nicht schaden, sich noch einmal eingehender mit ihr zu beschäftigen. Vor allem aber musste er frische Luft in die Stube lassen. Der eigenartige Geruch, der ihn schon gestern gestört hatte, war noch stärker geworden.

Er öffnete die Augen wieder, und Meister Grau stand vor ihm.

»Ihr seid schon da?«

»Euer Bote traf mich auf der Schwelle des Palastes. Ich dachte mir, dass Ihr meiner vielleicht bedürft, nach dem, was heute in der Stadt geschah. Wollt Ihr, dass ich in Erfahrung bringe, wer die Alte angestiftet hat?«

Thenar runzelte die Stirn. Meister Grau war ausgezeichnet informiert, wie immer. Vor allem aber brachte er ihn erst jetzt auf die Idee, dieser Aufstand könnte nicht zufällig entstanden sein. »Wisst Ihr etwas – oder ratet Ihr bloß?«, fragte er.

»Ich weiß bedauerlicherweise nichts, Herr. Es ist nur ein Verdacht, dem ich aber nachgehen kann, wenn Ihr es wünscht.«

»Das ist zweitrangig, und ich habe Euch nicht deswegen rufen lassen. Kennt Ihr Hauptmann Geneos?«

»Ich kenne ihn, so wie die meisten Eurer Offiziere, Herr. Ich glaube, ich habe ihn gerade erst vorhin gesehen.«

»Wo?«, fragte Thenar schnell.

»Er kam mir auf den Stufen zum Palast entgegen, Herr.«

»Gut. Wenn Ihr ihn wieder seht, schickt ihn umgehend zu mir. Die Sache ist die, Meister Grau, dass ich dem Hauptmann eigentlich einen besonderen Auftrag erteilt habe. Den kann er aber nicht erfüllen, wenn er hier in der Stadt ist. Deshalb möchte ich, dass Ihr, Ihr persönlich und keiner Eurer Helfershelfer, eine Sache für mich überprüft ... Kennt Ihr die Insel mit dem Kloster des Ewigen Mondes, draußen, in den Eisenzähnen?«

»Die Mondinsel? Ja, ich kenne sie.«

»Gut. Sie ist nicht weit. Nehmt ein schnelles Boot und fahrt hinüber. Niemand außer Euch darf dort an Land gehen, und Ihr berichtet ausschließlich mir, was Ihr dort vorfindet, verstanden?«

Meister Grau nickte knapp. »Soll ich auf etwas Bestimmtes achten?«

Der Strategos schüttelte verärgert den Kopf. Der Mann hielt sich doch sonst auch nicht mit dummen Fragen auf. »Das hätte ich Euch schon gesagt. Ihr werdet wissen, was ich suche, wenn Ihr dort seid. Und nun sputet Euch. Ich erwarte Euch spätestens morgen früh zurück!«

Er sah dem Mann nachdenklich hinterher. Meister Grau war der zuverlässigste Spion, den er je eingesetzt hatte, aber irgendetwas an ihm kam ihm verändert vor.

Er stand auf, öffnete das Fenster und atmete frische Luft. Die Stadt lag friedlich und lebhaft unter ihm. Er lauschte einen Moment lang fasziniert dem Hämmern der Handwerker und Bauarbeiter, den Stimmen der Marktschreier und dem Raunen und Summen der Menschen, die so zahlreich ihren Beschäftigungen nachgingen. Nichts deutete auf den schweren Zwischenfall hin, der noch nicht einmal eine Stunde zurücklag. Und wenn Grau doch Recht hatte und irgendwelche finsteren Mächte heimlich das Volk aufgewiegelt hatten? Doch darum konnte er sich jetzt nicht kümmern. Der Herzog erwartete ihn für das erste Treffen mit Prinz Weszen, er musste die falsche Prinzessin noch einmal instruieren, damit sie sich nicht wieder irgendwelche Eigenmächtigkeiten erlaubte, und er musste Meister Aschley aufsuchen, der immer noch an seinen Rezepturen feilte.

Alena würde er besser erst kurz vor dem Treffen mit Weszen begegnen. Seit er wusste, wessen Tochter sie *vielleicht* war, konnte er ihre Gegenwart kaum noch ertragen. Aber er durfte sich das nicht anmerken lassen, ganz im Gegenteil, er musste jedes Gefühl, das er nun einmal für die Perati empfand, unterdrücken. Vielleicht musste er sie sogar besonders hart anfassen, damit kein Verdacht aufkam.

Thenar schloss das Fenster wieder und eilte aus der Schreibstube. Es war noch so viel zu tun.

»Das Kleid?«

»Es sitzt, wie es sollte, Hoheit.«

»Aber die Verschnürung – sie ist so eng, dass ich kaum atmen kann.«

»Die Begegnung wird nicht lange dauern. Haltet einfach die Luft an«, meinte Hawa und zwinkerte ihr zu.

»Das Diadem rutscht bestimmt!«

»Es kann nicht, Hoheit. Wir haben doppelt so viele Haarnadeln wie nötig verwendet. Solange Ihr nicht versucht, einen Kopfstand zu machen, sollte es bleiben, wo es ist.«

Alena starrte in den Silberspiegel und ärgerte sich, dass das Bild so verschwommen war. Sie hätte sich gerne richtig gesehen. Das grüne Kleid war ein Traum aus Seide, wenn auch eindeutig zu eng, der schwere silberne Schmuck stammte von der Urgroßmutter des Herzogs. Er war mit Juwelen besetzt und vermutlich mehr wert als das ganze Krähenviertel. Fasziniert betrachtete sie den silbernen Reif an ihrer Linken. Ob sie wohl ein oder zwei Stücke behalten durfte, wenn das alles hier vorbei war?

Sie hatte bisher nur einmal etwas Schöneres gesehen – das war der Schmuck, den sie bei ihrer Hochzeit tragen sollte. *Caisas Hochzeit,* mahnte sie sich selbst. Sie fühlte sich überwältigt von diesem unfassbaren Luxus, aber sie durfte nicht vergessen, wer sie war.

»Ich glaube, ich kriege Kopfschmerzen von diesem Ding.«

»Ausgezeichnet, das gibt Euch die nötige vornehme Blässe, Hoheit«, meinte Hawa mit einem erneuten Zwinkern.

Vermutlich versuchte sie nur, die Nervosität zu lindern, aber es half kaum. In wenigen Momenten würde Alena ihrem Schicksal ins Auge blicken – und der Prinz dem seinen. Ja, das traf es. Er würde die Hochzeit nicht überleben, das hatte Thenar gesagt, aber immer noch wusste sie nicht, was sie dabei zu tun hatte. Und danach musste sie sehen, dass sie fortkam, bevor ihre Großmutter sie erwischte. Allein der Gedanke an die Basa sorgte dafür, dass ihr flau im Magen wurde.

Der Strategos trat ein. »Seid Ihr so weit, Hoheit? Euer Bräutigam erwartet Euch in der Halle.«

»Ich weiß nicht, ob ich es in diesem Kleid bis in die Halle schaffe – geschweige denn zum Turnier«, murmelte Alena.

Aber Thenar hatte sie gehört. »Das Turnier ist abgesagt. Ihr habt vielleicht mitbekommen, dass die Ankunft von Prinz Weszen eine gewisse Unruhe in der Stadt ausgelöst hat. Die wollen wir nicht weiter anstacheln.«

»Unruhe? Ich hörte, dass es sogar Tote gab.«

»Ein oder zwei, doch das sollte Euch nicht kümmern, Hoheit.«

»Mein Bräutigam wird angegriffen, Menschen sterben, und das soll mich nicht kümmern?«, fragte Alena. Sie fühlte sich nicht gut, nicht wenn sie daran dachte, was um sie herum alles geschah.

Der Strategos schickte die Mägde hinaus. »Ihr seht betörend aus, wenn ich das sagen darf«, erklärte er lächelnd.

»Wollt Ihr mir jetzt auch Eure Liebe gestehen, so wie Prinz Arris?«, gab Alena bissig zurück, die gerade keinen Bedarf nach Schmeicheleien verspürte.

»Eigentlich müssten wir dringend auch darüber sprechen, aber andererseits habe ich den Prinzen zu seiner eigenen Sicherheit vorerst wegsperren lassen. Er wird Euch nicht mehr belästigen.«

»Ist denn wenigstens Euch der Gedanke gekommen, dass die liebreizende Caisa an dieser Sache nicht ganz unschuldig sein könnte, Strategos?«

»Das ist lächerlich. Verschwendet bitte meine Zeit nicht mit solch haltlosen Unterstellungen. Caisa ist eine reine Seele, und Arris hat ihre Vertrauensseligkeit schamlos ausgenutzt.«

»Ich glaube, wir reden von zwei verschiedenen Caisas«, meinte Alena, die der Prinzessin immer noch übel nahm, was sie mit Geneos und dem armen Dijemis angestellt hatte.

Thenar schüttelte den Kopf. »Es wundert mich eigentlich nicht, dass Ihr Caisas Erhabenheit nicht erkennen könnt. Es ist vielleicht doch zu viel Gosse in Euch.«

Alena schnappte nach Luft. Thenar trat nah an sie heran. »Ich bitte Euch, nein, ich befehle Euch, Euch zusammenzureißen und einzig und allein auf die Hochzeit zu konzentrieren. Ich weiß nur zu gut, dass Ihr keine Prinzessin seid, gerade Eure letzten Bemerkungen haben das deutlich gezeigt. Doch alles hängt davon ab, dass Ihr Prinz Weszen vom Gegenteil überzeugt. Und mit *alles* meine ich nicht nur das Schicksal des Hauses Peratis, nein, auch Euer eigenes Leben. Oder glaubt Ihr, man würde die Betrügerin am Leben lassen, die den Seebund zum Narren halten wollte? Ich hoffe, Ihr vergesst das nicht … *Hoheit.*«

Alena musste schlucken.

»Ihr fangt jetzt aber nicht an zu weinen, oder?«, fragte Thenar kalt.

Aber nein, diese Genugtuung wollte sie ihm nicht gönnen. Er war offensichtlich schlecht gelaunt. Sie reckte sich, bedachte ihn mit einem kühlen, und, wie sie dachte, hoheitsvollen Blick und sagte: »Mein Bräutigam wartet. Bringt mich endlich zu ihm, Strategos. Verratet mir nur noch rasch, wie ich ihm in die Augen sehen soll, wo ich doch weiß, dass ich Euch dabei helfe, ihn umzubringen.«

»Mir schien, dass Ihr mit dem Lügen bislang keine Schwierigkeiten hattet. Und wenn Ihr ihm nicht in die Augen sehen könnt, dann haltet den Blick gesenkt – das wirkt sittsam. Ach ja, ich weiß, Ihr habt Gervomer studiert, aber dennoch halte ich es für klüger, dass Ihr Euch bei der unvermeidlichen Konversation zurückhaltet. Am besten, Ihr haltet den Mund und überlasst das Reden mir.«

Alena schwieg, aber sie war finster entschlossen, Thenar schon zu zeigen, dass sie mehr Prinzessin war, als es Caisa je sein würde. Mit jedem Schritt, den sie sich der Halle näherten, schrumpfte ihre Entschlossenheit jedoch, und als sie die Doppelpforte an ihrem Eingang sah, wäre sie am liebsten umgekehrt.

Thenar gab dem Hellebardier an der Tür ein Zeichen. Der öffnete sie, und drinnen stieß der Haushofmeister seinen schweren Stab auf den Boden und verkündete: »Caisa Peratis, Prinzessin von Terebin, Erbin des Marmorthrons, zukünftige Erste Fürstin der Brandungsinseln!«

Das vielstimmige Gemurmel verstummte kurz, aber dann schwoll es wieder an, und Alena sah vor allem die Höflinge und ihre Damen hinter vorgehaltener Hand miteinander tuscheln. Und was lag da in ihren Blicken? Mitleid? Bei manchen sah es so aus, bei anderen glaubte sie, Genugtuung zu sehen. Der Strategos hatte wohl Recht, wenn er sagte, dass sie nicht viele Freunde im Seebund hatten. *Nicht wir,* verbesserte sie sich, *die Perati.*

»Lächelt, Hoheit«, mahnte Thenar.

Er führte sie durch das Spalier der Ehrengäste zum Thron, wo sie bereits von ihrem »Vater« erwartet wurde. Und neben ihm stand schön und leichenblass die Herzogin. *Auch das noch,* dachte sie und lächelte dabei. »Wieso habt Ihr mich nicht gewarnt?«, fragte sie Thenar leise. »Und was soll ich jetzt machen? Sie umarmen?«

»Nein, nur lächeln. Das Zeremoniell sieht hier keine Herzlichkeiten vor.«

Alena blickte verlegen zu Boden, als sie sich dem Thron näherte. Der Herzog wusste wenigstens Bescheid, aber Caisas

Mutter war doch völlig ahnungslos. Und sie sah furchtbar leidend aus.

Alena deutete vor dem Thron den erwarteten Knicks an, aber dann pfiff sie auf alle Zeremonien und umarmte die Herzogin. »Ich bin froh, dass es Euch besser geht, Mutter«, flüsterte sie.

Ein leises Raunen begleitete sie, als sie zur Linken des Herzogs ihren Platz einnahm. Sie warf einen verstohlenen Blick auf die Herzogin. Freute sie sich? Es war nicht zu erkennen.

Der Haushofmeister pochte wieder mit seinem Stab auf den Boden. »Prinz Weszen von Oramar, rechtmäßiger Erbe des Pfauenthrons, Herr von Ugir, Herrscher der Turmküste!«

Der Prinz betrat die Halle.

Alena war sich nicht sicher, was sie erwartet hatte. Sie hatte viel über Weszen gehört, das Monster, den Unhold, den Mörder und Schlächter, und irgendwie hatte sie wohl etwas Dämonisches erwartet, aber was sie sah, waren ... Stolz, vielleicht sogar Hochmut, ein überwältigendes Selbstbewusstsein und eine Aura schierer Macht. Erst, als sie später versuchte, ihre Gedanken zu ordnen, fiel ihr das passende Bild ein: Ein Stier. Prinz Weszen betrat die Halle wie ein mächtiger schwarzer Stier, so wie sie einmal einen in Filgan bei der Tierhatz auf der Kampfbahn gesehen hatte. Es war ein Festtag gewesen, und sie hatte sich heimlich dorthin geschlichen. Es hatte viel Radau und Lärm und viel Scharlatanerie bei diesen Kämpfen gegeben, die nicht bis auf den Tod geführt wurden – mit einer Ausnahme. Am Ende schickte man nämlich einen wilden Stier in die Arena, der gegen ein Rudel Hunde und ein Dutzend Männer antreten musste. Alena hatte ihn durch das Gatter schnauben gehört, voller Kraft und Ungeduld, aber als man das Tor endlich öffnete, da war er nicht blindlings hineingestürmt, wie sie erwartet hatte, nein, er hatte den hellen Sand voller Würde betreten, selbstbewusst und herausfordernd, und hatte sich seinem unvermeidlichen Schicksal gestellt.

Und so schritt auch Weszen in diese Halle, scheinbar unbeeindruckt von dem, was er sah. Er durchquerte die Halle, ohne die versammelten Adligen zu beachten, trat mit festem Schritt vor den Thron, deutete eine Verbeugung gegenüber dem Herzog und der Herzogin an und wandte sich dann direkt an Alena, die ihn fasziniert beobachtete.

»Ich freue mich, dass ich endlich meiner Braut gegenüberstehe. Viel habe ich über ihre Schönheit gehört, doch alles, was ich hörte, verblasst nun, da ich sie von Angesicht zu Angesicht sehe.«

Seine Worte waren von ausgesuchter Höflichkeit, aber sein Blick war … unverschämt.

Alena hatte plötzlich das Gefühl, nackt vor ihm zu stehen. Sie errötete und senkte den Blick.

»Ihr seid zu gütig, Prinz. Auch wir sind erfreut, Euch endlich in unserem Palast begrüßen zu dürfen«, erwiderte der Herzog.

»Gilt das auch für meine Braut? Das würde ich gerne wissen. Denn es scheint, dass ich nicht jedem Bewohner der Weißen Stadt willkommen bin«, sagte der Prinz.

Seine Anspielung auf den unfreundlichen Empfang in den Straßen der Stadt löste ein lautes Tuscheln im Saal aus.

Alena ärgerte sich über ihre Verlegenheit, hob den Blick, sah Weszen in die dunklen Augen und entgegnete ihm: »Ich habe ebenso ungeduldig und voller Freude wie die guten Bürger von Terebin auf den Mann gewartet, von dem wir schon so viel gehört haben.«

»Ich hoffe, dass Ihr nicht nur die Lügen über mich gehört habt, die meine Feinde verbreiten.«

»Gibt es denn auch Lügen, die Eure Freunde verbreiten, edler Prinz?«, gab Alena zurück. »Oder habt Ihr keine Freunde?«

Jemand hinter ihr schnappte hörbar nach Luft, und die Miene des Prinzen verfinsterte sich. »Ich kann Euch die Zahl meiner Freunde nicht nennen, und meine Feinde zähle ich nicht. Wohl aber kann ich Euch sagen, über wie viele Untertanen ich gebiete, und glaubt mir, Euer Terebin ist nur ein Dorf im Vergleich zu meiner Stadt. Eine halbe Million Seelen in Ugir und tausende entlang der Turmküste fügen sich meinem Willen. Und wenn Ihr morgen mit mir zum Altar schreitet, dann gehören diese Seelen auch Euch, edle Caisa.«

»Das ist eine recht beeindruckende Zahl, edler Prinz«, erwiderte Alena, die sich nicht anmerken lassen wollte, wie sehr ihr sein Auftreten imponierte. Deshalb fragte sie: »Und wann glaubt Ihr, können wir sie besuchen, unsere Turmküste?«

Wieder tuschelte der Saal. Auch Alena dachte für einen Augenblick, sie sei zu weit gegangen, war Weszen doch ein Gefangener des Seebundes, und dieser wollte ihn nie wieder in seine Heimat lassen.

Aber Weszen lächelte versonnen und sagte: »Schon bald, wie ich hoffe. Aber gewiss werden die Menschen Euch dort freundlicher empfangen, als die Terebiner mich empfingen, auch wenn sie nur Eure Schönheit sehen und im Gegensatz zu mir auf den liebreizenden Klang Eurer Stimme und Eure honiggoldenen Worte verzichten müssen.«

»Ich danke Euch, Prinz«, erwiderte Alena. »Und ich freue mich, dass Ihr nicht erwartet, dass ich für den Rest meines Lebens den Mund halte.«

Alena sah aus den Augenwinkeln, dass eine der Adligen aus Cifat in Ohnmacht sank.

Der Prinz lächelte und wirkte gänzlich unerschüttert. »Ich bin mir sicher, dass wir uns auch ohne viele Worte verstehen werden, edle Caisa.«

»Wir danken Euch für Eure Freundlichkeit«, unterbrach die Stimme des Herzogs ihre Unterhaltung. »Meine Tochter kann es kaum erwarten, mit Euch vor den Altar zu treten.«

»Ich habe Euch zu danken, Hoheit, denn ich habe viel gesehen auf dieser Welt, aber nichts, was dem Vergleich mit Eurer Tochter standhält.«

Und mit diesen Worten verbeugte sich der Prinz, drehte sich um und marschierte hoch erhobenen Hauptes aus dem Saal.

»Euch ist bewusst, dass Ihr mit Eurem losen Mundwerk Euer Leben gefährdet, oder?«, fragte Thenar zornig, als er sie wieder nach oben geleitete.

Alena ging nicht darauf ein. »Der Prinz wirkte auf mich nicht wie ein Mann, der in Gefangenschaft lebt.«

Thenar ging schnell, und sie hatte Schwierigkeiten, in ihrem eng geschnürten Kleid Schritt zu halten.

»Er ist stolz, nein, eigentlich ist er überheblich. Und wie er Euch angesehen hat, Hoheit! Ich kann Euch eigentlich nicht verübeln, dass Ihr ihm ein paar deutliche Worte gesagt habt.«

»Eben meintet Ihr noch, dass ich mich um Kopf und Kragen rede, Meister Thenar. Entscheidet Euch!«

»Das eine schließt das andere nicht aus, Hoheit.«

Sie waren fast an ihrem Quartier angekommen. Inzwischen standen sechs Männer davor Wache. »Ein weiterer steht übrigens unten, da, wo sich der wilde Wein emporrankt, nur für den Fall, dass Ihr noch einmal Lust auf nächtliche Ausflüge bekommen solltet.«

Alena wartete auf die fällige Strafpredigt, aber sie kam nicht. »Geht es Euch nicht gut, Meister Thenar?«, fragte sie, weil sie sich sein widersprüchliches Verhalten nicht erklären konnte.

»Wie? Nein, alles ist wunderbar, Hoheit. Es ist nur viel zu tun. Das Turnier wurde abgesagt, und nun muss ich mir überlegen, wie ich die Gäste bis zum Abend unterhalte. Es gibt nichts Gefährlicheres als eine höfische Gesellschaft, die nichts zu tun hat. Was Euch betrifft, so hoffe ich, dass Ihr heute Abend an der Seite Eures Bräutigams sitzen könnt, ohne Streit anzufangen.«

»Eigentlich hat *er* …«

»Dann seid so klug und geht nicht darauf ein! Es soll nicht so aussehen, als würde diese Hochzeit gegen unseren oder Euren Willen geschehen.«

»Aber das tut sie doch. Und ich glaube, das weiß auch jeder, oder?«

»Das gehört eben zu den Spielregeln bei Hofe, Hoheit. Zeige keine Schwäche, auch wenn jeder weiß, dass du sie hast. Und ein Streit zwischen Braut und Bräutigam wäre ein sehr deutliches Zeichen der Schwäche.«

»Ich werde es versuchen, Meister Thenar, aber versprechen kann ich nichts«, sagte sie, als sie ihre Gemächer erreicht hatten.

Der Strategos seufzte, schüttelte den Kopf und ging.

Alena sah ihm nach. Schon nach wenigen Schritten ging er schneller und schneller. Er war offenbar wieder in Eile.

Kaum hatte sie das Gemach betreten und begonnen, sich mit Hawas Hilfe aus dem vielfach geschnürten Kleid zu befreien, als sie Besuch bekam. Die Herzoginmutter hatte sich nicht durch die Wachen aufhalten lassen, obwohl Thenar ihnen eingeschärft hatte, niemanden zu ihr zu lassen.

Erst jetzt fiel Alena auf, dass sie die Elderfrau eben in der Halle gar nicht gesehen hatte.

»Ich muss mich entschuldigen, mein Schatz, dass ich nicht dabei war, als du dieses Scheusal treffen musstest. Ich hörte jedoch, dass du meinen Beistand gar nicht gebraucht hast.«

»Aber ich habe Euch vermisst, Großmutter Luta«, behauptete sie.

»Danke, Caisa. Du bist eben doch ein gutes Kind. Ich hätte wirklich gerne gesehen, wie du dieses Ungeheuer in die Schranken gewiesen hast.« Sie schickte Hawa hinaus, senkte die Stimme und sagte verschwörerisch: »Ich hatte andere, wichtige Dinge zu erledigen.«

»Was denn für Dinge, Großmutter?«

»Oh, ich will dich nicht damit belasten, aber ich will dir doch sagen, dass du nicht zu verzagen brauchst. Ich weiß, übermorgen sollst du den Prinzen heiraten, und ich bin stolz darauf, wie gut du deine Abscheu davor bislang überspielst, aber deine Mutter und ich, wir haben vielleicht noch eine Überraschung für dich – und diesen verfluchten Oramarer.«

»Eine Überraschung, Großmutter?«

»Ich habe schon zu viel gesagt, Caisa. Niemand darf es wissen, nicht dein Vater und schon gar nicht Meister Schönbart. Hast du das verstanden?«

»Nein, Großmutter«, sagte Alena, die aber ahnte, dass die Herzogin und ihre Mutter irgendeinen Plan geschmiedet hatten, um die Hochzeit doch noch zu verhindern.

»Stell dich nicht dümmer, als du bist, Caisa. Ich werde jedenfalls nichts mehr sagen. Und du sagst auch nichts! Hast du wenigstens das verstanden?«

»Ja, Großmutter.«

»Schön. Ich werde deine Mutter aufsuchen und ihr mitteilen, dass alles nach Plan geht. Also – verzage nicht, Kind. Schon bald ist dieser Albtraum vorüber!«

Sie verschwand wieder, und Hawa half Alena, sich ganz aus ihrem Kleid zu befreien. »Was wollte die Herzoginmutter?«, fragte die Dienerin.

»Mir noch einmal alles Gute wünschen.« Alena wusste, dass sie etwas unternehmen musste. Doch was? Das Einfachste wäre es, Thenar zu warnen. Doch wovor? Sie hatte ja keine Ahnung, was die Alte vorhatte. Und wenn es der Elderfrau gelang, die Hochzeit gar nicht erst zustande kommen zu lassen, dann würde sie selbst sich auch nicht an der Ermordung Weszens beteiligen müssen. Und das wäre aus mehr als einem Grund gut. Ihr kam nämlich wieder in den Sinn, was Meister Brendera auf der Klosterinsel gesagt hatte: Dass der Strategos keine lästigen Zeugen gebrauchen konnte. Aber wenn der Strategos keine Gelegenheit bekam, seinen Plan auszuführen – dann würde sie auch keine Zeugin sein …

»Warum seufzt Ihr, Hoheit?«, fragte Hawa.

War das nun Anteilnahme oder Neugier? Alena brauchte irgendjemanden, mit dem sie über das alles reden konnte, einfach, um in diesem Gewirr von Ränken, die um sie herum geschmiedet wurden, den Überblick zu behalten. Doch es gab in diesem Palast niemanden, dem sie trauen konnte, auch Hawa nicht. Oder sollte sie hinabgehen in die Küche und mit ihrer Schwester reden? Nein. Alena schüttelte es bei dem Gedanken an ihre Familie. Dann versuchte sie ihr Glück doch lieber mit den Perati.

Am Abend war ein weiteres Festmahl vorgesehen, und dieses Mal würden Braut und Bräutigam dabei sein. Alena sah dem mit gemischten Gefühlen entgegen. Ein Teil von ihr freute sich sogar darauf, endlich am Tanz teilzunehmen, ein viel größerer Teil fragte sich jedoch, wie sie diesen Abend an der Seite dieses Prinzen ohne verräterische Fehler überstehen sollte.

Der Prinz erwies sich dann jedoch als schweigsam, geradezu verschlossen, und sein Mund bewegte sich eigentlich nur, wenn er etwas aß. Und als die Zeit der Tänze gekommen war, da schüttelte Weszen nur den mächtigen Schädel. »Tänze sind etwas für Höflinge, Hoheit, nicht für Krieger wie mich.« Und dann verfiel er wieder in Schweigen und beachtete Alena auch nicht mehr als den Saal, der sich am Tanz ergötzte.

Und so saß sie mit sehr gemischten Gefühlen den ganzen Abend neben dem Mann, den sie heiraten und der bald darauf sterben sollte, und konnte es fast nicht erwarten, dass dieses farbenfrohe Fest, das ihr von Stunde zu Stunde unwirklicher erschien, zu Ende gehen würde.

Odis Thenar war ungehalten. Der Seebund hatte Weszen nicht nur mehrere Magier zum Schutz mitgegeben, nein, es war auch, wie befürchtet, ein Wahrzauberer darunter, der nun seine Nase in alles steckte, was ihn nichts anging.

»Die Wachen befragen? Wozu? Ich habe sie selbst ausgesucht. Es sind gute, zuverlässige Männer!«, protestierte er, als sie frühmorgens zusammenkamen.

Inbar Hasfal, der Ädil und damit Sprecher des Seerates, der mit dem Prinzen eingetroffen war, lächelte dünn. »Dann haben sie doch nichts zu befürchten, Strategos, nicht wahr?«

»Dennoch ist dies eine Sache, die unsere Herrschaft berührt, Euer Gnaden. Herzog Ector ist der Einzige, der in unserer Stadt etwas Derartiges anordnen darf.«

»Hoheit?«, fragte Hasfal mit einem demütigen Lächeln.

Herzog Ector sah wohl den flehenden Blick seines Strategos, denn er sagte: »Wir haben nichts zu verbergen, aber Meister Thenar hat Recht. Dies ist meine Stadt, und ich frage mich, was man noch alles von mir verlangt. Reicht es Euch nicht, dass ich meine Tochter weggebe, Hasfal?«

»Aber es dient doch nur der Sicherheit, Eurer, der des Prinzen, unserer. Ich sehe wirklich das Problem nicht, Hoheit. Ich sehe nur, dass Euer Ruf leiden könnte, wenn Ihr nicht alles Machbare unternehmt, um mögliche Gefahren abzuwehren. Ihr wisst es vielleicht nicht, aber der Schamane behauptet, gestern in der Stadt einen Schatten gesehen zu haben …«

»Ein Schatten? Warum erfahre ich das erst jetzt?«

»Zunächst dachte ich, es handele sich um die Schattentochter, die wir Euch überließen, um die Prinzessin zu beschützen, aber wie ich hörte, seid Ihr unserem Wunsch gefolgt und habt sie für die Dauer der Hochzeit aus dem Palast verbannt. Das bringt mich zu der Frage, wo sie eigentlich geblieben ist …«

»Sie hat andernorts einige wichtige Aufgaben zu erledigen,

Euer Gnaden«, sagte Thenar schnell, der sich schon gefragt hatte, warum der Seebund darum gebeten hatte, Jamade aus dem Palast zu entfernen. Nicht, dass es ihm nicht sehr entgegenkam …

»Ah, die beiden toten Männer mit der Büchse? Dann war das doch Euer Schatten?«

Woher wusste Hasfal davon? Er musste Informanten in der Wache haben. Leider hatte Thenar nicht die leiseste Ahnung, wer die beiden Attentäter erledigt hatte. Jamade war es nicht, denn die lag – hoffentlich – tot auf der Klosterinsel.

»Ich hielt es für besser, wenn jedermann glaubt, dass sie fort ist, Euer Gnaden«, sagte er trotzdem. »Die beiden Toten beweisen, dass wir unsere Feinde so mit ihren Fähigkeiten überraschen können«, erklärte er und hoffte, dass Hasfal den fragenden Blick des Fürsten nicht bemerkte.

»Es wäre mir allerdings lieber, Ihr wäret unserem Wunsch gefolgt und hättet sie ganz aus der Stadt verbannt. Sie wird sich jedoch von Prinz Weszen und dem Palast fernhalten, nicht wahr? Er fürchtet die Schatten, seit er, um seine Haut zu retten, ihre Festungen an uns verraten hat.«

»Weszen hat die Schatten verraten?«, fragte Ector, offensichtlich ebenso überrascht wie Thenar.

»So ist es. Ihre Festung in Saam haben wir schon vor einiger Zeit dem Erdboden gleichgemacht. Und jetzt, vor wenigen Tagen erst, hat unsere Flotte die kleine Insel, auf der sich ihre Oberen verkrochen hatten, in Schutt und Asche gelegt. Aber natürlich ist das streng geheim.«

»Selbstverständlich, Euer Gnaden.«

»Da also kein Schatten über die Sicherheit des Prinzen wachen kann, bitte ich Euch, Ector, den Herrn von Terebin, um Erlaubnis, meine Magier für unsere Sicherheit sorgen zu lassen. Lasst also den Wahrzauberer herausfinden, ob sich ein Verräter in diesen schönen Mauern verbirgt.«

Der Herzog nickte zögernd, aber Thenar wandte schnell ein: »Er soll sich aber auf die Wachen beschränken. Wir können es nicht dulden, dass er unsere Gäste beleidigt, die Dienerschaft an der Arbeit hindert oder gar die Angehörigen des Hauses Peratis belästigt.«

»Wie? Nun, er würde ohnehin kaum alle befragen können. Er wird mit den Wachen beginnen.«

Thenar war aus mehreren Gründen nur halb zufrieden mit diesem Ausgang. Hasfal hatte sich eine Hintertür offengelassen. Wenn der Wahrzauberer mit den Wachen *begann*, dann konnte er die Befragung später ausdehnen.

Außerdem spukte immer noch Hauptmann Geneos durch diesen Palast. Mehrfach war er gesehen worden, aber immer, wenn er nach ihm suchte, war er nicht aufzutreiben. Es war wirklich wie verhext. Wenn Geneos dem Wahrzauberer in die Arme lief, waren sie verloren.

Als er seine Schreibstube betrat, wartete das nächste Problem in Gestalt von Meister Grau auf ihn. Ganz entgegen seiner Gewohnheit stand der Mann am weit geöffneten Fenster, was Thenar eigenartig fand. Aber dann bemerkte er den seltsamen Geruch, der ihm schon in den Vortagen aufgefallen war. Aber dass dieser Mann sich davon beeindrucken ließ …

»Meister Grau – Ihr seid schon zurück?«

»Die Winde waren günstig, Herr.«

»Und was habt Ihr vorgefunden?«

»Ein Kloster, nur noch von Toten bewohnt.«

»Und … habt Ihr die Leichen untersucht? War auch eine junge Südländerin darunter?«

»Ihr meint die Schattentochter?«

Thenar nickte ungeduldig. »Ist sie sicher tot?«

»So sicher, wie ich hier vor Euch stehe, Herr.«

Thenar ließ sich in seinen Sessel fallen. Wenigstens *eine* gute

Nachricht! Wenn er nur wüsste, warum sich Geneos in Terebin aufhielt. Und wenn er wüsste, wer der Schatten war, den dieser Damater angeblich gesehen hatte.

Er erklärte Grau kurz die Lage. »Und deshalb«, so schloss er, »möchte ich, dass Ihr in die Stadt geht und herauszufinden versucht, ob hier wirklich ein Schatten am Werk war oder ob dieser Bergschamane sich nur wichtigmachen will. Falls Ihr etwas herausfindet, sendet mir einen Boten. Ich will nicht, dass dieser verfluchte Wahrzauberer Euch zu Gesicht bekommt.«

Als Grau gegangen war, hielt es Thenar nicht lange auf seinem Platz. Er hätte liebend gern den Zauberer bei seiner Arbeit überwacht, aber er hatte einfach zu viel zu tun.

»Hauptmann Geneos wünscht Euch zu sprechen, Hoheit«, meldete einer der Wächter, der vor der Tür stand.

Alena war nicht sehr erpicht darauf, den Mann wiederzusehen, der Dijemis getötet hatte, aber andererseits hatte er doch bestimmt Neuigkeiten vom Kloster. Also ließ sie ihn hereinbitten.

»Ich hatte gehofft, wir wären etwas ungestörter, Hoheit«, sagte der Hauptmann, als er Hawa sah.

»Hawa weiß, wer ich bin, Hauptmann«, entgegnete sie. »Erzählt, wie geht es meinen Freunden im Kloster?«

»Es könnte ihnen nicht besser gehen … Hoheit.«

»Meister Siblinos und Doma Lepella?«

»Sie sind unzertrennlich.«

»Und Bruder Seator, erwartet er immer noch voller Zuversicht das Ende der Welt?«

»Er redet von nichts anderem.«

»Wie geht es Abt Gnoth?«

»Er genießt die Ruhe, die nach Eurer Abreise eingekehrt ist.«

»So lasst Euch doch nicht alles aus der Nase ziehen, Hauptmann. Sagt, wie geht es Caisa, und wie geht es Meister Brendera?«

»Es ist eigenartig, wenn Caisa nach Caisa fragt, Hoheit«, lautete die Antwort mit mahnendem Unterton. »Und Meister Brendera, nun, ich würde sagen, er hat sich rargemacht in letzter Zeit. Doch bin ich nicht hier, um mit Euch über die Insel zu plaudern. Der Strategos wünscht zu erfahren, ob Ihr bereit seid.«

»Bereit? Es ist doch noch Zeit bis zum nächsten Fest.«

»Das meinte ich nicht, Hoheit.«

»Die Hochzeit? Nun, ich bin froh, wenn der morgige Tag hinter mir liegt. Doch verstehe ich die Frage nicht, Hauptmann.«

»Euch ist bewusst, was Ihr zu tun habt?«

»Selbstverständlich. Meister Siblinos hat mir das derart tief eingebläut, dass ich das Ehegelübde sogar im Schlaf sprechen könnte. Und ich glaube, das tue ich sogar manchmal.«

Der Hauptmann sah sie nachdenklich an. Er wirkte verändert, auch wenn Alena nicht sagen konnte, was ihr an ihm verändert vorkam.

»Und Ihr seid auch auf das vorbereitet, was danach folgt?«

»Ein weiteres Fest, und, wenn die Himmel es nicht verhüten, ein Nachtlager, das ich vielleicht mit einem Prinzen teilen muss. Doch wie ich darüber denke, geht Euch und auch den Strategos nichts an, Hauptmann.«

»Da habt Ihr wohl Recht, Hoheit. Ich bitte um Vergebung und werde dem Strategos melden, dass Ihr bereit seid.«

Er salutierte und ging. »Das war eigenartig«, sagte sie, als Geneos fort war.

»Ja, das fand ich auch«, bestätigte Hawa. »Für gewöhnlich stellt Meister Schönbart solche Fragen doch lieber selbst.«

Die Wachen salutierten erneut, als sie den Hauptmann aus dem Quartier der Prinzessin treten sahen, und Jamade erwiderte den

Gruß mit jener Lässigkeit, die sie bei Geneos immer bewundert hatte.

Leider hatte seine Gestalt ihr nicht geholfen, eine wichtige Antwort zu bekommen: Thenar hatte auf der Klosterinsel die Bemerkung fallen lassen, dass Alena den Prinzen töten würde, aber entweder sie verstellte sich unglaublich geschickt, oder sie wusste einfach selbst noch nichts davon. Damit würde Meister Iwar nicht zufrieden sein.

Sie trat in einen Seitengang, versteckte sich und wechselte die Gestalt. Sie wählte die einer Dienerin, denn sie wollte sich möglichst unauffällig durch den Palast bewegen, und sie wagte nicht, auf die Schatten zurückzugreifen, weil es hier mindestens einen Zauberer gab, der sie trotzdem sehen würde.

Wen mochte Thenar in seinen Plan eingeweiht haben? Sie suchte sich eine unbewohnte Kammer und öffnete das Fenster einen Spalt weit, um in den Park zu blicken. Die vielen Zelte boten einen festlichen, heiteren Anblick, nur das von Prinz Weszen glich einer Festung. Sie sah den Damater davor auf und ab gehen. An seinem Schamanenstab wehten Federn.

Offenbar fürchtete man, dass einer der anderen Skorpion-Prinzen einen Schatten mit der Ermordung Weszens beauftragen könnte. Jamade grinste dünn. Hätte dieser Zauberer gewusst, dass die Schatten Prinz Weszen nicht umbringen, sondern beschützen wollten, hätte er sich um andere Dinge kümmern können. Aber so würde er immer in der Nähe des Prinzen bleiben, was ihr genug Freiheit gab, sich im Palast herumzutreiben.

Sie sah Thenar durch den Garten hasten. Der Mann schien immer in Eile zu sein. Sie konnte sich kaum erinnern, ihn einmal einfach nur gehen gesehen zu haben. Er kam dennoch nicht sehr schnell voran, denn er wurde immer wieder von einem der hochgestellten Gäste angesprochen und aufgehalten.

Sie verlor ihn aus den Augen. Wo mochte er hinwollen? Dann

fiel es ihr wie Schuppen von den Augen: Meister Aschley! Sie hatte doch am eigenen Leib erfahren, dass dieser kindsgesichtige Alchemist sich auf Gifte verstand. Aber Weszen vergiften? Auch dafür hatte der Seebund sicher seine Magier mitgebracht oder wenigstens einen Vorkoster. Außerdem wollte es der Strategos doch gewiss so drehen, dass auf ihn und sein geliebtes Haus Peratis kein Verdacht fiel. Er konnte Weszen also nicht einfach vergiften. Und doch hatte sie eine Ahnung, dass Meister Aschley der Schlüssel war.

Sie lief aus der Kammer und hinunter in die Küche. Sie nahm sich einen Laib Brot, erzählte dem rotgesichtigen Koch, der sich empörte, weil sie nicht um Erlaubnis gefragt hatte, einer der Gäste habe danach verlangt, und lief in den Lustgarten.

Um Weszens Zelt schlug sie einen großen Bogen und kam dadurch an einem der neu eingerichteten Wachposten vorüber. Es war ein simpler, aber bunt geschmückter Holzverschlag, der von einer Handvoll Soldaten besetzt war. Einer der Offiziere war gerade in eine Unterhaltung mit einem Gast vertieft. Jamade sah die blauen Linien fast zu spät. Ein weiterer Magier! Sie schlug einen erneuten Haken, denn sie hatte keine Ahnung, über welche Fähigkeiten dieser Zauberer verfügen mochte.

Endlich erreichte sie das Nebengebäude, in dem der Alchemist hauste. Sie schlüpfte hinter eine Hecke, legte das Brot ins Gebüsch und sah sich um. Weszens Zelt, leicht an den roten Wimpeln mit seinem Wappen zu erkennen, war nicht sehr weit entfernt. Aber sie musste es einfach riskieren: Sie rief die Schatten, schlich hinüber und schlüpfte durch die schwarze Pforte in die Behausung des Alchemisten.

Sie hörte jemanden mit Geschirr hantieren, nicht weit entfernt. Sie warf einen Blick in die Küche und sah einen alten Diener, der dort, in Selbstgespräche vertieft, eine Mahlzeit zubereitete.

Wo war der Alchemist? Sie fand eine Treppe, die in den Keller führte. Gedämpfte Stimmen drangen von dort herauf. Sie schlich vorsichtig hinab. Eine weitere Tür versperrte ihr den Weg. Es war ohne Zweifel die Stimme von Meister Thenar, die durch diese Tür drang. Sie ließ die Schatten durch das Schloss hinübersickern und lauschte.

»Und Ihr seid wirklich sicher, dass es wirkt wie erforderlich? Weszen ist ein kräftiger, gesunder Mann.«

»Ich gebe zu, dass die Subjekte, die mir zur Verfügung standen, leider nicht so gut genährt waren wie dieser Prinz, Euer Gnaden, dabei habe ich die schwersten Gefangenen verwendet, die Euer Kerker hergab. Im Endeffekt bleibt es sich jedoch gleich. Das Unvermeidliche trat nur mit wenigen Stunden Verzögerung ein.«

»Und die Huren?«

»Starben jeweils noch vor den Männern, Euer Gnaden.«

»Und hier liegt das Problem, das Ihr offensichtlich nicht sehen wollt, Aschley. Die Braut ist von viel zarterer Statur als der Bräutigam. Wenn sie also Eurem Mittel viel früher erliegt als der Prinz, dann wird man Verdacht schöpfen, Gegenmaßnahmen ergreifen. Vergesst nicht, dass Weszen von den besten Zauberern des Seebundes beschützt wird.«

»Und genau deshalb habe ich dies hier, Euer Gnaden.«

Für einen Augenblick wurde es still auf der anderen Seite der Pforte. Dafür hörte Jamade, dass oben jemand laut an die Pforte klopfte und der Diener aus der Küche schlurfte, um sie zu öffnen.

Besuch? Die Treppe zum Keller war schmal. Wenn jetzt jemand herunterkam, musste er fast zwangsläufig mit ihr zusammenstoßen. Sie hörte oben zwei Stimmen miteinander streiten. Offenbar wollte der Diener den Besucher nicht hereinlassen, die Herrschaften dürften nicht gestört werden, hörte sie seine heisere Stimme wenigstens zweimal sagen. Sie versuchte, weiter in das Laboratorium hineinzulauschen.

Gerade sagte Thenar: »Und dann muss ich sie dazu bringen, dieses Gegenmittel zu nehmen?«

»Ja, doch nicht zu viel davon. Ich fülle Euch etwas davon in dieses Fläschchen. Doch gebt ihr nur ein Viertel bis ein Drittel davon. Es könnte sonst sein, dass sie es überlebt.«

»Wirklich?«

Schritte kamen durch den Flur herangeschlurft und näherten sich der Treppe.

Jamade fluchte, sah sich um, sprang und krallte sich in der Decke fest. Der Diener kam die Stufen herab und pochte gegen die Tür, während nur eine Handbreit über ihm ein Schatten die Luft anhielt.

Thenar war ungehalten über die Störung und ließ das den alten Diener auch spüren. Der sagte jedoch: »Verzeiht, Herr, doch dieser Wilde bestand darauf. Er sagte, er habe etwas sehr Beunruhigendes entdeckt, und ich konnte nur mit Mühe verhindern, dass er einfach ins Haus stürmte.«

Der Wilde? Damit konnte nur der Damater gemeint sein. Jamade wurde es heiß und kalt. In der Bruderschaft gab es düstere Geschichten über die Macht, die diese Schamanen über Schatten ausüben konnten.

»Na schön, ich komme. Ich verlasse mich darauf, dass diese Mittel exakt so wirken, wie ich es erwarte, Aschley. Ansonsten braucht Ihr mit einer Belohnung nicht zu rechnen.«

»Selbstverständlich, Euer Gnaden«, hörte Jamade den jungen Gelehrten missvergnügt murmeln.

Thenar hastete die Treppe hinauf, der Diener folgte ihm nicht gleich. Er schloss umständlich die Tür, blieb genau unter Jamade stehen und kratzte sich ausgiebig am Rücken.

Oben wurden Stimmen laut. Thenar unterhielt sich mit dem Mann vor der Pforte.

Endlich schlurfte der Diener weiter.

Jamade ließ sich katzenhaft leise fallen und schlich dem Alten hinterher. Am Kopf der Treppe hielt sie kurz inne, dann huschte sie zur Seite, fand eine weitere Treppe, hastete lautlos hinauf und versteckte sich.

Sie hörte Thenar rufen: »Ein Schatten – seid Ihr sicher?«

»Ich spürte die Präsenz. Jemand hat die Magie der Schatten beschworen – etwa hier!«

Jamade ließ hastig die Schatten fallen.

»Hier? Nun, vielleicht habt Ihr nur den Alchemisten bemerkt, der dort unten für die Heilung der Herzogin arbeitet.«

»Ein Alchemist?«, rief der Damater und versuchte nicht, seine Abscheu zu verbergen. »Das mag sein, wenn er die dunkleren Kräfte der Magie beschwört. Lasst mich mit ihm reden, dann werden wir es wissen.«

»Meister Aschley darf nicht gestört werden, ehrwürdiger Rugal, das Leben der Herzogin liegt in seiner Hand.«

»Keine Hand, der ich ein Leben anvertrauen würde, Meister Thenar«, erwiderte der Damater. »Allerdings ... die dunkle Magie ... sie verblasst ... Lasst mich mit diesem Giftmischer reden, bevor ich die Spur ganz verliere!«

Jamade wollte nicht abwarten, wie die Sache ausging. Sie fand ein Fenster, das zur Seite hinausging, kletterte hinaus und versteckte sich, ganz ohne Zauberei, hinter ein paar Büschen, die im Schatten der Mauer wuchsen. Sie wählte mit Bedacht einen Platz, von dem aus sie das Haus des Alchemisten beobachten konnte. Endlich sah sie den Damater gehen, und kurz darauf verließ auch der Strategos das Haus.

Sie wartete ein paar Minuten, dann trat sie, als sie sicher war, dass sie niemand sehen würde, als Meister Thenar aus dem Gebüsch hervor.

»Ah, Ihr seid es, gnädiger Herr. Habt Ihr etwas vergessen?«, fragte der alte Diener, der ihr die Tür öffnete.

»Ich habe noch ein Wort mit Meister Aschley zu wechseln.«

»Sehr wohl, gnädiger Herr.«

»Danke, ich kenne den Weg.« Sie schob den langsamen Diener, der ihr vorausgehen wollte, zur Seite, pochte kurz darauf an die Pforte, hörte ein schlecht gelauntes »jetzt nicht« und trat ein.

»Ich habe doch wohl klar genug ausgedrückt, dass ich … ah, Ihr seid es wieder.«

Der Alchemist tauchte aus einer Wolke von Dampf auf. Er wirkte nicht sehr begeistert, als er Meister Thenar in der Tür stehen sah.

»Zeigt mir noch einmal das Mittel, Aschley«, forderte Jamade.

»Welches?«, lautete die unwirsche Antwort.

»Beide! Gift und Gegengift!«, verlangte sie streng. »Und vergesst nicht, wer Euch so fürstlich entlohnt, Aschley.«

»Wie könnte ich«, murmelte der junge Alchemist. »Aber die Mittel stehen doch dort, genau vor Euch auf dem Tisch.«

Allerdings standen dort ein Dutzend Fläschchen, Tiegel, Flakons und Schälchen.

»Öffnet sie!«, befahl Jamade.

»Warum macht …?«, begann der Alchemist, aber als er den Zorn sah, den Jamade auf Thenars Gesicht legte, verstummte er, bequemte sich herüber und nahm einen Tiegel und ein kleines Fläschchen zur Hand. »Bitte sehr«, sagte er, als er sie geöffnet hatte.

»Ich überlege immer noch, wie ich die Prinzessin am besten dazu bewege, diese beiden Mittel einzunehmen«, sagte Jamade, der nichts Besseres einfiel.

»Das Rot für die Lippen sollte sie besser nicht einnehmen. Für den tödlichen Kuss reicht es doch völlig, wenn sie es aufträgt, Meister Thenar«, rief der Alchemist. »Aber das habe ich Euch doch schon erklärt.«

Ah, der Tiegel enthält also das Gift. Es wird auf die Lippen aufgetra-

gen? Faszinierend, dachte Jamade und ließ Thenar sagen: »Der Geschmack des Gegenmittels? Wie verberge ich den am besten?«

Der Alchemist sah sie zweifelnd an. »Aber es hat doch weder Farbe noch Geschmack, das habe ich Euch gerade eben erst erklärt. Ein Glas Wasser, doch nur ein Viertel der Flasche. Das ist mehr als genug, um die Betrügerin für drei bis vier Tage am Leben zu erhalten. Dann dürfte auch der Prinz schon im Sterben liegen.«

»Wirklich, eine beeindruckende Arbeit«, murmelte Jamade. »Entschuldigt, dass ich Euch erneut gestört habe, aber dieser Damater hat mich ganz aus der Fassung gebracht. Ich glaube, er mag Alchemisten nicht besonders, Meister Aschley. Bleibt ihm besser fern. Und tut mir den Gefallen und vergesst, dass ich Euch mit meinen Fragen belästigt habe.«

Als sie ging, war sie bester Stimmung. Endlich konnte sie Meister Iwar sagen, wie Thenar Prinz Weszen umbringen wollte!

Für den Nachmittag stand ein weiteres Treffen mit Prinz Weszen an, dieses Mal jedoch in kleinerem Rahmen.

»Wir haben Glück, dass dieser lästige Wahrzauberer zu beschäftigt ist, meinen Soldaten die Zeit zu stehlen. Ich wüsste ihn ungern in Eurer Nähe, Hoheit.«

Alena hatte noch nie von einem solchen Zauberer gehört.

Seufzend erklärte Thenar: »Er spürt es, ob ein Mensch die Wahrheit sagt oder nicht. Angeblich können sie sogar große und kleine Lügen unterscheiden. Ich hatte von Anfang an befürchtet, dass der Seebund uns so einen Mann auf den Hals hetzen würde.«

»Und deshalb habt Ihr niemanden in Eure Pläne eingeweiht, Meister Thenar?«

»Das habt Ihr gut erkannt, Hoheit. Als Magier habe ich gelernt, meine Gedanken auch vor diesen Männern zu verbergen, doch Ihr oder der Herzog könntet das nicht. Seid Ihr bereit?«

»Einen Augenblick noch. Ich weiß nicht, wer dieses Kleid geschneidert hat, aber ich würde ihn gerne dazu zwingen, dieses Ungetüm einmal selbst anzuziehen. Diese vielen Fibeln, Schnüre und Knöpfe sind mir ein Rätsel, und ohne Hawa würde ich wohl morgen noch versuchen, sie zu entwirren«, stöhnte Alena. Doch dann wurde sie ernst: »Ich verstehe allmählich, warum Ihr mir nicht sagen wollt, was morgen geschehen wird, aber warum habt Ihr ausgerechnet Hauptmann Geneos in alles eingeweiht? Habt Ihr keine Angst, dass er diesem Wahrheitszauberer in die Hände fällt?«

»Geneos? Ihr habt ihn gesehen?«

»Aber ja, Ihr habt ihn doch zu mir geschickt. Allerdings fand ich sein Benehmen rätselhaft.«

»Inwiefern?«, fragte Thenar und wirkte auf Alena plötzlich sehr besorgt.

»Er hat merkwürdige Fragen gestellt ... wollte wissen, ob ich bereit sei – sagte aber nicht, wozu.«

»Er ist wohl nur etwas übereifrig«, murmelte Thenar. »Doch lassen wir das. Und bevor Ihr weiter auf den Schneider schimpft, möchte ich Euch sagen, dass Ihr wundervoll ausseht, Hoheit.«

»Na, das ist ja auch das mindeste«, meinte Alena. »Ich wollte nur, Ihr hättet einen besseren Spiegel als diesen. Aber vielleicht ist das auch gut. Sonst fange ich noch an, mich in all diese wundervollen Dinge zu verlieben. Nun denn, ich bin für meine nächste Begegnung mit dem Ungeheuer gerüstet, wenigstens, was das Kleid betrifft.«

»Wie war eigentlich Euer erster Eindruck, wenn ich fragen darf, Hoheit?«

Alena wünschte, er würde sie nicht immer so nennen. »Er ist anders, als ich ihn mir vorgestellt habe. Unverschämt. Das Wort ist mir als erstes eingefallen. Er erinnerte mich an gewisse Schläger aus einem Viertel, über das ich hier nicht sprechen soll, aber er ist nicht … abstoßend, wie ich es eigentlich erwartet hatte.«

»Das Abstoßende verbirgt sich unter der Haut, Hoheit. Er ist der brutalste unter den Skorpion-Prinzen, und die sind alle nicht zimperlich. Das solltet Ihr im Gedächtnis behalten.«

Das Treffen fand in einer Halle statt, die Thenar als »klein« bezeichnete, die aber größer war als das Haus, in dem Alena die ersten Jahre ihrer Kindheit verbracht hatte.

Der Strategos hatte von einem »familiären Rahmen« gesprochen, aber der war offensichtlich ziemlich weit gespannt. Der Herzog und die Herzoginmutter waren dort, außerdem der Gesandte Gidus, der Alena bei ihrem Eintreten verschwörerisch zuzwinkerte, sowie Inbar Hasfal, der Ädil des Seebundes. Er saß zur Rechten des Prinzen. Zu seiner Linken saß Baron Hardis, den Arm in einer Schlinge. Und hinter dem Prinzen stand ein Mann, den Alena schon wegen seines gefiederten Stabes sofort als den damatischen Schamanen erkannte, über den der ganze Palast tuschelte.

Alena nahm auf der anderen Seite der Kammer neben dem Herzog Platz. Damit saß sie ein Dutzend Schritte von ihrem Bräutigam entfernt.

Weszen räusperte sich. »Ich bin erfreut, Euch zu sehen, schöne Caisa, und ich möchte um Vergebung für mein gestriges Benehmen bitten. Der Empfang in Terebin war zwar unfreundlich, aber das kann keine Entschuldigung für einen Prinzen von Oramar sein.«

Alena errötete. Er hatte sie schön genannt, und in seinem Blick meinte sie jetzt tatsächlich so etwas wie echtes Begehren zu sehen. Damit hatte sie nicht gerechnet.

»Ich danke Euch, mein Fürst, für Eure freundlichen Worte. Und ich hoffe, dass der morgige Tag den gestrigen aus Eurem Gedächtnis löschen wird.«

»Dessen bin ich gewiss.«

»Ich bin etwas erstaunt, dass Ihr einen Zauberer zu diesem Treffen mitbringt, Hoheit«, warf Meister Thenar ein.

»Das war meine Idee, Strategos«, meinte Hasfal. »Es ist erforderlich, da doch ein Schatten durch diesen Palast zu wandern scheint.«

»Außer diesem Wilden hat ihn aber niemand bemerkt«, meinte Thenar übellaunig.

»Und doch ist besondere Wachsamkeit geboten. Falls die Schatten irgendwie erfahren sollten, *wer* ihre geheimen Festungen verraten hat, ist der Prinz keinen Augenblick mehr sicher.«

Alena schaute in das Gesicht des Prinzen. Er hatte die Schatten verraten? Edel war das nicht, aber mutig. Der Gedanke, dass sie ihn jagen könnten, schien ihn nicht sehr zu beunruhigen.

»Magier haben bei einem Treffen dieser Art eigentlich nichts verloren«, beharrte der Strategos.

»Ich verstehe Eure Besorgnis, Meister Thenar«, warf Alena ein. »Doch vergesst nicht, dass Ihr selbst die magischen Künste beherrscht. Ich bin sogar erfreut, endlich einmal einen der berühmten Zauberer des damatischen Volkes zu sehen. Sagt, ist Euer Land wirklich so gefährlich und gleichzeitig so schön, wie Gervomer es in seinen Liedern beschreibt?«

Der Schamane lächelte. »Ich wusste nicht, dass ein anderer als ein Damater Lieder über unsere Berge geschrieben hat. Und ich halte es für unmöglich, ihre Schönheit treffend mit Worten zu beschreiben.«

»Ich habe sie gesehen, diese Berge«, meinte Weszen. »Und ich kann bestätigen, dass sie erhabener sind, als selbst Gervomer es zu beschreiben weiß. Und doch verblasst ihre Schönheit vor der Euren, edle Caisa. Zumal ich mit jedem Eurer Worte deutlicher erkenne, dass mehr in Euch steckt, als ich je zu vermuten wagte.«

Wieder errötete Alena, und erst dann fragte sie sich, ob der letzte Halbsatz etwa eine Andeutung war. Nein, das war unmöglich, denn es hätte bedeutet, dass der Prinz sie durchschaut hätte. Ja, sein Blick war … durchdringend. Aber es lag kein Zweifel oder Verdacht darin, sondern nur dieses Verlangen, das seltsame Gefühle in Alena weckte.

»Euer Glück ist fast mit Händen zu greifen«, warf Baron Hardis spöttisch ein, »doch sind wir nicht hier, um Eure Liebe, die noch viele Jahre Zeit zu wachsen hat, vor der Hochzeit zu befördern. Es geht um wichtigere Dinge.« Er zog ein zusammengerolltes Pergament aus einer Tasche. »Hier sind die vertraglichen Bedingungen dieser Verbindung noch einmal fixiert, und da es ja offenbar das Gesetz des Hauses Peratis verlangt, dass es nicht nur vom Bräutigam, sondern auch von der Braut unterzeichnet wird, schlage ich vor, dass wir diese Formalität hinter uns bringen.«

Alena wurde es heiß und kalt. Sie hatte keine Ahnung gehabt, dass sie irgendetwas unterschreiben sollte. Vor allem aber hatte sie keine Ahnung, wie Caisa unterschrieb.

»Jetzt?«, fragte der Herzog verblüfft.

»Natürlich jetzt. *Nutze die Zeit, bevor der Tod sie dir nimmt,* hat der hier so viel zitierte Gervomer einst gesagt.«

»Sie wird natürlich unterzeichnen, *nachdem* ich dieses Pergament noch einmal gründlich geprüft habe, Baron Hardis«, warf der Strategos rasch ein. Er ging hinüber und nahm Hardis die Rolle aus der Hand.

»Euer Misstrauen ist kränkend, Thenar.«

»Es ist kein Misstrauen in Euch, geschätzter Baron. Aber Schreiber machen nun einmal Fehler. Und wir wollen doch nicht, dass ein kleiner Fehler unseren so sorgsam ausgehandelten Vertrag ruiniert, nicht wahr?«

»Spielereien«, knurrte Weszen. »Ihr wisst, was dort steht, Strategos. Ich gebe meine Stadt Ugir aus der Hand und bekomme dafür Eure Prinzessin zur Frau. Ich weiß, ein Poet würde vermutlich ausrufen, dass die edle Caisa mehr wert ist als jede Stadt, und ich würde ihm nicht widersprechen, und doch ... ich werfe eine halbe Million Seelen in diese Waagschale. Jede von ihnen hat ihren eigenen Wert. Es ist kein schlechter Tausch für Euch.«

»Wie hoch Ihr doch den Wert der Menschen schätzt, Prinz«, spottete der Strategos giftig. »Doch bedenkt, dass Ihr diese vielen Seelen nicht nur für die Prinzessin, sondern vor allem für Euer eigenes Leben in diese Waagschale werft.«

»Beruhigt Euch, Ihr Herren«, rief Baron Hardis. »Ein jeder hat doch hier seinen Gewinn. Der Prinz gewinnt sein Leben, und das Haus Peratis bekommt vielleicht bald den männlichen Erben, den die Herzogin einfach nicht gebären will.«

»Vergesst nicht zu erwähnen, dass auch Ihr einen schönen Gewinn bei der Sache macht, Hardis«, stieß der Herzog heiser hervor.

»Gewinn? Nicht doch«, erwiderte der Baron mit süffisantem Lächeln. »Ich diene dem Seebund doch nur auf unbestimmte Zeit als bescheidener Protektor von Ugir. Diene, sage ich, weil es doch nur viel Arbeit und wenig Ruhm einbringt.«

»Und Silber, das habt Ihr vergessen, Hardis«, zischte die Herzoginmutter.

»Aber ich bitte Euch«, rief Graf Gidus begütigend. »Jede Partei hat ihren Teil zu dieser Übereinkunft beizutragen, und wir haben lange darüber beraten. Heute mag sie dem einen oder anderen nicht vorteilhaft für die eigene Seite erscheinen, aber ich rate abzuwarten, was die Zeit aus diesem Pergament macht. Und, bitte, hört auf, die arme Caisa mit diesem unseligen Zank zu behelligen. Sie heiratet morgen. Darauf sollte sie sich freuen und nicht gezwungen sein, dem Streit misstrauischer alter Fürsten beizuwohnen.«

»Ihr habt leicht reden, Gidus, sie ist nicht Eure Enkelin!«, zischte Elderfrau Luta.

»Aber er hat Recht«, meinte der Herzog melancholisch, »dieser Streit war lange und unerfreulich, ebenso wie unsere Kriege mit Ugir und Oramar. Morgen endet all das. Und nur darauf kommt es an.«

Alena wäre geneigt gewesen, ihm zuzustimmen, wenn sie nicht die unheilvolle Ankündigung in seinen Worten gehört hätte: *Morgen endet all das.* Und sie würde, wie auch immer, ihren Teil dazu beitragen.

Sie war froh, als dieses Treffen ziemlich abrupt zu Ende ging und sie sich in ihre Gemächer zurückziehen konnte. *Caisas Gemächer,* verbesserte sie in Gedanken. Es schien ihr klüger denn je, das nicht zu vergessen.

Der Abend brachte ein weiteres Fest.

»Ich werde dieser Abende schon überdrüssig«, klagte sie Hawa, ihrer Kammerzofe, als sie sich wieder umgezogen hatte.

»So schnell?«

»Ja, ich kann es selbst kaum glauben. Natürlich ist das alles prachtvoll und glänzend, und eigentlich sollte ich mich schon an den Kleidern der schönen Hofdamen nicht sattsehen können. Als Caisa mir auf der Mondinsel davon erzählte, dachte ich, dass ich wie ein staunendes Kind vor all der Pracht ehrfurchtsvoll erstarren würde.«

»Na, mir würde es jedenfalls so gehen, wenn ich zusehen dürfte«, meinte Hawa, die mit kritischem Blick hie und da am Kleid noch etwas zurechtzupfte.

»Wenn du genau hinsehen würdest, würde dir aber auffallen, dass nicht die Damen, sondern nur ihr Schmuck und ihre Kleider schön sind. Und dieser Glanz ist irgendwie ... stumpf. Die Heiterkeit ist auch nur gezwungen. Alle scheinen nur so zu tun, als wäre dieses Fest ein Vergnügen. Vielleicht wissen sie, dass diese Hochzeit unter keinem guten Stern steht.« Sie musste plötzlich wieder an Bruder Seator und seine dunklen Prophezeiungen denken. »Wusstest du, dass viele glauben, dass der Schwarze Mond Unglück bringt?«

»Welcher Mond?«

»Der Schwarze, der letzte Neumond des Sommers.«

»Davon habe ich nie gehört. Aber Ihr solltet nichts auf diese Zeichen geben, Hoheit. Es ist doch immer so, dass der Mond und die Sterne für alle Menschen gleich scheinen. Wie könnten sie da einem Pech, dem anderen Glück bringen?«

An diesem Abend trug Alena wieder Blau, als Zeichen der unschuldigen Hoffnung, und sie fand das ausgesprochen unpassend, was sie dem Strategos auch sagte, als er sie abholte.

»Behaltet solche Gedanken besser für Euch, Hoheit.«

»Werde ich wieder neben Prinz Weszen sitzen?«

»Natürlich. Und seid so gut und versucht, ihn ein wenig aufzumuntern. Wir wollen doch nicht, dass er zu viel nachdenkt und am Ende noch Verdacht schöpft.«

»Vielleicht ahnt er ja, dass etwas passieren wird. Vielleicht hat er gemerkt, dass ich keine Ahnung habe, wie man so ein Dokument unterschreibt.«

»Die Unterschrift habe ich inzwischen für Euch erledigt. Und sein Unbehagen? Nun, vielleicht hat er einfach nur Angst vor der Ehe?«, meinte Thenar mit einem Zwinkern.

»Ihr solltet mich ernst nehmen, Meister Thenar«, erwiderte Alena wütend. »Ein Krieger wie er hat doch gewiss keine Angst vor … oder?«

Thenar lachte laut. »Du liebe Güte, nein. Er ist bereits dreimal verheiratet, soweit ich weiß. Und das sind nur die sogenannten Hauptfrauen. Von seinen Nebenfrauen gibt es gar keine genaue Zahl.«

Alena blieb stehen. »Ich bin nur *eine* seiner Frauen?«

»Ich bitte Euch! Hat Euch Meister Siblinos denn nicht darüber unterrichtet, dass die Oramarer viele Frauen nehmen? Es hat auch seine Vorteile für die Frauen. Die Last, wieder und wieder Erben gebären zu müssen, bleibt ihnen erspart, denn keiner von ihnen ist gestattet, mehr als einen Sohn zur Welt zu bringen. Und, bitte, *Hoheit,* Ihr wisst, dass diese Ehe nicht besonders lange dauern wird, oder?«

Alena seufzte. Ja, Siblinos hatte irgendwann erwähnt, dass die Oramarer mehrfach heirateten. Aber es war etwas anderes, wenn man selbst eine der Frauen war. Und, ja, sie wusste, dass diese Gedanken unsinnig waren. Nicht sie würde Weszen heiraten, sie würde Caisa spielen, die nur so tat, als würde sie ... Es fiel ihr immer schwerer auseinanderzuhalten, was hier echt und was falsch war.

»Und Ihr habt immer noch nicht vor, mich einzuweihen, wie das geschehen soll, oder?«

Thenar lächelte nur.

Aber er hatte sie auch auf eine andere Frage gebracht: »Wie geht es eigentlich der Herzogin? Wird sie heute mit uns feiern?«

»Ich fürchte nicht, Hoheit. Allerdings sehen sowohl Meister Aschley wie auch Heilerin Gritis deutliche Zeichen der Besserung. Und jetzt lächelt! Wir sind da. Und erschreckt nicht, ich habe da einen kleinen Zauber vorbereitet ...«

Die große Halle war noch großartiger geschmückt als an den vorigen Tagen, und als Alena eintrat, wurde sie plötzlich von Schmetterlingen umflattert. Sie stieß einen kleinen Ruf des Entzückens aus, und im weiten Rund hörte sie beifälliges Flüstern.

»Euer Meister Thenar versteht es, Euch angemessen darzustellen, edle Caisa«, begrüßte sie Prinz Weszen. Er hatte sich erhoben und geleitete sie auf den letzten Schritten zu ihrem Platz.

Alena errötete wieder, was sie ärgerte, aber lächelnd erwiderte sie: »Es ist wirklich ein schöner Zauber, aber doch nur eine Illusion.« Die bunten Schmetterlinge verblassten.

»Und doch bin ich sicher, dass Ihr auch ohne Zauberei umschwärmt würdet – wenn auch nicht von Faltern.«

Der Prinz schien bedeutend bessere Laune als am vorigen Abend zu haben.

Alena fragte sich, ob das ein gutes oder ein schlechtes Zeichen war. »Sagt, mein Prinz, wie gefällt Euch dieses Fest?«, fragte sie, um mit ihm ins Gespräch zu kommen.

»Das Fest? Es ist gelungen, seit Ihr es mit Eurer Anwesenheit schmückt, schöne Caisa.«

»Prinz Weszen! Ihr beschämt mich.«

»Wirklich? Ich kann Euch ansehen, dass Ihr nicht so leicht in Verlegenheit zu bringen seid, Caisa. Es steckt viel mehr in Euch, als der erste Anschein zeigt.« Er beugte sich unter den misstrauischen Augen der Herzoginmutter zu ihr hinüber und raunte: »Ich denke, ich kann ehrlich zu Euch sein. Als der Seebund mir diese Ehe anbot, hätte ich auch eine Kuh geheiratet, um dem Tod zu entrinnen. Man lobte mir gegenüber zwar Eure Schönheit, doch musste ich sie erst selbst von Angesicht zu Angesicht sehen, um zu begreifen, dass man Euch auch mit den schmeichelhaftesten Beschreibungen nicht gerecht wurde.«

Sie errötete, und der Prinz lächelte. »Ich nehme an, die Beschreibungen, die man mir lieferte, hätten Euch wirklich und mit Recht zum Erröten gebracht, edle Caisa. Doch ist es nicht nur Euer Liebreiz, der mich fasziniert. Ich erkenne Geist und eine innere Stärke in Euch, wie sie mir noch nicht oft begegnet ist.«

Alena fühlte, dass ihr die Knie weich wurden. »Nun schmeichelt *Ihr* mir, mein Prinz. Ich bitte Euch, haltet ein, denn Ihr lobt mich mehr, als ich vertragen kann.«

Der Prinz lachte leise. »Ich habe Euch mein Herz geöffnet, Caisa. Nun sagt mir doch, wie Ihr über Euren Bräutigam denkt.«

»Er ist ebenfalls nicht, wie ich ihn erwartete. Und ich frage mich, wie diese galanten Worte über Kühe und Liebreiz zu dem passen, was ich zuvor über Euch hörte.«

»Ah, mein Leumund ist im Seebund wohl nicht der beste …«, meinte der Prinz mit einem Zwinkern.

Aber Alena wollte es genau wissen. »So ist es Lüge, was man über Euch erzählt? Oder stimmt es, dass Eure Männer in Eurem Namen sengend und mordend durch die Länder zogen und dass Ihr selbst, mit eigenen Händen, meinen Onkel Trokles in Saam geköpft habt?«

Der Prinz wurde ernst. »Ich tat es. Und ich würde es wieder tun. Nach dieser verlustreichen Schlacht schrien meine Männer nach Blut. Hätte ich Euren Onkel nicht geköpft, so wären tausend andere Gefangene an diesem Tag gestorben. Ich weiß nicht, ob Ihr das versteht, edle Caisa, aber Euer Onkel verstand es. Er ging bereitwillig in den Tod – für seine Männer. Ein wahrhaft edler Mann.«

Alena seufzte. »Aber es war dennoch eine schreckliche Tat. Und dann habt Ihr auch noch seinen Kopf …«

»Ja, ich gebe zu, das war … hart. Doch es ist nun einmal Krieg, edle Caisa. Und im Krieg muss man Grausamkeiten ausüben, wenn man nicht untergehen will. Edle Männer tun anderen edlen Männern unvorstellbare Dinge an. So auch ich, Caisa. Ich tue alles für den Sieg, sei es nun ehrenhaft oder nicht. Denn der Sieg ist die oberste Pflicht des Feldherrn.«

»Ihr habt Recht, edler Weszen – ich verstehe es wirklich nicht«, erwiderte Alena. Aber das stimmte nicht. Sie verstand diesen Mann, der wohl sein Leben lang gekämpft hatte und der unter einem grausam strengen Kodex aufgewachsen war: Dem Gesetz der Skorpione. Thenar hatte es erwähnt, und Meister Siblinos hatte ihr erklärt, dass von allen Söhnen des Padischahs nur einer, der Erbe des Thrones, überleben durfte. Alle anderen mussten sterben, sobald der alte Padischah verschied. So hatten es die Oramarer über viele Generationen gehandhabt, doch dieses Mal hatte das Gesetz versagt, und ihr Reich wurde in einem schrecklichen Bruderkrieg zerrissen.

Ja, sie verstand Weszen und fragte sich, ob unter der grausamen Schale nicht vielleicht doch ein edles Herz schlagen könnte.

Sei keine Närrin, schimpfte sie mit sich selbst. *Der Prinz wird bald schon tot sein, ob du ihn nun verstehst oder nicht.*

Aber das war es ja: Sie fand diesen Prinzen anziehend, trotz oder vielleicht wegen seiner rauen Art.

Aber er würde dich nicht mal mit seinem Hinterteil ansehen, wenn er wüsste, dass du nicht Caisa bist, mahnte sie sich.

Und doch, seine breiten Schultern, sein unerschütterlich selbstsicheres Auftreten ... bei diesem Mann, das fühlte sie, könnte sie schwach werden.

Der Mann ist so gut wie tot, sagte ihre innere Stimme.

Und wenn sie ihn warnte?

Der Gedanke stand plötzlich im Raum. Der Mann mochte ein Todfeind der Perati sein, aber sie war eine Undaro. Und ihrer Familie hatte Prinz Weszen noch nie etwas getan. Warum also sollte sie ihn nicht warnen?

Ihr fielen gute Gründe ein, es nicht zu tun. Da war der Krieg, den das auslösen konnte, und ihr Leben, das davon abhing, dass sie nicht als Betrügerin entlarvt wurde.

»Ihr seid still geworden, Caisa. Schwere Gedanken?«, fragte Weszen.

»Nein, ich genieße die Schönheit dieses Abends«, log sie.

»Dann lasst ihn uns noch schöner machen und gewährt mir die Gunst des ersten Tanzes.«

»Ihr könnt tanzen?«, entschlüpfte es ihr.

Weszen lachte. »Ich gebe zu, dass ich mich besser auf Schwert und Schild verstehe, aber zu den Pflichten eines Prinzen gehört auch das Erlernen weniger nützlicher Künste.«

Die Musiker, die, von Alena unbemerkt, schon eine Weile zu spielen schienen, stimmten einen cifalischen Reigentanz an, und Alena vergaß in einem Anfall von Panik die komplizierte Schrittfolge. Es fiel ihr gerade noch rechtzeitig ein, um mit Prinz Weszen die erste Figur zu tanzen. Dann erfolgte die übliche Übergabe zwischen den benachbarten Paaren.

»Wie ich sehe, versteht Ihr Euch doch recht gut mit Eurem Bräutigam«, meinte Baron Hardis, der so ihr Tanzpartner wurde.

»Seid Ihr neidisch, Baron?«, gab sie zurück. Inzwischen fand sie ihn nicht einmal mehr halb so sympathisch wie noch nach dem Turnier.

»Nun, wer wäre das nicht, wenn er erst einmal in Eurer Nähe war«, sagte der Baron, der immer noch einen Arm in der Schlinge trug, was die Einhaltung der Schritte noch komplizierter machte.

»Ich glaube, die Herrschaft über Ugir wird Euch schon bald trösten, geschätzter Baron.«

»Ihr seid eben doch durch und durch eine Peratis«, meinte Hardis, der seinen Ärger nicht ganz verbergen konnte. »Wann hört Ihr endlich auf, auf uns Filganer herabzusehen?«

»Oh, ich sehe nicht auf *alle* Filganer herab, Baron«, entgegnete Alena lächelnd und schwebte zu ihrem nächsten Tanzpartner.

»Was habt Ihr zu ihm gesagt?«, fragte Graf Gidus, der sie in Empfang nahm. »Er sieht aus, als hätte ihm jemand seine Stadt weggenommen.« Er drehte sie. Sie fand ihn für sein Alter und seine Körperfülle erstaunlich beweglich.

»Ich versicherte ihm meine Hochachtung für manche, aber nicht alle Filganer, Graf Gidus.«

»Kennt Ihr denn viele Filganer?«, fragte der Graf mit einem leisen Lachen.

»Nein, keinen außer dem Baron«, sagte sie schnell.

»Ihr solltet diese Stadt einmal besuchen. Sie ist sehr interessant, wenn auch nicht halb so schön wie Terebin. Und immerzu riecht es nach Schwefel. Es ist schade, dass Ihr nach dem morgigen Tag kaum noch Gelegenheit dazu haben werdet.«

»Sehr schade«, murmelte Alena. Sie hatte plötzlich das Gefühl, dass der Graf sie durchschaute. Der alte Fuchs war listig, viel raffinierter, als Caisa ihn geschildert hatte. Sie war froh, als sie den Tanzpartner wechseln durfte.

Nach einem jungen Atgather Prinzen, der ihr zweimal auf die Füße trat und sich permanent für sein Ungeschick entschuldigte, tanzte sie noch mit einem hüftsteifen cifalischen Eldermann und einem kleinwüchsigen malgantischen Grafen, bevor sie am Ende des Tanzes wieder bei ihrem Verlobten anlangte.

Zu ihrem Bedauern erklärte Weszen, dass ihm ein Tanz mehr als genug sei. Er habe aber nichts dagegen einzuwenden, dass sie weitertanzte. Sie übersah den ernsten Blick des Herzogs und sein unmerkliches Kopfschütteln, das ihr wohl sagen sollte, wie unschicklich dies sei, und war bereit, sich in den nächsten Tanz zu stürzen.

Plötzlich stand Meister Thenar neben ihr. »Ich glaube, es wird Zeit, Hoheit. Morgen ist ein wichtiger Tag.«

»Morgen ist noch weit, Meister Thenar. Gönnt mir die Freude eines Tanzes. Es wird Euch guttun, denn es macht den Körper und die Gedanken leicht!«

»Vergebt einem alten Mann, dessen Beruf das Denken ist, dass er sich diese Form der Ablenkung nicht erlauben kann. Zumal er Euch nun zu Euren Gemächern geleiten muss.«

Den angebotenen Arm konnte sie nicht ignorieren.

»Ihr gönnt mir wirklich nicht das kleinste Vergnügen, Meister Thenar«, beschwerte sie sich, als er sie durch die langen Gänge führte.

»Ich würde es Euch gönnen, Hoheit, von Herzen gerne sogar. Leider ist etwas vorgefallen, das dringend meine Anwesenheit erfordert. Und da ich Euch nicht allein in dieser Halle voller Raubtiere lassen kann, bin ich eben genötigt, Euer Vergnügen zu verkürzen.«

»Ich wäre mit denen schon fertiggeworden.«

»Gewiss, vermutlich sogar besser als Caisa. Aber Eure Zunge ist manchmal schneller als Eure Gedanken, und das unterscheidet Euch so sehr von ihr, dass es dem einen oder anderen vielleicht auffallen könnte. Ich fürchte, der alte Fuchs Gidus hat schon Verdacht geschöpft. Aber grämt Euch nicht. Bald habt Ihr es überstanden, und dann könnt Ihr so viele Feste besuchen und veranstalten, wie Ihr wollt.«

»Und morgen – was wird da geschehen?«

»Eine Hochzeit, was sonst?«

»Aber es wird noch etwas anderes geschehen, oder? Etwas, bei dem ich mitwirken werde, nicht wahr?«, fragte sie leise.

»Ihr müsst lediglich vor den Altar treten und ein Gelübde ablegen. Mehr wird nicht von Euch erwartet, Hoheit. Um alles andere kümmere ich mich.«

Sie fand, es klang zögerlich, wie er das sagte, als wäre er sich seiner Sache nicht sicher.

»Und was ist vorgefallen, dass wir das Fest verlassen mussten?«, fragte sie.

»Nichts, womit ich Euch belasten möchte, Hoheit. Wir sind fast an Eurer Pforte. Versprecht Ihr mir, diese Nacht auf Ausflüge zu verzichten? Denkt daran, auch unter Eurem Fenster stehen nun Wachen!«

»Das wäre gar nicht nötig«, gab Alena würdevoll zurück. Bevor sie sich trennten, rief sie: »Ich muss Euch noch danken, Meister Thenar.«

»Wofür?«

»Die Schmetterlinge! So etwas Wundervolles habe ich noch nie gesehen, schon gar nicht an mir …«

»Es war mir ein Vergnügen, Hoheit«, sagte der Strategos mit einer leichten Verbeugung und einem schiefen Lächeln.

Odis Thenar eilte durch den Gang. Wieder einmal wurde er gebraucht. Der Wahrzauberer hatte einen Verräter gefunden, hier, in seinem Palast! Einen Offizier der Wache, mehr hatte in der kurzen Nachricht nicht gestanden, weder ein Name noch, was der Mann verraten hatte. Es wäre allerdings auch ein Wunder gewesen, wenn diese Sache reibungslos über die Bühne gegangen wäre.

Thenar hätte fast gelacht. Reibungslos? Die Müdigkeit verwirrte schon seine Gedanken. Sein schöner Plan brannte an allen Ecken und Kanten, und wenn er irgendwo ein Feuer austrat, flammte anderswo ein neues auf. Aber alles war vorbereitet, und morgen, wenn die falsche Prinzessin ihrem Bräutigam den traditionellen Kuss gab, war Weszens Schicksal besiegelt. *Und das dieses Mädchens,* sagte eine leise innere Stimme.

Das ist nicht zu ändern, schob er den Gedanken zur Seite, *und ich würde keinen Gedanken an sie verschwenden, wenn ich nicht wüsste, dass sie Arris' Tochter ist.* Es gab von Meister Grau noch keine endgültige Bestätigung, aber er spürte einfach, dass es so war. Er war also dabei, eine Peratis zu opfern, noch dazu eine, die sich als klug, zäh und sogar liebenswert erwiesen hatte.

Sie hatte ihm wirklich für die Schmetterlinge gedankt, diesen kleinen, einfachen Trick. Am Anfang hatte er sie für eine gewohnheitsmäßige Lügnerin gehalten, aber inzwischen zeigte sich unter all den Schleiern der Täuschung, dass sie im Grunde ihres Herzens aufrichtig war, vermutlich war sie die aufrichtigste Person in diesem ganzen Palast. Und er würde sie morgen umbringen.

Thenar blieb stehen. Wie hatte sein Plan nur so ein furchtbares Ende nehmen können? Dann durchfuhr es ihn wie ein Blitz: Sie musste nicht sterben! Wenn er ihr genug von dem Gegenmittel gab, würde sie es überleben. Sie würde gemeinsam mit Weszen erkranken, aber nur er musste sterben. Und mit etwas Glück schwängerte sie dieser potente Stier gleich in der ersten Nacht. Dann würde Caisa den Erben von Terebin und Ugir gebären …

Er stöhnte. So ein Unsinn. Sie war nicht Caisa, sie war Alena. Und wenn sie nicht mit dem Prinzen starb, würde man sie und damit alle Perati für die Mörder von Weszen halten. Und wie sollte er erklären, dass es plötzlich zwei Prinzessinnen gab? Nein, das funktionierte hinten und vorne nicht. Er fluchte und ging weiter. Aber der Gedanke, die falsche und doch echte Prinzessin zu retten, hielt sich hartnäckig in seinem Hinterkopf.

Der Wahrzauberer erwartete ihn im Keller des Südflügels, und als Thenar in die niedrige Kammer trat und den angeblichen Verräter sah, fragte er sich, warum er nicht früher darauf gekommen war: »Oberst Luri? Wie ich sehe, steckt Ihr wieder einmal in Schwierigkeiten!«

»Aber, Meister Thenar, das ist alles nur ein großes Missverständnis!«, rief der Oberst.

»Meister Uth?«

Der Wahrzauberer räusperte sich. »Dieser Mann verbirgt wenigstens ein großes Geheimnis.«

»Und mehr wisst Ihr nicht?«

»Ich kann eine Lüge leicht erkennen, doch die Wahrheit ist viel schwieriger zu finden. Ich kann nur sagen, dass er sich mit jemandem verschworen hat.«

Thenar nickte. »Ich danke Euch, Meister Uth, auch dafür, dass Ihr diese Sache so diskret behandelt habt. Das habt Ihr doch, oder?«

»Es erschien mir unsinnig, Alarm zu schlagen, wenn wir noch nicht wissen, mit was für einer Verschwörung wir es hier zu tun haben. Manchmal ist die Wahrheit viel weniger aufregend, als es die Lüge, die sie verbirgt, glauben lässt.«

»Nun, Oberst Luri, dann erzählt mir doch, was Ihr verbergt«, begann Thenar das Verhör.

»Nichts, gar nichts verberge ich! Ich bin unschuldig!«

Aber der Strategos hatte seine Zweifel. Der Mann hatte Spielschulden, trank zu viel und galt als charakterschwach. Er hätte ihn längst aus der Wache entfernt, wenn er nicht einflussreiche und vor allem reiche Verwandte gehabt hätte. Sie hatten einen guten Teil der Mittel für diese Festlichkeiten vorgestreckt. Das durfte er nicht vergessen.

»Dann erzählt mir doch, Oberst, wie hoch Eure Spielschulden inzwischen sind – und wem Ihr Geld schuldet.«

»Ich spiele schon seit Jahren nicht mehr!«

Selbst Thenar wusste, dass das nicht die Wahrheit war, und Meister Uth zischte: »Er lügt! Ihr seid auf der richtigen Fährte!«

Das hätte allerdings auch jeder Idiot gemerkt. »Also ... wie hoch sind Eure Schulden?«

»Ich habe fast keine Schulden mehr, Herr.«

»Er sagt die Wahrheit«, meinte Meister Uth.

Thenar runzelte die Stirn. »Wer hat sie denn bezahlt, und was habt Ihr dafür getan?«

Der Oberst schwieg.

»Ist es jemand im Hafenviertel? Ich weiß, dass Ihr Euch dort in den Tavernen herumzutreiben pflegt. Spielschulden?«

»Es sind nicht allein die Schulden«, meinte der Wahrzauberer, »aber er ist in irgendetwas Böses verwickelt.«

Thenar runzelte die Stirn. Er hatte auf irgendeine kleine Unregelmäßigkeit gehofft, etwas Bestechlichkeit vielleicht. Zu mehr hielt er den Mann nicht für fähig. Etwas Böses? Dann fiel ihm schlagartig wieder ein, wer damals das Attentat auf Caisa untersucht – und nichts gefunden hatte!

»Die beiden Mörder, die damals in den Palast eingedrungen waren – *Ihr* habt ihnen geholfen?«

Luri schüttelte den Kopf.

»Doch, das hat er!«, rief Meister Uth triumphierend.

»Das Seil, das aus dem Fenster hing? Die schwach bewachte Stelle in der Mauer? Warum bin ich nicht früher darauf gekommen!«, rief Thenar. »Aber das habt Ihr nicht alleine ausgeheckt. Dazu seid Ihr zu dumm. Wer ist Euer Auftraggeber?«

Luri sträubte und wand sich, aber am Ende knickte er ein und gestand: Es gebe ein Schiff, das regelmäßig Weizen aus Haretien brachte, und der Kapitän habe ihm die Anweisungen und seinen Lohn gegeben. Und der Oberst hatte ihm alles verraten, was er über die Hochzeit und die Prinzessin wusste.

»Dann haben wir also Euch den Überfall auf Crisamos und Perat zu verdanken?«, fragte Thenar.

Luri, nur noch ein Häufchen Elend, nickte.

»Und Ihr habt nichts davon gemerkt?«, fragte Meister Uth geringschätzig.

»Ich war wohl anderweitig beschäftigt«, knurrte Thenar missmutig. Er hatte das Gefühl, dass da noch mehr war, und er fand, dass der Wahrzauberer schon zu viel wusste.

»Warum«, so fragte er ihn, »nehmt Ihr Euch nicht ein paar meiner Leute und besucht diesen Kapitän im Hafen, Meister Uth? Dieser Mann kann uns sagen, wer die Hintermänner sind. Und wer könnte das besser in Erfahrung bringen als Ihr?«

Der Zauberer zögerte kurz, aber dann willigte er ein. Thenar sah ihm an, wie geschmeichelt er sich fühlte.

»Ist der Kapitän denn zurzeit überhaupt im Hafen, Luri?«, fragte er, als sie endlich allein waren.

Der Oberst schüttelte den Kopf.

»Sehr gut, und noch besser, dass Ihr es diesem Zauberer nicht auf die Nase gebunden habt. Aber da ist doch noch mehr, Luri, oder?«

Der Oberst nickte.

»Wollt Ihr es Euch nicht von der Seele reden, Mann?«

»Aber es betrifft eine hochgestellte Dame, Herr.«

»Eine Dame?«

»Ich will sie nicht in Schwierigkeiten bringen, Herr.«

»Das habt Ihr längst. Sagt es mir, das dürfte für die Betreffende viel angenehmer sein, als wenn es dieser Meister Uth erfährt.«

»Ich … ich habe der Dame bei einer Sache im Hafenviertel geholfen. Es ist … es geht … um Elderfrau Luta, Herr.«

Und jetzt war Thenar wirklich überrascht.

Hawa wollte wieder alle Einzelheiten über das Fest erfahren, während sie Alena aus dem Kleid half. Alena gab jedoch nur einsilbig Auskunft, denn in ihr war ein Entschluss gereift, den sie nun umsetzen musste. »Gibt es hier etwas zu schreiben, Hawa?«, unterbrach sie die Flut der Fragen.

»Zu schreiben? Sicher, auch wenn Prinzessin Caisa nicht viel Verwendung dafür hatte.«

»Bring es mir, bitte.«

Als sie das Verlangte hatte, hielt sie noch einmal inne. Es war gefährlich, was sie da vorhatte, nicht nur für sie. Aber es ging nicht anders. »Kann ich dir vertrauen, Hawa?«

»Aber natürlich, Hoheit.«

»Auch, wenn ich dir einen Auftrag gebe, von dem selbst der Herzog oder Meister Thenar nichts wissen dürfen?«

Die Kammerzofe bekam große Augen, zögerte und nickte dann stumm.

»Gut. Dann lass mich schnell ein paar Zeilen verfassen.« Und als sie hastig und in wenigen Worten Prinz Weszen beschrieben hatte, was ihr auf der Seele brannte, dass nämlich sein Tod beschlossene Sache sei, sie aber nicht wisse, wie es geschehen solle, da versiegelte sie das kleine Pergament notdürftig mit ein paar Tropfen gewöhnlichem Kerzenwachs und drückte es Hawa in die Hand.

»Aber was soll ich damit?«, fragte Hawa, offensichtlich völlig verwirrt.

»Gleich, wenn ich zu Bett gegangen bin und du meine Gemächer verlassen hast, gehst du in den Garten. Bring das zum Zelt von Prinz Weszen. Aber nur er persönlich darf es bekommen, verstehst du?«

Hawa war blass geworden, nickte aber. Alena sah ihr tief in die Augen. Sie mochte die Haretierin, aber sie hatte nicht vergessen, dass sie Thenars Geschöpf war. Also sagte sie: »Na schön, ich kann dir auch verraten, was darin steht. Weißt du, ich habe den Prinzen ... beleidigt. Und auch, wenn es ihm recht geschah, so tut es mir doch leid, und ... und ...« Sie stockte und schaffte es, zu erröten. »... es stehen noch ein paar Gedanken darin, in denen ich mich, meine Gefühle ... Es ist närrisch, und ... mehr will ich gar nicht sagen. Falls man dich erwischen sollte, was die Himmel verhüten mögen, so vernichte diesen Zettel mit meinen albernen Gedanken bitte. Schlucke ihn hinunter oder verstecke ihn. Es wäre mir zu peinlich, das zu erklären.« Sie musste einfach hoffen, dass Hawa keine Ahnung hatte, dass Weszen sterben sollte, und nicht ahnte, wie gefährlich der Auftrag in Wahrheit war.

Wieder nickte die Haretierin.

Alena umarmte sie. »Gut. Du bist meine einzige Freundin hier, Hawa. Ich danke dir.«

Und als sie im Bett lag und Hawa gegangen war, dachte sie, dass sie mehr nicht hatte tun können. Und das, was sie getan hatte, war verzweifelt wenig.

Sie schloss die Augen. Ihre Gedanken kreisten wild, weil so viel geschehen war und wohl noch mehr geschehen würde. Morgen würde sie also heiraten. Und morgen Abend würde alles vorbei sein. Dann war sie frei, und schon bald würde das alles hoffentlich wie ein böser Traum hinter ihr liegen. Ein Traum, so dachte sie, als sie über die duftenden Laken strich, der auch seine angenehmen Seiten hatte.

Ein kalter Wind zog ins Zimmer.

Alena schreckte hoch. Das Fenster stand offen. Sie musste eingenickt sein. Einen Augenblick lang wusste sie nicht, wo sie war. Dann fiel ihr alles wieder ein. Ihre Finger tasteten nach dem Schwefelholz für die Kerze. Die kleine Flamme leuchtete auf, und ein wohlbekanntes Gesicht wurde für einen Sekundenbruchteil sichtbar, spitzte die Lippen und blies das kleine Licht aus.

»Es wäre mir lieber, wir würden im Dunkeln bleiben, Alena von den Krähen.«

»Meister Brendera?«

»Erfreulich, dass Ihr Euch an Euren alten Freund erinnert.«

»Wo ... ich meine ... wie seid Ihr hier herein... was *macht* Ihr hier?«

»Was ich hier mache? Ich besuche eine Freundin, würde ich sagen. Und wie? Durch das Fenster, denn Eure Tür ist gut bewacht.«

»Aber es stehen doch Wachen unter meinem Fenster!«

»Zum Glück nicht auch *über* Eurem Fenster. Einer Eurer Vettern, fragt mich nicht welcher, denn es sind derart viele, dass ich mir ihre Namen wirklich nicht merken kann, ließ mich an einem Seil herab.«

»Einer meiner Vettern? Was habt Ihr mit meiner Familie zu schaffen?«

»Wir sind gewissermaßen geschäftlich verbunden, die Undaros und ich. Sie haben mich von der Insel gerettet, und ich habe ihnen gezeigt, wie sie in den Palast gelangen können. Es war nicht leicht, sie davon zu überzeugen, dass es erfolgversprechender ist, hier den Diener zu spielen, als einen plumpen Diebstahl zu versuchen. Da musste wohl mit der Familientradition gebrochen werden ...«

»Was meint Ihr mit *gerettet?*«

»Nun«, sagte die Stimme aus dem Dunkeln, »das ist der unerfreuliche Teil dessen, was ich zu berichten habe. Es kam, wie ich befürchtet hatte, Alena, nur schneller. Kurz nachdem Ihr das Kloster verlassen hattet, wurde auch Caisa abgeholt. Und kaum war sie an Bord eines kleinen, unauffälligen Fischerboots, gingen die Soldaten daran, alle Zeugen dieses großen Betruges auszulöschen. Nur zufällig war ich nicht in meinem Quartier, als das Morden begann. Ich habe gesehen, wie sie Meister Siblinos töteten, als er mit seinem Stock versuchte, seine geliebte Lepella zu beschützen. Und dann sah ich, dass sie auch meine Tür eintraten. Ich bin geflohen, hinab zum Ufer, weil ich dachte, dass nur Caisa mich vielleicht noch retten könnte ...«

Alena saß stocksteif im Bett. Sie wollte nicht glauben, was ihr aus der Finsternis zugeflüstert wurde. Meister Siblinos und Doma Lepella tot? »Und ... die anderen?«, fragte sie erschüttert.

»Ich muss zugeben, dass ich über sie nichts sagen kann, doch befürchte ich das Schlimmste. Als ich hinunter zum Steg lief, bemerkte ich erst gar nicht, dass ich mitten hinein in eine Schlacht geriet. Und ich verstand erst recht nicht, warum da ein zweites Fischerboot angelegt hatte. Ich hörte Männer fluchen und Schwerter klirren, und dann hörte ich Caisa um Hilfe schreien. Bevor ich jedoch nur daran denken konnte, ihr zu helfen, traf mich irgendetwas am Kopf, und ich wurde ohnmächtig. Erst an Bord kam ich wieder zu Bewusstsein. Es war Eure Familie, Alena, die zur Insel gekommen war, um Euch zu holen. Wirklich bemerkenswert, dieser Familiensinn, möchte ich meinen. Sie dachten, sie hätten Euch, und da Caisa sich über mich geworfen und mich beschützt hat, haben sie auch mich mitgenommen. Sie waren ziemlich enttäuscht, als sie herausfanden, dass sie nur Eure Doppelgängerin erwischt hatten, aber ich habe sie davon überzeugt, dass es lohnender sein könnte, Caisa und mich *nicht* einfach ins Meer zu werfen.«

»Meine Familie hat also Caisa in ihrer Gewalt?«, fragte Alena tonlos. Sie spürte, dass ihr Tränen über die Wangen rannen. Ihre Freunde waren tot?

»Ja, aber sie wissen ihren Wert kaum zu schätzen. Jedenfalls wollen sie sie gegen Euch eintauschen. Und deshalb bin ich hier.«

»Ihr wollt mich hier herausholen?«

»Genau. Eure Familie hat Eure Flucht mehr oder weniger vorbereitet, auch wenn ich noch keinen rechten Plan erkennen kann. Und sie wird Caisa irgendwo an Land setzen, wenn Ihr erst an Bord ihres Bootes seid.«

»So einfach geht das?«, fragte Alena matt.

»Wenn man Eurer Großmutter zuhört, scheint es so zu sein. Wie gesagt, ich habe Zweifel, denn es wimmelt doch überall von Wachen und – zwei Dutzend Undaros gegen ganz Terebin? Das kann nicht gut gehen.«

»Die Basa … sie ist *auch* hier?«

»Ja, sie hat die Herrschaft über die Küche an sich gerissen. Eine Stelle, die ich ihr übrigens vermittelt habe, um es einfach einmal beiläufig zu erwähnen.«

»Ah, deshalb!«, rief Alena und verstand endlich, warum sie beim Essen so oft an Filgan gedacht hatte: Die Speisen waren nach Undaro-Art gewürzt.

»Jedenfalls habe ich mir sagen lassen, dass sie ihre Heimat sonst nur sehr ungern verlässt. Ihr solltet Euch geschmeichelt fühlen.«

»Aber warum hat sie gerade Euch geschickt? Warum nicht einen meiner Vettern?«

»Eure Basa meint, dass Ihr vielleicht eher auf mich als auf einen Undaro hört. Sie erwartet einen Erfolg, und ich würde sie nur ungern enttäuschen. Ich weiß, sie sieht auf den ersten Blick nicht nach viel aus, aber dennoch, sie macht mir Angst.«

Alena nickte, auch wenn das Brendera im Dunkeln nicht sehen konnte. Dieses Gefühl kannte sie nur zu gut.

Der Tanzmeister fuhr fort: »Aber, bevor ich es vergesse ... da wäre noch eine Kleinigkeit. Der Brautschmuck. Der Palast redet von nichts anderem, und Eure Großmutter verlangt ihn als Wergeld für die Toten und die Verwundeten.«

In Alena stieg Zorn auf. »Sie bekommt weder mich noch den Schmuck!«

»Ihr stellt Euch weiterhin gegen Eure Familie? Auch jetzt noch, wo Ihr doch wisst, was dieser Strategos mit Euren Freunden gemacht hat?«

»Ihr habt es erraten.«

Brenderas leises Lachen klang durch die Finsternis. »Ich dachte mir schon, dass Ihr so reagieren würdet, da ich weiß, wie sehr Ihr es hasst, wenn man Euch sagt, was Ihr tun sollt. Deshalb habe ich mir einen anderen Ausweg für Euch überlegt.«

»Und wie soll der aussehen?«, zischte Alena, die ungeheuer wütend war, auf den Strategos, auf ihre Familie, auf Meister Brendera, schlicht auf die ganze Welt.

»Ihr übergebt mir den Schmuck, und ich schaffe Euch ohne die Hilfe Eurer Familie aus der Stadt.«

»Ihr seid hinter dem Gold her?«

»Wer wäre das nicht? Es ist doch eigenartig, dass es an diesem Meer, das man das Goldene nennt, so viel Silber und so wenig Gold gibt. Ein Mann könnte mit einem Viertel dieses Schmucks bis an sein Lebensende ausgesorgt haben, wenn er nur halb so wertvoll ist, wie alle sagen.«

»Und wie wollt Ihr uns hier herausschaffen?«, fragte Alena.

»Es gibt da eine geheime Pforte und einen Fluchtgang, von dem kaum jemand weiß.«

»Aber Ihr schon?«, fragte Alena mit leisem Hohn.

»Ich hatte eine Geliebte, oder sagen wir, eine glühende Verehrerin in diesem Palast, die mir diese Tür gezeigt hat. Ich hielt sie für die Pforte zum Paradies oder, genauer, zu besseren Zeiten, aber dann entpuppte sie sich als das Tor zum Kerker. Doch nun kann es der Ausgang zu unserer Freiheit sein. Passt auf – ich werde Eurer Familie erzählen, dass Ihr Euch stur stellt, während Ihr den Schmuck besorgt. Dann kehre ich zurück, und im Handumdrehen sind wir verschwunden.«

»Nur, dass es Euch gar nicht um mich, sondern um das Gold geht, Meister Brendera.«

»Warum soll ich nicht das eine mit dem anderen verbinden? Und, um ehrlich zu sein … ich bin vor allem hier, weil ich Euch retten will, Alena.«

Lügner, dachte Alena und sagte: »Aber der Schmuck liegt sicher verwahrt in der Schatzkammer und wird erst morgen früh hierhergebracht. Doch wenn diese Pforte wirklich existiert, dann können wir doch auch ohne das Gold fliehen. Ich brauche diesen Schmuck nicht, Meister Brendera.«

»Erst morgen? Wie schade. Nun, wir könnten fliehen, das ist wahr, aber ich fürchte, ohne ausreichende Mittel kämen wir beide nicht sehr weit. Wir brauchen dieses Gold, Alena, sonst endet unsere Flucht, bevor sie richtig begonnen hat.«

»Ich verstehe«, sagte Alena und versuchte, sich ihre tiefe Enttäuschung nicht anmerken zu lassen. Brendera war nicht ihretwegen hier. Und es war ihm egal, was mit ihrer Familie geschehen würde, wenn sie verschwand und man herausfand, wer ihr geholfen hatte. »Nein, Meister Brendera, ich fürchte, Ihr müsst ganz ohne Gold aus Terebin verschwinden. Denn ich werde Euch gewiss nicht helfen, es zu bekommen.«

»Aber Euer Leben ist in Gefahr, Alena! Der Strategos wird Euch ebenso töten wie unsere Freunde!«

»Das ist mir gleich.«

»Ihr wählt lieber den Tod als meine Hilfe?«

»Der Tod ist wenigstens ehrlich«, gab sie wütend zurück.

»Eure Basa hatte Recht. Ihr seid wirklich sturer als ein Maulesel«, zischte Brendera.

»Sie hat oft Recht, unsere Basa. Bestellt Ihr meine Grüße. Ich werde mich weder mit ihr noch mit Euch davonmachen. Ja, vielleicht begleite ich Prinz Weszen sogar auf sein Schiff. Und jetzt verschwindet, sonst rufe ich die Wachen.«

»Alena, ich bitte Euch, redet keinen Unsinn. Euer Leben steht auf dem Spiel!«

»Ihr wolltet sagen, Euer Reichtum, oder? Verschwindet endlich!« Sie räusperte sich hörbar. »Wachen!«, rief sie, wenn auch nur halblaut.

»Ihr seid verrückt!«

»Mag sein. Ich zähle bis drei ...«

»Schon gut. Aber ich habe keine Schuld an dem, was geschehen wird.« Sie hörte seine leisen Schritte.

Es klopfte vorsichtig an der Tür.

Sie sah Brenderas Schatten vor dem Fenster. Dann war er draußen verschwunden. Alena hatte gerade eine Kerze entzündet, als die Wache die Tür vorsichtig öffnete. »Ihr habt gerufen, Hoheit?«

»Ja, schickt Hawa zu mir.«

Die Wache verschwand, kam aber kurz darauf wieder, um zu melden, dass die Dienerin der Prinzessin bedauerlicherweise nicht in ihrer Kammer sei.

Meister Thenar fing sich schnell wieder, auch wenn er kaum glauben konnte, was er nach und nach aus Oberst Luri herausholte. Luri hatte sich mit der Herzoginmutter verschworen?

Meister Grau hatte ihm berichtet, dass Luta vergeblich auf jemanden gewartet hatte. Das entsprach nicht der Wahrheit. Sein bester Spion hatte ihn schlicht angelogen.

Das Verhör war noch einmal unterbrochen worden, weil die

Wachen einen Befehl von ihm brauchten, um den Wahrzauberer zum Hafen zu begleiten. Das sprach für ihre Loyalität, aber es war auch wieder zeitraubend. Doch nun waren Meister Uth und die Soldaten endlich unterwegs zum Hafen, wo sie hoffentlich lange suchen, aber nichts finden würden. Und dann dauerte es nicht lange, bis Luri ihm alles verriet, was er über die Herzoginmutter und ihr Treffen mit den Mambara wusste.

Er ließ den Mann in den Kerker schaffen und machte sich auf den Weg hinüber ins Sommerhaus, das sich Luta mit ihrer Tochter teilte. Oberst Luri wusste keine Einzelheiten, aber Elderfrau Luta würde es wissen. Es war zwar mitten in der Nacht, aber Thenar musste unbedingt in Erfahrung bringen, was die Herzoginmutter mit den Mambara vorhatte.

Der Garten mit den vielen Zelten lag ruhig im Schein der Laternen. Soldaten standen hie und da, und auch auf den Mauern blitzten ihre Hellebarden im Fackelschein. Er hatte alles Menschenmögliche unternommen, um sämtliche Gefahren von außen abzuwehren, aber die Gefahr, die seinen Plänen von innen drohte, übersehen.

Er machte einen kleinen Umweg, um einen Blick auf Weszens Zelt und seine Wachen zu werfen. Dabei wäre er beinahe mit einer Frau zusammengestoßen, die einen Topf vor sich her trug.

»So passt doch auf!«, rief er.

»Verzeiht Herr, habe Euch nicht gesehen«, erwiderte die Köchin. Er erinnerte sich an sie. Es war die, über die sich der Koch beschwert hatte. »Was habt Ihr denn hier zu suchen? Wart Ihr etwa im Zelt des Prinzen?«

Die Köchin zuckte mit den Achseln. »Ob Prinz oder Bettler, wenn sie hungrig sind, müssen sie essen.«

Thenar schüttelte den Kopf über die seltsame Alte und ging weiter. Er betrat das Sommerhaus, suchte das Zimmer der Herzoginmutter, stieg über den Diener hinweg, der sich vor der Tür eigentlich zu ihrer Verfügung halten sollte, aber eingeschlafen war, und trat, ohne anzuklopfen, in ihr Schlafgemach.

Luta schlief nicht. Sie stand am offenen Fenster und starrte hinauf zu der schmalen Sichel des jungen Mondes, die sich scharf und hell am Himmel abzeichnete. Sie trug immer noch die Kleider, die sie beim Fest getragen hatte. Sie drehte sich um, hob missbilligend eine Augenbraue und blickte wieder hinauf zum Mond. »Seid Ihr so in Eile, dass Ihr Euch nicht einmal mehr mit den einfachsten Formen der Höflichkeit aufhaltet, Thenar?«

»Ich muss dringend mit Euch sprechen, ehrenwerte Luta.«

»So dringend, dass Ihr nicht einmal anklopft?«, fragte sie gallig.

»Verzeiht, aber ich war wohl in Gedanken«, erwiderte Thenar entschuldigend. Er spürte, dass die unberechenbare Alte nur einen Vorwand suchte, um sich zu streiten.

»Ich verstehe, dass Eure Emsigkeit Euch wenig Zeit lässt, einmal über etwas nachzudenken, Thenar. Das ist eben Euer Fehler. Ihr plant und handelt – und am Ende erreicht Ihr gar nichts, weil Ihr etwas Wichtiges übersehen habt. So wie jetzt auch. Habt Ihr nicht versprochen, dass Ihr diese Ehe verhindern und die arme Caisa vor diesem Monster Weszen retten würdet? Und nun schreitet sie in wenigen Stunden zum Altar. Ihr habt jämmerlich versagt, Thenar.«

»Und weil Ihr das glaubt, habt Ihr beschlossen, die Dinge selbst in die Hand zu nehmen, ehrenwerte Luta?«

Jetzt wandte sie sich endlich vom Fenster ab. »Ich habe keine Ahnung, wovon Ihr sprecht, Thenar.«

»Ich spreche von Oberst Luri, einer Taverne im Hafenviertel und Eurem heimlichen Treffen mit dem Mambara!«, rief er.

»Ah, Luri hat geredet, wie? Ich dachte mir schon, dass er am Ende sein Maul nicht halten würde. Ich habe mich schon immer gewundert, dass Ihr einen wie ihn in der Wache duldet, Thenar.«

»Das hat Euch aber nicht daran gehindert, ihn für Eure kleine Verschwörung zu benutzen, ehrwürdige Luta. Also – der Mambara ... was soll er für Euch tun?«

Die Elderfrau seufzte. »Ist das denn so schwer zu erraten? Er und seine Männer sollten Weszen töten, ihn auf dem Weg in den Palast überfallen. Aber offensichtlich haben sie es sich anders überlegt. Also wird mein Lamm, meine Caisa, morgen zur Schlachtbank geführt.«

Sie klang verloren. »Sagt, Thenar, kennt Ihr die Geschichten vom Schwarzen Mond ... dass er Unglück bringt, immer am Ende des Sommers?«

»Das sind nur Legenden, ehrenwerte Luta«, sagte Thenar. »Unglück geschieht doch zu jeder Jahreszeit.«

»Keines, das mich so bedrückt wie das, was morgen über uns kommen wird.«

»Könnt Ihr deshalb nicht schlafen?«, fragte Thenar.

»Tut bitte nicht so, als würdet Ihr Euch um mich sorgen, Strategos. Geht, sorgt Euch lieber um die arme Caisa und nicht um eine alte Frau, die keinen Schlaf findet, weil ihr das Schicksal ihrer Enkelin das Herz abdrückt.«

Thenar verbeugte sich stumm und eilte zurück in den Palast. Die Alte hatte ihn beschämt, und er brauchte einige Minuten, bis er das schlechte Gewissen, das ihn plagte, abgeschüttelt hatte. Er hatte sie doch nicht zu Unrecht verdächtigt, ganz im Gegenteil: Sie hatte diese Mambara angestiftet, Weszen umzubringen, aber die hatten es sich offenbar anders überlegt.

Thenars Schritte verlangsamten sich. Man konnte den Kriegern dieses Volkes viel nachsagen, aber nicht, dass sie feige wären. Warum hatten sie es nicht versucht? Gerade während des Getümmels, in dem der Zug stecken geblieben war, hätten ein paar entschlossene Männer viel Unheil anrichten können. Hatte Luta ihn vielleicht belogen? Würden die Mambara vielleicht erst noch zuschlagen? Er war drauf und dran umzukehren. Er könnte Meister Grau beauftragen herauszufinden … Meister Grau! Er hatte es fast vergessen, aber sein Spion hatte ihn in die Irre geführt! Er hatte behauptet, die Herzoginmutter sei unverrichteter Dinge aus dem Hafenviertel abgezogen. Er hatte kein Wort über Luri, die Taverne und die Mambara verloren.

Thenar eilte die Treppen hinauf in sein Gemach. Der kommende Tag war nicht mehr fern. Er hatte tausend Dinge zu bedenken, aber er wurde das Gefühl nicht los, dass er unbedingt erfahren musste, warum Meister Grau ihn belogen hatte.

Vor dem Gemach stand jemand und schien ihn zu erwarten. Es war die Leibdienerin der Prinzessin.

»Hawa? Was macht Ihr denn hier?«, fragte er, sofort alarmiert. »Ist etwas vorgefallen?«

»Nein, Herr, das heißt, eigentlich ja. Die Prinzessin bat mich, Prinz Weszen diesen Zettel zu überbringen.«

Er nahm ihr das Schreiben aus der Hand. »Kerzenwachs?«, fragte er lächelnd, als er die notdürftige Versieglung sah.

»Sie wollte kein offizielles Siegel, aber sie wollte auch nicht, dass ich in Versuchung gerate hineinzuschauen.«

»Aber Ihr habt es zu mir gebracht. Das war eine gute Entscheidung, Hawa. Ich danke Euch. Wenn die Prinzessin fragt, sagt Ihr, dass Weszen den Brief erhalten hat, aber nicht in Eurem Beisein öffnen konnte, weil er nicht alleine war. Doch wartet noch einen Augenblick.«

Noch auf dem Gang erbrach Thenar das lächerliche Siegel und las kopfschüttelnd die kurzen Zeilen. Sie warnte Weszen? Das war erbärmlich, aber eigentlich hatte er es geahnt. Sie mochte diesen Prinzen, weil sie einfach nichts von der Feindschaft verstand, die zwischen Skorpionen und Perati herrschte, und weil sie Weszen nicht kannte. Gerade mit den Korsaren von Ugir hatte sich die Familie immer wieder herumplagen müssen.

Waren nicht sogar Ectors Vater und sein Strategos, der alte Gawas, in einem Seegefecht gegen diese Seeräuber gefallen? Wahrscheinlich kannte sie die Geschichte sogar, aber sie hatte die Feindschaft eben nicht mit der Muttermilch aufgesogen wie die anderen Perati.

Gleichzeitig war es beruhigend zu lesen, dass sie keinerlei Ahnung davon hatte, wie sein Plan aussah. Der Prinz ahnte vermutlich schon lange, dass sie ihm nach dem Leben trachteten, er erwartete es wahrscheinlich sogar. Er hätte diesen Brief nicht abfangen müssen, ja, er hätte ihn nicht abfangen dürfen.

»Folgt mir«, kommandierte er knapp, betrat seine Gemächer und ging gleich in die Schreibstube. Der üble Geruch, der ihm schon seit ein paar Tagen unangenehm in die Nase stach, war fast unerträglich.

»Es riecht verfault, Herr«, sagte Hawa.

»Kümmert Euch nicht um Gerüche, Weib«, erwiderte er, während er den Brief neu mit einfachem Kerzenwachs versiegelte. »Bringt das zu Weszen, wie es die Prinzessin gewünscht hat. Nun seht mich nicht so an, beeilt Euch!«

Er war höchst zufrieden mit sich. Dieses kleine Schreiben würde den Prinzen annehmen lassen, dass seine Braut es ehrlich mit ihm meinte. Er würde nicht ahnen, dass gerade sie ihm den Tod bringen sollte.

Er öffnete ein Fenster, ging hinüber in sein Schlafgemach, in dem es inzwischen auch schon merkwürdig roch. Dann klingelte er nach seinem Kammerdiener.

»Mann, merkt Ihr eigentlich nicht, was für ein übler Geruch aus der Schreibstube kommt?«, fuhr er ihn an, als der Mann verschlafen herbeigelaufen kam. »Wird hier nicht mehr geputzt oder wenigstens gelüftet?«

Der Diener sah ihn groß an. »Aber, Herr, Ihr habt es doch verboten.« Und als Thenar barsch nachfragte, erklärte er: »Ihr habt mir selbst gesagt, dass wir Euch nicht stören dürften, und habt ausdrücklich verlangt, dass wir Eure Schreibstube erst nach der Hochzeit wieder betreten und säubern dürfen.«

Thenar starrte den Mann an. »Was redet Ihr da? Ich hätte …« Er verstummte. Was war das für ein Unsinn? Waren hier alle verrückt geworden? Dann fügte sich plötzlich eines zum anderen. »Wartet hier«, befahl er heiser. Er rannte hinüber in sein Arbeitszimmer, nahm eine Lampe und ging zu dem Verschlag, in dem sich Putzlumpen und Eimer befanden und in dem sich einst die Doppelgängerin versteckt hatte.

Er öffnete die kleine Tür. Der Gestank der Verwesung war so stark, dass er sich fast übergeben musste. Er hielt die Luft an und hob die Laterne. Da hing ein Mantel an einem Haken, der ihm bekannt vorkam. Er zog ihn weg und blickte in das aufgedunsene Gesicht von Meister Grau. So, wie er roch und aussah, musste er schon lange dort hängen.

Aber wenn Meister Grau schon seit Tagen tot war – mit wem hatte er dann erst gestern noch gesprochen?

Alena ging ruhelos auf und ab. Die Basa war im Palast und offenbar fest entschlossen, sie hier herauszuholen und sich gleichzeitig noch einen Schatz unter den Nagel zu reißen. Das war verrückt, vor allem, weil sie aus Brenderas Worten herausgehört hatte, dass ihre Familie keine Ahnung hatte, wie sie das bewerkstelligen sollte.

Und Hawa war nicht zurückgekehrt. Hatte man sie verhaftet? Es wimmelte doch hier überall von Wachen. Das musste auch der Basa aufgefallen sein. Eine Handvoll Undaros mit einer Braut und einem Goldschatz in den Händen würden nicht sehr weit kommen.

Es kann dir doch gleich sein, sagte sie sich, aber es war ihr nicht gleich. Es war eben ihre Familie, und auch wenn sie froh gewesen wäre, das gesamte Goldene und noch ein paar andere Meere zwischen sich und ihrer Basa zu wissen, so konnte sie doch auch nicht zusehen, wie sie ihretwegen blind in ihr Unglück lief.

Sie brauchte einen Plan, einen guten, einen raffinierten, in dem weder Prinzen noch Undaros getötet wurden. Das Dumme war, dass sie nicht einmal einen plumpen, schlechten hatte. Sie hatte gar nichts. Gähnende Leere herrschte in ihrem Kopf. Wie sollten ein paar Krähen aus einem Palast voller Zauberer und Soldaten entkommen – noch dazu Krähen, die nicht bekamen, worauf sie es abgesehen hatten, und deshalb gar nicht verschwinden wollen würden? Die Zeit lief ihr davon. Hinter den Fensterscheiben zeichnete sich schon die Morgendämmerung ab.

Es klopfte leise. Es war Hawa.

»Bei den Himmeln! Ich hatte schon Angst, dir wäre etwas widerfahren!«, rief Alena.

»Ich wurde aufgehalten, aber ich habe die Botschaft überbringen können, Hoheit«, sagte Hawa leise.

»Was hat der Prinz gesagt?«

»Das weiß ich nicht, Hoheit. Er hat den Brief an sich genommen, und ich bin so schnell wie möglich zurückgekehrt.«

»Und wer hat dich aufgehalten? Hat man Verdacht geschöpft?«

»Nur ein paar Soldaten, denen langweilig war. Ich habe ihnen erzählt, dass ich meinen Verlobten in der Küche aufsuchen wolle, da ließen sie mich gehen.«

Alena atmete erleichtert auf, aber dann fiel ihr auf, dass ihr Hawa nicht in die Augen sehen konnte. Alena hatte genug Erfahrung im Lügen, um zu erkennen, dass Hawa log. Sie war auch sehr lange weg gewesen. Und wenn sie nur von ein paar Soldaten aufgehalten worden war, wo war sie dann die übrige Zeit gewesen? Sie hatte ihr leider zu Recht nicht getraut.

Plötzlich hatte sie eine Idee: Es war etwas, was Hawa gesagt hatte, über die Küche …

»Aber warum seid Ihr noch nicht im Bett, Hoheit? Das wird ein langer Tag!«, fragte die Haretierin.

»Deinetwegen, Hawa. Ich habe mir Sorgen gemacht.«

Jetzt konnte ihr die junge Frau erst recht nicht mehr in die Augen schauen. Und genau darauf hatte es Alena angelegt. »Kannst du noch einmal in die Küche gehen und mir einen Krug warme Milch holen? Vielleicht kann mich das beruhigen, auch wenn ich es bezweifle.«

»Natürlich, Hoheit.«

»Und wenn du schon einmal da bist, dann bitte ich dich, der Köchin einen Wunsch zu überbringen.«

»Ihr meint den Koch?«

»Nein, die Köchin, die da neuerdings über die Töpfe wacht. Mir ist aufgefallen, dass sie viel schwarzen Pfeffer in ihrem Essen verwendet, doch vertrage ich den nicht so gut. Frag sie, ob sie nicht auch Haselpfeffer hat.«

»Haselpfeffer?«

»Ja, der Pfeffer der armen Leute, wie man in Filgan sagt. Vielleicht bin ich deshalb richtigen Pfeffer nicht gewohnt.«

Hawa schien froh zu sein, ihr einen Gefallen tun zu können, und sie schien zum Glück nicht viel von Kräutern zu verstehen. Haselpfeffer hatte viele Namen. In einem der Bücher von Bruder Seator hatte Alena gelesen, dass man ihn, je nach Gegend, auch Hasenohr, Natterwurz und Hexenrauch nannte. Bis dahin hatte sie die Pflanze nur unter zwei Namen gekannt: Haselpfeffer, weil sie sich unter diesem Namen am besten verkaufen ließ, und Brechwurz, denn so hatte sie die Basa immer genannt. Und das war ein sehr treffender Name.

Odis Thenar eilte im Dämmerlicht des neuen Tages durch die schlafende Zeltstadt hinüber zum Haus des Alchemisten. Der Tod von Meister Grau hatte einiges durcheinandergebracht. Er hatte ein paar zuverlässige Männer mit der Beseitigung des Leichnams beauftragt und sie, ebenso wie seinen Kammerdiener, zu strengem Stillschweigen verdonnert. Sie hatten ihn hinunter in den Kerker geschafft. Dort mochte er bis nach der Hochzeit liegen.

Er klopfte an die Pforte von Meister Aschley.

»Ihr seid spät dran«, meinte der Alchemist verdrossen, als er selbst die Tür öffnete.

»Das müsst Ihr mir nicht sagen, Aschley«, brummte Thenar. »Die Mittel, schnell doch.«

Er folgte Aschley die Treppe hinunter zum Laboratorium, wo der junge Alchemist umständlich die Tür aufschließen wollte und dann bemerkte, dass sie gar nicht abgeschlossen war. »Merkwürdig«, sagte er, als er die Tür öffnete.

Thenar drängte sich an dem Alchemisten vorbei. Er sah den Tiegel und das Fläschchen auf dem Tisch stehen und nahm sie an sich. »Was habt Ihr?«, fragte er Aschley, der immer noch in der Tür stand und sich misstrauisch umsah.

»Ich hatte abgeschlossen, das weiß ich genau«, murmelte der junge Mann.

Sofort war auch Thenar wieder besorgt. »Fehlt etwas? Ist etwas verändert?«

»Nein, nichts – doch zeigt mir noch einmal unsere beiden Mittel.«

Thenar holte sie aus seiner Tasche, und Aschley besah sich den kleinen Tiegel und hielt das Fläschchen gegen das Licht. »Nein, alles in Ordnung. Es sind die richtigen Gefäße. Ich habe mir wohl nur eingebildet, abgeschlossen zu haben.«

Thenar schüttelte den Kopf. »Glaubt Ihr vielleicht, ich hätte noch nicht genug Sorgen? Ich brauche nicht auch noch einen eingebildeten Einbruch. Und nun geht, kümmert Euch um die Herzogin. Wir wollen doch nicht, dass die Mutter der Braut die Trauung versäumt.«

Er eilte zurück in den Palast. Vermutlich hatten sie schon angefangen, die Prinzessin für den festlichen Anlass vorzubereiten und zu schmücken. Da durften diese beiden kleinen Mittel nicht fehlen.

Seine Schritte wurden langsamer. Das Gegengift. Er fühlte das Fläschchen in seiner Tasche. Es war genug, um die falsche Braut zu retten – doch das sah sein Plan nicht vor.

Meister Grau hatte Hinweise darauf gefunden, dass Alena die Tochter von Arris war, aber im selben Gespräch hatte ihn Grau über Luta und Luri belogen. War es da noch Meister Grau selbst gewesen oder war das schon sein Doppelgänger oder Geist gewesen oder was immer es war, mit dem er in den letzten Tagen gesprochen hatte? Und woher hatte der so viel über das gewusst, was Grau getan hatte?

Sein Verstand sagte ihm, dass der falsche Grau gelogen hatte und dass Alena einfach nur ein Mädchen aus Filgan war, das zufällig der Erbin von Terebin ähnlich sah. Warum hatte er dann dennoch das Gefühl, dass sie mehr war? Die Ähnlichkeit war bestürzend, und sie ließe sich leicht erklären, wenn Caisa und Alena blutsverwandt waren. Seine Hand krampfte sich um das Fläschchen mit dem Gegengift. Wie viel würde er Alena davon geben? Er wusste es immer noch nicht, als er ihre Gemächer betrat.

Alena hatte das Gefühl, dass sie nicht länger Herrin ihres eigenen Körpers war. Sie war in wohlduftenden Essenzen gebadet worden, danach hatten zwei Dienerinnen begonnen, ihren Körper mit kostbaren Ölen einzureiben, und nun musste sie stocksteif auf einem Stuhl sitzen, während ein ganzer Schwarm Frauen damit beschäftigt war, sie auf die Hochzeit vorzubereiten: Zwei Frauen aus Ugir bemalten ihre Arme mit komplizierten roten Mustern, und als sie sich darüber beschwerte, belehrte sie eine der beiden: »Seid froh, Hoheit, dass dies keine traditionelle oramarische Hochzeit ist, denn dann würden wir Euch von Kopf bis Fuß so bemalen. Hoffen wir, dass es dennoch wirkt.«

»Wirkt?«

»Diese Linien sind alte Magie, sie schützen die Braut und ihren Mann vor den Dämonen, die so manche Ehe heimsuchen.«

»Dann wird der Mann auch so bemalt?«

»Natürlich nicht!«

Alena fand das irgendwie ungerecht, fügte sich aber. Sie hätte sich ohnehin kaum bewegen können, denn gleich drei Frauen waren damit beschäftigt, ihr langes Haar zu kunstvollen Zöpfen zu drehen, in die sie auch noch goldene, bernsteingeschmückte Drähte hineinflochten. Dabei saß sie eigentlich auf glühenden Kohlen, denn sie musste doch unbedingt wissen, ob Weszen ihre Warnung beherzigte und ob die Basa ihren Hinweis verstanden hatte, und wenn, ob sie ihn auch befolgen würde – oder ob sie eben doch ihre eigenen Pläne hatte, Pläne, von denen Meister Brendera vielleicht nichts wusste.

Während sie in der Badekammer geschmückt wurde, hörte sie nebenan die Stimmen des Herzogs und Thenars, die sich nach ihr erkundigten, von der alten Dienerin, die hier das Kommando übernommen hatte, aber nicht zu ihr gelassen wurden: Der Braut gehe es gut und die Vorbereitungen seien auf gutem Wege, wenn man nicht dauernd gestört werde, beschied sie die Dienerin ziemlich gebieterisch.

Alena grinste flüchtig.

»Bitte, Hoheit, nicht lächeln und nicht reden, während wir die Farben auftragen«, mahnte sie eine der Ugirinnen.

In der Tat waren sie inzwischen im Gesicht angekommen, und offenbar war das besonders kompliziert.

Alena fühlte sich an die Lämmer erinnert, die man im Frühling festlich herausputzte, um sie dann den Himmeln zu opfern. Sie hätte gerne gesehen, was die Quasten, Pinsel und Stifte, die

Puder, Salben und Farben, mit denen man ihr Gesicht bearbeitete, daraus machten, aber den Spiegel hatte die Alte, die die Arbeiten beaufsichtigte, hinausschaffen lassen. »Wir wollen doch nicht, dass die Braut sich in sich selbst verliebt, nicht wahr?«, hatte sie geknurrt.

Also ertrug Alena die Prozedur mit aller Geduld, die sie aufbringen konnte. Sie hielt verstohlen Ausschau, ob es sich bei einer der zahllosen Mägde oder Dienerinnen, die hier aus und ein gingen, weil irgendetwas zu besorgen oder fortzubringen war, vielleicht um eine Undaro handelte, aber sie konnte keine erkennen, was nicht nur an den Hauben lag, die die meisten von ihnen trugen.

»So ist es gut. Noch die Augen und die Lippen, und Ihr habt es überstanden, Hoheit«, meinte die Alte endlich, und sie scheuchte die meisten der Frauen hinaus, weil sie ihr auf einmal zu viel Unruhe brachten, und dann trug sie eigenhändig eine rote Paste auf die Lippen auf.

Alena seufzte. Die Paste prickelte, gleichzeitig fühlte sie nach dem Bad und all dem, was man mit ihr veranstaltet hatte, eine angenehme Wärme im ganzen Körper. Sie gähnte.

»Nicht doch, Hoheit. Die Lippen!«, mahnte die Alte, und dann sagte sie: »Ja, nicht übel, wollt Ihr es sehen, Hoheit?«

Alena nickte vorsichtig.

Die Alte lachte meckernd und winkte die Helferinnen wieder herbei. »Jetzt könnt Ihr Euch wieder bewegen, Hoheit. Doch versucht, nicht ins Schwitzen zu kommen. Das Kleid, schnell doch. Und holt den Schmuck. Und Ihr zwei, schafft den Spiegel heran.«

Es brauchte drei Frauen, um Alena in das Kleid zu hüllen, das sie zu ihrer Hochzeit tragen würde. Es war von einem dunklen Rot, fast wie die vielen Linien, die sie auf ihren Armen sah. »In Filgan trägt man bei der Trauung Himmelblau«, sagte sie nachdenklich.

»Und in Terebin das Rot der Liebe«, knurrte die Alte. »Was wisst Ihr schon von Filgan?«

»Nichts«, beeilte sich Alena zu versichern. Wo blieb nur der Spiegel?

»Wollt Ihr nicht warten, bis Ihr auch den Schmuck tragt?«, fragte die Alte, als zwei Mägde den großen Silberspiegel keuchend hereinschleppten.

»Ich will es jetzt sehen.«

»Nein«, entschied die Alte, »erst der Schmuck!«, und scheuchte die beiden Dienerinnen wieder hinaus.

Der Schmuck erwies sich nicht nur als außerordentlich schön, sondern auch als sehr kompliziert. Es gab Ringe für jeden Finger, aber auch für die meisten Zehen, Kettchen für die Hand- und Fußgelenke, ein Halsband, das zwölfmal um ihren Hals gewickelt werden musste, Armreifen, ein filigranes Diadem, Spangen für das Kleid, Ohrringe und weitere Halsketten, und das alles aus schwerem Gold und mit kostbaren Rubinen besetzt.

»Ich glaube, ich bin jetzt zwanzig Pfund schwerer«, murmelte Alena.

»Stellt Euch nicht so an«, knurrte die Alte und ließ jetzt endlich den Spiegel hereinbringen.

»Schickt alle hinaus«, raunte plötzlich eine Stimme in Alenas Ohr.

Sie zuckte zusammen, dann erstarrte sie, als sie in den Spiegel blickte. Da stand eine schlanke, hochgewachsene Frau in einem langen roten Kleid, das dunkle Haar zu kunstvollen Zöpfen geflochten, und wann immer sie sich bewegte, blitzten Gold und Rubine auf. Und das Gesicht ... Sie trat näher an den Spiegel heran. Die Brauen waren dunkler und dichter, als sie es in Wahrheit waren, die Augen schienen größer geworden zu sein, und ihre Lippen schimmerten im schönsten Rot, das auch noch zur Farbe des Kleides passte. Sie blickte diese Erscheinung an und bewegte einen Arm, nur um sich zu vergewissern, dass das wirklich ihr Spiegelbild war.

Nein, dachte sie dann, *das bin ich trotzdem nicht …*

Aber war da nicht eben eine Stimme gewesen? Sie sah sich verstohlen um. Keine der Mägde, die sie umstanden und angafften, als wäre sie ein Einhorn oder sonst ein Fabeltier, schien eine Undaro zu sein. Dennoch, es mochte eine Botin der Basa oder des Prinzen gewesen sein.

Sie räusperte sich. »Lasst mich einen Augenblick allein«, verlangte sie.

»Hoheit, dafür haben wir wirklich keine Zeit …«, meinte die Alte.

»Lasst mich einen Augenblick allein!«, rief sie. »Nur einen Augenblick, ich bitte Euch!«

Es war Hawa, die die Frauen schließlich hinausscheuchte und die Tür hinter der brummenden Alten von außen schloss.

Alena war jetzt allein, nur ihr Spiegelbild war da und starrte sie mit großen, ungläubigen Augen an.

»Schwer zu glauben, dass das die eigensinnige Krähe ist, die ich auf einer Insel kennenlernte«, sagte eine Stimme aus dem Schatten einer Säule.

Alena fuhr herum. »Jamade!«

»Wenigstens habt Ihr Eure alten Freunde nicht vergessen«, spottete die Schattentochter.

»Was wollt Ihr denn hier? Wollt Ihr vollenden, was Ihr auf der Insel begonnen habt? Wollt Ihr mich abschlachten, wie Ihr es mit meinen Freunden gemacht habt?«

Jamade lächelte dünn. »Ich werde Euch kein Haar krümmen, *Hoheit.* Ganz im Gegenteil, ich habe vor, Euch zu retten.«

»Ihr? Mich? Schwer zu glauben. Arbeitet Ihr nicht für Meister Thenar?«

»Nicht mehr, seit er mich mit Euren Freunden umbringen lassen wollte. Im Augenblick arbeite ich eigentlich sogar für Eure Familie, denn die Undaros haben sich mit den Schatten verbündet.«

»Meine Familie hat … *was?* Ich glaube Euch kein Wort!«

»Ich habe keine Zeit, mit Euch zu streiten. Tut mir einfach den Gefallen und verliert nicht die Beherrschung, wenn ich jetzt sage, was ich sagen muss.«

Alena starrte sie feindselig an. Erwartete dieses Weib wirklich, dass sie ihm auch nur ein Wort glaubte?

»Ich weiß nicht, ob Ihr den Alchemisten dieses Palastes kennt. Nein? Unwichtig. Dieser Meister Aschley sieht aus wie ein Kind, aber er versteht sein Handwerk. Er hält die Herzogin an der Schwelle des Todes, damit sie keinen Unsinn macht – und er hat ein besonderes Gift für eine falsche Braut gemischt.«

»Für mich? Aber, warum …?«

»Es ist ein tückisches, sehr langsam wirkendes Gift, das nicht nur Weszen töten wird. Es gibt aber auch ein Gegengift.«

»Vergiften? Wie will man mich vergiften? Und wo ist dieses Gegengift?«

»Ihr seid längst vergiftet, Krähe. Der Strategos wird Euch nachher etwas zu trinken anbieten. Er wird glauben, dass darin so viel von dem Gegengift enthalten ist, dass es Euch einige Tage am Leben hält, gerade lange genug, um gemeinsam mit Prinz Weszen zu sterben. Euer Tod in Weszens Armen, weit weg von Terebin, wird jeden Verdacht gegen die Perati zerstreuen. Meister Thenar weiß allerdings nicht, dass ich sein Gegengift gegen reines Wasser ausgetauscht habe. Ihr werdet also lange vor Weszen sterben, wenn ich Euch nicht helfe. Wollt Ihr das Gegengift, Alena Undaro? Genug, um damit zu überleben?«

»Ihr habt es?«

»Nicht mehr, denn ich habe es weitergereicht. Aber ich könnte diesen Alchemisten dazu bewegen, mir den Rest seines Vorrates zu übergeben.«

»Was verlangt Ihr dafür?«, stieß Alena hervor, die keine Sekunde daran glaubte, dass der Schatten irgendetwas umsonst tat. Vergiftet? Es war ein Albtraum …

»Zum einen werdet Ihr mir nach dieser ganzen Sache den goldenen Schmuck übergeben, aber zunächst werdet Ihr dafür sorgen, dass der Strategos den damatischen Schamanen, der Weszen nicht von der Seite weicht, hierherlockt.«

Alena runzelte die Stirn. Auch Jamade wollte den Schmuck? Aber das erschien ihr nebensächlich. »Ihr wollt meinen Bräutigam töten!« Das war naheliegend – schließlich hatte er die Festungen der Schatten verraten.

Aber dann sagte Jamade, als ob sie davon nichts wüsste: »Ganz im Gegenteil. Auch ihn wollen wir retten. Wir können ihm aber das Gegengift nicht geben, solange der Damater vor seinem Zelt steht. Ihr könnt dem Strategos ruhig zuflüstern, dass Prinz Weszen von den Schatten nichts zu befürchten hat. Er hingegen sollte jederzeit mit meinem Besuch rechnen.«

»Wenn ich Alarm schlage, wird man Euch jagen, aber doch ganz gewiss nicht in diesem Zimmer vermuten. Und Meister Thenar glaubt mir vielleicht auch gar nicht. Er traut mir nicht.« Alena starrte die Südländerin an. Das ging alles zu schnell, das war alles zu viel.

Jamade ließ ein dünnes Lächeln um ihre Lippen spielen. »Er will Euch sterben lassen, das sollte Euch mehr Sorgen machen. Aber ich kann Euch auch dabei helfen. Wie heißt diese Dienerin, die auch schon Caisa gespielt hat und jetzt immer bei Euch ist? Ihr wisst, dass sie jeden Eurer Schritte dem Strategos verrät, oder?«

»Ihr meint Hawa?«, erwiderte Alena, die nicht auf die letzte Bemerkung einging, obwohl es sie hart traf, ihren Verdacht ausgerechnet von diesem unheimlichen Weib bestätigt zu bekommen.

»Ruft sie«, sagte Jamade und war plötzlich verschwunden.

Alena rief nach der Haretierin. Sie nahm an, die Schattentochter wollte eine zweite Zeugin für ihren Besuch.

»Die Zeit drängt allmählich, Hoheit. Können wir fortfahren?«, rief Hawa, als sie eintrat.

Plötzlich tauchte Jamade wie aus dem Nichts hinter ihr auf. Hawa zuckte mit einem kleinen erstickten Stöhnen zusammen, und Jamade verschwand in den Schatten. Ein Fenster flog auf, und für einen winzigen Augenblick glaubte Alena, dass sich dort etwas bewegte, nicht deutlicher als ein schwacher Rauchfaden, der sich in der Luft auflöste.

»Hast du das gesehen, Hawa?«, fragte Alena. Sie bekam keine Antwort. Hawa lag auf dem Boden. Ein roter Fleck breitete sich auf ihrem Rücken aus.

Noch eine Katastrophe. Odis Thenar starrte auf den Leichnam der Kammerzofe. »Und es war Jamade von den Schatten, sagt Ihr? Kein Zweifel?«

Die Filganerin hatte geweint. Ihre Tränen hatten Spuren in der Schminke hinterlassen, was bedeutete, dass die Frauen ihre umfangreiche Gesichtsbemalung würden erneuern müssen.

»Wie ich sagte … sie hat mir befohlen, Euch auszurichten, dass sie Euch bald besuchen wird. Prinz Weszen hingegen habe von den Schatten nichts zu befürchten. Was hat das zu bedeuten, Meister Thenar?«

»Ich habe keine Ahnung, Hoheit«, beteuerte der Strategos, und das war nur halb gelogen. Natürlich würde Jamade sich rächen wollen, er hatte versucht, sie umbringen zu lassen, aber mehr wusste er auch nicht. Wie war sie nach Terebin gekommen? Meister Grau hatte doch … nein, das war der falsche Meister Grau. Und Geneos, der sie hätte töten sollen? Hatte der Mann ihn verraten, machte er gemeinsame Sache mit ihr? Und wieso versicherte sie, dass Weszen nichts zu befürchten habe? Oder hatte sich diese Filganerin das hier nur ausgedacht, um ihn zu verwirren? Hatte sie vielleicht gemerkt, dass Hawa sie hintergangen hatte, und sie deshalb getötet? Er brauchte Gewissheit.

»Ihr da, Leutnant, holt mir den Damater!«

»Den Zauberer, Herr?«

»Wen sonst. Und beeilt Euch!«

»Aber er bleibt immer an der Seite des Oramarers, Herr.«

»Sagt ihm, dass ein Schatten hier war. Ich will seine Meinung hören. Und verdoppelt die Wachen rund um das Zelt des Prinzen. Sagt ihm, dass ich mit meinem Leben für das Leben von Weszen bürge!«

Thenar erhob sich und gab zwei anderen Wachen Befehl, die Leiche abzudecken. Aus dem Schlafgemach drang das Schluchzen und Jammern der anderen Dienerinnen. Hätte diese verfluchte Jamade nicht diskreter vorgehen können? Aber vielleicht wollte sie ihn einfach quälen.

Er ging hinüber, fand ein paar dünne Worte des Trostes und schärfte den Frauen ein, nur ja niemandem von diesem Vorfall zu erzählen. Sie nickten brav, aber er machte sich keine Illusionen. Sobald sie diese Kammer verließen, würde sich die Nachricht wie ein Lauffeuer im Palast verbreiten.

Der Herzog stürmte ins Zimmer. »Ist ihr etwas geschehen?«

Thenar hob eine Augenbraue. »Nein, Hoheit, Eurer *Tochter* ist nichts geschehen«, versicherte er für die Ohren der anderen. Hatte der Herzog etwa vergessen, dass diese junge Frau nur eine Doppelgängerin war?

Aber kaum hatte er es gesagt, als ihm jäh schmerzhaft klar wurde, dass er keine Ahnung hatte, wo die echte Caisa war und wie es ihr ging. Er hatte sie die ganze Zeit auf dem Weg nach Süden gewähnt, doch wenn Geneos, der sie begleiten sollte, im Palast war und dieser Schatten, der tot auf der Klosterinsel liegen sollte, hier herumschlich, dann war diese Annahme vielleicht falsch ... dann war sie vielleicht ... tot? Nein, das durfte nicht sein! Grauen erfasste ihn.

Der Herzog lief weiter in die Badestube, in der sich Alena immer noch aufhielt, ging zu ihr und umarmte sie. War das nur gut gespielt, oder hatte der Herzog diese Fremde etwa in sein Herz geschlossen? Spürte er vielleicht ihre Verwandtschaft im Blut? *Nein,* mahnte er sich, *nein, der falsche Meister Grau war es, der behauptet hatte, dass sie Arris' Tochter sei. Es ist alles Lug und Trug.*

Endlich erschien der Damater. Als er, mit Fellen behängt und mit seinem großen Stab, von dem kleine Tierschädel und Federn baumelten, das Schlafgemach betrat, schrien die Frauen verängstigt auf.

Der ehrwürdige Rugal schnaubte verächtlich. »Ich hoffe, hier gibt es mehr zu sehen als zitternde Frauen.«

»In der Badestube«, sagte Thenar matt. Die schlimmsten Befürchtungen machten sich gerade in seinen Gedanken breit: *Was, wenn Caisa etwas zugestoßen ist? Was, wenn nur noch Arris und Alena, seine Tochter, als Erben übrig sind?*

»Sagt, Hoheit«, fragte er, während er durch die offene Tür den Damater beobachtete, der mit geschlossenen Augen eine langsame Drehung vollführte, »wisst Ihr, ob Prinz Arris früher oft in Syderland war?«

Der Herzog sah ihn befremdet an. »Eine merkwürdige Frage, Thenar.«

»Ich weiß, aber es könnte von Bedeutung sein.«

»Fragt ihn doch selbst. Allerdings bezweifle ich, dass er gut auf Euch zu sprechen ist. Er hat Euch verflucht, als ich ihn heute Morgen aus seinem Gefängnis befreite.«

»Ihr habt ihn herausgelassen, Hoheit?«, fragte Thenar und schloss die Augen. *Noch eine Katastrophe.*

Als er sie wieder öffnete, drehte sich der Damater immer noch um die eigene Achse. Doch jetzt hatte er die Arme weit ausgebreitet.

»Er hat mir hoch und feierlich gelobt, wenigstens heute die Finger vom Branntwein zu lassen – und auch von allem anderen, was trunken macht. Es erschien mir einfach zu grausam, ihn von der Hochzeit fernzuhalten. Er weiß ja nicht, dass … Ihr wisst schon. Und es wäre nicht gut für den Ruf der Perati, wenn sich herumspräche, dass Ihr den Prinzen in einer Dienstbotenkammer eingesperrt habt.«

»Es war nur zu seinem Besten, Hoheit«, murmelte Thenar. »Aber da ich annehme, dass er das anders sieht, frage ich noch einmal Euch, Hoheit … war Prinz Arris früher oft an der syderländischen Grenze? Es ist wichtig.«

Der Herzog lächelte. »Und natürlich könnt Ihr mir nicht sagen, warum Ihr das unbedingt wissen müsst, wie? Aber gut … ja, er war eine Zeitlang oft im Süden, sehr zum Verdruss unseres Vaters, der sich in seinen Briefen an mich darüber beklagt hat. Habt Ihr sie nicht auch gelesen, damals, auf Mambar? Arris soll sich dort in sehr zweifelhaften Häusern herumgetrieben haben. Er soll sogar unseren tugendhaften Lemaos dazu überredet haben, ihn zu begleiten.«

»Der Schatten war hier!«, verkündete der Damater aus der anderen Stube.

Die Frauen schrien entsetzt auf.

»Das Weibsvolk möge still sein. Er ist fort, aber nicht weit. Ich kann ihn noch spüren … Er ist … aus dem Fenster und … hinauf, auf das Dach!«

»Ruft ein paar Männer zusammen, Armbrustschützen vor allem!«, kommandierte der Herzog. »Sie sollen diesen Mann aufs Dach begleiten!«

Thenar hatte zwar wenig Hoffnung, dass sie Jamade erwischen würden, aber er schickte sich an, dem Damater zu folgen.

Der Herzog hielt ihn davon ab. »Wenn ich es richtig verstanden habe, hat dieser Schatten es vor allem auf Euch abgesehen, Thenar. Ihr solltet Euch dort oben nicht zur Zielscheibe machen.«

Thenar seufzte. Er war vermutlich nirgendwo sicherer als in der Nähe des Schamanen, aber er hatte eigentlich auch noch andere Dinge zu tun. »Ihr habt Recht, Hoheit. Ich werde bleiben und der Braut Mut zusprechen.«

»Macht das. Ich gehe hinüber zur Herzogin. Sie soll nicht durch Gerüchte erfahren, was hier vorgefallen ist.«

»Die Gerüchte werde ich verhindern, Hoheit«, versprach Thenar grimmig, und dann befahl er den Wachen, keine der Dienerinnen vor Ende der Hochzeit aus dem Gemach zu lassen.

Als der Herzog gegangen war, füllte Thenar einen Zinnbecher mit Wasser. Er konnte das Fläschchen mit dem Gegengift in seiner Tasche fühlen. Er stellte sicher, dass ihn niemand beobachtete, öffnete es und goss ein Viertel der Flüssigkeit in den Becher. Meister Aschley hatte gesagt, das würde reichen, um die Braut für vier Tage am Leben zu halten, ebenso lange wie Weszen.

Er zögerte. Wenn sie nun aber doch eine Peratis war? Der Herzog hatte die Geschichte von Meister Grau wenigstens teilweise bestätigt. Aber die entscheidende Frage blieb unbeantwortet: War Alenas Mutter zur gleichen Zeit auch in jenem Haus gewesen?

Er könnte sie fragen, aber er würde vermutlich nur Lügen hören. Außerdem konnte sie es gar nicht sicher wissen, denn ihre Mutter würde kaum damit geprahlt haben, dass sie als Hure gearbeitet hatte. Also hatte er hier eine Doppelgängerin, die kaum ein wahres Wort über ihr Leben erzählt hatte, und die Worte eines anderen Doppelgängers, der ihn vielleicht, vielleicht aber auch nicht, mit falschen Informationen zum Narren gehalten hatte.

Thenars Hand hielt die winzige Flasche immer noch über dem Zinnbecher. Er spürte, dass ihm die Last der Entscheidung die

Luft abdrückte. Seine Hände begannen zu zittern. Alles, worauf er bauen konnte, waren Lügen, erzählt von Doppelgängern. Das Schicksal hatte ihm wirklich einen grausamen Streich gespielt.

Aber was würde geschehen, wenn Weszen starb, aber die falsche Prinzessin überlebte? Man würde Verdacht schöpfen, sie verhören und herausfinden, wer sie wirklich war. Vielleicht würde man sie sogar foltern, töten. Nein, ihr Schicksal war schon lange besiegelt. Thenar verschloss das Fläschchen wieder. War es nicht sogar ein Akt der Gnade, ihr Leiden zu verkürzen?

Er ging hinüber zur falschen Braut und reichte ihr den Becher. »Trinkt das, es wird Euch stärken und beruhigen.«

Sie sah Thenar auf eine sehr seltsame, irgendwie herausfordernde Weise an, nahm den Becher und trank ihn rasch leer.

Wenn Caisa aber etwas zugestoßen ist, so dachte Thenar, als er ihr in einer Geste der Fürsorge das Gefäß wieder aus der Hand nahm, *dann habe ich vielleicht gerade das Todesurteil über die letzte Erbin des Hauses Peratis verhängt.*

Jamade fand Meister Iwar zwischen den Zelten, wo er dabei war, sein kleines Theater aufzubauen. Man hatte hier einen kleinen Platz gelassen, wo die Gaukler, die man für das Fest angeworben hatte, sich vorbereiten konnten.

Sie war in Gestalt eines Dieners erschienen, der sich anbot, ihm zur Hand zu gehen. »Es wird schon gehen, junger Mann … ach, du bist es. Schön, dann greif mit an. Ich konnte meinen Wagen nicht hier hereinbringen.«

»Habt Ihr das Fläschchen übergeben können, Meister?«, fragte sie leise.

»Natürlich. Es war leicht, als dieser Damater erst Weszens Zelt verlassen hatte. Sieh nur, sie kriechen immer noch da oben über das Dach und suchen nach dir.«

Jamade wusste, dass es gewiss nicht einfach gewesen war, das

Gegengift zu übergeben, denn Weszen wurde von anderen Magiern und vielen Soldaten bewacht. Meister Iwar spielte manchmal ganz gerne den Bescheidenen.

»Ich verstehe immer noch nicht, warum wir diesen Prinzen unbedingt retten müssen«, sagte sie leise.

»Er wird unserem Orden Obdach gewähren, wenn er erst einmal wieder in Ugir ist. Und das ist bitter nötig. Ich habe gerade gestern erfahren, dass auch unsere Seefestung angegriffen und zerstört wurde. Deshalb brauchen wir auch dieses Gold.«

»Und die Oberen?«, fragte Jamade betroffen.

Der Alte schnaubte verächtlich. »Es braucht schon mehr als ein paar Schiffe und Bombarden, um sie zu töten. Aber sie mussten fliehen, und viele Söhne der Bruderschaft sind gestorben. Und deshalb muss Weszen den Tag unbedingt überleben.«

»Ich verstehe, Meister«, murmelte Jamade. »Wie gehen wir vor?«

»Es reicht, wenn du weißt, was du als Nächstes zu tun hast, junger Schatten«, belehrte sie der Alte. »Du wirst dich in der Nähe des Hundezwingers aufhalten und darauf warten, dass die Herzoginmutter die geheime Pforte öffnet. Sie hat eine Verabredung mit den Mambara, die sie im Hafen angeworben hat. Sie ahnt nicht, dass ich diesen Männern ein weit besseres Angebot gemacht habe. Sorge dafür, dass sie nicht aufgehalten wird. Danach wird der Kampf beginnen, und du wirst versuchen, den Damater zu töten.«

»Den Schamanen?«

Meister Iwar lachte leise. »Ich weiß, dass das deine Fähigkeiten übersteigt. Er soll denken, dass du es trotzdem versuchst. Und während du ihn ablenkst, werde ich ihn von hinten und ganz ohne Magie erledigen.«

»Ich verstehe, Meister«, sagte Jamade, die kein gutes Gefühl bei der Sache hatte. »Wenn Ihr erlaubt, werde ich jetzt Meister Aschley aufsuchen. Ich brauche noch mehr von dem Gegenmittel.«

»Wozu?«

»Ich habe es der Filganerin versprochen, Meister.«

»Ich habe dir nicht erlaubt, ihr irgendetwas zu versprechen. Sie wird warten müssen. Du bist ein Schatten, nur der Bruderschaft verpflichtet, und die Bruderschaft verlangt, dass du am Zwinger bist, wenn jetzt gleich die Hochzeit beginnt, verstanden?«

»Ja, Meister«, sagte Jamade und versuchte, ihre Wut hinunterzuschlucken. Es war klüger zu tun, was Meister Iwar verlangte, auch wenn es bedeutete, dass die Filganerin sterben würde. Der Wille der Bruderschaft wog schwerer als ihr Wort.

»Und was ist mit dem goldenen Schmuck, Meister? Kann der auch warten?«, fragte sie mit unterdrückter Wut.

»Nein, denn wir brauchen ihn. Verschaffe ihn dir bei der ersten Gelegenheit. Wenn die Filganerin sich wehrt, töte sie.«

Alena hätte sich gerne in eine stille Ecke zurückgezogen und gewartet, bis all das vorüber war, aber das war leider nicht möglich. Wenn Jamade die Wahrheit gesagt hatte, war sie vergiftet, und wenn der Schatten ihr nicht das Gegenmittel verschaffte, war sie schon bald tot. Dann war da noch ihre Familie, die vielleicht etwas sehr Dummes tun würde, und dann wären einen Menge Kusinen und Vettern von ihr auch bald tot. Beides musste sie verhindern, und das konnte sie nicht, wenn sie sich aufs Bett warf und weinte.

Also antwortete sie, als der Herzog kam und sie fragte, ob sie bereit sei, vor den Altar zu treten, mit einem schlichten, tapferen »Ja«.

»Du siehst wahrhaft königlich aus, Caisa.«

»Danke, Vater«, seufzte sie und nahm den angebotenen Arm an.

Sie war barfuß, was ihr die eigene Situation nur noch befremdlicher erscheinen ließ, und der schöne Goldschmuck hing an ihr wie Blei. Es war der Schmuck, der sogar ihre Zehen zierte, der sie dazu zwang, barfuß zu gehen, und der Steinboden dieses Palastes war kalt.

»Denke daran, dass du dich nicht umdrehen darfst, wenn du erst einmal im Tempel bist, Caisa.«

»Ich weiß, es bringt Unglück«, erwiderte sie. Meister Siblinos hatte es ihr erklärt. Jetzt lag er tot auf der Insel. Der Strategos hatte ihn umbringen lassen, ihn und ihre anderen Lehrer. So wie er auch Prinz Weszen und sie umbringen wollte.

Sie schritt an der Seite ihres vorgeblichen Vaters durch den langen Gang, der sie zum Tempel des Palastes führen würde. Sie fragte sich, wo Thenar steckte. Sie hätte ihm vorhin, als er ihr den Becher gereicht hatte, am liebsten die Augen ausgekratzt, aber das hätte nichts geändert. Doch wie konnte sie etwas gegen den Mann unternehmen, ohne dass gleich alles aufflog? Er hatte ihr einmal erklärt, was alles passieren könnte, wenn ihr Betrug entdeckt würde: Die Stadt würde unter einen Bann gestellt und der Herzog gestürzt werden. Und da Ector Peratis nicht der Mann war, so etwas hinzunehmen, würde es wahrscheinlich sogar Krieg bedeuten. *Das fehlte gerade noch,* dachte Alena, *dass die hier meinetwegen mit Bombarden aufeinander schießen.* Trotzdem musste sie irgendetwas gegen Thenar unternehmen.

Sie erreichten die Treppe zum Tempel. Ab da standen Soldaten und Dienerschaft Spalier.

Vielleicht erledigt das der Schatten für mich, dachte sie. Aber auch dieser Gedanke gefiel ihr nicht. Wenn eine Undaro Rache übte, dann machte sie das selbst.

Es ging die flachen Stufen hinauf. Hier standen nun die niedrigrangigen der zahllosen Gäste, klatschten freundlich oder wenigstens höflich, lachten und schienen sich auf das Ereignis zu freuen.

Am oberen Ende der Treppe stand die breite Doppeltür des Tempels weit offen. Caisa hatte ihr den Tempel und die Treppe hinauf beschrieben. Angeblich sollte der Besucher das Gefühl haben, über die Stufen zu den Himmeln selbst hinaufzusteigen.

Alena sah die Herzogin am Eingang stehen. Sie sah immer noch blass und leidend aus, und Thenar stützte sie. *Dieser falsche Hund.* Alena dachte an das, was Jamade ihr erzählt hatte, und plötzlich wusste sie, was sie tun konnte: Sie blieb stehen, stellte sich auf die Zehenspitzen und flüsterte dem Herzog ins Ohr: »Wusstet Ihr, dass Euer Strategos mit Meister Aschley zusammen die Herzogin vergiftet?«

Der Herzog sah sie an, und sein Lächeln versteinerte. »Was redet Ihr da?«, fragte er tonlos.

»Sie soll zu krank sein, um seinen Plänen in die Quere zu kommen. Und ist sie es nicht?«

»Aber das ...« Der Herzog brachte den Satz nicht zu Ende.

Alena fand seine Selbstbeherrschung beachtlich. Er lächelte sogar, als sie weitergingen, aber sie konnte den Zorn in seinen Augen wachsen sehen, mit jedem Schritt, den sie dem Tempel und Meister Thenar näher kamen.

Und dann sah Alena noch jemanden: Prinz Arris, der sie leichenblass und mit finsterem Blick beobachtete. Er stand zwischen der Herzoginmutter, die ihn mit Verachtung strafte, und dem dicken Grafen Gidus, der beruhigend auf ihn einzureden schien.

»Denkt dran, Ihr dürft Euch nicht umdrehen«, wiederholte Thenar leise die Mahnung, als er sie oben mit einer tiefen Verneigung begrüßte.

»Warum sollte ich mich umdrehen wollen? Ich habe keine Angst vor meinem Schatten«, gab sie zurück, schob den verdutzten Strategos zur Seite, trat zu Prinz Arris und nahm seine Hand. »Es ist schön, dass Ihr hier seid, Onkel«, sagte sie leise.

»Und es ist schön, dass Ihr mir Glück für diesen neuen Teil meines Lebens wünscht.«

Er sah sie stumm an und nickte, während seine Kiefermuskeln zuckten. Ihr fiel auf, dass die Alkoholausdünstung, die ihn umgab, viel schwächer war als bei der letzten Begegnung.

Die dicht gedrängte Menge verstummte, als sie am Arm des Herzogs über die kalten Marmorplatten schritt, nur ihr goldener Schmuck klingelte leise. Der Himmelstempel war, wie alles in diesem Palast, von erlesener Pracht, mit mächtigen Säulen aus Marmor, mit himmelblauen Glaskunstwerken als Fenster und einem großen silbernen Altar.

Jetzt begann Alenas Herz doch schneller zu schlagen. *Das ist alles nur eine große Täuschung, beinahe wie in Syderland, wenn ich den Bauern Wundermittel angedreht habe,* versuchte sie sich zu beruhigen – vergebens.

Am Altar erwartete sie ein greiser Priester mit einem seligen Lächeln.

Der Herzog ließ ihren Arm los, trat zurück und nahm seinen Platz ein. Erst jetzt folgte die Familie, die sich an seine Seite stellte. Alena hörte ihre Schritte, und die Stille, die bei ihrem Erscheinen eingetreten war, wich einem allgemeinen Gemurmel.

Alena spitzte die Ohren. Sie hörte einen Streit, leise, geflüstert, aber dennoch, es war unverkennbar ein Streit. Und wenn sie sich nicht sehr täuschte, dann waren es der Herzog und Meister Thenar, die sich kurz, aber heftig stritten. Wie gerne hätte sie sich umgedreht, aber das hätte ja Unglück gebracht. *Als wenn das Unglück nicht längst schon hier wäre,* dachte sie. Sie war vergiftet. Jamade hatte das jedenfalls behauptet. Und nun stand sie vor dem silbernen Altar, wartete auf ihren Bräutigam und wartete auf den Tod – oder das Gegenmittel, das ihr der Schatten beschaffen wollte.

Der Bräutigam ließ sich offenbar Zeit. Meister Siblinos hatte ihr erklärt, dass das absichtlich so war. Eine Prüfung der Braut, die einsam vor dem Altar Geduld beweisen musste, während der Priester sich mit alten Schriftrollen befasste und sie gar nicht weiter beachtete. *Und wenn ich nicht bald sterben müsste, würde ich das sogar ertragen.*

Endlich hörte sie die Schritte, auf die sie so brennend wartete. Weszen kam offenbar mit stattlichem Gefolge. Alena hätte zu gerne einen Blick riskiert, beherrschte sich aber.

Die Gruppe drängte in den ohnehin schon übervollen Tempel. Gespannte Stille kehrte ein, dann folgten schwere Schritte, die einen Mann direkt an ihre Seite führten. Es war Prinz Weszen. Er stellte sich neben sie und nahm ihre Hand.

Der Priester schien ihn nicht zu bemerken. Weszen räusperte sich, und der Alte blickte irritiert auf. »Ah, die Trauung.«

Alena, die die Spannung kaum noch ertrug, musste sich zusammenreißen, um nicht hysterisch zu lachen: Der Priester war offensichtlich senil. Aber jetzt nahm er eine Pergamentrolle, breitete sie aus und begann aus den alten Texten zu lesen, die von den großen Verbindungen, der Vermählung von Sonne und Mond, der Hochzeit von Himmel und Erde, handelten. Es war ein langer Text, aber auch darauf hatte der arme Meister Siblinos sie vorbereitet.

Ob Jamade wohl hier ist, im Tempel?, fragte sich Alena. *Wann will sie mir das Gegengift endlich geben?*

Der Priester sprach leise – sie bezweifelte, dass ihn die hinteren Reihen überhaupt noch hörten –, und er las stockend. Sie verlor den Faden und war dann doch ziemlich überrascht, als der Alte plötzlich das Wort an sie richtete. Er wünschte ihr das Glück der Erde und den Segen des Himmels und bat sie um ihren Treueschwur.

»Ich, Caisa Peratis, Erbin von Terebin, gelobe meinem Mann Weszen die ewige Treue meines Herzens und meiner Seele«, begann sie. Sie hatte den Text auswendig gelernt und sich dabei immer gefragt, was sie wohl empfinden würde, wenn sie ihn endlich vor dem Altar aufsagen würde. Jetzt sprach sie den langen Schwur und empfand – gar nichts. Es war, als würde sie sich selbst zuhören, wie sie unter falschem Namen einem Todgeweihten sinnlos Treue gelobte.

Nun war die Reihe an Prinz Weszen. »Ich, Weszen Ahal at Hassat, Herr von Ugir, Gebieter der Turmküste und rechtmäßiger Padischah von Oramar, bin hier, um diese Frau als die Meine anzunehmen. Und bei den Sternen, die über der ewigen Wüste funkeln, beim Wind, der über das unendliche Meer dahingeht, und bei den Strahlen der Sonne, die den Schnee auf den höchsten Gipfeln unserer Welt berühren, schwöre ich Caisa Treue bis an das Ende meiner Tage. Meine Seele und mein Herz gehören ihr.«

Das war *nicht* der vorgesehene Schwur, aber er ging Alena durch Mark und Bein. Es mochte alles eine große Lüge, ein Geflecht von Täuschung und Verrat sein, aber dieser Mann wusste mit Worten umzugehen. Es hätte ihr noch besser gefallen, wenn er nicht Caisas Namen genannt hätte.

Der Priester segnete die Verbindung, und dann küssten sie einander.

In Filgan hätte man nun zum Tanz aufgespielt, und noch die schönste Hochzeit endete im Krähenviertel in einem großen Besäufnis. Doch dies hier war der Palast von Terebin, und so stand nach der Trauung ein gesittetes Bankett im großen Saal an. Alena wäre wirklich lieber in Filgan gewesen. Vor allem, weil sie wusste, dass, was immer nun geschehen würde, bald geschehen musste.

Die Gäste nahmen Platz. Thenar sah blass aus, und der Herzog, der seiner Frau auf ihren Platz half, würdigte ihn keines Blickes. Aber er wahrte die Fassade, erhob den Trinkpokal auf das frisch vermählte Paar und sprach ein paar warme, nichtssagende Worte. Graf Gidus schloss sich mit dem Wunsch an, dem Paar möge eine goldene Zukunft beschieden sein, und setzte somit den Reigen der Reden fort.

Alena ließ die Lobeshymnen, die von Ädil Hasfal, Baron Hardis und noch vielen anderen auf das Brautpaar gesungen wurden, über sich ergehen und wartete ungeduldig auf das Essen. Hatte die Basa ihren Wink verstanden?

Endlich sah sie den Vorkoster des Prinzen. Es schien ihm zu schmecken, aber das war das Gute an Haselpfeffer. Er brauchte eine Zeit, um seine Wirkung zu entfalten, wenn man nicht gerade eine tödliche Dosis … Alenas Herz setzte für einen Augenblick aus. Ihre Großmutter war hoffentlich nicht auf den Gedanken gekommen, das Essen derart stark zu vergiften!

Die Dienerschaft trug auf, und sie entdeckte eine ihrer Kusinen und einen Vetter darunter. Die Undaros waren also noch da.

Sie probierte den ersten Gang, eine schlichte Suppe. Sie schmeckte Fleischbrühe und Karotten, Thymian, eine Spur zu viel Salz, Käse, Zimt, Wein und einen Hauch von Pfeffer. Sie fand sogar ein Pfefferkorn. Nein, hier hatte die Basa den Hexenrauch nicht verwendet.

»Schmeckt es Euch nicht, geliebte Caisa?«, fragte Weszen.

Sie lächelte und erwiderte: »Das Glück kann auf den Magen schlagen, wie man so sagt, mein Fürst.«

»Dann müsst Ihr sehr glücklich sein«, gab er zurück. Sein Blick war … amüsiert. Nahm er sie nicht ernst?

Die Küche ließ jetzt verschiedene Braten auffahren. Lende in Salbei, Kalbsbraten in Honig und Rehrücken im Teigmantel.

Alena probierte von allem, fand zu viel Ingwer beim Reh und zu viel Salbei an der Lende, schmeckte aber keine Spur vom Haselpfeffer. Nun stand für sie fest, dass die Basa ihren Vorschlag nicht verstanden oder einfach ignoriert hatte. Und von Jamade war auch keine Spur zu sehen.

Sie war verloren.

Jamade schlich im Schutz der Schatten ruhelos um den leeren Zwinger herum. Wenn stimmte, was Iwar sagte, dann hatten die Undaros die Hunde vergiftet. Es war gut, dass diese Familie nicht ahnte, dass sie vier ihrer Söhne getötet hatte.

Es waren Soldaten oben auf der Mauer. Auch durch den Garten patrouillierten sie, ziemlich viele insgesamt. Es ging schon auf den Nachmittag zu, und sie hörte den Lärm der Hochzeitsfeier aus der großen Halle herüberdringen.

Sie wartete schon seit Stunden, dass Fürstin Luta endlich hier auftauchen würde, und sie ärgerte sich, denn sie hätte alle Zeit der Welt gehabt, den Alchemisten aufzusuchen und ihm das Gegenmittel abzupressen. Aber letzten Endes war das etwas, was sie mit einem Achselzucken abtat. Die Bruderschaft verlangte nun einmal, dass sie hier war. Vermutlich wusste Iwar selbst nicht genau, wann die edle Luta erscheinen würde.

Endlich sah sie sie durch die Zeltreihen herankommen. Sie lief in einen Trupp Soldaten, dessen Anführer sie kurz grüßte und passieren ließ. Warum sollte er sie auch aufhalten? Jamades Augen blieben an dem Trupp hängen, denn der benahm sich merkwürdig. Einer der Männer verschwand hinter einem Zelt, ein zweiter hinter einem anderen. Ein dritter wankte zur Seite und übergab sich in ein Gebüsch. Ein vierter gesellte sich zu ihm.

Luta tauchte am Zwinger auf. Eben war da noch eine Wache gewesen … jetzt hörte Jamade nur ein gequältes Stöhnen aus der Hecke.

Die Herzoginmutter achtete nicht darauf. Sie hastete hinter einen Baum, ein metallisches Klicken ertönte, gefolgt von einem schweren Schleifen. Und nun huschten dunkle Gestalten aus der geheimen Pforte hervor. Die Mambara kamen, wie Iwar gesagt hatte.

»Er ist in der Halle – tötet ihn«, zischte die Fürstin. »Aber achtet darauf, dass seiner Braut nichts geschieht!«

Jamade lächelte. Die Alte ahnte wirklich nicht, dass die Mambara nicht gekommen waren, um Weszen zu töten.

»Hallo, wer da?«, rief es von der Mauer. Ein Soldat stand dort, nein, er stand nicht, er wankte, die Linke auf den Magen gepresst, die Hellebarde zitterte in der Rechten. Er war regelrecht grün im Gesicht. Gift! Jemand hatte die gesamte Wache vergiftet!

Pfeile zischten und holten den Mann von der Mauer. Jamade fluchte. Eigentlich hätte sie da oben sein müssen. Sie sprang vom Zwinger, hastete die nächste Treppe hinauf. Sie hatte vorhin ein Dutzend Soldaten auf diesem Teil der Mauer gesehen, aber die waren jetzt alle viel zu sehr mit sich selbst beschäftigt, um zu bemerken, was im Garten vor sich ging.

Sie sprang von der Mauer, blieb in den Schatten und überholte die Mambara, die, in kleine Gruppen aufgeteilt, zwischen den Zelten zur Halle schlichen. Es waren vielleicht dreißig. Nicht sehr viele, wenn sie Weszen hier herausholen wollten. Die Wache mochte geschwächt sein, doch es waren auch mächtige Magier in diesem Palast.

Alena stocherte in ihrem Essen. Sie hielt die Anspannung kaum noch aus. Und sie wartete darauf, dass sie die Wirkung des Giftes spüren würde – oder hatte der Schatten sie belogen? Es gab einen Vorkoster für Weszen – und dem Mann ging es immer noch gut. War das nur eine Finte gewesen? Doch wozu? Ein schriller Schrei aus der Zeltstadt unterbrach ihre Gedanken. Ein zweiter Schrei folgte. Die festliche Gesellschaft erstarrte. »Den Prinzen, schützt den Prinzen!«, rief jemand in die plötzlich einsetzende Stille. Und Thenar brüllte: »Den Herzog, die Wache zum Herzog!«

Alena erhob sich. Kalte Schauer liefen ihr über den Rücken. Die Ratlosigkeit im Saal war mit Händen greifbar. Der Damater stand plötzlich bei Weszen, andere Magier folgten seinem Beispiel. Und auch die Wachen kamen herangestolpert. Einige der

Männer sahen krank aus. Und an der Pforte sammelten sich einige Diener. Alena erkannte Vettern und Onkel, und plötzlich verstand sie es: die Basa hatte nicht das Essen der Gäste, sondern das der Wachen vergiftet!

Pfeile kamen durch die offenen Pforten geflogen und trafen Soldaten und Gäste, und dann stürmten dunkelhäutige Krieger mit lautem Gebrüll in die Halle. Sie fegten die Wachen zur Seite und stürzten sich auf die Gesellschaft, deren Schreckensstarre nun in Panik umschlug.

Frauen und Männer sprangen auf und versuchten zu fliehen. Tische und Stühle wurden umgeworfen, Geschirr zersprang auf dem Marmorboden, Frauen kreischten, und Männer brüllten. Es war ein einziges großes und blutiges Durcheinander. Einige der Adligen, die ihre Waffen doch nur zur Zierde führten, griffen zu Dolch oder Schwert. Die fremden Krieger kamen über sie wie Wölfe über Schafe und schlachteten jeden ab, der Widerstand leistete.

»Ula Tar!«, donnerte eine Stimme. »Die Himmel mögen über euch kommen!« Einer der Zauberer sprang mit diesen Worten über einen Tisch, baute sich zwischen den Angreifern und Prinz Weszen auf und fuchtelte wild mit den Armen. Ein magisches blaues Leuchten zuckte um seine Finger, wurde heller, und plötzlich grollte lauter Donner unter der Hallendecke.

Für einen Augenblick schien der Kampf stillzustehen.

Alena widerstand dem Drang zur Flucht, denn sie sah, dass ein Mann völlig ruhig geblieben war. Es war Prinz Weszen, der sich aber nun rasch erhob, sein Speisemesser in die mächtige Faust nahm und es dem Zauberer, der ihn beschützen wollte, von hinten in den Rücken rammte.

Der Magier stöhnte auf, und die Energie, die er zwischen den Händen gebändigt hatte, schoss in einem gleißenden Blitz zur Decke der Halle, sprengte mit einem lauten Donnerschlag ein

Loch hinein und ließ Marmor und Stein auf die Gäste regnen. Alena duckte sich geistesgegenwärtig unter einen Tisch.

Mitten im Chaos ertönte plötzlich eine raue, Alena wohlvertraute Frauenstimme: »Undaro! Undaro!« Ihre Familie stürmte durch die Hauptpforte in die Halle, mit Knüppeln und Küchenbeilen bewaffnet. Und dann sah sie plötzlich Jamade aus dem Nichts auftauchen. Sie zog ein Wurfmesser aus ihrem Gürtel und holte aus. Alena schrie auf, denn es sah aus, als würde sie auf Prinz Weszen zielen.

Jamade warf. Der Wurf war gut gezielt. Er würde den Prinzen knapp verfehlen und den Damater treffen, der mit seinem Stab gegen zwei Mambara kämpfte und nicht bemerkt hatte, dass es Weszen war, der den Zauberer getötet hatte. Das Messer flog, aber im letzten Augenblick wich der Schamane zur Seite, so dass die Klinge in einen seiner Gegner fuhr.

Pech, dachte Jamade.

Der Schamane lachte und streckte den zweiten Mambara mit einem Schlag nieder. Dann sprang er über den Tisch und rannte auf sie zu. Sie warf ein zweites Messer und zog sich hastig in die Schatten zurück. Doch plötzlich konnte sie sich nicht mehr bewegen. Ihre Beine! Sie schienen mit dem Boden verwachsen zu sein!

»Ich sehe dich, Schatten!«, rief der Schamane höhnisch. Er hatte seinen Stab in den Boden gerammt, ja, er hatte tatsächlich mit diesem alten Holzstab ein Loch in die Marmorplatte gesprengt!

Jamade ächzte. Ihre Beine waren wie festgewachsen. Ein taubes Gefühl kroch langsam ihre Glieder hinauf. Der Damater murmelte düstere Worte, und tatsächlich schien sich Dunkelheit in der Halle auszubreiten. Oder war das etwas, was nur ihr widerfuhr? Der Kampfeslärm klang gedämpft, und die Zeit schien langsamer abzulaufen. Ihr Blut gefror, und plötzlich spürte sie, wie die Verbindung zu den Schatten riss. Sie war für alle sichtbar!

Wo war Meister Iwar? Wollte er dem Mann nicht in den Rücken fallen? Sie stöhnte, wehrte sich, beschwor die Schatten, damit sie ihren Feind mit Blindheit schlugen, doch sie gehorchten ihr nicht mehr. Sie zog ihre Dolche, auch wenn die Arme ihr schon schwer wurden.

Dann sah sie den Herzog, der Seite an Seite mit seinem Bruder gegen die Mambara focht. Es war ein seltsames Bild, diese beiden zerstrittenen Brüder so einträchtig kämpfen zu sehen. Drei der dunkelhäutigen Krieger lagen schon tot vor ihnen, ein vierter taumelte verwundet zur Seite. Plötzlich tauchte Meister Iwar hinter den beiden Männern aus den Schatten auf. Er zog Prinz Arris ein Messer durch die Kehle und rammte dem Herzog seinen Dolch in die Eingeweide, als der herumfuhr. Dann war er wieder in den Schatten verschwunden, und Herzog Ector fiel mit einem Ausdruck großen Erstaunens im Gesicht sterbend vornüber. Für einen Augenblick hielt er sich noch an Arris fest, der die Hand auf die Kehle gepresst hatte, jetzt aber mit seinem Bruder fiel.

Jamade biss die Zähne zusammen. Sie musste Zeit gewinnen, denn jeden Augenblick musste Meister Iwar doch über den Damater herfallen.

Das Chaos in der Halle war unvorstellbar. Da waren die Undaros, die Männer niederschlugen und Frauen den Schmuck raubten, Wachen, die längst nicht alle vergiftet waren und verzweifelt um ihr Leben kämpften. Und da war Meister Iwar, der plötzlich neben Prinz Weszen auftauchte, ihn am Arm packte und zu den hinteren Ausgängen zerrte. Er stieß einen Pfiff aus. »Den Prinzen!«, brüllte der Anführer der Mambara und folgte Iwar, »schützt den Prinzen!«

Und die falsche Braut, die unter einem Tisch Deckung gesucht hatte, kam hervorgekrochen und lief hinterher.

Der Damater bekam endlich mit, was hinter seinem Rücken vorging. Er fuhr herum, und Jamade fühlte, dass sein Griff sich lockerte. Sie rief die Ahnen und wechselte die Gestalt. Sie hatte keine Ahnung, ob das funktionieren würde, aber dann spürte sie, wie das Gefühl in ihre Glieder zurückkehrte und der Marmorboden, der sie eben noch zu verschlingen gedroht hatte, sie losließ. Sie stürmte vor. Der Damater drehte sich um, sah in das Gesicht von Prinz Weszen, zögerte eine halbe Sekunde, und bevor er wusste, wie ihm geschah, hatte er Jamades Messer im Herzen.

Sie fluchte, denn der Segen der Ahnen verließ sie, als sie tötete, und sie kehrte hart in ihre eigene Gestalt zurück. Aber sie riss sich zusammen und hetzte Meister Iwar, den Mambara und Prinz Weszen hinterher.

Alena rannte durch den Garten. Vor ihr kämpften und starben Mambara und Terebiner. Der Prinz, der mit dem alten Puppenspieler verschwunden war, rannte nach Osten. Er hatte sie angesehen, als sie unter dem Tisch hervorblickte, gelächelt und sich dann mit einem läppischen Achselzucken verabschiedet, um dem alten Puppenspieler zu folgen. Aber die Richtung, in die sie liefen, ergab keinen Sinn, denn da gab es keinen Ausgang, nur eine hohe Mauer und Türme, die eine Steilwand und damit das ganze Land überragten. Aber das war nicht ihr Problem.

Der Puppenspieler ... er hatte Arris und Herzog Ector getötet ... Alena hatte Tränen in den Augen.

Sie sprang über die Toten hinweg, wand einem Soldaten das kurze Schwert aus der Hand und hielt inne. Irgendwo hier musste der Alchemist hausen. Dort war das Sommerhaus, in dem die Herzogin lebte. Da, nebenan, das musste es sein. Die Tür stand offen. Sie stürmte hinein. Laute Stimmen kamen aus dem Keller. Sie rannte die Stufen hinab, stieß die Tür auf und traf auf einen Trupp Soldaten, die einen Jungen ziemlich hart bedrängten.

Doch nun erstarrten sie und glotzten die goldgeschmückte Braut, die mit einem bluttriefenden Schwert in der Hand in der Pforte stand, ungläubig an. »Hoheit?«, fragte der Anführer des kleinen Trupps schließlich.

»Was macht Ihr hier?«, fuhr Alena ihn an.

»Der Alchemist. Der Herzog hat uns befohlen, ihn zu verhaften.«

»Bei den Himmeln, wisst Ihr denn nicht, dass im Palast gekämpft wird? Söldner sind im Garten. Sie plündern und töten!«

»Hoheit?«

»Beim Schwarzen Mond. So geht doch endlich und helft, Mann, helft!«

Der Soldat salutierte und eilte mit seinen Männern hinaus. Keiner von ihnen schien krank zu sein. Vielleicht, weil sie im Tempel Dienst gehabt hatten, während ihre Kameraden sich den Bauch vollschlugen.

»Ich danke Euch, mein Fräulein. Das hätte böse enden können«, japste der junge Alchemist.

Alena hielt ihm das Schwert an die Kehle. »Das kann es immer noch, Meister Aschley! Das Gegenmittel!«

»Bitte, nehmt das Schwert weg, Ihr könntet jemanden verletzen, Hoheit.«

»Eben habt Ihr mich Fräulein genannt, das heißt, dass Ihr genau wisst, wer ich bin. Das Gegenmittel – sofort!«

»Aber ich habe wirklich ...«

Sie ritzte seine Haut. »Ich habe nichts zu verlieren. Und ich weiß, wie man Schweine schlachtet. Also gebt mir das Mittel, wenn Ihr den Tag überleben wollt!«

»Es ist das dort!«, rief Aschley und wies auf eine blaue Flasche.

Alena nahm sie rasch an sich, dann sah sie seinen Blick. »Trinkt«, verlangte sie.

Er wurde blass und schüttelte den Kopf.

Sie schnitt ihm etwas tiefer in den Hals. »Ihr seid hinterhältiger als eine Schlange, Meister Aschley. Noch einmal – das Gegenmittel!« Sie ließ die Schwertschneide noch etwas tiefer in den Hals eindringen. »Eines sage ich Euch, falls Ihr daran denkt, mich zu täuschen, meine Familie ist zahlreich und nicht zimperlich. Ihr würdet mich nicht lange überleben.«

»Die rote Flasche, die rote Flasche«, rief er ängstlich.

Sie öffnete sie, roch daran und konnte keinen Geruch feststellen. »Trinkt!«, befahl sie wieder.

Jamade rannte. Die Fährte war nicht schwer zu verfolgen. Überall lagen Tote und Verwundete, meist Soldaten, hin und wieder auch ein Mambara. Die falsche Prinzessin hatte sie zwischen den Zelten aus den Augen verloren. Wo war sie hin? Sie war drauf und dran, sie zu suchen, aber dann ließ sie das Gold Gold sein und folgte weiter der Spur der Leichen, die sie zu Meister Iwar führen würde.

Erst an der Mauer holte sie den Trupp ein. Iwar räumte gerade zwei leichenblasse Hellebardiere aus dem Weg, die halbherzig die Treppe zur Mauer verteidigten. Armbrustbolzen holten einen Mambara an seiner Seite von den Beinen. Es war nur noch ein halbes Dutzend dieser Krieger übrig, und die meisten bluteten aus großen und kleinen Wunden. Wo wollten sie hin?

Jamade überlegte nicht lange und stürzte sich ins Gefecht, streckte einen Soldaten mit einem Wurfmesser nieder, tötete einen anderen mit dem Dolch. Sie sprang die Stufen hinauf. Die Mauer war beinahe leer, doch vom nächsten Turm sirrten Bolzen heran. Zwei Mambara, die einen Tisch, den sie wohl aus einem der Zelte geholt hatten, als Deckung benutzten, erwarteten sie mit einem langen Seil, das sie nun über die Mauer warfen.

»Ah, Jamade – kümmere dich doch um diese lästigen Schützen!«, rief Meister Iwar, der den Prinzen mit einem Schild deckte. Sie blitzte ihn wütend an. Kein Wort der Entschuldigung oder Erklärung? Sie rannte im Zickzack über die Mauer. Nicht nur ihre Ahnen waren beleidigt, auch die Schatten gehorchten ihr nicht mehr. Sie rannte in den Turm, die Treppe hinauf und fand vier Soldaten vor. Zwei schossen, zwei andere luden Armbrüste nach. Sie waren alle in bemitleidenswertem Zustand, und im Turm stank es nach Erbrochenem. Jamade machte kurzen Prozess. Sie rannte zurück. Überall zwischen den Zelten tauchten nun Soldaten auf, aber Prinz Weszen war verschwunden.

Als Jamade über die Mauer blickte, sah sie ihn und die letzten drei Mambara am Seil hinabklettern. Sie hatten schon den halben Weg hinter sich. Weit unten warteten Pferde und Reiter auf sie.

»Und an der Küste liegt ein schnelles Schiff«, beantwortete Meister Iwar ihre noch gar nicht gestellte Frage.

»So wird er also dem Seebund entkommen?«

»So ist es. Und er wird unsere Hilfe mit einem sicheren Zufluchtsort für die Bruderschaft belohnen. Hast du das Gold?«

Sie schüttelte stumm den Kopf.

Meister Iwars Miene verfinsterte sich, aber dann zuckte er mit den Achseln und griff nach dem Seil. »Wir werden uns später darum kümmern. Jetzt lass uns verschwinden.« Plötzlich war er nicht mehr zu sehen.

»Aber ich kann die Schatten nicht mehr rufen, Meister!«

Iwar tauchte wieder aus dem Nichts auf, lächelte gönnerhaft und streckte die Hand aus. »Dann komm, junger Schatten, du kannst dich in meinem verstecken.«

Alena hastete zum Zwinger. Die Flasche mit dem Gegengift hatte sie geleert, hatte sich damit begnügt, dem Alchemisten mit dem Schwertknauf ein paar Zähne auszuschlagen, obwohl sie ihn gern umgebracht hätte, und nun rannte sie zum Zwinger. Irgendwo dort musste die geheime Pforte sein, von der Meister Brendera gesprochen hatte. Irgendwo dort musste der Weg in die Freiheit beginnen. Sie rannte zum Zwinger – und stieß auf Elderfrau Luta.

»Caisa, was tust du hier? Warum bist du nicht tot?«, fragte die Alte. Sie war offensichtlich völlig verwirrt.

»Die Pforte, Großmutter Luta, wo ist die Pforte?«

»Sie sollten Weszen töten. Doch das haben sie nicht getan. Vielleicht waren es die Falschen. Vielleicht habe ich den Falschen die Pforte geöffnet. Vielleicht kommen die Richtigen noch«, murmelte die Alte. Ihr Blick flackerte unstet.

»Dann öffne die Pforte, Großmutter, und wir finden es heraus!«, bat Alena.

»Nein, ich wage es nicht, ich wage es nicht«, flüsterte die Fürstin.

»Es ist zwecklos«, meinte eine Stimme. Meister Brendera kam zwischen den Büschen hervor. »Zum Glück für uns weiß ich, wo sich diese Pforte findet.«

Der Blick der Fürstin wurde plötzlich ganz weich. »Jorgem? Jorgem, bist du es?«

»Ich bin es, Luta.«

Alena blieb der Mund offen stehen.

»Du bist nicht zu unserer Verabredung gekommen. Ich habe gewartet, Jorgem, so sehr.«

»Der Strategos deines Schwiegersohns hat mich leider abgefangen und auf eine Galeere verbannt, liebste Luta. Glaube mir, ich wäre lieber bei dir als dort gewesen.«

»Verspottet sie nicht!«, zischte Alena. Sie konnte es nicht fassen. Die Fürstin war mindestens zwanzig Jahre älter als der Tanzmeister.

Brendera zuckte mit den Achseln. Er suchte das Mauerwerk ab. »Hier irgendwo beginnt der Geheimgang, ich weiß es genau.

Und schön, dass Ihr auch gleich den Schmuck mitgebracht habt. Ich wusste, dass Ihr zur Vernunft kommen würdet.«

»Der ist nicht für Euch, Brendera!«

»So wollt Ihr all das schöne Gold für Euch behalten? Und das, wo ich Euch nun helfe, gleich beiden Eurer Familien zu entkommen?«

»Dieses Gold gehört meiner Familie. Sie hat es mit Blut bezahlt.«

»Wenn wir erst hier raus sind, werdet Ihr schon Vernunft annehmen. Ah, hier ist es.«

Ein scharfes Klicken erklang. Dann öffnete sich ein dunkler Spalt in der Mauer.

»Nach Euch, Hoheit«, sagte Brendera spöttisch.

Die Herzoginmutter war zu ihm getreten und strich ihm nun sanft mit einer Hand übers Gesicht. Er wehrte sie ab. »Es tut mir leid, Luta, aber es ist einfach zu viel geschehen. Wir können nicht mehr zusammen sein, verstehst du?«

Aber sie ließ nicht ab von ihm.

»Nun kommt schon, Prinzessin, worauf wartet Ihr noch? Die Wachen werden schon nach Euch suchen.«

»Ich warte auf meine Familie!«

»Und daran tust du gut, Kind.« Die Basa trat zwischen den Büschen hervor.

»Großmutter!«

»Sehnst du dich also doch wieder nach deiner Familie? Willst du zurückkehren in unsere Mitte, wo du hingehörst? Es gibt da noch einen Bräutigam, aber der läuft nicht davon, nein, er wartet sehnsüchtig auf dich.«

»Weil du ihn irgendwie behext hast. Und nein, Großmutter, ich komme nicht mit. Doch dieses Gold, das gehört den Undaros. Und das will ich dir geben, für Dreigos und Priam und für die anderen, die gestorben sind.«

Sie begann, den Schmuck abzustreifen.

Die Basa sah sie aus ihren kleinen Augen nachdenklich an. »Weißt du, wir haben deine Doppelgängerin, und ein paar von den Jungs haben vorgeschlagen, sie zu behalten.«

»Caisa? Im Krähenviertel?« Alena musste bei der Vorstellung plötzlich grinsen.

»Ich habe abgelehnt. Sie macht zu viel Ärger ... verdreht allen den Kopf. Gäbe nur Streit, wenn sie bei uns bliebe. Aber eines muss ich ihr lassen – sie hat ein großes Herz und macht in der Liebe keine Unterschiede zwischen Arm und Reich.« Sie streckte die Hand aus, und Alena ließ die Ringe hineingleiten.

Brendera beobachtete die Szene, und sie sah ihm an, dass er überlegte, wie er das Gold doch noch an sich bringen könnte.

»Was macht ihr nun mit der Prinzessin?«, fragte Alena neugierig, während sie die Ohrringe abnahm.

»Ich habe ein Angebot, sie dem Prinzen, deinem Bräutigam, zu bringen, aber man hat mir auch viel Geld dafür geboten, dass ich sie dem Tod übergebe.«

»Was wirst du tun?«

Die Basa zuckte mit den Schultern. »Das höhere Angebot sticht, so ist es nun einmal. Drei deiner Vettern holen sie gerade aus unserem Versteck. Ich hoffe nur, sie verdreht ihnen nicht auch noch den Kopf. Na, ich habe zur Vorsicht deine Schwester Lema hingeschickt. Die hält sich aus Schwierigkeiten raus. Kluges Mädchen, viel klüger als du, Alena.«

»Bestimmt«, murmelte Alena. Ihre Großmutter wollte ihr offensichtlich nicht verraten, was sie mit Caisa vorhatte. Sie nestelte das Diadem aus ihren Haaren.

Die Basa stieß einen schrillen Pfiff aus. »Den Rest sollten wir auf der anderen Seite dieser Pforte erledigen, meinst du nicht? Allmählich kehrt Ordnung in diesen Palast zurück, und dann wird es Zeit für die Krähen zu verschwinden.«

Von überall kamen jetzt Vettern und Kusinen herangelaufen, meist schwer beladen mit Schmuck, Silber und anderer Beute.

»Lasst uns aufbrechen, Kinder!«, rief die Basa. »Wir sehen uns auf der anderen Seite«, sagte sie zwinkernd zu Alena und verschwand durch die Pforte. Die Undaros folgten ihr. »Diese Leute, wer sind die?«, fragte die Herzoginmutter. »Sind das die Richtigen?«

»Mehr oder weniger, Großmutter«, sagte Alena sanft. »Doch Ihr solltet zu Eurer Tochter gehen, Ilda, sie braucht Euch.«

»Kommst du nicht mit, Caisa?«

»Nein, jetzt nicht. Geht doch schon vor. Ilda wartet sicher schon auf Euch.«

»Ilda …«, murmelte die Alte und taumelte davon.

»Ich danke Euch. So elegant wäre ich sie bestimmt nicht losgeworden«, meinte Brendera seufzend.

»Ihr solltet Euch schämen, einem alten Herzen so viel falsche Hoffnungen zu machen!«, rief Alena.

Er zuckte mit den Schultern. »Ein Mann muss sehen, wo er bleibt. Könntet Ihr Euch vielleicht vorstellen, mir ein oder zwei dieser Schmuckstücke zukommen zu lassen? Eure Basa wird sie kaum vermissen.«

»Nein, das kann ich mir nicht vorstellen, Meister Brendera. Die Zeiten des Lügens und Betrügens sind vorbei!«

»Wirklich? Wie bedauerlich. Ihr habt nämlich großes Talent dafür. Und ich könnte Euch noch das eine oder andere beibringen. Zu zweit könnten wir viel erreichen …«

»Erreichen? Was denn? Einen Platz auf der Galeere? Oder noch mehr Tote?«, fragte Alena düster, warf noch einen letzten Blick auf den verwüsteten Garten und den Palast mit dem eingestürzten Hallendach und verschwand dann endlich in dem Gang hinter der Pforte, der sie auf die andere Seite der Mauer bringen würde.

Odis Thenar lehnte mit dem Rücken an einem umgestürzten Tisch und blickte auf zu dem Loch, das ein magischer Blitz in die hohe Decke gesprengt hatte. Seine Hand lag auf der Brust und versuchte vergeblich, das Leben daran zu hindern, ihn zu verlassen. Wie hatte er sich nur so irren können?

»Ah, Thenar, hier seid Ihr!«, rief eine bekannte Stimme.

»Graf Gidus!«

Der Graf beugte sich zu ihm herab. »Das sieht böse aus, lieber Thenar, sehr böse.«

»Der Herzog …«

»Tot, wie ich Euch leider berichten muss. Ebenso wie sein Bruder. Und Prinz Weszen scheint entkommen zu sein. Wie ärgerlich für unseren Baron Hardis, der so erpicht darauf war, sich auf Weszens Thron in Ugir zu setzen.«

»Die Herzogin?«

»Ist in Sicherheit, soweit man das sagen kann. Ich werde natürlich dafür sorgen, dass ihr nichts geschieht, denn ich gedenke, sie nach Ablauf des Trauerjahres zur Ehefrau zu nehmen.«

»Ehefrau? Ich verstehe nicht …«, sagte Thenar matt.

Brahem ob Gidus lächelte breit, ein seltsamer Anblick inmitten all der Zerstörung. »Nun, der Seebund wird mich als Protektor von Terebin bestätigen. Der Herzog ist tot, sein Bruder ebenso, Caisa wird es bald sein, und die Herzogin wird noch lange Zeit zu krank sein, die Geschicke dieser schönen Stadt zu lenken. Also werde ich das tun müssen. Das ist umso naheliegender, da Ector meine Ernennung zum Stellvertreter nie widerrufen hat, obwohl sie nur für die Tage Eures Kriegszuges gedacht war. Hat er Euch das nicht gesagt? Tja, Ihr hattet Geheimnisse vor ihm, und er hatte Geheimnisse vor Euch.«

»Aber, wie …?«

»Verbindungen, Thenar, Verbindungen! Ädil Hasfal ist ein Freund, wie man ihn besser nicht kaufen kann, wenn auch recht kostspielig. Er wird die Bestätigung meiner Ernennung im Seerat durchdrücken. Falls es Widerstand gibt, wird sich auch der mit ein wenig Geld beseitigen lassen. Ja, ich glaube, Ihr dürft mir gratulieren. Ihr sprecht mit dem neuen Protektor von Terebin, dank Euch, und natürlich auch dank der Schatten, die die Perati beseitigt und auch dafür gesorgt haben, dass Weszen entkommen konnte.«

»Aber er hat doch ihre Festungen verraten«, stöhnte Thenar, der nicht viel verstand und nicht aufhören konnte, auf das Loch in der eingestürzten Decke zu starren.

»Dann ist es wohl besser für ihn, wenn sie das nie erfahren.« Der Gesandte lächelte selbstgefällig.

»Ihr, Gidus? Ihr hattet das von Anfang an geplant?« Thenar hatte irgendwo ein Schwert gesehen. Seine Rechte suchte danach.

»Ah, endlich habt Ihr es begriffen! Aber eigentlich hatte ich keinen Plan – nur eine Absicht. Wisst Ihr, die Söldner, die mein Gut geplündert und zerstört haben – sie stammten aus Terebin. Offensichtlich hatten sie es satt, auf ihren Sold zu warten. Also musste meine Familie für Euren verfluchten Geiz mit Blut zahlen, Thenar. Ich hätte Euch das erzählt, wenn Ihr nur danach gefragt hättet, ich hätte vielleicht sogar eine Entschädigung akzeptiert, wenn Ihr sie angeboten hättet. Aber es interessierte Euch nicht, dass ich Schwester und Schwager verlor. Das war ein Fehler, denn ich habe an ihren verbrannten Leichen Rache geschworen. Wie gesagt, ich hatte anfangs keinen Plan, aber eines fügte sich zum anderen. Euer ewiges Misstrauen, sogar gegen Euren Fürsten, war dabei eine große Hilfe.«

»Ector?«, fragte Thenar. Er sah hinüber zu der Leiche des Herzogs. Er konnte einfach nicht verstehen, wie es dazu hatte kommen können.

Gidus griff sich einen Stuhl und setzte sich zu ihm. »Ector war gekränkt, weil Ihr ihn kaum in Euer Vorhaben eingeweiht habt.

Ihr habt ihm sogar verboten, mit seiner eigenen Frau darüber zu reden, aber mit irgendjemandem musste er doch reden. Warum also nicht mit dem alten Onkel Brahem? So erfuhr ich von den Plänen mit der Doppelgängerin. Wisst Ihr, es war nicht einfach, die richtigen Fäden zu finden, aber ich habe es geschafft, begünstigt durch Glück und Geduld. Da war zuerst Euer Oberst Luri, den ich über einen Mittelsmann bestechen konnte. Ihr hattet übrigens Recht, das Attentat auf die Prinzessin, das der Schatten verhinderte, war von mir geplant. Luri hat die Männer für mich ins Schloss gelassen. Sie hätten Caisa nicht getötet. Diese Dummköpfe dachten, sie sollten sie entführen. Aber Jamade hat sie vorher, wie zu erwarten, aufgehalten.

Ihr tatet ihr übrigens Unrecht, und es war eine Dummheit, sie umbringen zu wollen. Sie wusste lange nicht, was hier vorgeht, und hätte die Prinzessin weiter treu beschützt. Schon weil Prinz Weszen sie haben wollte. Dieser Narr wollte nicht nur seine Freiheit, sondern gleich die Erbin der Stadt dazukaufen. Ich ließ ihn in dem Glauben, dass er beides haben könnte, weil er mir großzügig die Mittel zur Verfügung stellte, die so ein Unternehmen nun einmal verschlingt. Seht Ihr, wie die Zahl meiner Verbündeten wuchs, ohne dass ich viel dazu tun musste?«

Thenar sah sich hilfesuchend um. Aber er sah nur Tote und Verwundete und verstörte Menschen, die nicht auf die Idee kamen, einem anderen zu helfen. Niemand kümmerte sich um den sterbenden Strategos von Terebin.

Gidus fuhr in aller Seelenruhe fort: »Dann brachte die ehrwürdige Luta die Mambara ins Spiel. Und wieder war es Euer Misstrauen, das sie zu der Verzweiflungstat trieb, diese Söldner für die Ermordung Weszens anzuheuern, denn sie hatte ja keine Ahnung, dass Ihr das Gleiche vorhattet. Aber die Mambara haben nie vergessen, wer ihre Heimat verwüstet hat, und waren mit ein bisschen Silber leicht zu überzeugen, die Seiten zu wechseln.

Wart Ihr es nicht, der dem Fürsten zur Taktik der verbrannten Erde geraten hat?«

»Damit kommt Ihr niemals durch, Gidus«, sagte Thenar heiser.

»Ich? Aber ich habe nichts getan! Ihr habt hinter dem Rücken des Herzogs gehandelt, das ist allgemein bekannt. Ihr habt die Schatten angeheuert, ihn und seinen Bruder zu töten, und Ihr habt die arme Luta dazu gebracht, die Mambara anzuwerben. Und wer es noch nicht weiß, wird bald erfahren, dass Ihr Euch mit Weszen verschworen habt, um die Macht in Terebin an Euch zu reißen. Binnen einer Woche wird man es an allen Küsten des Goldenen Meeres so und nicht anders erzählen. Ihr seht, eines kommt zum andern. Ich muss gestehen, dass mir einzig die Undaros mit ihrer Unberechenbarkeit einige Sorgen bereiteten. Ich hatte eine Galeere draußen auf See, die Caisa und ihre Eskorte abfangen sollte, und dann kamen uns diese lächerlichen Filganer mit einem Fischerboot dazwischen. Aber die Schatten haben es verstanden, auch sie für unsere Zwecke einzuspannen. Schließlich wollten sie ihre Tochter zurück.«

Gidus sah mit gönnerhaftem Lächeln auf Thenar hinab. »Ich gebe zu, dass Euer Plan kühn und genial war, Strategos. Weszen und eine falsche Caisa zu vergiften war genial. Wie hattet Ihr eigentlich vor, die echte Caisa zurückzuholen? Als uneheliche Tochter? Als entfernte Nichte? Ja, das hätte klappen können. Doch nun liegt das Haus Peratis in Trümmern, und alle Erben sind tot. Damit ist Platz für ein neues Geschlecht.«

»Caisa«, stieß Thenar hervor, »Caisa ist die legitime Erbin!« Sein Blick irrte umher. Gab es denn hier nirgendwo eine Waffe?

»Bedauerlich, dass man schon bald ihre Leiche finden wird«, fuhr Gidus fort. »Ich habe mit dieser Filganerin gesprochen, der Großmutter Eurer Doppelgängerin. Eigenartige Frau, hart, aber einfallsreich. Sie hat nicht nur Eure Wachen und Hunde vergiftet, sie hat auch die arme Caisa in ihrer Gewalt und wird sie bald töten. Das Haus Peratis endet, und das Haus Gidus erhebt sich. Ich habe mich vor einigen Tagen im Vertrauen mit Meister Aschley unterhalten. Findet Ihr nicht, dass er ziemlich gierig ist für seine jungen Jahre? Jedenfalls hält er die Herzogin durchaus für fähig, mir noch ein Kind zu gebären, wenn er sie erst richtig behandeln darf. Leben und Tod, Meister Thenar, letzten Endes alles eine Frage des Preises.«

Er kratzte sich an seinem mächtigen Bauch und fuhr fort. »Ärgerlich ist nur, dass die Doppelgängerin mit dem Schmuck entkommen ist. Ich nehme an, dass sie nach Filgan fliehen wird, in den Schutz ihrer lächerlichen Familie, aber ich denke, ich werde Mittel und Wege finden, mir das Gold zurückzuholen.«

Thenar fand das Schwert nicht, das er Gidus so gerne in den fetten Wanst gestoßen hätte. Er hatte nur noch eine Waffe, die Wahrheit, oder war es doch eine Lüge? Er wusste es selbst nicht mehr, aber das war ihm auch gleich. Er ächzte und winkte den Grafen näher heran. »Die Doppelgängerin …«, flüsterte er, »… sie ist die Tochter von Arris, eine weitere Erbin …«

»Ihr lügt!«, zischte Gidus. Dann, nach ein paar Sekunden, in denen in seinem Gesicht deutlich abzulesen war, wie er nach und nach die Bedeutung dieser Nachricht erfasste, fragte er mit gepresster Stimme: »Weiß sie es?« Er packte den Strategos am Kragen und schüttelte ihn. »Weiß sie es?«

Aber Thenar lächelte nur. Er sah die Sorge in das feiste Gesicht des Grafen zurückkehren. Und dann starb er.

EPILOG

Alena starrte hinaus in die Brandung zu dem Gerippe eines mächtigen Schiffes, das dort zwischen schwarzen Felsen auf eine Sandbank gelaufen war. Sie fragte sich, ob es wohl zu jener Flotte gehört hatte, von der Meister Siblinos ihr erzählt hatte, die Flotte, die aufgebrochen war, den Krieg zu beenden.

Einen Steinwurf weiter Richtung Süden kam ein Mann über eine andere Sandbank herangestapft, die von der steigenden Flut schon überspült wurde. Er kehrte von einer vorgelagerten Halbinsel zurück.

»Es ist nicht mehr weit bis Syderland«, sagte die Basa, die unruhig neben Alena stand. Seit einer Woche zogen sie nun gemeinsam nach Süden. Am Tag hielten sie sich in den Wäldern versteckt, weil es von Soldaten wimmelte, die offensichtlich nach ihnen suchten, in der Dämmerung schwärmten die Undaros aus, um Nahrung zu »besorgen«, und in der Nacht zogen sie Richtung Grenze.

»Ich weiß«, erwiderte Alena.

»Wir gehen heute Nacht über die Grenze, denn wie es aussieht, wird sie neuerdings bewacht. Aber auf der anderen Seite wären gewisse falsche Prinzessinnen erst einmal in Sicherheit«, fügte die Basa gallig hinzu.

Alena nickte geistesabwesend. Bisher war noch kein Tag ohne Streit zwischen ihr und ihrer Großmutter vergangen, aber sie wollte sich nicht mehr streiten. Der Mann am Strand hatte sie fast erreicht. Die Wellen spülten die Fußspuren, die er im weichen Sand hinterließ, gleich wieder fort.

»Du solltest wirklich mitkommen. Nur bei uns wirst du sicher sein.«

Alena schüttelte den Kopf.

Der Wanderer war inzwischen ganz herangekommen. Es war Meister Brendera. »Zwischen den Dünen dort drüben liegt tatsächlich ein Fischerdorf, wie Ihr sagtet. Und für ein bisschen Silber wird uns einer der Fischer bringen, wohin wir wollen«, meldete er. »Es ist schade, dass wir keins haben.«

»Haben die Fischer Nachrichten aus Terebin?«, fragte Alena.

Brendera nickte und klopfte sich den Sand von den nassen Schuhen. »Der Schwarze Mond soll den Herzog und tausend Höflinge mit einem Blitz, vielleicht aber auch mit einer Seuche dahingerafft haben. Man erzählt sich auch, dass eine Wolke aus Ugir gekommen sei, die Prinzessin Caisa und Prinz Weszen davongetragen und so errettet hat.«

Alena lächelte schwach. »Solche Märchen erzählt man sich jetzt schon? Es ist doch gerade erst eine Woche seither vergangen. Und lässt Graf Gidus nicht überall verbreiten, diese Caisa sei eine Betrügerin und die wahre Erbin des Herzogs tot?«

»Weszen wird sicher bald den Marmorthron für sich und seine Gemahlin beanspruchen. Aber hier am Rand der Welt hören die Menschen nicht so viele Nachrichten. Sie wissen immerhin, dass der neue Herr der Stadt jetzt Gidus heißt. Doch eigentlich erwarten sie das Ende der Welt, jetzt, da der rechtmäßige Herzog tot ist. Übrigens finde ich die wahre Geschichte auch ganz reizend, nämlich dass die edle Caisa sich in die Wellen werfen wollte, um dem Schiff mit ihrem Prinzen hinterherzuschwimmen, falls denn stimmt, was Eure Schwester Lema berichtet hat.«

»Natürlich stimmt es«, verteidigte Alena ihre Schwester, auch wenn sie selbst die Schilderung für leicht übertrieben hielt. Lema hatte auch eher beiläufig erwähnt, dass sie dort am Strand die beiden Schatten getroffen hatte. Sie waren Weszen also nicht gefolgt. Der Gedanke an Jamade und den Puppenspieler ließ Alena schaudern. Sie seufzte. »Ich nehme an, Caisa war ganz froh, als man ein Boot für sie schickte. Ich frage mich allerdings, ob ihr *ein* Prinz genug ist ...«, fügte sie verdrossen hinzu. Weszen hatte sie im wahrsten Sinne des Wortes einfach sitzen gelassen. So, wie es aussah, hatte Caisa sie am Ende auch noch bei dem Prinzen ausgestochen.

»Narren sind sie alle«, brummte die Basa, und es war Alena zuerst nicht klar, wen sie damit meinte. »Glauben lieber an den Schwarzen Mond als an eine gute Portion Haselpfeffer im Essen der Wache.«

Alena grinste dünn. Ihre Großmutter hatte ihr erzählt, dass sie schon lange vor ihr auf diesen Gedanken gekommen war. »Wo hätte ich sonst wohl so schnell so viel Brechwurz hergezaubert?«, hatte sie geschnaubt, als Alena die Idee vorsichtig für sich reklamiert hatte. Und dann hatte die Alte aus dieser Geschichte noch geschlossen, dass Alena ebenso durchtrieben wie sie selbst sei, was natürlich eine weitere Anspielung darauf war, dass sie eines Tages gefälligst die Nachfolge anzutreten habe. Aber Alena war nicht darauf eingegangen und hatte darauf verwiesen, dass sie doch nicht einmal magisch begabt sei. Da hatte ihre Großmutter nur wiehernd gelacht und gerufen: »Glaubst du denn, dass ich nur einen Funken Magie in mir trage? Es kommt nicht darauf an, was du kannst, es kommt darauf an, was die Leute dir zutrauen, dummes Kind.«

Aber Alena wollte trotzdem nicht ihre Nachfolgerin werden: »Ich bin vergiftet, Basa, vergiftet von dem schönen Leben, das ich gesehen habe, von den Büchern, den Tänzen, dem Wissen, was für eine große Welt da draußen auf mich wartet. Ich kann einfach nicht mehr im stinkenden, engen Krähenviertel leben«, hatte sie geantwortet.

»Unsinn!«, hatte die Basa gerufen und war dann für einige Stunden beleidigt verstummt. Und so oder ähnlich hatten sie seit ihrer Flucht aus Terebin jeden Tag gestritten.

»Diese Fischer sind leichtgläubig, das ist wahr«, meinte Brendera jetzt und riss Alena aus diesen Gedanken. »Doch kommt uns das zupass, denn sie werden jede Geschichte glauben, die wir ihnen erzählen.«

Die Basa zog Alena zur Seite. »Und du willst wirklich mit diesem merkwürdigen Menschen reisen? Einem Tänzer und Betrüger?«

So, wie die Basa es sagte, klang es, als hielte sie beide Berufe für gleich fragwürdig. »Es erscheint mir sicherer, als alleine zu reisen, Großmutter. Zumindest fürs Erste.«

»Dann reise mit der Familie!«, rief die Alte ungehalten. Dann schüttelte sie seufzend den Kopf. »Du bist genauso stur wie deine Mutter, das muss ich leider einsehen. Ich hoffe aber, dass du dich klüger anstellst als sie und ich dich nicht am Ende ebenfalls aus einem Hurenhaus an der Grenze herausholen muss.«

»Soweit ich weiß, hat sie da nur saubergemacht«, nahm Alena ihre Mutter in Schutz.

Die Basa schnaubte verächtlich. »Das hat sie zumindest jedem erzählt. Ich sehe, du bist fest entschlossen. Hier, das sollte für die erste Zeit reichen.« Alena spürte, dass ihre Großmutter ihr etwas in die Hand drückte. Als sie sie öffnete, fand sie zwei goldene Ringe und eine ebensolche Brosche darin.

»Aber, Großmutter, ich dachte ...«

»Nicht, dass du es verdient hättest, Alena. Doch musst du mir eines versprechen ...«

Alena schloss die Hand nicht wieder. »Was denn, Basa?«

»Vergiss uns nicht, und sei nicht zu stolz zurückzukehren, wenn es mit dieser Tanzmaus nicht so geht, wie du denkst.« Sie schnaubte wieder verächtlich. »Er könnte fast dein Großvater sein.«

»Er ist immer noch jünger als der Mann, mit dem du mich verheiraten wolltest«, brauste Alena auf.

Die Basa grinste breit. »Deshalb habe ich ihn doch für dich erwählt. Du solltest dich eben nicht lange mit ihm herumärgern müssen. Falls du doch einmal Basa werden solltest, darfst du nicht davor zurückscheuen, Alter und Tod als deine Verbündeten zu nutzen.«

Alena sah ihre Großmutter stumm an. Die Basa hatte sich sogar mit den Schatten verbündet, das fand sie viel beeindruckender – und es bestärkte sie in ihrem Entschluss, all das hinter sich zu lassen.

»Also – versprichst du es?«, bohrte die Basa nach.

Alena seufzte und blickte in die kleinen Augen der alten Frau. Es wäre leicht gewesen, aber dann sagte sie: »Nein, Basa. Ich verspreche es nicht, denn es könnte eine Lüge sein.«

»Ah, du bist ja neuerdings grundehrlich …«

Alena nickte steif, verärgert, weil die Großmutter sie offensichtlich nicht ernst nahm.

»Gut, dann ist es das also jetzt.« Die Basa zuckte mit den Schultern, tat, als wäre sie nicht gekränkt, und stieß mit zwei Fingern im Mund einen schrillen Pfiff aus. Überall in den Dünen tauchten Undaros auf. »Es geht nach Hause, Kinder!«

Der Abschied war kurz und knapp. Alena hätte ihre Schwester, ihre Vettern und Kusinen gerne umarmt, weil sie dachte, dass sie sie nie wiedersehen würde, doch die winkten ab, zwinkerten ihr zu und verabschiedeten sich mit einem »Wir sehen uns« oder »Bis bald«, so, als würden sie immer noch nicht glauben, dass Alena es wirklich ernst meinte. Dann verschwanden sie in der Dämmerung, in der sich dünne Wolken wie rotgoldene Fäden über das Land spannten.

Als der letzte Undaro jenseits der Dünen verschwunden war, klatschte Brendera in die Hände. »Lasst uns aufbrechen. Welche Geschichte sollen wir verwenden? Die von den Edelleuten in unverschuldeter Not? Oder die von der fliehenden Braut?«

»Geschichte?«

»Um die Fischer dazu zu überreden, uns umsonst nach Frialis zu bringen!«

Alena warf ihm erst einen bösen Blick, dann einen der goldenen Ringe zu. »Wie wäre es denn, die Fahrt einfach und ehrlich zu bezahlen?«

»Was für ein exotischer Gedanke«, erwiderte Brendera spöttisch und drehte den Ring mit leuchtenden Augen in den Fingern. »Originelle Idee, wirklich, aber ich rate ab. Sollten wir so eine Kostbarkeit zeigen, würden wir uns höchstens großen Reichtums verdächtig machen. Und vergesst nicht, dass die Menschen dort nicht nur vom Fischfang, sondern auch von der Strandräuberei leben. Aber was haltet Ihr davon? Ihr gebt Euch als illegitime Tochter des Herzogs aus, die nun nach Frialis fliehen muss, um dem bösen Grafen Gidus zu entgehen.«

»So ein Unsinn«, erwiderte Alena. »Das glaubt uns kein Mensch.«

»Wir werden sehen, wir werden sehen, *Hoheit*«, rief Brendera und verneigte sich mit einem übertriebenen Kratzfuß. »Doch lasst uns endlich losgehen. Jetzt, wo Eure seltsame Familie fort ist, werde ich mich erst halbwegs sicher fühlen, wenn die Brandungsinseln hinter uns liegen. Nach allem, was wir in den letzten Tagen gehört haben, wird der Krieg bald hierherkommen.«

»Eigentlich sollte diese Hochzeit doch den Frieden bringen. Wer weiß, wenn Thenar Erfolg gehabt hätte …«, meinte Alena niedergeschlagen.

»Wenn der Schönbart Erfolg gehabt hätte, wäret Ihr jetzt tot – und sie hätten schon einen anderen Grund gefunden, wieder

Krieg zu spielen, den finden sie doch immer. Verscheucht also bitte die dunklen Gedanken und folgt mir. Ich hoffe, Hoheit haben keine Angst vor nassen Füßen?«, fügte er grinsend hinzu.

Alena seufzte. Brendera hatte vermutlich Recht. Und er hatte auch Recht mit den Ringen. Es wäre unklug, Strandräubern Gold zu zeigen. Sie hatten aber auch nicht genug Schillinge, um eine Überfahrt anständig zu bezahlen, denn die Basa hatte ihr, vermutlich aus purer Sturheit, keine einzige Münze geben wollen. Also mussten sie es wohl doch auf Brenderas Art versuchen. Sie nahm sich aber fest vor, spätestens, wenn sie in Frialis war, mit diesen ewigen Lügen aufzuhören.

»Wir brauchen eine bessere Geschichte«, erklärte sie dann. »Es wäre nicht klug, Gidus auf unsere Fährte zu bringen. Besser wäre es, man würde uns vergessen.«

Brendera kratzte sich am Kopf. »Ein berechtigter Einwand. Und Ihr habt sicher schon eine Idee, wie ich Euch kenne …«

»Bis wir da drüben sind, wird mir schon was einfallen. Und jetzt lasst uns von hier verschwinden, bevor die Flut uns den Weg versperrt.«

Sie wateten durch die Dünung hinüber zur Halbinsel. Die rotgoldenen Wolkenfäden hatten sich aufgelöst, und Möwen kreisten unter dem rasch dunkelnden Himmel.

Alena blickte noch einige Male zurück, aber von ihrer Familie war nichts mehr zu sehen, und auch sonst folgte ihnen niemand. Die Brandung tilgte bereits ihre Spuren.